元曲選外編

第一冊

中華書局

編校說明

元人雜劇是中國古典戲劇的一個高峯。根據極不完全的統計，在元代不到一百年的時期中，有姓名可考的雜劇作家就有一百餘人，見於書面記載的雜劇名目也有六七百種。應該說，這些數目還遠遠不能說明當時雜劇繁榮的實際情況。如果包括姓名不可考的「書會才人」以及數量衆多的民間藝人在內，當時的雜劇作家比現在知道的當在兩倍三倍以上，而作品的數量，少說也在千種以上。非常可惜的是沒有得到及時的記錄和妥善的保存，大部分已經散失了。

明朝萬曆四十四年（西元一六一六）收藏家臧懋循用他自己所藏的許多雜劇秘本與從宮廷中抄出的內府本參互校訂，編集了一百種元人雜劇（其中有少量明初人的作品），名之爲「元曲選」。這一百種雜劇，他們的曲文賓白可能與原作略有出入，但是經過臧懋循這次的校訂，各劇的科白完全了；文字經過修飾整理，讀起來容易了；某些較生的和特異的字也有音釋了。這不能不說是一部較好的元雜劇選本。事實也證明，在此後三百多年中，「元曲選」幾乎是元劇的唯一普及流行的選本，有許多人就是通過這部書認識了元雜劇的面貌。

但是「元曲選」究竟只是一個選本，它只收集了一百種作品。近幾十年來，陸陸續續發現了不少元劇的刻本和抄本，如元刊「古今雜劇」、明刊「古名家雜劇」以及也是園舊藏明脈望館抄校本「元明雜劇」等等，都是比較著名的。這些劇本的發現，大大補充了「元曲選」的不足，豐富了元劇研究的資料。現在悉把「元曲選」中沒有收入的元人雜劇搜羅在一起，對文字略作校訂，並加斷句，按照作者時代先後的次序，彙編成書，就是這部「元曲選外編」。這樣，使分散的元劇得以集中，使比較不易見到的元劇能夠普及流通，對「元曲選」具有拾遺補缺的作用。編印這部書的企圖，是想使讀者得到「元曲選」和本書，就等於擁有現存全部整本的元人雜劇。這對研究者在資料的運用上是有一定的方便的。

編例

一、本書彙集「元曲選」以外現存所有元代雜劇及一部分明初雜劇，供一般讀者研究者閱讀參考。

一、明初作家凡臧晉叔「元曲選」及王季烈「孤本元明雜劇」視爲元人者，本書輯錄其作品，並時作家而兩書未收其作品者，則不復增益。

一、本書編次以作家爲經，雜劇爲緯。元代作家先後次序，概據曹楝亭刻本鍾嗣成「錄鬼簿」排列；個別作家不見「錄鬼簿」者，則斟酌插入相當位置。明初作家先後次序，略據朱權「太和正音譜」及天一閣鈔本無名氏「錄鬼簿續編」排列。

一、現存元人雜劇其中有頗難確定撰人者。根據今所見文獻考證某劇爲某人作，僅可聊備一說，未必盡確。本書於撰人有異說之雜劇，絕大部分以存本所題者爲準，然亦非謂此即足資徵信。

一、各家雜劇先後次序，首列見於曹本「錄鬼簿」者；曹本不著錄者，則先列天一閣鈔本「錄鬼簿」著錄者，次列「太和正音譜」著錄者，終列不見著錄者。無名氏雜劇，首列見於元刊「古今雜劇」者，次列劇目見於元孫季昌正宮端正好「集雜劇名詠情」套數者，次列著錄於「太和正音譜」或「錄鬼簿續編」無名氏項下者，終列「古名家雜劇」、「元人雜劇選」、「元曲選」、「脈望館鈔校本古今雜劇」諸書所輯而不見於著錄者。

一、本書中各劇，其有未分楔子與折數或未注宮調者，皆爲增補。個別雜劇如關漢卿「緋衣夢」現存各本分折皆不恰當，則爲改正。各劇原有斷句不盡正確，今皆重行校訂；原無斷句者，則增加斷句。各劇所據版本，詳載目錄。

一、舊本雜劇文字顯然訛誤者，編者逕爲改正，然此類情形絕少。文字似有訛誤而不能確定者，則概不改動。元刊「古今雜劇」訛別字較多，擇其顯明者改易之，皆不作校語。

目錄

關張雙赴西蜀夢雜劇

關漢卿撰

第一折

【仙呂點絳唇】織履編蓆。能夠做大蜀皇帝。非容易。官裏旦暮朝夕。悶似三江水。

【混江龍】喚了聲關張仁弟。無言低首淚雙垂。一會家眼前活見。一會家口內掂提。急煎煎御手頻搥飛鳳椅。撲簌簌痛淚常淹袞龍衣。每日家獨上龍樓上。望荊州感嘆。閬州傷悲。

【油葫蘆】每日家作念煞關雲長張翼德。委得俺宣限急。西川途路受受驅馳。每日知他過幾重深山谷。不曾行十里平田地。恨征騘四隻蹄。不這般插翅般疾。勇虎軀縱徹黃金轡。果然道心急馬行遲。

【天下樂】緊趾定葵花鐙折皮。鞭催。走似飛。墜的雙滴此腿脡無氣力。換馬處側一會兒身。行行至嗅一口兒食。無明夜不住地。

【醉中天】若到荊州內。半米兒不宜遲。發送的關雲長向北歸。然後向閬州路上轉馳驛。把關張分付在君王手裏。教他龍虎風雲會。

【金盞兒】關將軍但相持。無一個敢欺敵。素衣匹馬單刀會。覷敵軍如兒戲。不若土和泥。殺曹仁七萬軍。刺顏良萬萬威。今日被歹人將你算。暢則爲你大膽上落便宜。

【醉中天】義赦了嚴顏罪。鞭打的督郵□。當陽橋喝回個曹孟德。倒大個張車騎。今日被人死羊兒般剄了首級。全不見石亭驛。

【金盞兒】俺馬上不曾離。誰敢惚動滿身衣。恰離朝兩個月零十日。勞而無役枉驅馳。一個鞭排魂魄去。一個人和的哭聲回。宣的個孝堂里關美髯。紙播□漢張飛。

【尾】殺的那東吳家死尸骸堰住江心水。下溜頭淋流着血汁。我教的茜茜蓑衣滿染的赤。變做了通江獅子毛衣。殺的他憨血淋漓。教吳越托推。一霎兒番為做太湖鬼。青鴉鴉岸兒。黃壤壤田地。馬蹄兒踏做搗椒泥。

第二折

【南呂一枝花】早晨間占易理。夜後觀乾象。據賊星增焰彩。將星短光芒。朝野內度星正俺南邊上。白虹貫日光。低首參詳。怎有這場景象。

【梁州】單注着東吳國一員驍將。砍折俺西蜀家兩條金梁。這一場苦痛誰承望。再靠誰挾人捉將。再靠誰展土開疆。做宰相幾曾做卿相。做君王那個做君王。布衣間昆仲心腸。再不看官渡口劍刺顏良。古城下刀誅蔡陽。石亭驛手揪袁襄。殿上。帝王。行思坐想正南下望。知禍起自天降。宣到我朝不若何當。着甚括聲揚。

【隔尾】這南陽排叟村諸亮。輔佐着洪福齊天漢帝王。一自為臣不曾把君誑。這場勾當。不由我索向君王行醞釀個謊。

【牧羊關】張達那賊禽獸。有甚早難近傍。不走了麋竺麋芳。咱西蜀家威風。俺敢將東吳家滅相。我直教金破震腥人膽。土雨濺的日無光。馬蹄兒踏碎金陵府。鞭梢兒醮乾揚子江。

【賀新郎】官里□行坐則是關張。常則是挂在舌尖。不離了心上。每日家作念的如心癢。沒日不心勞意攘。常則是心緒悲傷。白晝間頻作念。到晚後越思量。方信道夢是心頭想。但合眼早逢着翼德。才做夢可早見雲長。

【牧羊關】板築的商傅說。釣魚兒姜呂望。這兩個夢善感動歷代君王。這夢先應先知。臣則是誤打誤撞。蝴蝶迷莊子。宋玉赴高唐。世事雲千變。浮生夢一場。

【收尾】不能夠侵天松柏長三丈。則落的蓋世功名紙半張。關將軍美形狀。張將軍猛勢況。再何時得相訪。英雄歸九泉壤。則落的河邊堤土坡上釘下個鏡樁。坐着舉擔杖。則落的村酒漁樵話兒講。

第三折

【中呂粉蝶兒】運去時過。誰承望有這場喪身災禍。憶當年鐵馬金戈。自桃園。初結義。把尊兄輔佐。共敵軍擂鼓鳴鑼。誰不怕俺弟兄三個。

【醉春風】安喜縣把督郵鞭。當陽橋將曹操喝。共呂溫侯配戰九十合。那其間也是我我。壯志消磨。暮年折剉。今日向匹夫行伏落。

【紅繡鞋】九尺軀陰雲里惹大。三縷髯把玉帶垂過。正是俺荊州裏的二哥哥。咱是陰鬼。怎敢陷他。諕的我向陰雲中無處躲。

【迎仙客】居在人間世。則合把路上經過。向陰雲中步行因甚麼。往常時關西把他圍繞合。今日小校無多。一部從十餘箇。

【石榴花】往常開懷常是笑呵呵。絳雲也似丹頰若頻婆。今日臥蠶眉瞅定面沒羅。却是因何。兩泪如梭。剗捨了向前先攙逐。見咱呵恐怕收羅。行裏恐懼明聞破。省可里到把虎軀挪。

【鬬鵪鶉】哥哥道你是陰魂。兄弟是甚麼。用捨行藏。盡言始末。則為帳下張達那廝那廝嗔喝。兄弟更性似火。我本意待併他。誰想他與心壞我。

【上小樓】則為咱當年勇過。將人折剉。石亭驛上。袁襄怎生結末。惱犯我。

拿住他。天靈摔破。虧圖了他怎生饒過。
【幺】哥哥你自暗約。這事非小可。投至的曹操孫權。鼎足三分。社稷山河。
筋廝鎖。俺三個同行同坐。怎先亡了咱弟兄兩個。
【哨遍】提起來把荊州摔破。爭奈小兄弟也向壞中臥。雲霧裏自評薄。劉封那廝於禮如何。把那廝碎剮割。糜芳糜竺帳下張達。顯見的東吳□先驚覺與軍師諸葛。後入宮庭。托夢與哥哥。軍臨漢上。馬嘶風。□堰滿江心血流波。休想逃亡。沒處潛藏。怎生的躲。
【耍孩兒】西蜀家氣勢威風大。助鬼兵全無坎坷。糜芳糜竺共張達。待奔波怎地奔波。直取了漢上纔還國。不殺了賊臣不講和。若是都拿了。好生的將護。省可里拖磨。
【三】君王索懷痛憂。報了讎也快活。除了劉封檻車裏囚着三個。並無喜況敲金鐙。有甚心情和凱歌。若是將賊臣報。君王將咱祭奠。也不用道場鐃鈸。
【二】燒賊半樹□。支起九頂鑊。把那廝四肢梢一節節鋼刀剉。虧圖了腸肚鷄鴨朵數算了。脂膏猛虛拖。咱□靈位上端然坐。也不用僧人持呪。道士宣科。
【收尾】也不烟香共燈酒共果。□得那腔子裏的熱血往空潑。超度了哥哥發奠我。

第四折

【正宮端正好】任劬勞。空生受。□□兒有國難投。梗亡在三個賊臣手。無一個親人救。

【滾繡毬】俺哥哥丹鳳之具。兄弟虎豹頭。中他人機彀。死的來不如個蝦蟹泥鰍。我也曾鞭督郵。俺哥哥誅文醜。暗殺了車冑。虎牢關酣戰温侯。咱人三寸氣在千般用。一日無常萬事休。壯志難酬。

【倘秀才】往常真戶尉見咱當胸叉手。今日見紙判官趨前退後。元來這做鬼的比陽人不自由。立在丹墀內。不由我淚交流。不見一班兒故友。

【滾繡毬】那其間正暮秋。九月九。正是帝王的天壽。列丹墀宰相王侯□衣的我奉玉甌。進御酒。一齊山壽。官裏回言道臣宰千秋。往常擇滿宮□女在堦基下。今日駕一片愁雲在殿角頭。痛泪交流。

【叨叨令】碧粼粼綠水波□皺。疎刺刺玉殿香風透。早朝靴□不響玻璃甃。白象笏打不響黃金獸。元來咱死了也麼哥。咱死了也麼哥。耳聽銀箭和更漏。

【倘秀才】官裏向龍床上高聲問候。臣向燈影內悽惶頓首。躲避着君王倒退着走。只管裏問緣由。歡容兒抖擻。

【呆古朵】終是三十年交契懷着□。咱心相愛志意相投。遶着二兄長根前不離了小兄弟左右。一個是吉瑞雲間鳳。一個是威凜山中獸。昏慘慘風內燈。虛飄飄水上漚。

【倘秀才】官裏身軀在龍樓鳳樓。魂魄赴荊州閬州。爭知兩座磚城換做土丘。天曹不受。地府難收。無一個去就。

【滾繡毬】官裏恨不休。怨不休。更怕俺不知你那勤厚。為甚俺死魂兒全不相僽。敘故由。廝問候。想那說來的前咒。桃園中宰白馬烏牛。結交兄長存終始。俺伏侍君王不到頭。心暗悠悠。

【三煞】來日教諸葛將愚男將引丁寧奏。兩行泪纔那不斷頭。官裏緊緊的相留。快不待慢慢的等候。怎禁那滴滴銅壺點點更籌。久停久住頻頻去頻頻來。添悶添愁。來時節玉蟾出東海。去時節殘月下西樓。

【二】相逐着古道狂風走。趕定湘江雪浪流。痛哭悲涼少添僝僽。拜辭了龍顏。苦度春秋。今番若不說。後過難來。十則千休。丁寧說透。分明的報冤讎。

【尾】飽諳世事慵開口。會盡人間只點頭。火速的驅軍校戈矛。駐馬向長江雪浪流。活拿住糜芳共糜竺。閬州裏張達檻車內囚。杵尖上排定四顆頭。腔子內血向成都鬧市裏流。強如與俺一千小盞黃封祭奠頭□。

閨怨佳人拜月亭雜劇

關漢卿撰

楔子

〔孤夫人上云了〕〔打喚了〕〔旦扮引梅香上了〕〔見孤科〕〔孤云了〕〔情理打別科〕〔把盞科〕父親年紀高大鞍馬上小心咱。〔孤云了〕〔做掩泪科〕

【仙呂賞花時】捲地狂風吹塞沙。映日疎林啼暮鴉。滿滿的捧流霞。相留得半霎。咫尺隔天涯。

【幺】行色一鞭催瘦馬。〔孤云了〕你直待白骨中原如卧麻。雖是這戰伐負着箇天摧地塌。是必想着俺子母每早來家。〔下〕

第一折

〔孤夫人云了〕〔末小旦云了〕〔打救外了〕〔共夫人相逐荒走上了〕〔夫人云了〕心想有這場禍事。〔做住了〕

【仙呂點絳唇】錦繡華夷。忽從西北天兵起。覷那關口城池。馬到處□□□。

【混江龍】許來大中都城內。各家煩惱各家知。且說君□□□。想俺父子別離。遙想着尊父東行何日還。又隨着車駕南遷甚的迴。〔夫人云了做嗟嘆科〕這青湛湛碧悠悠天也知人意。早是秋風颯颯可更暮雨淒淒。

【油葫蘆】分明是風雨催人辭故國。行一步一嘆息。兩行愁泪臉邊垂。一點雨間一行悽惶淚。一陣風對一聲長吁氣。〔做滑擦科〕嚥百忙裏一步一撒。嗨索與他一步一提。這一對繡鞋兒分不得幫和底。稠緊緊粘糗糗帶着淤泥。

【天下樂】阿者你這般沒亂荒張到得那里。（夫人云了）（做意了）兀的般雲低。天欲黑。至輕的到店十數里。上面風雨。下面泥水。阿者　慢慢的枉步顯的你沒氣力。

（夫人云了）（對夫人云了）

【醉扶歸】阿者我都折毀盡此新鐶鐮。閼扭碎些舊釵篦。把兩付藤纏兒輕輕得按的褊玭。和我那壓釧通三對都綳在我那睡裏肚薄綿套裏。我緊緊的着身繫。

（夫人云了）（喒馬上叫住了）（夫人云了）（做慘科）（夫人云了閃下）（小旦上了）（便自上了）（做尋夫人科）阿者阿者。（做叫兩三科）（沒亂科）（末云了）（猛見末）（打慘害羞科）（末云了）（做住了云不見俺母親。我這里尋里。（末云了）（做意末云）呵。我每常幾會和個男兒一處說話來。今日到這里無柰處。也怎生呵是那。

【後庭花】每常我聽得綽的說個女婿。我早豁地離了坐位。悄地低了咽頸。緼地紅了面皮。如今索強支持。如何迴避。藉不的那羞共恥。

（末云了）（做陪笑科）

【金盞兒】您昆仲各東西。俺子母兩分離。怕哥哥不嫌相辱。呵權為個妹。

（末云了）（尋思了）　哥哥道做軍中男女若相隨。有兒夫的不擄掠。無家長的落便宜。（做意了）這般者波怕不問時權做弟兄。問着後道做夫妻。

（末云了）（隨着末行科）（外云了）（打慘科）（隨末見外科）（外末共正末廝認住了）（做住了）（云）怎生這秀才。却共這漢是弟兄來。（做住了）

【醉扶歸】你道您祖上侵文墨。昆仲曉書集。從上流傳直到你。輩輩兒都及第。您端的是姑舅也那叔伯也那兩姨。偏怎生養下這個賊兄弟。

〔外末云了〕〔末云了〕哥哥你有此心。莫不錯尋思了麼。

【金盞兒】你心裏把褐衲襖脊梁上披。強似着紫朝衣。論盃家飲酒壓着詩詞。會嫌這攀蟾折桂做官遲。為那筆尖上發祿晚見這刀刃上變錢疾。你也待風高學放火月黑做強賊。

〔正末云了〕〔外末做住了〕〔末不甚吃酒了〕〔正末云了〕你休吃酒也。恐酒后疎狂。〔末云了〕

【賺尾】然是弟兄心。殷勤意本酒量窄推辭少喫。樂意開懷雖慾地。也省可里不記東西。〔做扶着末科〕〔做尋思科〕阿我自思憶。想我那從你的行為。被這地亂天翻教我做不的耿俐。假粧些廝收廝拾。佯做個一家一計。且着這脫身術謾過這打家賊。〔下〕

第二折

〔夫人小旦云了〕〔孤云了〕〔店家云了〕〔便扶末上了〕〔末臥地做住了〕阿從生來誰曾受他這般煩惱。

〔做嘆科〕

【南呂一枝花】干戈動地來。橫禍事從天降。爺娘三不歸。家國一時亡。龍鬬來魚傷。情願受消疎況。怎生般不應當。脫着衣裳感得這些天行好纏仗。

【梁州】恰似邑邑的錐挑太陽。忽忽的火燎胸膛。身沉體重難回項。口乾舌澀聲重言狂。可又別無使數。難請街坊。則我獨自一個婆娘。與他無明夜過藥煎湯。阿早是俺兩口兒背井離鄉。嚥則快他一路上湯風打浪。晦誰想他百忙裏臥枕着床。內傷。外傷。怕不大傾心吐膽盡筋竭力把個牙推請。則怕小處盡是打當。只願的依本分傷家沒變症。慢慢的傳受陰陽。

〔末云了〕〔店家云了〕〔做尋思科〕試請那大夫來教覷咱。〔大夫上云了〕〔做意了〕郎中仔細的評這脈

咱。〔末共夫人云了〕〔做稱許科〕

【牧羊關】這大夫好調理的是診候的強。這的十中九敢藥病相當。阿的是五夜其高六日向上。解利呵過了時晌下過呵正是時光。不用那百解通神散教吃這三一承氣湯。

〔大夫褁藥了〕〔做送出來了〕但較些呵郎中行別有酬勞。〔孤上云了〕是不沙。〔做叫老孤的科〕阿馬認得瑞蘭麼。〔孤云了〕

【賀新郎】自從都下對尊堂。走馬離朝。阿馬問別無恙。〔孤認了〕則恁的由自常思想。可更隨車駕南遷汴梁。教俺去住無門徊徨。家緣都撇漾。人口盡逃亡。閃的俺一雙子母每無歸向。自從身體上一朝出帝輦。俺這夢魂無夜不遼陽。

〔孤云了〕〔做打悲科〕車駕起行了。傾城的百姓都走。俺隨那衆老小每出的中都城子來。當日天色又昏暗。刮着大風。下着大雨。早是趕不上大隊。又被哨馬趕上。轟散俺子母兩人。不知阿者那裏去了。〔末云了〕〔做着忙的科〕〔孤云了〕〔做害羞科〕是您女婿不快哩。〔孤云了〕〔做說關子了〕〔孤云了〕〔做羞科〕

【牧羊關】你孩兒無挨靠。沒倚仗。深得他本人將傍。〔孤云了〕〔做意了〕當日目下有身亡。眼前是殺場。刀劍明晃晃。士馬鬧荒荒。那其間這錦繡紅粧女。那里不見箇銀鞍白面郎。

〔孤云了〕是個秀才。〔孤教外扯住了〕〔做荒打慘打悲的科〕阿馬。你可怎生便與這般狠心。〔做沒亂意了〕

【鬥蝦蟆】爹爹俺便似遭嚴臘久盼望。久盼望你箇東皇。望得些春光艷陽。東風和暢。好也囉剗地凍□□的雪上加霜。〔末云了〕〔沒亂科〕無些情腸。緊揪住不把我衣裳放。見箇人殘生喪一命亡。世人也慚惶。你不肯哀憐憫恤。我怎不感嘆悲傷。

〔孤云了〕父親息怒寬容瑞蘭一步。分付他本人三兩句言語呵。㖿便行波。〔孤云了〕父親不知。本人於您孩兒有恩處。〔孤云了〕

【哭皇天】較了數箇賊漢把我相侵傍。阿馬想波這恩臨怎地忘。閃的他活支沙三不歸。強教俺生扢扎兩分張。覷着兀的般着床臥枕。叫喚聲疼。撇在他箇沒人的店房。常言道相逐百步尚有徘徊。你怎生便教我眼睜睜的不問當。〔做分付末了〕男兒呵。如今俺父親將我去也。你好生的覷當你身體。〔末云了〕〔做艱難科〕男兒兀的是俺親爺的惡儻。休把您這妻兒怨□暢。

【烏夜啼】天那一霎兒把這世間愁都撮在我眉尖上。這場愁不許隄防。〔末云了〕既相別此語伊休忘。怕你那換脈交陽。是必省可裏掀揚。俺這風雹亂下的紫袍郎。不失你箇雲雷未至的白衣相。㖿這片霎中如天樣。一時哽噎。兩處淒涼。

〔末云了〕〔孤打催科〕〔做住了〕

【三煞】男兒怕你大贖藥時准備春衫當。探食後隄防百物傷。〔末云了〕〔做艱難科〕這側近的佳期休承望。直等你身體安康。來尋覓夷門街巷。怎時節再相訪。你這旅店消疎病客況。我那驛路上悽惶。

【二煞】則明朝你索綺窗曉日聞雞唱。我索立馬西風數鴈行。〔末云了〕男兒。我教你放心麼波。只願的南京有俺親娘。我寧可獨自孤孀。怕他大抑勒我。則尋箇家長。那話兒便休想。〔末云了〕你見的差了也。那玉砌朱簾與畫堂。我可也覷得尋常。

【收尾】休想我爲翠屏紅燭流蘇帳。負了你這黃卷青燈映雪窗。〔孤云了〕

〔末云了〕〔打別了〕〔囑咐夫科〕你心間莫緍望。你心間索記當。我言詞更無妄。不須伊再審詳。喒兀的做夫妻二箇月時光。你莫不曾見您這歹渾家謊箇謊。〔下〕

第二折

〔夫人一折了〕〔末一折了〕〔小旦云了〕〔便扮上了〕自從俺父親就那客店上生扭散俺夫妻兩箇。我不曾有片時忘的下俺那染病的男兒。知他如今是死那活那。不知俺爺心是怎生主意。提着箇秀才便不喜。窮秀才幾時有發跡。自古及今。那箇人生下來便做大官享富貴那。〔做嘆息科〕

【正宮端正好】我想那受官廳。讀書舍。誰不會虎困龍蟄。信着我父親呵世間人把丹桂都休折。留着手把雕弓拽。

【滚繡毬】俺這個背會爺。聽的把古書說。他便惡紛紛的腦裂。粗豪的今古皆絕。您這些富產業。更怕我顧戀情惹。俺向那筆尖上自闡闔得些豪奢。搠起柄夫榮婦貴二簷傘。抵多少爺飯娘羹駟馬車。兩件兒渾別。

〔小旦云了〕阿也是敢大較些去也。〔小旦云了〕

【倘秀才】阿我付能把這殘春捱徹。嗨剗地是俺愁人瘦色□□。〔小旦云了〕〔依着妹子只波〕〔小旦云了〕〔做意了〕恰隨妹妹閑行散悶些。到池沼陌觀絕。越教人嘆嗟。

【呆古朵】不似這朝昏晝夜。春夏秋冬。這供愁的景物好依時月。浮着箇錢來大綠嵬嵬荷葉。荷葉似花子般團圞。陂塘似鏡面般瑩潔。阿幾時教我腹內無煩惱。心上無縈惹。似這般青銅對面粧。翠鈿侵鬢貼。

〔做害羞科〕早是沒外人阿的是甚末言語那。這個妹子唱。〔小旦云了〕你說的這話。我猜着也囉。

【倘秀才】休着箇濫名兒將咱來引惹。嚒待不你箇小鬼頭春心兒動也。

〔小旦云了〕　放心放心我與你寬打周遭向父親行說。〔小旦云了〕你不要呵。我要則麼那。〔小旦云了〕〔唱〕我又不風欠。不癡呆。要則甚迭。

〔小旦云了〕喒無那女壻呵快活。有女壻呵受苦。〔小旦云了〕你聽我說波。

【滾繡毬】女壻行但沾惹。六親每早是說。又道是丈夫行親熱。爺娘行特地心別。而今要衣呵滿箱篋。要食呵儘餔啜。到晚來更繡衾鋪設。我這心兒裏牽掛處無些。直睡到冷清清寶鼎沉烟滅。明皎皎紗窗月影斜。有甚唇舌。

〔做入房裏科〕〔小旦云了〕夜深也。妹子你歇息去波。我也待睡也。〔小旦云了〕梅香。安排香桌兒去。我要燒炷夜香咱。〔梅香云了〕

【伴讀書】你靠欄檻臨臺榭。我准備名香爇。心事悠悠憑誰說。只除向金鼎焚龍麝。與你殷勤參拜遙天月。此意也無別。

【笑和尚】韻悠悠比及把角品絕。碧熒熒投至那燈兒滅。薄設設衾共枕空舒設。冷清清不恁迭。閑遙遙身枝節。悶懨懨怎捱他如年夜。

〔梅香云了〕〔做燒香科〕

【倘秀才】天那這一炷香則願削減了俺尊君狠切。這一炷香則願俺那拋閃下的男兒輕些。那一箇爺娘不間疊。不似俺忒唓嗻。劣缺。

〔做拜月科云〕願天下心廝愛的夫婦永無分離。教俺兩口兒早得團圓。〔小旦云了〕〔做羞科〕

【叨叨令】元來你深深的花底將身兒遮。搽搽的背後把鞋兒捻。澀澀的輕把我裙兒拽。熅熅的羞得我腮兒熱。小鬼頭直到撞破我也麼哥。撞破我也麼哥。我一星星的都索從頭兒說。

〔小旦云了〕妹子。你不知我兵火中多得他本人氣力來。我以此上忘不下他。〔小旦云了〕〔打悲了〕您姐

夫姓蔣。名世隆。字彥通。如今二十三歲也。〔小旦打悲了〕〔做猛問科〕
【倘秀才】來波我怨感我。合哽咽。不剌你啼哭你為甚迭。〔小旦云了〕你莫不元是俺男兒的舊妻妾。阿是是是當時只爭箇字兒別。我錯呵了聽□□。
〔小旦云了〕您兩箇是親弟兄。〔小旦云了〕〔做懽喜科〕
【呆古朵】似恁的阿嗜從今後越索着疼熱。休想似在先時節。你又是我妹妹姑姑。我又是你嫂嫂姐姐。〔小旦云了〕這般者俺父母多宗派。您昆仲無枝葉。從今後休從俺爺娘家根腳排。只做俺兒夫家親眷者。
〔小旦云了〕若說着俺那相别呵話長。
【三煞】他正天行汗病換脈交陽。那其間被俺爺把我橫拖倒拽出招商舍。硬廝強扶上走馬車。誰想俺舞燕啼鶯翠鸞嬌鳳。撞着那猛虎獰狼蝠蠍頑蛇。又不敢號咷悲哭。又不敢囑付丁寧。空則索感嘆咨嗟。據着那凄涼慘切。則那里一霎兒似癡呆。
【二】則就那裏先肝腸眉黛千千結。烟水雲山萬萬叠。他便似烈焰飄風。劣心卒性。怎禁那後擁前推。亂棒胡茄。阿誰無箇老父。誰無箇尊君。誰無箇親爺。從頭兒看來都不似俺爺狠爹爹。
【尾】他把世間毒害收拾徹。我將天下憂愁結攬絕。〔小旦云了〕沒盤纏。在店舍。有誰人。廝擡貼。那消疎。那凄切。生分離。廝拋撇。從相別。恁時節。音書無。信息絕。我這些時眼跳腮紅耳輪熱。眠夢交雜不寧貼。您哥哥暑濕風寒縱較些。多被那煩惱憂愁上送了也。〔下〕

第四折

〔老孤夫人正末外末上了〕〔媒人云了〕〔旦扮上了〕〔小旦云了〕可是由我那不那。

【雙調新水令】我眼懸懸整盼了一周年。你也枉把您這不自由的姐姐來埋怨。恰才投至我貼上這縷金鈿。一霎兒向鏡臺傍邊。媒人每催逼了我兩三遍。

〔小旦云了〕妹子阿。你好不知福。猶古自不滿意沙。我可怎生過呵是也。〔小旦云了〕那的是你有福如我處那。我說與你波。

【駐馬聽】你貪着箇斷簡殘編。恭儉溫良好繾綣。我貪着箇輕弓短箭。麤豪勇猛惡因緣。〔小旦云了〕可知煞是也。您的管夢回酒醒誦詩篇。俺的敢燈昏人靜誇征戰。少不的向我繡幃邊。說的些磣可可落得的笑魂現。

〔小旦云了〕這意有甚難見處那。

【慶東原】他則圖今生貴。豈問咱夙世緣。違着孩兒心只要遂他家願。則怕他夫妻百年。招了這文武兩員。他家裏要將相雙權。不顧自家嫌。則要傍人羨。

〔外云了〕〔住了〕〔正外二末做住了〕

【鎮江迴】俺兀那姊妹兒的新郎又忒醜覷。俺這新女婿。那嘲撥。聰的我兩三番斜僻了新粧面。查查胡胡的上玳筵前。知他俺那主婚人是見也那不見。

〔孤云了〕〔外末把盞科〕

【步步嬌】見他那鴨子綠衣服上圈金線。這打扮早難坐瓊林宴。俺這新狀元。早難道花壓得烏紗帽簷偏。把這盞許親酒又不敢慢俄延。則素扭迴頭半口兒家剛剛的嚥。

〔孤云了〕〔正末把盞科〕〔打認末科〕

【鴈兒落】你而今病疾兒都較痊。你而今身體兒全康健。當初喒那堝兒各間別。怎承望這荅兒裏重相見。

【水仙子】今日這半邊鸞鏡得團圓。早則那一紙魚封不更傳。〔末云了〕你說這話。〔做意了〕〔唱〕須是俺狠毒爺強匹配我成姻眷。不剌可是誰央及你個蔣狀元。一投得官也接了絲鞭。我常把伊思念。你不將人掛戀。虧心的上有青天。

〔末云了〕〔做分辨科〕

【胡十八】我便渾身上都是口。待教我怎分辨。枉了我情脈脈。恨綿綿。我晝忘飲饌夜無眠。則兀那瑞蓮。便是證見。怕你不信後沒人處問一遍。

〔末云了〕兀的不是您妹子瑞蓮那。〔末共小旦打認了〕〔告孤科〕〔末云了〕〔老夫人云了〕〔老孤云了〕你試問您那兄弟去。我勸和您妹妹去。〔正末云了〕〔小旦云了〕妹子我和您哥哥廝認得了也。你却召取兀那武舉狀元呵。如何。〔小旦云了〕你便信我怎麼那。〔小旦云了〕

【掛玉鉤】一二百口家屬語笑喧。如此般深宅院。休信我一時間在口言。便那里有寃魂現。〔小旦云了〕我特故里說的別。包彈遍。不嫌些蹬弩開弓。怎說他祖臂揮拳。

【喬牌兒】兀的須顯出我那不樂顏。量這的有甚難見。每日我綠窗前不整閑針線。不曾將眉黛展。

【夜行船】須是我心上斜橫着這美少年。你可別無甚悶縷愁牽。便坐駟馬高車。管着滿門良賤。但出入唾手盂掌扇。

【幺】但行處兩行朱衣列馬前。算箇文章士發祿是何年。你想那陋巷顏淵。簞瓢原憲。你又不是不曾受秀才的貧賤。
〔外云了〕休休教他不要則休咱沒事則管殃及他則末。
【殿前歡】忒心偏。覷重裀列鼎不值錢。把黃虀淡飯相留戀。要徹老終年。
召新郎更揀選。忒姻眷不得可將人怨。可須因緣數定。則這人命關天。
〔小旦云了〕〔使命上封外末了〕
【沽美酒】驟將他職位遷。中京內做行院。把虎頭金牌腰內懸。見那金花
誥帝宣。沒因由得要團圓。
【阿忽令】咱却且儘教伴呆着休勸。請夫人更等三年。你既愛青燈黃卷。
却不要隨機而變。把你這眼前厭倦物件。分付與他別人請佃。
〔孤云了〕〔散場〕

山神廟裴度還帶雜劇

關漢卿撰

第一折

〔冲末王員外同旦兒淨家童上〕〔王員外云〕耕牛無宿料。倉鼠有餘糧。萬事分已定。浮生空自忙。自家汴梁人氏。姓王名榮。字彥實。嫡親的兩口兒渾家劉氏。我在這汴梁城中開着箇解典庫。家中頗有資財。人口順呼喚做王員外。此處有一人。姓裴名度。字中立。他母親是我這渾家的親姐姐。不想他兩口兒都亡化過了。誰想此人不肯做那經商客旅買賣。每日則是讀書。房舍也無的住。說道則在那城外山神廟裏宿歇。大嫂。〔旦兒云〕員外。你有甚麼說。〔員外云〕我幾番着人尋那裴度來。與他些錢鈔。教他尋些買賣做。此人堅意的不肯來。〔旦兒云〕說他傲慢。你管他做甚麼。〔員外云〕看着他那父母的面上。假若來時。你多共少與他些錢鈔。我着人尋他去。人說道今日來。若來時。我自有箇主意。〔正末上云〕小生姓裴名度。字中立。祖居是這河東聞喜縣人氏。小生幼習儒業。頗看詩書。爭奈小生一貧如洗。這洛陽有一人。乃是王員外。他渾家是小生母親的親妹子。俺姨夫數次教人來喚。小生不曾得去。小生離了家鄉。來到這洛陽。尋了數日。今日須索走一遭去。想咱人不得志呵。當以待時守分。何日是我那發跡的時節也呵。〔唱〕

【仙呂點絳唇】我如今匣劍塵埋。壁琴土蓋。三十載。憂愁的鬢髮斑白。尚兀自還不徹他這窮途債。

【混江龍】幾時得否極生泰。看別人青雲獨步立瑤堦。擺三千珠履。列十二金釵。我不能勾丹鳳樓前春中選。伴着這蒺藜沙上野花開。則我這運不至我也則索寧心兒耐。久淹在桑樞甕牖。幾時能勾畫閣樓臺。

〔云〕有那等人道。裴中立你學成滿腹文章。比及你受窘時。你投托幾箇相知。題上幾首詩也得些滋潤也。您那裏知道也〔唱〕

【油葫蘆】我則待安樂窩中且避乖。爭奈我便時未來。想着這紅塵萬丈困賢才。那箇似那魯大夫親贈他這千斛麥。那箇似那龐居士可便肯放做來生債。自無了田孟嘗有誰人養劍客。待着我折腰屈脊的將詩賣。怕不待要尋故友訪吾儕。

【天下樂】好教我十謁朱門九不開。我可便難也波禁。難禁那等朽木材。一箇箇鋪眉苫眼粧些像態。他肚腸細。胸次狹。眼皮薄。局量窄。（云）此等人本情難移。（唱）可不道他山河容易改。

（云）可早來到也。報復去道有裴中立在門首。（家童云）你則在這裏。我報復去。員外。有裴中立在門首。（員外云）着他過來。（家童云）理會的。員外着你過去。（正末見科云）姨夫姨娘請坐。受您姪兒幾拜。（旦兒云）裴度。想你父母身亡之後。你不成半器。不肯尋些買賣營生做。你每日則是讀書。我想來你那讀書的窮酸餓醋。有甚麼好處。幾時能勾發跡也。（正末云）姨娘不知。聖人云。富家不用買良田。書中自有千鍾粟。小生我雖居貧賤。我身貧志不貧。（員外云）大嫂。人說他胸次高傲。果然如此。我雖不通古今。你是讀書人。你說那為人的道理我試聽咱。（旦兒云）誰聽你那之乎者也的。（正末唱）

【那吒令】正人倫傳道統。有堯之君大哉。理綱常訓典謨。是孔之賢聖哉。邦反坫樹塞門。敢管之器小哉。整風俗遺後人。立洪範承先代。養情性抱德懷才。

（旦兒云）懷才懷才。你且得頓飽飯喫者。（正末唱）

【鵲踏枝】則我這齏鹽運怎生捱。時難度與興衰。配四聖十哲。定七政三才。君聖明威伏了四海。敢則他這廟堂臣八輔三台。

（旦兒云）你空有滿腹文章。你則不如俺做經商的受用。你這等氣高樣大。不肯來俺家裏來。你便勤勤的來呵。我也不趕你去也。（正末唱）

【寄生草】則我這窮命薄如紙。您侯門深似海。空着我十年守定清燈曬。

我若是半生不徹黃虀債。我穩情取一身跳出紅塵外。〔員外云〕看你這般窮嘴臉。知他是幾時能勾發跡。〔正末唱〕你休笑這孤寒裴度困閭簷。〔帶云〕則不但小生受窘。〔唱〕尚兀自絕糧孔聖居陳蔡。

〔員外云〕大嫂你聽他但開口則是攀今攬古。〔旦兒云〕裴度你學你姨夫做些買賣。你無本錢。我與你些本錢。尋些利錢使可不氣概。不強似你讀書有甚麼好處。〔正末唱〕

〔後庭花〕你教我休讀書做買賣。你着我去酸寒可便有些氣概。你正是那得道誇經紀。我正是成人不自在。〔旦兒云〕他窮則窮則是胸次高傲。〔正末唱〕我胸次捲江淮。志已在青霄雲外。嘆窮途年少客。一時間命運乖。有一日顯威風出淺埃。起雲雷變氣色。

〔青歌兒〕我穩情取登壇登壇為帥。我掃妖氛息平蠻貊。你看我立國安邦為相宰。那其間日轉千堦。喜笑迎腮。掛印懸牌。坐金鼎蓮花碧油幢。刺刺的繡旗開。任您時節。您看我敢青史內標名載。

〔旦兒云〕我本待與你頓飯喫。你這等說大言。我也無那飯。也無那錢鈔與你。你出去。〔正末云〕小生但得片雲遮頂。不在他人之下。〔旦兒云〕看了你這般嘴臉。一世不能勾發跡。出去。〔正末云〕好無禮也。你數番教人來請我來到這裏。將這等言語輕慢小生。罷罷罷。我凍死餓死。再也不上你家門來。〔唱〕

〔尾聲〕他則是寄着我這紫羅襴。放着我那黃金帶。想吾豈匏瓜也哉。更怕我辱末了您門前下馬臺。有一日列簪纓畫戟門排。瓊林宴花壓帽簷歪。天香惹宮錦襟懷。你看我半醉春風笑滿腮。我將那紫絲韁慢擺。更和那三簷傘雲蓋。放心也我不道的滿頭風雪卻回來。〔下〕

〔員外云〕大嫂。裴度去了也。〔旦兒云〕去了也。〔員外云〕他敢有些恠我。〔旦兒云〕可知哩。〔員外云〕大嫂。你不知道。恰纔我見裴度。此人非小可。此人當來必然崢嶸有日。我自有箇主意了也。他如今恠我。久以後

致謝我也遲哩。今日無甚事。我去白馬寺中走一遭去。〔下〕〔旦云〕安排茶飯等員外來家食用。我且回後堂中去。〔下〕

第二折

〔長老引淨行者上云〕老去禪僧不下堦。兩條眉似雪分開。有人問我年多少。淵下枯松是我栽。老僧汴梁白馬寺長老是也。自幼捨俗出家。在白馬寺中脩行。但是四方客官。都來寺中遊翫。此處有箇秀才。姓裴名度。字中立。此人文武全才。奈時運未至。此人每日來寺中。老僧三頓齋食管待。今日無甚事。方丈中閑坐。行者門首覷者。看有甚麼人來。〔淨行者云〕阿彌陀佛。阿彌陀佛南無爛蒜喫羊頭。娑婆娑婆。抹妳抹妳。理會的。〔王員外上云〕自家王彥實。來到這白馬寺中也。行者。你師父在家麼。〔淨行者云〕撲之師父不在家。〔員外云〕那裏去了。〔淨行者云〕去姑子庵子裏做滿月去了。〔員外云〕報復去道我王員外在於門首。〔淨行者云〕哄你耍子哩。師父王員外在門首。〔長老云〕道有請。〔淨行者云〕有請。〔做見科〕〔長老云〕員外從何而來。請坐。〔員外云〕小人無事可也不來。敢問長老。裴中立這幾日來也不來。每日見不見。〔長老云〕終日在此寺中。〔員外云〕長老。小人有一件事央及長老。我留下這兩箇銀子。若裴度來時。〔打耳喑科〕〔長老云〕員外放心。都在老僧身上。你喫茶去。〔淨行者云〕搗蒜炮茶來。〔員外云〕不必喫茶了。長老勿罪。我出的這門來。我為何不留裴度在我家裏住。我則怕此人墮落了功名。胸中志氣吐虹霓。爭奈文齊福不齊。一朝雲路飛騰遠。脫却白襴換紫衣。〔下〕〔長老云〕員外去了也。老僧逐日常管齋食。今日這早晚。裴中立敢待來也。〔正末上云〕小生裴度。前者被姨娘姨夫一場羞辱。小生中心藏之。何日忘之。小生多虧這白馬寺長老。一日三齋。未嘗有缺。每談清話。甚得其清致。小生日日寺中三齋。到晚在這城南山神廟中安歇。時遇冬天。今日早間起來。出廟時尚且晴明。入的城來。一天風雪紛紛揚揚。下着國家祥瑞。好大雪也呵。〔唱〕

【南呂一枝花】恰便似梅花遍地開。柳絮因風起。有山皆瘦嶺。無處不花飛。凜冽風吹。風纏雪銀鵝戲。雪纏風玉馬垂。採樵人荷擔空回。更和那釣魚叟披蓑捲起。

【梁州】看路徑行人絕跡。我可便聽園林凍鳥時啼。這其間袁安高臥將門閉。這其間尋梅的意懶。訪戴的心灰。烹茶的得趣。映雪的傷悲。冰雪堂凍蘇秦懶謁張儀。藍關下孝韓湘喜遇昌黎。我我我飄的這眼眩曜。認不的箇來往回歸。是是是我可便心恍惚辨不的箇東西南北。呀呀呀屯的這路彌漫分不的箇遠近高低。瓊姬素衣。紛紛巧剪鵝毛細。戰八百萬玉龍退敗。鱗甲縱橫上下飛。可端的羨殺馮夷。

(云)這雪越下的大了也。(唱)

【隔尾】這其間正亂飄僧舍茶煙溼。密灑歌樓酒力微。青山也白頭老了塵世。都不到一時半刻。可又早遍圍四壁。添我在冰壺畫圖裏。

(云)可早來到也。我入的這方丈門來。無人報復。我自過去。(見長老科)(淨行者云)裴秀才來了也。我報復去。有裴秀才在門首。(長老云)恰纔說罷。裴秀才來到。請坐。行者看茶來。一壁看齋。裴秀才這早晚不曾喫飯哩。(淨行者云)看齋。小葱兒鍋燒肝白腸。(正末云)小生多蒙吾師厚德管待。此恩終朝不忘。小生異日必當重報。(長老云)中立不見外。但忘懷而已。無物爲款。聊盡薄心也。(正末唱)

【牧羊關】念小生居在白屋。處於布衣。多感謝長老慈悲。爲小生緣薄。承吾師厚禮。見一日無空過。整三頓飽齋食。我今日患難哀憐我。久以後得峥嶸答報你。

(長老云)先生近者有一等閭閻市井之徒。暴發。爲人妄自尊大。追富傲貧。據先生滿腹才學。爲人忠厚。處於布衣。其理善惡兩途。豈不嘆哉。(正末云)吾師不知。如今有等輕薄之子。重色輕賢。真所謂井底之蛙耳。何足掛齒也。(唱)

【罵玉郎】有那等嫌貧愛富的兒曹輩。將俺這貧傲慢把他那富追陪。那箇肯恤孤念寡存仁義。有那一等靠着富貴。有千萬喬所爲。有那等誇強會。

〔長老云〕秀才真乃英才之輩。比他人不同也。〔正末唱〕

【感皇恩】他顯耀此〻。飽暖衣食。賣弄此〻精細伶俐。怎聽他假文談。胡答應。強支持。出身於市井。便顯耀雄威。則待要激此〻名譽。施此〻小惠。要此〻便宜。

〔長老云〕真乃君子小人不同也。〔正末唱〕

【採茶歌】無才學。有權勢。有文章。受驅馳。長老這的是鶴長鳧短不能齊。比小生剩攢浮財潤自己。比吾師身穿幾件蚢蝌皮。

〔長老云〕行者看齋食裴秀才喫。共話一日。肚中饑了也。〔淨行者擺齋科〕〔正末云〕小生逐日定害。何以克當。〔長老云〕先生何故如此發言。你則是未遇間。久以後必當登雲路。行者。門首看者。看有甚麼人來。報復我知道。〔外扮趙野鶴上云〕觀物觀容知禍福。相形風鑑辨低高。道號皆稱無虛子。肉眼通神趙野鶴。貧道姓趙。雙名野鶴。道號無虛道人。自幼習學風鑑。貧道我斷人生死無差。相人貴賤有准。是這汴梁人氏。此處白馬寺有一僧人。乃是惠明長老。是我同堂故友。此人自幼捨俗出家。貧道在此貨卜爲生。每日到於寺中閑坐。今日到於寺中探望長老走一遭去。可早來到也。行者。你師父在方丈中麼。〔淨行者云〕師父方丈中有。〔野鶴云〕報復去。〔淨行者云〕理會的。師父。有趙野鶴在於門首。〔長老云〕有請。〔淨行者云〕先生。師父有請。〔見科〕〔長老云〕先生數日不見。請坐。〔野鶴云〕長老請坐。〔長老云〕裴中立。你與先生相見咱。此人乃趙野鶴。善能風鑑。斷人生死貴賤如神。〔正末云〕小生雖與足下識荊。所煩相小生禍福咱。〔野鶴做驚科云〕此位秀才何人。〔長老云〕先生。此人姓裴。名度。字中立。學成滿腹文章。未曾進取功名。有煩先生相裴秀才幾時爲官。〔野鶴云〕秀才。你恕罪。我這陰陽有准。我斷人禍福無差。可惜也。你看你凍餓紋入口。橫死紋鑽角。連眼魚尾相牽入太陰。遊魂無宅。死將臨。下侵口角如煙霧。即日形軀入土深。可憐也。你明日不過午。你一命掩泉土。明日巳時前後。你在那亂甎瓦之下。板僵身死。可憐也。〔正末云〕此人見小生身上藍縷。故云如此。特地眇視於小生。好世情也呵。〔野鶴云〕秀才你休怪。我是肉眼通神相。看你面貌上無一部可觀處。你看你五露。三尖。六極。五露者是眼突。耳反。鼻仰。唇掀。喉結。經曰。一露二露。有衫無袴。露若至五。夭壽孤苦。五露俱無。福壽之模。六極者。頭小爲一極。夫妻不得力。額小爲二極。父母少溫習。目小爲三極。平生少知識。鼻小爲四極。農作無休息。口小爲五極。身無剩衣食。耳小爲六極。壽命暫朝夕。我與你細細的詳推。〔正末唱〕

【賀新郎】通神的許負細詳推。地閣天倉。蘭臺廷尉。則他那山根印堂人中貴。五露三停六極。龍角魚尾伏犀。肉眼藏天地理。風鑑隱鬼神機。斷禍福觀氣色占凶吉。這廝好世情。看冷暖人面逐高低。

〔野鶴云〕秀才你休怪小子。我敢斷人生死無差。生則便生。死則便死。相法中無有不准。江湖上誰不知道肉眼通神相。人皆稱呼我做無虛道人。〔正末唱〕

【哭皇天】噤聲。這廝得道誇經紀。學相呵說是非。無半星兒真所爲。賃一刻說兵機。〔云〕裴度怨他怎的。〔唱〕大剛來則是我時乖命矣。我雖在人間閭之下。眉睫之間。又不比斗筲之器。疥癬之疾。雖然是我身貧。我身貧志不移。我心經綸天地。志扶持社稷。

【烏夜啼】穩情取禹門三級登鰲背。振天關平地聲雷。看堂堂圖相麒麟內。有一日列鼎而食。衣錦而回。那其間青霄獨步上天梯。看姓名亞等呼先輩。攀龍鱗。附鳳翼。顯五陵豪氣。吐萬丈虹霓。

〔野鶴云〕相法所斷。何故大怒。〔長老云〕裴中立雖然相法中如此斷。也看人心上所積。可不道人有可延之壽也。〔野鶴云〕小子無虛言也。〔正末唱〕

【煞】噤聲。我則理會的先王之道斯爲美。正是不患人之不己知。則你是箇巧言令色打家賊。不辨箇貴賤高低。按不住浩然之氣。你看我登科甲便及第。若是我金榜無名誓不回。有一日我獨步丹墀。
(長老云)秀才再答話一回去波。(正末不辭出門科云)罷罷罷。(唱)
【尾聲】雖是我十年窗下無人比。穩情取一舉成名天下知。(野鶴云)可惜此人文齊福不至也。(正末唱)我既文齊福不齊。脫白襴。換紫衣。列虞候。擺公吏。那威嚴。那英氣。那精神。那雄勢。腆着胸脯。撚着髭髣。寶雕鞍側坐。鑌鐵鐙斜挑。翠藤鞭款裊。縷金鑾輕搖。笑吟吟喜春風驟馬嬌嘶。列紫衫銀帶擺繡帽宮花。簇朱幢皂蓋擁黃鉞白旄。那其間酬心願遂功名還故里。(下)
(長老云)裴中立含怒而去。(野鶴云)可惜裴秀才。明日不過午。必定掩泉土。此人死於亂甎瓦之下。板僵身死。長老。小子告回也。(長老云)先生再坐一會兒去。(野鶴云)小子不必坐。明日再來望我。出的寺門來。且回我家中去也。(下)(長老云)裴中立如此造物。(淨行者云)苦哉也。(長老云)老僧且回方丈中。待到明日若日午之後。裴中立若來時。萬千歡喜。若午後真箇不來。老僧領着行者。親身直到城外山神廟看裴秀才走一遭去。(下)(淨行者云)阿彌陀佛。這一會打在亂甎瓦底下。苦也苦也。(下)(韓夫人同韓瓊英上云)花有重開日。人無再少年。休道黃金貴。安樂最值錢。老身姓李。夫主姓韓。夫主為洛陽太守。別無得力兒男。止有一女。小字瓊英。嫡親的三口兒家屬。為因上司差國舅傅彬。計點河南府錢糧。至此洛陽。問我夫主要下馬錢一千貫。因我夫主在此洛陽秋毫無犯。家無囊畜之資。亦難去科斂民財。我夫主未曾應酬。以此傅彬懷恨。不期傅彬使過官錢一萬貫。後來事發到官。問傅彬追徵前項贓物。不想傅彬指下夫主三千貫贓。都省無好官長奏聞。行移至本府。提下夫主。下於縲絏。賠贓三千貫。事以不明。難為伸訴。爭奈下情不能上達。何須分辯。休越朝廷法例。舒心賠納。家中收拾。止勾送飯日用而已。俺兩口兒面上。衆親戚齎助一千貫。老身止生的這個孩兒。因父祖名家。老身嚴加訓教此女讀書吟詩寫字。在城裏外。多虧我這女孩兒。懷羞捌筆題詩。救父之難。得市戶鄉民惻隱。一則為他父清廉。二則因我這女孩兒孝道。半年中抄化到一千貫。陸續納入官。前後二千貫。尚有一千貫未完。夫主未能脫禁。孩兒也。恁的呵。如之奈何。(瓊英云)母親。您孩兒今日早上街。有人道。小姐。城中闕裏。人事上也絮繁了。近日朝廷差一公子來此歇馬。今日往城東去了也。有人見在郵亭上賞雪飲酒翫梅。你去那裏走一遭。但得些滋潤。便勾了也。妾身想來也說的是。不會與母親說知。未敢擅便。〔下兒云〕既然如此。你今日便索出城東。往郵亭處投謁那公子走一遭去。孩兒。你疾去早來。休着我憂心。〔下〕〔瓊英云〕理會的。我收拾灰罐筆。便索往郵亭投謁李公子走一遭去。〔下〕〔外扮李公子上云〕祖父艱辛立業成。子孫榮襲受皇恩。為臣輔弼行肱股。保助皇朝享太平。某姓李名文俊。字邦彥。今奉聖人命。為因各處濫官污吏。苦害良民。或有山間林下。懷才抱德。隱跡埋名。屈於下流。着某隨處體察採訪。某來到這洛陽歇馬。紛紛揚揚。下着國家祥瑞。領着從人。將着紅乾臘肉。酒果盃盤。來至這城東郵亭上。你看那雪飄梅放。正好賞心樂事。〔祗候云〕大人滿飲一盃。〔把盞科〕〔公子云〕這早晚這雪越下的大了也。慢慢的飲幾盃。〔瓊英上云〕妾身韓瓊英。出的這城來。一天風雪。雖然如此受苦。我為父母也是我出於無柰。說話中間。兀的不到郵亭也。這一簇人馬。那公子正在郵亭上飲酒哩。我拂了我這頭上雪。上郵亭去咱。〔李公子見科云〕大雪中一箇女子。提着箇灰罐。上這郵亭來。必然是題詩。〔祗候云〕兀那女子。那裏去。〔公子云〕祗候人休驚諕着他。着那箇女子近前來。〔祗候云〕女子。你靠前把體面。〔瓊英放下灰罐科〕〔李公子云〕兀那女子。誰氏之家。姓甚名誰。因何大雪中提着箇灰罐兒。來這郵亭上有何事。你試說一遍咱。〔瓊英云〕妾身洛陽太守韓廷幹之女。為因朝廷差國舅傅彬。計點河南各府錢糧。來至此洛陽。問家尊要下馬錢共起馬錢。為因家尊治官廉潔。秋毫無犯。家無囊畜之資。亦難去科歛民財。處正道公行。不會應酬。傅彬懷恨。不想傅彬賊心。侵使過官錢一萬貫。後因事發。問傅彬追徵前項贓物。誰想傅彬懷挾前讎。指家尊三千貫。都省無好官長奏聞。行移文書至本府。提下家尊。下於縲絏。賠贓三千貫。事以不明。難為伸訴。既下情不能上達。何須分辨。休越朝廷法例。舒心賠納。家中收拾。止勾送飯日用而已。父母面上。衆親戚處齎助了一千貫。父母止生妾一箇。因父祖名家。老母家訓教妾讀書吟詩寫字。城裏城外。妾身懷羞無計所柰。搦筆題詩。救父之難。得市戶鄉民惻隱。一則為父清廉。二則因妾孝道。半年中抄化到一千貫。陸續納入官府。前後納夠二千貫了。如今尚有一千貫未完。不能夠救我父親脫禁。聽知的大人在

此郵亭中賞雪觀梅。妾身特來大人處獻詩。〔公子云〕却原來是爲傅彬那箇逆賊攀指。累及好人。無故繫
獄。此天理何在。日月雖明。不照覆盆之下。看說此一事。韓公實在是寃枉。兀那小姐。汝父既是如此。你何不
伸訴你父寃枉。與朝廷辯明此事。〔瓊英云〕係是朝廷法例。焉肯與賊子折證辯明。情願舒心賠納。〔公子
云〕朝廷有如此廉艮之臣。埋沒於斯。兀那小姐。如今你父親合納三千貫贓。有二千貫也。尚有一千貫未
完。又難得如此孝道之女。天地神明。豈無照察。李邦彥也。可不道見義不爲無勇也。我有這兩條玉帶。價值
三千貫。兀那小姐。我與你救父賠贓。成此勝事。兀那小姐既然你會吟詩。你就指這雪爲題。作詩一首。可不
好。若有詩。此玉帶便與你。若無詩呵。這玉帶不與你。〔瓊英拜科〕〔公子云〕兀那祗候。你隨身帶着那文房
四寶。與那女子紙筆。教他寫。〔祗候云〕理會的。〔祗候與旦紙筆科云〕兀那女子。與你紙筆。〔瓊英做尋思
寫科〕〔云〕詩就了也。我就寫在這紙上。〔做寫科了〕〔公子云〕好寫染也。我試看咱。〔詩曰〕合是今年喜
瑞新。皇天輔得玉麒麟。太平有象雲連麥。普濟禎祥救萬民。〔公子云〕嗨。此詩中意題雪褒奬。甚有比喻。此
女子非凡。再吟詠一首看後意如何。小姐。你既有如此大才。可指雪再吟詠一首。〔瓊英云〕既公子命妾。拙
才再題一首。〔寫科了〕〔公子看云〕〔詩曰〕逞祥遍迥飛瓊鳳。表瑞騰空墜素鸞。爲國於民能潤物。休將樹
稼等閑看。嗨。此詩中意有世教。有機見。有志氣。有彼此。得詩家之與也。非我多事。休嫌絮煩。指此梅花再詠
一首。〔旦云〕既公子命妾再題一首。〔又寫科〕〔公子云〕〔詩曰〕性格孤高幽谷載。清香獨步染纖埃。歲寒
一點真如許。待許春回向暖開。此詩中志氣不小。這首詩是白梅。你覷兀那窗外臘梅一樹。你何不指臘梅
煩作一首。〔旦又寫科了〕〔公子云〕〔詩曰〕時人未識顏如臘。惟妾心知清似冰。志在中央得正氣。暗香別
是一般清。此女子天資天才。四絕詩不構思。出語走筆成文。非同小可。詠此四絕句。豈不清致。大志不淺。此
女子有丈夫之剛。又兼父廉母嚴女孝。此一言古今稀有。小官聞知汝父之寃枉。某奉命專察不明之事。我
將此一事。我自動文書往京師奏知。兀那小姐。你將此帶去。此帶價值千貫。救父贓完脫禁。〔做與帶科〕
〔旦謝科云〕索是謝了大人深恩厚意。〔公子云〕你休如此說。你便去救你父親去。小官在此洛陽。體察的
如此一莊事。我不敢久停久住。則今日便索往京師去也。覆命親身離洛陽。一門忠孝有綱常。女孝父廉遭

危難。拔擢英賢奏帝王。〔下〕〔旦云〕感謝祖宗。不想遇着公子。得一條玉帶。價值千貫。可救父難。得脫縲絏之災。我不敢久停。將着玉帶。報知母親去。〔下〕

第三折

〔山神上云〕霹靂響喨震山川。蒼生拱手告青天。有朝雨過雲收斂。兇徒惡黨又依然。吾神乃此處山神是也。此處洛陽有一人。乃是裴度。此人滿腹文章。爭柰文齊福不至。每日晚間在此廟中安歇。此人更兼壽夭。可憐裴度。明日午前。當死在此廟中磚瓦之下。此廟當崩摧。敗吾神在此廟中閑坐。下着如此般大雪。看有甚麼人來。〔瓊英上云〕我出的這門來。這雪越下的大了。可怎生是好。路傍有一座山神廟兒。我且入這廟兒裏略歇息咱。待雪定便行。一箇草鋪兒。我且在這上面坐咱。走這一日。覺我這身子有些困倦。我權且歇息咱。將這玉帶放在這草薦下。貼牆兒放着。我略合眼咱。〔旦兒歇息了〕〔做猛省科云〕嗨。不覺睡着。天色晚了也。恐閉了門。母親懸望。呀。雪覺小些兒。我出的這廟門來。則怕晚了天色。趕城門去來。〔下〕〔正末上云〕小生裴度是也。誰想今朝在寺中受這一場煩惱。天色將晚。雪覺小了。我回往那山神廟去也。裴中立。我想儒冠多悞身。似這般虀鹽的日月。幾時是了也呵。〔唱〕

【正宮端正好】我愁見古松林。我這裏便怕到兀那崩摧廟。我可便嘆吾生久困蓬蒿。看別人青霄有路終須到。知他我何日朝聞道。

【滾繡毬】今日見那趙野鶴。他觀了我相貌。他道凍餓紋耳連着口角。橫死紋鬢接着眉梢。他道我主福祿薄。更壽夭。則他那相法中無他那半星兒差錯。他道我斷的准也不錯分毫。我平生正直無私曲。一任天公饒不饒。這的是善與人交。

〔云〕來到這山神廟也。我與你拂了這頭上雪。入的這廟來。這廟如此疎漏。又待倒也。如之柰何。〔唱〕

【醉太平】我則見泥脫下些抑托。更和這水浸過這笆箔。我則見梁漕椽爛柱根糟。這的是欠九分來待倒。這一座十疎九漏山神廟。如十花九刻寒冰窖。似十摧九塌草團瓢。比着那漏星堂較少。

〔云〕陰能剋晝晚了也。我歇息咱。晾起這頭巾。脫了這泥靴。衣服就身上偎乾。〔唱〕

【倘秀才】水頭巾供桌上控着。泥靴脚土牆邊晾着。〔云〕裴中立也。〔唱〕我可甚買賣歸來汗未消。淒涼愁今夜。猶自想來朝。藁薦上和衣兒睡倒。

〔云〕我這脚冷。我且起來盤着脚坐一坐。等溫的我這脚稍暖和。呵再睡。〔做墊住科云〕好是奇怪也。〔唱〕

【呆骨朵】我恰纔待盤膝裹脚向亭柱上靠。這藁薦下墊的來惹高。我這里悄悄量度。好着我暗暗的喑約。〔正末云〕我試抹藁薦下咱。〔做拿起帶科云〕是一條帶。〔唱〕不由我小膽兒心中怕。諕的我小鹿兒心頭跳。那一箇富豪家失忘了。天阿天阿把我這窮魂靈兒險諕了。

〔云〕我起身來穿上這靴。開開這門。這雪兒晃的明。我試看咱。是一條玉帶。〔唱〕

【倘秀才】我辨認的分分曉曉。我可便惹一場煩煩惱惱。我今夜索思量計萬條。若有人來尋覓。我權與他且收着。我兩隻手捧托。

〔云〕嗨。是一條玉帶。這的是那尋梅的官長每經過。跟隨伴當每在此避雪。不小心忘了。倘若你那官人到家問你這玉帶呵。他將甚麼還他。不逼了人性命。小生雖貧。我可不貪這等錢物。明日若有人來尋。山神。你便是證見。我兩隻手便還他。也是好勾當。我爲這玉帶。一夜不會得睡。早天色明也。我忍着冷。將着這玉帶。我且趓在這廟背後。看有甚麼人來。〔韓瓊英同夫人上〕〔夫人云〕夜來孩兒在郵亭上賣詩。遇着李公子。與了一條玉帶。說價值千貫。孩兒回家來。說在那山神廟裏歇脚避雪。將玉帶忘在那廟裏。俺娘兒每一夜不會睡。今日絕早出城。來尋那玉帶。孩兒。你在那箇廟兒裏來。〔旦兒云〕母親。兀的那箇廟兒便是。在這裏面避雪來。入這廟兒去來。我放在這藁薦底下來。天那。無了這玉帶也。爲父坐禁題詩。則少一千貫贓未完。不想遇着李公子。得這條玉帶。價值千貫。若賣了時。救俺父得脫禁。不想我忘在此處不見了。我再幾時得一千貫錢。我不能夠救我父離獄。又不能夠盡孝之心。有何面目立於天地之間。母親。我也顧不的你也。要我這性命做甚麼。我解下這胸前胸帶。我尋箇自盡。〔夫人云〕我夫不能脫禁。要我一身何用。我解下這胸帶來。不如我尋箇自盡罷。〔正末慌入廟科云〕住住住。你何故覓死也。〔唱〕

【脫布衫】我見他迷溜沒亂心痒難揉。悲切切雨淚嚎咷。一箇他哭啼啼棄生就死。一箇他急煎煎痛傷懷抱。

〔云〕螻蟻尚然貪生。爲人何不惜命。你有何緣故。在此覓死也。〔夫人云〕哥哥。你那裏知道那。〔正末唱〕

【小梁州】借問你箇老嫗緣由女豔嬌。你因甚事細說根苗。〔云〕你有甚麼冤枉。在此覓死。你從頭至尾說一遍咱。〔旦兒云〕我看來。這箇人必是箇儒人秀士。哥哥不嫌絮煩。聽妾身從頭至尾說一遍咱。妾身乃洛陽韓太守的女孩兒。這箇是我母親。嫡親的三口兒家屬。父親在此爲理。與人秋毫無犯。爲因上司差傅彬來河南點檢錢糧。傅彬到此洛陽。問我父要上馬錢下馬錢。我父不肯與他。後來傅彬爲侵使過官錢。追贓賠納。不想傅彬賊子。懷挾前讎。指家父三千貫贓。奏聞行移至本府。提下家父。下於縲絏。賠贓三千貫。事以不明。難爲伸訴。下情不能上達。何須分辨。不敢越朝廷法例。舒心賠納。家中收拾。止夠送飯日用而已。父母面上。親戚處助一千貫。父母止生妾身一箇。因父祖名家。老母家訓教妾讀書吟詩寫字。在城裏外。妾身懷羞搠筆題詩。救父難。得市戶鄉民惻隱。一則爲父清廉。二則因妾孝道。半年中抄化了一千貫。陸續納入官。前後二千貫。尚有一千貫未完。父親未能脫禁。則見一日城市中有人對妾言說。小姐。這城中關廂裏外。人事上也絮繁了。近日朝廷差一公子。來此歇馬。今日說在城東去。有人見在郵亭賞雪飲酒哩。若到那裏。一則題筆賣詩。二則訴父冤枉。但得些滋潤。夠你賠贓也。聽的說罷。急走出城。來至郵亭。正見公子賞雪飲酒。見妾問其緣故。妾將前事盡訴其情。公子甚是憐念。又命妾題詩。妾隨作詩數首。公子甚喜。就賜腰間玉帶一條。價值千金。與妾身救父脫禁。妾欲要回城中。到此半路。風緊雪大。妾在此廟中歇脚避雪。不覺身體困倦。在此歇息。我將玉帶放在藁薦下。猛然省來。誠恐天晚。母親在家懸望。妾身慌走出廟來。又怕關了城門。緊走到家中。老母問其緣故。忽然想起玉帶來。急要來取。城門已閉。俺娘女二人。一夜不曾睡。今日早挨門出來。入的廟門來尋。誰想不見了玉帶。則覷着這條玉帶。救父脫禁。我既不能救父。又不能盡孝。我因此尋自盡。〔夫

人云〕哥哥。我則覷着這箇孩兒。他尋自盡。夫主又不能出禁。要我身何用。我也尋箇自盡。也是俺出於無柰
也。〔正末云〕好可憐人也。〔唱〕爲甚尊君寃枉坐囚牢。賣詩呵把父母恩臨報。小姐也
你可甚麼家富小兒嬌。

〔旦兒云〕哀哀父母。生我劬勞。養小防老。積穀防饑。妾雖女子。亦盡孝也。〔正末唱〕

【幺篇】你道是從來養小防備老。都一般哀哀父母劬勞。〔帶云〕先聖有言。身體髮膚受之父母。不敢毀傷。孝之始也。〔唱〕你便怎生捨性命尋自吊。〔帶云〕揚名於後世。以顯父母。孝之終也。〔唱〕這的可也方爲全孝。〔云〕父母全而生之。子全而歸之。可爲孝也。〔唱〕則這的是爲人子立的根苗。

〔夫人云〕據先生說呵也說的是。爭柰我夫主無辜受禁。眼睜睜不得脫離。則覷着這條玉帶救夫主。不見了似此這般一千貫贓。幾時納的了也。〔正末云〕夫人。小娘子。假若有這玉帶呵呢。〔夫人云〕若有這玉帶呵。便是救了俺一家性命也。〔正末云〕假若無了這玉帶呵呢。〔夫人云〕俺一家兒便是死的。都不得活也。

〔正末云〕老夫人。小娘子。放心。玉帶我替你收着哩。〔旦兒云〕先生勿戲言。〔正末云〕孔子門徒。豈有戲言。

〔正末做取帶科云〕娘子。兀的不是帶。還你。〔旦兒接科云〕兀的不正是此帶。索是謝了先生。〔夫人云〕孩兒也。俺娘兒兩箇一齊的拜謝先生咱。〔正末云〕不敢不敢。〔夫人云〕先生救活我一家之恩。此義非輕也。世間似先生者。世之罕有。處於布衣窘迫之中。千金不改其志。端的是仁人君子也。〔正末云〕不敢不敢。世間似小娘子貞孝之女。自古孝子多。孝女少。女子中止有兩三箇人也。〔夫人云〕是那兩三箇。先生試說。老身洗耳願聞咱。〔正末唱〕

【叨叨令】當日箇賈氏爲父屠龍孝。楊香爲父跨虎曾行孝。曹娥爲父嚎江孝。今日箇瓊英爲父題詩孝。端的可便感天地也波哥。端的可便感天地也波哥。爲父母呵。男女皆可盡人之孝。

〔夫人云〕先生那裏鄉貫。姓甚名誰。〔正末云〕小生姓裴名度。字中立。祖居河東聞喜縣人氏。父母早年亡

化過了。因囊篋俱乏。未曾求進。淹流在此。〔夫人云〕早是遇着先生。若是遇着別人呵。可怎了也。假若秀才藏過。則說無也罷。可怎生舒心還此帶。先生端實古君子之風也。〔正末云〕夫人言者差也。〔唱〕

【塞鴻秋】我則待麄衣淡飯從吾樂。我一心待要固窮守分天之道。我則待存心謹守先生教。〔旦兒云〕先生恰纔不與此帶。無計所柰也。〔正末唱〕可不道君子不奪人之好。〔夫人云〕老身一家處於患難。先生亦在窘迫。故使先生救我一家性命。〔正末唱〕夫人處患難。小生甘窮暴。喒正是搖鞭舉棹休相笑。

〔夫人云〕老身同小女告回也。〔正末云〕老夫人小娘子勿罪。難中缺茶為獻。實為惶恐。小生送出廟去。

〔夫人云〕先生免送。〔正末唱〕

【倘秀才】出廟門送下澀道。近行徑轉過牆角。這的是貧不憂秋富不驕。

〔旦兒云〕妾身看了秀才。若非古之君子。豈有如此局量。此還帶之恩。異日必當重報於足下。毛詩云。投之以木桃。報之以瓊瑤。焉敢忘恩人之大德也。〔正末唱〕你道是投之以木桃。報之以瓊瑤。小人怎敢比古人量作。

〔旦兒云〕此時世俗。惟先生之一人。禮義廉恥。道德之風。餘者俗子。受不明之物。取不義之財。有幾人也。

〔正末云〕皇天無私。惟德是輔。〔唱〕

【滾繡毬】喒人命裏有呵福祿增。〔云〕暗室虧心。神目如電。〔唱〕命里無呵災禍招〔云〕近之不遜。遠之又怨。〔唱〕受不明物呵不合神道。〔云〕不義而富且貴。於我如浮雲。〔唱〕取不義財呵枉物難消。〔旦兒云〕據先生如此大量。當來發達於世。豈不壯哉。〔唱〕有一日蟄龍奮頭角。風雲醉碧桃。酬志也五陵年少。軒昂也當發英豪。伴旌旗日暖龍蛇動。看宮殿風微燕雀高。鴈塔名標。

〔夫人云〕先生請回。〔正末云〕小生再送兩步。〔廟倒科〕〔旦兒云〕呀。倒了這山神廟也。〔夫人云〕早是秀才不在裏面。〔正末驚科云〕陰陽有准。禍福無差。信有之也。〔唱〕

【煞】陰陽有准無虛道。好一箇肉眼通神趙野鶴。喒人這禍福難逃。吉凶怎避。莫得執迷。枉了徒勞。判斷在昨日。分已定前生。果應於今朝。若是碎磚瓦裏命終。得這身夭。險此些兒白骨臥荒郊。

〔夫人云〕先生爲何如此驚嘆。必有其情。乞請知之。〔正末云〕老夫人不知。小生昨日在白馬寺中。遇一相士。說小生今日不過午。一命掩泉土。今日午前死於碎磚瓦之下。今日果應其言。小生若不爲還此帶。送出老夫人小姐來呵。小生正遭此一死也。〔夫人云〕皆是先生陰德太重。救我一家之命。因此遇大難不死。必有後程。准定發跡也。〔正末唱〕

【尾聲】我但得一朝冠蓋向長安道。趁着這萬里風頭鶴背高。有一日享榮華受官爵。早則不居無安食無飽。〔旦兒云〕此恩此德。時刻未忘。〔夫人云〕我記着先生這箇模樣。請箇良工寫像傳真。侍奉終日燒香供養先生也。〔正末唱〕你道是這恩臨決然報。常記着休忘了。乂命良工寫像傳真。點燭燒香。你將我來供養到老。〔下〕

〔夫人云〕合是我夫主得脫禁。難遇此等好人也。〔旦兒云〕母親。喒回家將此帶貨賣一千貫鈔。救父出禁。那其間喒可報裴秀才之恩未爲晚矣。〔夫人云〕黃金不改英雄志。白馬焉能污己身。這秀才文章正是行忠孝。必享皇家爵祿恩。〔同下〕

楔子

〔長老引淨行者上云〕事不關心。關心者焦。貧僧是白馬寺長老。昨日有趙野鶴偶然遇裴中立。相此人今日不過午。一命掩泉土。此趙野鶴斷生死無差。〔淨行者云〕裴秀才苦也。板僵身死。〔長老云〕惜哉裴秀才。滿腹文章。壽算不永。今日這早晚不見裴秀才來。〔淨行者云〕這早晚一定死在那碎磚瓦底下。苦惱也。〔趙野鶴上云〕貧道趙野鶴。今日無甚事。白馬寺中望惠明長老走一遭去。可早來到也。〔見行者云〕行者報復去道。有趙野鶴在於門首。〔淨行者云〕你又來了。〔淨行者報科云〕師父。有趙野猫在於門首。〔長老云〕敢是趙野鶴麼。〔淨行者云〕是趙野鶴。〔長老云〕有請。〔見科〕〔長老云〕先生請坐。〔野鶴云〕昨日相那裴中立。今日不過午必死於碎磚瓦之下。板僵身死。〔長老云〕可惜此人滿腹文章。〔野鶴云〕長老。蓋因命運所係也。〔長老云〕行者。看茶湯來。〔淨行者云〕理會的。搗蒜烹茶。〔長老云〕看有甚麼人來。〔正末上云〕小生裴中立。趙野鶴真肉眼通神相。果應其言。險死於碎磚瓦之下。雖然如此。我今日到白馬寺。尋趙野鶴走一遭去。可早來到也。行者。〔淨行者云〕你是人也是鬼。〔正末云〕我是人。怎生是鬼。師父在方丈裏麼。〔淨行者云〕你則在這裏。師父。有裴秀才在門首。〔野鶴云〕你敢差認了也。這早晚在那碎磚瓦之下。板僵身死了也。再那裏得箇裴秀才來。〔淨行者云〕他見在門首哩。〔長老云〕你請他來。〔淨行者見正末云〕秀才。師父有請。〔正末見長老云〕長老支揖。〔長老驚科〕〔正末云〕兀的不是趙野鶴。可不道你無虛道。你道我今日不過午。一命掩泉土。午前死在碎磚瓦之下。板僵身死。這早晚午後也。可怎生不死也。〔野鶴云〕住住住。好是奇怪也。裴秀才。你今日氣色比昨日不同。長老。你看他那福祿文眉梢侵鬢。陰隲文耳根入口。富貴氣色。四面齊起。裴秀才。你久後必然拜相位也。〔淨行者云〕你這陰陽不濟事了。你也是多裏撈摸。〔長老云〕先生。可是為何比昨日全不同也。〔野鶴云〕長老不知。這秀才必有活三四箇人性命的陰隲。若不是。如何得這氣色比昨日全別了。氣色都轉的好了。〔正末云〕我是一窮儒。那裏行陰隲去。〔野鶴云〕秀才。你休瞞我。你必然有活人的陰隲。你實說。〔正末云〕罷罷罷。小生是讀書人。豈可欺心。昨日在此遇先生。相小生今日不過午。必死於碎磚瓦之下。小生含恨而去。大雪中到於山神廟中。草鋪上欲要歇息。不想藁薦底下一條玉帶。小生見了。就在山神跟前發願。這玉帶必是那尋梅賞雪的官人跟隨的伴當在此歇脚避雪。忘在此處。若到家中。他那官人問他要這玉帶呵。不逼臨了人性命。小生曾言。明日但有人來尋這帶呵。我雙手奉還這帶。到天明小生將着玉帶。趓在山神廟後面。無一時。則見有娘女二人。徑直來到廟中。來尋此帶不見。娘女二人痛哭不已。二人解下胸帶。都要懸梁自縊。小生慌忙向前。解救二人。問其緣故。則說那女子具說情由。他乃是洛陽韓太守之女。他父爲傅彬指三千貫贓。韓公平昔奉公守法。廉幹公謹。上司行移到本府。提下太守追贓。韓公恐越朝廷法例。舒心賠納。其家甚窘。衆親戚齋助了一千貫。其太守有一女。小字瓊英。爲無錢賠贓。自己提灰罐在街搠筆。城裏關廂市戶鄉民。憐其他父清女孝。衆人齋助有一千貫。尚少一千貫未完。韓公不能脫禁。或一日。有人指引道。近間有李公子。上命差來此處歇馬。體察民情。你何不謁托公子處。但得些滋潤。可不夠你父賠贓也。女子聽說了也。慌忙尋到城東郵亭上。不想李公子正賞雪飲酒哩。見此女子。問其緣由。此女子盡訴其情。公子哀憐甚矣。遂命女子吟詩。不想此女子連作詩數首。有大儒之才。李公子大喜。遂解腰間玉帶。價值千貫。賜與女子。救父賠贓。此女子得了玉帶。路逢大雪。到小生歇的那山神廟裏歇脚。將玉帶放在藁薦下。此女子身體困倦。盹睡着了。忽然睡省。恐怕天晚。關閉城門。忘却玉帶。走進城來。到的家中。他那母親問其緣故。猛然想起玉帶來。急要尋去。城門關閉了。第二日挨門出來。至山神廟尋此帶不見。那女子道。付能得此玉帶。價值千貫。救父脫禁。不想失了此帶。要我這性命做甚麼。我不如懸梁自縊。他母親言道。你父見在難中。你又尋自盡。要我何用。不如我也尋箇自盡。小生聽罷。慌忙將着此帶。還與韓瓊英娘女二人。深恩不盡。再三拜謝小生。因問小生姓甚名誰。小生告訴間。送二人出山神廟。娘女二人拜謝不盡。小生又送幾步。出的廟門。正行之際。則聽的響喨一聲。把那山神廟忽然倒塌。小生猛然思量起先生所斷之言。我今日不過午。一命掩泉土。我若不爲還此帶送他娘女二人出廟門呵。那得小生性命來。先生。小生因此不死了也。〔野鶴云〕如何。我這相法不差。你今日全然換的氣色別了。爲何如此說。這的是莫瞞天地莫瞞神。心不瞞人禍不侵。十二時中行好事。災星變作福星臨。〔長老云〕裴中立。趙野鶴的相法無差。皆因你陰隲太重。今日轉禍爲福也。〔野鶴云〕長老。小子相人多矣。未常有這等一粧事。小子借長老的方丈。小子沽酒與裴中立相賀。有何不可。〔長老云〕先生。好好好。堪可貧僧備齋。看有甚麼人來。〔野鶴遞酒科了〕〔夫人上云〕老身韓夫人是也。昨日裴中立救活我全家性命。今日送飯。將此話說與夫主。夫主有命。將拙女瓊英願與裴中立爲妻。老身問人來說。裴中立在白馬寺中。我尋到此。來到方丈。我自過去。〔見科〕〔夫人云〕長老萬福。秀才大恩。不敢有忘。今日與夫主送飯。具說此事。夫主大喜。〔野鶴云〕適來中立所言。正是此端。〔夫人云〕先生。夫主深感中立之恩。無以報答。將拙女瓊英倚中立不嫌殘妝貌陋。願與中立爲妻。待夫主出禁。成此婚姻。二位勿哂。〔野鶴云〕此夙緣先契。淑女可配君子也。〔長老云〕夫人。俺先與中立謝允肯之親者。〔野鶴云〕夫人。雖然如此。中立當以功名爲重。必當先進功名。

後妻室也。〔正末云〕難得先生如此厚意。小生也有此心。爭柰小生囊篋消乏。不能前進。〔野鶴云〕小生有
馬一匹。送與先生。權代脚步。往京師去。〔長老云〕既野鶴助馬。老僧收拾盤纏。白銀兩錠。權爲路費。〔正末
云〕小生何以克當。〔夫人云〕據中立文武全才。輔祚皇朝。男兒四方之志。文行忠信。人之大本也。則要你
着志者。〔正末云〕夫人放心也。〔唱〕

【仙呂賞花時】立忠信男兒志四方。居王佐丹扆定八荒。撫萬姓定邊疆。
或是做都堂爲相。那其間衣錦可兀的却還鄉。〔下〕

〔夫人云〕長老先生勿罪。老身回去也。〔長老云〕老夫人。裴秀才這一去。必然爲官也。〔夫人云〕若裴中立
得了官呵。不忘了長老先生之恩。老身不敢延遲。將此事說與夫主去。〔下〕〔野鶴云〕我觀裴中立相貌氣
色。此一去必然重用也。〔長老云〕老僧略備酒果。俺二人直至十里長亭。與中立餞行。有何不可。〔野鶴云〕
好好好。俺二人餞行走一遭去。〔同下〕

第四折

〔太守上云〕王法條條誅濫官。刑名款款理無端。掌條法正天心順。治國官清民自安。老夫韓廷幹是也。先
任洛陽太守。爲因傅彬侵使過官錢一萬貫。事發到官追徵。不想傅彬懷恨。指老夫三千貫贓。屈囚牢內。依
命賠贓。家下止有夫人。小女瓊英。爲老夫家緣窘迫。衆親戚處齎助一千貫。小女題詩抄化到一千貫。又遇
李邦彥。因爲洛陽歇馬。就採訪賢良。案察奸黨。見小女題詩訴寃。李公子就與玉帶一條。價值千貫。賠贓完
備。方脫縲絏。幸得李公子實知老夫寃枉。先動文書於都省。後馳驛馬回奏。聖人方知前因。聖人可憐。將老
夫賠過贓三千貫盡給還老夫。一則上不違朝廷法例。二不費百姓之勞。又見某家父廉母嚴女孝。謝聖人
可憐。陞老夫都省參知政事。彼見小女得公子玉帶。忘在山神廟。遇一人裴度還帶。救活我全家之命。老夫
在禁中。曾許小女以妻裴度。不想今日裴度選考。此人文武全才。聖人大喜。加以重用。借都省頭答誇官三
日。老夫就將此事奏知。愈加其喜。奉聖人命。着老夫就招裴度爲婿。令官媒挑絲鞭掛影神。左右紅裙翠袖。
捧小女於樓中。拋繡毬招狀元爲婿。老夫分付官媒左右。且休說是韓相公家。看裴度肯不肯。那其間明開

也未遲哩。等成親之後。老夫回奏謝恩。御賜深蒙享驟遷。承恩拜舞御堦前。綵樓招婿成佳配。當今聖主重英賢。(下)(張千上云)自家張千。奉相公命。結起綵樓。招擢新婿。怎生不見媒人來。(媒人上云)自家官媒人的便是。有韓相公招擢新婿。今日結起綵樓。要招女婿。張千萬福。(張千云)這箇官媒婆。老相公使人來問你。你在那裏來。(媒人云)你知道好日多同麼。恰纔七八十處說親的哩。我都不答應。我來這裏來。(張千云)老相公台旨。如今結起綵樓。着小姐綵樓上。等那新狀元。着你拏着絲鞭。攔住着小姐拋繡毬兒。招新狀元。等狀元問你是誰家招婿。你且休說是韓相公家。等接了絲鞭。下了馬。相見畢。那其間纔與他說知。(媒人云)我理會的。都安排完備了也。請小姐上綵樓。(張千云)請山人這早晚不見來。(山人上云科了住)(瓊英上云)妾身韓瓊英。自我父離禁。多虧李公子奏知聖人。將我父宣至京師。謝聖人可憐。陞我父都省參知政事。我父就將裴中立還帶一事奏知。不想裴中立又中狀元及第。今日誇官。我父親結起綵樓。招裴狀元。這早晚敢待來也。(正末上云)小官裴度。到的帝都闕下。爲某文武皆通。一舉狀元及第。今日借宰相頭答。誇官三日。誰想有今日也呵。(唱)

【雙調新水令】想着我二十年埋沒洛陽塵。今日箇起蟄龍一聲雷震。一來是文章好立身。二來是天子重賢臣。好德親仁。束帶冠巾。偃武修文。溫故知新。睿人要修天爵正方寸。

(張千云)媒婆。元的不頭答繖蓋。狀元來了也。(媒人云)香風淡淡天花墜。天花點點香風細。馬頭高喝狀元來。今宵好箇風流婿。韓相今朝結綵樓。狀元得志逞風流。夫妻今日成姻眷。全然一對不識羞。(正末唱)

【慶東原】居廊廟當縉紳。習詩書學禮易從先進。君子務本。忘食發憤。能正其身。酹志了。白玉帶紫朝服。茶褐傘黃金印。

(媒人云)瑤池謫降玉天仙。今夜高門招狀元。瓊釀金盃長壽酒。新郎舒手接絲鞭。請狀元接絲鞭。(正末唱)

【川撥棹】展圖像掛高門。綵樓新接着絳雲。我自見皓齒朱唇。翠袖紅裙。

簇捧着箇霧鬢雲鬟的美人。見官媒將導引。他道招狀元爲婿君。不邀媒
不問肯。肇絲鞭捧玉樽。
〔正末做不睬科〕〔媒人云〕狀元接絲鞭。請下馬。飲狀元酒。〔正末云〕祗候人攏着頭答行。〔媒人云〕天外
紅雲接綵樓。狀元誇職御堦游。月宮擁出羣仙隊。試看嫦娥拋繡毬。狀元請下馬接絲鞭。〔旦云〕將繡毬來。
〔小旦遞繡毬科〕〔媒人云〕繡毬打着狀元了。請狀元下馬接絲鞭就親。年少風流美狀元。温柔可喜女嬋
娟。今宵洞房花燭夜。試看狀元一條鞭。〔正末唱〕
【殿前歡】你道是擢新人。今宵花燭洞房春。繡毬兒拋得風團順。肯分的
正中吾身。〔媒人云〕請狀元下馬就親。〔正末唱〕硬逼臨便就親。〔媒人云〕狀元下馬就親。洞房
花燭。燕爾新婚。〔正末唱〕噤聲。你那裏無謙遜。〔媒人云〕毛詩云淑女可配君子。〔正末唱〕那裏
是正押毛詩韻。你道做了有傷風化。誰就你那燕爾新婚。
〔媒人云〕請狀元下馬就親。〔正末云〕我有妻室難就親。〔媒人云〕雖然狀元有婚。這家裏聖旨在此。〔正
末慌科云〕既然有聖旨。左右接了馬者。〔媒人云〕請狀元上綵樓請坐。〔分東西坐定科〕〔媒人云〕霧鬢
雲鬟窈窕娘。繡毬打中狀元郎。夫妻飲罷交盃酒。准備今宵鬧臥房。〔山人做撒帳科云〕狀元穩坐紫驊騮。
褐羅繖下逞風流。新人繡球望着狀元打。永遠相守到白頭。〔喝平身住〕〔云〕請狀元女婿上綵樓請坐。將
五穀銅錢來。夫妻一對坐帳中。仙音一派韻輕清。准備洞房花燭夜。則怕今朝好殺人。好撒東方甲乙木。養
的孩兒不要哭。狀元緊把香腮揾。咬住新人一口肉。又撒西方庚辛金。養的孩兒會賣針。狀元緊把新人守。
兩箇一夜胸脯不離心。再撒南方丙丁火。養的孩兒恰似我。狀元走入房中去。趕的新人沒處躲。後撒北方
壬癸水。養的孩兒會調鬼。狀元若到紅羅帳。扯住新人一條腿。再撒中央戊己土。養的孩兒會擂鼓。一口咬
住上下唇。兩手便把胸前握。夫人相公老尊堂。狀元新人兩成雙。山人不要別賞賜。今朝散罷捉梅香。〔正
末唱〕
【喬牌兒】幾曾見酩子裏兩對門。〔媒人云〕係是百年前宿緣仙契。〔正末唱〕你道是

五百年宿緣分。〔媒人云〕請狀元拜岳父岳母。相見禮畢成親。有聖旨在此。〔正末唱〕他道是奉
君王聖旨爲盟信。終不道我爲媳婦拜丈人。
〔旦兒云〕問那狀元。他那前妻姓甚名誰。是何人家子女。〔媒人云〕狀元說有婚。姓甚名誰。〔正末唱〕
【水仙子】想起他那芙蓉嬌貌蕙蘭魂。楊柳纖腰紅杏春。海棠顏色江梅
韻。他恨不的上青山變化身。這其間賣登科尋覓回文。這裴中立身榮貴。
那韓瓊英守志貞。我怎肯與別人做了夫人。
〔媒人云〕狀元說的是小姐的名字。我對小姐說去。〔見旦兒拜科云〕小姐。恰纔裴狀元說的是小姐的名
字。他道是裴中立身榮貴。韓瓊英守志貞。他怎着別人做了夫人。〔旦兒云〕裴中立既如此憶舊。真才良君
子也。狀元。你認的妾身麼。則我便是韓瓊英。〔正末云〕原來是瓊英小姐。〔唱〕
【鴈兒落】誰承望楚陽臺做眷姻。藍橋驛相親近。武陵溪尋配偶。桃源洞
成秦晉。
〔韓公上云〕令人安排慶喜的筵宴。〔正末云〕官媒請太山坐。我拜見行禮咱。〔媒人云〕狀元。你頭裏不肯。
這早晚慌做甚麼。〔正末唱〕
【得勝令】敬親者不敢慢於人。〔韓公云〕狀元今日酬志。如此軒昂。〔正末唱〕享富貴必
有異於人。〔旦兒云〕還帶之恩。配合姻眷。兩意俱完。各遂其心矣。〔正末唱〕小生我懷舊意無
私志。小姐。白玉帶知恩必報恩。〔韓公云〕老夫蒙恩驟遷。夫人三月虀鹽。小女甘貧行孝。今日
一家富貴。誰想有今日也。〔正末唱〕爲岳丈公勤。掌都省二臺卬。老夫人忠貞。小姐
守一百日虀鹽清淡貧。
〔韓公云〕請老夫人來。〔夫人上見正末云〕裴中立喜得美除。〔正末云〕老夫人請坐。〔拜科〕〔夫人云〕免
禮。免禮。〔韓公云〕安排果卓。將酒來。我與裴中立遞一盃。〔趙野鶴同長老上〕〔長老云〕野鶴。誰想裴中立
一舉成名。韓公奏知。聖旨就着與韓公做婿。俺二人來至京師。今日與裴中立賀喜走一遭去。〔野鶴云〕俺

二人來到韓相公宅上。與裴中立作慶走一遭去。可早來到也。報復去。道有洛陽白馬寺長老與趙野鶴來
見相公。〔張千云〕相公。門首有洛陽白馬寺長老與趙野鶴來見相公。〔正末云〕我接待去。〔見科云〕長老
勿罪。〔長老云〕相公崢嶸有日。奮發有時。〔正末云〕有請有請。二位見老相公去。〔二人見韓公科〕〔正末
云〕老相公。這箇便是趙野鶴。這箇便是白馬寺長老。〔野鶴云〕老相公。我今日賀萬千之喜也。〔正末云〕
若非長老與野鶴齎助鞍馬銀兩。裴度豈有今日也呵。〔韓公云〕二位請坐。將酒來我替裴狀元遞一盃。
〔王員外同旦兒上云〕自家王員外。聽知的裴度得了官。在韓相公家爲了婿。俺兩口兒來到韓相公家門
首。與裴中立賀喜走一遭去。〔旦云〕王員外。則怕裴中立不肯認俺麼。〔員外云〕不妨事。放着我哩。可早來
到也。張千報復去。有洛陽王員外兩口兒特來賀喜。〔張千云〕相公。門首有洛陽王員外兩口兒特來相賀。
〔正末云〕你說去。他不過來。更待着我接待他那。〔張千云〕俺相公說來。你自不過去。更待着俺相公接待
你那。〔員外云〕可早一句也。大嫂。咱過去來。〔見正末科云〕裴狀元。我道你不是受貧的人。〔正末云〕將酒
來。我與岳父遞一盃。〔韓公云〕裴相公。誰想有今日也。〔飲酒科了〕〔正末云〕將酒來。我與野鶴遞一盃。
〔野鶴云〕相公當日小生相法有准麼。〔正末云〕多蒙先生風鑑。左右人收拾果卓來。〔王員外云〕裴狀元。
更做你高傲。着你強殺則是我外甥。我歹殺是你姨夫姨姨。你與別人遞了酒也。可怎生不與我遞酒。想着
我遠遠而來。非爲酒食。可不道敬親者不敢慢於人。〔正末云〕他原來撒酒風。〔員外云〕我幾曾嚐來。〔正
末云〕左右將四箇銀子來。〔做與銀子科云〕長老。想小生未遇之時。常在寺中。多蒙長老管待。又與我兩
錠銀子。今日本利還四錠。〔長老云〕多謝了相公。〔正末云〕左右。再將兩箇銀子來。將鞍馬來。春衣二套。與
野鶴先生。一來還其前債。二來與先生做壓卦錢。〔員外云〕原來如此。長老。你事到今日也。你不說等到幾
時。〔長老云〕住住住。今日老相公在此。裴相公你息怒。這人不說不知。木不鑽不透。冰不搭不寒。膽不嚐不
苦。貧僧我叮嚀的說破着相公備細的皆知。裴狀元。則爲你自小孤獨守志貧。你那詩書滿腹隱經綸。只爲
長者關親故。你相謁投托要安身。王員外見你那浩然一股鴻鵠志。因此上故意相輕傲慢親。相公你氤氳
含恨離宅院。你前來寺院見貧僧。我那齋食管待相供應。王員外他暗寄兩錠雪花銀。你要上朝赴選求官

去。囊篋消乏怎動身。這野鶴駿馬親相送。兩錠銀可是你這尊親轉贈君。你今日夫榮婦貴身榮顯。祿重官
高受皇恩。則爲你當初才學德行難酬志。方信道親的原來則是親。〔正末云〕長老不說裴度怎知。姨夫姨
姨請坐。則被你瞞殺我也。姨夫。〔員外云〕則被你傲殺我也。姪兒。〔韓公云〕安排慶喜的筵席。〔李邦彥上
云〕九重天上君恩至。四海皆蒙雨露恩。小官李邦彥。自到京師。將洛陽韓太守一家忠節行孝之事奏知。
聖人甚喜。後取韓公入朝重用。不想韓公將裴度還帶一事。奏知聖人。後裴度赴京中選。奉命將韓廷幹的
女兒。配與裴度爲妻。今日命小官直至韓廷幹宅中加官賜賞。可早來到也。韓廷幹裴度聽聖人命。聖明主
至德寬仁。差小官體察民情。因傅彬貪財好賄。犯刑憲負累忠臣。只爲你妻賢女孝。因此上取赴到京。韓廷
幹則爲你屈賠贓奉公守法。坐都堂領省揚名。你渾家守志節清貧甘苦。加你爲賢德夫人。韓瓊英你行孝
道賣文搦筆。裴中立你還玉帶有救死之恩。裴中立吏部冢宰。韓瓊英配合成親。國家喜的是義夫節婦。愛
的是孝子順孫。聖明主加官賜賞。一齊的望闕謝恩。

題目　郵亭上瓊英賣詩

正名　山神廟裴度還帶

鄧夫人苦痛哭存孝雜劇

關漢卿撰

第一折

〔冲末淨李存信同康君立上云〕〔李存信云〕米罕整斤吞。抹鄰不會騎。弩門并速門。弓箭怎的射。撒因答刺孫。見了搶着喫。喝的莎塔八。跌倒就是睡。若說我姓名。家將不能記。一對忽刺孩。都是狗養的。自家李存信的便是。這個是康君立。俺兩個不會開弓蹬弩。也不會廝殺相持。哥哥會唱。我便能舞。俺父親是李克用。阿媽喜歡俺兩個。無俺兩個呵。酒也不喫。肉也不喫。若見俺兩個呵。便喫酒肉。好生的愛俺兩個。自破黃巢之後。太平無事。阿媽復奪的城池地面。着俺五百義兒家將。各處鎮守。阿媽的言語。將邢州與俺兩個鎮守。那裏是朱温家後門。他與俺父親兩個不和。他知俺在邢州鎮守。他和俺相持廝殺。俺兩個武藝不會。則會喫酒肉。倘或着他拏將去了。殺壞了俺兩個怎了。〔康君立云〕如今阿媽將潞州上黨郡與存孝鎮守。潞州地面喫好酒好肉去。如今我和你兩個安排酒席。則說辭別阿媽。灌的阿媽醉了。咱兩個便說邢州是朱温家後門。他與阿媽不和。倘若索戰。俺兩個死不打緊。着人知道呵。不壞了阿媽的名聲。着李存孝鎮守邢州去。可不好麼。〔李存信云〕俺兩個則今日安排酒席。辭別父親。去走一遭來。我是李存信。他是康君立。兩個真油嘴。實然是一對。〔同下〕〔李克用同劉夫人領番卒子上〕〔李克用云〕番番番。地惡人犇。騎寶馬。坐雕鞍。飛鷹走犬。野水荒山。渴飲羊酥酒。饑飡鹿脯乾。鳳翎箭手中施展。寶雕弓臂上斜彎。林間酒闌胡旋舞。呵者丹青寫入畫圖閒。某乃李克用是也。某襲封幽州節度使。因帶酒打了段文楚。貶某在沙陀地面。已經十年。因黃巢作亂。奉聖人的命。加某為忻代石嵐都招討使破黃巢天下兵馬大元帥。自離了沙陀。不數日之間。到此壓關樓前。聚齊二十四處節度使。取勝長安。被吾兒存孝擒拏了鄧天王。活挾了孟截海。搧打了張歸霸。十八騎悞入長安。大破黃巢。復奪了長安。聖人的命。犒勞某手下義兒家將。但是復奪的城池。着某手下義兒家將去各處鎮守。隄備盜賊。今日太平無事。四海晏然。正好與夫人衆將。飲酒快樂。小校安排下酒殽。可怎生不見周德威來。〔周德威上云〕帥鼓銅鑼一兩敲。轅門裏外列英豪。三軍報罷平安喏。緊捲旗旛不動搖。某姓周。名震遠。字德威。山後朔州人也。今從李克用共破黃巢。太平無事。某爲番漢都總管。今日元帥有請。不知有甚事。須索走一遭去。可早來到也。報復去道有周德威來了也。(卒子云)理會的。報的元帥得知。有周德威在於門首。(李克用云)道有請。(卒子云)理會得。有請。(做見科)(周德威云)元帥周德威來了也。(李克用云)將軍。今日請你來不爲別的。想存孝孩兒多有功勞。我許與了他潞州上黨郡。與存孝孩兒鎮守。把邢州與李存信康君立鎮守去。怎生不見李存信康君立來也。(李存信同康君立上)(李存信云)阿媽心內想忽然到跟前。哥哥你放心。我這一過去。見了阿媽。說了呵。便着存孝往邢州去。(康君立云)兄弟。只要你小心用意者。(李存信云)阿媽。阿者。想當初一日。阿媽的言語。將潞州天黨郡與俺兩個鎮守來。今日阿媽與了存孝。可着俺兩個邢州去。(做悲科)(李克用云)孩兒存信。你做甚麼哭。(李存信云)阿媽。俺兩個也早起晚夕。舞者唱者。扶持阿媽歡喜。怎下的着您兩個孩兒往邢州去。(康君立云)阿媽。想邢州是朱温的後門。他與阿媽不和。倘若索戰。俺兩個不會甚麼武藝。倘若拏將俺兩個去了。俺兩個死不打緊。阿媽喫起酒來。尋俺兩個舞的唱的。不在眼面前。阿媽不想成病。那其間生藥舖裏贖也贖不將俺兩個來。(李存信云)阿媽怎生可憐見。着俺兩個去潞州去。把邢州與存孝兩口兒鎮守罷。可也好。(李存信把盞科云)哥哥將酒來。與阿媽把一盞。(李克用云)好兩個孝順的孩兒。我着你潞州天黨郡去呵便了也。(康君立云)既是這等。謝了阿媽者。(周德威云)他兩個有甚麼功勞。把他潞州天黨郡去。想飛虎將軍南征北討。東蕩西除。困來馬上眠。渴飲刀頭血。他可以潞州去。他兩個去不的。(李克用云)周將軍說的是。小校與我喚將存孝兒兩口過來者。(卒子云)理會的。(正旦同李存孝上)(李存孝云)岩前打虎雄心在。敢勇當先敵兵敗。上陣全憑鐵飛撾。扶立乾坤唐世界。某本姓安。名敬思。鴈門關飛虎峪靈丘縣人氏。幼小父母雙亡。多虧鄧大戶家中撫養成人。長大我就與他家牧羊。有阿媽李克用。見某有打虎之力。招安我做義兒家將。封我做十三太保飛虎將軍李存孝。就着我與鄧大戶家爲婿。自從跟着阿媽。十八騎悞入長安。大破黃巢。天下太平無事。聖人的命。將俺義兒家將後奪的城池。着俺各處鎮守。阿媽的言語。着俺兩口兒去潞州上黨郡鎮守。今有阿媽呼喚。不知有甚事。須索走一遭去。可早來到此也。夫人。我和你休過去。

你看阿媽阿者。大吹大擂。敲牛宰馬。烹炰美味。五百番部落胡兒胡女扶持着。是好是受用也。〔正旦云〕存孝。今日父親飲宴。喚俺兩口兒。俺見阿媽阿者去。聽了這樂韻悠揚。常好是受用也呵。〔唱〕

【仙呂點絳唇】則聽的樂動聲齊。他是那大唐苗裔。排親戚。今日俺父母相隨。可正是龍虎風雲會。

【混江龍】則俺這沙陀雄勢。便有那珠圍翠遶不稀奇。置造下珍羞百味。又不比水酒三杯。每日則是炰鳳烹龍真受用。那一日不宰羊殺馬做筵席。把些三個那義兒家將得都成立。一個個請官受賞。他每都廕子封妻。

〔云〕存孝。我和你未過去先望阿媽咱。可早醉了也。〔李存孝云〕咱不過去見阿者。阿媽身上攙的那酒呵。你見兩邊廂扶持着呵。十分的醉了也。〔正旦唱〕

【油葫蘆】我見他執盞擎壺忙跪膝。他那裏撒滯殢。阿媽那錦袍上全不顧酒淋漓。可正是他不擇不揀乾乾的喫。他那裏剛扶剛策醺醺的醉。一壁廂動樂器。是大體。將一面鼉皮畫鼓鼕鼕擂。悠悠的慢品鷓鴣笛。

【天下樂】你覷兀那大小的兒郎列的整齊。端的是虛也波實。享富貴我則見傍邊廂坐着周德威。一壁廂擺着品級。番官每緊緊隨。我則見軍排在兩下裏。

〔正旦云〕咱過去見阿媽去來。〔李存孝云〕咱過去來。〔做見科李存孝云〕阿媽。您孩兒存孝兩口兒來了也。〔李克用云〕存孝孩兒來了。別的孩兒每各處鎮守去了。今日吉日良辰。你兩口兒便往邢州鎮守去。康君立李存信。你兩個孩兒往潞州上黨郡鎮守去。〔李存孝云〕阿媽。當日未破黃巢時。阿媽的言語。若你破了黃巢。天下太平。與你潞州上黨郡鎮守。阿媽失其前言。今日阿媽着你孩兒鎮守邢州。那邢州是朱溫家後門。終日與他相持。可怎了也。〔正旦云〕存孝。我阿者行再告一告去。阿者與存孝再說一聲咱。〔劉夫人云〕孩兒。你去邢州鎮守。阿媽醉了也。你且去咱。〔李存孝云〕阿媽當日與俺潞州上黨郡。如今信着康君立李存信。着俺去邢州去。阿者。怎生阿媽行再說一聲。可也好也。〔劉夫人云〕你阿媽醉了也。〔李存孝云〕康君立。李存信。你有甚麼功勞。倒去潞州上黨郡鎮守去。〔李存信云〕阿媽的言語。着你到邢州去。都是一般好地面。誰和你論甚麼功勞。〔李存孝云〕想當日在壓關樓前。覷三層排柵。七層圍子。千員猛將。八卦陣。那其間如踏平地也。〔正旦云〕嗜阿媽好失信也。〔唱〕

【節節高】今日可便太平無事。全不想用人那用人。得這之際。存孝與你安邦定國。他也曾惡征戰。圖名圖利。他覷的三層鹿角。七層圍子。如登平地。端的是八卦陣圖。千員驍將。施謀用計。阿者他保護着唐朝社稷。

〔李存孝云〕康君立。李存信。你兩個有甚麼功勞。倒去潞州鎮守去也。〔正旦唱〕

【元和令】端的是人不曾去鉄衣。馬不曾摘鞍轡。則是着阿者今日向父親行題。想着他從前出力氣。可怎生的無功勞倒與他一座好城池。阿者則俺這李存孝圖個甚的。

〔劉夫人云〕孩兒也。你阿媽醉了也。等他酒醒時再說。〔正旦云〕想康君立李存信他有甚麼功勞也。〔唱〕

【遊四門】你則會飲酒食。着別人苦戰敵。可不道生受了。有誰知。阿媽你則是擡舉着李存信康君立。他橫槍縱馬怎相持。你把他虧人面逐高低。

〔李存孝云〕康君立。李存信。想當日十八騎誤入長安。殺敗葛從周。攻破黃巢。天下太平。是我的功勞。你有甚麼功勞也。〔李存信云〕俺兩個雖無功勞。俺兩個可會唱會舞哩。〔正旦唱〕

【勝葫蘆】他幾時得鞭敲金鐙笑微微。人唱着凱歌回。遙望見軍中磨繡旗。則你那滴羞蹀躞身體。迷留沒亂心肺。諕的你劈留撲碌走如飛。

〔李存孝云〕你兩個有甚麼功勞。與你一匹劣馬不會騎。與你一張硬弓不會射。則會喫酒肉。便是你的功勞也。〔正旦唱〕

【後庭花】與你一匹劣馬不會騎。我與你一張弓不會射。他比別人陣面上爭功勞。你則會帳房裏閑坐的。喒可便委其實。你便休得要瞞天瞞地。你餓時節搗肉喫渴時節喝酪水閑時節打髀殖。醉時節歪唱起。醉時節歪唱起。

【柳葉兒】你放下一十八般兵器。你輪不動那鞭簡撾搥。您怎肯袒下臂膊刀廝劈鬧吵吵三軍內。但聽的馬頻嘶。早諕的你悠悠蕩蕩魄散魂飛。

（云）存孝。則今日好日辰。收拾馱馬輜重。辭別了阿者便索長行。（李存孝云）今日好日辰。辭別了阿媽阿者。便索長行也。（正旦唱）

【尾聲】罷罷罷你可便難倚弟兄心我今日不可公婆意。（劉夫人云）孩兒。你且休要性急。待你阿媽酒醒呵再做商議。（正旦云）去則便了也。（唱）別近謗俺夫妻每甚的。止不過發盡兒掏窩不姓李。則今日暗昧神祇。（帶云）慚愧也。（唱）勢得一個遠相離。各霸着城池。不恁的呵這李存信康君立斷送了你。這一個個瞞心昧己。一個個獻勤買力。存孝。這兩個巧舌頭奸狡賴功賊。（下）

（劉夫人云）康君立李存信。你阿媽醉了也。我且扶着回後堂中去也（下）（周德威云）想着存孝破了黃巢。復奪取大唐天下。他的好地面與了這兩個。可將邢州與了存孝。元帥今日醉了也。待明日酒醒。我自有話說。還着存孝兩口兒潞州上黨郡去。方稱我之願也。元帥殢酒負存孝。明日須論是與非。（下）（李存信云）康君立。如何。我說喒必然得潞州。今日果應其心。若是到那潞州的豐富地面。不強似去邢州與朱溫家每日交戰。（康君立云）兄弟。想存孝這一去必然有些見怪。等俺到的潞州。別尋取存孝一樁事。調唆阿媽殺壞了存孝。方稱我平生之願。則今日收拾行裝。先往邢州。詐傳着阿媽言語。着義兒家將各自認姓。他若認了本姓。喒攛唆阿媽殺了存孝。方稱我平生之願也。阿媽好喫酒。醉了似燒猪。害殺安敬思。稱俺平生願。（同下）

第二折

〔李存孝領番卒子上云〕鐵鎧輝光緊束身。虎皮妝就錦袍新。臨軍決勝聲名大。永鎮邢州保萬民。某乃十三太保李存孝是也。官封為前部先鋒破黃巢都總管金吾上將軍。自到邢州為理。操練軍卒有法。撫安百姓無私。殺王彥章。不敢正眼視之。鎮朱全忠不敢侵擾其境。今日無甚事。在此州衙閑坐。看有甚麼人來。〔李存信同康君立上〕〔李存信云〕自離上黨郡。不覺到邢州。自家李存信。這箇是康君立。可早來到也。這個衙門就是邢州。小校報復去。道有李存信康君立在於門首。〔卒子云〕理會的。〔做報科云〕報的將軍得知。有李存信康君立來了也。〔李存孝云〕兩個哥哥來了。必有阿媽的將令。道有請。〔卒子云〕理會的。有請。〔做見科〕〔康君立云〕李存孝。阿媽將令。為你多有功勞。怕失迷了你本姓。着你出姓。還叫做安敬思。你若不依着阿媽言語。要殺壞了你哩。你快着的改姓。我就要回阿媽的話去也。〔李存孝云〕怎生着我改了名姓。阿媽將令。不敢有違。小校安排酒殽。二位哥哥喫了筵席去。〔康君立云〕不必喫筵席。俺回阿媽話去也。詐傳着阿媽將令。着存孝更名改姓。調唆的父親生嗔。耍了頭也是乾淨。〔同下〕〔李存孝云〕阿媽。你孩兒多虧了阿媽抬舉成人。封妻廕子。今日怎生着我改了姓。阿媽。我也曾苦征惡戰。眠霜臥雪。多有功勳。今日不用着我了也。逐朝每日醉醺醺。信着讒言壞好人。我本是安邦定國李存孝。今日個太平不用舊將軍。〔下〕〔李克用同劉夫人上〕〔李克用云〕喜遇太平無事日。正好開筵列綺羅。某乃李克用是也。奉聖人的命。着俺義兒家將各處鎮守。四海安寧。八方無事。正好飲酒作樂。看有甚麼人來。〔李存信同康君立上云〕阿媽。禍事也。〔李克用云〕你為甚麼大驚小怪的也。〔康君立云〕有李存孝到邢州。他怨恨父親不與他潞州。他改了姓安敬思。他領着飛虎軍要殺阿媽哩。怎生是好。〔李存信云〕殺了阿媽不打緊。我兩個怎生是好。我那阿媽也。〔李克用云〕頗柰存孝無禮。你改了姓便罷。怎生領飛虎軍來殺我。更待干休罷。則今日就點番兵。擒拏牧羊子走一遭去。〔劉夫人云〕住者。元帥。你怎生不尋思。李存孝孩兒他不是這等人。元帥你且放心。我自往邢州去。若是存孝不曾改了姓呵。我自有個主意。他若改了姓呵。發兵擒拏。未為晚矣也。不用刀斧手揚威耀武。鴉脚槍齊擺軍校。用機謀說轉心回。兩隻手交付與一個存孝。〔下〕〔李克用云〕康君立。李存信。你阿者去了也。倘若存孝變了心腸。某親拏這牧羊子走一遭去。說與俺能爭好鬭的番官。捨生忘死家將。一個個頂盔擐甲。一個個押箭彎弓。齊臻臻攏列劍戟。密匝匝搠立槍刀。三千鴉兵爲先鋒。逢山開道。遇水疊橋。左哨三千番兵能征慣戰。右哨三千番兵猛列雄驍。合後三千番兵推糧運草。更有俺五百義兒家將。都要的奮勇當先。相持對壘。坐下馬似北海的毒蛟。鞍上將如南山猛虎。某驅兵領將到邢州。親捉忘恩牧羊子。家將英雄武藝全。番官猛烈敢當先。拏住存孝親殺壞。血濺東南半壁天。〔同下〕〔李存孝同正旦卒子上〕〔李存孝云〕歡喜未盡。煩惱到來。夫人不知。如今阿媽的言語。着康君立李存信傳說。但是五百義兒家將。着更改姓。休教我姓李。我不免改了安敬思。我想來。阿媽信着這兩個的言語呵。怎了也。〔正旦云〕將軍。你休要信這兩個的賊說。則怕你中他的計策。你也要尋思咱。〔李存孝云〕他兩個親來傳說。教我改姓。非是我敢要改姓也。〔正旦云〕既然父親教你改姓。則要你治國以忠。教民以義。〔唱〕

【南呂一枝花】常言道官清民自安。法正天心順。他那裏家貧顯孝子。俺可便各自立功勳。無正事尊親。着俺把各自姓排頭兒問。則俺這叫爹娘的無氣忿。今日個嫌俺辱末你家門。當初你將俺真心廝認。

〔李存孝云〕夫人。想當日破黃巢時。招安我做義兒家將。那其間不用我可不好來。

【梁州】又不曾相趁着狂朋怪友。又不曾鬭節做九故十親。俺破黃巢血戰到三千陣。經了些二十生九死。萬苦千辛。俺出身入仕。廕子封妻。大人家踏地知根。前後軍捺袴摩裩。俺俺俺投至得畫堂中列鼎重裀。是是是投至向衙院裏束杖理民。呀呀呀俺可經了些個殺場上惡哏哏捉將擒人。常好是不依本分。俺這裏忠言不信。他則把讒言信。俺割股的倒做了生忿。殺爹娘的無徒說他孝順。不辨清渾。

〔李存孝云〕夫人。我在此悶坐。小校覷者。看有甚麼人來。〔李老兒同小末尼上〕〔李老兒云〕老漢李大戶。當日個我無兒。認義了這個小的做兒來。如今治下田產物業莊宅農具。我如今有了親兒了也。我不要你做兒。你出去。〔小末尼云〕父親。當日你無兒。我與你做兒來。你如今有了田產物業莊宅農具。你就不要我了。明有清官。我和你去告來。可早來到衙門首也。寃屈也。〔李存孝云〕是甚麼人在這門前大驚小怪的。小校與我拏將過來者。〔卒子做拏過科云〕理會得。已拏當面。〔李老兒同小末尼跪科〕〔李存孝云〕兀的小人你告甚麼。〔小末尼上云〕大人可憐見。當日我父親無兒。要小人與他做兒。他如今有了田業物產莊宅農具。他如今有了親兒。不要我做兒子了。就要趕我出去。小人特來告大人可憐見與我做主也。〔李存孝云〕這小的和我則一般。當日用着他時便做兒。今日有了兒。就不要他做兒。小校過來。將那老子與我打着者。〔正旦云〕你且休打。住者。〔唱〕

【牧羊關】聽說罷。心懷着悶。他可便無事哏。更打着這入衙來不問諱的喬民。則他這爺共兒常是相爭。更和這子父每常時厮論。〔李存孝云〕小校與我打着者。〔唱〕詞未盡將他來罵。口未落便拳敦。常好背晦也蕭丞相。〔云〕赤瓦不剌海。〔唱〕你常好是莽撞也。祗候人。

〔李存孝云〕小校與我打將出去。〔卒子云〕理會的。出去。〔李老兒云〕我乾着他打了我一頓。別處告訴去來。〔同下〕〔劉夫人上云〕老身沙陀李克用之妻劉夫人是也。因爲李存孝改了姓名。不數日到這邢州。問人來。果然改了姓是安敬思。這裏是李存孝宅中。左右報復去。道有阿者來了也。〔卒子云〕理會的。報的將軍得知。有阿者來了也。〔正旦云〕你接阿者去。我換衣服去也。〔做換服科〕〔劉夫人做見科〕〔李存孝云〕早知阿者來到。只合遠接。接待不着。勿令見罪。〔做拜科〕〔劉夫人怒科云〕李存孝。阿媽怎生虧負你來。你就改了姓名。你好生無禮也。〔李存孝云〕阿者且息怒。小校安排酒果來者。〔卒子云〕理會的。〔李存孝遞酒科云〕阿者滿飲一杯。〔劉夫人云〕孩兒。我不用酒。〔正旦云〕我且不過去。我這裏望咱。阿者有些煩惱。可是爲何也。〔唱〕

【紅芍藥】見阿者一頭下馬入宅門。慢慢的行過堦痕。見存孝擎壺把盞兩三巡。他可也並不曾沾唇。我則見他迎頭裏嗔忿忿。全不肯息怒停嗔。我這裏傍邊側立索慇懃。怎敢道怠慢因循。

【菩薩梁州】我這裏便施禮數罷平身。抄着手兒前進。你這歹孩兒勤問。阿者你便遠路風塵。〔劉夫人云〕休怪波安敬思夫人。〔唱〕聽言罷着我去了三魂。可知道阿者便懷愁悶。這公事何須的問。何消的再寫本。到岸方知水隔村。細說原因。

〔劉夫人云〕孩兒。俺老兩口兒怎生虧負着你來。你改了名姓。若不是康君立李存信說呵。你阿媽不得知。如今你阿媽便要領大小番兵去擒拏你。我實不信。親自到來。你果然改了姓名。俺怎生虧負你來也。〔正旦云〕存孝你不說待怎麼。〔李存孝云〕阿者。是康君立李存信的言語。着俺五百義兒家將。都着改了姓。着您孩兒姓安。想你孩兒多虧着阿媽阿者抬舉的成人。封妻廕子。偌大的官職。怎敢忘了阿者阿媽的恩義。〔做哭科云〕不由人嚎咷痛哭。題起來刀攪肺腑。抬舉的立身揚名。阿者怎忘你養身父母。〔劉夫人云〕我道孩兒無這等勾當。你阿媽好生的怪着的你。〔正旦唱〕

【罵玉郎】當初你腰間掛了先鋒印。俺可也須當索受辛勤。他將那英雄慷慨施逞盡。他則是開繡旗。驟戰馬。衝軍陣。

【感皇恩】阿者。他與你建立功勳。扶立乾坤。他與你破了黃巢。敵了歸霸。敗了朱温。那其間便招賢納士。今日個俺可便偃武修文。到如今無了征戰。絕了士馬。罷了邊塵。

【採茶歌】你怎生便將人。不偢問。怎生來太平不用俺舊將軍。半紙功名百戰身。轉頭高塚臥麒麟。

〔劉夫人云〕媳婦兒。你在家中。我和孩兒兩個見你阿媽。白那兩個醜生的謊去來。〔正旦云〕阿者休着存孝去。到那裏有康君立李存信。枉送了存孝的性命也。〔劉夫人云〕孩兒你放心。這句話到頭來要個歸着。要個下落處。孩兒你在家中。我領存孝去。則有個主意也。〔李存孝云〕我這一去別辦個虛實。鄧夫人放心也。〔正旦唱〕

【尾聲】到那裏着俺這劉夫人撲散了心頭悶。不恁的呵着俺這李父親怎消磨了腹內嗔。別辨個假共真。全憑着這福神。並除了那禍根。你把那康君立李存信。用着你那打大蟲的拳頭着一頓。想着那廝坑人來陷人。直打的那廝心肯意肯。可與你那爭潞州寃讐證了本。〔下〕

〔劉夫人云〕孩兒收拾行裝。你跟着我見你父親去來。萬丈水深須見底。止有人心難忖量。〔同下〕〔李克用同李存信康君立上〕〔李克用云〕李存信。康君立。自從你阿者去之後。不知虛實。將酒來我喫。則怕存孝無有此事麼。〔李存信云〕阿媽。他改了姓也。我怎敢說謊。〔康君立云〕我兩個若是說謊了呵。大風裏敢吹了我帽兒。〔李克用云〕此是實。將酒來與我喫幾杯。〔康君立云〕正好飲幾杯。〔劉夫人同李存孝上〕〔劉夫人云〕孩兒來到也。小校報復去。道有阿者來了也。〔李克用云〕阿者來了。請過來飲幾杯。〔卒子云〕理會得。有請。〔李存孝云〕阿者先過去。替你孩兒說一聲咱。〔劉夫人云〕孩兒你放心。我知道。〔劉夫人見科云〕李克用。你又醉了也。不是我去呵。險些兒送了孩兒也。〔李存信報科云〕阿者。啞子哥哥打圍去。圍場中落馬也。〔劉夫人慌科云〕似這般如之柰何。我索看我孩兒去。〔存孝扯科云〕阿者。替您孩兒說一說。〔劉夫人云〕啞子孩兒打圍去。在圍場中落馬。我去看了孩兒便來也。〔李存孝云〕阿者去了。阿媽帶酒也。信着這兩個的言語。送了您孩兒的性命也。〔劉夫人云〕存孝無分曉。親兒落馬撞殺了。親娘如何不疼。可不道腸裏出來腸裏熱。我也顧不得的。我看孩兒去也。〔打推科下〕〔李存孝哭科云〕阿者啞子落馬痛關情。子母牽腸割肚疼。忽然二事在心上。義兒親子假和真。啞子終是親骨肉。我是四海與他人。腸裏出來腸裏熱。阿者親的原來則是親。〔李存信把盞科云〕阿媽。滿飲一杯。〔李克用醉科云〕我醉了也。〔康君立云〕阿媽。有存孝在於門首。他背義忘恩。〔李克用云〕我五裂篾迭。〔下〕〔李存信云〕哥哥。阿媽道五裂篾迭。醉了也。怎生是了。阿媽明日酒醒呵。則說道你着我五裂了來。〔康君立云〕兄弟說的是。若不殺了存孝。明日阿媽酒醒。阿者說了。咱兩個也是箇死。小校與我拏將存孝來者。〔李存孝云〕康君立。李存信。將俺那裏去。〔李存信云〕阿媽的言語。爲你背義忘恩。五車爭了你哩。〔李存孝云〕阿媽。你好哏也。我有甚麼罪過。將我五裂了。我死不爭。鄧夫人在家中豈知我死也。兩個兄弟來。安休休。薛阿灘。將我虎皮袍虎磕腦鐵燕撾與鄧夫人就是見我一般也。〔李存孝哭科云〕鄧夫人也。今朝我一命身亡。眼見的去赴雲陽。嬌妻暗想身無主。夫婦恩情也斷腸。我死後淡煙衰草相爲伴。枯木荒墳作故鄉。夫妻再要重相見。夫人也。除是南柯夢一場。〔李存信云〕兀那廝你聽者。用機謀仔細裁排。牧羊子死限催來。李存孝真實改姓。就邢州斬訖報來。〔李存孝云〕皇天可表。於家爲國。多有功勞。我也曾活拏了孟截海。怒挾了鄧天王。殺敗了張歸霸。力取了太原。復奪了幷州。立誅了五將。華嚴川大戰。殺敗了葛從周。十八騎悞入長安。攻破黃巢。扶持唐社稷。此乃是我功勞也。今日不用我。就將我五裂了。〔哭科云〕罷罷罷。志氣凌雲射斗牛。蒼天教我作公侯。捨死忘生扶社稷。苦征惡戰統戈矛。旌旗日影龍蛇動。野草閑花滿地愁。英雄屈死黃泉下。忠心孝義下場頭。鄧夫人也。兀的不苦痛殺我也。〔下〕〔李存信云〕今日將存孝五裂了也。明日阿媽問俺。自有話說。喒去來。金風未動蟬先覺。暗送無常死不知。〔同下〕〔周德威上云〕事有足論。物有固然。某乃周德威是也。此事怎了。誰想李克用帶酒殺了存孝。竟信着康君立李存信謊言。直將飛虎將軍五裂身死。昨日帶酒不知。今日小官直至帥府。問其詳細。走一遭去。二賊子用計鋪謀。將存孝五裂身卒。衆番官親臨帳下。我看那李克用怎的支吾。〔下〕

第三折

〔劉夫人上云〕描鸞刺繡不會習。劣馬彎弓敢戰敵。圍場隊裏能射虎。臨軍對陣兵機識。老身劉夫人是也。昨日引將存孝孩兒來。阿媽行欲待說。也不想啞子在圍場中落馬。我親到圍場中看孩兒原來不會落馬。都是李存信康君立的智量。未知存孝孩兒怎生。使一箇小番探聽去了。這早晚敢待來也。〔正旦扮莽古歹上云〕自家莽古歹便是。奉阿者的言語。着我打探存孝去。不想阿媽醉了。信着康君立李存信的言語。將存孝五裂了。不敢久停久住。回阿者的話。走一遭去也。〔唱〕

【中呂粉蝶兒】頗柰這兩箇奸邪。看承做當職忠烈。想俺那無正事好酒的爹爹。他兩箇似虺蛇。如蝮蠍。心腸乖劣。我呸呸的走似風車。不付能盼到宅舍。

【醉春風】一托氣走將來。兩隻脚不暫歇。從頭一一對阿者。我這裏便說說。是做的潑水難收。至死也無對。今日箇一莊也不借。

〔劉夫人云〕阿的好小番也。㛹㜲貂裘最堪宜。小番平步走如飛。吾兒存孝分訴罷。盡在來人是與非。你見了存孝。他阿媽醉了。康君立李存信說甚麼來。喘息定慢慢的說一遍。〔正旦唱〕

【上小樓】則俺那阿媽醉也。心中乖劣。他兩箇巧語花言。鼓腦爭頭。損壞英傑。他兩箇廝間別。犯口舌。不教分說。他兩箇傍邊相倚強作孽。

〔劉夫人云〕小番。他阿媽說甚麼來。存孝說甚麼來。李阿媽醺醺酒殢。李存孝忠心仁義。子父每兩意相投。犯唇舌存信君立。他阿媽與存孝。誰的是誰的不是。再說一遍咱。〔正旦唱〕

【幺篇】做兒的會做兒。做爺的會做爺。子父每無一箇差遲。生各扎的意斷恩絕。阿媽那裏緊當者。緊攔者。不着疼熱。他道是你這姓安的怎做李家枝葉。

〔劉夫人云〕小番。阿媽那裏有兩個逆賊麼。〔莽古歹云〕是那兩個。〔劉夫人云〕一個是康君立。雙尾蝎侵人骨髓。一個李存信。兩頭蛇讒言佞語。他則要損忠良英雄虎將。他全無那安邦計赤心報國。那兩個怎生支吾來。〔莽古歹云〕阿者。聽您孩兒從頭至尾說與阿者。則是休煩惱也。〔唱〕

【十二月】則您那康君立哏絕。則你那李存信似蝎螫。可端的憑着他劣缺。端的是今古皆絕。枉了他那眠霜臥雪。阿媽他水性隨邪。

〔劉夫人云〕俺想存孝孩兒。華嚴川捨命。大破黃巢。定邊疆。他是那擎天白玉柱。端的是駕海紫金梁。他兩個無徒怎生害存孝來。〔正旦唱〕

【堯民歌】他把一條紫金梁生砍做兩三截。阿者休波是他便那裏每分說。想着十八騎長安城內逞豪傑。今日箇則落的足律律的旋風蜇。我可便傷也波嗟。將存孝兒時節。阿者則除是水底撈明月。

〔劉夫人云〕小番。你要說來又不說。可是為甚麼來。〔莽古歹云〕李存信康君立的言語。將存孝五車爭死了也。〔劉夫人云〕苦死的兒也。他臨死時將存孝棍棒臨身。毀罵了千言萬語。眼見的命掩黃泉。存孝兒銜冤負屈。孩兒怎生死了來。〔正旦唱〕

【耍孩兒】則聽的喝一聲馬下如雷烈。恰便似鶻打寒鳩唳絕。那兩個快走向前來。那存孝待分說怎的分說。一個指着嘴縫連罵到有二十句。一個扶着軟肋里撲撲撲的撞到五六靴。委實的難割捨。將存孝五車爭壞。霎時間七段八節。

〔劉夫人云〕想必那廝取存孝有罪招狀。責口詞無冤文書。知賺的推在法場。暗送了七尺身軀。〔正旦唱〕

【三煞】又不曾取罪名。又不曾點紙節。可是他前推後擁強牽拽。軍兵鐵桶週圍鬧。棍棒廝林前後遮。撲碌碌推到法場也。稱了那兩個賊漢的心願。屈殺了一個英傑。

〔劉夫人云〕想當日我那存孝孩兒多有功勞。活挾了孟截海。殺了鄧天王。槍槊殺張歸霸。十八騎入長安。撾打殺耿彪。火燒了永豐倉。有九牛之力。打虎之威。怎生死了我那孩兒來。〔莽古歹云〕存孝道。〔唱〕

【二煞】我也曾把一個鄧天王來旗下斬。我也曾把孟截海馬上挾。我也曾將大蟲打的流鮮血。我也曾雙撾打殺千員將。今日九牛力當不的五轆車。五下裏把身軀拽。將軍死的苦痛。見了的那一個不傷嗟。

〔劉夫人云〕五轆車五五二十五頭牛一齊的拽存孝怎生者。〔正旦唱〕

【尾聲】打的那頭口們驚驚跳跳。叫道是打打俫俫。則見那忽刺刺鞭颼颼的揝動一齊拽。將您那打虎的將軍命送了也。〔下〕

〔劉夫人云〕李克用。你信着那兩個賊子的言語。將俺存孝孩兒屈死了。李克用。你好哏也。五轆車五下齊捜鐵石人嚎咷痛哭。將身軀骨肉分開。血染赤黃沙地土。再不能子母團圓。越思量越添淒楚。劉夫人苦痛哀哉李存孝身歸地府〔做哭科云〕哎約存孝孩兒也則被你痛殺我也〔下〕

第四折

〔李克用李存信康君立領番卒子上〕〔李克用云〕塞上羌管韻。北風戰馬嘶。縷金畫面鼓。雲月皂雕旗。某乃李克用是也。昨朝與衆番官飲酒。我十分帶酒。說道存孝孩兒來了也。小番與我喚存孝孩兒來者。〔李存信云〕如之柰何。〔劉夫人上云〕李克用。你做的好勾當。信着兩個醜生。每日飲酒。怎生將存孝孩兒五裂了。我親到的邢州。並不曾改了名姓。都是康君立李存信這兩個賊醜生的見識。着他改做安敬思。昨日我領着存孝孩兒來見你。你怎生教那兩個賊子五車爭了存孝。媳婦兒將着骨殖。背將鄧家莊去了。孩兒也。兀的不痛殺我也。〔李克用云〕夫人。你不說我怎生知道。都是這兩個送了我那孩兒也。我說道五裂篾迭。我醉了也。他怎生將孩兒五裂了。把這兩個無徒拏到鄧家莊上殺壞了。剖腹剜心。與俺孩兒報了冤讎也。便安排靈位祭物。便差人趕回媳婦兒來者。〔做哭科云〕哎約存孝兒也。我聽言說罷淚千行。過如刀攪我心腸。義兒家將都悲慽。只因帶酒損忠良。頗柰存信康君立。五裂存孝一身亡。大小兒郎都掛孝。家將番官痛悲傷。哎你個有仁有義忠孝子。休怨我無恩無義的老爹娘。〔同下〕〔正旦鄧夫人拏引魂旛哭上云〕閃殺我也存孝也。痛殺我也存孝也。〔唱〕

【雙調新水令】我將這引魂旛招颭到兩三遭。存孝也則你這一靈兒休忘了陽關大道。我撲簌簌淚似傾。急穰穰意如燒。我避不得水遠山遙。須有一箇日頭走到。

【水仙子】我將這引魂旛執定在手中搖。我將這骨殖匣輕輕的自背着。則你這悠悠的魂魄兒無消耗。〔帶云〕你這裏不是飛虎峪那。〔唱〕你可休冥冥杳杳差去了。忍不住忍不住痛哭嚎咷。一會兒赤留乞良氣。一會家迷留沒亂倒。天那痛煞煞的心癢難撓。

〔劉夫人上云〕兀的不是媳婦兒鄧夫人。我試叫他一聲。咱媳婦兒鄧夫人。你住者。〔正旦唱〕

【慶東原】踏踏的忙那步。呸呸的不住腳。是誰人叫叫的腦背後高聲叫。

〔劉夫人云〕鄧夫人是我也。〔做見哭科云〕痛殺我也。存孝孩兒也。〔正旦云〕阿者。你把我這存孝來送也。

〔劉夫人云〕我說甚麼來。〔正旦唱〕你可道不着落。保到頭來須有個歸着。〔劉夫人云〕媳婦兒也。你不會忘了一句兒也。〔正旦唱〕這煩惱我心知。待對着阿誰道。

〔劉夫人云〕孩兒。你且放下骨殖匣兒。你阿媽將二賊子拏將來。與存孝孩兒報讎雪恨也。〔李克用同周德威領番卒子拏李存信康君立上〕〔李克用云〕媳婦兒也。你也辭我一辭去。怕做甚麼。將那祭祀的物件來。將虎磕腦蟠虎帶鐵飛檛供養在存孝靈前。將康君立李存信繩纏索綁。祭祀了。慢慢的殺壞了這兩個賊子。周將軍與我讀祭文咱。〔周德威讀祭文科〕維大□□九月上旬日。忻代石嵐雁門關都招討使破黃巢兵馬大元帥李克用等。致祭於故男飛虎將軍李存孝之靈曰。惟靈生居朔漠。長在飛虎。累遇敵戰。猿臂善射。兩張弓。兩袋箭。左右能射之手。舞鐵檛。愛將不及三合。曾打虎在山峪之中。破賊兵禁城之內。檛打死耿彪。立誅三將。殺壞五虎。擊破一字長蛇陣。殺敗葛從周。渭南三戰。十八騎悞入長安。箭射黃巨天。惡戰傅存審。力伏李罕之。活挾鄧天王。病戰高思繼。生擒孟截海。大敗王彥章。救黎民。復入長安城。享太平。再臨京兆府。祭奠英靈。親藩悔罪。今克用因殢酒聽信狂言。故損壞義男家將。今將賊子盡該誅戮。與公雪寃。衆將縞素。俺哭的那無情草木改色。青山天地無顏。將軍陽世不將金印掛。陰司却掌鬼兵權。衆將番官痛嚎咷。壁上飛檛血未消。堦下枉拴龍駒馬。帳前空掛虎皮袍。英雄存孝今朝喪。多曾出力建功勞。赤心報國安天下。萬古清風把姓標。嗚呼哀哉。伏惟尚饗。〔正旦唱〕

【川撥棹】則聽的父親道。將孩兒屈送了。家將每痛哭嚎咷。想着蓋世功勞。萬載名標。都與他持服掛孝。衆兒郎膝跪着。

【七弟兄】你兀的據着。枉了見功勞。沉默默兩柄燕檛落。骨剌剌雜彩繡旗搖。撲鼕鼕畫鼓征鼙操。

【梅花酒】你戴一頂虎磕腦。馬跨着黃驃。箭插着鋼鑿。弓控着花稍。經了些地寒氈帳冷。殺氣陣雲高。我這裏猛覷了。則被你痛殺我也李存孝。

【收江南】呀。可怎生帳前空掛着虎皮袍。枉了你忘生捨死立唐朝。枉了你橫槍縱馬過溪橋。兀的是下梢。枉了你一十八騎破黃巢。

(李克用云)小番將李存信康君立拏在靈前與我殺壞了者。(番卒子做拏二淨科云)理會得。(李存信云)阿媽。怎生可憐見。饒了我兩個罷。(康君立云)阿媽若是饒我這一遭。下次再不敢了也。(正旦唱)

【沽美酒】康君立你自道。李存信禍來到。把存孝賺入法場屈送了。摔破了我渾家大小。任究竟罪難逃。

【太平令】也是你爭弱。拏住你該剮該敲。聚集的人員好鬧。准備車馬繩索。把這廝綁了五車裂了。可與俺李存孝一還一報。

(李克用云)小番將二賊子五裂了者。(番卒子做殺李存信康君立科云)理會的。(李存信云)我死也。(下)(李克用云)既然將二賊子五裂了。與我存孝孩兒報了冤讎。將孩兒墓頂上封官。鄧夫人與你一座好城池養老。您聽者。李存信妬能害賢。飛虎將負屈啣冤。鄧夫人哀哉苦慟。為夫主遇難遭愆。康君立存信賊子。五車裂死在街前。設一箇黃籙大醮。起度俺存孝生天。

關大王獨赴單刀會雜劇

關漢卿撰

第一折

〔冲末魯肅上云〕三尺龍泉萬卷書。皇天生我意何如。山東宰相山西將。彼丈夫兮我丈夫。小官姓魯。名肅。字子敬。見在吳王麾下爲中大夫之職。想當日俺主公孫仲謀占了江東。魏王曹操占了中原。蜀王劉備占了西川。有我荆州。乃四衝用武之地。保守無虞。分天下爲鼎足之形。想當日周瑜死於江陵。小官爲保勸主公以荆州借與劉備。共拒曹操。主公又以妹妻劉備。不料此人外親內疎。挾詐而取益州。遂併漢中。有霸業興隆之志。我今欲取索荆州。料關公在那裏鎮守。必不肯還我。今差守將黄文。先設下三計。啓過主公。說關公韜略過人。有兼併之心。且居國之上游。不如取索荆州。今據長江形勢。第一計趁今日孫劉結親。已爲唇齒。就江下排宴設樂。修一書以賀近退曹兵。玄德稱主於漢中。讚其功美。邀請關公江下赴會爲慶。此人必無所疑。若渡江赴宴。就於飲酒席中間。以禮取索荆州。如還。此爲萬全之計。倘若不還。第二計將江上應有戰舡。盡行拘收。不放關公渡江回去。淹留日久。自知中計。默然有悔。誠心獻還。更不與呵。第三計壁衣內暗藏甲士。酒酣之際。擊金鐘爲號。伏兵盡舉。擒住關公。因於江下。此人是劉備股肱之臣。若將荆州復還江東。則放關公還益州。如其不然。主將既失。孤兵必亂。乘勢大舉。覷荆州一鼓而下。有何難哉。雖則三計已定。先交黄文請的喬公來商議則箇。〔正末喬公上云〕老夫喬公是也。想三分鼎足已定。曹操占了中原。孫仲謀占了江東。劉玄德占了西蜀。想玄德未濟時。曾問俺東吳家借荆州爲本。至今未還。魯子敬常有索取之心。沉疑未發。今日令人來請老夫。不知有甚事。須索走一遭去。我想漢家天下。誰想變亂到此也呵。〔唱〕

【仙呂點絳唇】俺本是漢國臣僚。漢皇軟弱。與心鬧。惹起那五處兵刀。併董卓誅袁紹。

【混江龍】止留下孫劉曹操。平分一國作三朝。不付能河清海晏。雨順風調。兵器改爲農器用。征旗不動酒旗搖。軍罷戰。馬添膘。殺氣散。陣雲高。爲將帥。作臣僚。脫金甲。着羅袍。則他這帳前旗捲虎潛竿。腰間劍插龍歸鞘。
人強馬壯。將老兵驕。
〔云〕可早來到也。左右報伏去。道喬公來了也。〔卒子報云〕報的大夫得知。有喬公來到了也。〔魯云〕道有
請。〔卒云〕老相公有請。〔末見魯云〕大夫今日請老夫來。有何事幹。〔魯云〕今日請老相公。別無甚事商量
取索荊州之事。〔末云〕這荊州斷然不可取。想關雲長好生勇猛。你索荊州呵。他弟兄怎肯和你甘罷。〔魯
云〕他弟兄雖多兵微將寡。〔末唱〕
【油葫蘆】你道他弟兄雖多兵將少。〔云〕大夫。你知博望燒屯那一事麼。〔魯云〕小官不知。
老相公試說者。〔末唱〕赤緊的將夏侯惇先困了。〔云〕這隔江鬬智你知麼。〔魯云〕隔江鬬智。小
官知便知道。不得詳細。老相公試說者。〔末唱〕則他那周瑜蔣幹是布衣交。那一箇股肱
臣諸葛施韜略。虧殺那苦肉計黃蓋添糧草。〔云〕赤壁鏖兵那場好廝殺也。〔魯云〕小
官知道。老相公再說一遍者。〔末云〕燒折弓弩如殘葦。燎盡旗旛似亂柴。半明半暗花腔鼓。橫着撲着伏獸牌。
帶鞍帶轡燒死馬。有袍有鎧死屍骸。哀哉百萬曹軍敗。箇箇難逃水火災。〔唱〕那軍多半向火內燒。
三停在水上漂。若不是天教有道伐無道。這其間吳國盡屬曹。
〔魯云〕曹操英雄智略高。削平僭竊篡劉朝。永安宮裏擒劉備。銅雀宮中鎖二喬。〔末唱〕
【天下樂】你道是銅雀春深鎖二喬。這三朝。恰定交。不爭咱一日錯便是
一世錯。〔魯云〕俺這裏有雄兵百萬。戰將千員。量他到的那裏。〔末唱〕你則待要行霸道。你待
要起戰討。〔魯云〕我料關雲長年邁。雖勇無能。〔末唱〕你休欺負關雲長年紀老。
〔云〕收西川一事。我說與你聽。〔魯云〕收西川一事。我不得知。你試說一徧。〔末唱〕
【那吒令】收西川白帝城。將周瑜來送了。漢江邊張翼德。將屍骸來當着。
舡頭上魯大夫。幾乎間諕倒。你待將荊州地面來爭。關雲長聽的鬧。他可
便亂下風雹。

（魯云）他便有甚本事。（末唱）

【鵲踏枝】他誅文醜逞粗躁。刺顏良顯英豪。他去那百萬軍中。他將那首級輕梟。（魯云）想赤壁之戰。我與劉備有恩來。（末唱）那時間相看的是好。他可便喜孜孜笑裏藏刀。

（魯云）他若與我荊州。萬事罷論。若不與荊州呵。我將他一鼓而下。（末云）不爭你舉兵呵。（唱）

【寄生草】幸然是天無禍。是咱這人自招。全不肯施恩布德行王道。怎比那多謀足智雄曹操。你須知南陽諸葛應難料。（魯云）他若不與呵。我大勢軍馬好歹奪了荊州。（末唱）你則待千軍萬馬惡相持。全不想生靈百萬遭殘暴。

（魯云）小官不曾與此人相會。老相公你細說關公威猛如何。（末云）想關雲長但上陣處。憑着他坐下馬。手中刀。鞍上將。有萬夫不當之勇。（唱）

【金盞兒】他上陣處赤力力三綹美髯飄。雄赳赳一丈虎軀搖。恰便似六丁神簇捧定一箇活神道。那敵軍若是見了。諕的他七魄散五魂消。（云）你若和他廝殺呵。（唱）你則索多披上幾副甲。賸穿上幾層袍。便有百萬軍。當不住他不剌剌千里追風騎。你便有千員將。閃不過明明偃月三停刀。

（魯云）老相公不知。我有三條妙計。索取荊州。（末云）是那三條妙計。（魯云）第一計。趁今日孫劉結親。以爲唇齒。就於江下排宴設樂。作書一封。以賀近退曹兵。玄德稱主於漢中。讚其功美。邀請關公江下赴會。爲慶。此人必無所疑。若渡江赴宴。就於飲酒中間。以禮索取荊州。如還。此爲萬全之計。如不還。第二計。將江上應有戰舡。盡行拘收。不放關公回還。淹留日久。自知中計。默然有悔。誠心獻還。更不與呵。第三條計。壁衣內暗藏甲士。酒酣之際。擊金鐘爲號。伏兵盡舉。擒住關公。囚於江下。此人乃是劉備股肱之臣。若將荊州復還江東。則放關公歸益州。如其不然。主將既失。孤兵必亂。領兵大舉。乘機而行。覷荊州一鼓而下。有何難哉。這三條決難逃。（末云）休道是三條計。就是千條計。也近不的他。（唱）

【金盞兒】你道是三條計決難逃。一句話不相饒。使不的武官粗魯文官狡。〔魯云〕關公酒性如何。〔末唱〕那漢酒中劣性顯英豪。圪塔的揪住寶帶。沒揣的舉起鋼刀。〔魯云〕我把岸邊戰舡拘了。〔末唱〕你道是岸邊廂拘了戰舡。〔云〕他若要回去呵。〔唱〕你則索水面上搭座浮橋。

〔魯云〕老相公不必展轉議論。小官自有妙策神機。乘此機會。荊州不可不取也。〔末云〕大夫。你這三條計。比當日曹公在灞陵橋上三條計如何。到了出不的關雲長之手。〔魯云〕小官不知。老相公試說一遍。我聽者。〔末唱〕

【尾聲】曹丞相將送路酒手中擎。餞行禮盤中托。沒亂殺姪兒和嫂嫂。曹孟德心多能做小。關雲長善與人交。早來到灞陵橋。險諕殺許褚張遼。他勒着追風騎。輕輪動偃月刀。曹操有千般計較。則落的一場談笑。〔云〕關雲長道丞相勿罪。某不下馬了也。〔唱〕他把那刀尖兒斜挑錦征袍。〔下〕

〔魯云〕黃文。你見喬公說關公如此威風。未可深信。俺這江下有一賢士。覆姓司馬。名徽。字德操。此人與關公有一面之交。就請司馬先生為伴客。就問關公平昔知勇謀略。酒中德性如何。黃文就跟着我去司馬菴中相訪一遭去。〔下〕

第二折

〔正末扮司馬徽領道童上〕〔末云〕貧道覆姓司馬。名徽。字德操。道號水鏡先生。想漢家天下。鼎足三分。貧道自劉皇叔相別之後。又是數載。貧道在此江下結一草菴。修行辦道。是好幽哉也呵。〔唱〕

【正宮端正好】本是箇釣鼇人。到做了扶犁叟。笑英布彭越韓侯。我如今緊抄定兩隻拿雲手。再不出麻袍袖。

【滾繡毬】我則待要聚村叟。會詩友。受用的活魚新酒。問甚麼瓦鉢磁甌。推臺不換盞。高歌自撫手。任從他陰晴昏晝。醉時節衲被蒙頭。我向這矮窗睡徹三竿日。端的是傲殺人間萬戶侯。自在優游。

（云）道童門首覷者。看有甚麼人來。（道童云）理會的。（魯肅上云）可早來到也。接了馬者。（見道童科魯云）道童。先生有麼。（童云）俺師父有。（魯云）你去說魯子敬特來相訪。（童云）你是紫荊。你和那松木在一答里。我報師父去。（見末云）師父弟子孩兒。（末云）這廝怎麼罵我。（童云）不是罵。師父是師父弟子是徒弟。就是孩兒一般。師父弟子孩兒。（末云）這廝潑說。有誰在門首。（童云）有魯子敬特來相訪。（末云）道有請。（童云）理會的。（童出見魯云）有請。（魯見末科）（末云）稽首。（魯云）區區俗冗。久不聽教。（末云）數年不見。今日何往。（魯云）小官無事不來。特請先生江下一會。（末云）貧道在此江下修行。方外之士。有何德能。敢勞大夫置酒張筵。（唱）

【倘秀才】我又不曾垂釣在磻溪岸口。大夫也我可也無福喫你那堂食玉酒。我則待溪山學許由。（云）大夫請我呵再有何人。（魯云）別無他客。止有先生故友壽亭侯關雲長一人。（末唱）你道是舊相識。壽亭侯和咱是故友。

（云）若有關公。貧道風疾舉發。去不的。去不的。（魯云）先生初聞魯肅相邀。慨然許諾。今知有關公力辭不往。是何故也。想先生與關公有一面之交。則是筵間勸幾杯酒。（末唱）

【滾繡毬】大夫你着我筵前勸幾甌。那漢劣性怎肯道折了半籌。（魯云）將酒央人。終無惡意。（末唱）你便休題安排着酒肉。他怒時節目前見鮮血交流。你爲漢上九座州。我爲筵前一醉酒。（云）大夫你和貧道。（唱）喒兩箇都落不的完全屍首。（魯云）先生是客。怕做甚麼。（末唱）我做伴客的少不的和你同病同憂。（魯云）我有三條計取索荊州。（末唱）只爲你千年勳業三條計。我可甚一醉能消萬古愁。題起來魂魄悠悠。

（魯云）既然是先生故友。同席飲酒何妨。（末云）大夫既堅意要請雲長。若依的貧道兩三樁兒。你便請他。若依不得。便休請他。（魯云）你說來。小官聽者。（末云）依着貧道說。雲長下的馬時節。（唱）

【倘秀才】你與我躬着身將他來問候。〔云〕你依的麼。〔魯云〕關雲長下的馬來我躬着身問候。不打緊。也依的。〔末唱〕大夫你與我跪着膝連忙的勸酒。飲則飲喫則喫受則受。道東呵你隨着東去。說西呵你順着西流。〔云〕這一樁兒最要緊也。〔唱〕他醉了呵你索與我便走。

〔魯云〕先生。關公酒後德性如何。〔末唱〕

【滾繡毬】他尊前有一句言。筵前帶一二分酒。他酒性躁不中撩鬭。你則綻口兒休題着索取荊州。〔魯云〕我便索荊州有何妨。〔末云〕他聽的你索取荊州呵。〔唱〕他圓睜開丹鳳眼。輕舒出捉荊手。他將那臥蠶眉緊皺。五雲山烈火難收。他若是玉山低趄你安排着走。他若是寶劍離匣准備着頭。枉送了你那八十一座軍州。

〔魯云〕先生不須多慮。魯肅料關公勇有餘而智不足。到來日我壁間暗藏甲士。擒住關公。便插翅也飛不過大江去。我待要先下手為強。〔末云〕大夫量你怎生近的那關雲長。〔唱〕

【倘秀才】比及你東吳國魯大夫仁兄下手。則消得西蜀國諸葛亮先生舉口。奏與那有德行仁慈漢皇叔。那先生撫琴霜雪降。彈劍鬼神愁。則怕你急難措手。

〔魯云〕我觀諸葛亮也小可。除他一人。也再無用武之人。〔末云〕關雲長他弟兄五箇。他若是知道呵。怎肯和你甘罷。〔魯云〕可是那五箇。〔末唱〕

【滾繡毬】有一箇黃漢升猛似彪。有一箇趙子龍膽大如斗。有一箇馬孟起他是箇殺人的領袖。有一箇莽張飛虎牢關力戰了十八路諸侯。騎一疋豹月烏。使一條丈八矛。他在那當陽坂有如雷吼。喝退了曹丞相一百萬鐵甲貔貅。他瞅一瞅漫天塵土橋先斷。喝一聲拍岸驚濤水逆流。那一火怎肯干休。

〔魯云〕先生若肯赴席呵。就與關公一會何妨。〔末云〕大夫不中不中。休說貧道不會勸你。〔唱〕

【尾聲】我則怕刀尖兒觸抹着輕傷了你手。樹葉兒隄防打破我頭。關雲長千里獨行覓二友。匹馬單刀鎮九州。人似巴山越嶺彪。馬跨翻江混海獸。輕舉龍泉殺車冑。怒扯昆吾壞文醜。麾蓋下顏良劍標了首。蔡陽英雄立取頭。這一箇躲是非的先生決應了口。那一箇殺人的雲長。〔云〕稽首。〔唱〕我更怕他下不的手。〔末下〕

〔道童云〕魯子敬。你懸眉肉眼不識貧道。你要索取荊州。不來問我。關雲長是我酒肉朋友。我交他兩隻手送與你那荊州來。〔魯云〕道童你師父不去。你去走一遭去罷。〔童云〕我下山赴會走一遭去。我着老關兩手送你那荊州。〔唱〕

【隔尾】我則待拖條藜杖家家走。着對麻鞋處處游。〔云〕我這一去。〔唱〕惱犯雲長歹事頭。周倉哥哥快爭鬭。輪起刀來劈破了頭。諕的我恰便似縮了頭的烏龜則向那汴河裏走。〔下〕

〔魯云〕我聽那先生說了這一會。交我也怕上來了。我想三條計已定了。怕他怎的。黃文你與我持這一封請書直至荊州。請關公去來着。我知道疾去早來者。〔下〕

第三折

〔正末扮關公領關平關興周倉上云〕某姓關。名羽。字雲長。蒲州解良人也。見隨劉玄德為其上將。自天下三分形如鼎足。曹操占了中原。孫策占了江東。我哥哥玄德公占了西蜀。着某鎮守荊州。久鎮無虞。我想當初楚漢爭鋒。我漢皇仁義用三傑。霸主英雄憑一勇。三傑者乃蕭何韓信張良。一勇者喑嗚叱咤。舉鼎拔山。大小七十餘戰。逼霸主自刎烏江。後來高祖登基。傳到如今。國步艱難。一至於此。〔唱〕

【中呂粉蝶兒】那時節天下荒荒。恰周秦早屬了劉項。分君臣先到咸陽。

一箇力拔山。一箇量容海。他兩箇一時開粃。想當日黃閣烏江。一箇用了三傑一箇誅了八將。

【醉春風】一箇短劍下一身亡。一箇靜鞭三下響。祖宗傳授與兒孫。到今日享享。獻帝又無靠無依。董卓又不仁不義。呂布又一冲一撞。

(云)某想當日俺弟兄三人在桃園中結義。宰白馬祭天。宰烏牛祭地。不求同日生。只願同日死。(唱)

【十二月】那時節兄弟在范陽。兄長在樓桑。關某在蒲州解良。更有諸葛在南陽。一時出英雄四方。結義了皇叔關張。

【堯民歌】一年三謁臥龍岡。却又早鼎分三足漢家邦。俺哥哥稱孤道寡世無雙。我關某疋馬單刀鎮荊襄。長江。今經幾戰場。却正是後浪催前浪。

(云)孩兒門首覷者。看甚麼人來。(關平云)理會的。(黃文上云)某乃黃文是也。將着這一封請書來到荊州請關公赴會。早來到也。左右報伏去。有江下魯子敬差上將拖地膽黃文持請書在此。(平云)你則在這裏者。等我報伏去。(平見正末云)報的父親得知。今有江東魯子敬差一員首將持請書來見。(正末云)着他過來。(平云)着你過去里。(黃文見科)(正末云)兀那廝甚麼人。(黃慌云)小將黃文。江東魯子敬差我下請書在此。(正末云)你先回去。我隨後便來也。(黃文云)我出的這門來。看了關公英雄一像箇神道。魯子敬。我替你愁里。小將是黃文。特來請關公。髯長一尺八面如掙棗紅。青龍偃月刀。九九八十一斤。脖子里着一下。那裏尋黃文來。便喫筵席不來。豆腐酒吃三鍾。(下)(正末云)孩兒。魯子敬請我赴單刀會。走一遭去。(平云)父親。他那里筵無好會。則怕不中麼。(正末云)不妨事。(唱)

【石榴花】兩朝相隔漢陽江。寫着道魯肅請雲長。安排筵宴不尋常。休想道是畫堂。別是風光。那里有鳳凰盃滿捧瓊花釀。他安排着巴豆砒霜。玳筵前擺列着英雄將。休想肯開宴出紅妝。

【鬬鵪鶉】安排下打鳳牢龍。准備着天羅地網。也不是待客筵席。則是箇殺人殺人的戰場。若說那重意誠心更休想。全不怕後人講。既然謹謹相邀。我則索親身便往。

〔平云〕那魯子敬是箇足智多謀的人。他又兵多將廣。人強馬壯。則怕父親去呵。落在他彀中。〔正末唱〕

【上小樓】你道他兵多將廣。人強馬壯。大丈夫敢勇當先。一人拚命。萬夫難當。〔平云〕許來大江面。俺接應的人。可怎生接應。〔正唱〕你道是隔着江。起戰場急難親傍。我着那廝鞠躬鞠躬送我到舡上。

〔平云〕你孩兒到那江東。旱路里擺着馬軍。水路里擺着戰舡。直殺一箇血衚衕。我想來先下手的為強。

〔正末唱〕

【么】你道是先下手強。後下手殃。我一隻手揝住寶帶。臂展猿猱。劍掣秋霜。〔平云〕父親則怕他那里有埋伏。〔正末唱〕他那里暗暗的藏。我須索緊緊的防。都是些狐朋狗黨。〔云〕單刀會不去呵。〔唱〕小可如千里獨行五關斬將。

〔云〕孩兒。量他到的那裏。〔平云〕想父親私出許昌一事。您孩兒不知。父親慢慢說一遍。〔正末唱〕

【快活三】小可如我攜親姪訪冀王。引阿嫂覓劉皇。霸陵橋上氣昂昂。側坐在雕鞍上。

【鮑老兒】俺也曾撾鼓三鼕斬蔡陽。血濺在殺場上。刀挑征袍出許昌。險諕殺曹丞相。向單刀會上。對兩班文武。小可如三月裏陽。

〔平云〕父親。他那裏雄赳赳排着戰場。〔正末唱〕

【剔銀燈】折莫他雄赳赳排着戰場。威凜凜兵屯虎帳。大將軍智在孫吳上。馬如龍。人似金剛。不是我十分強。硬主張。但題起廝殺呵摩拳擦掌。排戈甲。列旗鎗。各分戰場。我是三國英雄漢雲長。端的是豪氣有三千丈。

〔云〕孩兒與我準備下舡隻。領周倉赴單刀會。走一遭去。〔平云〕父親去呵。小心在意者。〔正末唱〕

【尾聲】須無那臨潼會秦穆公。又無那鴻門會楚霸王。折麼他滿筵人列着先鋒將。小可如百萬軍刺顏良時那一場攘。〔下〕

〔周倉云〕關公赴單刀會。我也走一遭去。志氣凌雲貫九霄。周倉今日逞英豪。人人開弓並蹬弩。箇箇擐甲與披袍。旌旗閃閃龍蛇動。惡戰英雄膽氣高。縱饒魯肅千條計。怎勝關公這口刀。赴單刀會走一遭去也。〔下〕〔關興云〕哥哥。父親赴單刀會去了。我和你接應一遭去。大小三軍。跟着我接應父親去。到那裏古刺刺繡彩磨征旗。撲鼕鼕畫鼓凱征鼙。齊臻臻鎗刀如流水。密匝匝人似朔風疾。直殺的苦淹淹屍骸徧郊野。哭啼啼父子兩分離。恁時節喜孜孜鞭敲金鐙響。笑吟吟齊和凱歌回。〔下〕〔關平云〕父親兄弟都去也。我隨後接應。走一遭去。大小三軍。聽吾將令。甲馬不許馳驟。金鼓不許亂鳴。不許交頭接耳。不許語笑喧譁。弓弩上弦。刀劍出鞘。十分人人敢勇。箇箇威風。我到那裏。一刃刀。兩刃劍。齊排雁翅。三股叉。四楞鐧。耀日爭光。五方旗。六沉鎗。遮天映日。七稍弓。八楞棒。打碎天靈。九股索紅綿套漫頭便起。十分戰十分殺顯耀高強。俺這裏雄兵浩浩渡長江。漢陽兩岸列刀鎗。水軍不怕江心浪。旱軍豈懼鐵衣郎。關公殺入單刀會。顯耀英雄戰一場。疋馬橫鎗誅魯肅。勝如親父刺顏良。大小三軍。跟着我接應父親走一遭去。〔下〕

第四折

〔魯肅上云〕歡來不似今朝。喜來那逢今日。小官魯子敬是也。我使黃文持書去請。關公欣喜。許今日赴會。荊襄地合歸還。俺江東英雄甲士已暗藏壁衣之後。令江上相候。見舡到便來報我知道。〔正末關公引周倉上云〕周倉將到那裏也。〔周云〕來到大江中流也。〔正末云〕看了這大江。是一派好水呵。〔唱〕

【雙調新水令】大江東去浪千疊。引着這數十人駕着這小舟一葉。又不比九重龍鳳闕。可正是千丈虎狼穴。大丈夫心別。我覷這單刀會似賽村社。

〔云〕好一派江景也呵。〔唱〕

【駐馬聽】水湧山疊。年少周郎何處也。不覺的灰飛煙滅。可憐黃蓋轉傷嗟。破曹的檣櫓一時絕。鏖兵的江水猶然熱。好教我情慘切。〔云〕這也不是江水。〔唱〕二十年流不盡的英雄血。

〔云〕却早來到也。報伏去。〔卒報科〕〔做相見科〕〔魯云〕江下小會。酒非洞裏之長春。樂乃塵中之菲藝。猥勞君侯屈高就下。降尊臨卑。實乃魯肅之萬幸也。〔正末云〕量某有何德能。着大夫置酒張筵。既請必至。〔魯云〕黃文將酒來。二公子滿飲一盃。〔正末云〕大夫飲此盃。〔把盞科〕〔正末云〕想古今咱這人過日月好疾也呵。〔魯云〕過日月是好疾也。光陰似駿馬加鞭。浮世似落花流水。〔正末唱〕

【胡十八】想古今立勳業。那里也舜五人。漢三傑。兩朝相隔數年別。不付能見者。却又早老也。開懷的飲數杯。〔云〕將酒來。〔唱〕盡心兒待醉一夜。

〔把盞科〕〔正末云〕你知道以德報德。以直報怨麼。〔魯云〕既然將軍言以德報德。以直報怨。借物不還者爲之怨。想君侯文武全材。通練兵書。習春秋左傳。濟拔顛危。匡扶社稷。可不謂之仁乎。待玄德如骨肉。覷曹操若仇讐。可不謂之義乎。辭曹歸漢。棄印封金。可不謂之禮乎。坐服于禁。水渰七軍。可不謂之智乎。且將軍仁義禮智俱足。惜乎止少箇信字。欠缺未完。再若得全箇信字。無出君侯之右也。〔正末云〕我怎生失信。〔魯云〕非將軍失信。皆因令兄玄德公失信。〔正末云〕我哥哥怎生失信來。〔魯云〕想昔日玄德公敗於當陽之上。身無所歸。因魯肅之故。屯軍三江夏口。魯肅又與孔明同見我主公。即日興師拜將。破曹兵於赤壁之間。江東所費鉅萬。又折了首將黃蓋。因將軍賢昆玉無尺寸地。暫借荆州以爲養軍之資。數年不還。今日魯肅低情曲意。暫取荆州。以爲救民之急。待倉廩豐盈。然後再獻與將軍掌領。魯肅不敢自專。君侯台鑒不錯。〔正末云〕你請我喫筵席來。那是索荆州來。〔魯云〕沒沒沒。我則這般道。孫劉結親。以爲唇齒。兩國正好和諧。〔正末唱〕

【慶東原】你把我眞心兒待。將筵宴設。你這般攀今攬古。分甚枝葉。我根前使不着你之乎者也。詩云子曰。早該豁口截舌。有意說孫劉。你休目下翻成吳越。

〔魯云〕將軍原來傲物輕信。〔正末云〕我怎麼傲物輕信。〔魯云〕當日孔明親言。破曹之後。荆州即還江東。

魯肅親爲擔保。不思舊日之恩。今日恩變爲讎。猶自說以德報德。以直報怨。聖人道信近於義。言可復也。去食去兵。不可去信。大車無輗。小車無軏。其何以行之哉。今將軍全無仁義之心。枉作英雄之輩。荊州久借不還。却不道人無信不立。〔正末云〕魯子敬你聽的這劍界麼。〔魯云〕劍界怎麼。〔正末云〕我這劍界。頭一遭誅了文醜。第二遭斬了蔡陽。魯肅呵。莫不第三遭到你也。〔魯云〕沒沒。我則這般道來。〔正末云〕這荊州是誰的。〔魯云〕這荊州是俺的。〔正末云〕你不知。聽我說。〔唱〕

【沉醉東風】想着俺漢高皇圖王霸業。漢光武秉正除邪。漢獻帝將董卓誅。漢皇叔把溫侯滅。俺哥哥合情受漢家基業。則你這東吳國的孫權和俺劉家却是甚枝葉。請你箇不克己先生自說。

〔魯云〕那裏甚麼響。〔正末云〕這劍界二次也。〔魯云〕却怎麼說。〔正末云〕這劍按天地之靈。金火之精。陰陽之氣。日月之形。藏之則鬼神遁跡。出之則魑魅潛踪。喜則戀鞘沉沉而不動。怒則躍匣錚錚而有聲。今朝席上倘有爭鋒。恐君不信。拔劍施呈。吾當攝劍。魯肅休驚。這劍果有神威不可當。廟堂之器豈尋常。今朝索取荊州事。一劍先教魯肅亡。〔唱〕

【鴈兒落】則爲你三寸不爛舌。惱犯我三尺無情鐵。這劍饑飡上將頭。渴飲讐人血。

【得勝令】則是條龍向鞘中蟄。虎在坐間踅。今日故友每纔相見。休着俺弟兄每相間別。魯子敬聽者。你心內休喬怯。暢好是隨邪。吾當酒醉也。

〔魯云〕臧宮動樂。〔臧宮上云〕天有五星。地攢五嶽。人有五德。樂按五音。五星者金木水火土。五嶽者常恆泰華嵩。五德者溫良恭儉讓。五音者宮商角徵羽。〔甲士擁上科〕〔魯云〕埋伏了者。〔正末擊案怒云〕有埋伏也無埋伏。〔魯云〕並無埋伏。〔正末云〕若有埋伏。一劍揮之兩斷。〔做擊案科〕〔魯云〕你擊碎菱花。〔正末云〕我特來破鏡。〔唱〕

【攪箏琶】却怎生鬧炒炒軍兵列。休把我當攔者。〔云〕當着我的呵呵。〔唱〕我着他劍下身亡。目前流血。便有那張儀口。蒯通舌。休那里躲閃藏遮。好生的送我到船上者。我和你慢慢的想別。

〔魯云〕你去了倒是一場伶俐。〔黃文云〕將軍有埋伏里。〔魯云〕遲了我的也。〔關平領衆將上云〕請父親上舡。孩兒每來迎接里。〔正末云〕魯肅休惜殿後。〔唱〕

【離亭宴帶歇拍煞】我則見紫袍銀帶公人列。晚天涼風冷蘆花謝。我心中喜悅。昏慘慘晚霞收。冷颼颼江風起。急颭颭帆招惹。承管待承管待。多承謝多承謝。喚梢公慢者。纜解開岸邊龍。舡分開波中浪。棹攪碎江心月。正歡娛有甚進退。且談笑不分明夜。說與你兩件事先生記者。百忙里趁不了老兄心。急且里倒不了俺漢家節。

題目　孫仲謀獨占江東地
請喬公言定三條計

正名　魯子敬設宴索荊州
關大王獨赴單刀會

錢大尹智勘緋衣夢雜劇

關漢卿撰

第一折

〔沖末扮王員外同嬤嬤上〕萬事分已定。浮生空自忙。小可是汴梁人氏。姓王。因有幾文錢。人順口都叫我做半州王員外。在城有箇李十萬。俺兩家指腹成親。後來我家生了箇女兒。喚做閏香。今年十七歲也。他家得了箇小厮。喚做慶安。他如今窮了也。嬤嬤。你將這十兩銀子。一雙鞋兒。往李家悔親去。着慶安穿上這鞋踏斷了線。就悔了親事。疾去早來。〔同下〕〔窮李老上〕月過十五光明少。人過中年萬事休。老漢汴京人氏。李十萬是也。我如今窮乏了。我有箇孩兒是李慶安。曾與王員外指腹成親。孩兒上學去了。看有甚麼人來。〔嬤嬤上〕來到了也。我自過去。〔見科〕〔李老〕親家那裏去來。〔嬤嬤〕俺員外言語。着我來悔這門親事。與你十兩銀子。一雙鞋兒。踏斷了線脚兒。便罷了這親事。我回去也。〔下〕〔李老〕天也。欺負殺俺窮漢也。〔小末上〕自家李慶安。俺家與王員外家女孩兒指腹成親來。見俺窮乏了。要悔了親事也。不打緊。上學去來。衆學生笑我無箇風箏放。見我父親去咱。〔見科〕父親。你爲甚麼煩惱。〔李老〕王員外家送十兩銀子一雙鞋兒。要悔了這親事哩。〔小末〕親事打甚麼緊。父親將鞋來與我。二百文錢買箇風箏耍子。〔李老〕與你二百文錢。疾去早來。〔同下〕〔小末上〕我買了箇風箏。放起去落在這人家梧桐樹上。我脫下這鞋兒來。上這樹去取這風箏咱。〔正旦引梅香上〕妾身王閏香。時遇秋天氣候。喒去後花園中閑散心咱。是好景致也呵。

〔正旦唱〕

【仙呂點絳唇】天淡雲閑。幾行征鴈。秋將晚。衰柳凋殘。飛絮後開青眼。

【混江龍】玉芙蓉相間。戰西風踈竹兩三竿。一年四季。每歲循環。守紫塞征夫嫌夜永。倚亭軒思婦怯衣單。消寶串。冷沉檀。珠簾斂。玉鉤彎。紗窗靜。綠閨閑。身獨自倚雕闌。看池塘中荷擎減翠。樹梢頭梨葉添顏。

〔梅香〕姐姐。你這般打扮。却是爲何。〔正旦唱〕

【油葫蘆】疑怪這老嬷嬷今朝將箱櫃來番。把衣服全套兒揀。換上這大紅羅裙子綉鞋兒彎。揀的那大黃菊帔子時時來按。揀的那玉簪花直纏學宮扮。則今番臨綉牀有些兒不耐煩。則我這睡起來雲髻兒覺偏嚲。插不定秋色玉釵環。

【天下樂】想起那指腹成親李慶安。〔梅香〕說那窮廝做甚麼。〔旦〕你也賺他。喒人這家寒。休將人取次看。今日箇窮暴了也是無奈間。俺那是王半州。他敢是李十萬。偏怎生一家兒窮暴漢。

梅香。那樹底下不是一雙鞋兒。你取來我看咱。〔梅取科〕我取將這鞋兒。姐姐你看咱。〔旦看云〕這鞋不是我做與李慶安的。樹下不是人影兒。〔梅〕樹上是箇人。〔旦〕你喚他下樹來。〔梅〕兀那小的。你下來。〔小末〕還我鞋兒來。〔梅〕我與你鞋。你下樹來。〔小末下見旦科〕姐姐祗揖。〔旦〕萬福。一個好俊秀小的也。〔小末〕我還不會洗臉哩。〔旦〕兀那小的。你是誰家。〔小末〕我是叫化李家。〔旦〕你是那個叫化李家。〔小末〕俺父親比前是李十萬。如今無了錢。人叫做李叫化。〔旦〕你認的指腹成親的王閏香麼。〔小末〕我不認的。〔旦〕我便是。〔小末〕你是可怎的。〔旦〕那小的到羞我。你怎不來娶我。〔小末〕我家無錢。〔旦〕你休說這般話。

〔唱〕

【後庭花】你道是無錢財人小看。則俺這富豪家人見罕。富貴天之數。與衰有往還。窮漢每得身安。則你這前程休怠慢。難將你小覷看。天着咱相會間。將你來廝顧盼。我覷了你面顏。休憂愁染病患。

【青哥兒】我和你難憑魚鴈。我每日價枕冷衾寒。則俺這宿世姻緣休等閑。我收拾一包袱金銀財物。今晚着梅香送出來。你倒換過做你的財禮。下來娶我。〔小末〕我到多早晚來。〔旦〕直等的夜靜更闌。人離雕欄。柳影花間。〔小末〕我回去也。〔旦〕且住。我則怕別時容易見時難。則將這佳期來盼。

〔小末〕今夜晚間在那些兒相等。〔旦〕你則在太湖石邊等候着。早些兒來。〔唱〕

【賺煞】你可也莫因循。早些兒休遲慢。天色直然交晚。倚着那梧桐樹盼盼凝望眼。休迷了曲檻雕闌。那其間牆裏蕭然。牆外無人厮顧盼。赴佳期早些兒動憚。你休要呆心不慣。休着我倚着太湖石身化望夫山。〔同下〕

第二折

〔王員外上〕自從悔了李家親事。心中甚是歡喜。今日在典解庫中閑坐。看有甚麼人來。〔邦老上〕兩隻脚穿房入戶。一雙手偷東摸西。某裴炎的便是。一生好打家截舍。這兩日無買賣。將這件衣服去王員外家當些錢鈔去來。早來到也。員外。這件衣服當些錢鈔。〔員外〕舊衣服要做甚麼。〔邦老〕好也要當。歹也要當。〔員外〕你舊景潑皮。歇着案裏。你快去。〔邦老〕這厮無禮。怎生說我舊景潑皮。我今夜晚間把他一家兒都殺了。〔下〕〔員外〕着他惱了我這一場。無甚事。且回後堂中去來。〔下〕〔邦老上〕天色將晚也。來到這後花園中太湖石畔等着。看有甚麼人來。〔梅香上〕自家梅香的便是。俺姐姐着我將這一包袱金珠財寶來到後花園中。慶安這早晚不見來了。〔邦老殺梅香科〕〔邦老云〕得了這一包袱金珠財寶。還我家去來。〔下〕〔小末上〕自家李慶安的便是。來到後花園。我跳過牆來。到這太湖石邊。梅香赤赤是甚麼東西。絆了我一交。我試看咱。〔做看科〕原來是梅香。你起來。怎麼濕搵搵的。有些月色。我試看則兩手鮮血。不知甚麼人殺了梅香。這事不中。我跳過牆來。我走還家去者。〔慌下〕〔正旦上〕這妮子好不幹事也。那早晚去了。這早晚不見來着。我憂心也呵。〔唱〕

【南呂一枝花】去時節黃昏燈影中。看看的定夜鐘聲後。本欲圖兩處喜。到番做滿懷憂。心緒澆油。足趔趄家前後。身倒偃門左右。覺一陣地慘天愁。偏體上寒毛抖搜。

【梁州】歛歛的肉如鉤搭。依依的髮似人揪。本待要鋪謀定計風也不教透。送的我有家難奔。有事難收。脚根不定。眉黛蒙愁。身倚偏謀事溜裘。一片心搜尋徧四大神洲。這奴才不中用。那裏去了。俺本是一對兒未成就交頸的鴛鴦。做了那嘴古楞誤事的禽獸。閃的我嘴碌都似跌了彈的斑鳩。待休。事頭。昏天地黑誰敢向這花園裏走。我從來有些怯候。為那喫劍的梅香無去就。到如今潑水難收。

我來到後花園中。兀的不是風箏兒那。〔唱〕

【四塊玉】風箏兒為記號。依然有。俺兩箇相約在梧桐樹邊頭。嚴不倒了我那。則我這綉鞋兒滑呵可莫不錯躧着青苔溜。泥汚了底尖。紅染了羅褲口。血浸溼我那襪頭。

〔旦〕我道是誰。原來是梅香。這丫頭兀的不喫酒來。我試叫他。梅香。〔做着手摸科〕這妮子可不喫酒來。吐了也。摸了我兩手。趁着這朧朧月色。我試看咱。〔做慌科〕呀呀。兀的不做下了也。不中。我索喚嬤嬤咱。〔做叫科〕〔嬤嬤上〕姐姐。你叫我做甚麼。〔旦〕您孩兒不瞞嬤嬤說。您女兒在後花園中見慶安來。我道慶安。你怎生不來娶我。他道。我無錢。您孩兒道。今夜晚間收拾一包金珠財寶。着梅香送與你。倒換過做財禮來娶我。你只在太湖石邊等着。不知是甚麼人。將梅香殺了。〔嬤嬤〕這個不是別人。就是李慶安殺了。〔旦〕嬤嬤。敢不是慶安。〔嬤嬤〕不是慶安。却是誰那。〔旦唱〕

【罵玉郎】這的也難同毆打相爭鬭。人命事怎干休。綳扒吊拷難禁受。可若是取了招。審了囚。可着誰人救。

【感皇恩】他本是措大儒流。少不的號令街頭。不肯盼志公樓。春榜動。剗的等深秋。你則為鸞交鳳友。燕侶鶯儔。則被俺毒害娘。分繾綣。折綢繆。

【採茶歌】往常為不成就。今日也禍臨頭。一重愁番做兩重愁。父母公婆計怨讎。則這寃寃相報幾時休。

〔嬤嬤拾刀子科云〕這件事不敢隱諱。須索報與老員外知道。〔做報科〕員外。員外。〔員外上〕嬤嬤。這早晚叫我有甚事。〔嬷嬷〕不知甚麽人殺了梅香也。〔員外〕有甚麽難見處。不是別人。就是李慶安。他見悔了親事。便殺了我家梅香。嬷嬷。你拿着刀子。我踏着脚踪兒直到他家打探一遭去。〔旦〕嬷嬷則怕不是李慶安。〔嬷嬷〕不是他是誰。〔旦〕嬷嬷你看這刀〔唱〕

【尾聲】剴到有三千性命刀一口量一箇十四五的孩兒他怎做的這一手。好家緣似銅斗他家私怎窮究。咱家私要的有。止不過傷了些浮財損了些軀口。則不如打滅這場官司免淹逗。和父親細謀。別尋箇事頭。常是慶安無話說。久後拿住殺人殺賊呵。我則怕屈殺了平人枉出醜。

〔旦下〕〔員外〕嬷嬷。你將着刀子。跟着我直至李慶安家。訪問一遭去。〔同下〕〔窮李老上〕慶安上學來家。喫了飯。不知那裏去了。我關上這門。這早晚敢待來也。〔小末慌上〕來到這門首。父親開門。〔李老〕孩兒。你慌怎麽。〔小末〕不瞞父親說。我日間放風箏。抓在梧桐樹上。我跳過牆去取風箏。不想正是王員外家花園。正撞見王閏香小姐。便問您孩兒道。你為何不來娶我。我便道。我家窮了。無錢娶你。你父親又悔了親事。他便道。你今夜晚間。來這花園中太湖石畔等着。我着梅香送一包袱金珠財寶與你。倒換過來取我。不知是甚麽人。把梅香殺了。您孩兒去摸了兩手血。孩兒不敢隱諱。對父親說知。〔李老〕孩兒。你敢做下了也。〔小末〕不干您孩兒事。〔李老〕不要大驚小怪。關上門歇息罷。〔員外上〕來到慶安門首也。嬷嬷。你看。正是他殺了梅香。門上兩個血手印。慶安開門來。〔李老開門科〕老員外有甚麽事。這早晚到俺家裏來。〔員外〕你家慶安做的好勾當。見俺悔了親事。今夜晚間把梅香殺了。〔小末〕我是箇小孩兒。干我甚事。〔員外〕咱見官去來。〔小末〕天那。着誰人救我也。〔同下〕

第三折

〔孤引從人上〕誦詩知國政。講易見天心。筆提忠孝子。劍斬不平人。老夫姓錢名可。字可可。累任為官。今除開封府府尹之職。為因老夫滿面虬鬚。貌類色目人。滿朝人皆呼老夫為波斯錢大尹。我平日正直公平。節操堅剛。剖決如流。並無冤枉。今日升廳。當該司吏有甚麽合僉押的文書。決斷的重事。帶上廳來。〔令史做送文書科〕〔孤〕這一宗是甚麼文卷。〔令史〕是在城人李慶安殺了王員外家梅香。招狀是實。只等大人判箇斬字。〔孤〕那待報囚人有麼。與我拿上廳來。〔小末帶枷李老隨上〕〔李老〕孩兒。新官下馬。如之奈何。〔小末〕父親。你看那蜘蛛網裏打住一箇蒼蠅。父親你救了他。〔李老〕孩兒。你的性命顧不得。管他怎麼。〔小末〕依着我。救了他。〔李老救科〕依着你救了。〔小末〕蒼蠅。我救了你。非災有誰救我橫禍。〔令史〕拿過來。〔張千〕令史。這小廝便是殺人的。〔令史〕這箇便是。〔孤〕一個小孩兒。怎生殺得人。其中必有寃枉。李慶安。是你殺了他家梅香。有甚麼不盡詞。說來老夫與你做主。〔小末〕大人可憐見。叫我說些甚麼。〔孤〕既無詞因。令史。他有行兇的刀仗麼。〔令史〕有這把刀子。〔孤〕將來我看。〔令史做與刀科〕這箇便是。〔孤看科〕這小廝如何拿得偌大一把刀子。這刀子是箇屠戶使的。其中必有暗昧。〔令史〕前官問定的。大人判箇斬字。便去典刑。〔孤〕既前官問定。將筆來。我判斬字。〔孤做判字科云〕一個蒼蠅抱住筆尖。令史趕了。〔令史做趕科〕〔孤又判科云〕可怎生又一個蒼蠅抱定筆尖兒。令史與我趕了。〔令史做趕科〕〔孤又判科云〕你看這箇蒼蠅兩次三番落在這筆尖兒上。令史與我拿住。〔令史做拿蒼蠅科〕〔孤〕裝在筆管內。將紙塞了。〔令史做裝科孤又判科爆破筆管科〕〔孤〕我本是依條定罪錢大尹。又不是舞文弄法漢蕭曹。兩次三番判斬字。蒼蠅爆破紫霞毫。這小的必然寃枉。令史。將這小的枷開了。教他去獄神廟裏歇息着。一陌黃錢。獄神廟裏祈禱。燒了紙錢。拽上廟門。你將着紙筆。聽那小廝睡中說的言語。都與我寫來。〔令史〕理會的。〔做開枷科云〕我將這廝收在獄神廟裏。將着這紙筆。聽他說甚麼。〔小末見李科〕〔李老〕孩兒為甚麼開了枷。〔小末〕可是那蒼蠅救了我。〔李老〕蓋箇蒼蠅菩薩廟兒。〔小末睡科作寢語云〕非衣兩把火。殺人賊是我。趕的無處藏。走在井底躲。〔令史做寫科見孤科云〕大人通神。那小廝睡中說的言語。我都寫來了。〔孤〕令史你讀。有了殺人賊就拿住。〔令史念云〕非衣兩把火。殺人賊是我。〔孤〕原來是你殺了人。張千。與我拿下去。〔張千做拿科〕〔令史〕大人。是那小廝夢中說的言語。〔孤〕將來我看咱。〔孤念云〕非衣兩把火。殺人賊是我。〔令史做拿孤科〕〔孤〕你怎的。〔令史〕大人纔恰也這等來。〔孤云〕趕的無處藏。走在井底躲。哦。這殺人賊在這四句詩裏面。我再看咱。非衣兩把火。〔孤作意討云〕這賊人只在這頭一句詩裏面。非字在上。衣字在下。不是個裴字。兩把火。上下兩箇火字。不是箇炎字。這賊人不姓炎名裴。必姓裴名炎。看第二句殺人賊是我。正是前面這箇人。看第三句趕的無處藏。是拿的那廝慌了。看第四句走在井底躲。莫不是這殺人賊趕的慌了。投井而死。莫非不是這等。說這城中街巷橋梁。果必有案着個井字。則除是竇鑑城隍使知道。與我喚將竇鑑來者。〔竇鑑引魔眼鬼上〕某姓竇名鑑。見任城隍使。這個兄弟是張千。爲他能幹事。人喚他做魔眼鬼。管的是橋梁街道風火賊情。錢大尹大人呼喚。不知有甚事。須索見咱。〔做見科〕大人呼喚。有何使用。〔孤〕你既管着風火賊盜。有李慶安人命公事。你怎生不捉拿。〔竇〕不曾領大人鈞旨。未敢擅便。〔孤〕這城中街巷橋梁。有按着個井字的麼。〔竇〕大人。有個棋盤井底巷。〔孤〕竇鑑。你近前來。我分付與你李慶安這樁人命公事。與你行兇刀子。又有四句詩說的明白。那殺人賊不是炎裴。就是裴炎。你則去棋盤街井底巷尋拿殺人賊去。與你三日假限。拿將來有賞。拿不將來必然有罰。你聽者。我平生心量最忠直。偏與國家作柱石。我若救負屈啣冤忠孝子。你手裏要圖賊救命殺人賊。〔同下〕〔茶博士上〕自家茶博士。開了這茶坊。看有甚麼人來。〔竇鑑同張千上〕來到這棋盤井底巷。茶坊前看有甚麼人來。茶博士。你替我喚茶三婆來。〔茶三婆上〕來也來也。好時也呵。船臨汴水休搖棹。馬到夷門懶贈鞭。看了大海休誇水。除了梁園總是天。〔唱〕

【越調鬬鵪鶉】俺這里錦片似夷門。天宮般帝城。輳集人煙。駢闐市井。豐稔時年。太平光景。你道是風光好。四海寧。休說那四百座軍州。不如這八十里汴京。

【紫花兒序】俺這里千軍聚會。萬國來朝。五馬攢營。則我這湯澆玉蕊。茶點金橙。對閣子提兩箇茶瓶。涼窰水搭着味轉增。南閣子里啜盞會錢。東閣子里賣煎敲冰。

〔三婆做見科云〕我道是誰。原來是司公哥哥。魔眼鬼哥哥。二位哥哥。喫個甚麼茶。〔竇〕造兩個建湯來。

〔三婆〕造兩個建湯來。〔邦老上〕賣狗肉。自家裴炎的便是。剩這一脚兒狗腿。送與那茶三婆去。兀那茶三婆。一脚狗肉賣不了的。〔三婆〕婆子無買賣。〔邦老〕我不管你。我回來便要錢。你可知道我性兒。局子里拔了窗欞。茶閣子里摔碎湯餅。向日便見簸箕星。我回去也。〔下〕〔三婆〕這廝定害殺我也。〔竇〕茶三婆。你和誰人說話哩。〔三婆〕不會說甚麼。俺這裏有箇裴炎。好生方頭不劣。〔唱〕

【寨兒令】那廝可便舒着腿挺。扠着門桯。精脣口毀罵不住聲。嘴臉天生。鬼惡人憎。尋歹鬭相爭。他待要閣子里拔了窗欞。局子里摔破湯餅。直雙雙眉剔豎。古魯魯眼圓睜。聽。白日里便見簸箕星。

〔竇〕兄弟。你來。則除是這般這般。〔張千〕理會的。〔下〕〔張千扮貨郎挑擔子上〕看有甚麼人來。〔淨旦扮裴妻上〕我是裴炎的渾家。我拿着這把刀鞘兒。要配上一把刀子。兀那貨郎擔上一把刀子。我試看咱。〔做看科〕這刀子不是我的來。你如何偷我的。〔三婆〕茶坊裏有司公哥哥。你告他去。〔淨旦見科〕司公哥哥。這刀子是我家的。這漢子偷了我的。〔竇〕將來我看。〔做看科〕原來王員外家梅香是你殺了。〔淨旦〕不干我事。我並不知道。〔三婆唱〕

【鬼三台】則這是賊名姓。勸姐姐休爭競。把頭梢自領。贓仗忒分明。不索你折證。小梅香死的忒沒興。李慶安險些兒當重刑。第一來惡業相纏。第二來神天報應。

〔竇〕與我拿下去。你快招了者。〔三婆唱〕

【調笑令】你可便悄聲。察賊情。比及拿王矮虎。先纏住一丈青。扭頭棍大腿上十分的楞。他不肯招承。到來日雲陽鬧市中。殺麼娘七代先靈。

〔淨旦〕我招了者。是俺丈夫裴炎殺了王員外家梅香。圖財致命來。〔邦老上〕問茶三婆討我那狗肉錢去。〔見淨旦科〕大嫂。你為甚麼在這裏。〔淨旦〕我來認刀子。拿住我。招了也。〔邦老〕你既招了。沒的話說。喒死去來。〔竇〕拿着賊漢見大人去來。〔三婆唱〕

【尾聲】裴炎不可誰償命。殺了這賊醜生呵天平地平。人性命怎干休。瓦

罐兒須離不的井。〔下〕

〔竇〕兄弟咱押着這賊漢見大人去來。〔同下〕

第四折

〔孤引一行人上〕老夫錢大尹。昨差竇鑑緝捕賊人。怎生不見來回話。〔竇鑑魔眼鬼押邦老上見孤科〕大人拿住殺人賊來。真個是裴炎。〔孤〕且下在牢中。把那一行人取出來者。〔張千押邦老下〕〔一行人上跪科〕〔孤云〕李慶安有了殺人賊。開了枷。放你回去。〔小末謝科出門云〕我出的這門來。父親有了殺人賊也。放我家去哩。〔窮李老〕蚤是有了殺人賊。爭些兒償了人命。我告他去。〔做見孤科〕大人可憐見。他告我孩兒是殺人賊。如今可不是我孩兒。告人死得死。大人做主咱。〔孤〕官不斷。和你自家商量去。〔李老〕大人教俺取和。我決不饒他。〔王員外上〕既然親家不肯和。叫閏香孩兒出來。〔正旦上〕父親喚您孩兒有何事。

〔王員外〕李親家要告我哩。你勸他一勸。〔正旦云〕不妨事。〔旦唱〕

【雙調新水令】往常我綉幃獨坐洞房春。誰曾見這般推訊罪人。受十八層活地獄。公人立七十二凶神。富漢入衙門。私事問不問。

〔王員外〕孩兒。如今有了殺人賊。李親家說我妄告他。要告我哩。你快勸他去。〔正旦唱〕

【喬牌兒】終有四春園結下恩。輕言語便隨順。把你那受過的疼痛都忘盡。分毫間不記恨。

〔旦云〕公公。饒了我父親罷。〔小末〕父親饒了他罷。〔李老〕他當初不曾罵你。〔小末〕罵我不曾罵你。〔李老〕他當初不曾打你。〔小末〕打我不曾打你。〔李老云〕我也強不過你。饒他罷了。〔正旦唱〕

【鴈兒落】為兒夫心受窘。見老父言無信。辨賢達盡孝情。起事頭相盤問。

【得勝令】口是禍之門。要搭救莫因循。常言道世上無難事。廚中有熱人。婚姻。赤緊的心先順。年尊。躭饒過俺父親。

〔李老云〕罷罷。饒了你。咱見大人去來。〔做見孤科云〕大人。俺們講和了也。〔孤判云〕既如此。將裴炎償了

詐妮子調風月雜劇

關漢卿撰

第一折

〔老孤正末一折〕〔正末卜兒一折〕〔夫人上云住〕〔正末見夫人住〕〔夫人云了下〕〔正末書院坐定〕

〔正旦扮侍妾上〕夫人言語。道有小千戶到來。教燕燕伏侍去。別箇不中。則你去。想俺這等人好難呵。

【仙呂點絳唇】半世爲人。不曾教大人心困。雖是搽胭粉。只爭不裹頭巾。將那等不做人的婆娘恨。

【混江龍】男兒人若不依本分。不搶白是非兩家分。壯鼻凹硬如石鐵。交滿耳根都做了燒雲。普天下漢子盡□都先有意。牢把定自己休不成人。雖然兩家無意。便待一面成親。不分曉便似包着一肚皮乾牛糞。知人無意。及早抽身。

【油葫蘆】大剛來婦女每常川有此三沒是哏。止不過人道村。至如那村字兒有甚辱家門。更怕我腳踏虛地難安穩。心無實事自資隱。即漸了虛教做實。假做真。直到說得教大半人評論。那時節旋洗垢不盤根。

【天下樂】合下手休教惹議論。〔見末了〕〔末云了〕哥哥的家門。不是一跳身。〔末云了〕便似一團兒揣成官定粉。燕燕敢道麼。〔末云了〕和哥哥外名。燕燕也記得真。喚做磨合羅小舍人。

〔末云了〕〔捧砌末唱〕

【那吒令】等不得水溫。一聲要面盆。恰遞與面盆。一聲要手巾。却執與手巾。一聲解紐門。使的人無淹潤。百般支分。

〔末云了〕〔笑云〕量姊妹房里有甚好。

【鵲踏枝】入得房門。怎回身。廳獨臥房兒窄窄別別。有甚鋪呈。燕燕己身
有甚末孝順。描不過哥哥行在意殷懃。
【寄生草】臥地觀經史。坐地對聖人。你觀國風雅頌施詁訓。頌的典謨訓
誥居堯舜。〔末云〕說的溫良恭儉行忠信。燕燕則理會得龍蟠虎踞滅燕齊。
誰會甚兒婚女聘成秦晉。
〔末云〕這書院好。
【么】這書房存得阿馬。會得客賓。翠筠月明龍蛇徹。碧軒夜冷燈香信。綠
窗雨細琴書潤。每朝席上宴佳賓。抵多少十年窗下無人問。
〔云住〕
【村里迓古】更做道一家生女。百家求問。才說貞烈。那裏取一个時辰。見
他語言兒栽排得淹潤。怕不待言詞硬。性格村。他怎比尋常世人。
〔末云〕
【元和令】無男兒只一身。擔寂寞受孤悶。有男兒意夢入勞魂。心腸百處
分。知得有情人不曾來問。肯便待要成眷姻。
【上馬嬌】自勘婚。自說親。也是賤媳婦責媒人。往常我冰清玉潔難侵近。
是他因則管教話兒因。我煞待嗔我便惡相聞。
【勝葫蘆】怕不依隨蒙君一夜恩。爭奈忒達地忒知根。兼上親上成親好
對門。覷了他兀的模樣。這般身分。若脫過這好郎君。
【么】教人道眼裏無珍一世貧。成就了又怕辜恩。若往常烈焰飛騰情性
緊。若一遭兒恩愛再來不問。枉侵了這百年恩。
怎末你不志誠。〔云了〕

【後庭花】我往常笑別人容易婚。打取一千個好唦嘖。我往常說真烈自由性。嫌輕狂惡盡人。不爭你話兒因自評自論。這一交直是哏。虧折了難正本。一箇箇忒欺新。一個個不是人。

【柳葉兒】一箇箇背槽拋糞。一箇箇負義忘恩。自來魚雁無音信。自思忖。不審得話兒真。枉葫蘆提了燕爾新婚。

〔調讓了〕許下我的休忘了。〔末云了〕〔出門科〕

【尾】忽地却掀簾兜地回頭問。不由我心兒里便親。你把那並枕睡的日頭兒再定輪。你教我逐宵價握雨攜雲。過今春。先教我不繫腰裙。便是半簸箕頭錢撲箇復純。教人道眼裏有珍。你可休言而無信。〔云〕許下我包髻團衫袖手巾。專等你世襲千戶的小夫人。〔下〕

第二折

〔外孤一折〕〔正末外旦郊外一折〕〔正末六兒上〕〔正旦帶酒上〕却共女伴每蹴罷秋千。逃席的走來家。這早晚小千戶敢來家了也。

【中呂粉蝶兒】年例寒食。鄰姬每鬥來邀會。去年時沒人將我拘管收拾。打秋千。閑鬥草。直到箇昏天黑地。今年箇不敢來遲。有一箇未拿着性兒女婿。

〔做到書院見末〕你吃飯未。〔末不禁煩科〕

【醉春風】因甚把玉粳米牙兒抵。金蓮花攢枕倚。或嗔或喜臉兒多。哎。你。你教我沒想沒思。兩心兩意。早辰古自一家一計。

〔旦云〕我猜你咱。〔末云〕

【朱履曲】莫不是郊外去逢着甚邪祟。又不瘋又不呆癡。面沒羅呆答孩死堆灰。這煩惱在誰身上。莫不在我根底。打聽得此二閑是非。

〔末云了〕〔審住〕是了。

【滿庭芳】見我這般微微喘息。語言恍惚。脚步兒査梨。慢鬆鬆胸帶兒頻那。鬆裙腰兒空閑裏偷提。見我般氣絲絲偏斜了鬅鬠。汗浸浸折皺了羅衣。似你這般狂心記。一番家搓揉人的樣勢。休胡猜人短命黑心賊。

〔末云了〕你又不吃飯也睡波。〔末更衣科〕

【十二月】直到箇天昏地黑。不肯更換衣袂。把兎胡解開。扭扣相離。把襖子疎剌剌鬆開上拆。將手帕撇漾在田地。

〔末慌科〕

【堯民歌】見那廝手慌脚亂緊收拾。被我先藏在香羅袖兒裏。是好哥剌和我做頭敵。咱兩箇官司有商議。休題。休題。哥哥撇下的手帕是阿誰的。

〔末云了〕

【江兒水】老阿者使將來伏侍你。展污了咱身起。你養着別個的。看我如奴婢。燕燕那此二兒虧負你。

〔旦做住〕〔末告科〕

【上小樓】我敢捽碎。這盒子玳瑁。納子教石頭砸碎。剪了靴簷。染了鞋面。做鋪持。一萬分好待你。好覷你。如今刀子根底。我敢割得來粉合麻碎。

〔末云了〕直恁值錢。

【么】更做道。你好處。打喚來得。却怎看得非輕。看得值錢。待得尊貴。這兩下里。撚縐的。有多少功積。到重如細攙絨綉來胸背。

〔云了〕

【哨遍】並不是婆娘人把你抑勒招取。那肯心兒自說來的神前誓。天果報無差移。只爭個來早來遲。限時刻。十王地藏。六道輪回。單勸化人間世。善惡天心人意。人間私語。天聞若雷。但年高都是積善好心人。早壽夭都是辜恩負德賊。好說話清辰。變了卦今日。冷了心晚夕。

〔末云〕〔出來科〕

【耍孩兒】我便做花街柳陌風塵妓。也無那則欺過三朝五日。你那狠心腸看得我□容易。欺負我是半良不賤身軀。半良身情深如你那指腹爲親婦。半賤體意重似拖麻拽布妻。想不想在今日。都了絕爽利。休盡我精細。

〔云〕我往常伶俐。今日都行不得了呵。

【五煞】別人斬眉我早舉動眼。到頭知道尾。你這般沙糖般甜話兒多曾吃。你又不是殘花醞釀蜂兒蜜。細雨調和燕子泥。自笑我狂蹤跡。我往常受那無男兒煩惱。今日知有丈夫滋味。

【四】待爭來怎地爭。待悔來怎地悔。怎補得我這有氣分全身體。打也阿兒包髻真加要帶與別人成美。況團衫怎能夠披。他若不在俺宅司內。便大家南北各自東西。

【三】明日索一般供與他衣袂穿。一般過與他茶飯吃。到晚送得他被底成雙睡。他做成煖帳三更夢。我撥盡寒爐一夜灰。有句話存心記。則願得辜恩負德。一箇箇麼子封妻。

【二】出門來一脚高一脚低。自不覺鞋底兒着田地。痛憐心除他外誰根前說。氣夯破肚別人行怎又不敢提。獨自向銀蟾底。則道是孤鴻伴影。幾時吃四馬攢蹄。
【尾】呆敲才敲才休怨天。死賤人賤人自罵你。本待要皂腰裙剛待要藍包髻。則這的是折挂攀高落得的。〔下〕

第三折

〔孤一折〕〔夫人一折〕〔末六兒一折〕〔正旦上云〕好煩惱人呵。〔長吁了〕
【越調鬥鵪鶉】短嘆長吁。千聲萬聲。搗枕捶床。到三更四更。便似上渴思梅。充飢畫餅。因甚頃刻休。則傷我取次成。好箇箇舒心。干支刺沒興。
【紫花兒序】好輕乞列薄命。熱忽剌姻緣。短古取恩情。〔見燈蛾科〕哎。蛾兒俺兩箇有比喻。見一箇耍蛾兒來往向烈焰上飛騰。正撞着銀燈攔頭送了性命。咱兩箇堪爲比並。我爲那包髻白身。你爲這燈火清。
〔云〕我救這蛾兒。〔做起身挑燈蛾科〕哎。蛾兒俺兩箇大剛來不省呵。
【幺】我把這銀燈來指定。引了。咱兩箇魂靈。都是這一點虛名。怕不百伶百俐。千戰千贏。更做道能行怎離得影。這一場了身不正。怎當那廝大四至鋪排。小夫人名稱。
〔末六兒上〕〔開門了〕〔末云〕
【梨花兒】是教我軟地上吃喬我也不共你爭。煞是多勞重降尊臨卑。有勞長者車馬。貴脚踏於賤地。小的每多謝承。本待廝線道上不和你一處行。〔云〕你依得我一件事。依得我願隨鞭鐙。
〔云〕你要我饒你。咱再對星月賭一個誓。〔云了〕〔出門了〕
【紫花兒序】你把遙天指定。指定那淡月疎星。再說一箇海誓山盟。我便收撮了火性。鋪撒了人情。忍氣吞聲。饒過你那虧人不志誠。賺出門程。〔入房科〕呼的關上籠門。鋪的吹滅殘燈。

〔末告不開門了〕〔末怒云了下〕〔旦閃下〕〔夫人上住〕〔末上見住〕〔云了〕〔夫人喚了〕〔旦上見夫人了〕〔夫人云了〕燕燕不會去不得。

【小桃紅】燕燕上覆傳示煞曾經。誰會甚兒女成婚聘。甚的是許出羞下紅定。像這洛陽城。少甚未能言快語官媒證。燕燕怎敢假名托姓。但教我一權爲政。情取火上等冬凌。

燕燕不去〔末云〕〔夫人怒云了〕

【調笑令】這廝短命沒前程。做得箇輕人還自輕。橫死口裏栽排定。老夫人隨邪水性。道我能言快語說合成。我說波娘七代先靈。

【聖藥王】雖然道戶廝迎。也合再打聽。兩門親便走一遭兒成。我若到那戶庭。見那娉婷。若是那女孩兒言語沒實成。俺這廝強風情。〔虛下〕

〔外孤上〕〔旦上見孤云〕夫人使來問小姐親事相公許不許燕燕回去〔外孤云了〕〔閃下〕〔外旦上〕

〔旦隨上見了〕特地來問小姐親事許不許聞去〔外旦許了〕〔下〕

【鬼三台】女孩兒言着婚聘。則合低了胭頸。羞答答地禁聲。剗地面皮上笑容生。是一箇不識羞伴等。俺那廝做事一滅行。這妮子更敢有四星。把體面粧沉。把頭梢自領。

〔旦背云〕着幾句話破了這門親。〔對外旦云〕小姐。那小千戶酒性歹。〔外旦罵住〕呀早第一句兒。

【天淨沙】先教人俺撲了我幾夜恩情。來這里被他罵得我百節酸疼。我便似剪牆賊蝎蜇噤聲。空使心作倖。被小夫人引了我魂靈。

〔外云〕你道有鐵脊梁的。你手里做媳婦。

【東原樂】我是你心頭病。你是我眼內釘。都是那等不賢惠的婆娘傳槽病。你只牢查着八字行。俺那廝陷坑。沒一日曾干淨。

【綿答絮】我又不是停眠整宿。大剛來竊玉偷香。一時間寵倖。數月間欺渴。俺那廝一日一個王魁負桂英。你被人推人推更不輕。俺那廝一霎兒新情撒地腿脡廳。歇地腦袋疼。

【拙魯速】終身無。簸箕星。指雲中雁做羹。時下且口口聲聲。戰戰兢兢。裊裊停停。坐坐行行。有一日孤孤另另。冷冷清清。咽咽哽哽。覷着你箇拖漢精。

【尾】大剛來主人有福牙推勝。不似這調風月媒人背廳。說得他美甘甘枕頭兒上雙成。閃得我薄設設被窩兒裏冷。（下）

第四折

（老孤外孤上）（衆外上）（夫人上住）（正末正旦外旦上住）

【雙調新水令】雙撒敦是部尚書。女婿是世襲千戶。有二百匹金勒馬。五十輛畫輪車。說得他兒女夫妻。似水如魚。撇得我鰥寡孤獨。那的是撮合山養身處。

【駐馬聽】官人石碾連珠。滿腰背無瑕玉兔胡。夫人每是依時按序。細攙絨全套綉衣服。包髻是纓絡大真珠。額花是秋色玲瓏玉。悠悠的品着鷓鴣。雁行般但舉手都能舞。

（做與外旦插帶了科）（外旦云）

【甜水令】姐姐骨甜肉淨。堪描堪塑。生得肌膚似凝酥。從小裏梅香嬷嬷擡舉。問燕燕梳裏何如。

【折桂令】他是不曾慣傅粉施朱。包髻不仰不合。堪畫堪圖。你看二插花枝。顫巍巍穩當扶踈。則道是烟霧內初生月兒。原來是雲鬟後半露瓊梳。百般的覷覷。一刻的全無市井塵俗。壓盡其餘。

〔夫人云了〕〔揪搜末科〕

【水仙子】推那領係眼落處。採揪毛那擊腰行行恰跨骨。我這般拈拈恰恰有甚難當處。想我那聲冤不得苦痛處。你不合先發□怒。你若無言語。怎敢將你覷付。則索做使長郎主。

〔孤云了〕

【殿前歡】俺千戶跨龍駒。稱得上的敢望七香車。願得同心結永掛合歡樹。鸞鳳嬌雛。連理枝比目魚。千載相完聚。花發無風雨。頭白相守服。黑處全無。

〔老孤問了〕煞曾看婚來。

【喬牌兒】勘婚處恰歲數。出家後有衣祿。若言招女婿。下財錢將他娶過去。

【掛玉鈎】是箇破敗家私鐵掃箒。沒此二兒發旺夫家處。可使絕子嗣妨公婆剋丈夫。臉上肇泪靨無里數。今年見吊客臨喪門聚。反陰復陰。半載其餘。

【落梅風】據着生的年月。演的歲數。不是箇義夫節婦。休想得五男并二女。死得教滅門絕戶。

〔云了〕〔旦跪唱〕

【雁兒落】燕燕那書房中伏侍處。許第二箇夫人做。他須是人身人面皮。人口人言語。

【得勝令】到如今總是徹梢虛。燕燕不是石頭鐫鐵頭做。教我死臨侵身無措。錯支剌心受苦。〔夫人云〕癱中着身軀教我兩下里難停住。氣夯破胸脯教燕燕兩下里沒是處。

【阿古令】滿盞內盈盈綠醑。只合當作婢為奴。謝相公夫人擡舉。怎敢做三妻兩婦。只得和丈夫一處對舞。便是燕燕花生滿路。

正名　雙鶯燕暗爭春
　　　詐妮子調風月

狀元堂陳母教子雜劇

關漢卿撰

楔子

〔沖末外扮寇萊公引祗從上〕〔寇萊公云〕白髮刁搔兩鬢侵。老來灰盡少年心。等閑贏得食天祿。但得身安抵萬金。老夫姓寇名準。字平仲。官拜萊國公之職。方今聖人在位。八方無事。四海晏然。當今明主要大開學校。選用賢良。每三年開放一遭舉場。今以聖主仁慈寬厚。一年開放一遭舉場。天下秀士都來應舉求官。今奉聖人的命。怕有那山間林下。隱跡埋名。懷才抱德。閉戶讀書。不肯求進的。聖人着老夫五南路上採訪賢士。走一遭去。調和鼎鼐理陰陽。萬里江山屬大邦。天下文齊齊仰賀。他都待赤心報國盡忠良。〔下〕〔正旦引大末二末三末旦兒同雜當上〕〔正旦云〕老身姓馮。夫主姓陳。乃漢相陳平之後。老身所生三箇孩兒。長者陳良資。次者陳良叟。第三箇是陳良佐。有一女小字梅英。老生嚴教訓子攻書。蓋一堂名曰狀元堂。未曾完備哩。孩兒每也做甚麼這般大驚小怪的。您看去咱。〔大末云〕那裏這般大驚小怪的。〔雜當云〕打牆處刨出一窖金銀來。〔大末云〕你何不早說。我與母親說去。〔見正旦科云〕母親。打牆處刨出一窖金銀來。〔正旦云〕是真箇打牆處撅出一窖金銀來。休動着。就那裏與我培埋了者。〔大末云〕母親。這的是天賜與俺的錢財。可怎生培埋了那。〔正旦云〕孩兒每也。你那裏知道。豈不聞邵堯夫教子伯溫曰。我欲教汝為大賢。未知天意肯從否。遺子黃金滿籯。不如教子一經。依着我。就那裏與我培埋了者。〔大末云〕理會的。三兄弟依着母親的言語。便培埋了者。〔三末云〕下次小的每。將那金銀都埋了者。有金元寶留下。四箇。我要打一副網巾環兒戴。〔正旦云〕往年間三年放一遭選場。如今一年開一遭選場。見今春榜動。選場開。着大哥求官應舉去。得一官半職。改換家門。可不好那。〔大末云〕母親說的是。今年春榜動。選場開。您孩兒便上朝求官應舉去。若得一官半職。改換家門。可也光輝宗祖也。〔三末云〕母親。春榜動。選場開。您孩兒應舉走一遭去。〔正旦云〕三哥。你讓大哥去。做你官的日子有里。〔三末云〕母親說的是。他文章低不濟事。讓他先去。〔大末做拜正旦科云〕今日是箇吉日良辰。辭別了母親。便索長行。二兄弟好生在家侍奉母親。三兄弟在家着志攻書。你看他波。我拜着他。他不還我禮。〔三末云〕我不拜你。拜下去就折殺了你。〔正旦云〕孩兒。你則着志者。早些兒回來。將酒來。大哥。你飲過這酒去者。〔大末云〕您孩兒理會的。〔做飲酒科〕〔正旦唱〕

【賞花時】憑着你萬言策詩書奪第一。八韻賦文章誰似你。五言詩作上天梯。望皇家的這富貴。金殿上脫白衣。

〔大末云〕憑着您孩兒素日所學。必得高官也。

【幺篇】哎兒也則要你金榜無名誓不歸。弟兄里叢中先覷着你。〔正旦云〕將酒來。〔唱〕我這裏滿滿的捧着金盃。我與你專專的這慶喜。則要你奪的箇狀元歸。〔同二末三末旦兒下〕

〔大末云〕則今日收拾了琴劍書箱。上朝求官應舉。走一遭去。一舉首登龍虎榜。十年身到鳳凰池。〔下〕

第一折

〔正旦引二末三末旦兒同上〕〔二末云〕母親。自從大哥上朝求官應舉去也。母親每夜燒這夜香。不知為何也。〔正旦云〕大哥求官應舉去了。必然為官也。我每夜燒一炷香。您那裏知道也。我不求金玉重重貴。只願兒孫箇箇賢。〔唱〕

【仙呂點絳唇】我為甚每夜燒香。博一箇子孫興旺。天將傍。非是我誇強。我則待將禮記詩書講。

〔二末云〕母親。大哥這一去。憑着他那七言詩八韻賦。必然為官也。〔正旦唱〕

【混江龍】才能謙讓。祖先賢承教化立三綱。稟仁義禮智。習恭儉溫良。定萬代規模遵孔聖。論一生學業好文章。周易道謙謙君子。後天教起此文章。毛詩云國風雅頌。關雎云大道揚揚。春秋說素常之德。訪堯舜夏禹商湯。周禮行儒風典雅。正衣冠環珮鏘鏘。中庸作明乎天理。性與道萬代傳揚。大學功在明明德。能齊家治國安邦。論語是聖賢作譜。禮記會問答行藏。孟子養浩然之氣。傳正道暗助王綱。學儒業守燈窗望一舉把名揚。袍袖惹桂花香。瓊林宴。飲霞觴。親奪的狀元郎。威凜凜志昂昂。則他那一身榮顯可便萬人知。抵多少五陵豪氣三千丈。有一日腰金衣紫。孩兒每也休忘了那琴劍書箱。

〔云〕三哥門首覷者。看有甚麼人來。〔三末云〕我門首覷者。看有甚麼人來。〔報登科上云〕是也。自家報登科的便是。如今有陳大官人得了頭名狀元。報登科記。走一遭去。可早來到也。〔做見三末科云〕陳三哥支揖里。〔三末云〕有甚麼話說。〔報登科云〕有家裏大哥得了頭名狀元。小人特來報喜。三哥與家中老母說一聲兒。〔三末云〕怎麼俺大哥做了官也。你認的是着。〔報登科云〕正是大哥。〔三末云〕你則在這裏。我報復母親去。〔三末見正旦科云〕母親。大廝得了官也。有報登科記的在門首。〔正旦云〕與那報登科記的三兩銀子者。〔三末云〕理會的。報登科記的。與你三兩銀子。你去罷。〔報登科云〕多謝了三哥。我去也。〔下〕

〔大末扮官人躧馬兒領祗從上云〕志氣凌雲徹碧霄。攀蟾折桂顯英豪。昨夜布衣猶在體。誰想今朝換紫袍。小官陳良資是也。自到帝都闕下。攛過文華手卷。日不移影。應對百篇。得了頭名狀元。借宰相頭答。誇官三日。來到門首也。左右。接了馬者。〔見三末科云〕三兄弟。您哥哥得了頭名狀元也。你報復母親去。〔三末云〕大哥。你得了官也。我和你有箇比喻。似那搶風揚穀。你這等粃者先行。瓶內釃茶。俺這濃者在後。〔大末云〕兄弟。你報復母親去。〔三末云〕我報復去。〔做見正旦科云〕母親。賀萬千之喜。大哥得了官也。見在首哩。〔正旦云〕好好好。着孩兒過來。〔三末云〕理會的。大哥。母親着你過去哩。〔大末做見正旦拜科云〕母親。您孩兒得了頭名狀元也。〔正旦云〕不枉了好兒也。〔大末做拜二末科云〕二兄弟。您哥哥得了頭名狀元也。〔二末拜科云〕哥哥喜得美除也。〔大末做拜三末科云〕三兄弟。您哥哥得了頭名狀元也。你看他波。三兄弟。我得了官拜你。怎生不還我禮。〔三末云〕我待回禮來。我的文章可高似你。〔大末云〕若不是母親嚴教。您孩兒豈有今日也。〔正旦唱〕

【油葫蘆】俺孩兒一舉登科赴選場。則是你那學藝廣。把羣儒一掃盡伏降。您端的似鵾鵬得志秋雲長。您端的似魚龍變化春雷響。〔大末云〕母親。您孩兒受十年苦苦孜孜博得一任歡歡喜喜也。〔正旦云〕大哥。〔唱〕則是你才藝高學藝廣可正是禹門三月桃花浪俺孩兒他平奪得一箇狀元郎。

〔大末云〕十年窗下無人問。一舉成名天下知也。〔正旦唱〕

【天下樂】則他那馬頭前朱衣列兩行。着人談揚。在這滿四方。可正是靈椿老盡丹桂芳。您可也不辱末你爺。您可也不辱末你娘。〔正旦云〕好兒也。〔唱〕你正是男兒當自強。

〔正旦云〕今年第二年也。該第二箇孩兒上朝應舉去。〔三末云〕住者。母親頭一年讓大哥去了。今年可該您孩兒去也。〔二末云〕三兄弟。你讓我去罷。〔正旦云〕三哥。讓你二哥去。你那做官的日子有哩。〔三末云〕母親。他文章不濟。他百家姓也是我教與他的。我的文章高似他。我去罷。〔二末云〕三兄弟。我知道你的文章高。你在家中好生侍奉母親。則今日是箇吉日良辰。辭別了母親。您孩兒上朝求官應舉去也。〔做拜正旦科〕〔正旦云〕孩兒。你可着志者。〔二末拜大末科云〕大哥家中侍奉母親。〔大末云〕兄弟。你此一去。必受皇家富貴也。〔二末做拜三末科云〕三兄弟。你哥哥應舉去也。家中好生侍奉母親。〔三末做不還禮科〕〔二末云〕三兄弟。我拜你。你怎生不還我禮。〔三末云〕我不拜你。我的文章高似你。拜下去就折殺了你。〔二末云〕你看他波。則今日收拾了琴劍書箱。上朝進取功名。那走一遭去。青霄有路終須到。金榜無名誓不歸。〔下〕〔三末云〕母親。我讓二哥去。你可歡喜了。〔正旦云〕三哥。你那裏知道那。〔唱〕

【醉扶歸】則要你聚螢火臨書幌。積瑞雪映寒窗。你昆仲謙和禮正當。伊是兄弟他是兄長。不爭着你箇陳良佐先登了舉場。着人道我將你箇最小的兒偏向。

〔三末云〕母親說的是。〔正旦云〕三哥門首覷者。看有甚麼人來。〔三末云〕理會的。看有甚麼人來。〔報登科上云）是也。自家報登科記的便是。如今有陳媽媽家陳二哥得了頭名狀元也。我直至他門上報登科走一遭去。可早來到也。（做見三末科云）三哥支揖哩。（三末云）有甚麼話說。（報登科云）有家裏二哥得了頭名狀元也。小人特來報喜。（三末云）報登科的。俺二哥也得了官了。您認的是麼。（報登科云）正是家裏二哥。（三末云）你則在這裏。我報復母親去。（見正旦科云）母親。二哥得了官也。有報登科的在於門首。（正旦云）是真箇。與那報登科的二兩銀子。（三末云）理會的。報登科的。與你二兩銀子。你可休嫌少。等我明日得了官。你就從貢院裏鼓着掌。擱着手。叫到我家裏來。說陳家三哥得了官也。我賞你五十兩銀子。（報登科云）我知道。多謝了三哥。我回去也。（下）（二末扮官人攙頭答踹馬兒上云）黃卷青燈一腐儒。九經三史腹內居。學而第一須當記。養子休教不看書。小官陳良叟是也。自到帝都闕下。攛過卷子。見了聖人。日不移影。應對百篇。聖人見喜。加小官頭名狀元。借宰相頭答。誇官三日。可早來到門首也。左右接了馬者。有三兄弟在於門首。（做見三末科云）三兄弟。你哥哥得了官也。（三末云）二哥。你得了官也。我和你有箇比喻。我似那靈禽在後。你這等坌鳥先飛。我和母親說去。（做見正旦科云）母親。二哥真箇得了官也。見在門首哩。（正旦云）着孩兒過來。（三末云）理會的。二哥。母親怪你哩。（二末云）我得了官。母親喜歡便是。可怎生怪我。（三末云）說你怎生也做了官來。着你過去哩。（二末做見正旦科云）您孩兒多虧了母親嚴教。今日得了頭名狀元也。（做拜科）（正旦云）不枉了好兒也。（二末拜大末云）大哥。你兄弟得了官也。（大末云）兄弟喜得美除。（二末做拜三末科云）三兄弟。你哥哥得了官也。（三末不還禮科）（二末云）三兄弟。我做了官拜你。你怎麼不還我禮。（三末云）我的文章高似你。你怎麼消受的我還禮。（正旦云）好兒也。不枉了。將酒來。孩兒也。你滿飲一盃者。（二末云）您孩兒飲這一盃酒咱。（飲酒科了）（眾街坊上云）老漢是這陳婆婆街坊的便是。他兩箇孩兒。都做了頭名狀元也。俺眾街坊牽羊擔酒慶賀走一遭去。可早來到也。不必報復。俺自過去。（眾街坊做見正旦科云） 陳婆婆。俺眾街坊沒甚麼牽羊擔酒。特來慶賀狀元也。（正旦云）有勞眾街坊每。（街坊云）不敢也。（正旦唱）

【金盞兒】兀的不歡喜殺老尊堂。炒鬧了眾街坊。俺家裏無三二年兩箇兒一齊的登了金榜。〔街坊云〕婆婆乃善門之家。以此出兩箇狀元也。〔正旦唱〕俺家裏狀元堂上一雙雙。一箇學李太白高才調。一箇似杜工部好文章。一箇是擎天白玉柱。一箇是架海紫金梁。

〔正旦云〕大哥受了者。等三哥爲了官呵。一總還街坊老的每禮也。〔大末云〕衆街坊休怪。改日置酒還禮。

〔街坊云〕不敢不敢。老婆婆恕罪。俺街坊每回去也。〔下〕〔正旦云〕兀的不歡喜殺老身也。〔唱〕

【後庭花】今日箇成就了俺兒一雙。勝得了黃金千萬兩。且休說金玉重重貴。則願的俺兒孫每箇箇強。您常好是不尋常。您娘便非干偏向。人前面硬主張。您心中自忖量。親兄弟別氣象。則要您顯志強。

〔三末云〕您孩兒是白衣士人。誰想今日奮發也。〔正旦唱〕

【柳葉兒】他終則是寒門卿相。正青春血氣方剛。攄虹蜺氣吐三千丈。孩兒每休誇強。意休慌。他則是放着你那紫綬經章。

〔云〕孩兒。今年第三年也。可該你應舉去哩。〔三末云〕着大哥走一遭。〔大末云〕俺兩箇都做了官也。你可走一遭去。〔三末云〕二哥走一遭。〔二末云〕我已是得了官也。你可走一遭也。〔三末云〕這麼說母親走一遭。〔正旦云〕你看他波。〔三末云〕都不去。我也不去。〔大末云〕可該你去了。〔三末云〕怎麼直起動我去。小的每將紙墨筆硯來。寫一箇帖兒。寄與那今場貢主。說陳三哥家裏忙。把那狀元寄將家裏來我做。〔正旦云〕孩兒也。可該你去也。〔三末云〕我去也罷也罷。我走一遭去。母親。您孩兒應舉去也。我有三椿兒氣概的言語。〔正旦云〕可是那三椿兒。〔三末云〕是掌上觀紋。懷中取物。碗裏拏帶靶兒的蒸餅。則今日辭別了母親。便索長行。〔做拜正旦科〕〔大末云〕兄弟。你怎麼不拜俺兩箇哥哥。〔三末云〕兩箇哥哥我不拜你。我的文章高似你。〔正旦云〕孩兒也。則要你着志者。〔三末云〕母親保重將息。您孩兒得了官便來。〔正旦唱〕

【尾聲】你頻頻的把舊書來温。款款將新詩講。不要你誇談主張。我說的言詞有些老混忘。後園中花木芬芳。俺住蘭堂有魏紫姚黃。指着這一種

名花做箇比方。三哥不要你做第三名襯榜。休教我倚門兒專望。歧兒也。則要俺那狀元紅開徹狀元堂。〔下〕

〔大末云〕兄弟。你纔說三椿兒顯正。怎麼是懷中取物。掌上觀紋。碗裏拏帶靶兒蒸餅。〔三末云〕我如今到那裏見了今場貢主。覷我這任官如同懷中放着一件東西。舒下手去便取出來。則是箇容易。〔大末云〕怎麼是掌上觀紋。〔三末云〕這掌上觀紋。如同手掌裏紋路兒。把手展開便見。覷那官則是箇容易。〔大末云〕怎麼是碗裏拏帶靶兒蒸餅。〔三末云〕覷我這任官如同那碗裏放着箇帶靶兒的蒸餅。我走將去拏起來一口嚥了。則是箇容易。大哥。你做了官。蓋多高的門樓。〔大末云〕丈二高。〔三末云〕忒低。我做了官。蓋三丈八寸高。〔大末云〕忒高了。〔三末云〕你不知。我若做了官。騎在馬上打着那傘。不下馬就往家裏去。你做了官要幾箇馬臺。〔大末云〕兩箇馬臺。〔三末云〕少。我做了官要七十二箇馬臺。〔大末云〕怎麼要偌多。〔三末云〕但是送我來的人到門首。一箇人占一箇馬臺。一齊下馬。可不好。你做了官戴甚麼。〔大末云〕烏紗帽。〔三末云〕我做了官。戴一頂前漏塵羊肝漆一定墨烏紗帽。你身穿甚麼。〔大末云〕紫羅襴。〔三末云〕我得了官。穿一領通袖膝襴閃色翠青暗花麻布上蓋紫羅襴。你腰繫甚麼。〔大末云〕通犀帶。〔三末云〕我做了官。繫一條羊脂玉茅山石透金犀瑪瑙、嵌八寶荔枝金帶。你脚下穿甚麼。〔大末云〕乾皂履。〔三末云〕我做了官。把我這靴則一丟則一換。〔大末云〕換甚麼。〔三末云〕我皮匠家換了頭底來。〔同下〕

第二折

〔正旦同大末二末上。正旦云〕老身陳婆婆的便是。今有大哥二哥都做了官也。則有三哥上朝求官應舉去了。必然爲官也呵。〔唱〕

【南呂一枝花】爲甚麼兒孫每志氣高。托賴着祖上陰功厚。一箇曾前年登了虎榜。一箇便去歲可兀的占了鰲頭。俺家裏富貴也雙修。無福的難消受。俺可便錢財上不枉求。我覷着那珠翠金銀。我可便渾如似參卯酉。

【梁州】愛的是那孝經論語得這孟子。我喜的是那毛詩禮記春秋後園中有地栽松竹。有書堂書舍。書院書樓。則願的子孫榮旺。門戶清幽。俺家裏寶丕丕祖上遺留。既爲官將他這富貴休愁。您您您則頻頻的休離了那黃卷青燈。是是是你可便穩拍拍明放着金章和那紫綬。呀呀呀你可便用心機得崢嶸。你可也漸漸的穩情取箇肥馬輕裘。古人是有以顯父母身榮後。入八位不生受。想當日當何薦馬周。博一箇今古名留。

〔正旦云〕大哥門首覷者看有甚麼人來。〔大末云〕理會的。〔報登科記的上云〕是也。自家報登科記的便是。有陳三哥得了頭名狀元也。陳媽媽家報喜走一遭去。可早來到門首也。有大哥在於門首。大哥支揖哩。〔大末云〕你是那裏來的。〔報登科云〕有三哥得了頭名狀元。小人特來報喜。〔大末云〕你則在這裏。我報復母親知道。母親。三兄弟得了頭名狀元也。〔正旦云〕是誰說來。〔大末云〕有報登科記的在於門首。〔正旦云〕着他過來。〔大末云〕理會的。着你過去。〔報登科見科云〕報的老母知道。有三哥得了頭名狀元。小人特來報喜。〔正旦云〕孩兒。與那報登科記的五兩銀子。〔大末云〕您孩兒知道。二兄弟。俺得了官時。則與了報登科記的二兩銀子。三兄弟做了官與他五兩銀子。〔二末云〕大哥。母親偏向三兄弟也。〔大末云〕報登科記的。與你五兩銀子。〔報登科云〕多謝了。小人回去也。〔下〕〔王拱辰踹馬兒領祗候上云〕龍樓鳳閣九重城。新築沙堤宰相行。我貴我榮君莫羨。十年前是一書生。小官王拱辰是也。乃西川綿州人氏。幼習儒業。頗看詩書。自到帝都闕下。攛過文華卷子。當殿對策。日不移影。應對百篇。文如錦繡。字捧龍蛇。一舉狀元及第。借宰相頭答。誇官三日。張千。擺開頭答。慢慢的行。〔正旦云〕大哥。二哥。喒一同接孩兒去來。〔唱〕

【紅芍藥】我這里笑吟吟行下看街樓。和我這兒女每可便相逐。我這里慢騰騰攔住紫驊騮。我將這玉轡來便忙揪。〔王拱辰云〕兀那婆婆兒靠後。休驚着小官馬頭。〔大末云〕三兄弟是好壯志也。〔二末云〕母親認的是着。〔正旦云〕好兒也。不枉了。〔唱〕可正是男兒得志秋。他在馬兒上倒大來風流。〔大末云〕你看三兄弟。他見了母親。可怎生不下馬來。〔二末云〕大哥。敢不是三兄弟麼。〔正旦云〕孩兒。你下馬來波。〔王拱辰云〕這箇婆婆兒好要便宜也。

〔正旦唱〕我這裏聽言罷教我緊低了頭。諕的我魂魄可便悠悠。
〔王拱辰云〕兀那婆婆兒你休錯認了小官也。〔正旦唱〕
【菩薩梁州】則被這氣堵住咽喉。眉頭兒忔皺。身軀兒倒扭。好着我羞答答的不敢擡頭。淚汪汪雙目再凝眸。孜孜的覷了空低首。〔云〕敢問那壁狀元姓字名誰。〔王拱辰云〕今春頭名狀元。我是王拱辰。〔正旦唱〕低低的問了半緘口。悶無語自僝僽。老身向官人行無去秋。〔云〕孩兒每您說一聲兒波。〔唱〕倒大來慚羞。
〔正旦做走科〕〔二末云〕哥哥看母親。〔正旦云〕大哥。既是狀元。請下馬來。〔大末云〕理會的。狀元請下馬來。狀元堂上飲了狀元酒回去。〔王拱辰下馬科云〕左右接了馬者。〔祗候云〕理會的。〔大末云〕適間老母衝撞着狀元。是必休怪也。〔王拱辰云〕適間小官馬頭前衝撞着那壁狀元的老母。是必寬恕咱。〔大末云〕狀元有請。〔王拱辰見正旦科云〕適間小官馬頭前衝撞着老母。是必恕罪也。〔正旦云〕恰纔老身爲何錯認了那壁狀元。老身家中有三箇孩兒。都去應舉去了。兩箇孩兒得了狀元回來了。則有三哥不曾回來。恰纔是那報登科記的差報了也。那壁狀元是必休怪咱。〔王拱辰云〕小官不敢。〔二末做施禮科云〕適間老母衝撞。休怪。〔王拱辰云〕不敢。〔正旦云〕將酒來。〔做把盞科云〕狀元飲過這盃酒咱。〔王拱辰飲酒科〕
〔正旦云〕大哥。你問狀元有婚也無婚。〔大末云〕母親。有婚呵是怎生。無婚呵是如何。〔正旦云〕有婚呵。着狀元在狀元堂上喫了狀元酒。掛了狀元紅回去。無婚呵。大哥。將你妹子招狀元爲婿。未知你兄弟每意下如何。〔大末云〕謹遵母親之言。〔大末見王拱辰科云〕狀元。恰纔我母親言語問狀元有婚也無婚。〔王拱辰云〕有婚是怎生。無婚可是如何。〔大末云〕若是有婚呵。喫了狀元酒。掛了狀元紅。你便回去。若是無婚呵。小官有一舍妹。招那壁狀元爲婿。意下如何。〔王拱辰云〕小官無婚。我願隨鞭鐙。〔大末云〕一讓一箇肯。
〔正旦云〕着狀元換衣服去。〔王拱辰云〕理會的。小官換衣服去。〔下〕〔正旦云〕今年狀元是王拱辰。知他俺那陳良佐在那裏也。〔大末云〕今年頭名狀元是王拱辰。不知俺那三兄弟在那裏也。〔三末上云〕我勸這世上人休把這口忒謟過了。我到的帝都闕下。今場貢主見了。陳三哥你來了。不比看你文章。起動寫四箇字。是天下太平。我拿起筆來寫了箇天字。寫那下字我忘了一點。做了箇拐字。無三拐。無兩拐。則一拐就把我拐出來了。做了第三名探花郎。綠袍槐簡花插幞頭。去時誇了大口。今日得了探花郎。我怎生家中見母親和兩箇哥哥。則得我兩箇哥哥不在門前。我走進房裏去。隨他嚷鬧去。我一世也不出來。可早來到門首也。〔做看科云〕你看我那苦命麼。肯分的大哥在門首。大哥。您兄弟來了也。〔大末云〕呀呀呀。兄弟來了。你得了甚麼官。〔三末云〕我得了探花郎。〔大末云〕你原來得了箇探花郎。我對母親說云。〔見正旦科云〕母親。三兄弟得了箇探花郎來了也。〔正旦云〕他不過來。敢教我接待他去那。〔大末云〕理會的。〔見三末科云〕三兄弟。母親的言語。說你不過去。待着母親來接你那。〔三末云〕哥也。那得箇母親倒接兒子。我過去。娘打我時。兩箇哥哥勸一勸。〔大末云〕兄弟。我知道也。〔三末見正旦科云〕母親。您孩兒得了官也。有一拜。〔正旦云〕兀那廝。你休拜。你得了甚麼官。〔三末云〕得了探花郎。〔正旦云〕甚麼官。〔三末云〕探花郎。〔正旦云〕則不你說。兀的又有人來說哩。〔三末云〕在那裏。〔正旦做打科唱〕

【牧羊關】你則好合着眼無人處串。誰着你腆着臉去街上走。氣的我渾身上冷汗澆流。〔云〕你將着的是甚麼。〔三末云〕是槐木簡。〔正旦唱〕我將這槐木簡來掂折。綠羅襴着手揪。問甚麼紅漆通鞓帶。花插皂幞頭。我使拄杖蒙頭打。呸。我看你羞也那是不害羞。

〔三末云〕翰林都索入編修。〔正旦云〕噤聲。〔唱〕

【賀新郎】你道是翰林都索入編修。我情知你箇探花郎的名聲。〔云〕你覷波。〔唱〕你怎知俺這狀元除授。弟兄裏則爲你年幼。你身上我偏心兒索是有。我幾曾道是散袒悠悠。〔云〕師父多教孩兒幾遍。〔唱〕我去那師父行陪了些下情。則要你工課上念的滑熟。我甘不的這廝看文書一夜到三更後。〔三末云〕母親。你打我。則是疼你那學課錢哩。〔唱〕且休說你使了我學課錢。哎賊也。你熬了多少家點燈油。

〔三末云〕母親。您孩兒雖然不得狀元。也不曾惹得街上人罵娘。〔正旦云〕怎麼罵我。〔三末云〕俺大哥頭一年做了官。擺着頭答街上過來。老的每道這箇是誰。是陳媽媽家大的箇孩兒。嗨。鴉窩裏出鳳凰。〔大末云〕這箇是好言語。〔三末云〕甚麼好言語。娘倒是黑老鴉。你倒是鳳凰。第二年二哥也做了官。又罵的娘不好。擺着頭答街上人道這箇是誰。是陳媽媽第二箇孩兒。嗨嗨嗨。糞堆上長出靈芝草。〔二末云〕這箇是好言語。〔三末云〕噤聲。娘倒是糞堆。你倒是靈芝草。您孩兒雖然做了探花郎。不曾連累着娘。我打街上過來。老的每道這箇是誰。是陳媽媽第三箇孩兒。衆人道嗨嗨嗨。好爺好娘養下這箇傻弟子孩兒。〔正旦做換棒子科云〕將棒子來。〔唱〕

【絮蝦蟆】我可也不和你強枉料口。我年紀大也慚羞。打這廝父母教訓不秋。做的箇苗而不秀。則好深村放牛。伴着那莊家學究。記的那箇日頭。狀元一身承受。去時說了大口。臨行相別時候。說的來花甜蜜就。無語低頭。嘴碌都的恰便似跌了彈的鵓鴿。〔三末云〕母親。一品至九品。都是國家臣子。〔正旦云〕噤聲。〔唱〕休那裏一口裏巧舌頭。便有那一千筆畫不成。描不就。我和你難相見。枉廝守。休休。快離了我眼底。休在我這邊頭。

〔正旦云〕從今以後。將陳良佐兩口兒趕出門去。再也休上我門來。〔大末做跪科云〕母親看您孩兒的面皮。留下三兄弟兩口兒在家。可也好也。〔正旦唱〕

【尾聲】大哥哥枉可惜了你噴珠噀玉談天口。〔二末做跪科云〕母親看您孩兒的面皮。留下三兄弟兩口兒在家住。可也好也。〔正旦唱〕二哥哥枉展污了你那折桂攀蟾的釣鰲手。大哥哥枉生受。二哥哥且落後。陳良佐自今後。你行處行走處走。千自在百自由。我和你箇探花郎不記甚冤讐。〔三末云〕母親。喫一鍾喜酒。〔正旦云〕攮了者。〔唱〕我可也消不的狀元這箇及第酒。〔下〕

〔大末云〕看母親看母親。咗。三兄弟你羞麼。你去時節誇盡大言。回來則得箇探花郎。甚是惶恐。你不說掌上觀紋。〔三末云〕手上生瘡不見了。〔大末云〕懷中取物。〔三末云〕衣服破把來吊了。〔大末云〕碗裏拿帶靴兒蒸餅。〔三末云〕不知那箇饞弟子孩兒偷了我的喫了。〔大末云〕你既爲孔子門徒。何出此言。俺家素非白屋。祖代簪纓。乃陳平之後。你今日得了箇探花郎。豈不汗顏。爲人者要齊家治國。修身正心。人心不正。做事不能成矣。人以德行爲先。德者本也。才者末也。德勝才爲君子。才勝德爲小人。你這等人。和你說出甚麼來。我和你同胞共乳一爺娘。幼小攻書在學堂。受盡寒窗十載苦。龍門一跳見君王。你去時人前誇大口還家只得探花郎。鳳凰飛在梧桐樹。呸。自有傍人話短長。〔下〕〔三末云〕大哥數落了我這一會。〔二末云〕呸。三兄弟。你羞麼。〔三末云〕哥也怎的。〔二末云〕你去時節誇盡大言。回來得了箇探花郎。豈不汗顏。俺家素非白屋。累代簪纓。漢陳平之玄孫。祖宗拜秦國公之職。爲子者當以腰金衣紫。俺二人皆第狀元。惟汝不第者何也。爲子才輕德薄也。我和你說出甚麼來。未應舉志氣凌雲。但開口傍若無人。賣弄你詩才過李白杜甫。舌辯似張儀蘇秦。大哥如泥中蘇芥。二兄長似凌上輕塵。孔子居於鄉黨。見長幼禮法恂恂。可不道狀元郎懷中取物。覰富貴掌上觀紋。發言時舒眉展眼。你今日薄落了。縮項潛身。俺狀元郎誇談祖宗。呸。誰似你箇探花郎羞答答的辱末家門。〔下〕〔王拱辰上云〕呸。你羞麼。〔三末云〕你是誰。〔王拱辰云〕我是門下嬌客。妹婿王拱辰。今春頭名狀元。〔三末云〕你是王拱辰。我把你箇饞弟子孩兒。這帶靴兒的蒸餅你喫了我的。〔王拱辰云〕適間小官聽的大舅二舅所言。說三舅去時節誇盡大言。回來得了箇探花郎。豈不汗顏。爲人者可以治國齊家。修身正心。人心不正。作事不能成矣。中庸有言。喜怒哀樂之未發謂之中。發而皆中節者謂之和。中也者。天下之大本也。和也者。天下之達道也。論語云。君子不重則不威。輕乎外者必不能堅乎內。故不厚重則無威嚴。而所學亦不堅固也。俗言有幾句比並尊舅。豈不聞草蟲食草。豈知重味之甘。蚯蚓啼窪。不解汪洋之海。瓮生蠛蠓。豈知化外清風。螢火雖明。不解蟾光之照。樹高而曲。不如短而直。水深而濁。不如淺而清。蜘蛛有絲。損人利己。蠶腹有絲。於民潤國。但凡爲人三思。然後再思可矣。你空長堂堂七尺軀。胸中志氣半星無。綠袍槐簡歸故里。呸。枉做男兒大丈夫。〔下〕〔祗候云〕呸。〔三末打科云〕你也待怎的。〔同下〕

第二折

〔正旦同大末二末王拱辰領雜當上〕〔正旦云〕老身陳婆婆是也。今日是老身生辰賤降的日子。孩兒每也。〔大末云〕有。〔正旦云〕狀元堂上安排下筵席者。若有陳良佐兩口兒來時。休着他過來將酒來。〔大末云〕理會的。〔正旦唱〕

【中呂粉蝶兒】人都說孟母三移。今日箇陳婆婆更增十倍。教兒孫讀孔聖文籍。他將那孝經來讀。論孟講。後習詩書禮記。幼小溫習。一箇箇孝當竭力。

【醉春風】一箇那陳良叟他可便占了鰲頭。則俺這陳良資奪了第一。新招來的女婿他又是狀元郎。俺一家兒倒大來喜喜。則要你即舅每崢嶸。弟兄每榮顯。托賴着祖宗福力。

〔三末執壺科〕〔大末遞酒科云〕母親滿飲一盃。〔正旦做飲酒科云〕俺慢慢的飲酒。看有甚麼人來。〔三末同旦兒上〕〔三末云〕今日是母親生日。我無甚麼禮物。和媳婦兒拜母親兩拜。也是我孝順的心腸。可早來到門首也。大哥和母親說一聲。道我在這門首哩。〔大末云〕兄弟你則在門首。我報復母親去。〔大末做見正旦科云〕母親。有三兄弟兩口兒在於門首。〔正旦云〕休着那廝過來。〔大末同二末王拱辰告科〕〔大末云〕母親。看您孩兒面皮。着三兄弟兩口兒過來。與母親遞一盃酒。也是他爲子之道也。〔正旦云〕看着您衆人的面皮。着那廝過來。休閑着他。着他燒火剝葱。都是他依的。便教他過來。依不的。便着他回去。〔大末云〕理會的。三兄弟。母親的言語。着你過去燒火剝葱。掃田刮地。擡卓搬湯。你依的便過去。你依不的休着你過去哩。〔三末云〕母親怕閑了我。〔三末同三旦做見科〕〔三末云〕母親。您孩兒和媳婦兒沒有手。怕拜母親幾拜。〔正旦云〕兀那廝。你休拜。誰教你與我做生日來。〔三末云〕我來拜母親幾拜。也是爲子之孝道也。〔正旦云〕兀那廝你見麼。〔三末云〕您孩兒見甚麼那。〔正旦唱〕

【紅繡鞋】俺這裏都是些紫綬金章官位。那裏發付你箇綠袍槐簡的鍾樝。哎。你一箇探花郎又比俺這狀元低。俺這裏笑吟吟的行酒令。穩拍拍的做着筵席。〔云〕你說波。〔唱〕可不道那埚兒發付你。

〔云〕大哥。喒行一箇酒令。一人要四句氣概的詩。押着那狀元郎三箇字。有那狀元郎的便飲酒。無那狀元郎的罰涼水。教那廝把盞。先從大哥來把了盞。便問道喫酒的是誰。把盞的是誰。各自稱呼。着那官位者喫了酒。着那廝拜。先從大哥來。〔三末云〕我理會的。〔做遞酒科云〕先從母親來。〔正旦云〕先從大哥來。〔三末遞酒與大末科〕〔大末云〕母親。您孩兒吟詩也。〔詩曰〕當今天子重賢良。四海無事罷刀槍。紫袍象簡朝金闕。聖人勑賜狀元郎。〔三末云〕住者。白馬紅纓麾蓋下。紫袍金章氣昂昂。月中失却攀蟾手。高枝留與狀元郎。〔大末做喫酒科云〕問將來。〔三末云〕喫酒的是誰。〔大末云〕是狀元郎。我問你把盞的是誰。〔三末云〕把盞的我是楊六郎。〔三末做拜科〕〔做遞酒與二末科〕〔二末云〕母親。您孩兒吟詩也。〔詩曰〕一天星斗煥文章。戰退羣儒獨占場。龍虎榜上標名姓。頭名顯我狀元郎。〔三末云〕住者。時乖運蹇赴科場。命福高低不可量。八韻賦成及第本。今春必奪狀元郎。〔二末做喫酒科云〕問將來。〔三末云〕喫酒的是誰。〔二末云〕是狀元郎。我問你把盞的是誰。〔三末云〕我是酥麻糖。〔做拜科〕〔遞酒與王拱辰科〕〔王拱辰云〕母親。大舅二舅。我吟詩也。〔詩曰〕淋漓御酒污羅裳。宴罷瓊林出未央。醉裏忽聞人語鬧。馬頭高喝狀元郎。〔三末云〕住者。筆頭刷刷三千字。胸次盤盤七步章。休笑綠袍官職小。才高壓盡狀元郎。〔王拱辰飲酒科云〕問將來。〔三末云〕喫酒的是誰。〔王拱辰云〕是狀元郎。那把盞的是誰。〔三末云〕把盞的是耍三郎。〔做拜科與三旦遞酒科〕〔三旦云〕母親。您媳婦兒吟詩也。〔詩曰〕佳人貞烈守閨房。則爲男兒不氣長。國家若是開女選。今春必奪狀元郎。〔三末云〕住者。磨穿鐵硯汝非強。止可描鸞守繡房。燕鵲豈知鵰鶚志。紅裙休笑狀元郎。〔旦兒飲酒科云〕問將來。〔三末云〕喫酒的是誰。〔旦兒云〕我是狀元郎。把盞的是誰。〔三末云〕把盞的是你的郎。〔與正旦遞酒科〕〔正旦云〕這廝他到闕不沾新雨露。還家猶帶舊風霜。綠袍槐簡消不得。對人猶說狀元郎。〔三末云〕住者。拜別諸親赴選場。綠袍羞見老尊堂。擎臺執盞廳前跪。則這紅塵埋沒了狀元郎。〔正旦云〕〔詩曰〕黃金不惜換文章。教子須教入廟堂。自古賢愚難相比。您這狀元郎休笑俺探花郎。〔三末云〕住者。您這些馬牛襟裾糞土牆。我這海水如何看斗量。你這漏網之魚都跳過。因何撇下狀元郎。罷罷罷。母親不必人前羞我。您孩兒頂天立地。噙齒帶髮。帶眼安眉。既爲男子大丈夫。不得爲官。着母親哥哥羞辱。則今日好日辰。辭別了母親。再去上朝求官應舉去。我若不得官。我去那深山中削髮爲僧。永不見母親之面。我若爲官。不在他三人之下。你看我打一輪皂蓋飛頭上。擺兩行朱衣列馬前。佳人捧臂。壯士攀鞭。我騎禮部侍郎坐下馬。借翰林院學士當直人。我帶三分御酒。拂兩袖天香。絲鞭搨三尺春風。袍袖惹半潭秋水。兩街仕女急步掀簾。三市居民盡皆拱手。馬前高喝狀元來。十里香街咸欽敬。大剛來一日崢嶸。我直着報答了十年辛苦。說兀的做甚。這一去番身一跳。禹門開。憑着胸中貫世才。休道桂枝難攀折。母親放心。今春和月抱將來。〔大末云〕母親。三兒弟這一去必然爲官也。〔正旦云〕孩兒去了也。〔唱〕

【醉高歌】我可也不和你暢叫揚疾。誰共你磕牙抖嘴。我則是倚門兒專等報登科記。知他俺那狀元郎在那雲裏也。那是霧裏。

〔報登科記的上云〕自家報登科記的。有陳婆婆第三箇孩兒得了今春頭名狀元。我報登科記走一遭去。可早來到門首也。〔做見大末科云〕大官人。三官人得了今春頭名狀元。小人特來報喜。〔大末云〕你則在這裏。我報復母親去。〔見科云〕母親。三兒弟得了今春頭名狀元也。有報登科記的在門首。〔正旦云〕與他十兩銀子。〔大末云〕理會的。與你十兩銀子。〔報登科云〕謝了官人。小人回去也。〔下〕〔三末跚馬兒領祗候上〕〔祗候云〕小來下路。〔三末云〕要做狀元。有甚麼難處。下頭穿了衣服便是狀元。今日得了頭名狀元。擺開頭答。慢慢的行。〔正旦云〕大哥二哥女婿。喒都去接待孩兒去來。〔大末云〕俺跟着母親接兒弟去來。〔正旦唱〕

【普天樂】圪蹬蹬的馬兒騎。急颩颩的三簷傘底。我這裏忙呼左右。疾快收拾。〔三末云〕祗候人接了馬者。〔祗候云〕牢墜鐙。〔三末云〕母親來了也。〔正旦唱〕他見我便慌下馬。〔三末云〕祗候人擺開者。〔三末做躬身立住科〕〔正旦唱〕他那裏躬身立。〔三末云〕母親。您孩兒得了官也。就這裏拜母親幾拜。〔做拜科〕〔正旦唱〕我見他便展脚舒腰。那裏忙施禮。

〔做哭科〕〔唱〕險些兒俺子母每分離。〔三末云〕親嚴教豈得今日爲官。〔正旦云〕你爲官呵。
〔唱〕你孝順似那王祥臥冰。你恰似伯俞泣杖。哎兒也。你勝強如兀那老
萊子哎斑衣。
〔三末做過來科云〕大哥二哥。我不拜你。我的文章高似你。母親。您孩兒往西川綿州過。那裏老老送與我
一段孩兒錦。將來與母親做衣服穿。〔正旦云〕大哥。將的去估價行裏。看值多少錢鈔。〔大末云〕估價值多
少。母親。價值千貫。〔正旦云〕辱子未曾爲官。可早先受民財。倘着須當痛決。〔大末云〕兄弟。爲你受了孩兒
錦。母親着你倘着。要打你哩。〔三末云〕母親要打我。我番番不曾靜扮。〔正旦做打科〕〔大末云〕母親打的金
魚墜地也。〔雜當做打報科云〕有寇萊公大人有請。〔正旦云〕不妨事。我見大人。自有說的話。〔大末云〕下
次小的每與我背馬者。〔正旦云〕孩兒休背馬。輛起兜轎着四箇孩兒擡着老身。我親見大人去來。〔唱〕
【啄木兒煞】喒人這青春有限不再來。金榜無名誓不歸。得志也休把陞
遷看的容易。古人詩內。則你那文高休笑狀元低。〔同衆下〕

第四折

〔外扮寇萊公領從人上〕〔寇萊公云〕三千禮樂唐虞治。萬卷詩書孔孟傳。老夫寇萊公是也。奉聖人的命。
開放舉場。今有頭名狀元是陳良佐。問其緣故。乃漢陳平之後。他父曾爲前朝相國。早年棄世。有母親馮氏
大賢。治家有法。教子有方。因陳良佐授西川孩兒錦一事。他母親打的他金魚墜地。聖人已知。着我加官賜
賞。審問詳細。着人請賢母去了。這早晚敢待來也。〔大末二末三末王拱辰擡正旦上〕〔三末云〕有賫錢布
施些兒。〔正旦云〕俺見大人去來。〔唱〕
【雙調新水令】雖不曾坐香車乘寶馬裊絲鞭。我這轎兒上倒大來穩便。
前後何曾側。左右不曾偏。顯的您等輩齊肩。將名姓註翰林院。
〔云〕可早來到也。令人報復去。道有陳婆婆同四箇狀元來了也。〔從人報科云〕有陳婆婆同四箇狀元來
了也。〔寇萊公云〕道有請。〔從人云〕有請。〔正旦做見官人科〕〔寇萊公云〕賢母。老夫奉聖人的命。爲您一

家兒母賢子孝。訓子有綱紀之威權。居家有冰霜之直政。着老夫審問其詳。誰相賢母着四箇狀元擡着兜轎。敢於理不可麼。(正旦云)大人可憐見。休說四箇孩兒擡着老身。我昔日曾聞荷擔僧。一頭擔母一頭經。經向前來背却母。母向前來背却經。不免把擔橫擔定。感的園林兩處分。後來證果爲羅漢。尚兀自報答不的爺娘養育恩。(唱)

【水仙子】學的他那有仁有義孝連天。使了我那無岸無邊學課錢。甘心兒擡的我親朝見。尚兀自我身軀兒有些困倦。把不住眼暈頭旋。不覺的擡着兜轎。雖不曾跨着駿驪。尚兀自報答不的我乳哺三年。

(寇萊公云)賢母爲陳良佐陞遷官位。貪圖財利。接受蜀錦。有犯王條。則合着有司定罪。你怎生自己責罰。打的金魚墜地那。(正旦云)大人不知。此子未曾治國。先受民財。辱沒先祖。依法教訓咱。(唱)

【沽美酒】着他每按月家請着俸錢。誰着他無明夜攢家緣。俺家裏祖上爲官累累受宣。我則怕枉教人作念。俺一家兒得安然。

(寇萊公云)賢母三狀元授財一事。未審其詳也。(正旦唱)

【太平令】他將那孩兒錦親身托獻。這的是苦百姓赤手空拳。我依家法親責當面。我着他免受那官司刑憲。與了俺俸錢。驟遷。聖恩可便可憐博一箇萬萬古名揚談羨。

(寇萊公云)老夫盡知也。您一家兒望闕跪者。聽我加官賜賞。我親奉着當今聖旨。便天下採訪賢士。只因你母賢子孝。着老夫名傳宣賜。陳婆婆賢德夫人。陳良資翰林承旨。陳良叟國子祭酒。陳良佐太常博士。王拱辰博學廣文。加你爲參知政事。一箇箇列鼎重裀。一箇箇腰金衣紫。今日箇待漏院賜賞封官。慶賀這狀元堂陳母教子。

題目　待漏院招賢納士

正名　狀元堂陳母教子

劉夫人慶賞五侯宴雜劇

關漢卿撰

楔子

〔沖末扮李嗣源領番卒子上〕〔李嗣源云〕野管羌笛韻。音雄戰馬嘶。攢的是縷金畫面鼓。打的是雲月皂鵰旗。某乃大將李嗣源是也。父乃沙陀李克用是也。俺父親手下兵多將廣。有五百義兒家將。人人奮勇。箇箇英雄。端的是旗開得勝。馬到成功。自破黃巢。俺父子每累建奇功。今天下太平。因某父多有功勳。加爲忻代石嵐鴈門關都招討天下兵馬大元帥。又封爲河東晉王之職。手下將論功陞賞。今奉聖人命。爲因黃巢手下餘黨草寇未絕。今奉阿媽將令。差俺五百義兒家將。統領雄兵。收捕草寇。若得勝回還。聖人再有加官賜賞。奉命出師統雄兵。勦除草寇建功名。赤心報國施英勇。保助山河享太平。〔趙太公上云〕段段田苗接遠村。太公莊上戲兒孫。雖然只得鋤鉋力。答賀天公雨露恩。自家潞州長子縣人氏。姓趙。人見有幾貫錢。也都喚我做趙太公。嫡親的兩口兒。渾家劉氏。近新來亡化過了。撇下箇孩兒。未夠滿月。無了他那娘。我又看覷不的他。我家中糧食田土儘有。爭柰無一箇親人。則覷着一點孩兒。我分付那穩婆和家裏那小的每。長街市上。不問那裏。尋的一箇有乳食的婦人來。我寧可與他些錢鈔。我養活他。則要他看覷我這孩兒。今日無甚事。我去那城中索些錢債去。下次小的。看着那田禾。我去城中索些錢債便來也。〔下〕〔正旦抱俫兒上云〕 妾身是這潞州長子縣人氏。自身姓李。嫁的夫主姓王。是王屠。嫡親的兩口兒。妾身近日所生了箇孩兒。見孩兒口大。就喚孩兒做王阿三。不想王屠下世。爭奈家中一貧如洗。無錢使用。妾身無計所柰。我將這孩兒長街市上賣的些小錢物。埋殯他父親。自從早晨間到此。無人來問。如之柰何也。〔做哭科〕〔趙太公上云〕 自家是趙太公。城中索錢去來。也不曾索得一文錢。且還我那家中去。兀的一簇人。不知看甚麼。我試去看咱。〔做見正旦科云〕 一箇婦人。懷裏抱着箇小孩兒。我問他聲咱。兀那嫂嫂。你爲何抱着這小的在此啼哭。可是爲何那。〔正旦云〕老人家不知。我是這本處王屠的渾家。近新來我所生了這箇孩兒。未及滿月之間。不想我那夫主亡逝。無錢埋殯。因此上將這孩兒但賣些小錢物。埋殯他父親。是我出於無柰也。〔趙太公云〕住住住。正要尋這等一箇婦人。看我那孩兒。則除是恁的。兀那王嫂嫂。你便要賣這小的。誰家肯要。不如你尋一箇穿衣喫飯處。可不好。〔正旦云〕你說的差了也。便好道一馬不背兩鞍。雙輪豈碾四轍。烈女不嫁二夫。我怎肯嫁侍於人。〔趙太公云〕你既不肯嫁人。便典於人家。或是三年。或是五年。得些錢物埋殯你夫主。可不好。〔正旦云〕我便要典身與人。誰肯要。〔趙太公云〕你若肯呵。我是趙太公。我家中近新來我也無了渾家。有箇小的無人擡舉他。你若肯典與我家中。我又無甚麼重生活着你做。你則是抱養我這箇小的。我與些錢鈔埋殯你那丈夫。可不好。〔正旦云〕住住住。我尋思咱。我要將這孩兒與了人來呵。可不絕了他王家後代。罷罷罷。罷能苦我一身罷。我情願典與太公。〔趙太公云〕既是這般。則今日我與些錢物。你埋殯你夫主。你便寫一紙文書。典身三年。則今日立了文書。我與你錢鈔。埋殯了你夫主。就去俺家裏住去。〔正旦云〕也是我出於無奈也呵。〔趙太公云〕你是有福的。肯分的遇着我。〔正旦唱〕

【仙呂端正好】則我這腹中愁。心間悶。俺窮滴滴擧眼無親。則俺這孤寒子母每誰瞅問。俺男兒半世苦受勤。但能夠得錢物。寧可着典咱身。〔趙太公云〕則今日埋殯你丈夫。便跟我家中去來。〔正旦唱〕則今日將俺夫主親埋殯。〔同下〕

第一折

〔趙太公上云〕自從王屠的渾家到俺家中一月光景。我將那文書本是典身。我改做賣身文書。永遠在我家使喚。這婦人擡擧着我那孩兒哩。我如今喚他抱出那孩兒來。我試看咱。〔做喚科云〕王大嫂。〔正旦抱兩箇倈兒上云〕妾身自從來到趙太公家中。可早一月光景也。妾身本是典身三年的文書。不想趙太公暗暗的商量。改做了賣身文契。與他家永遠使用。今日太公呼喚。不知有甚事。須索走一遭去。想我這煩惱幾時受徹也呵。〔唱〕

【仙呂點絳唇】我如今短嘆長吁。滿懷冤屈。難分訴。則我這衣袂麁疎。都是些柴草絡布無綿絮。

【混江龍】我堪那無端的豪戶。瞞心昧己使心毒。他可便心狡狠。倒換過文書。當日箇約定覓自家做乳母。今日箇強賴做他家裏的買身軀。我可也受禁持喫打罵敢無重數。則我這孤孀子母。更和這瘦弱身軀。

〔做見科云〕員外萬福。〔趙太公云〕你來我家一箇月了。你抱將我那孩兒來我看。〔正旦做抱傢兒科〕〔趙太公做看傢兒科云〕王大嫂。怎生我這孩兒這等瘦。將你那孩兒來我看。〔正旦抱自傢科〕〔太公做看科云〕偏你的孩兒怎恁這般將息的好。這婦人好無禮也。他將有乳食的妳子與他孩兒喫。却將那無乳的妳子與俺孩兒喫。怎生將息的起來。這婦人不平心。好打這潑賤人。〔做打科〕〔正旦唱〕

【油葫蘆】打拷殺咱家誰做主。有百十般會對付。我從那上燈時直看到二更初。我若是少乳些則管裏吖吖的哭。我若是多乳些灌的他啊啊的吐。這孩兒能夜啼。不犯觸。則從那搖車兒上掛着爺單裩。掛到有三十遍倒蹄驢。

【天下樂】不似您這孩兒不犯觸。可是他聲也波聲。聲聲的則待要哭。則從那搖車兒上魘禳無是處。誰敢道是湯他一湯。誰敢是觸他一觸。可是他叫吖吖無是處。

〔趙太公云〕將你那孩兒來我看。〔接過來做摔科〕〔正旦做搬住臂膊科云〕員外可憐見。休摔孩兒。〔趙太公云〕摔殺有甚事。則使的幾貫錢。〔正旦唱〕

【金盞兒】你富的每有金珠。俺窮的每受孤獨。都一般牽掛着他這箇親腸肚。我這裏兩步爲一驀急急下街衢。我戰欽欽身剛舉。篤速速手難舒。我哭啼啼搬住臂膊。淚漫漫的扯住衣服。

〔云〕員外可憐見。便摔殺了孩兒。血又不中飲。肉又不中喫。枉污了這答兒田地。員外。則是可憐見咱。〔趙太公云〕兀那婦人。我還你抱將出去。隨你丟了也得。與了人也得。我則眼裏不要見他。你若是不丟了呵。來家我不道的饒了你哩。〔下〕〔正旦云〕似這等如之奈何。孩兒。眼見的喒子母不能夠相守也。兒也。痛殺

我也。〔唱〕

【尾聲】兒也則要你久已後報寃讐。托賴着伊家福。好共歹一處受苦。我指望待將傍的孩兒十四五。與人家作婢爲奴。自躊躇。堪恨這箇無徒。〔帶云〕兒也。你不成人便罷。倘或成了人呵。〔唱〕你穿着些有背子排門兒告些。故疏。任恁時節老人家暮古。與人家重生活難做。哎兒也。你尋些箇口㘅錢贖買您娘那一紙放良書。〔下〕

第二折

〔外扮李嗣源蹦馬兒領番卒子上云〕靴尖踢鐙快。袖窄拽弓疾。能騎乖劣馬。善着四時衣。某乃沙陀李克用之子李嗣源是也。爲因俺阿媽破黃巢有功。聖人封俺阿媽太原府晉公之職。俺阿媽手下兒郎。都封官賜賞。今奉俺阿媽將令。着俺數十員名將。各處收捕黃巢手下餘黨。某爲節度使之職。昨日三更時分。夜作一夢。夢見虎生雙翅。今日早間去問周總管。他言說道有不測之喜。可收一員大將。某今日統領本部軍卒。荒郊野外。打圍獵射走一遭去。衆將擺開圍場者。〔做見兎兒科云〕圍場中驚起一箇雪練也似白兎兒來。我拽的這弓滿。放一箭去。正中白兎。那白兎倒一交。起身便走。俺這裏緊趕緊走。慢趕慢走。衆將與我慢慢的追襲將去來。〔正旦抱倈兒上云〕妾身抱着這箇孩兒。下着這般大雪。向那荒郊野外。丢了這孩兒也。你也怨不的我也。〔唱〕

【南呂一枝花】恰纔得性命逃。速速的離宅舍。我可便一心空哽咽。則我這兩隻脚可兀的走忙迭。我把這衣袂來忙遮。俺孩兒渾身上綿繭兒無一葉。我與你往前行無氣歇。眼見的無人把我來攔遮。我可便將孩兒直送到荒郊曠野。

【梁州】我如今官差可便棄捨。哎兒也。咱兩箇須索今日離別。這寃家必定是前生業。這孩兒儀容兒清秀。模樣兒英傑。我熬煎了無限受苦了。偌

些。我知他是喫了人多少唇舌。不由我感嘆傷嗟。我我我今日箇母棄了
兒非是我心毒。是是是更和這兒離了母如何的棄捨。呀天也天也。俺可
便眼睜睜子母每各自分別。直恁般運拙。這寃家苦楚何時徹。誰能夠暫
時歇。若是我無你箇孩兒伶俐些。那其間方得寧貼。
〔云〕我來到這荒郊野外。下着這般大雪。便怎下的丟了孩兒也。〔唱〕
【隔尾】我這裏摔腸割肚把你箇孩兒捨。跌脚搥胸自嘆嗟。望得無人拾
將這草科兒遮。將乳食來喂此。我與你且住者。兒也就在這官道傍邊敢
將你來凍殺也。
〔李嗣源領番卒子上云〕大小軍卒。趕着這白兎兒。我有心待不趕來。可惜了我那枝艾葉金鈚箭丟了。如
今趕到這潞州長子縣荒草坡前。不見了白兎。則見地下插着一枝箭。左右與我拾將那枝箭來。插在我這
撒袋中。〔李嗣源做見正旦科云〕奇怪也。兀那道傍邊一箇婦女人抱着一箇小孩兒。將那孩兒放在地上。
哭一回去了。他行數十步。可又回來。抱起那孩兒來又啼哭。那婦女人數遭家恁的。其中必是暗昧。左右你
去喚將那婦人來我試問他。〔卒子做喚科云〕兀那婆婆兒。俺阿媽喚你哩。〔正旦見科云〕官人萬福。〔李
嗣源云〕兀那婦人。你抱着這箇小的丟在地下。去了可又回來。數番不止。你必是暗昧。〔正旦云〕官人不
嫌絮繁。聽妾身口說一遍。我是這本處王屠的渾家。當日所生了這箇孩兒。未及滿月。不想王屠辭世。爭奈
無錢埋殯。妾身與趙太公家典身三年。就看管他的孩兒。不想趙太公將我那典身的文書。他改做了賣身
的文契。他當日趙太公喚我。我抱着兩箇孩兒。太公見了。他說偏你那孩兒便好。怎生餓損了我這孩兒。便
將你那孩兒。或是丟了。或是漾了。便罷。若不丟你那孩兒回來。我不道的饒了你。因此上來到這荒郊野外。
丟我這孩兒來。〔李嗣源云〕嗨。好可憐人也。兀那婦人。比及你要丟在這荒郊野外。呵與了人可不好。〔正
旦云〕妾身怕不待要與人。誰肯要。〔李嗣源云〕兀那婦人。這小的肯與人呵。與了我為子。可不好。〔正旦
云〕官人若不棄嫌。情願將的去。敢問官人姓甚名誰。〔李嗣源云〕我是沙陀李克用之子李嗣源是也。久

以後擡舉的你這孩兒成人長大。我教他認你來。你將他那生時年月小名。說與我者。〔正旦云〕官人。這孩兒是八月十五日半夜子時生。小名喚做王阿三。〔李嗣源云〕左右那裏。好生抱着孩兒。這圍場中那裏着那紙筆。翻過那襖子上襟。寫着孩兒的小名生時年月。你休煩惱。放心回去。〔正旦唱〕

【賀新郎】富豪家安穩把孩兒好擡迭。這孩兒脫命逃生。媳婦兒感承多謝。〔李嗣源云〕我和你做箇親眷可不好。〔正旦唱〕官人上怎敢爲枝葉。教孩兒執帽擎鞭抱靴。〔李嗣源云〕你放心。這孩兒便是我親生嫡養的一般。〔正旦唱〕聽說罷我心內歡悅。便是你享富貴。合是遇英傑。哎你箇趙太公弄巧翻成拙。兒也你今日棄了你這窮妳妳。哎兒也誰承望你認了富爹爹。

〔李嗣源云〕兀那婦人你放心。等你孩兒成人長大。我着你子母每好歹有廝見的日子哩。〔正旦云〕多謝了官人也。則被你痛殺我也。〔唱〕

【尾聲】怕孩兒有剛氣自己着疼熱。會武藝單單的執斧鉞。俺孩兒一命也把自家冤恨絕。我若是打聽的我孩兒在時節。若有些志節把他來便撞者。將我這屈苦的冤讐兒也那其間報了也。〔下〕

〔李嗣源云〕兀那衆軍卒聽者。他這小的如今與我爲了兒。我姓李。就喚他做李從珂。到家中不許一箇人泄漏了。若是有一箇泄漏了的。我不道的饒了您哩。我驅兵領將數十年。因追玉兎驟征駹。忽見婦女號咷哭。我身一一問前緣。他願將赤子與我爲恩養。我教他習文演武領兵權。一朝長立成人後。久以後我着他母子再團圓。〔下〕

第二折

〔外扮葛從周領卒子上云〕黃巢播亂裂山河。聚集羣盜起干戈。某全憑智謀驅軍校。何用雙鋒石上磨。某姓葛名從周。是也。乃濮州鄄城人氏。幼而頗習先王典教。後看韜略遁甲之書。學成文武兼濟。智謀過人。某初佐黃巢麾下爲帥。自起兵之後。所過城池。望風而降。不期李克用家大破黃巢。自黃巢兵敗。某今佐於梁元帥麾下為將。某今奉元帥將令。為與李克用家相持。他倚存孝之威。數年侵擾俺鄰境。如今無了存孝。更待干罷。俺這裏新收一員大將。乃是王彥章。此人使一條渾鐵槍。有萬夫不當之勇。他便是再長下的張車騎。重生下的唐敬德。此人好生英雄。某今差王彥章領十萬雄兵。去搦李克用家名將出馬。小校與我請將王彥章來。有事商議。〔卒子云〕理會的。王彥章安在。〔王彥章上云〕幼年曾習黃公略。中歲深通呂望書。天下英雄聞吾怕。我是那壓盡春秋伍子胥。某乃大將王彥章是也。乃河北人氏。某文通三略。武解六韜。智勇雙全。寸鐵在手。萬夫不當之勇。片甲遮身。千人難敵之威。鐵槍輕舉。戰將亡魂。二馬相交。敵兵喪魄。天下英雄。聞某之名。無有不懼。今有元帥呼喚。須索走一遭去。可早來到也。報復去。道有王彥章來了也。〔卒子云〕理會的。〔報科云〕喏。報的元帥得知。有王彥章來了也。〔葛從周云〕着他過來。〔卒子云〕理會的。着你過去。〔做見科云〕呼喚某有何將令。〔葛從周云〕王彥章。喚你來別無甚事。今有李克用數年侵擾俺隣境。如今無了存孝也。你領十萬雄兵。去搦李克用家名將出馬。若得勝回還。俺梁元帥必然重賞加官也。〔王彥章云〕某今領了將令。點就十萬雄兵。則今日拔寨起營。大小三軍聽吾將令。與李克用家相持廝殺走一遭去。某驅兵領將顯高彊。全憑渾鐵六沉槍。馬如北海蛟出水。人似南山虎下岡。敵兵一見魂魄喪。糾糾威風把名揚。臨軍對陣活挾將。敢勇交鋒戰一場。〔下〕〔葛從周云〕小校。王彥章領兵與李克用家交戰去了也。〔卒子云〕去了也。〔葛從周云〕憑着此人英雄。必然得勝也。俺梁元帥怎比黃巢。斬大將豈肯躭饒。十萬兵當先敢勇。千員將施逞英豪。人人望封官賜賞。箇箇要重職名標。收軍鑼行營起寨。賀凱歌得勝旗搖。〔下〕

〔李嗣源領番卒子上云〕馬喫和沙草。人磨帶血刀。地寒氈帳冷。殺氣陣雲高。某乃李嗣源是也。今收捕草寇已回。頗柰梁元帥無禮。今差賊將王彥章。領十萬軍兵。搦俺相持。他則知無了存孝。豈知還有俺五虎大將。量他何足道哉。某今領二十萬雄兵。五員虎將。與梁兵交戰去。小校。喚將李亞子石敬瑭孟知祥劉知遠李從珂五員將軍來者。〔卒子云〕理會的。衆將安在。〔李亞子上云〕幼小曾將武藝習。南征北討要相持。臨軍望塵知勝敗。對壘嗅土識兵機。某乃李亞子是也。今有俺嗣源哥哥呼喚。須索見哥哥去。可早來到也。小番報復去。道有李亞子來了也。〔卒子云〕理會的。報的阿媽得知。有李亞子來了也。〔李嗣源云〕着他過來。

〔卒子云〕理會的。着你過去。〔做見科云〕哥哥呼喚有何事。〔李嗣源云〕亞子兄弟。喚您來別無事。今有梁將王彥章搦戰。等五將來全了。支撥與您軍馬去。〔李亞子云〕理會的。〔石敬瑭上云〕幼習韜略識兵機。旗開對壘敢迎敵。臨軍能射敵兵怕。大將軍八面虎狼威。某乃石敬瑭是也。今有先鋒將李嗣源呼喚。須索走一遭去。可早來到也。小番報復去。道有石敬瑭來了也。〔卒子云〕理會的。〔報科云〕報的阿媽得知。有石敬瑭來了也。〔李嗣源云〕着他過來。〔卒子云〕理會的。着你過去者。〔做見科云〕呼喚某那廂使用。〔李嗣源云〕石敬瑭。今喚您五將與王彥章相持去。等來全時。支撥與您軍馬。〔石敬瑭云〕理會的。〔孟知祥上云〕學成三略和六韜。忘生捨死建功勞。赤心輔弼爲良將。盡忠竭力保皇朝。某乃孟知祥是也。今有李嗣源呼喚。須索走一遭去。可早來到也。小番報復去。道有孟知祥來了也。〔卒子云〕報的阿媽得知。有孟知祥來了也。〔李嗣源云〕着他過來者。〔卒子云〕理會的。着你過去。〔做見科云〕呼喚孟知祥有何事商議。〔李嗣源云〕且一壁有者。〔劉知遠上云〕番將雄威擺陣齊。北風招颭皂鵰旗。馬前將士千般勇。百萬軍兵敢戰敵。某乃劉知遠是也。正在教場中操兵練士。今有哥哥陞帳呼喚。須索走一遭去。可早來到也。小番報復去。道有劉知遠來了也。〔卒子云〕理會的。報的阿媽得知。有劉知遠來了者。〔李嗣源云〕着他過來。〔卒子云〕理會的。着你過去。〔劉知遠見科云〕哥哥呼喚您兄弟那廂使用。〔李嗣源云〕且一壁有者。等五將來全時。支撥與你軍馬。〔劉知遠云〕理會的。〔李從珂上云〕幼習黃公智略多。每回臨陣定干戈。刀橫宇宙三軍喪。匹馬當先戰百合。某乃李從珂是也。正在教場中操練番兵。有阿媽呼喚。不知有甚事。須索走一遭去。可早來到也。小番報復去。道有李從珂來了也。〔卒子云〕理會的。報的阿媽得知。有李從珂來了也。〔李嗣源云〕着他過來。〔卒子云〕理會的。着過去。〔李從珂云〕阿媽呼喚你孩兒那廂使用。〔李嗣源云〕喚你來不爲別。今有梁元帥命王彥章領十萬雄兵。搦俺相持。某今統二十萬人馬。五哨行兵。擒拏王彥章去。李亞子你領兵三千。軍行左哨。看計行兵。〔李亞子云〕得令。某今領兵三千。軍行左哨。與王彥章拒敵。走一遭去。人又英雄馬又犇。交鋒今日定江山。兩陣對圓旗相望。不捉彥章永不還。〔下〕〔李嗣源云〕石敬瑭近前來。撥與你三千人馬。你軍行右哨。看計行兵。〔石敬瑭云〕得令。則今日領了三千人馬。軍行右哨。親傳將令逞威風。擂鼓奪旗有誰同。十萬軍中施英勇。生擒彥章建頭功。〔下〕〔李嗣源云〕孟知祥。我撥與你三千精兵。你軍行前哨。與王彥章對壘相持去。看討行兵。〔孟知祥云〕得令。某今領三千人馬。軍行前哨。擒拏王彥章去。今朝發奮統戈矛。義兒家將逞搊搜。皂鵰旗磨番兵進。不擒彥章誓不休。〔下〕〔李嗣源云〕劉知遠。撥與你三千雄兵。你軍行中路。與王彥章交鋒去。看討行兵。〔劉知遠云〕得令。奉哥哥的將令。領本部下人馬。與王彥章相持廝殺。走一遭去。大小番兵。聽吾將令。到來日衆番將敢勇當先。能相持戰馬盤旋。鼉皮鼓喊聲振地。皂鵰旗蔽日遮天。韻悠悠胡笳慢品。阿來來口打番言。遇敵處忘生捨死。方顯俺五虎將武藝熟閑。〔下〕〔李嗣源云〕李從珂。我與你三千人馬。你軍行後哨。與王彥章交鋒去。看討行兵。〔李從珂云〕得令。領了阿媽將令。領三千人馬。軍行後哨。與王彥章交鋒走一遭去。兵行將勇敢當先。塞北兒郎列數員。略施黃公三略智。生擒賊將在馬前。〔下〕〔李嗣源云〕五員虎將去了也。某領大勢雄兵。軍行策應。擒拏王彥章易如翻掌。糾糾雄威殺氣高。三軍帥領顯英豪。偎山靠水安營寨。掃蕩賊兵建勳勞。〔下〕〔王彥章跚馬兒領卒子上云〕某乃王彥章是也。奉俺元帥將令。統十萬雄兵。與李克用家軍馬相持廝殺。遠遠的塵土起處。敢是兵來了也。〔李亞子跚馬兒上云〕某乃李亞子是也。來者何人。〔王彥章云〕某乃梁將王彥章是也。你乃何人。〔李亞子云〕某乃李亞子是也。敢交鋒麼。操鼓來。〔做戰科〕〔石敬瑭跚馬兒上云〕某乃石敬瑭是也。兀的不是王彥章。〔戰科〕〔孟知祥跚馬兒上云〕某乃孟知祥是也。領本部下人馬。截殺王彥章走一遭去。休着走了王彥章。〔劉知遠跚馬兒上云〕某乃劉知遠是也。兀的不是王彥章。〔做戰科〕〔李嗣源跚馬兒上云〕休着走了王彥章。〔李從珂跚馬兒上云〕某乃李從珂。拏住王彥章者。〔做混戰科〕〔王彥章云〕五員虎將。戰某一人。不中。我與你走走走。〔下〕〔李嗣源云〕王彥章敗走了。更待干罷。無名的小將。有何懼哉。李亞子石敬瑭孟知祥劉知遠。跟某回大寨中去。留李從珂收後。恐怕王彥章復來。他再與他交鋒。他怎生贏的俺軍兵。俺回營中去來。得勝收軍捲征旗。行軍起寨罷相持。衆將鞭敲金鐙響。班師齊唱凱歌回。〔四將同下〕〔李從珂云〕阿媽回兵去了也。某襲殿後。恐防賊兵。征雲籠罩霧雲收。殺氣沖霄滿地愁。羣鴈撲翻鵰鵬鷂。五虎戰敗錦毛彪。〔下〕〔趙太公上云〕窗外日光彈指過。席間花影坐間移。老漢趙太公是也。自從教那婦人丢了他那小的。則擡舉着我的孩兒。經今十八年光景。也擡舉的孩兒成人長大了也。近日我染其疾病。若我死之後。恐怕我那孩兒不知。教人尋我那孩兒來。我有幾句言語分付他。孩兒那裏。〔淨趙脖揪上云〕我做莊家快誇嘴。丢輪扯砲如流水。引着沙三去蹦橇。伴着王留學調鬼。自家趙脖揪的便是。我父親是趙太公。祖傳七輩。都是莊家出身。一生村魯。不尚斯文。伴着的是王留趙二。牛表牛觔。鋤鉋過日。耕種絕倫。秋收已罷。賽社迎神。開筵在葫蘆棚下。酒釀在瓦鉢磁盆。茄子連皮咽。稍瓜帶子呑。蘿蔔醮生醬。村酒大碗敦。唱會花桑樹。喫的醉醺醺。舞會村田樂。困來坐草墩。閑時磨豆腐。悶後蹦麵觔。醉了胡廝打。就去告老人。一頓黄桑棒。打的就發昏。預備和勸酒。永享太平春。我今日喫了幾杯酒。有我爹爹在家染病。且回家看爹爹去。可早來到也。我自過去。〔做見科云〕爹爹。你病體如何。我妳子那裏去了。〔趙太公云〕孩兒。你不知道。他不是你妳子。他是喒家裏買來的。當初覓他來做妳子來。他將那好妳與他養的孩兒喫。將那無乳的妳來與你喫。因此折倒的你這般瘦了。你從今以後。休喚做妳子。則叫他做王嫂。你趁我在日。朝打暮罵他。久後他也不敢管你。孩兒。你扶我後堂中去。〔下〕〔淨趙脖揪云〕爹爹。你不說呵。我怎麼知道。兀的不痛痛痛。痛殺我也。我如今喚他出來。王嫂。你出來。〔正旦上云〕過日月好疾也。自從將孩兒與了那官人去了。可早十八年光景也。未知孩兒有也是無。如今趙太公染病。他着孩兒喚我。須索見他去咱。〔見科〕〔淨趙脖揪云〕兀那王嫂。〔正旦云〕你怎生喚我做王嫂。我是你妳子哩。〔淨趙脖揪云〕我可是你爹爹哩。想當初我父親買你來與我家爲奴。就着你做妳子。妳的我好。你將那好妳與你那孩兒喫。你將那無乳的妳與我喫。故意的把我餓瘦了。如今我不喚你做妳子了。我則叫你做王嫂。你與我飲牛去。休濕了那牛嘴兒。若濕了我那牛嘴兒呵。回家來五十黄桑棍。〔下〕〔正旦云〕似這般如之奈何。當初他本不知道。如今他既知道了。這煩惱從頭兒受起也。我索井頭邊飲牛去咱。下着這般國家祥瑞。好冷天道也呵。〔唱〕

【正宮端正好】風颼颼遍身麻。則我這篤簌簌連身戰。凍欽欽手脚難拳。走的緊來到荒坡佃。覺我這可撲撲的心頭戰。

【滾繡毬】我這裏立不定虛氣喘。無觔力手腕軟。瘦身軀急難動轉。恰來到井口傍邊。雪打的我眼怎開。風吹的我身倒偃。凍碌碌自嗟自怨。也是咱前世前緣。凍的我拏不的繩索拳攣着手。立不定身軀聳定肩。苦痛難言。

〔云〕我將這水桶攏在井邊。放下這吊桶去。好冷天道也。〔唱〕

【倘秀才】我這裏立不定吁吁的氣喘。我將這繩頭兒呵的來覺軟。一桶水提離井口邊。寒慘慘手難拳。我可便應難動轉。

〔云〕將這吊桶掉在這井裏。我也不敢回家去。到家裏又是打。又是罵。罷罷罷。就在這裏尋箇自縊。〔外扮李從珂跚馬兒領番卒子上云〕幾度相持在戰場。沙陀將士顯高強。破滅黃巢真良將。扶持阿媽保家邦。某乃大將李從珂是也。奉着阿媽的將令。着俺五虎將與王彥章交戰去來。被俺五虎將困了彥章。今日班師得勝回程。我父親李嗣源與四箇叔叔先回去了。某領三千軍馬。後哨行將去。打這潞州長子縣過。來到這村莊前。〔做見旦科云〕奇怪也。兀那井口傍邊。一箇婦人。守着一擔水。樹上掛着一條繩子。有那覓自縊的心。則管裏啼天哭地的。左右那裏。與我喚那婦人來。我問他。〔卒子云〕理會的。兀那婦人。俺大人喚你哩。〔正旦云〕哥哥喚我做甚麼。〔李從珂云〕左右。接了馬者。〔做下馬科云〕將坐兒來我坐。〔正旦做見科云〕官人萬福。〔李從珂做猛起身科云〕好奇怪也。這箇婆婆兒剛拜我一拜。恰似有人推起我來的一般。這婆婆兒的福氣。倒敢大似我麼。兀那婆婆。你爲甚麼樹上拴着這條套繩子。要尋自縊。你說一遍。我試聽咱。〔正旦云〕官人不知。老身是趙太公家居住。俺太公嚴惡。使我來這井上打水飲牛來。不想將吊桶掉在井裏。不敢回家取三鬚鉤去。因此上尋箇自縊。〔李從珂云〕可憐也。這婆婆掉了桶在這井裏。不敢回家中去。在此尋箇自盡。嗨。可不道螻蟻尚然貪生。爲人何不惜命。左右。拏着那撓鉤槍。井中替他撈出那桶來。〔卒子云〕理會的。〔做撈桶科云〕打撈出來了也。〔李從珂云〕將桶與那婆婆。〔正旦云〕多謝了官人。〔做認科云〕看了這官人那中珠模樣。好似我那王阿三孩兒也。〔李從珂云〕這箇婆婆兒好無禮也。我好意的與你撈出桶來。你爲何看着我啼哭。〔正旦云〕老身怎敢看官人啼哭。老身當初也有箇孩兒來。自小裏與了箇官人去了。如今有呵也有這般大小年紀也。老身見了官人。想起我那孩兒來因此煩惱。〔李從珂云〕兀那婆婆。你當初也有箇孩兒來。與了一箇官人去了。那官人姓甚名誰。穿着甚麼衣服。騎着甚麼鞍馬。你從頭至尾。慢慢的說一遍咱。〔正旦唱〕

【倘秀才】那官人繫着條玉兔鶻連珠兒石碾。戴着頂白氈笠前簷兒慢捲。〔李從珂云〕他來你這裏有甚麼勾當。〔正旦唱〕可是他趕玉兔因來到俺這地面。他兜玉轡。撒征驂。斜挑着鐙偏。

〔李從珂云〕那官人他可怎生便問你要那孩兒來。〔正旦唱〕

【呆骨朵】那官人笑吟吟手撚着一枝鵰翎箭。我可便把孩兒來與了那箇官員。〔李從珂云〕會有甚麼信息來。〔正旦唱〕知他是富貴也那安然。知他是榮華也那穩便。〔李從珂云〕你這許多時不會望你那孩兒一望。〔正旦唱〕要去呵應難去。〔李從珂云〕你會見你那孩兒來麼。〔正旦唱〕要見呵應難見。〔李從珂云〕你那孩兒小名喚做甚麼。〔正旦唱〕知他是安在也那王阿三。〔李從珂云〕要了你那孩兒去的官人。姓甚名誰。〔正旦唱〕你早則得福也李嗣源。

〔李從珂云〕奇怪也。這婆婆叫着我阿媽的名字。左右。這世上有幾箇李嗣源。〔卒子云〕止有阿媽一箇是李嗣源。〔李從珂云〕兀那婆婆。我和李嗣源一張紙上畫字。我到家中說了。若有你那孩兒時。我教他看你來。你那孩兒。如今多大年紀。幾月幾日甚麼時生。你說與我。〔正旦云〕俺孩兒是八月十五日半夜子時生。年十八歲也。小名喚做王阿三。〔李從珂云〕奇怪也。這婆婆說的那生時年紀。和我同年同月同日同時。一般般的。則爭一箇名字差着。其中必有暗昧。我到家中呵。好歹着你孩兒來望你。你意下如何。〔正旦云〕官人是必着孩兒來看我一看。〔唱〕

【啄木兒尾聲】你是必傳示與那李嗣源。道與俺那閔子騫。有時節教俺這子母每重相見。要相逢一面。則除是南柯夢裏得團圓。〔下〕

〔李從珂云〕奇怪也。這箇婆婆說的他那孩兒。和我同年同月同日同時。則爭着這一箇小名差着。他是王阿三。我是李從珂。其中必有暗昧。我到家中問的明白。那其間來認。未為晚矣。聽言說罷淚如梭。忽見受苦老婆婆。阿三小字誰名姓。多應敢是李從珂。〔下〕

第四折

〔李嗣源引番卒子上云〕桃暗柳明終夏至。菊凋梅褪又春回。某乃李嗣源是也。過日月好疾也。自從在潞州長子縣討了那箇孩兒來家。今經十八年光景也。孩兒十八歲也。學成十八般武藝。無有不招。無有不會。寸鐵在手。有萬夫不當之勇。孩兒喚做李從珂。今因王彥章下將戰書來。搦俺交鋒。奉着俺老阿媽的將令。着某為帥。李亞子為先鋒。石敬瑭為左哨。孟知祥為右哨。劉知遠為中路。李從珂為合後。統領二十萬大軍。前去與王彥章交鋒。被俺五虎將大破了王彥章。今已班師。得勝回還。這一場相持廝殺。多虧了我孩兒李從珂。今俺四虎將先回。着李從珂孩兒後哨趕將來。阿媽阿者大喜。謝俺阿媽。封俺五將為五侯。着俺老阿者設一宴。名喚做五侯宴。就要犒賞三軍。阿者的將令。着我等的五將全了呵。來回阿者的言語。這早晚怎生不見五將來。〔李亞子上云〕三十男兒鬢未斑。好將英勇展江山。馬前自有封侯劍。何用逼逼筆硯間。某乃大將李亞子是也。奉阿媽的將令。着俺五虎將與王彥章交鋒去來。今已得勝回營。比及見阿媽阿者。先見李嗣源哥哥去。來到也。兀那小番。與我報復去。道有李亞子來了也。〔卒子云〕理會的。〔報科云〕報的阿媽得知。有李亞子來了。〔李嗣源云〕道有請。〔卒子云〕理會的。有請。〔做見科〕〔李嗣源云〕有請將軍來了也。〔李亞子云〕哥哥。您兄弟來了也。〔李嗣源云〕將軍請坐。左右門首覷者。看有甚麼人來。〔孟知祥上云〕三尺龍泉萬卷書。皇天生我意何如。山東宰相山西將。彼丈夫兮我丈夫。某乃家將孟知祥是也。奉俺阿媽的將令。着俺五將收捕王彥章已回。有李嗣源哥哥令人請。須索走一遭去。可早來到也。兀那小番。與我報復去。道有孟知祥來了也。〔卒子云〕理會的。報的阿媽得知。有孟知祥來了。〔李嗣源云〕道有請。〔卒子云〕理會的。有請。〔孟知祥做見科云〕哥哥。您兄弟來了也。〔李嗣源云〕將軍來了也。有阿者的將令。着俺五虎將來全了。阿者要來犒賞俺哩。將軍請坐。左右門首看者。有衆將來時。報復我知道。〔石敬瑭上云〕雄威赳

赳定邊疆。皂袍烏鎧黑纓槍。天下英雄聞吾怕。則我是敢勇當先石敬瑭。某乃家將石敬瑭是也。奉俺阿媽
的將令。差俺五將收捕王彥章。去到那裏。則一陣被俺五將大破王彥章。今已得勝。班師回營也。有李嗣源
相請。須索走一遭去。兀那小番。與我報復去。道有石敬瑭來了也。〔卒子云〕理會的。報的阿媽得知。有石敬
瑭來了。〔李嗣源云〕道有請。〔卒子云〕理會的。有請。〔做相見科〕〔石敬瑭云〕三位哥哥。您兄弟來了也。
〔李嗣源云〕將軍請坐。早間奉阿媽的將令。爲俺五將有功。阿媽要封俺爲五侯。明日阿者要設一宴。是五
侯宴。阿者親自犒賞三軍哩。待五將來全。俺一同去也。〔劉知遠上云〕要立功名顯姓。不辭鞍馬勞神。某乃
劉知遠是也。俺奉阿媽的將令。差俺五將收捕王彥章。今已得勝回營。比及見阿媽。先見李嗣源哥哥走一
遭去。可早來到也。小番報復去。道有劉知遠來了也。〔卒子云〕理會的。報的阿媽得知。有劉知遠來了也。
〔李嗣源云〕道有請。〔卒子云〕理會的。有請。〔劉知遠見科云〕哥哥。劉知遠得勝還營也。〔李嗣源云〕將軍
請坐。今奉阿者的將令。爲俺五將有功。阿者要設一宴。是五侯宴。阿者親自犒勞賞三軍。還有誰不會來哩。
〔李亞子云〕有李從珂將軍不曾來哩。〔李嗣源云〕左右門首覷者。若來時。報復我知道。〔李從珂上云〕英
雄赳赳鎮江河。志氣昂昂整干戈。雄威凜凜人人怕。則我是敢勇當先李從珂。某乃李從珂是也。奉阿媽的
將令。差俺五虎將收捕王彥章。今已得勝回營。比及見老阿媽。先見我阿媽走一遭去。兀那小番。你報復去。
道有李從珂來了也。〔卒子云〕理會的。報的阿媽得知。有李從珂來了也。〔李嗣源云〕李從珂孩兒來了也。
教孩兒過來。〔卒子云〕理會的。着你過去哩。〔李從珂見科云〕阿媽。您孩兒來了也。〔李嗣源云〕從珂。你爲
何來遲。〔李從珂云〕阿媽。您孩兒來到潞州長子縣趙家莊。遇見一個婆婆兒。樹上拴着條繩子。有那覓自
縊的心。您孩兒問其緣故。原來他掉了箇吊桶在井裏。他那主人家利害。待拿那三鬚鉤去。怕打罵他。因此
尋一箇死處。您孩兒着左右人替那婆婆兒撈出那桶來與他。他那婆婆兒看着您孩兒則管啼哭。您孩兒問
其故。那婆婆兒言道。我也有一箇孩兒。來十八年前與了一箇官人將的去了。您孩兒問他那生時年紀。他
道他那孩兒是八月十五日半夜子時生。小名喚做王阿三。如今有呵十八歲也。我又問他那將了你孩兒
去的那箇官人姓甚名誰。不想那婆婆兒說着父親的名字。看起來他那孩兒和您孩兒同年同月同日同

時。則爭着一箇名姓。我對那婆婆兒說道。我和那將的你孩兒去的那箇官人一張紙上畫字的人。那婆婆兒啼天哭地。跪着您孩兒哀告道。官人可憐見。若是回去見我那孩兒呵。是必着來看我一看。父親。您孩兒想來。既然父親有了您孩兒呵。要他那別人家兒女做甚麼。父親。如今那箇人在那裏。喚他出來。我見他一見。着他去見他那親娘一見去。可不好。〔李嗣源做驚科云〕住住住。孩兒你不知道。我是討了一箇孩兒來。要早晚扶持你。那廝也不成。我着他放馬去。不想他吊下馬來跌殺了。如今那裏有那孩兒來。你休管他。明日阿者設一筵宴。名是五侯宴。要犒賞俺五侯哩。你且歇息去。明日早去。〔李從珂云〕阿媽。真箇不和您孩兒說。〔李嗣源云〕說道無。則管裏問。〔李亞子同衆人科云〕從珂。你父親是有一箇孩兒來。放馬去跌殺了也。〔李從珂云〕既然您都瞞着我不肯說。罷罷罷。我出的這門來。今日都不肯說。我恰纔見阿媽和四箇叔叔。都目目相覷。其中必然暗昧。我今日且不問他每。到明日酒席間。老阿者根前好歹要箇明白。〔下〕〔李嗣源云〕從珂孩兒去了也。〔卒子云〕去了也。〔李嗣源云〕嗨。四箇兄弟。這孩兒見他那親母來。若是他知道了呵。我偌大年紀也。可怎生是好。〔石敬瑭云〕哥哥。不妨事。俺如今先去與老阿者說知了。則死瞞殺了。不要與他說便了也。〔李嗣源云〕兄弟你道的是。比及他去見老阿者。咱先去見老阿者走一遭去。不由展轉暗猜疑。當初無有外人知。從珂若認親娘去。我便是鐵人無淚也傷悲。〔同下〕〔李嗣源同四將整扮上〕〔李嗣源云〕今日筵宴安排了也。咱請老阿者去來。阿者。您孩兒有請。〔正旦扮劉夫人上云〕老身劉夫人是也。為俺五箇孩兒。大破粱兵。得勝回還。老身今日設一宴。名是五侯宴。一來慶賀功勞。二來犒賞孩兒。筵宴都安排了也。則等老身須索走一遭去。〔唱〕

【商調集賢賓】我則見骨剌剌列開錦繡旗。笑吟吟齊賀着凱歌曲。則聽的撲鼕鼕鼉皮鼓擂。韻悠悠鳳管笛吹。第一來會俺這困彥章得勝的兒郎。第二來賀功勞做一箇慶喜的筵席。我則見兒郎每笑吟吟擺在兩下裏。一箇箇糾糾雄威。他那裏高擎着玉斝。滿捧着香醪。他每都一齊的跪膝。

〔李嗣源李亞子石敬瑭孟知祥劉知遠衆將做跪下〕〔李嗣源遞酒科云〕阿者滿飲一盃。〔正旦做接酒科云〕孩兒每請起來。〔李嗣源云〕量您孩兒每有甚功勞。着阿者如此用心。〔正旦云〕孩兒每請坐。〔衆云〕孩兒每不敢也。〔正旦唱〕

【逍遙樂】俺直喫的盡醉方歸。轉籌筯不得逃席。〔李亞子做遞酒科云〕將酒來。阿者滿飲一盃。〔正旦做接酒科〕〔唱〕住者此盞罷。孩兒每你着他穩坐的。序長幼則論年紀。觥籌交錯。李嗣源爲頭。各分您那坐位。

〔石敬瑭云〕我與阿者遞一盃。阿者滿飲一盃。〔正旦云〕孩兒每今日是甚麼宴。〔衆云〕今日是五侯宴。〔正旦云〕既是五侯宴。可怎生不見我那李從珂孩兒在那裏。〔李嗣源云〕左右那裏。門首覷者。李從珂來時。報復我知道。〔李從珂上云〕便好道事不關心。關心者焦。昨日問我阿媽那王阿三一事。我阿媽與衆人左右隱諱不肯說。今日五侯宴上若見了老阿者。我好歹要問箇明白。來到也。報復去。道李從珂來了也。〔卒子云〕理會的。報的阿者得知。有李從珂來也。〔正旦云〕着孩兒過來。〔卒子云〕理會的。着你過去哩。〔李從珂做見正旦科〕〔正旦云〕從珂孩兒來了也。〔李從珂云〕老阿者。您孩兒來了也。〔做拜科〕〔正旦云〕不枉了好兒也。從珂。你爲何來遲也。〔李從珂云〕您孩兒往潞州長子縣過來。〔李嗣源做打攔科云〕從珂。休胡說。則飲酒。〔李從珂云〕您孩兒往潞州長子縣過來。〔李嗣源做打攔科云〕從珂。中說的便說。不中說的休說。則飲酒。〔李從珂云〕老阿者。您孩兒要說。阿媽兩次三番則是攔當。不知爲何不要您孩兒說。我也不飲酒。〔正旦云〕李嗣源。着孩兒說。你休攔他。〔李從珂云〕老阿者。孩兒往潞州長子縣過。見一箇老婆婆兒。樹上拴着條繩子。有那覓自縊的心。您孩兒問其故。他原來去井上打水。掉了桶在井裏。他那主人家嚴惡。那婆婆兒怕打。也不敢家中取三鬚鉤去。因此上覓箇死。您孩兒令人替他撈起桶來。那婆婆兒看着您孩兒則管裏啼哭。您孩兒言稱道。你爲何看着我則管裏啼哭。那婆婆道。我怎敢看着官人啼哭。當初我有一箇孩兒來。十八年前與了一箇官人去了。如今有呵。也有官人這般大年紀。您孩兒問他那孩兒生時年月。那婆婆道。我孩兒是八月十五日半夜子時生。小名喚做王阿三。您孩兒又問將的你孩兒去了的那箇官人。他姓甚名誰。那婆婆兒叫阿嬤的名字。您孩兒想來。那婆婆兒說他那孩兒的八字。和您孩兒同年同月同日同時。則爭箇名姓。您孩兒是李從珂。他可是王阿三。您孩兒昨日箇問阿嬤。堅意的不肯說。今日對着老阿者與衆將在此。着王阿三出來。您孩兒見他一見。怕做甚麼。〔正旦看李嗣源云〕孩兒。他敢見他那母親來麼。〔李嗣源云〕誰說道見他那父親來。阿者休和孩兒說。您孩兒偌大年紀也。則看着他一箇兒。不爭阿者對着他說了呵。則怕生分了孩兒麼。〔正旦云〕從珂孩兒。你阿嬤是有箇孩兒來。放馬去跌殺了也。〔李從珂云〕老阿者休瞞你孩兒。便和您孩兒說呵。怕做甚麼。〔正旦唱〕

【醋葫蘆】那時節曾記得你有箇弟弟。你阿嬤乞將來不曾與些好衣食。你阿嬤後來生下你。教那廝放牛羊過日。到如今多管一身虧。

〔孟知祥云〕阿者。您孩兒不曾與阿者遞一盃酒哩。阿者。您孩兒遞一盃酒。請阿者行一箇酒令。今日不同往日筵會。大家都要歡喜。將酒來。您孩兒遞一盃。〔正旦云〕孩兒。每今日是箇好日辰。都要歡喜飲酒。不許煩惱。〔李嗣源云〕阿者說的是。都聽令。則要歡喜飲酒。不許煩惱。〔李從珂云〕住住住。老阿者。這莊事您孩兒務要箇明白了呵。便飲酒。老阿者。對您孩兒說了罷。〔李嗣源做跪科云〕阿者休和孩兒說。〔正旦云〕李嗣源孩兒。〔唱〕

【醋葫蘆】我這裏低聲便喚你。你可便則管裏你那裏乾支刺的陪笑賣楂梨。不須喒道破他早知。那孩兒舉頭會意。喒不說他心下也猜疑。

〔李從珂云〕阿嬤。和您孩兒說了罷。〔李嗣源云〕你教我說甚麼來。〔李從珂云〕老阿者。對您孩兒說了罷。〔正旦云〕你阿嬤則生了你一箇。你着我說甚麼來。〔李從珂云〕住住住。既然老阿者和阿嬤都不肯說。罷罷罷。要我這性命做甚麼。我就這裏拔劍自刎了罷。〔正旦李嗣源衆將做攔住手奪劍科〕〔李嗣源云〕孩兒也。不爭你有些好歹呵。着誰人侍養我也。兒也。〔正旦云〕罷罷罷。李嗣源孩兒。我說也。〔李嗣源云〕阿者。且休和孩兒說。〔正旦云〕我若說了呵。〔唱〕

【後庭花】則俺這李嗣源別有誰。〔李嗣源做悲科〕〔李從珂云〕老阿者。如今王阿三在那裏。〔正旦云〕孩兒也十八年前。你阿媽大雪裏在那潞州長子縣抱將你來。〔李從珂云〕老阿者。您孩兒可是誰。〔唱〕呀兒也則這箇王阿三可則便是你。〔李從珂云〕原來我便是王阿三兀的不氣殺我也。〔做昏倒科〕〔衆做救科〕〔李嗣源云〕從珂兒也精細着。〔正旦云〕從珂兒也甦醒者。〔李從珂做醒悲科云〕哎約痛殺我也。〔李嗣源云〕從珂兒省煩惱。〔李從珂云〕老阿者。我的親母見受着千般苦楚。我怎生不煩惱。〔李嗣源云〕阿者恰纔休和他說也罷。不爭孩兒知道了。如今便要去認他那親娘去。如之奈何。〔唱〕不爭咱這養育父將他相瞞昧。〔正旦云〕咱是他養育父母。他見了他親娘受無限苦楚。不爭你不要他去認呵。〔唱〕呀兒也則他那嫡親娘可是圖一箇甚的。他如今受驅馳。他如今六十餘歲。他身單寒腹內饑。他哭啼啼擔着水。你將來瞞昧者。

〔李嗣源云〕阿者。則是生分了孩兒也。〔正旦云〕孩兒。他這裏怕不騎鞍壓馬受用快活。他那親娘與人家擔水運漿。在那裏喫打喫罵。孩兒你尋思波。〔唱〕

【雙雁兒】他怎肯坐而不覺立而饑。母恩臨怎忘的。你着他報了冤讐雪了冤氣。你着他去認義。那其間來見你。

〔李從珂做悲科〕〔李嗣源做喚科云〕從珂從珂。〔李從珂不應科〕〔李嗣源云〕我喚他從珂他不應我。如今喚他那舊小名王阿三。〔李從珂做應科云〕阿媽。您孩兒有。〔李嗣源云〕阿者我恰纔喚他從珂他不應。我喚他王阿三他纔應。〔李嗣源說雞鴨論云〕不因此事感起一莊故事。昔日河南府武陵縣有一王員外。家近黃河岸邊。忽一日閑行。到於蘆葦坡中見數十箇鴨蛋在地。王員外言道荒草坡中如何得這鴨蛋。王員外將鴨蛋拏到家中。不期有一雌雞正在暖蛋之時。王員外將此鴨蛋與雌雞伏抱。數日箇箇抱成鴨子。雌雞終日引領衆鴨趁食。箇月期程。漸漸毛羽長成。雌雞引小鴨來至黃河岸邊。不期黃河中有數隻蒼鴨在水浮泛。小鴨在岸忽見。都入水中與同衆鴨遊戲。雌雞在岸回頭忽見鴨雛飛入水中。恐防傷損性命。雌雞在岸飛騰叫喚。王員外偶然出戶。猛見小鴨水中與大鴨遊戲。王員外道。可憐。我道雞母爲何叫喚。原來見此鴨雛入水。認他各等生身之主。雞母你如何叫喚。王員外言道。此一樁故事。如同世人養他人子一般。

養殺也不親。與此同論。後作雞鴨論。與世上人爲戒。有詩爲證。〔詩曰〕鴨有子兮雞中抱。抱成鴨兮相趁逐。一朝長大生毛羽。跟隨雞母岸邊遊。忽見水中蒼鴨戲。小鴨入水任漂流。雞在岸邊相顧望。徘徊呼喚不回頭。眼欲穿兮腸欲斷。整毛斂翼志悠悠。王公見此鴨隨母。小鴨羣內戲波遊。勸君莫養他人子。長大成人意不留。養育恩臨全不報。這的是養別人兒女下場頭。哎約兒也。兀的不痛殺我也。〔正旦云〕孩兒。你省煩惱。〔李嗣源云〕阿者。您孩兒怎生不煩惱。〔李從珂做辭正旦科云〕老阿者放心。是今日說破了。可憐見您孩兒。怕不在這裏一身榮華。我那親娘在那裏與人家擔水運漿。喫打喫罵。千辛萬苦。看看至死。不久身亡。您孩兒爭忍在此。不去認母也。我說罷也兩淚千行。恰便似刀攪我心腸。做娘的忍饑受餓。爲子的富貴榮昌。可憐見看看至死。可來報答你這養育親娘。〔正旦云〕從珂孩兒。你則今日領百十騎人馬。去認你母親去。孩兒。你則早些兒回來。〔李嗣源云〕兒也。我乾擡舉了你這十八年也。〔李從珂云〕阿媽休煩惱。您孩兒認了母親。一同的便來也。〔正旦李嗣源做悲科云〕孩兒。你早些兒回來。〔李從珂做拜辭科云〕您孩兒理會的。我出的這門來。則今日領着百十騎人馬。直往潞州長子縣認母親走一遭去來。我恰纔拜別尊堂兩淚流。則爲親娘我無限憂。我今日領兵若到長子縣。拏賊與母報冤讐。〔下〕〔正旦云〕嗣源。從珂孩兒去了也。〔李嗣源云〕從珂去了也。〔正旦云〕嗣源孩兒。你則今日隨後領着人馬。直至潞州長子縣看孩兒去。就將他母親一同取將來。你都小心在意者。〔衆應科〕您孩兒理會的。〔正旦唱〕

【尾聲】快疾忙擺劍戟。衆番官領兵器。將孩兒緊緊的廝追隨。我則是可憐見他母親無主依。你與我疾行動一會。他認了他嫡親娘。你與我疾便的早些兒回。〔下〕

〔李嗣源云〕則今日俺弟兄五人。點就本部下人馬。隨孩兒直至潞州長子縣。取孩兒的親娘走一遭去。大小三軍。聽吾將令。則今日便索行程。接應孩兒去。驅兵領將顯高強。從珂去認嫡親娘。若到潞州長子縣。管教他子母早還鄉。〔同下〕

第五折

〔淨扮趙脖揪上云〕自家老趙。終日眼跳。小人算我說我死到。自家趙脖揪的便是。這兩日有些眼跳。頗柰那婆子無禮。我使他打水飲牛。見一日要一百五十桶水。今日這早晚不見來。快着人去拏將那婆子來。

〔正旦擔水桶上云〕似這般苦楚幾時受徹也呵。〔唱〕

【雙調新水令】則聽的叫一聲拏過那賤人來。我見叫叫吖吖大驚小怪。狠心腸的歹大哥。欺侮俺無主意的老形骸。也是我運拙時乖。捨死的盡心兒柰。

〔見淨科〕〔淨云〕兀那婆子。你這一日在那裏來。你死也。〔正旦云〕我在井邊打水飲牛來。〔淨云〕你去了這一日。打了多少水。你這賤人好生無禮。則這般和你說也不濟事。你死也。將繩子來吊起這婆子來。我直打死你便罷。你死也。〔淨做吊起正旦科〕〔正旦云〕天也。可着誰人救我也。〔李從珂領衆卒子冲上云〕某乃李從珂是也。大小三軍來到這潞州長子縣趙家莊也。衆軍圍了這莊者。〔衆軍做圍了莊科了〕〔李從珂云〕尋我妳妳在那裏。〔做入門科〕〔淨云〕爹爹是甚麼官人。謊殺我也。〔淨慌科〕〔正旦唱〕

【川撥掉】我則見鬧垓垓。鬧垓垓的軍到來。一箇箇志氣胸懷。馬上胎孩。雄糾糾名揚四海。喜孜孜笑滿腮。

〔李從珂云〕兀的吊着的不是我妳妳。小校快解了繩子。扶將來。〔正旦唱〕

【七弟兄】我這裏見來。料來。這箇英才。入門來兩步爲一驀。大踏步一彩上前來。低着頭展腳舒腰拜。

〔李從珂做拜科云〕妳妳。你認的您孩兒麼。〔正旦唱〕

【梅花酒】他不住的喚妳妳。把淚眼揉開。走向前來。急慌忙扶策。衆軍卒一字擺。衆官員兩邊排。俺孩兒是壯哉。可撲的跪在塵埃。可撲的跪在塵埃。

〔李從珂云〕母親。認的您孩兒王阿三麼。〔正旦云〕誰是王阿三。〔李從珂云〕則我便是王阿三。〔正旦與

從珂做悲科〕〔正旦唱〕

【喜江南】兒也。今日箇月明千里故人來。這一場好事奔人來。俺孩兒堂堂狀貌有人材。暢好是氣概。恰便似九重天飛下一紙赦書來。

〔正旦與從珂認住悲科〕〔正旦云〕孩兒。若不是你來呵。那得我這性命來。〔李從珂云〕母親。那打你的欺侮你的安在。〔正旦指淨云〕是這廝打我來。〔李從珂云〕原來是這廝欺侮我母親來。〔淨云〕你是誰。〔李從珂云〕你問我是誰。這箇是我的親娘。〔趙脖揪云〕這箇婦人原來是你的親娘。這等呵。我死也。〔李從珂云〕把這廝與我執縛了者。〔李嗣源同四將上〕〔李嗣源云〕來到這潞州長子縣趙家莊也。兀的不是從珂孩兒。〔李從珂云〕阿媽也來了也。母親和阿媽廝見咱。〔李嗣源云〕兀那婆婆。你認的我麼。〔正旦做見嗣源科云〕索是多謝了官人。〔李嗣源覷趙脖揪云〕這廝是誰。〔李從珂云〕阿媽。這廝便是那趙太公的孩兒。〔李嗣源云〕兀那廝。你那趙太公那裏去了。〔趙脖揪云〕大人可憐見。我父親死了也。當初改了文契。是我父親來。如今折倒他母親。也是我來。朝打暮罵他母親。也是我來。事到今日。饒便饒。不饒便哈剌了罷。〔李嗣源云〕這廝改毀文契。欺壓貧民。推赴軍前斬首施行。李從珂。與你母親換了衣服。輛起車兒。同到京師。拜見老阿者阿媽去來。〔正旦唱〕

【沽美酒】今日箇望京師雲霧靄。朝帝闕勝蓬萊。共享榮華美事諧。受用了玄纁玉帛。俺一家兒盡豪邁。

【太平令】穩情取香車麗蓋。子母每終是英才。怡樂着昇平景界。端的是雍熙無賽。呀。今日箇喜哉。美哉。快哉。謝皇恩躬身禮拜。

〔李嗣源云〕則今日敲牛宰馬。做一箇慶喜的筵席。則為這李從珂孝義為先。為母親苦痛哀憐。因葬夫典身賣命。相拋棄數十餘年。為打水備知詳細。認義在井口傍邊。今日箇纔得完聚。王阿三子母團圓。

題目　王阿三子母兩團圓
正名　劉夫人慶賞五侯宴

好酒趙元遇上皇雜劇

高文秀撰

第一折

〔外扮孛老同卜兒搽旦上〕〔孛老云〕髮若銀絲兩鬢秋。老來腰曲便低頭。月過十五光明少。人過中年萬事休。老漢姓劉。排行第二。人都叫我做劉二公。乃東京人氏。婆婆姓陳。別無甚麼兒男。止生了這箇女孩兒。小字月仙。人材十分。大有顏色。不曾許聘於人。招了箇女壻。姓趙是趙元。那廝不成半器。好酒貪盃。不理家當。營生也不做。每日只是吃酒。我這女孩兒。好生憎嫌他。近日聞東京有箇臧府尹。他看上俺女孩兒。我女兒一心也要嫁他。爭奈有這趙元。婆婆。孩兒。怎生做箇計較可也是好。〔卜兒云〕老的也。趙元這廝。每日則是喫酒。不理家業。久後可怎麼是了。〔搽旦云〕父親。我守着那糟頭。也不是常法。依着您孩兒說。俺如今直至長街上酒店裏。尋着趙元。打上一頓。問他明要一紙休書。與便與。不與呵。直拖到府尹衙門中。好歹要了休書。休了我。可嫁與臧府尹。父親意下如何。〔孛老云〕孩兒說的是。咱三口兒至長街上酒店裏尋趙元。走一遭去。〔同下〕〔外扮店家上云〕買賣歸來汗未消。上牀猶自想來朝。為甚當家頭先白。曉夜思量計萬條。自家是店小二。在這東京居住。無別營生。開着箇小酒店兒。但是南來北往。經商客旅。常在我這店中飲酒。今日清早晨。開了這店門。挑起望杆。燒的這鏇鍋兒熱着。看有甚麼人來。〔正末扮趙元帶酒上云〕自家趙元。是這東京汴梁人也。在這本處劉二公家為壻。渾家小字月仙。我平生好喫幾杯酒。渾家與他父親。好生憎嫌我。數番家打罵。索我休離。想我為人在世。若不是這幾杯酒。怎生解的我心間愁悶。今日無甚事。長街市上酒店裏飲幾杯悶酒去來。〔唱〕

【仙呂點絳唇】東倒西歪。後合前仰。離席上。這酒興顛狂。醉魂兒望家往。

【混江龍】我這裏猛然觀望。風吹青旆喚高陽。吃了這醱醅醇糯。勝如那玉液瓊漿。兩袖清風和月偃。一壺春色透缾香。花前飲酒。月下掀髯。鬅頭垢面。鼓腹謳歌。茅舍中酒瓮邊。刺登哩登唱。三杯肚裏。由你萬古傳揚。

〔云〕可早來到也。店小二哥。打二百錢酒。你慢慢的盪來我飲者。〔店小二云〕理會的。有酒有酒。官人請坐。〔做打酒科云〕官人。這是二百錢的酒。〔正末云〕將來我飲幾杯。看有甚麼人來。〔孛老同卜兒搽旦上云〕心忙來路遠。事急出家門。孩兒也。我問人來。趙元在這酒店裏吃酒哩。我試看者。〔做見科〕〔孛老云〕趙元你好也。每日營生不做。好酒貪杯。不成半器。你又在酒店中飲酒哩。〔搽旦云〕趙元你這箇不理正事。每日吃酒。不幹營生。戀酒貪杯。幾時是了。兀的不定害殺我也。〔正末唱〕

【油葫蘆】你道我戀酒貪盃廝定當。〔孛老云〕你這等不成半器。我打這箇糟弟子孩兒。〔正末唱〕你暢好村莽戇。〔卜兒云〕老的。打這弟子孩兒。〔孛老云〕婆婆我知道。我打他怕甚麼。〔正末唱〕可知道你名兒喚做一窩狠。〔搽旦云〕村弟子孩兒。每日家酒裏眠。酒裏臥。不着家裏。撇的我冷冷清清。你吃這酒。有何好處。〔正末唱〕你不見桃花未曾來腮上。可又早闌珊了竹葉尊前唱。〔搽旦云〕父親。和這等東西。有甚麼好話。講出甚麼理來。狗口裏吐不出象牙。向前打這貪酒不幹營生糟醜生賊弟子孩兒。〔孛老云〕孩兒你說的是。我打這弟子孩兒。〔打科〕〔正末唱〕揣揣把頭髮揪。〔搽旦云〕父親拳撞。脚踢與他箇爛羊頭。〔孛老云〕我踢這不成半器的畜生。〔正末唱〕連連的使脚撞。〔孛老云〕我耳根拳打這狗弟子孩兒。〔正末唱〕耳根上一迷裏直拳搶。〔搽旦云〕你穿的這戶皮。不是我做的。我扯碎你的。〔正末唱〕他惡狠狠都扯破我衣裳。

〔卜兒云〕你每日生理不幹。只是吃酒。幾時是了也。〔正末云〕我吃酒干你甚麼事。〔搽旦云〕好也。你還強嘴哩。每日家醉而復醒。醒而復醉。倒街臥巷。今番務要和你見箇好歹。父親容不的他。〔正末唱〕

【天下樂】捨拚了今番做了一場。打罵你孩兒有甚勾當。又不曾遊手好閑惹下禍殃。〔搽旦云〕你箇亂箭射的。冷鎗戳的。碎針兒簽的。你若惹下勾當。告到官中。敢把你皮也剝了。脚節骨都攧折了。你每日只是戀酒貪杯。養活不的我。將休書來。〔正末唱〕動不動要手模。是不是取招狀。〔搽旦云〕你這箇糟短命。跳跳而死的。有幾文錢喝了酒。我要打扮胭脂粉也掙不出來。你是箇男子漢。不幹生理。則吃酒。我可要你怎的。要你伴着。〔正末唱〕欺負殺受飢寒田舍郎。

〔孛老云〕趙元。我着不要吃酒。你怎麼這兩三日又吃酒。不來家。〔正末云〕父親。這三日吃酒。有些人情。所以吃酒。不妨事。〔搽旦云〕謊嘴。有甚麼人情。狗請你吃酒來。父親休聽他。〔正末云〕父親。聽您孩兒說一徧者。〔唱〕

【那吒令】前日是瞎王三上梁。〔孛老云〕昨日在那裏吃酒來。〔正末唱〕昨日是村李胡賽羊。〔孛老云〕今日又醉了。可是那裏吃酒來。〔正末唱〕今日是酒留屠貴降。〔搽旦云〕好朋友都是騣不上臺盤的狗油東西。〔孛老云〕你這廝每日則吃酒。不做生理。怎生是好。〔正末唱〕我本待不去來。他每都來相訪。怎當他相領相將。

〔搽旦云〕你這箇辱沒門戶敗家的村弟子孩兒。你每日貪盃戀酒。凍妻餓婦。則吃這酒。有甚好處。〔正末云〕這酒有好處。〔搽旦云〕這黃湯則是強嘴。有甚好處。你說你說。〔正末唱〕

【鵲踏枝】有酒後聚得親房。有酒後會得賢良。〔搽旦云〕呸。你不識羞。每日伴着些狐朋狗黨。那箇是好的。為這酒有甚麼好處。〔正末唱〕豈不聞俗語常言。酒解愁腸。〔卜兒云〕你吃了酒。又惹是非。累及俺一家兒。〔正末唱〕我有酒後寬洪海量。沒酒時腹熱腸慌。

〔搽旦云〕糟驢馬。糟畜生。糟狗骨頭。久後直當糟殺了。別人吃也有箇時候。你沒有早晚。父親不要和他干罷。你着他斷了酒者。〔孛老云〕孩兒說的是。趙元。你近前來。今日便與我斷了酒。罷。若不斷了這酒。一百黃桑棍。打也打殺你。〔正末云〕教我斷酒。不問甚麼營生。我都做的。惟有這酒斷不的。〔搽旦云〕呸。害酒癆也不這等的很。〔孛老云〕不肯斷酒。你做甚麼生理那。〔正末云〕諸般生理都做的。只是這酒斷不的。〔唱〕

【寄生草】者末為經紀。做貨郎。使牛做豆將田耩。搽灰抹粉學搬唱。剃頭削髮為和尚。〔搽旦云〕我不和你撒賴撒癡的。斷了酒者。〔正末唱〕教我斷消愁解悶甕頭香。〔搽旦云〕斷了者。斷了者。〔正末云〕斷不的。斷不的。〔唱〕情願去雲陽鬧市伸着脖項。

〔搽旦云〕便與我斷了酒。斷一年也罷。〔正末云〕教我斷一年。斷不的。一年四季飲酒。皆有好處。斷不的這酒。〔孛老云〕這四季怎生斷不的。你說。〔正末云〕我說這四季斷不的。〔孛老云〕你說這春景斷酒呵。可是

怎生。〔正末云〕春裏斷呵。〔唱〕

【醉中天】春煖羣花放。〔孛老云〕夏裏斷呵。〔正末云〕夏裏斷呵。〔唱〕夏暑芰荷香。〔孛老云〕秋裏斷呵。〔正末云〕秋裏斷呵。〔唱〕金井梧桐敗葉黃。〔孛老云〕冬裏斷呵。〔正末云〕冬裏斷呵。〔唱〕怎當那瑞雪飛頭上。〔云〕天有不測風雨。人有當時禍福。〔唱〕人生死則在一時半晌。你教我斷了金波綠釀。却不等閑的虛度時光。

〔搽旦云〕偌多花言巧語。看起來則是好酒。正是箇不久長的糟弟子孩兒。父親。既然他不肯斷酒呵。不要他在城市中住。教他村裏莊兒上去住。須沒有酒吃。〔孛老云〕孩兒說的是。趙元。你吃這酒。早晚帶累我。不要你在城市中住。則今日便與我村裏莊兒上住去。你好歹斷了這酒者。〔搽旦云〕你若不斷酒。我飯也不與你吃。餓的你匾匾的。快往莊兒上去。〔正末云〕你教我村裏住。須沒酒吃。更是斷不的。〔孛老云〕可是怎生斷不的。〔正末唱〕

【金盞兒】你教我住村舍伴芒郎。養皮袋住村坊。每日價風吹日炙將田耩。和那沙三趙四受風霜。怎能彀百年渾是醉。三萬六千場。〔云〕父親。有兩件斷不的這酒。〔孛老云〕可是那兩件。〔正末唱〕常言道野花攢地出。我則怕村酒透缾香。

〔搽旦云〕父親。似這等貪酒戀杯。不幹生理。叫花頭短命弟子孩兒。我也難與他為妻。則這等他也不肯休我。拖的他見府尹大人去來。當官休了。我也氣長。那其間好嫁別人。〔孛老云〕孩兒說的是。我和你見官府去來。〔做扯正末同下〕〔淨扮臧府尹引張千上云〕官人清似水。外郎白似麪。水麪打一和。糊塗做一片。自家是這本處府尹。姓臧。臧府尹便是。此處有一婦人。姓劉名月仙。我幾番待要娶他為妻。他也有心待嫁我。爭柰他有夫主。早晚尋他些風流罪過。害了性命。我娶了那女人為妻。便是我平生願足。今日陞廳。看有甚麼人來告狀。〔孛老卜兒搽旦拖正末上〕〔孛老云〕冤屈冤屈。〔淨問云〕外面甚麼人叫冤屈。張千與我拿將過來。〔張千云〕理會的。〔喚入科〕〔云〕當面。〔衆跪科〕〔淨云〕兀那老的。有甚麼冤枉事。你說。〔孛老云〕大人可憐見。我這女壻趙元。不幹生理。凍妻餓婦。每日只是吃酒。我女孩兒情願問他要休書。〔淨云〕老的請起來。如今斷開了。你要了休書。是必休與了別人。〔孛老云〕大人可憐見。與老漢做主者。〔淨云〕且住者。則除是這般。着這廝遞送公文書。到西京河南府去。上司明有文案。悞了一日假限。杖四十。悞了兩日假限。杖八十。悞了三日。處斬。這廝是貪酒的人。我若着他去。也無活的人。若去了這廝。我娶他渾家可不好。張千與我問六房吏典。今次上西京遞送公文該誰去哩。〔張千云〕相公。張千鬪來。該本處趙元去哩。〔淨云〕既然這等。趙元。你近前。你的妻我也難斷你休他。今次該你上西京河南府遞送公文書。上司明有文案。悞一日杖四十。悞兩日杖八十。悞三日處斬。則今日便行。〔正末云〕今次該別人去。不該小人去。〔淨云〕正該你去。

〔搽旦云〕既然該你遞送文書。趙元。你做與了我休書者。你去了死活不干我事。離了我眼。倒是箇乾淨。

〔正末做躊躇科〕〔唱〕

【遊四門】他待將好花分付與富家郎。夫婦兩分張。目下申文書離回向。眼見的一身亡。他却待配鸞凰。

〔淨云〕休悞了限期。快送公文去。你要寫休書。早與他。不要討打吃。〔正末唱〕

【柳葉兒】赤緊的司公廝向。走將來雪上加霜。諕的我悠悠的魂飄蕩。何處呈詞狀。若寫呵免災殃。不寫呵更待何妨。

〔云〕罷罷罷。我寫與你。〔唱〕

【賞花時】則爲一貌非俗離故鄉。二四的司公能主張。則他三箇人很心腸。做夫妻四年向上。五十次告官房。

〔搽旦云〕你與我休書。你在路上車碾馬踏。惡人開剝死了。不干我事。我放心的嫁人也。〔正末唱〕

【么】六合內只經你不良。把我七代先靈信口傷。八下裏胡論告惡商量。做夫妻久想。莫要十指望便身亡。

【賺煞】十倍兒養家心。不怕久後傍人講。八番家攞街拽巷。七世親娘休過當。尚自六親見也慚惶。五更頭搭手思量。動不動驚四鄰告社長。我待

横三杯在路傍。都無一二十日身喪。我這一靈兒不離了酒糟房。〔下〕

〔淨云〕趙元着我差將去了。眼見的無那活的人也。大姐。我選吉日良時。便來問親也。你可休嫁了別人。張千將馬來。我且回私宅中去來。〔下〕〔孛老云〕孩兒也你問趙元休書也索了。趙元此一去。眼見無活的人也。你便嫁那府尹去。孩兒你身邊有錢麽。〔搽旦云〕父親要怎麽。〔孛老云〕我買兩箇小筐兒。我去都府門首挑筐兒拾馬糞去也。〔同卜兒搽旦下〕

第二折

〔酒保上云〕曲律竿頭懸草稕。綠楊影裏撥琵琶。高陽公子休空過。不比尋常賣酒家。自家是箇賣酒的。在這汴京城外草橋店。開着箇酒店。時遇冬天。紛紛揚揚下着大雪。天氣好生寒冷。今日清早晨開開這酒店。且挑起這望竿。燒的鏇鍋熱熱的。看有甚麽人來吃酒。〔駕引楚昭輔石守信扮秀才上云〕建業興隆起異謀。兵書戎策定戈矛。坐間若無良臣輔。怎得乾坤四百州。朕乃宋太祖皇帝是也。自登基以來。四海晏然。八方無事。今引近臣楚昭輔石守信。俺三人打扮做白衣秀士。私行於郊外。朕遣趙光普留守京師。時遇冬天。紛紛揚揚下着這般大雪。您同朕慢慢行將去來。〔楚云〕主公。這一會兒風雪又大。俺且去那酒店中一來權且避這風雪。二來就飲幾杯村酒如何。〔駕云〕既然如此。俺且入這酒店中避風雪去者。〔做入店坐定科〕〔楚云〕酒保。打二百錢酒來。〔酒保云〕理會的。三位秀才請坐。我打酒來。〔做打酒上云〕三位秀才。兀的不是二百錢的酒。你慢慢的飲一杯。〔石云〕將酒來。趙秀才滿飲一杯。〔駕云〕二位秀才請波。〔楚云〕趙秀才滿飲一杯。〔駕飲科云〕你二位請坐飲一杯。〔石云〕俺二人也飲一杯。〔駕云〕咱三人慢慢的飲者。看有甚麽人來。〔正末迎風上云〕自家趙元。誰想本處司公臧府尹。強娶我渾家爲妻。着我京都遞送公文。悞了一日假限。杖四十。悞了兩日假限。杖八十。悞了三日假限。處斬。不覺的違了半月期程。眼見的無那活的人也。時遇冬天。紛紛揚揚。下着國家祥瑞。好大風雪也呵。〔唱〕

【南呂一枝花】湯着風把柳絮迎。冒着雪把梨花拂。雪遮得千樹老。風剪得萬枝枯。這般風雪程途。雪迷了天涯路。風又緊雪又撲。恰便似杴瀽篩揚。恰便似撏綿扯絮。

【梁州】假若韓退之藍關外不前駿馬。孟浩然灞陵橋不肯騎驢。凍的我戰兢兢手脚難停住。更那堪天寒日短。曠野消疏。關山寂寞。風雪交雜。渾身上單夾衣服。舞東風亂糝珍珠。擡起頭似出窟頑蛇。縮着肩似水渰老鼠。躬着腰人樣蝦蛆。幾時到。帝都。刮天刮地狂風鼓。誰曾受這番苦。見三疋金鞍拴在老桑樹。多敢是國戚皇族。

〔云〕來到這酒店門首。有三匹馬。想有人在裏面。我也進去。權時避避風雪者。〔做入酒店科〕〔駕云〕你二人再飲一杯。〔楚云〕俺二人再飲一杯。〔正末云〕我且近火爐邊向火者。我聞的好酒香。賣酒的。〔酒保云〕客官要酒。〔正末云〕打二百錢酒來。〔酒保云〕官人兀的二百錢的酒。〔正末云〕酒也。連日不見你。誰想今日在這裏又相會。好美哉也。〔唱〕

【牧羊關】見酒後忙參拜。飲酒後再取覆。共這酒故人今日完聚。酒呵則道永不相逢。不想今番重聚。爲酒上遭風雪。爲酒上踐程途。這酒浸頭和你重相遇。酒爹爹安樂否。

〔斟酒科云〕我先澆奠者。一願皇上萬歲。二願臣宰安康。三願風調雨順。天下黎民樂業。〔駕云〕民間有此賢哉之人。雖是容貌鄙陋。心意寬豁。此人有聖賢之道。〔正末做見三人科〕祗揖。哩秀才我且與二位秀才敬奉一杯。〔正末遞酒科〕〔駕云〕不敢不敢。那壁哥哥先請。〔正末云〕秀才滿飲一杯。〔駕飲科〕〔正末云〕二位秀才也飲一杯。〔楚云〕那壁哥哥請。〔正末云〕二位秀才滿飲此杯。〔二人飲科〕〔駕云〕那壁哥哥滿飲一杯。小生三人有何德能。動勞那壁哥哥請飲過此杯酒者。〔正末唱〕

【隔尾】小人則是箇隨驢把馬喬男女。你須是說古論文士大夫。這六點兒運人不會把人做。我雖是愚濁的匹夫。不會講先王禮數。〔駕云〕君子飲過這一杯酒者。〔正末唱〕我這裏灑灑的咽喉中嚥下去。

〔駕云〕那壁哥哥。你慢慢的飲幾杯。俺三人酒彀了。俺先回去來。〔做起身科〕〔酒保云〕這三箇秀才好無
禮也。你吃了我酒。錢也不還。你往那裏去。〔駕云〕俺身邊無錢。改日還你。〔酒保云〕你吃了酒。不還錢。我不
放你去。打這三箇無知的人。〔做廝打科〕〔正末聽科〕是好奇怪也。〔唱〕
【感皇恩】我恰待自飲芳醑。是誰人喝叫喧呼。〔酒保云〕你這三箇窮酸。怎生吃了酒
不還錢。〔正末唱〕則聽的絮叨叨不住的駡寒儒。〔楚云〕俺三人不會帶錢來。改日還你。〔酒
保扯住駕云〕快還錢來。你若不還。不道肯輕饒了你哩。〔正末唱〕不住的推來搶去。則管扯拽
揪捽。可知道李太白留劍飲。典琴沽。
〔酒保又扯住云〕你三人好模好樣的。不還我酒錢。〔正末唱〕
【採茶歌】一箇扯着衣服。一箇更醉模糊。早難道滿身花影倩人扶。三位
儒人休恐懼。我替還酒債出青蚨。
〔云〕酒保。爲何扯他三位。〔酒保云〕他三箇吃了二百文錢的酒。不肯還錢。〔正末云〕你放了他三箇。他乃
是國家白衣卿相。這酒錢我替他還你。可是如何。〔酒保云〕你既然替他還錢也罷。我放了他。〔正末取錢
還科云〕兀的二百文錢。〔酒保接科〕〔正末云〕三位秀才。咱一處再飲一杯酒者。〔駕云〕敢問那壁君子。
姓甚名誰。何處人氏。有何貴幹。到於此處。〔正末悲科云〕小人姓趙。是趙元。〔哭科〕〔駕云〕你爲何這等發
悲。其中必有暗昧。你慢慢的說一偏。我試聽者。〔正末云〕三位秀才不知。聽我慢慢的說一偏。小人東京人
氏。姓趙是趙元。在本處劉二公家爲女壻。有妻是劉月仙。生的有些顏色。十分的不賢惠。將小人千般毀駡。
萬般憎嫌。更有丈人丈母十分很毒。將小人時常打駡。小人當朝一日。丈人丈母并妻月仙。拖到本處司公
臧府尹衙門中。強要休書。不想贓官要娶小人渾家爲妻。故意要作弄小人性命。差小人來西京遞送公文
書。悞了一日杖四十。悞了兩日杖八十。悞了三日處斬。不覺早悞半月日期也。小人眼見的無那活的人也。
因此上啼哭。不想酒店得遇三位秀才。〔駕云〕嗨。不想此人如此暗昧之事。趙元。我也姓趙。你也姓趙。我有
心待認義你做箇兄弟。你意下如何。〔正末云〕小人是箇驢前馬後之人。怎敢認義那壁秀才也。〔駕云〕你

那丈人丈母。怎生般利害。東京府尹。怎生要娶你渾家為妻。你慢慢說一徧。(正末唱)
【紅芍藥】丈人丈母很心毒。更那堪司公府尹胡塗。(駕云)你渾家怎不賢惠。(正末唱)果然這美女累其夫。他可待似水如魚。好模樣歹做出。不覩事要休書。(駕云)你那東京府尹怎敢強娶你渾家。(正末唱)他倚官強拆散俺妻夫。真乃是馬牛襟裾。

(駕云)你不好去大衙門裏告他。卻在背後啼天哭地。成何用也。(正末唱)
【菩薩梁州】我雖是鰥寡孤獨。對誰人分訴銜冤負屈。(駕云)你這等啼哭也無用也。(正末唱)因此上氣填胸兩泪如珠。(駕云)趙元我救你這一命。你意下如何。(正末云)哥哥你怎生救我。(駕云)你放心。我與上京丞相趙光普一面之交。我欲待寫書去。途中無紙。楚昭輔你袖中將的霜毫筆來。你扳着趙元臂膊。石守信扶着兄弟。我在你臂膊上寫兩行字。畫一箇押字。若趙丞相見了時。你必然不死也。(楚石二人扶正末科)(正末唱)一箇舉霜毫一箇扳臂膊一箇扣咱扶着。道兩行字便是我生天疏。(楚云)這兩行字書若到上京見了趙丞相。你必不死也。(正末唱)卻教我無事還鄉故。這好事要人做。不想二百長錢買了命。虎勝似紙天書。

(云)小人既得了哥書信。若到上京。見了趙光普丞相。見了這花押。必然饒了這性命也。小人便索長行。
(駕云)你慢慢的去者。他看了你臂膊上花押。你必不死也。(正末云)罷罷罷。(唱)
【尾聲】誰想今番橫死身軀。得恩顧。遙指雲中鴈寄書。兩隻脚不停住。這憂愁這淒楚。這煩惱這思慮。怎聲揚忒負屈。趙光普你執掌權樞。怎知俺冒風雪射糧軍乾受苦。(下)
(駕云)趙元去了也。誰想民間有這等賢哉之人。若到上京。見了趙光普。見了寡人花押信字。必然饒了此人。就除為東京府尹。走馬赴任。寡人若到西京。必拿趙元仇人報冤。有何不可。你二人跟着我慢慢私行去來。酒店之中閒事情。偶然相會話平生。趙元此去尋光普。陞爲府尹坐東京。〔同下〕〔酒保云〕吃酒的客官去了也。天已晚了。收拾門戶。回我家中去來。〔下〕

第三折

〔趙光普引祗從上云〕兩朵肩花擎日月。一雙袍袖理乾坤。休言天下王都管。半由天子半由臣。某姓趙名光普。字則平。輔佐主公。官拜丞相。封太師韓國公之職。乃開國功臣也。聖主常夜半幸某第。立風雪中。小官惶恐出迎。設重裀席地。熾炭燒肉。小官夫人行酒。上以嫂呼之。遂定下江南之計。每決大事。啓文觀書。乃論語也。此時稱小官以半部論語治平天下。雷德驤嘗詆毀某。上曰。鼎鐺尚有耳。汝不聞趙普吾社稷臣乎。今主公同楚昭輔。石守信。隨處私行。以小官爲留守。今東京官吏申將文書到此上京。悞了一日杖四十。悞了兩日杖八十。悞了三日處斬。不知何人失悞半月假限。罪當處斬。祗候人門首看者。若有人來時。報伏我知道。〔祗候云〕理會的。〔正末上云〕趙元也。悞了假限。疾快行動些。一天好大雪也呵。〔唱〕

【中呂粉蝶兒】六出花飛。碧天邊凍雲不退。把雙肩緊把頭低。醉魂消。酒纔醒。四肢無力。眼見得命掩泉泥。這場災怎生迴避。

【醉春風】送了我也竹葉瓮頭春。花枝心愛妻。則爲戀香醪尋着永別離。到今日悔悔悔。也是我前世前緣。自作自受。怨天怨地。

〔云〕可早來到丞相府門首也。我來到這儀門首。我試看者。〔做見祗候人攏着科〕〔正末云〕兀的不諕殺我也。〔唱〕

【迎仙客】狼虎般排着從人。鴈翅般列着公吏。這無常暗來人不知。我又不會脫身術。又不會插翅飛。止不過泪若扒推。這的是自尋的無頭罪。

〔云〕祗候哥哥報伏一聲。有東京申送文書來到。〔祗候云〕你這廝尋死也。這早晚纔來。你則在門首。我報伏去。〔做報科云〕告的大人得知。有東京申解文書來到。〔光普云〕這廝好膽也。教他過來。〔祗候云〕理會的。教你過去哩。〔正末做見科〕〔光普云〕兀那廝。你是那裏解送文書的人。〔正末云〕大人。小的是東京差來的。〔光普云〕兀那該房吏典。這廝㑇了多少時假限。該甚罪。〔吏典云〕㑇了一日杖四十。㑇了兩日杖八十。㑇了三日處斬。這廝㑇了半月假期也。〔光普云〕既然如此。收了所送文書。左右人推轉這廝斬了者。〔祗候云〕理會的。〔做拿正末科〕〔正末云〕大人爺爺。有你哥哥的信。我帶着哩。〔光普云〕帶着甚麼。左右拿回來。〔正末云〕聽小人說一徧者。〔唱〕

【上小樓】有你哥哥信息。小人皆前分細。怏怏疾疾。端端的的。訴說眞實。

〔光普云〕你說我聽。若說的是呵萬事罷論。說的不是呵必不輕恕。〔正末唱〕若趙兀說的來差之毫釐。情願便伏命歸泉世。

〔光普云〕你在那裏見俺哥哥來。有幾箇人跟隨。你說一徧。我試聽者。〔正末云〕小人在於酒店中相遇着來。〔唱〕

【么】一行三箇人殷勤勸一杯。不承望少下酒錢。店主人家唱叫揚疾。〔光普云〕你可怎麼勸來。〔正末唱〕我替還了一二百錢。別無思議。因此上認為兄弟。

〔光普云〕你從頭至尾。你慢慢的說一徧。〔正末云〕小人申解文書。來到草橋店酒肆中。見三箇秀才吃酒。無錢還他。被店主人吵鬧要錢。小人替還了。那三箇秀才問我姓氏名誰。小人道姓趙。他道我也姓趙。他認義我做兄弟。我拜他做哥哥。因此上修了一封書。他道是大人的哥哥哩。若見了我的書信。我必然不死也。〔光普云〕書信在那裏。將來我看。〔正末舒臂膊科云〕兀的不是。因途路中無紙。就寫在臂膊上了。〔光普云〕左右與我扶起來者。〔祗候云〕扶起來了。〔光普看科云〕左右人一壁廂將朝衣來。〔祗候云〕理會的。兀的不是朝衣。〔光普云〕扶起來着穿朝衣。交椅上坐着。早知御弟前來。只合遠接。接待不着。勿令見罪。〔正末驚科云〕兀的不諕殺我也。〔唱〕

【十二月】納我在交椅上坐地。拿着我手脚身軀。地鋪着繡褥。香噴着金猊。喚大夫是甚脈息。則我這病眼難醫。

〔光普云〕小官不是也。〔正末唱〕

【堯民歌】幾曾見悲田院土地拜鍾馗。判官當廳問牙椎。神針法灸那般疾。恰便似藍采和舞不迭看花回。冷笑微微。吾皇勅賜的判斷開封位。

（光普云）御弟你聽者。聖人命加你為東京府尹。卽今走馬到任。一壁廂便造文書。（正末云）教我做東京府尹那衙門裏有酒麼。（光普云）你則要吃酒。則今日便索長行也。（正末唱）

【耍孩兒】不會做官看取傍州例。五刑文書整理。便蕭曹律令不曾習。有檔案分令吏支持。沒酒的休入衙門裏。除睡人間總不知。無縈繫問甚從人司吏。吃了後回席。

（光普云）你今日將着文書到於東京衙門裏開罷。那其間自有意思也。（正末唱）

【二煞】飲酒如李太白。糊突似包待制。喚我做沒底鉼。普天下人皆識。青雲有路終須到。好酒無名誓不歸。每日價醺醺醉。管甚麼三推六問。不如那百盞无席。

（光普云）你則今日便索長行。東京赴任去。（正末唱）

【尾聲】問甚麼秋泉竹葉青。九醞荷葉杯。不揀你與我滄浪水。也強似忍風雪飢寒半路裏。（下）

（光普云）此人去了也。誰想此人酒務中。遇見上皇。就臂膊上寫了花押。認為兄弟。加為東京府尹。走馬到任。聖人若回家。別有加官。今日無甚事。左右將馬來。且回私宅中去來。聖人酒店逢知己。加做東京府尹官。（下）

第四折

（外扮孛老淨扮府尹搽旦同上）（孛老云）月過十五光明少。人過中年萬事休。老漢乃劉二公是也。自從我這女孩兒。問趙元討了休書。招下本處臧府尹。將趙元着他解送文書於上京。悞了一日杖四十。悞了兩日杖八十。悞了三日處斬。不期此人到京。見了大人。將他違限之罪。盡行饒了。不知他有甚麼才能。奉大人命。就除爲東京府尹。走馬到任。有恩報恩。有仇報仇。你兩箇孩兒。怎生便做箇計較。〔搽旦云〕他做了官。送人事來與我。〔孛老云〕臧府尹。你可怎麼說。〔淨云〕父親。有甚麼話說。當初我強要他媳婦。指望要害了他。今日做了府尹。我便綠豆皮兒請退。媳婦也還他。我受死去罷。〔搽旦云〕他做了官。我便是夫人了。想我這等貞烈。天下少有。〔淨云〕正是那家有賢妻。〔孛老云〕孩兒。等他來時。咱三口兒牽羊擔酒慶賀他。就陪話。咱且回房中去來。〔同下〕〔駕同趙光普石守信上〕〔駕云〕寡人乃趙官家是也。自從寡人同楚昭輔石守信三人。扮爲白衣秀士。隨處私行。到草橋店。紛紛揚揚下着大雪。到於店中飲酒。不期東京有一人。姓趙是趙元。也到店中飲酒。寡人帶酒。與同二人欲要起身。被店主人家扯住。問寡人索要酒錢。無的還他。趙元替寡人還了二百文長錢。問其故。此人言說。有丈人丈母很毒。妻兒乖劣。私通本處府尹。強要了休書。着他申送文書於上京。寡人得知其情由。就袖中取出斑管霜毫筆。就在趙元臂膊上。寫了兩行字。畫了花押。趙普見了。饒了他一命。就加此人爲東京府尹。走馬赴任。寡人還京。再宣此人見一面。已差楚昭輔宣他去了。又差人去東京拿他丈人丈母并妻和本處府尹。寡人決斷明白。這早晚敢待來也。〔正末隨楚昭輔上〕〔楚云〕趙大人。今日主公宣喚。須索行動些。左右人擺開頭搭。排列齊整者。便見聖人走一遭去。〔正末云〕大人煞是勞動也。〔唱〕

【雙調新水令】要甚麼兩行祇從鬧交參。怎如馬頭前酒餅十擔。這紗幞頭直紫襴。怎如白纏帶舊紬衫。又不會闊論高談。休想我做官濫。

〔楚云〕趙大人。今日見了主公。自有重賞加官。還入東京爲府尹。相公意下如何。〔正末云〕大人。我去不的也。〔楚云〕如何去不的。〔正末唱〕

【喬牌兒】這言語沒掂三。可知水深把杖兒探。對君王休把平人陷。趙元酒性淹。

〔楚云〕相公。可早來到也。我先見聖人去。〔做見科〕〔駕云〕楚昭輔。趙元來了麼。〔楚云〕來了也。〔駕云〕着他過來。〔楚云〕理會的。相公。主人有宣。把體面者。〔正末云〕理會的。〔見科〕〔正末云〕陛下萬歲萬歲萬萬歲。〔駕云〕趙元。你認的寡人麼。那草橋店多承你美意。寡人今宣你來加官賜賞。你意下如何。〔正末云〕陛下。臣做不的官。〔駕云〕可是爲何。〔正末唱〕

【甜水令】臣一心不戀高官。不圖富貴。休將人賺。這煩惱怎生擔。〔駕云〕寡人與你修蓋宅舍。建立廳堂。〔正末唱〕也不索建立廳堂。修蓋宅舍。粧鑾堆嵌。不如我住草舍茅菴。

〔云〕陛下。臣不做官。〔駕云〕你怎生不做官。〔正末唱〕

【折桂令】我怕的是鬧垓垓虎窟龍潭。原來這龍有風雲。虎有山岩。玉殿金堦。龍爭虎鬬。惹起奸讒。朝野裏誰人似俺。衠瞢懂愚濁癡憨。語語喃喃。崢崢巉巉。早難道宰相王侯。倒不如李四張三。

〔駕云〕寡人加你爲大官。受用到老。有何不可。〔正末唱〕

【十弟兄】微臣怎敢把大官參。我則知苦澀酸渾淡。清光滑辣任迷貪。下民易虐何曾濫。

〔駕云〕寡人欲要封你爲官。爲何推托。必有主意也。〔正末唱〕

【梅花酒】呀微臣最小膽。則待逐日醺酣。聖主台鑑。休兩兩三三。也不做明廉共按察。伯子共公男。自羞慚。官高後不必甘。祿重也自貪婪。

〔駕云〕明廉按察你又不做。似這等你待做甚麼官好。〔正末唱〕

【收江南】我汴梁城則做酒都監。自斟自舞自清談。無煩無惱口勞藍。是非處沒俺。這玉堂食怎如我瓮頭甘。

〔駕云〕趙元。你要見你那仇人麼。〔正末云〕陛下。臣可知要見他。〔駕云〕近御人與我拿將東京府尹和趙元丈人丈母幷妻劉月仙來者。〔楚云〕理會的。一行過去當面。〔做拿孛老卜兒搽旦淨跪科〕〔駕云〕兀那廝。你知罪麼。〔淨云〕陛下。小臣不知罪。〔駕云〕你爲何強娶平人妻女。〔淨云〕小臣並然不敢。他強招臣爲

壻來。〔駕云〕這廝好無禮也。〔正末唱〕

【鴈兒落】姜太公顛倒敢。魯義姑心中鑑。倚官府要了手模。你今日遭坑陷。

【得勝令】却不道風月擔兒擔。早難道蜻蜓把太山撼。你往日忒饕濫。今番刀下斬。忍不住揪撏。風雪裏將人賺。諕得臉如藍。索休書却大膽。

〔駕云〕住住住。您一行人聽寡人下斷。則為這劉二公不識親疎。將女壻趕的別居。你妻更心生乖劣很毒心不辨賢愚。月仙女心懷歹意。誇伶俐索討休書。慢限次苦遭責斷。實指望一命身卒。趙元苦懨懨不辭風雨。路迢迢不避崎嶇。草橋店忽逢聖主。赦罪犯半點全無。趙元加你為府尹。賜綵段羅綺真珠。劉二公兩口兒罰同免罪。與趙元不可同居。月仙女杖斷一百。因變亂敗壞風俗。臧府尹貪淫壞法。依律令迭配流徙。今日箇恩仇分別。一齊的萬歲山呼。

題目　丈人丈母很心腸
　　　司公倚勢要紅粧

正名　雪裏公人大報冤
　　　好酒趙元遇上皇

劉玄德獨赴襄陽會雜劇

高文秀撰

第一折

〔沖末劉備同趙雲上云〕疊蓋層層徹碧霞。織席編履作生涯。有人來問宗和祖。四百年前將相家。某姓劉名備。字玄德。乃大樹婁桑人也。某在桃園結義了兩箇兄弟。二兄弟蒲州解良人也。姓關名羽。字雲長。三兄弟涿州范陽人也。姓張名飛。字翼德。俺弟兄三人在徐州失散。三載有餘。不想今日在這古城聚會。某今要與曹操讐殺。無有城池。俺在這古城住月餘也。今日與兩箇兄弟衆將商議。與我喚將雲長張飛來者。〔關末同張飛上〕〔關末云〕帥鼓銅鑼一兩聲。轅門裏外列英雄。一寸筆尖三尺鐵。同扶社稷保乾坤。某姓關名羽。字雲長。蒲州解良人也。三兄弟乃涿州范陽人也。姓張名飛。字翼德。有俺哥哥大樹婁桑人也。姓劉名備。字玄德。自徐州失散。在於古城聚會。今日哥哥呼喚。不知有甚事。須索走一遭去。可早來到也。小校報復去。有關羽張飛來了也。〔卒子云〕理會的。喏。報的元帥得知。有關羽張飛來了也。〔劉備云〕着他過來。〔卒子云〕着過去。〔做見科〕〔關末云〕哥哥呼喚俺二人。有何商議的事。〔劉備云〕二位兄弟。喚您來別無甚事。只因曹操在徐州與俺交鋒。俺弟兄每失散。今在古城。不爲長計。倘曹操又領將兵來征伐俺。爭奈此城地方窄狹。亦無糧草。怎生與他拒敵。〔張飛云〕哥哥。依着您兄弟。則在古城積草屯糧。招軍買馬。哥哥意下若何。〔關末云〕兄弟不中。想着曹操手下。雄兵百萬。戰將千員。他若領兵來時。將古城踏爲平地。那其間悔之晚矣。〔劉備云〕兄弟言者當也。我有一計。和您商議。我如今要差一人。持着我的書呈。直至荊州牧劉表是吾之宗親。鎭守荊襄九郡。我問他但借城池暫用。喒且屯軍居止。若聚集的些人馬呵。那其間可與曹操讐殺。未爲晚矣。您意下若何。〔關末云〕哥哥言者當也。可着誰去。〔劉備云〕與我喚的簡憲和來者。〔卒子云〕理會的。〔簡雍上云〕幼小曾將武藝攻。南征北討顯英雄。臨軍望塵知敵數。四海英雄第一名。某姓簡名雍。字憲和。文通三略。武解六韜。今佐於玄德公麾下爲將。今玄德公呼喚。不知有甚事。須索走一遭去。可早來到也。小校報復去。道有簡雍在於門首。〔卒子云〕喏。報的元帥得知。有簡雍在於門首。〔劉備云〕着他過來。〔辛子云〕着你過去。〔簡雍見科云〕呼喚小官有何事。〔劉備云〕喚你來別無他事。我今要與曹操讐殺。爭柰這古城無糧草。我如今修一封書。你直至荊州牧。他見了我的書。他自有個主意。你則今日便索長行。〔簡雍云〕理會的。某不敢久停久住。奉玄德的將令。持着書呈直至荊州。走一遭去。奉命親差不自由。謹馳驛馬驟驊騮。舌劍唇槍成功幹。不分星夜到荊州。〔下〕〔劉備云〕簡雍去了也。若借得城池。那其間再與曹操讐殺。若簡雍回來時。報復我知道。〔下〕〔劉琮上云〕河裏一隻船。岸上八個拽。若還斷了纜。八個都喫跌。某乃劉琮是也。我父劉表。兄乃劉琦。父子三人。武藝不會。所事不知。能喫好酒。快喫肥鷄。頗柰劉備無禮。着一首將持一封書。問俺父親借個城子。俺父親差之毫釐。失之千里。掉在壕裏。簽了大腿。我如今想來則恐怕久以後將荊州奪了。我手下有二將。是蒯越蔡瑁。叫他來同共商議。小校喚將蒯越蔡瑁來者。〔辛子云〕理會得。〔蒯越蔡瑁二將上〕〔蒯越云〕某乃前部先鋒將。俺家老子是皮匠。哥哥便是輪班匠。兄弟便是芝蔴醬。某乃蒯越。兄弟蔡瑁。我又沒用。他又不濟。我打的觔斗。他調的百戲。公子呼喚俺二人。不知有甚事。須索見公子去。可早來到也。報復去道有俺蒯蔡二人來見公子。〔辛子云〕理會的。喏。報的公子知道有蒯越蔡瑁在於門首。〔劉琮云〕着他過來。〔二淨見科〕〔蔡瑁云〕劍甲在身。不能施禮。〔蒯越云〕公子喚俺二將那廂使用。〔劉琮云〕蒯越蔡瑁。喚您二將來別無甚事。今有劉備問俺父親借座城子。俺父親久後。必將這荊州讓與劉備。喚您二將來商議。〔蒯越云〕我有一計。俺這裏安排一席好酒。多着些湯水。多着幾道嘎飯。准備幾碗甜醬。我着他酒醉飯飽。走不動。撐倒了。呵。那其間下手拿住。我着他死無葬身之地。公子。此計若何。〔劉琮云〕此計妙妙。此計好則好。比及這等。你先撐我不的。〔蒯越云〕此計已定。何故又撐呼。〔劉琮云〕既是這等。保守此計。計就月中擒玉兎。謀成日裏捉金烏。〔蒯越云〕各家自掃門前雪。〔蔡瑁云〕莫管他家屋上霜。〔同下〕〔劉表領辛子上云〕駿馬雕鞍紫錦袍。胸中壓盡五陵豪。有人要知吾名姓。附鳳攀龍是故交。某姓劉名表。字景昇。官拜牧守之職。涉獵經史。幼年策馬入夷城。取用南郡蒯梁之謀。南據江陵。北守襄樊荊州。我有二子。長者劉琦。次者劉琮。能用兵者。乃蒯越蔡瑁。久據荊州。保守無虞。今有劉玄德。被曹操攻破徐州。屯軍在古城。他遣一將持一封書。問某借一城池。屯軍養馬。今三月三請玄德公赴襄陽會。玄德公來呵。我自有主意。若來呵。報復我知道。〔劉備上云〕小官劉備是也。我着簡雍問俺荊州牧哥哥借一座城池。誰想哥哥果然許諾。就遣一人請某赴襄陽會。可早來到也。左右。接了馬者。小校報復去道。劉備在於門首。〔卒子云〕諾。報的主公得知。有劉備在於門首。〔劉表云〕兄弟來了也。道有請。〔卒子云〕有請。〔見科〕〔劉備云〕哥哥。數年不見。受您兄弟兩拜。〔劉表云〕兄弟免禮。將坐榻來。兄弟請坐。檯上果卓來。〔把盞科云〕兄弟。數年不見。滿飲此盃。〔劉備云〕哥哥。您兄弟盡醉方回。〔劉表云〕我有二子。長者劉琦。次者劉琮。與我喚將來者。〔正末同劉琮上云〕某劉琦是也。兄弟劉琮。俺父親在荊州。統領着四十萬鐵甲軍。鎮守着這荊襄九郡。今為襄主。劉玄德來問俺父親借一座城。權且居止。又着人請的玄德來荊州。住了數日也。今日是三月三。襄陽會。俺父親請玄德公飲宴。着令人喚俺弟兄二人。須索走一遭去。〔劉琮云〕哥哥。想咱子父每在此鎮守。久住無虞。無魚則喫羊肉。〔正末云〕兄弟。想昔日秦失其鹿。豪傑並起。漢祖三載亡秦。五年滅楚。投至今日。非同容易也。〔唱〕

【仙呂點絳唇】想當日漢祖開基。五年登帝。無虞日。端拱垂衣。則他那肱股能經濟。

【混江龍】中興後諸侯強力。風俗教化漸凌夷。將一箇董卓勦滅。將一箇呂布遭危。一頭的袁紹興兵行跋扈。可又早曹公霸道騁奸回。見如今民殷國富。可便說孫權。端的是這寬仁厚德。談劉備。手下有二將軍關羽。和他這三兄弟張飛。

〔劉琮云〕可早來到也。〔正末云〕兄弟也。咱過去見父親去來。〔做見科〕〔劉表云〕劉琦劉琮。把體面與你叔父施禮。〔正末云〕理會的。〔做見劉備科〕〔唱〕

【油葫蘆】我這裏叉手躬身施罷禮。數十年遠間離。〔劉備云〕吾姪。自從與曹操交鋒。數年不見。〔正末唱〕都則為苦征惡戰各東西。〔劉備云〕劉琦。我與你父親。都是漢之苗裔。〔正末唱〕俺須是分形連氣同親戚。叔父是先朝景帝親苗裔。〔劉備云〕哥哥。你兄弟非爲酒食而來。城池當緊。〔正末唱〕叔父要借郡州。待將那士馬集。〔劉備云〕吾姪柰您叔父身無尺寸之地。怎的與曹操交戰。〔正末唱〕叔父道時間無尺寸安身地。普天下盡都是漢華夷。

【天下樂】常言道人急偎親我稍知。〔劉表云〕玄德公新野樊城你弟兄權且居止。〔劉備云〕謝了哥哥。〔正末唱〕將新野樊也波城權駐蹕。〔劉表云〕玄德公在於新野樊城操兵練士。積草屯糧。復興漢世有何不可。〔正末唱〕若是那重磨日月扶社稷。平定海內安。更和那烽燧息。恁時節敘親親行大禮。

〔劉表云〕劉琦替你叔父遞一盃酒。〔正末云〕理會的。將酒來。叔父滿飲一盃。〔劉備云〕大公子。着吾兄先飲。〔劉備遞酒科〕〔劉表飲酒科了云〕着劉琮與他叔父遞一盃酒。〔劉琮云〕您兒理會的。〔做遞酒科〕〔劉琮云〕叔父滿飲一盃。〔劉表云〕一壁廂與我動樂者。〔劉備云〕吾兄酒夠了也。〔正末唱〕

【那吒令】廣設着珍羞和美味。高捧着瓊漿和這玉醴。密排着歌兒和這舞姬。不弱如公孫弘的東閣筵。須不是楚項羽的鴻門會。儘開懷滿飲金盃。

〔劉備云〕吾兄。您兄弟飲不的了也。〔劉表做將牌印讓與劉備科云〕玄德公。吾今年邁。我也掌把不住這荊襄九郡。將這荊襄九郡牌印。讓與玄德公掌管。你意下若何。〔劉備云〕吾兄。劉備焉敢受荊州牌印。見有兩箇公子。當以承襲荊州牧之職。〔劉琮云〕父親飲酒則飲酒。這牌印叔父是箇知理的人。他豈肯受這牌印。〔正末唱〕

【鵲踏枝】將牌印。捧到尊席。多謙讓苦辭推。情願將九郡荊襄。教叔父掌握操持。〔劉備云〕吾兄。這的是父祖列土分茅之地。子孫堪可而守。〔正末唱〕你道是父祖業傳留與子息。豈不聞堯舜可便天下賢聖承襲。

〔劉表云〕玄德公。吾今老矣也。這荊州牌印。你掌了者。〔劉備云〕哥哥。您兄弟斷然不敢受。吾兄見放着兩箇公子哩。〔劉表云〕玄德公。不知吾這兩箇小的。他掌管不的。休道不與他。便着他掌管呵。可着誰可承襲。〔劉備云〕哥哥。您兄弟多聞大公子劉琦。文武雙全。寬仁厚德。可以承襲。〔劉琮背云〕好無禮。我恰纔阻當這牌印。他說俺哥哥好。俺弟兄每承襲不承襲。干你甚事。我恨不的咬上他幾口。〔正末唱〕

【寄生草】叔父那裏休誇獎。莫廝推。你道我忠君孝父行仁義。你道我驅兵領將多謀智。又道我齊家治國能興利。〔劉備云〕論大公子有經濟之才。顏閔之德。

〔正末唱〕怎有那經天綸地棟梁才。則是箇糞牆朽木兒曹輩。

〔劉表云〕既兄弟堅意不受。收了牌印者。行盞。〔劉琮出門做怒科云〕頗柰大耳漢無禮。好意請你喫酒。俺父親又借與你城池。你怎敢論俺弟兄每那箇合做不合做。長別人的威風。減我的志氣。令人喚蒯越蔡瑁來。〔卒子云〕理會的。〔蒯越蔡瑁同上云〕公子喚俺二人。須索走一遭去。兀那小軍。有何事。〔卒子云〕二位將軍。二公子有請。〔蒯越云〕在那裏。俺過去見二公子。〔見科云〕公子喚俺有何事。〔劉琮云〕頗柰大耳漢無禮。酒筵間搬調俺父親。論俺弟兄好歹。你如今乘騎兩箇鞍馬。手持兵器。務要擒住劉備。先着王孫去盜劉備那的盧馬。若盜了他馬。可來回我的話。〔蒯越云〕得令。領着公子言語。擒拏劉備。走一遭去。〔下〕〔正末云〕嗨。這事怎了。我若不說與叔父知道呵。必然落在這二賊子彀中。兄弟也。我再着叔父飲一盃酒。叔父再飲一盃。〔劉備醒科云〕我喫不的了也。〔正末云〕叔父。你不飲酒呵。你請箇果木波。〔劉備云〕我用不的了也。〔正末唱〕

【醉扶歸】叔父這好棗知滋味。〔劉備云〕夠了也。〔正末唱〕好桃也可堪食。〔劉備云〕我喫不的也。〔正末唱〕這醒酒清涼更好梨。〔劉備醒科云〕喫不的了也。〔正末唱〕這果木本是一同根蒂。他傷枝葉擘了面皮。〔帶云〕叔父醉了。不解其意。〔做搖醒科云〕叔父。你看這桌子上。好棗好桃好梨也。〔劉備醒科云〕是是是。我知道了也。〔正末唱〕你怎生不解我這其中意。

〔劉備辭科云〕哥哥。您兄弟多蒙哥哥城池好酒食。您兄弟告回也。〔劉備拜科〕〔劉表云〕留着兄弟休回也。再住幾日去。〔劉琮云〕父親休管他。你則歇息去。〔扶劉表下〕〔正末云〕叔父。劉琮着蒯越蔡瑁埋伏着

人馬。擒拿你哩。你便離了此處。快與我逃命走。〔劉備走科云〕吾姪。你不說我怎知也。〔正末唱〕

【金盞兒】你快離席。莫驚疑。我這裏吐實情泄漏了春消息。疾擇你那戰馬換征衣。則怕你意忙船去慢。心急馬行遲。休尋入地窟。則要你尋覓他那上天梯。

〔劉備云〕我若知您弟兄不和。我怎肯說這等話。〔正末云〕叔父。你小心在意者。則要穩登前路也。〔唱〕

【尾聲】痛離別。愁分袂。我和你再相見知道是何年甚日。望新野樊城去路疾。我則要你擅加兵緊護城池。則要你用心機將那士馬操習準備着那滅寇與劉顯氣勢。那其間這干戈定息。我着他四方寧謐。任恁時節風雲文武拜丹墀。〔下〕

〔劉備云〕劉備也。我想來。是你的不是了也。我虧了軍師的妙計。離了這襄陽會。不敢久停久住。則今日向新野樊城去也。〔下〕

第二折

〔蒯越蔡瑁同上〕〔蒯越云〕自家蒯越蔡瑁便是。奉二公子劉琮之命。今有劉備。在那酒筵間不合說立長不立庶。今奉公子之命。今夜差家將王孫先去驛亭。盜了劉備那的盧馬。走一遭去。可早來到王孫家門首也。〔叫科云〕王孫。二公子之命。着你今夜先去驛亭中。盜了劉備那的盧馬。可來回公子的話。小心在意。幹事成功者。〔同下〕〔正末扮王孫上云〕某是這荊王手下家將王孫的便是。因為俺劉玄德問俺這荊王借這城池。留下玄德公赴襄陽會。筵間帶酒。問俺索荊州牌印。某奉二公子的命。着某今夜先盜劉玄德的盧馬。須索走一遭去。〔唱〕

【越調鬭鵪鶉】直等的漏盡更闌。街衢靜悄。我則見斗轉星移。這其間夢魂未覺。入的這館驛儀門。遶着這虛簷瀏道。又則怕遇着從人。撞着後槽。這一匹駿馬的盧。煞強如騂騮騕褭。

【紫花兒序】則願的馴良純善。怕的是踢跳彎犇。使不着嘶喊咆哮。馬乃是將之司命。盜了馬步驟難熬。量度。又不是穴隙踰牆做賊盜。蒙差遣怎敢違拗。你正是人急偎親。他可甚善與人交。

【金蕉葉】恰拌上一槽料草。喂飼的十分未飽。悄聲兒潛蹤躡脚。我解放了韁繩絆索。

〔做盜科〕〔劉備冲上科云〕小官劉備。來到這館驛裏也。館驛子。牽我那馬來。這館驛裏無人。我自家牽我這馬去。兀那廝。你是甚麼人。〔正末云〕我比及盜他這馬。我先斬了劉玄德也。〔劉備云〕兀那將軍。何故如此懆暴。有仗劍殺我之心也。〔正末唱〕

【寨兒令】你道我休暴懆。逞麄豪。掣紅光劍鋒手揝着。〔劉備云〕我有甚罪過。〔正末唱〕你道我犯法違條。盜馬離槽。和你性命似燎鴻毛。

〔劉備云〕你爲何盜我這馬。〔正末云〕爲你筵開索討荊州牌印。我奉二公子命。故着我盜你這馬來。〔劉備云〕將軍不知因借城子一事。請某飲宴。荊王言曰。吾今老矣。這牌印可着誰掌領。某言曰。立長不立庶。以此二公子挾讐。要傷某性命。〔正末云〕這般呵是俺二公子的不是。〔劉備云〕將軍。劉備乃漢之宗親。是荊州牧之弟也。〔正末唱〕

【幺篇】你論親戚是漢祖根苗。論昆仲和劉表知交。破黃巾立大功。誅董卓建功勞。是和非心上自評跋。

〔劉備云〕吾之命在於將軍。〔正末云〕襄王放心。我送你出城去。〔劉備云〕今日之恩。異日必報。〔正末唱〕

【調笑令】不索響約。你便快奔逃。呀再休說他鄉遇故交。〔劉備云〕將軍。此路往何處去。〔正末唱〕遙望着新野樊城道。似飛星徹夜連宵。你官道上莫行小路兒抄。豈辭勞水遠山遙。

〔劉備云〕前有溪河攔路。如之柰何。〔正末唱〕

【耍廝兒】遙望見綠茸茸莎茵芳草。翻滾滾雪浪銀濤。檀溪大堤水圍遶。無舟渡。共長橋。險慌殺英豪。

（劉備做禱告天科云）皇天可表。若劉備久後崢嶸之日。馬也我命在你。汝命在水。（正末唱）

【聖藥王】他將那天地祈。呪願禱。欠彪軀整頓了錦征袍。將玉帶犇金鐙挑。三山股摔破了紫藤梢。（劉備做跳過檀溪科）（正末唱）則一跳恰便似飛彩鳳走潛蛟。

（劉備回顧看正末科云）將軍。後會有期。（下）（蒯越蔡瑁上云）某乃蒯越蔡瑁是也。俺奉着二公子將令。着俺二人追趕劉備。騎着快馬。越趕也趕不上。這馬我不走他也不走。到這檀溪河。兀的不是王孫。王孫。劉備安在。（正末云）劉備是無罪之人。又和俺主公關親。我因此上放了他去也。（蒯越云）這匹夫好是無禮也。你做的箇知禮無禮故無禮。（蔡瑁云）舞哩舞哩舞哩舞。（蒯越云）兄弟執縛住見二公子去來。（正末云）我不怕不怕不怕。（唱）

【尾聲】你將那忠良損害合天道。他一騎馬不剌剌風驅電掃。他得性命且逃災。將我這潑殘生斷送了。（同下）

楔子

（司馬徽上云）寶劍離匣邪魔怕。瑤琴一操鬼神驚。貧道覆姓司馬。名徽。字德操。道號水鏡先生。在於鹿門山辦道脩行。俺為友者有七人。為江夏八俊。今有劉玄德因赴襄陽會。被劉琮所逼。獨騎跳檀溪而過。誤入鹿門山。迷蹤失路。貧道在此等候。劉玄德這早晚敢待來也。（劉備上云）某乃劉備是也。因赴襄陽會。劉琮有害吾之心。因此私逃。獨騎跳檀溪河來。迷蹤失路。不知那條路往新野樊城去。（司馬云）兀的不是劉玄德。玄德公。襄陽會煞是驚恐也。（劉備云）這箇仙長他怎生知道來那。（司馬云）玄德公。你可不認的貧道。貧道可識你。（劉備云）仙長。劉備迷蹤失路。不知那條路往新野樊城去。（司馬云）天色晚也。這鹿門山有一道庵。前往那裏投一宿。玄德公。我觀你手下雖有能征之將。則少運籌之士也。（劉備云）敢問師父何為運籌之士。〔司馬云〕豈不聞南臥龍北鳳雛麼。〔劉備云〕臥龍鳳雛何人也。〔司馬云〕好好好〔劉備云〕先生通名顯姓咱。〔司馬云〕好好好。你休問我。問兀的那個人去。〔下〕〔劉備云〕着某問誰去。可怎生不見了這箇仙長那。知他是人也那是鬼。天氣昏晚也。遠遠的一盞燈明。到那裏覓一宿去。〔下〕〔龐德公引道童上〕〔龐德公云〕養性脩真談道德。天文地理講精微。劍揮星斗能驅將。瑤琴一操動玄機。貧道龐德公是也。居於峴山之南。平生不入城府。不貪於奢華。常以清閑爲樂。講習太清玅訣。脩煉長生之術。參通大道。學就仙方。隱踪山間。埋名林下。江夏道友。號爲八俊。惟吾爲首。在此鹿門山辦道脩真。今有劉玄德因襄陽會遭厄。跳檀溪失路迷途。悞入鹿門山中。貧道今晚指引玄德榮昌之地。若來時。貧道自有箇主意。道童。庵門首覷着。玄德公這早晚敢待來也。〔劉備云〕某離却襄陽會上。被劉琮軍將所逼。檀溪河攔路。托上天護佑。的盧馬擁身跳過檀溪之河。迷踪失路。來到鹿門山。不知去路。見一仙長。言曰南臥龍北鳳雛。好好好。騰空而起。其神鬼難辨。天色昏晚。兀那莊兒上覓一宿。〔喚門科云〕門裏有人麼。〔龐德公云〕道童。兀的劉玄德來了也。你開門去。道有請。〔道童云〕理會的。我開這門。玄德公。俺師父有請。〔劉備云〕某來到此仙莊。不曾相會。又早知某姓字。此乃非凡也。〔做見科〕〔龐德公云〕玄德公自離新野赴襄陽。被劉琮所謀。索是驚慌來也。〔劉備云〕上告師父。劉備運拙。不幸如此。萬望尊師有何指教。何不通名顯姓咱。〔龐德公云〕貧道乃是龐德公是也。在此鹿門山養拙。玄德公。你也有緣。今晚到此庵中。〔劉備云〕師父。劉備到此山中。遇着箇師父。言說南臥龍北鳳雛。某問其姓字。言稱道好好好。騰空而起不見了。未知是神是鬼。〔龐德公云〕玄德公。此人覆姓司馬。名徽。字德操。乃是好好先生。〔劉備云〕師父。可憐劉備孤窮。有何道德仙法指教。〔龐德公云〕玄德公。俺這江夏有二人。南有臥龍。北有鳳雛。此二人時運未到。貧道先與你一子。寇封安在。〔寇封上云〕小將有。〔見科〕〔龐德公云〕寇封與玄德公相見。玄德公將此寇封與你爲子。拜了玄德公者。〔寇封云〕理會的。〔做拜科〕〔劉備云〕劉備孤窮。未知何日發達。感承尊師厚德也。〔龐德公云〕貧道與你舉一人若何。〔劉備云〕師父。此人在何處。〔龐德公云〕此人他是這穎川獨樹村人氏。姓徐名庶。字元直。〔劉備云〕師父。此人比這臥龍鳳雛若何。〔龐德公云〕此人不在臥龍鳳雛之下。〔劉備云〕多謝吾師指教。天色

明也。劉備回去也。劉封跟着我回新野樊城去來。征戰用英雄。今日得劉封。未投徐元直。先遇龐德公。〔同
劉封下〕〔龐德公云〕道童。劉玄德去了也。〔道童云〕劉玄德去了也。〔龐德公云〕劉玄德先訪徐庶。然後
孔明。此二人少不的都在於玄德公麾下。貧道遊山翫水。走一遭去。他各處疆土掌威權。玄德人和號四川。
五十四州雄壯地。四十三載太平年。〔同下〕〔卜兒同正末道童上〕〔卜兒云〕甘心守志樂清貧。教子攻書
講道經。侍母安居隨緣過。山村數載受辛勤。老身姓陳。夫主姓徐。穎川獨樹村人也。止遺下此子徐庶。字元
直。學通文武。習就大才。不肯進取功名。脩行辦道。侍養老身。孩兒也。功名當緊。可以竭力盡忠也。〔正末云〕
母親。您兒多虧母親嚴教。您兒要盡忠不能盡孝。盡孝不能盡忠也。〔卜兒云〕孩兒也。似這等呵不悞了你
功名。〔正末云〕你孩兒則要侍奉萱親。脩真養性。可不道父母在堂。不可遠遊。遊必有方。〔卜兒云〕孩兒也。
你則待遊山翫水。辦道脩行。侍奉老身。幾時是你那發達崢嶸之日也。〔正末云〕道童。門首覷者。看有甚麼
人來。〔道童云〕理會的。〔趙雲上云〕自小會將武藝攻。幼年販馬走西戎。四海英雄聞我怕。則我是真定常
山趙子龍。某乃趙雲是也。奉俺玄德公將令。着某請徐元直。拜為軍師。與曹操兩家廝殺。問人來則這箇莊
院便是。小校接了馬者。道童報復去。道有玄德公手下趙雲特來相訪。〔道童云〕師父。門首有玄德公手下
趙雲。在於門首。〔卜兒云〕孩兒也。是何方來的將軍。〔正末云〕母親。這趙雲是劉玄德手將。〔卜兒云〕孩兒
也。有賓客至。我且迴避。〔虛下〕〔正末云〕道童有請。〔道童云〕將軍。俺師父有請。〔趙雲做見科〕〔正末云〕
將軍貴脚來踏賤地。將軍請坐。〔趙雲云〕趙雲久聞尊師道德無窮。今日幸遇。實乃趙雲萬幸也。〔正末云〕
將軍為何到此。〔卜老兒上打聽科云〕老身聽他那裏來的將軍。說甚麼。〔趙雲云〕師父。小將奉俺玄德公
將令。聞知師父有經濟之才。伊呂之能。特請下山。拜為軍師。師父意下若何。〔正末云〕將軍。貧道是一閑人。
並不知兵甲之書。〔趙雲云〕俺玄德公久聞師父深通兵書。廣覽戰策。遣趙雲特請師父來。〔正末云〕是何
人舉薦貧道。〔趙雲云〕俺玄德公遇好好先生與龐德公。舉薦師父來。〔正末云〕是司馬徽道號好好先生。
他與龐德公諸葛亮龐士元崔州平石廣元孟光威。俺是這江夏八俊。〔趙雲云〕師父有神鬼不測之機。安
邦調兵之策。師父可憐。下山走一遭去。〔正末云〕 將軍不知。貧道幼年間脩行辦道。並然不知兵甲之書。

〔趙雲云〕師父。俺玄德公寬仁厚德。乃漢景帝十七代玄孫。中山靖王劉勝之後。可憐兵微將寡。下山走一遭去。〔正末云〕將軍言稱道。看漢室之面。救蒼生之急。將軍貧道實有此心。爭柰我有老母在堂。可不道父母在不遠遊。遊必有方。〔卜兒上見科云〕徐庶孩兒。你說的差了也。想玄德公是漢之宗親。我多聽的人說寬仁厚德。既然主公遣子龍將軍請你。你怎生言稱道有老母在堂。孩兒也你休為我悞了你一世兒清名。孩兒也你休顧我。則顧你。〔趙雲云〕呀呀呀。老母言者當也。師父可不道順父母顏情。呼為大孝。既老母又這般說。怎生請師父。若到新野。那其間着人來可取老母到新野。同享富貴。有何不可。〔正末云〕罷罷罷。既然母親着徐庶去。道童收拾行李。則今日辭別了老母。便索長行。〔卜兒云〕孩兒也。你這一去。則要你盡心竭力扶助玄德公。〔趙雲云〕老母放心。我到的新野。便來取老母。〔正末唱〕

【仙呂賞花時】我本待要養性修真避世塵。今日箇厚禮卑辭徵聘緊。我則待奉甘旨侍萱親。〔趙雲云〕師父此一去。俺主公必然重用師父也。〔正末唱〕誰羨您高官極品。〔卜兒云〕孩兒也用心者。〔正末云〕母親你放心也。〔唱〕你看我扶社稷可兀的立乾坤。〔同下〕

〔卜兒云〕孩兒去了也。眼望旌節旗。耳聽好消息。〔下〕

第三折

〔曹操引卒子上云〕善變風雲曉六韜。率師選將用英豪。旗旛輕捲征塵退。馬到時間勝鼓敲。某姓曹名操。字孟德。沛國譙郡人也。幼而習文。長而習武。文通三略。武解六韜。自破四大寇呂布之後。累建奇功。謝聖人可憐。加某為左丞相之職。某手下雄兵百萬。戰將千員。頗柰劉關張無禮。自破呂布之後。在聖人跟前。保舉他為官。他不伏某調。私出許都。奪了徐州。某拜夏侯惇為前部先鋒。戰劉關張在徐州失散。某領雲長到於許都。加為壽亭侯之職。不想雲長不辭而去。在於古城聚會。我差蔡陽擒拿關雲長。不想雲長斬了蔡陽。今有劉關張在新野樊城屯軍。更待干罷。我今喚將曹仁曹章來。擒拿劉關張去。小校與某喚將曹仁曹章來。

〔卒子云〕理會的。二位將軍。元帥呼喚。〔曹仁上云〕幼小曾將武藝習。南征北討要相持。臨軍望塵知地數。

對壘嗔士識兵機。某乃曹仁是也。我善曉兵書。深通戰策。每回臨陣。無不幹功。正在演武場中操兵練士。父親呼喚。不知有甚事。須索走一遭去。報復去道有曹仁來了也。(卒子云)喏。報的元帥得知。有曹仁來了也。(曹操云)着他過來。(卒子云)過去。(見科)(曹仁云)父親。喚您孩兒那裏使用。(曹操云)喚你來有事商議。你且一壁廂有者。與某喚將曹章來。(淨扮曹章上云)某乃是曹章。身凜貌堂堂。廝殺全不濟。則喫條兒糖。某曹章是也。某深知趙錢孫李。我會收得蔣沈韓楊。三軍大敗。金魏陶姜若還拿住。皮卞齊康。某正在空地上學打觔斗。有父親呼喚。須索走一遭去。報復去道有曹章來了。(卒子報云)喏。有曹章來了也。(曹操云)着他過來。(卒子云)過去。(曹章云)父親。喚曹章有甚事。哥哥曹仁也在此。(曹操云)您二人近前來。今有劉關張在於新野樊城。借起軍來。要與某交鋒。曹仁。我撥與你十萬軍。你為元戎。曹章前部先鋒。則今日點就雄兵。便索長行。則要成功。您小心在意者。然後某領大軍接應你也。軍隨印轉。分直正。罪若當刑先言定。在朝伱俁天子宣。莫違閫外將軍令。(曹仁云)某奉俺父親將令。今有劉關張弟兄三人。在於新野屯軍。要與俺相持廝殺。撥與某十萬雄兵。某為大帥元戎之職。兄弟曹章為前部先鋒。則今日點就軍校。與劉關張相持廝殺。走一遭去。大小三軍。聽吾將令。三通鼓罷。拔寨起營。大將軍專聽嚴號令。能征將披甲便長行。吹毛劍打磨雙刃快。出白槍勾引月華明。夾鋼斧起處魂飄蕩。狼牙棒落處揭天靈。坐的是七重金頂蓮花帳。更壓着周亞夫屯軍細柳營。(下)(曹章云)曹仁去了也。我點就下本部軍馬。與雲長相持廝殺。走一遭去。今朝一日統戈矛。料想雲長折一籌。隨他身長九尺二。睜開聰將單鳳眸。三軍見了都害怕。若是着刀鮮血流。輪起刀來望我脖子砍。不慌不忙縮了頭。(下)(劉備同關末張飛趙雲上云)(劉備云)某乃劉玄德。自到荊州。借了新野樊城。暫且屯軍。某遣趙雲請下徐庶師父來。今日是吉日良辰。就拜為元戎。安排酒餚。衆將跟隨着某去。直至元帥府。慶賀元戎走一遭去。(同下)(正末同劉備關末張末趙末龔固劉封簡雍糜竺糜芳上)(劉備云)今日是吉日良辰。拜師父為元戎。今日大小衆將。都來拜見師父。(正末云)量徐庶有何德能。受主公如此重禮。(劉備云)師父。可憐劉備身無所居。被曹操所逼。在新野暫時屯軍。聞知師父窮經五典。善曉三綱。懷揣日月。袖褪乾坤。呼風喚雨。軍兵敗。師父那神機妙策破曹公。(正末云)不才徐庶。我不求聞達。不望功名。我守清貧脩真養性。侍老母孝養晨昏。因元帥寬仁厚德。爲漢室徵聘賢人。今日我居帥府運籌帷幄。做元戎領將驅兵。你看我掃十萬里征塵。寧靜保四百年錦繡乾坤。想昔日漢祖興隆。掃蕩羣雄。肅清海內。投至到今日。非同容易也呵。〔唱〕

【中呂粉蝶兒】想當日楚漢爭持。任賢能四方雲會。掃羣雄定亂除危。投至得滅了強秦。除了壯楚。纔把那生民普濟。若不是漢三傑盡力扶持。怎能彀展封疆肅清海內。

【醉春風】韓元帥憑韜略定乾坤。蕭丞相用機謀安社稷。張子房運機籌帷幄看兵書將沛公扶立起。起。纔能彀漢室興隆子孫永享保護着萬年千歲。

〔劉備云〕方今時世。多有英雄豪傑。師父試說一遍咱。〔正末云〕主公。想如今英雄強霸。各據疆土。河北袁紹。淮南袁術。荊州劉表。江東孫權。許都曹操。統領百萬之衆。虎視天下諸侯。主公乃漢之宗親。爭柰兵微將寡。咱且按兵自守。訪謁賢俊。廣結英豪。久後還有輔佐主公的人物出來哩。〔劉備云〕師父。想劉備被曹操攻破徐州。今經數載。身無所居之地。今日劉備幸遇尊師之面。請將師父來拜爲元戎。覷曹操易如翻掌。剋日而破。指日成功。〔正末唱〕

【紅繡鞋】可主公道是數載無有安身之地。柰時間將少兵微。你則去訪覓英賢可便厮扶持。〔劉備云〕據師父才不在他人之下。〔正末唱〕人事順賢人出。天心祐氣相齊。那其間會風雲安社稷。

〔做起風科〕〔正末云〕主公。你見這陣風麼。〔劉備云〕師父。此一陣風。主何凶吉。〔正末云〕這一陣風。不按和炎金朔。是一陣信風。單主着今日午時候。必有軍情事至也。〔劉備云〕二兄弟。轅門首覷者。若有軍情報復某知道。〔關末云〕理會的。在此轅門首等候。看有甚麼人來。〔許褚上云〕膽量雄威氣勢豪。會習武藝學不高。能行戰馬上不去。整整的騙到四十遭。某乃曹丞相手下九牛許褚是也。奉着俺丞相將令。去新野樊城劉備麾下下戰書去。可早來到也。下的這馬來。〔做見科〕〔關末云〕那裏來的。〔許褚云〕二哥。你不認的。我是曹丞相手下九牛許褚。着我下戰書來。〔關末云〕將書來。〔見科云〕師父。有許褚來下戰書。〔看書科〕

〔正末云〕曹丞相命曹仁爲帥。曹章爲前部先鋒。領十萬雄兵。前來討戰。道童。你與我將過那筆來。背批四字。選日交鋒。放的那下戰書的去。〔許褚云〕我出的這門來。我見了關二叔了也。下了戰書。也不敢久停久住。我回曹丞相話。走一遭去。〔下〕〔劉備云〕師父。曹操差他手下一將。乃是許褚。下將戰書來。不知他那戰書上寫着甚麼哩。〔正末云〕您衆將靠前來。恰纔那曹丞相差九牛許褚。下將戰書來。命他手下大將曹仁爲帥。曹章爲前部先鋒。領他手下十萬雄兵。來攻新野。〔劉備云〕師父。爭柰劉備手下。兵不滿萬餘。他那裏雄兵百萬。戰將千員。命曹仁爲將。要與俺相持廝殺。我這裏怎生與他拒敵。〔正末云〕俺這裏兵不滿萬餘兵。書道。寡不敵衆。若是有力呵力戰。若無力呵。可以智取。張飛安在。〔張飛云〕 師父呼喚張飛來。有何將令。〔正末云〕今有曹操令許褚下將戰書來。要相持廝殺。我撥與你三千軍馬。你爲前部先鋒。你聽我計者。

〔唱〕

【上小樓】他倚仗着他兵雄將威。你看我便謀爲定計。則要你便敢戰當先。手內長槍。跨下的烏騅。則要你顯氣勢敢拒敵。施逞你那武藝。〔帶云〕這一去。則要你小心在意者。〔唱〕將他那敗殘軍片時間殺退。

〔張飛云〕得令。出的這師府門來。我領了這三千人馬。與曹仁相持去。豹頭環眼逞搊搜。人似猛虎馬如虬。拏住曹章親殺壞。報了徐州失散讐。〔下〕〔正末云〕喚將麋竺麋芳劉封三將近前。撥與你一千軍。你左哨行。曹兵若亂了往後退。你左哨軍殺進去。看計行兵。〔唱〕

【幺篇】左哨軍編排整齊。則要您公心用意。你與我便領將埋伏。遠觀輸贏。近看虛實。你這三將的威各自得。施謀用智。你與我便統三軍緊衝他左肋。

〔劉封云〕得令。俺弟兄三人。領着師父的將令。便索與曹仁交鋒。走一遭去。奉令驅兵顯威風。人似蒼蛟馬若熊。三將赤心扶社稷。活捉曹仁建一功。(同下)(正末云)喚鞏固簡憲和來者。(鞏固云)師父。喚俺二將那裏使用。(正末云)我撥與你一千軍。你往右哨截殺看計行兵。(唱)

【白鶴子】你行右哨排隊伍。戰曹將逞雄威。則你大桿刀帶肩釤。則你這宣花斧着他天靈碎。

(鞏固云)得令。俺弟兄二人。出的這帥府門來。與曹仁交鋒。走一遭去。臨軍對陣把名揚。挾人拿將我爲強。敵兵一見魂先喪。敢勇交鋒戰一場。(同下)(正末云)喚將趙雲來。(趙雲云)師父。喚趙雲那裏使用。(正末云)趙雲。我撥與你一千軍。你先去放過曹兵來。你將許都路上埋伏了。你那一千軍。等着張飛先鋒殺退曹兵。埋伏着軍兵。趕殺曹兵。你在前路上截住曹兵。可則要你成功而回也。(唱)

【十二月】我將這三軍可便指揮。則你這衆將要心齊。全憑着這先鋒翼德。端的他武藝爲魁。左右哨埋伏着准備。差你箇趙子龍追襲。

(關末云)軍師。關某領兵前往那裏埋伏。(正末唱)

【堯民歌】呀。哎你箇雲長英勇有誰及。你與我領將驅兵列旌旗。將千員勇猛似雲齊。我這裏砲響連天若轟雷。殺的他輸也波虧。身無片甲回。他可便豈知俺這神仙計。

(趙雲云)得令。某出的這帥府門來。統領一千軍。與曹仁相持廝殺。走一遭去。牙角長槍爭世界。皮楞金鐧立江山。百萬軍中施英勇。殺退曹兵透膽寒。(下)(關末云)大小三軍。聽我將令。今奉軍師將令。統領一千雄兵。直至許都路上。等候曹兵。擒拿賊將。走一遭去。排兵布陣顯雄威。左右編成隊伍齊。擂鼓奪旗千般勇。三停刀上血光飛。(下)(劉備云)衆將都去了也。憑師父神機妙策。必然建功也。(正末云)衆將各領兵都去了也。主公。此一陣我殺曹操膽寒。到來日高峯嶺上。我看您衆將與曹仁交鋒。主公領一千軍。緊守新野。(唱)

【尾聲】到來日遇交鋒催戰鼓。助軍威發喊齊。你看我則一陣着他那十

萬曹兵退。恁時節得勝收軍那一場喜。〔下〕

楔子

〔曹仁曹章領卒子上云〕某乃曹仁是也。兄弟曹章。奉俺丞相將令。擒拿劉關張。來到這新野樊城。遠遠的塵土起處。必然是劉備家軍來也。〔張飛上云〕某乃張飛是也。領着三千軍馬。與曹兵相持廝殺走一遭去。來者何人。〔曹仁云〕某乃曹丞相手下大漢曹仁是也。來者何人。〔張飛云〕某乃張飛是也。量你何足道哉。操鼓來。某與你交戰。〔調陣子一遭科〕〔劉封領糜竺糜芳上云〕某乃劉封。兩箇兄弟糜竺糜芳。統領三軍。擒拏曹仁曹章。大小三軍。擺布的嚴整者。兀的不是張飛。俺一齊殺將去。〔四將做混戰科〕〔曹仁云〕曹章。俺近不的他。不中。倒回干戈與你走。〔敗下〕〔張飛云〕曹仁曹章輸了也。不問那裏。趕將去。〔同下〕〔鞏固簡雍同上〕〔鞏固云〕某乃鞏固是也。在此許都路上。等待曹兵。塵土起處。敢待來也。〔曹章上云〕某乃曹章是也。某與劉關張廝殺。被趙雲衝開陣勢。將曹仁趕的不知那裏去了。怎生是好。兀的那前頭又有軍馬來了。〔做見正末關末科〕〔關末云〕兀的不是曹章。小校與我拿住者。師父。拿住曹章也。〔正末云〕與我下在檻車中。去主公跟前獻功去來。〔唱〕

【仙呂賞花時】他不合剔蝎撩蜂尋鬪爭。我這裏布網張羅打大蟲。俺這裏軍士猛將英雄。我將他生擒在陣中。這的是我初交戰可兀的建頭功。

〔衆將同下〕

第四折

〔劉備引卒子上云〕歡來不似今朝。喜來那逢今日。誰想徐庶師父。果有神機妙策破曹兵。今日班師回程也。安排下筵席。等待師父。小校轅門首覷者。若來時。報復我知道。〔正末上云〕貧道徐庶是也。被某則一陣。大敗曹仁。生擒斬首。這一場交戰不同小可也。〔唱〕

【雙調新水令】統堂堂軍校出襄陽。勝軍回凱歌齊唱。旗搖龍日色。鼓凱撼空蒼。明晃晃劍戟刀槍。殺的那敗殘將五魂喪。

〔云〕可早來到也。接了馬者。報復去。道有元戎下馬也。〔卒子報云〕喏。元戎下馬也。〔劉備做接科〕有請。〔正末做見科〕〔劉備云〕有勞師父。可憐劉備孤窮。略施小智。鋪用機謀。殺曹兵十萬。片甲不回。不在管樂之下。實乃劉備萬幸也。〔正末云〕貧道托主公虎威。則一陣殺退曹兵。生擒斬首。得勝還營。〔劉備云〕師父怎生排兵布陣。妙策神機。擒拏曹仁曹章來。〔正末唱〕

【鴈兒落】他那裏領雄兵臨戰場。俺這裏先差箇先鋒將。憑着你長槍無對手。更和那烏馬難遮當。

【得勝令】呀他那裏臨陣的是曹章。俺這裏左右哨暗埋藏。那曹兵大敗輸虧走。趙子龍手持着牙角槍。他無路去潛藏。望着那山谷深林撞。正遇着雲長。恰便似英雄的楚霸王。

〔劉備云〕師父。俺這裏軍將贏了也。他那曹章在於何處。〔正末云〕殺的他十萬軍。則剩的百十騎人馬。保着曹仁去了。將他先鋒曹章。活拿將來了也。〔劉備云〕殺退曹兵。走了曹仁也。拿住先鋒曹章。執縛定。與我拿將過來。〔衆將拿曹章見劉備科〕〔劉備云〕則這箇便是曹章。刀斧手與我斬了者。〔劉備做封衆將科〕此一場交戰。殺曹兵大敗而輸。被師父用智行兵。衆將驍勇。今得勝回還。安排筵宴。慶賀軍師。犒賞衆將。可是爲何。因曹操統領戈矛。徐元直廣運機籌。劉玄德兵微將寡。他勝伊呂扶湯立周。手下將盡忠竭力。人似虎馬若蛟虬。加師父軍師之職。能征將拜將封侯。〔正末唱〕

【沽美酒】今日箇重封官恩賜賞。賀開宴飲瓊漿。則俺這將帥威風顯氣象。一箇箇英雄膽量。能挑戰漢雲長。

【太平令】趙子龍驅兵領將。張車騎烏馬長槍。將士勇人人雄壯。掃羣雄西除東蕩。今日箇宴享。衆將受賞。萬萬載皇圖興旺。

〔劉備云〕您衆將聽者。則因俺徐州失散。數年間古城聚義。再團圓。我持書遠謁荊州地。他留我赴會列華筵。則爲那次子劉琮傷咱命。王孫相引到溪邊。的盧一跳檀溪過。悞入山門見二仙。舉薦尊師多謀智。今朝

保成公徑赴澠池會雜劇

高文秀撰

楔子

〔沖末扮秦昭公領卒子上云〕先祖顓頊苗裔孫。賜姓嬴氏國爲秦。只因善御扶周主。惡來有力事於殷。某乃秦國昭公是也。先祖乃顓頊之後。自犬戎伐周。先祖襄公將兵救周。戰陣有功。周東徙洛邑。襄公以兵送。周平王封祖襄公爲諸侯。賜岐山之西地。自襄公至成公七世。乃立其祖繆公。聞楚人百里奚之賢。欲重幣贖之。恐楚不與。乃請以五羖羊皮贖之。是時百里奚年已七十餘矣。繆公與語國事。乃大悅。授之國政。號曰五羖大夫。繆公卒。葬從死者一百七十七人。秦人哀之。爲作黃鳥之詩。至繆公乃十四世。山河始固。強國六公。齊威。楚宣。魏惠。燕悼。韓哀。趙成。秦地雍州。不與中國諸侯之會盟。孝公乃惠振孤寡。招戰士。明功賞。秦國大治。自兄武王卒。立某爲公。俺秦國軍有百萬。將有千員。西接巴蜀。北控吐蕃。南連襄鄧。東有蒲坂。今天下七國皆來伏秦。惟有趙國成公不來。某久聞趙國有楚和氏玉璧。價值萬金。某心欲要求之。無計可取。今某手下有大將白起。喚他來商量怎生取索。左右。與我喚將白起來者。〔卒子云〕理會的。白起安在。〔外扮白起上云〕少年爲將領雄兵。鐵馬金戈定兩京。全憑韜略安秦地。官封護國大將軍。某秦國大將白起是也。郿郡人氏。自昭王十三年爲將。擊韓之新城。攻韓魏之伊闕。斬首二十四萬。又虜其將公孫喜。拔五城。官封武安君之職。今天下七國皆伏秦國。惟有趙國不伏。數次要領將收趙。昭公不允。今有昭公呼喚。須索走一遭去。左右報復去。有大將白起來了也。〔卒子云〕理會的。〔報科云〕喏。報的大王得知。有白起來了也。〔秦昭公云〕着他過來。〔卒子云〕理會的。着過去。〔做見科〕〔白起云〕主公呼喚白起。有何軍國之事商議。〔秦昭公云〕將軍。今天下七國。皆伏於秦。惟有趙成公不伏俺秦國。今請你來商議。〔白起云〕大王。此事小哉。俺秦國軍有百萬。將有千員。若起兵與趙交鋒。必然擒拏了趙成公。定了趙地也。〔秦昭公云〕白起。想趙國多有英雄。倘若與他交鋒。若俺軍不利。枉惹各國恥笑。趙國廉頗好生英勇。俺不當起兵。則可以智取也。〔白起云〕大王。趙國既有廉頗大將。俺怎生智取也。〔秦昭公云〕白起。某久聞趙國有無瑕玉璧。價值萬金。喒

這裏差一使命。直至趙國。索取玉璧。與他十五座連城換取。若趙成公見說十五座連城。必送玉璧前來。俺
收其玉璧。不與連城。玉璧秦國有之。他若不送將玉璧來時。俺秦國起大勢軍馬。問罪興師。擒拏成公。此計
如何。〔白起云〕大王此計大妙。若送玉璧到於秦邦。不放其人還國。其實秦國收之。若無玉璧。某統大勢雄
兵。將趙國踏為平地。則今日便差使命往趙國走一遭去。〔秦昭公云〕白起。就差使命。則今日便去取索玉
璧。若來時。報復我知道。則為這無瑕玉璧有光瑩。差使命火速離京。若送入秦邦境界。我看他休指望十五
座連城。〔下〕〔白起云〕則今日差使命趙國取玉璧去了。此一去若有了玉璧。萬事罷論。若不與呵。某統大
勢秦兵。活拏成公。方稱某平生之願。秦將英雄誰可當。今差使命出咸陽。不將玉璧親身到。活拏廉頗劍下
亡。〔下〕〔外扮趙成公領卒子上云〕晉地三分出祖襄。為因智伯定興亡。程嬰立孤心存趙。至今萬古把名
揚。某乃趙成公是也。自祖襄公三分晉地。都於邯鄲。祖遂胡服招騎射。二十年。祖略中山地。至寧葭。西略胡
地。至榆中林。胡王獻馬。二十一年。攻中山。獻四邑。今天下七國爭雄。五國皆伏於秦。惟有趙國不從於秦。久
聞秦國白起。要起秦兵。與趙交鋒。奈俺趙國有老將廉頗。十分英勇。秦不敢與兵。皆懼此人也。今日某在邯
鄲觀書。左右那裏。門首覷者。若有人來時。報復我知道。〔卒子云〕理會的。〔外扮使命上云〕奉命離京出帝
都。驅馳鞍馬又當途。只因玉璧親臨趙。弧矢之間顯丈夫。小官乃秦國使命是也。奉昭公之命。親齎書呈直
至趙國索取玉璧。說話中間。可早來到邯鄲也。小校報復去。有秦國使命在於門首。〔卒子云〕理會的。〔報
科云〕喏。報的主公得知。有秦國使命至此也。〔趙成公云〕着他過來。〔卒子云〕理會的。過去。〔秦使命做
見科〕〔趙成公云〕兀那使命。你此一來。有何公幹。〔使命云〕上告大王知道。今奉昭公之命。聞知趙國有
無瑕玉璧。價值萬金。俺主公敬奉十五座連城。換取玉璧。若大王允諾。可遣人送玉璧至秦。換取連城。以結
兩國之好。如若不從。兩國干戈必起。伏望大王台鑑不錯。〔趙成公云〕兀那使命。你且回本國。某與臣宰商
議。然後自有箇主意。〔使命云〕大王。小官告回。望大王早遣人來。則今日小官便回秦國去也。只因這趙國
玉璧號無瑕。故教兩處起爭差。今乘驛馬回京兆。休辭海角與天涯。〔下〕〔趙成公云〕秦國使命去了也。小
校。與我喚將大將廉頗來者。我與他商議玉璧之事。〔卒子云〕理會的。廉將軍安在。主公呼喚。〔廉頗上云〕

幼年爲將定邯鄲。英雄赳赳展江山。伐齊曾破登萊路。威鎮秦齊燕與韓。某乃趙國大將廉頗是也。爲某大破齊兵。官拜上卿之職。今有成公呼喚。不知有何事。須索走一遭去。可早來到也。小校報復去。道有廉頗來了也。〔卒子云〕理會的。〔報科云〕喏。報的主公得知。有廉頗來了也。〔趙成公云〕着他過來。〔卒子云〕理會的。過去。〔做見科〕〔廉頗云〕大王呼喚廉頗。有何事幹。〔趙成公云〕將軍。喚你來不爲別。今有秦昭公差一使命。持書前來。索取無瑕玉璧。願以十五座連城償之。故請老將軍商量此事也。〔廉頗云〕大王。此一事其中有詐。倘若將玉璧送到秦邦。若昭公不與城池。可不自送了玉寶。又不與城池。枉惹鄰邦恥笑。願大王思之。〔趙成公云〕老將軍。若俺不送玉璧去時。秦國若領兵前來。俺可怎了也。〔廉頗云〕大王。自古道兵來將迎。水來土堰。他若領兵前來。俺這裏領兵與他交鋒。若戰敵不勝呵。再做箇擺布。〔趙成公云〕將軍。豈不聞三思而後行。再思而可矣。左右。與我喚將中大夫藺相如來者。〔卒子云〕理會的。藺相如安在。〔正末上云〕小官乃趙國中大夫藺相如是也。方今七國之分。乃秦齊燕趙韓楚魏。某輔佐趙成公。建國於邯鄲。七國諸侯。內有強秦。壯楚。雄燕。大齊。今有秦國數次征伐俺鄰邦。奈俺趙國武有廉頗。文有小官藺相如。以此不會得俺半根折箭。今日主公呼喚。不知有甚事。須索走一遭去。可早來到也。報復去。道有藺相如來了也。〔卒子云〕 理會的。〔報科云〕喏。報的主公得知。有藺相如來了也。〔趙成公云〕着他過來。〔卒子云〕理會的。過去。〔做見科〕〔正末云〕主公呼喚小官有何事。〔趙成公云〕大夫。喚你來不爲別。今有秦國差一使命前來。索取無瑕玉璧。與喒十五座連城換之。故請你文武二人商議此事。〔正末云〕據着主公心裏。這玉璧可是與他也不與他。〔趙成公云〕我想來。喒將玉璧送與他。他必然償與喒十五座連城。他若不與俺城時。喒再做箇計較。〔正末云〕廉將軍。據你意下如何。〔廉頗云〕據着我說。玉璧不當與他。倘有失錯。悔之晚矣。〔正末云〕 將軍此言。說的差了也。〔廉頗云〕我怎生說的差了。若見玉璧不去呵。他必然來征伐俺趙國。老夫統領趙國精兵。與秦決勝敗。未知誰贏誰輸。再做商量。〔正末云〕 將軍。可不道一日干戈動。十年不太平。〔趙成公云〕大夫。俺若將玉璧送與他。他若還不肯償城。喒怎生再得這玉寶。〔正末云〕主公。如今秦昭公要俺這無瑕玉璧。他以十五座連城換此玉璧。他豈有真心。他以城求璧而不與。曲在我矣。與之璧而不與我城。則曲在秦矣。主公。小臣藺相如雖然不才。我願奉璧而往。如若秦公無意償城。則臣請完璧而歸。我主意下如何。〔趙成公云〕大夫想昭公兵有百萬將有千員你若到秦境。他收了玉寶。將你拘在咸陽。人不能歸趙。寶不能回國。那其間則怕你悔之晚矣。〔廉頗云〕大夫你言者不當。秦乃虎狼之國。兵多將廣。馬壯人強。有併吞六國之心。想當日六國強兵交鋒於函谷。皆大敗而回。何況你懦弱之人。不習兵甲之事。你若到秦邦。必然失寶喪命。那其間枉惹英雄恥笑。〔正末云〕將軍息怒。如秦國不與連城。小官不完璧而歸。對着主公衆官在此。小官永不還趙國。〔趙成公云〕大夫。玉璧價值萬金。非同小可。則要你小心在意者。〔廉頗云〕相如。你若還這一去失了無瑕玉璧。因你在咸陽城內。休想俺趙國起兵來救你。〔正末云〕將軍放心也。〔唱〕

【正宮端正好】何須你列槍刀。排隊伍。成和敗。全在相如。〔廉頗云〕大夫。你此一去敢有去的路兒無那回來的路兒。〔正末唱〕元帥怕有去路道我無回路。他將我廝小覷忒欺負。則今日離趙國踐程途。他若是懷奸詐我可便使機謀。〔趙成公云〕大夫則要你疾去早來。小心在意者。〔正末云〕主公放心也。〔唱〕我手裏怎肯道甘獻與他這荊山玉。〔下〕

〔廉頗云〕主公。相如去了也。他這一去。捨命喪身之路。玉璧不能回國。相如必然久困於秦。教鄰邦恥笑也。〔趙成公云〕將軍。相如此一去。勝負未知。他若是不得秦城。完璧回國。那其間我將他重重加官賜賞。未爲晚矣。則爲這昭公使計用心機。故教兩國起相持。你若是完璧償城得兩便。那其間封官賜賞把名題。〔下〕

第一折

〔秦昭公領卒子上云〕自古長安地。周秦古雍州。三川花似錦。八水永長流。華夷圖上看。陝右最爲頭。某乃秦昭公是也。自從前者差使命去趙國。索取無瑕玉寶去了。有使命回國。言說成公差人送來。換取十五座連城。某索玉璧。豈肯將連城換取。若將玉寶送到。某收於麾下。將來人囚於城中。玉寶得之。連城不與。方稱我平生之願。左右那裏。門首覷者。趙國使命來時。報復我知道。〔正末領親隨上云〕〔正末云〕小官藺相如。自

離趙國。領着親隨。將着玉璧。來至秦邦。我想秦昭公這一番要這玉璧。他則是明欺趙國無人也。〔親隨云〕
大夫。想秦國昭公奸詐。白起英雄。大夫這一遭不當爲使。獨入秦邦。則怕俺遭秦之困麼。〔正末云〕你不知。
某在主公跟前。說了大言。這一遭入秦爲使。也非同小可。則爲救蒼生之苦也。〔唱〕
【仙呂點絳唇】則恐怕士馬相殘。庶民塗炭。怎敢道違程限。人生於天地
之間。播一箇淸史內名揚讚。
【混江龍】這一埸也不用軍卒百萬。〔親隨云〕大夫。嗒則是單人獨馬到秦國。憑着甚麼武
藝得玉寶回國也。〔正末唱〕憑着我唇槍舌劍定江山。見如今河淸海晏。黎庶寬
安。出口誇言離趙國。鋪謀定計入潼關。因此上乘駿馬。跨雕鞍。披星月。冒
風寒。完玉璧。要回還。解了那麒麟殿上趙公憂。更和這虎狼叢裏英雄漢。
也不望封官賜賞。則願的人馬平安。
〔親隨云〕大夫。想無瑕玉璧。是俺趙國之寶。秦國又不知道。因何將此無瑕之寶。自送於秦國。嗒 止是自招
其禍也。〔正末云〕你不知道。聽我說與你。〔唱〕
【油葫蘆】想當日文武羣臣列兩班。玉堦前仰聖顏。則聽得秦邦使命到
邯鄲。要無瑕玉璧相覷看。他可便許連城換易成虛誕。〔親隨云〕大夫。既然秦國
將十五座連城。換此玉璧。便送來也不虧俺趙國。〔正末唱〕他要玉璧容易取。與連城呵恐
作難。他將俺鄰邦欺壓相輕慢。俺若是起征戰在霎時間。
【天下樂】則爲這兩國干戈若動煩。數十載難也波安。那其間悔後晚。則
這箇藺相如正直非占奸。我言詞有定准。無轉關。我可便定興亡在這番。
〔親隨云〕大夫。旬日之間。到於秦邦也。〔正末云〕早來至府門首也。報復去。道有趙國中大夫藺相如在於
門首。〔卒子云〕理會的。〔報科云〕喏。報的大王知道。有趙國中大夫藺相如。在於府門首。〔秦昭公云〕有藺
相如來了。着他過來。〔卒子云〕理會的。中大夫。大王着你過去。〔親隨云〕大夫過去。親隨在於何處。〔正末

云〕你則在門首。我自過去。〔正末做見科〕〔秦昭公云〕趙國使命。官居何職。爲何至於秦邦。〔正末云〕小官趙國中大夫藺相如。奉趙國命差小官奉玉璧入秦。〔秦昭公云〕既然成公差你送玉璧入秦。今玉璧在於那裏。〔正末云〕玉璧見在此。請公子觀看。〔秦昭公云〕將玉璧來我試看咱。〔做看科云〕是好玉璧也。這玉璧當初您趙國怎生得來。〔正末云〕公子。這玉璧當初本不在趙國生。乃楚國荊山出此玉。有一人乃是卞和。得此玉進於楚公。楚公不識。次後卞和三進。楚公纔知是玉。後來落在俺趙國。〔秦昭公云〕原來此玉不爲真寶。也則如此出產。這玉再有甚麼奇妙。卞和因何知道他是無瑕玉璧也。〔正末唱〕

【金盞兒】這玉出荊山。長荊山。卞和爲此可便遭危難。自離了楚國到邯鄲。看承的如氣命。愛惜似心肝。〔秦昭公云〕量此玉非爲大寶不爲罕哉。〔正末唱〕您若將容易得便做等閑看。

〔秦昭公云〕左右那裏。與我叫將白起將軍來。〔卒子云〕理會的。白將軍安在。〔白起上云〕某乃秦國大將白起是也。正在教場操軍。小軍來報有趙國使命至此。主公呼喚。必然是趙國使人送玉璧前來。我須索走一遭去。可早來到府門首也。小校報與大王知道。有白起來了也。〔卒子云〕理會的。〔報科云〕喏。報的大王得知。有白起將軍在於門首。〔秦昭公云〕着他過來。〔卒子云〕理會的。過去。〔做見科〕〔白起云〕大王呼喚白起有何事。〔秦昭公云〕白起。喚你來不爲別。今有趙國差中大夫藺相如。送將玉璧來。喚你來觀看。〔白起做背與秦公云〕大王放心。他這一送這玉璧來。趙成公有懼秦之心。故使人送來。他想換十五座連城。難之又難哩。我如今將這無瑕玉。則說不爲真寶。看他將甚麼言語回大王。〔秦昭公云〕白起。正是如此。你心與我皆同。〔白起云〕大夫鞍馬上勞神。將玉璧來。某試看咱。〔做見科云〕我道是甚麼無瑕玉寶。價值十五座連城。原來此寶白石而已。虛得其名。非爲寶也。〔正末背云〕則除是您的。公子此非真寶也。〔秦昭公云〕既然無瑕玉璧不是真寶。世上何爲真寶。〔正末云〕公子豈不聞國之忠良。乃世之大寶。這玉呵。〔唱〕

【醉扶歸】饑不可爲糧飯。凍不可禦風寒。〔秦昭公云〕你說這玉不是大寶。可怎生上下無瑕。一色光潤。內外瑩然。真乃世之寶也。〔正末唱〕便做道溫潤光輝有甚罕見。如今惹禍招災患。無紋藻那能入眼。他端的費雕琢難磨渲。〔白起云〕大王。此人言語之間。是箇足智多謀之人。你問他想上古何爲大寶。〔秦昭公云〕兀那大夫。這玉璧不是眞寶。自上古至今。何爲至寶。你試說一遍咱。〔正末云〕公子。自古及今有幾箇國之大寶也。〔秦昭公云〕是那幾箇國之大寶。你試說我試聽咱。〔正末唱〕

【河西後庭花】一個湯伊尹除佞奸。一箇姜太公伐暴殘。有一箇孝子周公旦。一箇忠臣殷比干。〔秦昭公云〕我道你說甚麼大寶。你可將上古名人比並。你在我跟前攀今攀古。〔正末唱〕非是我古今攀。他都是後人楷範。你看的這無瑕玉似等閑。

〔白起云〕大王。你如今和趙國大夫說。教他且回驛亭中安下。留下玉璧再做商量也。〔秦昭公云〕大夫。今日天色已晚也。將玉璧留在某府中。你且回驛中安下。到來日再做道理。〔正末云〕住者。公子。這玉璧此一來呵。便留下秦國也。當此一日。公子差使命至趙國。言說秦國以十五座連城換此玉璧。今小官奉璧至此。公子所言玉璧非貴。如今小官將此玉璧。且回驛亭中。到來日聚集文武。小官對着文武。獻此玉璧也。顯的俺趙公敬公子之心。等公子與衆將計議停當了。公子先進這十五座連城圖樣。小官將去。可也顯的公子不失信與趙公也。〔白起云〕主公。他也說的是。〔做背科云〕他既入到我秦邦。他便插翅也飛不出這潼關去。你且教他將玉璧回驛亭中去。〔秦昭公云〕大夫。今日你將玉璧且回驛亭中安下。明日與衆官商議。可來取此玉寶。〔正末云〕小官且回驛亭中去也。〔正末做出門見親隨科〕〔親隨云〕大夫。玉寶安在。喒怎能勾回國去。〔正末云〕玉寶在此。親隨。將玉寶收的好者。喒今夜便出秦關。暗轉間道回趙國去也。〔唱〕

【尾聲】且歸到驛亭中。疾便把程途盼。便蕩過黃河退灘。一路上慇懃休怠慢。早回還教公子開顏。語言間。別有機關。我若是有差錯有輸虧誓不還。他必然令人追趕。我若出的潼關一難。你看我不分星夜到邯鄲。〔下〕

〔秦昭公云〕白起。既然趙國相如將玉璧歸驛亭中安下。明日晝與他城子圖樣。留下相如。永不能勾還國。無瑕玉璧價千金。故使機謀用計深。休誇趙國英雄將。怎出秦邦京兆城。〔下〕〔白起云〕主公去了也。某來日畫與他箇十五座城子圖樣。留下玉璧。則不與他城子。便相如插翅也飛不出函谷關去。趙國相如膽量高。入秦爲使顯英豪。略施小計難逃命。教你目前一命喪荒郊。(下)(秦昭公領卒子上云)莫使直中直。隄防人不仁。頗奈趙國相如無禮。他推說今日畫城子圖樣。換取玉璧。此人到於驛亭。寅夜潛逃出關。將玉璧帶回本國去了。左右那裏。與我喚將白起來。(卒子云)理會的。白將軍安在。(白起上云)某大將白起。主公呼喚。須索走一遭去。可早來到也。不索報復。我自過去。(做見科)(白起云)主公呼喚白起。有何事。(秦昭公云)白起。今有趙國相如。將玉璧回於驛亭。至夜潛逃走了。似此怎生是好。(白起云)主公昨日不當將玉璧與他。今日倒教他恥笑。(秦昭公云)既然他走了。容易。你如今領三千人馬。便與我趕去。若拏將回來。我將他剉屍萬段。(白起云)主公。此人難以追趕。想相如心如曲珠。說東向西。往那裏趕他去。便拏將相如來。則是他一箇人。(秦昭公云)今日不去追趕。此寶何日得之。(白起云)臣有一計。可以擒拏趙成公。(秦昭公云)計將安在。(白起云)主公設一會於澠池。則說與趙成公會盟。他必然來赴宴。來時臣設三計。會上必擒了趙成公。覷玉璧何罕之有。(秦昭公云)將軍那三條計。試說一遍咱。(白起云)頭一計。等趙公酒酣之際。筵前擊金鐘爲號。第二計。酒筵間二將舞劍。就筵前可以成功。第三計。壁衣中暗藏甲士。擒拏成公。不出三計。趙國君臣必質於秦。主公意下如何。(秦昭公云)此計大妙。則今日就差使命。請趙成公。選日會盟於澠池。無甚事。後堂中飲酒去來。(同下)

第二折

(趙成公領卒子上云)事有足詫。物有固然。某乃趙成公是也。自從藺相如入秦國爲使。懷璧換城。去了箇月餘。音信皆無。左右門首覷者。若來時。報我知道。(卒子云)理會的。(正末上云)小官藺相如。奉公子命。着某入秦爲使。見了秦公。某見秦公無意與城。被某說過秦公。私出秦邦。這一場煞是驚懼也。(唱)

【中呂粉蝶兒】不避那千里驅馳。盡忠心與國家出力。都則爲秦昭王將諸國吞食。他許連城。換玉璧。心懷奸計。若不是片語投機。論阿諛揣情磨意。

【醉春風】我夜月離秦邦。飛星投趙國。無瑕玉寶得全歸。到大是喜。喜。他則待恣意貪饕。縱心殘暴。我則待暗施謀智。

〔云〕可早來到也。接了馬者。報復去道藺相如來了也。〔卒子云〕理會的。〔報科云〕喏。報的大王得知。有中大夫藺相如來了也。〔趙成公云〕恰纔說罷。相如果然來了也。未知玉璧若何。着他過來。〔卒子云〕理會的。大夫着過去。〔正末做見科〕〔趙成公云〕相如。你去秦國爲使。玉璧一事如何。〔正末云〕主公。小官托主公之威。到於秦國。見了昭公。秦公見小官對答如流。秦公大喜。欲要玉璧。小官見秦公無心與俺連城。被小官展轉的說過。小官暗出潼關。全璧而回。〔趙成公做喜科云〕大夫眞箇是謀如伊尹。智若傅說。全璧歸國。智過上古之賢也。〔正末云〕小官不敢。〔唱〕

【迎仙客】臣不曾調鼎鼐。又不曾理鹽梅。怎做的那濟爲楫旱爲霖伊傅比。〔趙成公云〕想昭公乃虎狼之國。與心貪圖玉璧。你完寶而還實爲難矣。〔正末唱〕我則待罷刀兵。安社稷。則要的物阜民熙。則俺這爲臣子要當竭力。

〔趙成公云〕大夫之功。深如滄海。加你爲上大夫之職。與廉頗將軍同班也。〔正末云〕小官有何功能。受如此職位也。〔趙成公云〕左右與我喚將廉頗來者。〔卒子云〕理會的。廉頗將軍安在。〔廉頗云〕某乃大將廉頗。正在教場中操軍。有主公呼喚。須索走一遭去。說話中間。可早來到也。左右報復去道有廉頗來了也。〔卒子云〕理會的。〔報科云〕喏。報的主公得知。有廉將軍來了也。〔趙成公云〕着他過來。〔卒子云〕理會的。着你過去。〔廉頗做見科云〕主公呼喚廉頗。有何事。〔趙成公云〕廉將軍。喚你來不爲別。今有中大夫相如。入秦爲使。全璧而還。今日將他封官賜賞。加他爲上大夫之職。〔廉頗云〕主公。想相如無汗馬之功。憑口舌而已。怎生封他偌大官職。臣難以與他同位。〔趙成公云〕廉將軍。豈不聞古人云。一言而可以興邦。一言可以喪邦。論相如之功。不在他人之下也。〔正末唱〕

【紅繡鞋】怎消的加官進位。怎消的廕子封妻。上卿之職位何極。高牙乘駟馬。大纛列紅衣。我這裏便謝深恩感至德。

〔外扮秦國使命上云〕小官乃秦國使命。奉昭公之命。請趙國成公。可早來到府門首也。左右報復去。有秦國使命至此。〔卒子云〕理會的。〔報科云〕喏。報的主公得知。有秦國使命至此。〔趙成公云〕着他過來。〔卒子云〕理會的。使命過去。〔做見科〕〔趙成公云〕秦國使命。你此一來有何事。〔使命云〕告的成公得知。小官奉秦昭公之命。選下吉日良辰。請趙成公澠池會盟。願早赴會。莫得推稱也。〔趙成公云〕使命某已自知道了。你回昭公話去。我隨後來也。〔使命云〕小官不敢久停久住。則今日回秦國去也。〔下〕〔趙成公云〕使命去了也。廉將軍。今秦昭公請我會盟。此事如何。〔廉頗云〕主公。此一事。乃秦昭公心生奸計。見不得玉璧。故在澠池設會。教主公赴會。就在筵間要擒拏主公。奪取玉璧。〔趙成公云〕似此怎生是好。〔廉頗云〕這一樁事。不干别人事。都是相如惹起刀兵來。〔正末云〕廉將軍。怎生是我惹起刀兵來。〔廉頗云〕秦昭公見你不肯將玉璧留下。黌夜潛逃。有此不忿之心。故設此會。要擒拏主公。怎生不是你惹起刀兵來。〔正末唱〕

【普天樂】不肯將善人推。則待把賢門閉。將忠良妬忌。於禮何爲。〔廉頗云〕相如。擬此一去送玉璧。非爲趙國。因你邀買功名。濫叨爵祿。〔正末唱〕不說那定國謀。安邦計。倒與我箇濫叨功名彌天罪。見如今賞罰權在公子操持。公子掌朝廷明似皎日。將軍傾社稷危如累卵。藺相如輔皇圖穩若磐石。〔趙成公云〕廉將軍。今日昭公既來邀請澠池會上。去好不去何如。〔廉頗云〕主公。想昭公心生奸詐。故設此會。智賺主公。不可赴會。不如起大勢雄兵。與他對敵。〔正末云〕主公不可起兵。〔趙成公云〕大夫。怎生不可起兵。〔正末唱〕

【上小樓】早難道顛而不扶。危而不持。你若是謀動干戈。境內分崩。四方離析。〔廉頗云〕相如。你說不要起兵。依着你怎生是好。〔正末唱〕則不如敍彝倫。正綱常。躬行仁義。我則待要効唐虞太平之治。

〔廉頗云〕相如。你乃懦弱之人。豈曉兵家勝負。我今統領大兵。量秦兵何足道哉。〔正末云〕公子。若依着廉將軍起兵呵。有幾樁於民不利也。〔趙成公云〕是那幾樁於民不利處。〔廉頗云〕相如想我行兵。有甚麽於

民不利處。你試說一遍咱。〔正末唱〕
【么篇】商賈每阻了行旅。莊農每費了耕織。將他這倉廩耗散。府庫空虛。士卒疲弊。〔趙成公云〕依着你呵怎生。〔正末唱〕憑着我不傷財。不害民。一人一騎。〔廉頗云〕則依着我起軍與他交戰。自古道養軍千日。用在一朝。〔正末唱〕便休題養軍千日。
〔廉頗云〕主公則今日點十萬大軍。便索隨主公赴會去。〔正末云〕主公不必多點軍兵。枉費糧草。則要百十騎人馬。小官獨自保主公赴澠池會去。〔廉頗云〕相如。你怎敢發大言。獨自保主公去。倘或主公有些差失。誰人承認。〔趙成公云〕將軍言者當也。大夫。你說你獨自一人保我赴會。若筵會上有些疎失。怎生是好。〔正末云〕對着衆官人每在此。我這一去。若有些兒差失呵。我輸我這六陽會首。〔廉頗云〕相如。你若保主公無事回還。我面搽紅粉。劍去髭鬚也。〔趙成公云〕大夫。你此一去。則要你施謀用智。言而有信者。〔正末唱〕
【十二月】盟府是公卿宰職。對着這文武班齊。你道是有危有難。我道來無是無非。打賭賽輸了呵休悔。則要你言語誠實。
〔廉頗云〕我若輸了呵。面搽紅粉。豈不汗顏。〔正末唱〕
【堯民歌】呀。你說道面搽紅粉的不便宜。則我這六陽會首不相虧。人言爲信永無移。昧己瞞心把天欺。知也波知。與皇家作柱石。不比兒曹輩。
〔趙成公云〕則今日點就百十騎人馬。都要輕弓短箭。善馬熟人。便索赴澠池會走一遭去。〔廉頗云〕主公先行。某隨後領大勢雄兵接應主公去。〔正末云〕主公放心也。〔唱〕
【尾聲】不須軍馬多。則消的數騎隨。看了那三川八水西秦地。向澠池赴會。我則怕盼程途心急馬行遲。〔下〕
〔趙成公云〕既然昭公有請。便索赴會走一遭去。玉璧離秦惹戰爭。故教白起統軍兵。澠池會上懷奸詐。怎得秦邦十五城。〔下〕〔廉頗云〕主公去了也。某領大勢雄兵接應走一遭去。則爲這秦昭公使計與邦。爲玉

璧惹起刀槍。領大兵齊臨秦地。土平了京兆咸陽。〔下〕

第二折

〔秦昭公領卒子上云〕某乃秦昭公是也。自從趙國相如。懷玉璧而潛逃回國。某有不忿之心。故設一會。乃是澠池會。請趙成公來會盟。若不來。統大兵征伐。若來呵。我手下有兩員上將。一箇是康皮力。一箇是范當災。與我喚將來。〔卒子云〕理會的。康皮力范當災安在。〔淨康皮力范當災上〕〔淨康皮力云〕肉喫斤半。米喫升半。聽的廝殺。窩鋪裏聲喚。俺二人一箇是康皮力。一箇是范當災。公子呼喚。須索走一遭去。可早來到也。不索報復。我們自過去。〔做見科〕〔秦昭公云〕康皮力范當災。今日筵宴安排已定了麼。〔淨康皮力云〕已定了。〔秦昭公云〕左右。喚將白起將軍來。〔卒子云〕理會的。白將軍安在。〔白起上云〕某白起是也。筵宴都安排了也。見公子去。可早來到也。小校報復去。道有白起來了也。〔卒子云〕理會的。〔報科云〕喏。報的主公得知。有白將軍來了也。〔秦昭公云〕着他過來。〔卒子云〕理會的。着過去。〔做見科〕〔秦昭公云〕白將軍。幹事如何。〔白起云〕都安排了也。則等趙成公來。〔秦昭公云〕令人門首覷者。若趙成公來時。報復我知道。〔正末同趙成公領卒子上〕〔趙成公云〕大夫。想秦昭公排設此宴。請某會盟。則怕喒落於他彀中麼。〔正末云〕主公。想秦昭公這一番與心不善也。〔趙成公云〕大夫若到筵前。倘有埋伏。某怎生得脫秦難也。〔正末云〕主公放心。若到澠池會上。小官穩情取保得主公無事還國也。〔趙成公云〕大夫往日一命。父母所生。今日一難。全在大夫救護。〔正末云〕主公可不道養軍千日。用在一朝。爲臣子要盡忠報國也呵。〔唱〕

【正宮端正好】爲家邦。遭途旅。豈辭勞千里馳驅。二川八水的這秦邦路。將澠池會親身赴。

【滾繡毬】若到那筵宴間。有些兒箇生逆圖。我肯教主憂臣辱。〔趙成公云〕大夫。不知筵宴之間怎生埋伏擺布。〔正末唱〕休想他出紅粧歌舞歡娛。止不過齊臻臻列着士卒。明晃晃伏着鉞斧。我將主公緊緊的防護。消的我掣虹光手揝着鋸鋙。他若是倚强凌弱非君子。我可也見義不爲大丈夫。不索猶豫。

〔趙成公云〕大夫。俺今來到澠池會上也。〔正末云〕左右那裏。接了馬者。〔卒子云〕理會的。〔趙成公云〕可早來到也。小校報復去。道有趙成公特來赴會。〔卒子云〕理會的。〔報科云〕喏。報的主公得知。有趙國成公至此也。〔秦昭公云〕道有請。〔卒子云〕理會的。有請。〔做見科〕〔趙成公云〕量某有何德能。感蒙公子置酒張筵也。〔秦昭公云〕某略備菲儀。敬伸微意。感蒙公子屈高就下。小校。擡上果桌來者。〔做遞酒科云〕將酒來。公子滿飲一盃。〔正末唱〕

【倘秀才】我則見他敍寒温相別間阻。讓座位尊賓敬主。笑吟吟高捧定金樽碧玉壺。排珍饌。飲芳醑。何曾道斷續。

〔秦昭公云〕公子既來赴會。怎生不引軍將。則一人跟隨。你國敢無有甚麼文武賢才麼。〔正末云〕秦公。想俺趙國非無文武。因主公設此一會。要脩兩國之好。因此俺主公則領小官相如跟隨前來也。〔秦昭公云〕您趙國別無能文善武。則您一人。量您知甚今古前賢。聖學仁義。你試說一遍咱。〔正末云〕秦公不知。聽小官說一遍咱。〔唱〕

【滾繡毬】您待要講聖賢。論今古。稱堯舜禹湯文武。他都是聖明君統緒鴻圖。他將那仁義舉。兇暴除。不比您恃剛強併吞攻取。普天下謳歌道泰咸伏。桀紂因飾非拒諫亡家國。堯舜爲發政施仁立帝都。強教的四海無虞。

〔秦昭公云〕方今七國。豈你一人之能。〔正末云〕想方今七國之中。各有能文善武權謀術數之人。聽相如略說一遍咱。〔秦昭公云〕七國之中。何人能武。你說一遍咱。〔正末唱〕

【倘秀才】問道是七國臣能文能武。一人下爲肱爲股。輔助的社稷安寧萬姓伏。文通三墳典。武解六韜書。聽小臣細數。

〔秦昭公云〕七國之中有甚麼賢宰能臣。你試說一遍咱。〔正末唱〕

【滾繡毬】齊孫臏減竈法有智謀。〔秦昭公云〕趙國有甚人物。〔正末唱〕趙李牧亦不怯弱掃夷虜。（秦昭公云）燕國有甚麼英傑。（正末唱）燕樂毅破齊城不攻不取。（秦昭公云）齊國有甚英雄。（正末唱）田穰苴誅莊賈文武全俱。（秦昭公云）魏國有甚麼英雄。（正末唱）魏吳起犒士卒親吮疽。（秦昭公云）俺秦國有甚麼人物。（正末唱）武安君出奇兵快擣虛。（秦昭公云）齊國再有甚麼好漢。（正末唱）齊田單火牛陣有如脫兔。（秦昭公云）您趙國有甚英雄。（正末唱）則俺那廉將軍有勇氣善野戰長驅。（秦昭公云）七國多有說謊之客也。（正末唱）蘇秦張儀和陳軫。（秦昭公云）還有幾箇說客。（正末唱）蔡澤荀卿共范睢。

（秦昭公云）此等之人。七國之中。顯耀英名。乃人中之傑也。（正末唱）他都是權謀術數之徒。

（趙成公云）感蒙大王深意。量某有何德能。無以酬報。（秦昭公云）成公某久聞公子善能鼓瑟。筵前無樂。不成歡樂。伏望就筵鼓瑟爲幸。（正末云）秦公。我趙公鼓瑟。請公擊缶。（秦昭公云）想某職居高位。豈肯與人擊缶。（正末云）秦公不肯。這五步之內。臣請以頸血濺大王。（唱）

【塞鴻秋】將主公向筵前鼓瑟相欺負。（秦昭公云）大夫。我擊缶則便了也。（正末唱）請秦公擊缶我也相凌辱。（秦昭公云）成公可將十五城與我爲壽。免兩國之刀兵。（正末唱）要俺十五城爲壽將秦助。（云）小臣問大王要些回奉之物也。（秦昭公云）要甚麼回物。（正末唱）要你那咸陽城回賜休推故。（秦昭公云）想趙國相如無禮。你怎敢將言悔慢我。刀斧手與我靠前來。（正末云）大王。俺爲臣者生死不避也。（唱）五步內之間霎時間頸血飛紅雨。大家去史書中萬代標名目。

（秦昭公云）筵前冷靜。不能成歡。叫康皮力過來舞劍。（趙成公背云）筵前舞劍。必有傷害之意。似此怎生是好。（正末云）大王。一人舞劍冷靜。俺兩箇舞劍咱。（唱）

【伴讀書】我見他掣龍泉席上舞。敕整虎軀輕移步。俺主公戰戰兢兢身無措。他正是撩蜂剔蝎胡爲做。又無甚兜鍪鎧甲相遮護。使不着膽大心麄。

（趙成公云）二人在筵前舞劍。有傷我之意。似此怎了也。（正末唱）

【笑歌賞】我我我輕將這猿臂舒。是是是骨碌碌睜怯眼衝冠怒。明晃晃劍離匣生殺霧。(云)秦公你這裏有埋伏軍。(唱)一隻手將腰帶捽。誰敢將我當攔住。你若伏輸罷軍卒送俺出函關路。

(正末做揪秦公科云)秦公。你手下將若有箇向前來。我先殺大王。(秦昭公云)一應軍將退後。不得動手。(正末云)大王你索送俺出澠池去咱。(趙成公云)大王今日多蒙管顧異日必當重謝。(秦昭公云)我將送你出函關。到是伶俐。(廉頗上云)某領大軍接應主公來。(正末做放科)(趙成公云)大王深謝重禮。今請回國。(正末云)多蒙管待也。(淨康皮力云)公子擊金鐘爲號。(秦昭公云)去也。遲了我的也。某不能成事。(淨范當災云)大王休慌。還有三條妙計哩。(秦昭公云)成公恕不遠送。勿記舊讎。(正末唱)

【尾聲】我見他金爪武士排着行伍。俺那裏鐵甲將軍領着士卒。你無故言盟定計謀。有失尊卑禮法疎。鼓瑟筵前廝羞辱。強要城池心狠毒。送俺上雕輪駟馬車。敢有二箇輿心進一步。拚了箇隕首捐軀。我和他愛的做。和你那錦片也似秦川做不的主。(同成公等下)

(秦昭公云)堪恨趙國大夫相如。智過呂望。謀若孫吳。全璧還國。救主無失。真乃七國之中英雄傑士也。相如謀略勝孫吳。澠池會上要相圖。休言白起千般勇。天下相如真丈夫。(同下)

楔子

(趙成公領卒子上云)(趙成公云)歡來不似今朝。喜來那逢今日。某趙成公是也。想澠池會上。秦昭公有害我之心。多虧了相如救我無事還國。今日分付左右安排筵宴。與相如慶功封賞。若來時。報復我知道。(卒子云)理會的。(廉頗上云)某乃趙將廉頗是也。頗奈相如一人。保護公子赴澠池會去。酒筵之間。保主公無事還國。今日有主公安排筵宴。與他慶功封官。我想來他無甚汗馬之功。怎生倒封他偌大官職。與他同列。我今且在筵宴之間。看封他何等官位。若是與某同列。某教左右親隨。拏他小卒毆打庶報某讎恨。方稱我平生之願。可早來到也。左右報復去。道有廉頗來了也。(卒子云)理會的。(報科云)喏。報的主公得知。有廉頗來了也。(趙成公云)着他過來。(卒子云)理會的。過去。(做見科)(廉頗云)主公。今日爲何安排筵宴。(趙成公云)因爲澠池會之事。今日與衆將慶功賜賞。廉將軍來了怎生不見藺相如來。(正末領祗候上云)小官藺相如。保公子赴澠池會。無事還國。今日主公設宴會俺衆臣。須索走一遭去。左右報復去。有相如來了也。(卒子云)理會的。(報科云)喏。報的主公得知有相如來了也。(趙成公云)着他過來。(卒子云)理會的。大夫着你過去。(做見科)(趙成公云)大夫。想澠池會上。若不是大夫之能。某不能還國。此功乃你一人之功也。今設筵宴慶賞。(正末云)非相如之能。皆托宗廟威靈。主公虎威也。(趙成公云)大夫。今見你累建大功。封爲上卿之職。(正末云)相如有何功敢受如此重爵。(趙成公云)你衆官人每勸數盃。盡醉方歸。(廉頗云)頗奈相如。你乃一文人。不通兵書。不曉戰陣。又無汗馬之勞。封他偌大官職。某想難與他同列。主公。廉頗先回也。(趙成公云)將軍爲何先回。(廉頗云)廉頗喫不的了也。(做出門科云)衆多虞候蒼頭在此等候。若相如出來時。您衆人打上一頓。可來回話。惱的我髮衝冠。怒的我氣衝牛斗。他怎做我列臣僚。見廉頗躬身叉手。(下)(正末云)廉頗有不忿之心。主公。相如告回也。(趙成公云)相如大夫再飲數盃去。(正末云)相如酒勾了也。(做出門科云)祗候人駟馬車休往大路裏去。則往小路上抄行。(外衆做打科了下)(親隨扶正末科)(正末云)這廝好無禮也呵。(唱)

【賞花時】將我這駟馬高車前後擁。你看那虞候蒼頭左右衝。尋鬧炒顯威風。廉將軍他共我爭功也那奪寵。不由我忿氣怒填胸。(下)

(卒子報云)報的主公得知。有廉將軍先出府門。着手下軍卒等。着藺相如大夫剛出的府門。被廉將軍祗從人將相如大夫毆打了一頓。衆人扶的相如大夫還家去了也。(趙成公云)頗奈廉頗無禮。相如有完璧救主之功。理合封官。不想此人有不忿之心。將他羞辱一場。某便要見廉頗罪來。爭奈此人是一員上將。看他有功在前。便差令人說與廉頗。便着與相如解和了者。若不相和。某決無輕恕。相如用計運機籌。廉頗英雄志未酬。二將若肯同心意。覷那六國秦邦一鼓收。(下)(秦昭公領卒子上云)使盡自己心。笑破他人口。當初一心要圖趙國玉璧。不期相如完璧還國。後來又設澠池會。想要擒拏成公。又被相如救的無事還國。

有此寃讐。痛入骨髓。今差使命下將戰書去。單搦藺相如出馬。若拏了藺相如。便是我平生願足。與我喚將
康皮力范當災來。〔卒子云〕理會的。康皮力范當災安在。〔淨康皮力范當災上〕〔康皮力云〕將鞁離鞍馬
褂袍。未曾上陣跌折腰。臨軍對壘先逃命。買賣歸來汗未消。某乃大將康皮力。兄弟是副將范當災。帳房裏
喫燒肉。主公呼喚。須索走一遭去。左右報復去。道俺二將來了也。〔卒子云〕理會的。〔報科云〕喏。報的主公
得知。有康皮力范當災來了也。〔秦昭公云〕着他過來。〔卒子云〕理會的。着您過去。〔二淨做見科云〕主公
今日呼喚俺二將。有何事。〔秦昭公云〕喚你二將來不爲別。只因趙國相如。欺吾太甚。今差你二將領十萬
秦兵。與趙國交鋒。單搦藺相如出馬。若擒拏將藺相如來。我將你二人重賞封官。〔淨康皮力云〕主公放心。
量那廉頗相如。有何罕哉。若俺二人領兵去。要活的活挾將來。要死的砍將首級前來。我直教土平了趙國。
活挾了藺相如來。主公意下如何。〔秦昭公云〕您若得勝回還。自有加官賜賞。〔淨范當災云〕則今日領兵
便索長行也。大小三軍。聽吾將令。你與我前排甲馬。後列經旛。當先擺五路先鋒。次後列青龍白虎。太歲與
土科相跟。太尉與將軍引路。門神戶尉。肩搭着紙剪的神刀。井神竈神。手拏着紙糊的巨斧。但上陣要知己
知彼。若相持千戰千贏。俺二將英雄實是乖。軍卒人馬兩邊排。若還將我都殺了。家裏安靈便做齋。〔下〕
〔秦昭公云〕二將去了也。此一去必然成功也。無甚事。且回後堂中去。〔下〕〔廉頗領卒子上云〕恨小非君
子。無毒不丈夫。某乃廉頗是也。只因筵宴之間。封相如偌大官職。與某同列。某有不忿之心。筵散之間。使令
人將相如打倒。今聞知相如在家染病。不曾入朝。他則是懼某之勇。必有害吾之心。今日我用副帥呂成看
相如去。若相如言詞和會。某去陪話。若他有害吾之心。某別有計較。左右那裏。與我喚將呂成來者。〔卒子
云〕理會的。呂成安在。〔外扮呂成上云〕少年爲將統雄兵。鐵馬金戈不暫停。全憑謀略安天下。官封副帥
作元戎。某乃趙國參謀呂成是也。爲某文通三略。武解六韜。累建大功。封某參謀之職。今日元帥呼喚。不知
有甚事。須索走一遭去。〔做見科云〕將軍呼喚呂成。有何事。〔廉頗云〕參謀。喚你來不爲別。只因前者筵宴
之間。某使令人將相如毆打了。今聞相如數日不朝。染病在家。我想此人必有傷吾之意。〔呂成云〕元帥。想
相如憑舌劍欺壓秦國。論膽量完璧而回。乃肱股忠烈之士。將軍恥爲同列。故有不忿之心。使令人毆打此

人。必然感疾在家。未知元帥心意如何。〔廉頗云〕參謀。我今日與你同到相如宅上。你推去看他。我則在門首等候。若相如語言之中爲國呵。我則做小。負荊請罪。若相如言語之中倘有不遜。別作商量也。〔呂成云〕元帥此言當也。則今日便到相如宅上探望去來。〔同下〕

第四折

〔虞候扶正末上〕〔正末云〕自從那一日飲宴之後。回家染起疾病。不能動止。〔虞候云〕大夫這證候。敢是停食傷飲。請箇醫人診視。可也好。〔正末云〕孩兒也。我那裏取那病來。自從廉頗那一日將某并隨從之人毆打了。我感了一口氣。在家閉門不出。〔虞候云〕想大夫完璧還國。澠池會上那等英雄。不是大夫謀略。主公豈能還國。論大夫之功。不在廉頗之右。何故懼他。〔正末云〕孩兒。你那裏知道。俺爲臣者當要赤心報國。豈記私讐也呵。〔唱〕

【雙調新水令】託賴着當今帝王勝唐堯。則俺這文共武盡心忠孝。又不爲居廟廊愁慼慼。治家國鬢蕭蕭。廉頗呵則爲你跋扈矜驕。氣的我染疾病進湯藥。

〔正末云〕虞候。門首覷者。若有人來。報復我知道。〔虞候云〕理會的。〔廉頗同呂成上〕〔廉頗云〕可早來到也。參謀。你先過去。〔呂成云〕左右報復去。有參謀呂成。特來探望。〔虞候云〕理會的。報的大人得知。有參謀相公在於門首。〔正末云〕有請。〔虞候云〕理會的。有請。〔做見科〕〔正末云〕有勞先生降臨。請坐。〔呂成云〕丞相。這容顏依舊。面貌端然。不知是何病疾。〔正末云〕我這病。〔唱〕

【步步嬌】怎禁那待漏東華風寒冒。〔呂成云〕敢是饑飽勞役。〔正末唱〕公事冗傷饑飽。〔呂成云〕這病敢是風寒暑濕。〔正末唱〕皆因是年紀老。〔呂成云〕服藥如何。〔正末唱〕則這內外相傷病難熬。〔呂成云〕別請箇醫人看視咱。〔正末唱〕這證候要和調。〔呂成云〕醫人審其證源。服藥必痊也。〔正末唱〕便有那扁鵲難醫療。

〔呂成云〕丞相。這病藥餌不能醫。則怕你這病證感氣填胸。必是廉將軍之事麼。〔正末云〕非爲廉將軍。蓋因我病體在身。(呂成云)丞相。論你有經綸濟世之才。補完天地之手。憑三寸舌完璧還朝。仗英豪澠池會救主除難。丞相何故懼怯廉將軍。(正末云)先生言者差矣。(呂成云)丞相。小官何差之有。(正末云)廉將軍他比我何強。(呂成云)廉將軍雖然不強。只因你名揚七國。(正末云)則視廉將軍比秦公如何。(呂成云)秦昭公乃虎狼之國。雄兵百萬。戰將千員。廉將軍難以並比。(正末云)想秦公在澠池會上。大將數員。列雄兵百萬。我獨自一人。拔劍在手。張目叱吒之間。喝衆將不敢近前。使昭公擊缶酒罷。我保趙公無事還國。量廉將軍一人。我何懼之有。見今秦國不敢加兵於趙國者。徒以二人在也。今若兩虎共鬬。其勢不俱生。吾所以為此者。先國家之急也。我豈懼廉將軍哉。(呂成云)丞相原來有濟國安邦之策。扶危救困之憂。忠孝雙全。人中之傑。俺廉將軍萬不及一也。(正末唱)

【沉醉東風】則俺這文共武並無差錯。過如那弟兄每豈有情薄。俺須是一殿臣。勝似那通家好。煞強如晏平仲善與人交。(呂成云)丞相與廉將軍。都是盡忠肱股。一殿之臣。勿念舊讐。(正末唱)俺兩箇竭力推誠輔聖朝。(呂成云)論趙國丞相與廉將軍。安邦定國之臣也。(正末唱)怎做的立國安邦的這大寶。

(呂成云)丞相。小官改日迎門來望。小官告回也。(正末云)先生少罪。(呂成做出門見廉將軍科)(廉頗云)參謀。相如語言可是如何。(呂成云)是你之差矣。恰纔相如丞相言說。見今秦國不敢加兵於趙者。徒以兩人在也。今兩虎共鬬。其勢不俱生。所以為此者。先國家之急而後私讐也。小官看相如乃仁人君子之心。將軍不及者多矣。(下)(廉頗云)既然相如有如此寬洪之量。盡心報國。某之不及。則今日肉袒負荊。至門謝罪。可為刎頸之交也。(做到門科云)左右報復去。有廉將軍叩門負荊請罪來。(虞候云)理會的。報的大夫得知。廉將軍在於門首。(正末云)做甚麼。(虞候云)有廉將軍負荊請罪來。(正末云)在那裏。(虞候云)在門首。(正末唱)

【落梅花】則聽的炒炒的人喧鬧。我悠悠的魂魄消。(出門科唱)原來是廉將軍叩門來到。(廉頗云)大夫。廉頗乃一愚魯之人。不曉仁義。多有失禮。萬望大夫恕罪。(正末做跪科云〕將軍請起。〔廉頗云〕大夫看俺一殿之臣。舊日之交。休得見怪。〔正末唱〕恐嗔拳又向我這身上拷。我為甚忙陪着笑容哀告。

〔廉頗云〕大夫。廉頗多有差遲。今日叩門負荊請罪。望大夫饒恕咱。〔正末云〕將軍何故如此。〔廉頗云〕丞相可不道君子不念舊惡。望丞相寬恕廉頗之罪也。〔正末唱〕

【殿前歡】喒今日自評跋。〔廉頗云〕看喒一殿之臣休記舊冤。〔正末唱〕我和你是風雲會上舊臣僚。〔廉頗云〕大夫趙國有喒文武二人之勇。不懼各國英雄。〔正末唱〕見如今偏邦豈敢侵邊徼。〔廉頗云〕都皆懼喒文武二人。〔正末唱〕懼怕俺這文武英豪。你便似紫金梁架海濤。我似那白玉柱侵雲表。〔廉頗云〕前者筵宴之間。不合愚魯。有傷弟兄之情。〔正末唱〕若自傷損相殘暴。則恐怕傾頹了趙國。〔廉頗云〕大夫我的不是了。今日悔之不及也。〔正末唱〕我則怕暢快了秦朝。

〔卒子云〕報的衆位大人得知。今有秦將領兵至於城下索戰哩。〔正末云〕不妨事。則今日我與廉將軍同共擒拏秦將去。〔廉頗云〕大夫之功已見於前。今日廉頗同大夫領着雄兵。擒拏秦將。走一遭去來。〔正末唱〕

【水仙子】堂堂陣勢喊聲高。赳赳軍卒戰鼓敲。重重鞍馬征雲罩。全在這大將軍氣勢豪。破秦邦定在今朝。廉元帥施三略。藺相如運六韜。保山河共立勳勞。〔同下〕

〔淨康皮力范當災上云〕〔淨康皮力云〕大小三軍擺陣勢。遠遠的塵土起處。敢是趙國兵來也。〔正末同廉頗䠞馬兒上〕〔廉頗云〕大夫前面來的不是秦國軍兵。看我擒拏也。〔正末云〕來者何人。〔淨康皮力云〕我乃秦將康皮力范當災領大兵來。擒拏你這無名之將。〔正末云〕這裏比你那澠池會上省氣力。操鼓來。〔唱〕

【鴈兒落】旗開雲影飄。砲響雷霆噪。弓開秋月圓。箭發流星落。

〔調陣子科〕〔唱〕

【得勝令】霎時間尸首積山高。鮮血滾波濤。覓子尋爺叫。呼兄喚弟號。俺將帥雄驍。恰便似撞霧天邊鶚。他軍馬奔逃。恰便似飄風雲外鶴。

〔做拏淨康皮力范當災科〕〔廉頗云〕大夫。小官今日將秦國二將活挾將來了。將衆兵斬盡殺絕也。〔正末云〕嗜見主公去來。〔同下〕〔趙成公領卒子上云〕某乃趙成公是也。自澠池會上以回。廉頗將軍與大夫相如不睦。某使令人與他二人圓和。廉將軍負荊請罪。結爲刎頸之交。正酒筵之間。有秦將領兵索戰。他文武二人。領着趙兵。與秦將交鋒。此一去。必然得勝也。左右門首看者。若來時。報復我知道。〔卒子云〕理會的。〔正末同廉頗上〕〔廉頗云〕大夫。今見擒拏秦國二將在此。〔正末云〕執縛了那廝。見主公去來。〔廉頗云〕可早來到也。左右。報復去。道相如廉頗來了也。〔卒子云〕理會的。〔報科云〕喏。報的主公得知。有相如廉頗來了也。〔趙成公云〕着他過來。〔做見科〕〔趙成公云〕您二位將軍。鞍馬上勞神也。〔正末云〕托主公虎威。將賊將活拏將來了也。〔趙成公云〕多虧二位將軍擒拏了賊子也。〔正末云〕這一場功勞。多虧廉將軍也。〔廉頗云〕非小官之能。多虧大夫用計也。〔趙成公云〕二位將軍。您在那陣面上怎生交鋒來。你試說一遍咱。〔正末唱〕

【沽美酒】敗殘軍盡捕勦。擒賊首獻皇朝。馳驛兇頑顯暴驕。強要俺無瑕玉寶。澠池會痛凌虐。

〔趙成公云〕則今日安排筵宴。加官賜賞也。〔正末唱〕

【太平令】將鼓瑟筵前奏樂。捧金鍾笑裏藏刀。背倫教有傷倫教。行霸道不遵王道。將這廝綁到市曹。處決一刀。俺設筵宴三軍賞犒。

〔趙成公云〕將秦將拏出去殺壞了者。〔淨康皮力云〕謝齋發了。〔淨康皮力下〕〔趙成公云〕您二人聽我加官賜賞。趙國廉頗能征戰。大夫相如多機見。武安趙國定乾坤。文賽顏會能直諫。完璧還國真丈夫。會盟救主還金殿。官封極品祿千鍾。分茅裂土人堪羡。腰金衣紫作朝臣。簫韶樂奏排筵宴。〔正末唱〕

【折桂令】則見這金鑾殿樂奏簫韶。〔趙成公云〕因你二人齊家治國。竭力盡忠。故設筵宴管待也。〔正末唱〕將他這寶篆香飄。絳蠟光搖。〔廉頗云〕大夫。略托一人之洪福。定七國之干戈。天下太平。萬民安樂也。〔正末唱〕見如今萬乘登基。百司進禮。四海來朝。〔趙成公云〕因爲您於國有功。今日箇封官賜賞也。〔正末唱〕今日箇褒功績陞官進爵。賞勳勞裂土分茅。〔廉頗云〕豈不聞一人有慶。兆民賴之也。〔正末唱〕見如今黎庶歌謠。雨順風調。萬世皇圖。地厚天高。

〔趙成公云〕則爲那澠池會上結讎冤。趙國公卿有二賢。武將廉頗安社稷。相如謀略古今傳。加你爲上卿之職頭庭相。廉頗你總領三軍金印懸。今日箇文臣武將安天下。永保皇朝萬萬年。〔同下〕

題目　趙廉頗伏禮親負荊

正名　保成公徑赴澠池會

宋上皇御斷金鳳釵雜劇

鄭廷玉撰

楔子

〔正末同旦俫兒上云〕小生姓趙名鶚。字天翼。鄭州人也。嫡親的三口兒家屬。大嫂李氏。孩兒福童年七歲也。去歲攛過卷子。小生造物低。閉了選場。在狀元店中修習一年。今年春榜動。卻去應舉去。在這店中住了許多時。房錢都少下他的。可怎生是好。〔店小二上叫門科云〕開門來。〔旦云〕我開了這門。哥哥做甚麼。〔店小二云〕秀才。看你這等也不能彀發跡。嫂嫂。你問他要紙休書。揀着那官員大戶財主。別嫁一箇。我與你做媒人。〔旦云〕哥哥。我心裏也是這般說。趙鶚。你聽的麼。小二哥要房宿飯錢哩。我將甚麼與他。你則是不肯上朝求官應舉去。得了官。我便是夫人哩。〔俫兒云〕爹爹。我肚裏飢了也。〔旦云〕你也養活不的。我將休書來。〔店小二云〕將房錢來。〔正末云〕我則今日求官應舉去。我爲官。你便夫人哩。〔旦云〕我等着夫人哩。〔店小二云〕秀才。你若得了官。我便準備着果盒酒兒與你掛紅。〔正末云〕我若不得官。我也不回來。〔唱〕

【仙呂賞花時】守着這三尺螢窗十數春。便待要千丈龍門一跳身。既生長在人倫。狗也有三升糠分。兀道是我爲人。

【幺篇】我不信男兒一世貧。你休忘了夫妻百夜恩。我理會卿相出寒門。你准備做夫人縣君。食列鼎。臥重裀。〔下〕

〔店小二云〕如何不是妬發他。他不肯應舉去。〔旦云〕秀才去了也。我眼觀旌節旗。耳聽好消息。〔同下〕

第一折

〔店小二同旦上科〕〔店小二云〕我恰纔街市去來。說道趙秀才得了頭名狀元。做了官也。俺家裏別無甚值錢物件。止有俺媳婦穿的一條裙子。我當一缾兒酒。去那朝門外等着。與他慶賀去。咱。〔下〕〔旦云〕今日誰想俺秀才真箇得官也。我引着孩兒看那秀才走一遭去。〔下〕〔殿頭官上云〕龍樓鳳閣九重城。新築沙堤宰相行。我貴我榮君莫羨。十年前是一書生。小官殿頭官是也。奉大人的命。今春有箇頭名狀元。姓趙名鶚。字天翼。早朝失儀落簡。奉聖人命。削了他靴笏襴袍。趕出去爲庶民百姓。左右的你與我喚將趙鶚來者。

〔正末上云〕小生趙鶚。一舉狀元及第。在丹墀內謝恩。不想失儀落簡。今日在待漏院聽候。大人呼喚。不知爲何。須索走一遭去。〔唱〕

【仙呂點絳唇】到冬來風雪柴扉。到春來破窗雨細。琴書逕。似這般忍冷擔飢。我則索長受妻兒氣。

【混江龍】早則輪來到游街三日。不枉了寒窗十載苦攻習。頭直上打一輪皂蓋。馬頭前列兩行朱衣。憑着我七步才爲及第策。五言詩作上天梯。今日纔得文章濟。我如今脫白換綠。掛紫穿緋。

〔云〕可早來到也。我見大人去。張千報伏去。道狀元來了也。〔報科〕〔殿云〕着他過來。〔張千云〕理會的。着你過去哩。〔正末見科〕〔殿云〕爲你早間謝恩失儀落簡。聖人的命。着你納下靴笏襴袍。爲民家去。本是寒儒。怎消得官祿。出去罷。〔正末云〕我好福薄也呵。〔唱〕

【油葫蘆】他道我元是寒門一布衣。我怎生消受得。投至的十年身到鳳凰池。知他磨了幾錠烏龍墨。知他壞了多少霜毫筆。不付能恰做官。沒揣的罷了職。若是白衣回到俺家鄉內。怎見我同學業衆相知。

〔云〕教人道趙鶚得了官可怎生又剝落了。〔唱〕

【天下樂】我可甚金榜無名誓不歸。爭奈文齊福不齊。學了二十年則得半霎兒享富貴。覷功名筍指般。休看榮華眨眼般疾。更疾如南柯一夢裏。

〔殿云〕兀那趙鶚。爲你失儀落簡。本當見罪。聖人見你文章。饒你死罪。原籍爲民。你聽者。文章貫世中高魁。爭奈文齊福不齊。纔蒙雨露剝官職。依舊中原一布衣。〔下〕〔正末云〕我出的這朝門來。怎教我不煩惱。哎。趙鶚也。你好命蹇福薄。付能得了官。謝恩又失儀落簡。則是我命窮不合做官。〔唱〕

【那吒令】似這般發志氣。如管寧割席。我看書。如匡衡鑿壁。我受貧。如韓信乞食。我想這小人儒。兒曹輩。那一箇肯見賢思齊。

〔云〕小生命只恁般苦也。〔唱〕

【鵲踏枝】恰脫下紫羅衣。又穿上舊羅衣。遠遠而來。却不快快而歸。好一似江淹夢筆。〔云〕我到家中渾家問道你得官也。〔唱〕我滴溜着一箇休妻。

【寄生草】普天下習儒士。學業的七品八品指望功名遂。千人萬人都想詩書濟。十番九番不得文章力。從盤古王沒一箇富書生。知他孔夫子有多少窮徒弟。

〔云〕我且回店中去。〔店小二擕酒上云〕自家店小二。聽的趙秀才得了官。我把媳婦裙兒當了一缾酒。等着與他遞一盃〔正末云〕我來了也。〔店小二云〕你喜也。得了官也。〔正末云〕一言難盡。我中了狀元。恰纔謝恩當殿失儀落簡。把我簇下。待把我賜死。道我好文章。枉可惜了。免了我死。納下笏靴襴袍。剝削了官為民了。〔店小二云〕我家裏沒甚麼。把俺媳婦裙兒。當了一缾酒慶賀。你如今又不得官。可怎了。還房錢來。

〔正末云〕這房錢又問我要。如之柰何。〔唱〕

【金盞兒】你道你典了滿身衣。我攬了一身虧。想我那虛名枉上登科記。

〔云〕小二哥。你好喬。聽的得了官。就買酒相賀。聽的剝落官職。就索要房錢。〔唱〕你却便攀高接貴教我笑店都知。我得官也相慶相賀。剝落也不追隨。正是世情看冷煖人面逐高低。

〔旦引倈兒上云〕聽的趙鶚得了官也。我試看去則個。〔做見科云〕趙鶚得了官也。〔正末不言科〕〔旦云〕怎生不言語。可是及第也不曾及第。〔正末唱〕

【醉中天】你道我及第也不及第。我待支持怎支持。你可不覷見容顏便得知。有甚麼不解其中意。他覷了我窮身分說箇甚的。又沒有金冠霞帔。

則着怎支吾那一紙休離。

（旦云）你這等模樣。還不與我休書快將休書來。（倈兒云）爹爹。我肚裏飢了也。我也不跟你了（店小二云）還我房錢來。（正末唱）

【後庭花】若是榮華後醜婦隨。飢寒後親子離。我且不問嫌夫窘桑新婦。我則打這恨爹窮忤逆賊。則要各東西。不肯一家一計。水藉魚魚藉水。

（旦云）你不投托箇人。討些衣食。怎生度日。（正末唱）

【金盞兒】如今等討人衣。似剝了身上一張皮。誰想四海之內皆兄弟。兼朝廷中舉枉錯諸直。指雲中鴈爲膳饌。撈水底月覓衣食。如投呂先生訪故友。似尋吳文政搠相知。

（云）店小二哥。你不知那貢院裏試官。他則是寄着我那狀元哩。我在狀元店中修習。等來年依舊應舉。若得了官呵。那其間還你房錢。（店小二云）若是這等呵。紙墨筆硯我全管。（旦云）眼下無用度。怎生是了。

（正末云）你子母休熬煎。我到來朝一日。向周橋上題筆賣詩。若賣得些錢養活你。若賣不的再做計較。

（旦云）這等說也使的。（正末唱）

【賺煞】我但賣得一文錢。糴得一升米。彀養活孩兒共你。憑着我端硯文章紙墨筆。吃的是淡飯黃虀。我掛招牌指萬物爲題。寫着道吟詩寰中占了第一。更寫着會丹墀立地。在金門出入。教人道窮書生猶自說兵機。

（下）

（旦云）小二哥只是多累你。明日趙鶚但賣的些小錢鈔。先還你房錢。（店小二云）嫂嫂。咱且回店中去來。

（同下）

第二折

（正末上云）小生趙鶚。來到這周橋上。來來往往。人稠物穰。不知其數。向這裏賣詩。賣得些錢。與俺渾家盤

纏。俺渾家便無言語。若是賣不的詩。覓不的錢。俺渾家那一場熬煎。怎支吾也呵。〔唱〕

【中呂粉蝶兒】偏别人平步青霄。輪到我背翻身禹門一跳。好下番的疾靴笏襴袍。立丹墀未呼噪。恰待揚塵舞蹈。謝君恩展脚舒腰。諕的我手和脚不知顛倒。

【醉春風】投至二十載苦功名。却不想半霎剎落了。則那求官應舉世間多。及第的少少。似我這糞土之牆。斗筲之器。枉讀了聖賢之道。

〔云〕我來到周橋上。看有甚麼人來買詩。〔外扮秀士上云〕黃卷青燈一腐儒。九經三史腹中居。學而第一須當記。養子休教不讀書。小生姓劉雙名彥實。幼習儒業。聽知周橋上有一人賣詩。我拿着二百錢買詩一遭。兀的不是賣詩的秀才。〔做見科〕〔正末云〕支揖秀才。你要買詩。〔外云〕只怕你無有才學。〔正末唱〕

【紅綉鞋】雖不達周公禮樂。雖不及子夏文學。詩思來惟有看書高。放着花箋紙。端溪硯。烏龍墨。紫霜毫。窮不的卓兒出四寶。

〔外云〕我買你的詩。要多少錢一首。〔正末云〕要二百錢一首。〔外云〕我與你二百錢。〔正末云〕指甚麼爲題。〔外云〕指秀才爲題。〔正末題詩云〕天子重英豪。文章教爾曹。萬般皆下品。惟有讀書高。〔唱〕

【迎仙客】寫染得無褒彈。吟詠的忒風騷。真真字兒不帶草。又不曾倒了平仄。差了韻脚。又不似賣春旦秋糕。又索甚學歌叫。

〔外云〕秀才是寫得好。後會有期。我回去也。〔下〕〔孤扮張天覺上云〕小生姓張名商英。字天覺。自中甲第以來。累蒙擢用。謝聖恩可憐。除授諫議大夫之職。今因汴梁城中百姓。往往不遵守法度。老夫今日街市上閑行咱。〔邦老上〕殺人放火爲活計。好鬬偏爭欺負人。某行不更名。坐不改姓。本處人氏。姓李名虎。别无甚營生。見周橋上那箇老兒。是箇莊家。我問他詐幾貫錢鈔咱。〔做相撞科〕〔邦云〕唱喏哩。〔孤云〕還禮哩。〔邦揪住孤科云〕你今日在這裏撞見我。借了我二百。怎不還我。〔孤云〕哥哥。老夫是箇莊農。纔入城來。撞着哥哥休怪。〔邦云〕你借了我二百錢。你不還我。我和你跳河去。〔孤云〕哥哥。我不少你錢。敢認錯了也。

〔邦云〕你借了我二百錢不還。干罷了。我和你跳河去。〔做扯孤跳河科〕〔孤云〕住住。哥哥饒老漢者。怎生便扯老漢跳河。人命關天關地。要錢。我借二百錢與你。〔邦云〕我只要你還我錢。〔孤云〕老夫偌大年紀。怎生得箇過往人。相勸一勸可也好也。〔正末云〕付能有這買詩的人。他們又在這裏爭鬧。我與你勸開去咱。

〔唱〕

【石榴花】則見壓肩疊脊相族一周遭。勸着的不睬半分毫。那廝憔憔撇撇揮天霍地怒難消。〔云〕支揖哥哥你休鬧罷。〔邦云〕他少我二百錢不還我。我和他跳河去。〔正末唱〕越見人勸着越逞粗豪。〔孤云〕哥哥你放了老漢。借些錢與哥哥便了。〔做見正末云〕支揖哥哥。多虧你相勸。老漢見你有二百長錢。怎生借與老漢。還了那人去。我一本一利交還。我撞着惡人也。無奈何了。〔邦云〕你少我錢還胡賴。〔正末唱〕哎你箇孟嘗君自養着家中哨。〔孤云〕哥哥貴姓。〔邦云〕我是李虎。〔正末唱〕你正是晏平仲善與人交。走函關不肯學雞叫。沒錢呵扯着他跳周橋。

【鬭鵪鶉】則這是養劍客臨危報答。你田文下稍。勸你箇李密休慌。請你箇伯當放了。〔邦云〕這錢不還我。更待干罷。〔正末唱〕哎你箇謁魯肅周瑜好躁暴。惡歆歆揝住繫腰。待不勸是自己惺惺。待勸呵是他家惱了。

〔孤云〕哥哥借錢與老漢罷。〔正末云〕你爲甚麼這般上緊也。〔孤云〕我遇着惡人魔。〔正末云〕小生止有二百錢。老兄要時拿將去。小生有箇比喻。〔孤云〕欲將何比。〔正末唱〕

【普天樂】你遇着惡人魔。我值着窮星照。〔云〕不爭你借了二百錢呵。〔唱〕我忍飢在今日。受餓到明朝。〔孤云〕哥哥見義不爲無勇也。〔正末唱〕怕不待見義爲。爭奈爲家私薄。〔孤云〕君子周人之急。你借與我罷。〔正末唱〕君子周急。我須知道。爭奈龐居士在陋巷簞瓢。〔云〕君子周人之急。我則這二百錢。你將去。〔孤云〕謝了哥哥。兀那哥哥。這二百錢你拿去。〔邦云〕你還了我這錢。你休怪。我吃酒去也。〔下〕〔孤云〕多謝哥哥救我。〔正末云〕你借了這錢去呵。〔唱〕

秋悶殺小生煩惱殺幼子凍餓殺多嬌。

（云）君子周人之急我借與你錢你在那裏居住對小生說咱。（孤云）哥哥恕罪。多虧了你也借與我錢。救我一命。你放心老漢下處在周橋住南高門樓裏張商英宅子裏老夫一本一利還你哥哥。你在那裏住。（正末云）小生姓趙名鶚。在狀元店裏安下。（孤云）你敢是失儀落簡的。（正末云）然也。（孤云）老夫心中記着則去狀元店裏尋趙鶚秀才送還他錢鈔哥哥恕罪我還家中去也正遇着無徒之輩謝趙鶚借錢悳濟。到來年赴舉登科那其間報恩報義。（下）（旦引倈兒同店小二上）（店小二云）嫂嫂我聽的趙秀才賣了二百長錢。我和你討去（旦云）咱去來（做見正末科）（旦云）秀才人說你賣了二百文錢。（正末云）我恰賣了二百文錢。見一箇方頭不律的人欺負一箇年老的要扯他跳河問他要二百文錢有這錢便饒他無這錢便跳河。因救人一命。我借與他了他明日本利還我。（旦罵云）呸窮弟子孩兒你也纔叫化的二百錢你又放債晚飯也無有俺吃甚麼。你救別人一命不知誰救你一命哩。（倈兒云）爹爹。我要吃燒餅。（正末唱）

【滿庭芳】我若是無錢索討。（旦云）有了錢。不糴米。不買柴却與別人使。（正末唱）你待糴下米吃。買下柴燒。大齋時合着空鍋竈。水米也不曾湯着休道是軟弱妻小。便是鐵石餓的心焦。渾家且休煩惱。爲甚把二百錢借了如今人看得眼皮兒薄。

（旦云）我等你做甚麼我別嫁人去。（店小二云）我替你做媒。（倈兒云）爹爹餓殺我也。（正末唱）

【十二月】一壁廂寒家扯着。一壁廂惡婦撾撓。做兒的不知好歹。做娘的不辨清濁。（倈兒云）爹爹。買箇饅頭麵糕我吃。（正末唱）百忙裏要饅頭麵糕。枉把你五臟神虛邀。

【堯民歌】大古是家富小兒嬌。我則愁晻日月沒柴沒米怎生熬。覓不的糊衣淡飯且淹消。窮秀才工課覓分毫。青霄。仰面看着高。却不肯路終須到。

〔旦云〕你養活不的我。寫與我一紙休書。我別嫁人去。〔正末云〕等我到家。與你休書。〔唱〕

【耍孩兒】動不動拍着手當街裏叫。你想着幾場兒廝守的白頭到老。〔旦云〕你這等乞窮儉相幾時得長進。〔正末唱〕你道我乞窮儉相命分薄。〔倈兒云〕爹爹你也顧不的我。〔正末唱〕把這小寃家情理難饒。我待打呵教人道管不的惡婦欺親子。教人道近不的瓜兒揉馬包。常言道。當家人疾老。近火的燒焦。

【三煞】餓的我肚皮中如火燒。走的我渾身上似水澆。三魂兒未曾着軀殼。驚慌回去心猶跳。我可甚買賣歸來汗未消。則聽的高聲叫。又道拿住秀才。險諕殺多嬌。

〔旦云〕我這十日九頓餓。跟你做甚麼。〔正末唱〕

【二煞】你道十日欠九日飢。三頓無一頓飽。〔旦云〕想當初造物。嫁你這窮廝。〔正末唱〕當日嫁這窮書生你是樂者爲之樂。有錢時歡喜無錢叫。却不道貧不憂愁富不驕。則爲我不主才天教報。救人急是躭寒之本。順人情是忍餓之苗。

〔店小二云〕嫂嫂俺回家中去罷。〔正末云〕我尋那債主去。〔唱〕

【煞尾】向千步廊等他不來。五鳳樓覓不着。望九重宮裏無消耗。乾將我二百青蚨落空了。〔下〕

〔旦云〕小二哥。咱回家去來。〔同下〕

第三折

〔楊衙內領祗候上云〕花花太歲爲第一。浪子喪門世無對。堦下小民聞吾怕。則我是勢力並行的楊衙內。小官姓楊名戩。字茂卿。官封衙內之職。我是累代簪纓之子。我嫌官小不做。嫌馬瘦不騎。時遇春天。萬花綻拆。綠楊如烟。郊外踏青賞玩。春威擔子都出去了。張千。喚六兒來者。〔張千云〕六兒。相公呼喚你哩。〔六兒上云〕自家楊衙內六兒的便是。相公要郊外踏青賞玩。我春威都准備了。相公呼喚。不知有何事。見相公走一遭去。〔做見科云〕相公。呼喚六兒有何事。〔楊云〕六兒來了。別的春威都出去了。你與我將着十把銀匙筯。先去城外等着我來。〔六兒云〕相公早些兒來。〔下〕〔楊云〕祗候人。與我架着鷂兒鵓子。拿着丸箭。去郊野外踏青。走一遭去。〔下〕〔孤扮張商英上云〕誦詩知國正。講易見天心。我筆題忠孝字。劍斬不平人。老夫姓張名商英。字天覺。因老夫數日前私行至周橋。撞見無徒賊子。問我要錢。遇着趙鶚秀才。借了二百錢與了那無徒。今老夫將這金釵十隻還他。張千。你拿到狀元店裏。交與趙鶚秀才。還他那二百錢。孩兒。你在意者。疾去早來。〔張千云〕理會的。老相公借了錢二百。還他十隻金釵。忒多了。〔孤云〕孩兒。你知道。他運不通時間貧困。賣詩詞待時守分。我送金釵賣發寒儒。顯的我言而有信。〔下〕〔張千云〕奉着老相公言語。將着十隻金釵。直至狀元店裏。送與趙秀才去也。〔下〕〔六兒上云〕奉楊衙內言語。着我先去城外。等着衙內。我來到城外。天色早哩。我揣着這十把銀匙筯。在這柳陰下且歇息咱。〔六兒睡科〕〔邦扮李虎趕上科云〕見一箇人。手裏拿着沉點點東西。不知是甚麼。趕到這柳樹下。他在這裏睡着。懷裏揣着十把銀匙筯。我殺了這廝。得了這東西。走走。〔下〕〔楊衙內領祗候上做行科〕〔祗候云〕大人。不知甚麼人殺了六兒也。〔楊看科云〕哎。兀的真箇。好是奇怪也。不知是甚麼人殺了六兒。奪了銀匙筯去了。我出城來。見一人走的慌張。敢是那人。說與巡坊的。與我拿將來。報我知道。不問那裏。與我尋將去。〔下〕〔店小二哥旦倈兒同正末上〕〔旦云〕秀才與我休書。我受不的這般窮。〔店小二云〕少了我房錢。不要你頭房裏住。你梢間裏住去。〔正末云〕小二哥教我梢間裏住。我住去。也是不得已而為之。〔旦云〕快寫與我休書罷。〔正末云〕大嫂等到明日不送錢來。與的休書。似這般幾時是我發跡的時也呵。〔唱〕

【南呂一枝花】我當不的春天驟雨淋。受不的夏月斜陽晒。忍不的秋霜寒透屋。住不的冬雪冷書齋。這四季苦好難捱。却不道否極後還生泰。輪到我苦盡也甘不來。住着破設設壞屋二間。乾受了冷清寒窗十載。

【梁州】我便似簞瓢巷顏回暗宿。却渾如首陽山伯夷清齋。我便似絕糧孔子居陳蔡。餓殺我也口談珠玉。凍殺我也胸捲江淮。昨日失儀在金殿。今日賣詩在長街。見一箇粗豪士扯住箇英才。我不合鬼擘口審問的明白。我遇着龐居士與了二百青蚨。合着孟嘗君養三千劍客。撞着賽元達列十二金釵。我想來不該。情知這范丹怎放來生債。利又不見本又不在。乾與別人救禍災。好教我無語支劃。

〔店小二云〕快還我房錢來。〔旦云〕寫休書來。〔店小二云〕嫂子問他要休書別嫁人。我與你做媒。〔倈兒云〕我要吃燒餅。〔旦云〕快寫休書來。〔正末云〕我到天明寫與你休書。〔張千上云〕自家張千。奉着相公鈞旨。着我送十隻金釵與趙秀才。來到這店門首。我叫門。咱店小二開門來。〔店小二云〕那一箇叫門。〔張千云〕你這裏有箇趙秀才麼。〔店小二云〕你問他做甚麼。〔張千云〕我奉相公言語。着我來還債哩。〔店小二云〕我開這門。〔張千做入門科〕〔店小二云〕秀才有人來還債哩。〔張千云〕那箇是趙秀才。〔正末云〕則小生便是。〔張千云〕你是那周橋下借與大人二百錢的趙秀才麼。〔正末云〕則小生便是。〔張千云〕俺相公的言語。借了你二百長錢。送與你十隻金釵。兀的收了者。〔正末唱〕

【隔尾】我借與他錢呵搭救出它。招賢納士東洋海。他還我錢呵却是拔出這棄子休妻大會垓。〔張千云〕你收了金釵者。我回大人話去。〔正末云〕生受大哥。〔店小二云〕吃了茶去。〔張千云〕不必吃茶了。〔下〕〔旦云〕我收了金釵者。〔正末唱〕除今後除了家私繳纏外。拴衣做鞋。糴米買柴。〔旦云〕我也要置些衣服哩。〔正末唱〕妻也你休逢着的商量見了的買。

〔正末云〕將一隻金釵。與店小二哥做房錢。小二哥在那裏。〔店小二云〕哥哥。你喚我怎的。〔正末云〕方纔大人還了我十隻金釵。我與你一隻做房錢。〔店小二接科云〕我道你不是受貧的人。我還打掃頭間房你安下。我看茶與你吃。你便搬過來。〔正末唱〕

【賀新郎】覷着這梢房門一似嚇魂臺。你如今悄語低言。早則大驚小怪。
我有錢時做甚教伊索打火房錢該一二百。〔店小二云〕且由他怕你少了我的。〔正末云〕
小二哥與你這金釵。〔唱〕我與你火炭也似一隻金釵。〔店小二云〕你是箇知禮的人。你肯失
信。〔正末唱〕我無錢時他惡歆歆嗔滿懷。還了錢喜孜孜笑盈腮。〔店小二云〕小人
早晚言高語低。就待些兒。〔正末唱〕更道是小二哥不是處權就待。〔店小二云〕多謝了哥哥
批。〔正末唱〕可知欲求天外事。須動世間財。
〔店小二云〕嫂子。哥哥這一日不會吃茶飯哩。我安排些茶飯來與哥哥吃。〔旦云〕可知好哩。〔店小二慌
下〕〔將茶飯上與旦科云〕嫂子。我安排茶飯來了。着哥哥吃些兒。〔旦云〕生受哥哥來。〔店小二云〕嫂子
說那裏話。俺便是一家一般。嫂子。你將過去與哥哥吃。顯的你敬心。〔旦云〕好好。我將過去。〔旦做托飯見
正末科〕〔正末云〕大嫂。你做甚麼哩。〔旦云〕我見秀才不會吃飯。我着小二哥安排些茶飯來。你吃些兒。
〔店小二云〕哥哥。你用些咱。〔正末云〕好世情也呵。〔唱〕
【罵玉郎】早遷轉波粗茶淡飯黃虀菜。你暢好能打點會安排。〔旦云〕秀才。你
肚裏飢。吃些兒。〔正末唱〕便似孟光舉案齊眉待。你可不道窮秀才忒不出財。我
須實無柰。
〔云〕你昨日不道來那。〔旦云〕我道甚麼來。〔正末唱〕
【感皇恩】你道你〻臉桃腮。不戀這布襖荊釵。你惡如虺蛇。毒如蝮蠍。狠
似狼豺。〔旦云〕你休題舊話。〔正末唱〕全不想離鄉背井。動不動拽巷攞街。你也忒
舌兒尖嘴兒快性兒乖。
〔旦云〕是我一時不曉事。你休記恨在懷。〔正末唱〕
【採茶歌】你將我惡搶白。死栽劃。將休書疾快寫將來。〔店小二云〕哥哥不記舊
惡。哥哥。你且吃些茶飯。〔正末唱〕將一座冰雪堂翻做敬賓宅。也有春風和氣畫堂

開。
〔店小二云〕哥哥。你吃些茶飯兒。〔正末吃科〕〔店小二云〕我收拾了哥哥。你歇息咱。〔正末云〕天道晚了。喒歇息了罷。〔小二哥點燈上云〕哥哥安置了。〔下〕〔邦上云〕自家李虎。天色晚了。無處安歇。且去這狀元店裏尋箇宿去。〔做叫門科云〕小二哥。開門來。尋箇宵宿。〔店小二云〕你有甚麼行貨。你做甚麼營生。有甚麼資本。我不下單客。〔正末云〕小二哥。有人尋宿。你怎麼不開門那。〔店小二云〕哥哥。你不知道俺這開店的事。〔正末唱〕

【鬭蝦蟆】問甚將着行貨。做甚買賣。有甚資財。你把行旅招商店開。全沒些寬大。問甚乘舡跨海。管甚推車搬儎。店家不下單客。我做保人知在。一更三點左則。千方百計打捱。冷冷清清禁街。潛潛等等門外。道着全然不睬。勸着沒些疾快。休得寧奈。休得停待。一會巡軍朗明。提將鈴來。爲甚教疾把門開。我須是慣曾爲旅偏怜客。〔店小二云〕我看着哥哥面皮。我開開這門。〔邦入門科〕你可不下單客。〔店小二云〕我說則不下單客。〔邦云〕是誰着開門來。〔正末云〕是小生。〔邦云〕多謝了哥哥。〔正末還禮科〕〔唱〕我覷了模樣。覷了面色。七尺身材。我這裏孜孜的看了。轉轉的疑猜。

〔背云〕哦。可是早間周橋上扯着那老官要錢的那潑皮。〔邦云〕你說甚麼哩。〔正末云〕大哥。若不是小生叫開門呵。大哥怎生得到這店裏宿。大哥。店身裏胡亂睡一夜。請安置。〔正末引旦入房科〕〔邦聽科云〕我聽他說我甚麼。〔旦云〕這九隻金釵放在那裏。〔正末用手搗旦口科云〕婆娘家不曉事。這店裏下着箇歹人。只管裏說甚的。〔邦聽科云〕他有金釵。我再聽咱。〔正末云〕放在那裏的是。我待頭底下枕着睡。也不穩。我待懷裏揣着。也不穩。爭柰店身裏有歹人。不如埋在門後頭。〔做埋科〕〔邦打望科〕〔正末云〕大嫂。夜深了。睡了罷。〔做睡科〕〔邦云〕我聽的多時。好奇怪。一箇窮秀才。那裏有這九隻金釵。我拿把刀子在手。剜開門桯底下。拿出這金釵來。換上這十把銀匙筯。有人來搜店呵。則拿將他。不干我事。已得了。扳住牆頭跳過去。走走走。（下）（楊衙內率人衆上云）別處都搜了。則有狀元店不曾搜哩。說往這店裏去了。左右的圍這店者。（祗候喚門科）（店小二云）甚麼人。（店小二開門見科）（楊云）店小二。你這店裏有甚麼人下。（店小二云）我這裏下着箇秀才嫡親的三口兒。（楊云）他有甚麼行李。喚那秀才來。（店小二云）秀才哥。有人叫你哩。（正末慌科云）有人喚我。我拿出金釵來揣在懷裏。（做見衙內科）（楊云）你是何人。（正末云）小生是箇秀才。（楊云）兀那秀才。你做甚麼營生買賣有甚行李拿出來我看。（正末云）大人。小生是箇窮秀才。無甚麼行李嫡親的三口兒。小生每日在周橋上賣詩爲生。昨日早晨一箇官人被人揪扯着問小生借了二百文錢。昨日晚間。那官人着人送了十隻金釵來還小生。一隻還了店小二哥房錢。則有九隻在此。別無甚麼錢物。（楊云）這廝說借你二百錢。還你十隻金釵。（店小二云）是有。不敢說謊。（楊云）拿那金釵來我看。（正末云）有有有。我刨出來與大人看。（做刨科）（正末見匙筯驚叫云）呀呀。可怎生變了也。（唱）

【牧羊關】昨日箇金鳳釵害瓤赤。今日箇銀匙筯雪練也似白。便做道運拙時乖。時來呵鐵也爭光。運去後黃金失色。兀的是誰人撇下把銀匙筯。誰拿了鳳頭釵。俺正是閉門屋裏坐。禍從天上來。

（楊云）那裏不尋你。殺人賊可在這裏。兀那廝。你怎生殺了我家六兒。偷了銀匙筯。圖財致命。你實說來。（正末云）小生並然不知道。（楊云）你不曾殺了俺家六兒這銀匙筯你怎得來。（正末云）大人可憐見。委實是金釵來。（楊云）這廝還口強哩。贓已有了。你還不招等甚麼。左右人洗剝了打着者。（做打科）（正末云）委實埋的是金釵。不知怎麼刨出這東西來。（店小二云）怎生變出這箇生活來。（正末唱）

【紅芍藥】我將那鳳頭釵親手自培埋。刨出來懷內忙揣。我想那截句兒賊漢栽排。下不義之財。我正是慈悲生患害。這一場鬼使神差。替別人淫肉伴乾柴。沒人情官棒好難捱。

（楊云）不肯招。打着者。（正末唱）

【菩薩梁州】早是這火公吏又心乖。㷫少年好毒害。你不是柳盜跖家吊客。則是這窮秀才家橫禍非災。不知怎生年月日時。我恰纔快早閻王怪。使不着老實終須在。〔旦云〕大人可憐見。〔正末唱〕不濟事枉分解。休折證向雲陽死去來。眼見得命掩泉臺。

〔楊云〕不招呵再打。〔打科〕〔正末悲科云〕則是我不合來這狀元店裏下。〔唱〕

【二煞】赤緊的敬客坊緊靠着迷魂寨。莫不狀元店連着分界牌。多管是鬼門關春榜動選場開。莫不住着太歲凶宅。可怎生行一步銜踏着不快。先生定怎生改。忍冷担飢十數載。又有這場血光之災。

〔云〕我那裏受的這般苦楚。罷罷罷。是小生。〔楊云〕左右人與我拿將去。等我聖人前奏過。那其間明正典刑。〔旦云〕男兒怎生是好。〔正末云〕大嫂。也不干別人事。都是我的命也。〔唱〕

【煞尾】譬如教天不蓋地不載居在人海。枉了食不飽衣不遮送了世界。想昨宵吃劍才。人一般好看待。殺人賊你做來。換人贓我捉獲。我則索屈招成致命圖財。兀的不屈殺了賣詩的窮秀才。〔下〕

〔楊云〕殺人賊都有了。小官見聖人走一遭去。〔下〕〔店小二云〕苦也。付能得了錢。又拿將去了。嫂嫂。咱兩箇看他去來。〔旦云〕男兒也。則被你痛殺我也。〔同下〕

第四折

〔淨扮銀匠上云〕自家是箇銀匠。打生活別生巧樣。有人送來的銀。半停把紅銅攙上。自家是箇銀匠。清早晨開開這鋪兒。看有甚麼人來。〔邦上云〕自家李虎的便是。自從昨日偷了那十把銀匙筯。將狀元店裏換了九隻金釵。我如今沒盤纏使用。我去那銀匠鋪裏倒換些錢盤纏。早來到也。兀那銀匠。我有些東西倒些錢使。〔銀匠云〕甚麼東西。將來我看。〔邦取金釵科云〕兀那九隻金釵。〔銀匠云〕將來放下。你轉一轉來取錢。〔邦云〕就與了我罷。〔銀匠云〕鈔不湊手。〔邦云〕也罷。住一住兒來取。〔下〕〔店小二云〕自家店小二。這兩日無盤纏。有趙鶚秀才與我的那一隻金釵。將去銀匠鋪裏。換些錢使。〔做見科〕〔銀匠云〕哥。做甚麼。

〔店小二云〕我有一隻金釵。換些錢使。〔銀匠云〕你將來。〔店小二云〕兀的你看。〔銀匠看科云〕我這裏也有九隻和這一隻一般。〔店小二云〕在那裏我看看。〔銀匠與小二哥看科云〕兀的你看是一般麼。〔店小二看云〕是是則為這九隻金釵屈送箇人性命哩你那裏得來。〔銀匠云〕哥不是小人的。恰纔一箇人將來要倒錢還不曾與他錢哩他便來也。〔店小二云〕等他來。㗂兩箇拿那廝救趙鶚秀才去。你若不拿我則告你。〔銀匠慌科云〕干我甚麼事他便來也。㗂同拿那廝去這早晚敢待來也你且躲着。〔邦上云〕討我那金釵錢去兀那銀匠還我金釵錢來。〔二人做拿邦科云〕好也原來是你偷了金釵可着平人屈死地方衆人拿住這廝綁了去首救趙鶚秀才去。〔邦云〕是我的。〔店小二云〕你不認兀那見有一隻證見在這裏。〔邦云〕怎麼了也。〔店小二云〕拿住了殺人賊也。俺兩箇搭救趙秀才去來。〔同下〕〔楊衙內上云〕殺人可恕情理難當小官楊衙內。誰想殺了我家六兒偷了銀匙筯的是箇趙鶚秀才被我狀元店裏拿住問成了也贓物都有了我奏知聖人就着小官為監斬官今日立起法場與我拿出那廝來。〔劊子同卒子綁正末上〕〔劊子云〕行動些時辰到了。〔正末云〕趙鶚只任命苦蒼天兀的不寃屈死人也。〔唱〕

【雙調新水令】不由人分說口中詞。教我屈招成殺人公事。我則見愁雲迷市井殺氣滿京師。好教我無語嗟咨。一步步行來到枉死市。

〔旦慌上云〕兀的不是我男兒哎約男兒也。〔劊子云〕兀那婦人靠後。〔正末云〕哥哥可憐見。這箇是我的渾家。〔劊子云〕兀那秀才你是讀書的人怎生做這般勾當圖財致命也。〔正末云〕哥哥小生委實寃屈也。〔劊子云〕怎生寃枉着你一箇。〔正末唱〕

【駐馬聽】揣與我箇天來大官司。推來到罪若當刑法命子。判着手來大斬字那裏是死而無怨罪名兒。我想那曹司素狀是辰時。便是那閻王注定黃昏死。〔旦指看的人云〕哥哥們你靠後看他怎麼。〔正末云〕大嫂你不知。〔唱〕你道他看的主甚意兒。大古是不曾見玉堂金馬三學士。

〔旦云〕秀才你死了我怎生是好。〔正末云〕大嫂我死後好看當這孩兒。〔唱〕

【沉醉東風】沒主了這箇嬌癡小廝。拋閃下軟弱妻兒。有我後把你覷當。沒我後人輕視。誰與你幹辦家私。捱不過今冬下雪時。您兩箇不凍死多應餓死。

〔倈兒云〕我打甚麼緊。爹爹。我替你死罷。〔正末云〕孩兒年紀小。說出這等言語。教人怎不煩惱。〔唱〕

【鴈兒落】咱人家子不孝是父不慈。咱人家兒忤逆是爺不是。兒呵我怎肯教你替死。休。寧可爺做事爺當事。

〔旦悲科云〕苦痛殺我也。〔正末唱〕

【得勝令】我好可憐見這小孩兒。〔覷旦悲科〕〔唱〕我好不忍見女嬌姿。我命窘遭賢婦。我家貧顯孝子。囑付您尋思。遇逢節朔年至。我死在陰司。你與我燒此二錢烈陌兒紙。

〔楊云〕劊子。時辰到了未。〔劊子云〕時辰到了。〔開枷科〕〔劊子執刀下手科〕〔孤扮張天覺上云〕且留人者。〔楊云〕您做甚麼。〔祗候云〕張大人下馬。〔孤云〕接了馬者。〔見科〕〔楊云〕相公做甚麼。〔孤云〕衙內。這趙秀才為何罪殺壞了。〔楊云〕為他殺了我家六兒。偷了我十把銀匙筯。圖財致命。我奏過聖人。着我親為監斬官典刑他哩。〔孤云〕老夫奏過聖人。為趙鶚有文才。又能見義當為救人急難。聖人着老夫與他加官賜賞哩。見留人者。〔旦云〕秀才蘇醒者。如今大人來饒了你哩。〔正末唱〕

【川撥棹】好嶮此二兒。嶮此二兒遭橫死。死在參差。命若懸絲。腦背後立着劊子。長休飯抄了幾匙。永別酒飲了一巵。

【七弟兄】自從巳時至午時。多不到半炊時。不想這報我恩的大人為宣使。道我魂的太尉立在階址。救我命的赦書從天至。

【梅花酒】他道是奉着聖旨。我抹泪揉眵。言語如絲。嶮斷頭分戶。料青天不受私。說不盡口中語。〔做看招牌科〕〔唱〕覷了這半張紙。開款着我瑕疵。睜開眼看多時。寫着我罪名兒。壓着五言詩。
【收江南】呀。元來這犯由牌上金榜掛名時。不想這狀元店禍有並來時。
今日箇枯樹上花有再開時。我則道橫死。原來這病龍須有吐雲時。
(孤云)教趙秀才近前來。爲你懷材抱德。我奏過聖人。今日將你加官賜賞哩。(楊云)住住。這趙鸚便依着
大人。饒了他性命。我家六兒的性命可着誰認。(孤云) 他是箇有學的秀才。怎肯做這般犯法違條的事。
(楊云)大人。你道不是他。十把銀匙筯在他懷裏搜出來。怎做的不是他。(孤云)兀那趙秀才。你是箇窮秀
才。我借了你二百文錢。還了你十隻金釵。在那店裏怎生得這十把銀匙筯來。(正末云)大人可憐見。小生
家中一貧如洗。大人與了十隻金釵。我包裹了無處放。小生下在門桯底下浮埋着。我聽的有人喚我。我慌
忙走取出金釵來。揣在懷裏。不想衙內要看。取出來。不知甚麼人換上銀匙筯。大人可憐見。本是十隻金釵
來。(楊云)大人。如何在他跟前收着。別人怎生換的。(孤云)這椿事着老夫怎生斷。(店小二同銀匠拿邦
上)(店小二云) 寃屈也。(孤云)甚麼人叫寃屈。(祗候云)是這兩箇。(做跪科)(店小二云)大人可憐見。
小人不寃屈。趙秀才寃屈。(孤云)怎生他寃屈。(店小二云)這廝在小人店裏。偷換了九隻金釵。換上十把
銀匙筯。(孤云)你怎生便得知道。(店小二云)原是十隻金釵。秀才與了小人一隻做房錢。小人無盤纏。今
日拿銀匠舖裏換錢去。不想正撞見這廝。將九隻金釵也來換錢。小的因此拿住他。(孤云)這廝不是那周
橋上扯我跳河。騙我錢物的那人。(正末云)大人。正是這廝。兀那廝實說。是你來麼。(邦云)罷罷罷。事到這
裏。大人殺了六兒也是我。偷了銀匙筯也是我。換了金釵也是我。周橋上騙錢也是我。若不饒便哈刺了罷。
(楊云)知道都是這賊。嶮屈殺了趙秀才。秀才請起。當初這廝怎生在周橋上行兇。揪住大人騙賴錢來。你
可怎生借與大人這錢來。試說一遍咱。(正末唱)
【鴈兒落】這二百錢是大人行掌命司。(楊云) 大人還了你十隻金釵也。(正末唱)那
十隻釵是窮秀才追魂使。(楊云)大人借了你二百錢。還了你十隻金釵。本利都有了也。(正末
唱)那得早有本錢有利錢。(云) 臨了也說我圖財致命。着我犯法遭刑也。(唱) 這的是暗

宣賜明宣賜。

〔孤云〕趙秀才當初若不是你借與我二百錢呵。險些兒這廝扯我在河裏。〔邦云〕大人休題這舊話。〔正末唱〕

【水仙子】若論着借錢買命跳河時。做的箇毆捽公臣合該受死。〔孤云〕是虧你。〔正末唱〕二百錢窮秀才到做龐居士。險餓殺我脚頭妻懷內子。〔孤云〕當初你慨然借與我。並無難色。可是多虧了你。〔正末唱〕那借錢時並不推辭。則是那些兒行止。到如今久而敬之。〔孤云〕我至今不忘也。〔正末唱〕想咱人事要前思。〔孤云〕殺人賊有了。一行人聽我下斷。賊人李虎。將平人圖財致命。市曹中明正典刑。將金釵還與趙鶚秀才。店小二救人屈死之命。免本戶當差。趙鶚你聽者。爲你有星斗文章。堪可以身坐琴堂。則爲你扶危救困。遇兇徒解免災殃。不想你遭冤屈圖財致命。險些兒赴發雲陽。則爲你懷才抱德。先賜你霞帔朝章。加你爲開封府尹。三口兒凶變爲祥。今日箇封妻蔭子。一齊的荷君恩拜謝吾皇。半夜燈前學業人。九重宮裏受君恩。十年黃卷難酧志。二百青蚨却立身。

題目　窮秀士暗宿狀元店

　　　張商英私地叩御堦

正名　楊太尉屈勘銀匙筯

　　　宋上皇御斷金鳳釵

董秀英花月東牆記雜劇

白仁甫撰

楔子

〔沖末扮馬生上云〕小生姓馬名彬。字文輔。祖貫臨湯人氏。先父拜三原縣令。不幸身亡。小生年長二十五歲。雪案螢窗。苦攻經史。博古通今。名譽文章。自不可掩。俺父親在日之時。曾與松江府府尹董鑒爲友。嘗記得董府尹酒席之間。問俺父親。咱既爲通家。凡事皆當商量。先父說別無甚事。止有小兒馬彬。年少頗肯向學。未遂功名。府尹見說聰明。便道某有一女。小字秀英。願與你令嗣爲妻。後來先父下世。路途遙遠。音信不通。如今小生一者游學。二者就問這親。走一遭去。家童收拾琴劍書箱。今日就行。〔唱〕

【仙呂賞花時】文質彬彬一丈夫。千里尋師爲學謀。今日箇踐程途。單身獨步。雲外鴈聲孤。

【幺篇】我如今赤手空拳百事無。父喪家貧不似初。囊篋盡消疎。鵬程有路。何日赴皇都。

〔云〕行了箇月期程。到得松江府了。家童。你尋箇客店安下。〔童云〕理會的。兀那就是一所店房。店主在家麼。〔淨上云〕誰叫誰叫。〔童云〕老者。俺家長來此投宿。〔做見科〕〔生云〕小生動問老公公。此處董府在否。〔淨云〕府尹下世去了。〔生云〕他宅子在何處。〔淨云〕隔壁就是。足下與府尹甚親。〔生云〕先父與府尹相交契厚。自先父下世。一向間闊。不曾問候。〔淨云〕足下如今那裏去。〔生云〕小生儒業進身。游學至此。將赴詔選。敢問公公。有房舍借一間。小生借居。待來春赴試。〔淨云〕足下既要安住。老夫有一小頑。名曰山壽。就托足下教訓攻書。老夫東牆下有一花木堂。先生就在其中設館如何。〔生云〕如此多謝。〔淨云〕院公。疾忙收拾潔淨者。〔院公云〕已停當了。〔淨云〕先生請往花木堂安歇。〔同下〕

第一折

〔老夫人引梅香上云〕老身姓劉名節貞。乃劉太守之女。董府尹之妻。不幸府尹告殂。止生得一箇女孩兒。

喚做秀英。年長一十九歲。生的性質沉重。言□語真。詩詞書算。描鸞刺繡。無所不通。更有箇小妮子。是小姐使喚的梅香。又重吟詩寫染。昨日梅香說小姐身體不快。老身想來。多是傷春。梅香。如今是三月之間。後園中百花開放。你和小姐去海棠亭畔。散心走一遭去。〔正旦上云〕妾身董秀英是也。父親拜松江府尹。不幸早亡。止有老母在堂。治家嚴肅。今乃三春天氣。好生困人。終日在綉房中描鸞刺綉。針黹女工。十分悶倦。恰纔母親教同梅香去後花園散悶。梅香。掩上房門。咱兩箇去來。〔做行科〕〔旦云〕梅香。你看是好春景也呵。〔唱〕

【仙呂點絳唇】萬物乘春。落花成陣。鶯聲嫩。垂柳黃勻。越引起心間悶。

【混江龍】三春時分。南園草木一時新。清和天氣。淑景良辰。紫陌游人嫌日短。青閨素女怕黃昏。尋芳俊士。拾翠佳人。千紅萬紫。花柳分春。對韶光半晌不開言。一天愁都結做心間恨。顦顇了玉肌金粉。瘦損了窈窕精神。

〔生上云〕我正坐間。只見落花飛於簾下。此花待敗也。正是坐見落花生歎息。又疑春老樹南枝。這花必定是董府尹後園裏飛過來的。我起去望咱。〔做望科〕〔梅云〕姐姐。你看那桃杏花是好愛人也。〔旦唱〕

【油葫蘆】杏朵桃枝似絳唇。柳絮紛。春光偏悶斷腸人。微風細雨催花信。閑愁萬種心間印。羅幃綉被寒。孤欲斷魂。掩重門盡日無人問。情不遂越傷神。

〔梅云〕姐姐。兀那東牆上看的是一箇秀才。〔旦看科〕〔唱〕

【天下樂】我只見楊柳橫牆易得春。歡欣可意人。一見了心下如何忍。送秋波眼角情。近東牆。住左隣。覷了可憎才有就因。

〔梅云〕姐姐。咱回房中去來。不爭你在此留戀。夫人知道怎了也。〔旦云〕咱去來。〔下〕〔生云〕這相思索害也。恰纔那女子正是董秀英。今日見了他一面。不由人行思坐想。有甚心情看書。似此如之奈何。〔下〕〔旦上云〕好悶倦人也。自從昨日後園中見了那箇秀才。生得眉清目秀。狀貌堂堂。我一見之後。着我存於心目之間。非爲狂心所使。乃人之大倫。早是身體不快。又遇着這等人物。教我神不附體。何時是可也。(梅云)姐姐因何見了那生。如此模樣了也。(旦唱)

【那吒令】一見了那人。不由我斷魂。思量起這人。有韓文柳文。他是箇俏人。讀齊論魯論。想的咱不下懷。幾時得成秦晉。甚何年一處溫存。

【鵲踏枝】好教我悶昏昏。泪紛紛。都只爲美貌潘安。仁者能仁。一會家心中自忖。誰與俺遞箇殷勤。

(梅云)姐姐早是這兩日茶飯不進。厭厭瘦削。若再狂蕩了心。敢是不中也。(旦云)我身上病患。汝怎得知。(梅云)是何病患。(旦云)我是未嫁之女。對你一言難盡。(梅云)姐姐有話但說不妨。(旦唱)

【寄生草】怕的是黃昏後。入羅幃愁越狠。孤眠獨枕教人悶。愁潘病沈教人恨。行遲力頓教人困。似這等含情掩臥象牙床。幾時得陽臺上遇着多才俊。

(梅云)姐姐。我猜着你敢待和昨日那秀才說話。他在那壁。你在這壁。如何得會。(旦云)想當初卓文君怎生私奔相如來。(梅云)他兩箇緣何便得成就來。(旦唱)

【么篇】漢相如坐寒窗下。卓氏女配做婚。都只爲我情你意相投順。姻緣自把佳期問。郎才女貌皆相趁。你道是阻東牆難會碧紗廚。似俺這乾荷葉那討靈犀潤。

(旦云)梅香。我若不說。你也不知。自從後花園中見了那箇秀才。教我愁悶更增十倍。不覺就此病症。如之奈何。(梅云)姐姐不爭你看上那箇書生。老夫人倘然窺視出來。你爲婦女怎生是了。姐姐夜深了。不睡做甚麼。(旦云)我怎生睡的着。我這身上越覺不快。兀的不害殺我也。(唱)

【後庭花】似這等害相思怎地忍。不由人上心來兩泪頻。避不的老母將咱怪。好教我留連心上人。枉勞魂。不覺的羅衣寬褪。被生寒怎地溫。看看的顯賴了身厭厭的害殺人。與梅香掩上門。把沉檀爐內焚。志誠心禱告神。

【柳葉兒】呀愁鎖定眉尖春恨。不教心懷憂悶。見如今人遠天涯近。難勾引怎相親。越加上鬼病三分。

（梅云）姐姐你實意心裏待怎麼（旦唱）

【青哥兒】對人前一言難盡。老夫人治家嚴訓。怨俺那火性如雷老母親。謹慎閨門。晝夜追巡。坐守行跟。恐失人倫。但若是離了半時辰來相問。

（梅云）姐姐似你今春多病。可以自己調理。莫費神思了。爭你這等念想。倘若其身有失。如何是了。休休。莫要護病成疾。自損其身。姐姐自當思之。（旦云）梅香你可知我心間的事。（梅云）妾雖不知。見姐姐身體不快。以此諫勸。自可調理。（旦云）似這等病如何治度。我一會家不想起來便罷。一會家想將起。好是淒涼人也（唱）

【賺煞】合晚至黃昏。獨宿心間悶。苦厭厭憂愁自忖。便有鐵石心腸也斷魂。串香焚。被冷誰温。引入多情夢裏人。窗兒外月華正新。玉人兒在方寸。我將這海棠花分付與東君。

（云）睡起金爐香燼寒。寶釵斜插髻雲鬟。愁低楊柳梢頭月。花落鶯啼春又殘。（下）

第二折

（生上云）小生馬文輔。自從那日見了那小姐之後。朝則忘食。夜則廢寢。其心蕩然。如有所失。倘生不測。將平日所學。一旦廢矣。今夜這等風清月朗。且操一曲琴。洗我心間之悶咱（下）（旦引梅香上科）（梅云）姐姐這早晚不燒香做甚（旦云）你放下香車者（梅云）已放下了（旦行科）（唱）

【正宮端正好】下香階。踏芳徑。步蒼苔月影當庭。過回廊一弄淒涼景。好教我添悲興。

【滾繡毬】垂楊宿鳥驚。繡鞋不待行。降明香問天求聘。志誠心禱告神靈。
相思病漸成。看看瘦損形。受寂寞車關前定。盼佳期井底銀缾。似這等棲
遲誤了奴家命。强打精神拜斗星。何日安寧。
〔梅云〕姐姐你聽那裏冰絃之聲。〔旦唱〕
【倘秀才】則道是半空中神仙勝境。却元來東牆下把絲桐慢整。你聽他
款撫冰絃音韻清。夜闌人靜。情悲慼。話丁寧。怎不教人動情。
〔旦聽科〕〔生歌云〕明月涓涓兮夜永。生涼花影搖風兮宿鳥驚。有美佳人兮牽我情腸。徊徘不見兮只
隔東牆。佳期無奈兮使我遑遑。相思致病兮湯藥無方。托琴消悶兮音韻悠揚。離家千里兮身在他鄉。孤眠
客邸兮更漏聲長。〔梅云〕姐姐。那生彈的好淒涼人也呵。〔旦唱〕
【滾繡毬】我向這東牆仔細聽。鳳求鸞曲未成。怎不教想的人成病。今日
箇聰明的遇着聰明。這琴陶潛膝上橫。蔡邕爨下生。斷腸人這答兒孤另。
一句句訴你飄零。幾時得同衾共枕銷金帳。滿斗焚香說誓盟。願足平生。
〔生云〕東牆那邊似有人言。莫不有人麼。我試挽着垂楊隔牆而望咱。〔生望科〕〔旦云〕梅香恰纔那生彈
的是好傷感人也。我聽了琴中之語。教我越添其愁。且將我心中之悶。共聯一絕。〔梅云〕姐姐你做。〔旦云〕
客館閑門靜。閨房寂寞春。月來花弄影。疑是有情人。〔生聽云〕吟咏妙哉。我依韻和一首咱。書舍須臾恨。南
園老盡春。東牆明月滿。偏照意中人。〔旦聽云〕牆角邊吟詩者。必是那彈琴的秀才。是好高才也。〔唱〕
【倘秀才】在那東牆下詩和了一聲。我這裏近亭軒把繡鞋立定。好教我
兜上心來意不寧。愁攢眉角上。忽的動傷情。知他是怎生。
〔梅云〕姐姐咱回去罷。夜深了。〔同下〕〔生云〕呀。小姐回去了。這相思索害也。我且回書房去。〔下〕〔旦上
云〕自從昨日聽了那生彈琴。不想我病症轉加。身子好生不快。可怎了也。〔梅云〕姐姐爲一女子。當守閨
門之正。不要這等狂蕩。〔旦唱〕

【呆骨朵】我這裏悶厭厭鎖不住踈狂性。怎禁的獨自傷情。孤幃裏翠減香消。花梢上蜂喧蝶併。少年人辜負了三春景。身體也無康盛。自思量怎奈何。漸染出風流病。

〔生上云〕我昨日晚間。月下彈琴。不想小姐來聽。隔牆吟詩。我也和了一首。我想來。終不見箇分曉。我今日使山壽去。只推問他討花。看他有甚麼話說。山壽你來。〔山壽上云〕師父叫我怎麼。〔生云〕隔壁董宅好花。你去討一朵來。休教老夫人知道。〔山壽云〕我只問小姐討去。〔生云〕然也。〔下〕〔山壽上見旦科〕〔旦云〕山壽來有何故。〔山壽云〕俺師父使我來問姐姐討花哩。〔旦云〕你師父是誰。〔山壽云〕俺師父姓馬。名彬。字文輔。〔旦云〕他多少年紀了。〔山壽云〕俺師父二十五歲了。〔旦云〕他要甚麼花。〔山壽云〕隨姐姐與我甚麼花。〔旦云〕我與你一朵海棠花。你將去。〔旦與花科〕〔山壽辭科下〕〔旦唱〕

【脫布衫】思量起俊俏書生。今日箇顯姓通名。海棠花權爲信行。姻緣事該前定。

【小梁州】誰想是舊日劉郎到武陵。聽說罷怎不傷情。孤鸞寡鳳幾時成。人孤另。長嘆兩三聲。

【么篇】黄昏一盞孤燈映。困騰騰悶倚幃屏。鼓一更。人初靜。更添愁與。照不到天明。

〔云〕我常記得俺父親在日。曾與俺母親說。在朝之日。曾與三原縣令馬昂爲交。次後將我許與他兒子馬文輔爲妻。我那時年幼。也不曾成得。後來音信不通。因此上不曾成合這親事。我那日在後花園中。只見山壽家東牆上有一秀才。往這壁望着。我一見那生髮黑眉青。脣紅齒白。教我放心不下。我前日在海棠亭下燒夜香。又遇着他彈琴。專訴失其佳配。昨日使山壽來問我討花。我因問他你師父是誰。山壽說姓馬。名彬。字文輔。我就想起俺父親的言語。莫不就是這生。我兩日前寫下了一箇簡帖兒。今日着梅香送與他去。梅香。你送這簡帖兒與那秀才去。〔梅云〕將來。我送去。〔旦與簡科〕〔梅云〕我送簡帖兒去來。〔同下〕〔生上

〔云〕自從見了秀英小姐。着我神魂飄蕩。茶飯嬾嘗。昨日着山壽討花去。小姐與了一朵海棠花。不知主何意。似這等音信不通。如何是了。〔梅云〕先生萬福。〔生云〕小娘子來有何事。〔梅云〕你不知。聽我說咱。〔唱〕

【上小樓】只因你青春俊生。俺小姐心腸不硬。想前夜月下。鳴琴韻和新詩。福至心靈。音韻輕。聲律清。精通理性。多管事暗中傳兩情相應。

〔云〕俺姐姐與了這箇簡帖兒。教送與先生。不知是甚麼言語。〔生云〕將來我看。〔生看科云〕小娘子。這一首詩是誰寫的。〔梅云〕俺姐姐親筆寫的。你試念與我聽。〔生云〕瀟洒月明中。潛身牆角東。鳴琴離恨積。入夜綉幃空。夢繞三千界。雲迷十二峯。仙郎休負却。我意若春濃。好高才也。既小姐有顧戀小生之心。我如今備辦禮物。使媒人說去。如何。〔梅唱〕

【么篇】你待教媒人偶成。老夫人天生劣性。不爭你走透消息。泄漏風聲。誤了前程。俺姐姐念舊盟。想舊情。何須媒證。不用你半星兒絳羅為定。

〔生云〕既蒙小姐垂念小生也。寫一簡煩小娘子捎去。〔梅云〕你寫來。〔生寫科云〕小娘子。你道我多多上覆小姐來。〔梅下〕〔生云〕小姐若見了這簡帖兒。好事必成也。〔下〕〔旦上云〕梅香去了多時。怎生不見回來了。〔梅上見旦科〕〔旦云〕如何。〔梅云〕他有回簡在此。〔旦云〕將來我看。〔梅香遞簡旦接看科〕〔念云〕客館枕飄零。孤眠春夜長。瑤琴撥一弄。春色在東牆。勿問詩中意。相思病染牀。情人在咫尺。何日赴高唐。是好才學也。〔唱〕

【滿庭芳】恰便似龍蛇弄影。才過子建。筆掃千兵。溫柔軟款多才性。忒煞聰明。據相貌容顏齊整。論文學海宇傳名。堪人敬。都只為更長漏永。傷感泪盈盈。

〔云〕似這等何見得成也。〔唱〕

【耍孩兒】似這等空房靜悄人孤另。却又早香消金鼎。何時害徹相思病。卜金錢禱告神靈。生前禽演分明判。八卦詳推莫順情。四柱安排定。都來增下。禍福分明。

【四煞】畫簷鐵馬喧。紗窗夢不成。佳人才子何時娉。他是箇異鄉背井飄零客。我便是孤枕獨眠董秀英。都薄倖。一箇在東牆下煩惱。一箇在錦帳裏傷情。

【三煞】嘆鴛鴦綉被空。滿懷愁悶爲那生。只因他新詩和的聲相應。更把那瑤琴撥出艱難調。彩鳳求凰指下鳴。都是相思令。聽了他凄涼慘切。好教我寸步難行。

【二煞】婚姻配偶遲。難捱更漏永。畫蛾眉懶去臨妝鏡。老天不管人顛頓。一派黃河九徧清。貞烈性。也只是粉牆一堵。似隔着百座連城。

【尾煞】相思愁越添。凄涼惡夢境。便做道鐵石般只恁心腸硬。都寫入愁懷嘆不省。〔下〕

第三折

〔生上云〕從昨日小姐着梅香送了一首詩來。我也回了一首。教他將去了。至今音信不通。小生不覺病枕着牀。性命在於頃刻。萬一有成這病還有可時。倘或阻隔。如之柰何。〔唱〕

【中呂粉蝶兒】睡眼難開。鎖愁眉如何擔待。恨相思晝夜難捱。則俺這異鄉人如風絮飄零在外。愁滿心懷。何時得否極生泰。

【醉春風】只因遇着可憎才。引的我熬煎深似海。害的我須臾咫尺難移捱。你好是歹歹。一會家倒枕搥牀。長吁短嘆。教咱無柰。

〔云〕我且掩上門。靜坐一會。〔旦同梅香上云〕昨日使梅香探那生去。回了一首詩來。我看罷。他真有此心。我今又寫下一箇簡帖兒。梅香。你再送與那生去。〔梅云〕將來。〔旦與簡科云〕你快去來。〔下〕〔梅云〕不知寫的是甚麼。須索送去。〔唱〕

【脫布衫】病潘安瘦損形骸。杜韋娘憔悴香腮。你兩箇恩情似海。沒來由把咱禁害。

【小梁州】你只要摟帶同心結不開。都只待魚水和諧。曠夫怨女命安排。心無奈。盼殺楚陽臺。

【么篇】這便是才郎有意佳人愛。兩下裏怎不傷懷。好意推。舒心害。粉牆爲界。鏡破兩分釵。

〔云〕早來到也。我隔這窗兒試瞧咱。〔唱〕

【上小樓】我把這窗兒潤開。覷一覷何妨何礙。只見他東倒西歪。倚牀靠枕。身體斜挨。叫一聲馬秀才。頭不擡。相思若害。問你箇病裏王在也不在。

〔梅見科云〕先生萬福。〔生起跪科云〕呀呀呀。小娘子怎生就不來了。〔梅云〕夫人嚴謹。僕妾豈敢輕出。〔生云〕小娘子。今日小姐有何話說。〔梅云〕俺姐姐寫了一簡。教我送來。不知上面寫着甚麼。〔生云〕將來我看。〔做接科〕〔梅唱〕

【么篇】俺小姐親封一策。向你這東君叩拜。不知他有甚衷腸。道甚言詞。訴甚情懷。試取開看內才。中間梗概。比那嚇蠻書賽也不賽。

〔生念云〕畫閣銷金帳。番成離恨天。東牆相見後。疑是武陵源。小生有一句話。只得對小娘子伸訴。〔梅云〕先生但說不妨。〔生跪云〕想先君在時。曾蒙府尹相公將小姐許聘小生。後來阻滯。因此上不曾合成親事。小生此一來問這親事。欲令媒人通問於老夫人。爭奈寒儒孤陋。不能諧事。自那日後花園中見了小姐。就得了這等症候。除小娘子在小姐左右。怎生方便成就此事。有何傷乎。〔梅云〕足下是一丈夫。立於天地之間。當以功名爲念。垂芳名顯祖宗。豈不聞聖人云。血氣之勇。戒之在色。足下是聰明之人。何爲一女子喪其所守。先生察之。〔生跪云〕只是小娘子可憐小生。通一句話呵。此事必成矣。〔梅云〕先生請起。等妾身看小姐之動靜。若是得空呵。慢慢的假一言。肯與不肯。再來回報足下。〔生云〕小生還有一簡。煩小娘子捎去。未知可否。〔梅云〕將來我捎去。〔生與簡科〕〔梅云〕妾身回去也。〔同下〕〔旦上云〕恰纔使梅香去了。這早晚不見回來好悶人也呵。〔梅上云〕姐姐。我來了。〔旦云〕事已如何。〔梅云〕姐姐。則被你弄殺那生也。〔旦云〕他對你說甚麼來。〔梅云〕他將前事訴了一徧。〔旦云〕甚麼前事。〔梅云〕他說道俺父親在時。曾與你先尊爲交。就將小姐許了親事。後來遭阻滯。不曾成事。如今千里而來。也只爲這親事。自從那一日見了姐姐。如今在書房中害相思病哩。〔旦云〕他再有甚麼話說。〔梅云〕我臨來時。他又與了箇簡帖來。捎與姐姐哩。〔旦云〕將來看咱。〔做看科〕〔旦念云〕相思病轉添愁鎖眉尖上。無意讀經書。引的春心況。忽見可憎才。疑是嫦娥降。盼得眼睛穿。何日同鴛帳。〔唱〕

【快活三】悶昏昏眼倦開。困騰騰鴛枕挨。怎閑思量的無聊賴。幾時得雲雨會陽臺。我和你同歡愛。愛你箇俊俏書生。風流秀才。俺兩箇少欠下相思債。自裁自改。何日得共挽同心帶。

【賀聖朝】似這般子建才學埋沒書齋。愁腸一似東洋海。生的相貌堂堂。見了開懷。心中自猜。怎生教他晝去昏來。

〔梅云〕姐姐。似此如之柰何。〔旦云〕我如今寫一箇期約簡兒你將去。我若不如此。他豈敢來。〔旦付簡科云〕他若看了這詩。便知我的意思。〔下〕〔梅同下〕〔生上云〕我寫了一簡。着梅香捎去。這早晚不見回來恐成不的這事。這一會身子困倦。且睡些兒。〔梅上見科云〕先生萬福。〔生云〕小娘子。那事如何。〔梅云〕賀萬千之喜。事已成矣。〔生云〕有甚好音着我知道。〔梅云〕簡帖在此。〔生接念云〕待月東牆下。花陰候大才。明宵成歡會。同赴楚陽臺。〔生跪謝云〕今日得成此事。皆小娘子之力。異日當犬馬相報。〔梅云〕足下請起。你准者。妾當回去也。〔下〕〔生云〕小生這病害的着了。〔唱〕

【滿庭芳】姻緣合該。今朝相待。魚水和諧。似這等不枉了教人害。苦盡甘來。古人言知過必改。不由人兜在心懷。一見了相親愛。便休道賢賢易色。非是我放狂乖。〔下〕

〔旦梅上〕〔梅云〕姐姐。天色晚了。那生必定等裏好去了。〔旦云〕我乃室女。潛出閨門。與少年私約。敢非禮麼。〔梅云〕姐姐。男女居室。人之大倫。有何非禮。〔旦云〕母親不知睡了不曾。〔梅云〕咱去來。不妨事。〔下〕〔生上云〕早間梅香來。約海棠亭上與小姐相會。夜色深了。我掩上書房門。好去也。早來到牆邊。躍而過去。潛身在這海棠亭下者。〔旦上云〕梅香。那東牆下似有人影。莫不是那秀才來了。你去看咱。〔梅望科〕〔生見梅科云〕小娘子。小姐來了不曾。〔梅云〕兀的不是。〔生見旦科云〕小姐令小生將來赴約。〔旦云〕你在角門首望着。有人來便報我知道。〔梅虛下〕〔生旦攜手至海棠亭成親科〕〔生唱〕

【耍孩兒】看了你桃腮杏臉花無賽。星眼朦朧不開。魂靈兒飛在五雲端。只將這玉體相挨。安排定共宿鴛鴦枕。準備下雙飛鸞鳳臺。今日得同歡愛。把湘裙皺損。寶髻斜歪。

【五煞】衫兒扭扣鬆。裙兒摟帶解。酥胸粉腕天然態。楚腰似柳嬌尤軟。未吐桃花露潤開。完成了恩和愛。今日箇良姻匹配。便死呵一穴同埋。

【四煞】溫柔軟款情。佳人忒豔色。春風美滿身心快。輕蟬鬢嚲烏雲亂。寶髻偏斜溜鳳釵。越顯的多嬌態。心中留戀。可意多才。

【三煞】嬌羞力不加。低垂頸怕擡。風流徹骨遺香在。相偎玉體輕輕按。粉汗溶溶溼杏腮。似這等偷香竊玉。幾得一發明白。

【二煞】澄澄夜氣清。低低月轉階。枝枝花影橫窗外。燈前試把香羅看。點點猩紅映瑩白。則見他羞無奈。困騰騰倚牆靠壁。急忙忙重整金釵。

【尾煞】相思一筆勾。姻緣前世該。好教人撇不下恩和愛。幾時得再把同心帶兒解。

〔老夫人上云〕我前日聽得梅香說小姐身體不快。不會看得。今夜睡不着。我試看小姐去咱。〔做行科〕來到這綉房中。怎生不見小姐。莫不敢做下了勾當也。我試往後花園看去。呀。這角門怎生開着。〔做撞見科〕

〔生旦慌科〕〔梅云〕姐姐不妨事。夫人行。我有話說。〔夫人罵云〕好賤人。你三箇都過來。〔生旦梅香跪科〕〔夫人云〕好女孩兒。做下這等勾當。豈不聞座不正不坐。割不正不食。我於董家爲婦。一世何曾有針尖大小破綻。你如今年方及笄。不遵母訓。不修婦德。與這等不才丑生私約。兀的不辱麼。殺人也。我想來。都是這小賤人迤逗的來。〔梅云〕老夫人息雷霆之怒。聽賤妾陳是非之由。想當初先尊在日。將小姐曾許與三原縣尹馬昂之子馬文輔爲妻。先尊下世。不曾成合。不想馬生因問親事。至此安歇於山壽家花木堂中。使佳人才子。臨風對月。心非木石。豈無所思。夫人失治家之道。不能掩骨肉之醜。何人之過。〔夫人沉吟科云〕兀那廝。你端的姓甚名誰。何方人氏。〔生跪云〕不瞞老夫人說。小生姓馬名彬。字文輔。先父拜三原縣令。祖貫臨陽人也。〔夫人云〕你這箇小禽獸無禮。你既到此。如何不來見我。却做下這等勾當。若是別人呵。決打壞了。你空讀孔孟之書。不達周公之禮。這等不才。我待教你離我門去。只是看你先父母面上。我家三輩不招白衣之人。如今且將你兩箇急配了。則明日上朝取應去。得中科第。那時來也未遲。〔生云〕非敢對夫人誇口。小生六歲攻書。八歲能文。十一歲通六經。據小生文學。不奪狀元回來。永不見夫人之面。〔夫人云〕想你父親。也不曾弱了。常言道。有其父必有其子。孩兒。你着志者。秀英便收拾行裝。送文輔上朝取應去。〔旦云〕恰相逢。又分別。好是煩惱人也呵。今朝同把一盃酒。後夜醉眠何處樓。如今送別臨溪水。他日相逢在水頭。

〔同下〕

第四折

〔旦生同上〕〔旦云〕梅香將酒果來。與秀才餞行。〔做把盞科〕〔旦云〕今日得成佳配。妾身不敢久留。當以功名爲念。進取爲心。以君之才。必有台輔之任。若到京師。早登科第。當速返征轅也。〔生云〕我這一去。青霄有路終須到。金榜無名誓不歸。請老夫人拜別咱。〔夫人上云〕孩兒。着志者。早些回來。〔生拜夫人科〕〔旦云〕如今暮春天道。是好傷感人也。〔唱〕

【越調鬭鵪鶉】眼見的枕剩衾空。怎捱這更長漏永。桂蕊飄霞。楊花弄風。翠袖生寒。烏雲不攏。恰成了鸞鳳交。眼見的各西東。離恨千般。閑愁萬種。

【紫花兒序】見如今亭前分袂。目下離別。多應是夢裏相逢。忍不住長吁短嘆。難割捨意重情濃。枉教我埋怨天公。莫不是美滿姻緣不得終。好教人傷悲切痛。霎時間去馬回車。都做了往鴈歸鴻。

（云）自從文輔去後。今經半載有餘。杳無音信。教我身心不安。好是煩惱人也。（唱）

【小桃紅】腰肢纖細減芳容。似帶雨梨花重。翠被香消誰共。思無窮。音書寫下無人送。魚沉鴈杳。枕剩衾空。因此上泪滴滿酥胸。

（梅云）姐姐怎生害的這等瘦了。（旦唱）

【天淨紗】害的人病厭厭瘦了形容。寬綽綽帶慢衣鬆。俏身兒往日難同。越添悲痛。倚幃屏星眼朦朧。

【調笑令】好教我氣沖。怨天公。閃的我獨宿孤眠錦帳中。珠簾不捲金鉤控。怕的是南樓上畫鼓鼕鼕。我這裏好夢初成。又在牆東。怎生般夢魂中魚水也難同。

【禿厮兒】恨人畫簷間鐵馬丁東。恨人寒山野寺鳴鐘。恨人把美愛幽歡好夢驚。恨人又見花梢兒窗影下重重。

【聖藥王】想舊境。一夢中。海棠亭下正歡濃。寶髻鬆。繡被重。覺來猶在畫屏東。無語泪溶溶。

【麻郎兒】恨相思病濃。轉思量泪重。眉蹙損春山悶縈。顯的凄涼一弄。

【幺篇】這病攻。泪濃。悶重。都只爲滿□□衷。都只爲魚水難同。都只爲孤鸞寡鳳。

【絡絲娘】粉花箋寫下更長漏永。專訴着瘦減香肌玉容。寫罷了眉尖一縱。更教人悲痛。

〔云〕自馬生去後。教我朝思暮想。疾病轉加。如之柰何。梅香。你來。〔梅云〕姐姐。怎麼說。〔旦云〕我這幾天身子不快。我待請醫調理。你請母親來商量。〔梅云〕老夫人有請。〔卜上云〕孩兒有甚事。〔旦云〕母親。你孩兒身體不快。如何治之。〔卜云〕孩兒快請箇良醫來服些藥餌就好了。梅香。你快請去。〔梅背云〕除是馬秀才來。我就好了。〔做請科云〕李郎中在家不在家。〔淨上云〕小子李郎中是也。別無買賣營生。專靠我這藥上盤費。我這妙用有神仙之法。手到病除。家傳一樣妙藥。專治男女傷春之病。恰纔董府尹家來請。須索走一遭去。〔行科〕〔見梅科云〕小娘子報復去。〔梅報云〕奶奶。請將醫士來了。〔卜云〕請進來。〔見科〕〔卜云〕小女有些不快。特請先生調治。〔淨云〕請出來診脈。〔旦出見科〕〔診脈科〕〔淨云〕此脈沉細。〔卜云〕如何調治。〔淨云〕小人專治傷春之病。豈可無藥。不瞞老夫人說。我這藥費本錢。〔卜云〕老身怎肯少了藥貲。〔淨云〕我便攢藥。〔旦云〕此藥何名。〔淨云〕是撮病芙蓉散。〔做與藥科〕〔卜云〕梅香與郎中五錢銀子。〔淨云〕不當受。小人回去也。〔下〕〔卜云〕梅香。你教孩兒睡一會兒。我回去。〔下〕〔梅云〕姐姐。服了此藥就好。

〔旦唱〕

【東原樂】這廝是哄人機見。他說來的不通越。教人添沉重。他一片胡言都是空。無些兒効功。他正是說真方把咱做弄。

【綿打絮】深閨靜悄。幽僻空庭。月輪展紙。幾扇屏風。似海棠半醉春睡重。鮫綃上綠鬢攤。有情人何日相逢。幾時得赴高唐夢中。

【拙魯速】花落去。綠叢叢。怎不教人。泪盈盈。愁鎖眉尖萬種。清夜悠悠誰共。晝檐下搖曳簾櫳。不想把離人斷送。鷓鴣啼驚覺巫山夢。

【尾聲】魚沉鴈杳音難送。阻隔着千里關山萬重。埋怨俺狠毒娘。走將來分開了鸞鳳種。〔下〕

第五折

〔生衣冠上云〕自家馬文輔是也。自到京師。應試科場。一舉狀元及第。蒙恩賜綵段官誥。今日謝了恩。同松

江擻取夫人秀英去。駿步高騫謁紫宸。學成詞賦貫天人。丈夫欲遂平生志。年少先栽帝裏春。好是稱心也呵。〔唱〕

【雙調新水令】春雷揭地震青天。平步上廣寒宮殿。風吹烏帽整。日照錦袍鮮。拜宴開筵。這其間方稱了丈夫願。

【駐馬聽】十載心堅。酬志了金屋銀屏紫府仙。當時貧賤。怎忘了簞瓢陋巷在窮檐。官高猶記武陵源。身榮怎忘前親眷。纔中選。今朝又把程途踐。

〔云〕行了數日。早到松江府了。趲動馬。逕奔宅上去者。〔做到科云〕左右報的老夫人知道。〔做報科〕〔夫人上云〕馬文輔得了頭名狀元。今日回來。我須迎他進來者。〔生做見科〕〔下云〕兒鞍馬勞困。梅香。叫你姐姐來見學士者。〔梅走上云〕姐姐在那裏。〔旦上云〕小賤人。你曾我怎麼。〔梅云〕俺姐夫做了官回來在堂上。老夫人著我請你相見哩。〔旦云〕是真箇。〔梅云〕你待不見哩。〔旦云〕不想有今日也。〔做相見敍禮科〕〔旦云〕才郎及第。官拜何職。〔生云〕托祖宗福廕。叨中狀元。小生喜不自勝。〔旦唱〕

【鴈兒落】誰想你入科場藝在先。金榜上名堪羨。脫卻了舊布衣。直走上金鑾殿。

【得勝令】你如今束帶立朝前。得志受皇宣。列翰苑爲學士。插金花飲玉筵。標寫在凌煙。寶匣內方顯出龍泉劍。享富貴綿綿。立芳名見大賢。

〔生云〕小生別後一載有餘。多虧小姐持家養德。〔旦唱〕

【水仙子】今朝一日笑聲喧。又得才郎敍舊緣。相逢訴不盡心中怨。那時節意慘然。自別來動是經年。我只怕恩情斷。盼歸期天樣遠。誰知到今日團圓。

【折桂令】喜今朝又得團圓。夫婦相逢。前世姻緣。攜手相將。花前月下。笑語甜言。舊日的恩情不淺。還記得海棠亭誓對嬋娟。你如今黃榜名懸。翰苑超遷。願足平生。盡在神天。

〔使臣上云〕雷霆驅號令。星斗煥文章。小官使命官是也。奉朝命來與馬狀元加官進秩。可早來到也。狀元裝香來接詔旨。〔生跪科〕〔使臣云〕皇帝詔旨。你狀元馬彬有文武全才。博學宏詞。可授翰林學士。其妻董氏。一節不渝。封學士夫人。可即走馬赴任。勿替朕命。故敕。〔生拜云〕感謝聖恩。〔唱〕

【沽美酒】降明香接詔宣。拜天使喜開顏。聖主恩波徧九天。坐金鑾寶殿。四海內都朝見。

【太平令】托皇朝文能武羨。養德性道重名傳。姓列在金章寶篆。普天下黎民方便。只願的萬年永遠。保天恩聖賢。端的是威鎮了四方八面。

〔云〕使臣請筵宴。〔使臣云〕不必了。就此告回。〔下〕〔生上云〕賢妻。如今有聖旨教即便赴京上任。你心下如何。〔旦云〕妾身豈敢抗拒。〔生云〕既如此。弓兵快收拾車馬。赴任去來。〔唱〕

【川撥棹】列頭搭在馬前。把香車簾半捲。只見官誥新鮮。翠袖花鈿。寶髻雲偏。疑是天仙。只見他喜孜孜俏臉兒笑撚。敢見我紫羅袍體間穿。

【七弟兄】我這裏向前。謝得完全。今日箇夫妻稱了平生願。身榮休忘了海棠軒。東牆下私約成姻眷。

【梅花酒】俺如今踐登程路途沿。幾時到八水三川。西洛中原。莫得俄延。摔碎絲鞭。馬蹄兒踐香塵。鈿車兒古道穿。今日箇來赴選。來赴選到金鑾。到金鑾日月邊。日月邊受皇宣。受皇宣古今傳。

〔云〕想小生今日到的這一步。夫榮妻貴。怎肯忘了那時。〔唱〕

【收江南】想當初五言詩和得句兒聯。七條絃彈就舊姻緣。想着那海棠亭下設盟言。今日箇兩全。夫妻勑賜再團圓。

【鴛鴦煞】佳人才子心留戀。東牆花下成姻眷。標寫青編。唱道一舉登科

張子房圯橋進履雜劇

李文蔚撰

(原本卷端闕四葉半每半葉十行行十七字)

第一折

(上闕)等的天色將次晚。趓在人家竈火邊。若是無人撞入去。偷了東西一道煙。盜了這家十疋布。拏了那家五斤綿。爲甚貧道好做賊。皆因也有祖師傳。施主若來請打醮。清心潔靜更誠堅。未曾看經要喫肉。喫的飽了肚兒圓。平生要喫好狗肉。喫了狗肉念真言。不想撞着巡軍過。說我破齋犯戒壞醮筵。衆人將我拏箇住。背綁繩縛都向前。見我不走着棍打。嘴頭上打了七八拳。拏在廳前見官府。連忙跪膝在階前。大人着我說詞因。道我敗壞風俗罪名愆。背上打到二百棍。眉毛上打了七八千。大人心裏猶不足。再着這廝頂城甎。被我寧心打一坐。無語悲悲大笑喧。我這般喜喜孜孜無懽悅。呷呷大笑無語言。衆人齊聲皆都讚。兩邊閑人一發言。道我是箇清閑真道本。說我是箇無憂無慮的散神仙。(唱)(此唱爲喬仙唱上文爲喬仙云)

【上小樓】家住在深山曠野。又無有東隣西舍。好喫的是野杏山桃。淡飯黃虀。竹筍茶葉。俺那裏人煙稀。鳥聲絕。燈消火滅。伴了些樹梢頭曉星殘月。

【上小樓】家住在深山裏頭。好喫的是牛肉羊肉。閑來時打家截盜。剜牆劉窟。盜馬偷牛。搶桿子。大悶棍。鵝卵石頭。這的是俺出家人苦脩爭鬥。

【上小樓】不怕你王法有條。也不怕丹書來召。也不怕晝夜十二箇時辰。湧出槍刀。一毒蛇。二大蟲。豺狼當道。也不怕猛獅子狼熊虎豹。

【上小樓】休笑我貪花戀酒。酒裏頭把玄機參透。酒中得道。花裏神仙。自古傳留煉丹砂。九轉成。通身不漏。直脩的來無生死與天齊壽。

(云)貧道是這無天之外。有影無形。風裏來。雲裏去。聞不見。摸不着。道號扯虛表字托空是也。今日無甚事。

遊山翫水走一遭去。(做見正末科云)此人乃是張良忠孝雙全。迷蹤失路。我指與他一條大路咱。(正末云)這一會兒雪越大了也又無一箇人來往不知那裏是人行的大路。雪迷了遍野可怎生了也。(正末見虎驚科云)兀的不是箇斑爛大蟲誰人救的我性命也呵。(喬仙做喚科云)張良你怕麼。你敢迷蹤失路。我是大羅活神仙也。(正末云)師父救小生性命咱。(喬仙云)你要我救你性命你可也有緣。我救你。(正末云)師父是那一位神仙。(喬仙云)你不認的我。我是上八洞神仙。(正末云)師父指與我箇正路。又有大蟲攔路。怕傷了我的性命。師父救我的性命咱。(喬仙云)你要我救你我有箇曲兒。是朝天子我臨了那一句我說你要我救你麼你說要你救我。我就救你。(唱)

【朝天子】我是箇道童道法又不精在山中閑遊幸。風風傻傻任縱橫。與虎豹狼蟲共。(云)你走在山中迷蹤失路。(唱)那虎他舞爪張牙。將你來攔定。(云)張良你死也。(唱)你那魂魄兒添怕恐。那虎將你那骨肉來弁行嚼了。你的腿脡。(云)張良你要我救你麼。(正末云)可知要師父救我哩。(喬仙云)我無手段也救不的你張良。(唱)我想來你沒來由閑丟命。

(正末云)師父可憐見救小生性命咱。(喬仙云)這箇不是大蟲。是我養熟了的箇小猫兒。又喚做善哥。我如今喚他一聲善哥他便抿耳攢蹄伏伏在地。我如今喚他二聲頭一聲他便跪在我身邊。叫他第二聲我便騎在他身上。我叫他第三聲騰空駕雲而起。(正末云)師父有這等手段也。(喬仙云)你不信。我喚他一聲善哥。(虎打喬仙科)(喬仙云)善哥(虎又打喬仙科)(正末云)師父他是箇猛獸。休要鬪他也。(喬仙云)不妨事。他是我養熟的善哥。(虎推倒喬仙科)(正末云)師父。你既是神仙呵怎生教大蟲打倒你也。(喬仙云)不妨事。我養的熟的。(虎拖喬仙下)(外扮太白金星上云)蓬萊三島樂清閑。閬苑仙鄉更自然。長赴西池蟠桃會。會駕祥雲上九天。貧道乃上界太白金星是也。專管人間善惡貴賤忠孝之事。想爲人者善惡由心造也。福者乃善之積也。禍者乃惡之積也。神天蓋不能爲人之禍。亦不能致人之福。但由人之積也。神明鑒之。凡人豈知天神者有陰騭之因。凡爲人臣。要心存忠孝。長思君王爵祿之恩。父母生身之義。必以忠君為先。竭力盡心。長懷補報。若是久遠長行如此之事。天地鑒之。神明護祐。居其富而不失其富。居其貴而不失其貴。不失其富貴。禍不能侵。壽必永矣。此乃可行之事。永保安寧也。坐臥行藏。思所為。守己存心可自推。常將一念明天理。自然神聖永扶持。今有一人。乃是張良。此人有盡忠之心。要與韓國報讐。被人所逼。逃災避難。到此山中。雪迷遍野。迷蹤失路。此人有忠烈之心。貧道指與他大道也。(做喚正末科云)我試喚他一聲。兀那張良。你趓的往那裏去。(正末唱)

【醉扶歸】我見一箇老叟親來到。(太白云)兀那張良。你的性命。實是難逃也。(正末唱)他道我性命怎生逃。(太白云)便着人拏住張良者。(正末云)老尊長救性命咱。(唱)諕的我膽戰心驚魂魄消。(太白云)兀那張良。這等風雪。如何不行動些。(正末唱)我這裏迷却經塵道。(太白云)你來到俺這裏。你走的往那裏去。(正末唱)告你箇老尊長將咱來且饒。(太白云)張良。我待救你這一命。你可是如何。(正末云)若是救了我的性命呵。(唱)久已後將你這救我命的恩臨報。

(太白云)張良。我知道你是張良。不知你是那裏人氏。為何逃災避難。你實說。我試聽咱。(正末云)小生姓張名良。字子房。韓國阜城人也。祖父以來五世韓國拜相。為秦皇滅了俺韓邦。我發憤報讐。誰想將秦皇擊之不中。如今差人擒拏小生。因此上逃災避難。老尊長是必搭救小生咱。(太白云)張良我問你咱。你那祖父以來。韓國受何爵祿。享何榮貴。怎生發憤報讐。你再說一遍咱。(正末唱)

【後庭花】五世在韓邦衣紫袍。俺端的可便受深恩享重爵。都則為嬴政收俺家國。(云)誰想擊之不中也。(唱)我因此上我便離鄉可也背井逃。(太白云)你再有何所幹。(正末唱)我這裏說根苗。我如今迷了他這大道。我向這土坡前膝跪着。可憐見咱命夭。衣不遮身上薄。食不能腹內飽。食不能腹內飽。

(太白云)張良。我說與你。千經萬典。不如忠孝為先。你既省的。你說我試聽咱。張良你盡忠可是如何也。

(正末唱)

【青哥兒】盡忠呵須把這皇恩皇恩答報。（太白云）盡孝呵可是怎生。（正末唱）盡孝呵想着我哀哀父母劬勞。盡忠呵也則要竭力侍君王輔聖朝。敢則要俺動合王道。正直臣僚。祿重官高。傘蓋飄飄。播萬古千秋萬古千秋的把名標。這的是爲臣子行忠孝。

（太白云）此人果有忠孝之心。張良。你纔所言侍君孝親之道。你既然省的呵。我再說與你。爲臣者必盡其忠。爲子者理當盡孝。若是久遠長行。便是你立身之道。張良。我觀你的容顏。你異日必然拜相封侯也。我一發指引與你立身之事。別處難以安存。直至下邳城去。你若到的那裏。必有教訓你之師。自有立身揚名的去處。不則我來。兀那裏又有一箇來也。（下）（正末做回身科云）在那裏。呀呀呀。怎生連他也不見了。原來是一位神靈。指引着我下邳城中逃災避難。自有好人指教與我立身揚名的事。便索走一遭去。（唱）

【尾聲】疾便的踐程途。尋俺那下邳的長安道。豈避這路遠山高水迢。又不比蜀道嵯峨山險惡。若是留的我性命堅牢。有一日作臣僚。獨步青霄。方顯男兒志氣高。憑着我滿胸襟勇躍。有一日運通時到。（云）異日時運通達呵。（唱）你看我便笑談間束帶立於朝。（下）

第二折

（外扮黃石公上云）閑遊蓬島跨黃鶴。三千弱水任逍遙。親赴蒼天朝上帝。奉承勑旨下雲霄。貧道濟北穀城山人也。幼年父母雙亡。自立安存。不知其姓。或遇神師指教。已得成道。山下有一石。其石生而黃色。貧道以石爲姓。乃黃石公是也。受上界沖虛之仙。專管天上人間智鬪戰敵之事。貧道體太上好生之德。親奉勑旨。爲下方有一人。韓國張良。此人忠烈。感動天庭。差貧道降臨凡世。訓教此人。張良非凡。乃上界神仙骨格。貧道將着三卷奇書。乃六義三才定安之術。授與此人。張良久已後可爲天下鬥勇正教之師。貧道今朝日當卓午。必遇此人。直至市廛中等候此人。走一遭去。我本是超凡物外仙。親承上帝到人間。若遇立國安邦士。我將這三卷奇書用意傳。（下）（外扮李長者領行錢上云）家緣累積祖流傳。莘畜田苗廣地園。長幼循循通禮義。子孫永享福綿綿。小生姓李名仁。字思中。本貫下邳人氏。自幼攻書。長而頗通經史。承祖父之廕。所以積家財萬貫有餘。小生每與遊學名儒常時談論。近日聞有一人。姓張名良。字子房。韓國阜城人也。因秦嬴政之讐。發憤以報。不想不中其計。逃難在俺下邳。此人心存忠孝。腹隱英華。常思報國之念。亦無倦怠之心。小生常與此人談論。賢士之才。似東海之水。淵深難測。有虹霓之志。接華嶽而高。詞翰文章。似浩天之星宿。凌雲之志氣沖斗牛。爭柰時運未通。我欲齎發賢士進取功名。誠恐賢士有疑怪之心。時遇三月。融和天氣。如今請賢士來飲數杯酒。將微言探問他。賢士若肯呵。小生奉衣服鞍馬。齎發他登程去。行錢。與我請將賢士來者。〔行錢云〕理會的。〔做請科云〕賢士有請。〔正末上云〕小生張良。自與韓國報讐。不中其計。離了家鄉。避難在此下邳。可早數年光景也。此處有一長者。姓李名仁。字思中。是一巨富的財主。小生寄食在他宅中。每日相待。並無怠慢之心。此恩何日得報。長者恰纔令人來請。不知有甚事。須索走一遭去。張良也。幾時是你那顯耀的時節也。〔唱〕

【南呂一枝花】我本是一箇賢門將相才。逃難在他鄉外。空學的滿腹中錦繡文。天也則我這腹內恨幾時開。憂的我鬢髮斑白。甘貧賤權寧奈。兀的不屈沉殺年少客。不能彀揭天關穩坐在青霄。怎生來憂的這俊英傑容顏漸改。

【梁州】幾時得居八位封侯。可便建節。幾時能彀列三公畫戟門排。我如今孤身流落在天涯外。本是箇守忠義賢臣良將。倒做了背恩寵逆子之才。見如今沿門乞化。抵多少日轉他那千階。也是我命裏合該。大剛來天數安排。我我我幾時得受皇恩爲卿相列朝班奉君王獨步金堦。我我我幾時得承宣命封重職坐都堂鎮邊關的那境界。我我我可幾時能彀居帥府懸金印掛虎符氣昂昂走上壇臺。憑着我胸襟氣概。則我這風雲慶會何年再。暫時困權寧奈。倚仗着我這冠世文章星斗才。胸捲江淮。

〔云〕說話中間。可早來到也。令人報復去道有張良在於門首。〔行錢云〕理會的。〔報科云〕員外。有賢士來了也。〔長者云〕道有請。〔行錢云〕理會的有請。〔見科〕〔正末云〕長者。小生多感大恩。每日如此重禮相待。小生何以克當。異日崢嶸。必當重報也。〔長者云〕賢士休說此話。施恩豈望報乎。小生恰纔令人相請賢士釋悶閑坐。無物可奉。蔬食薄味。不堪食用。惟表寸心。行錢將酒來。我與賢士飲幾杯咱。〔行錢云〕酒在此。〔長者做遞酒科云〕賢士滿飲此杯者。〔正末唱〕

【隔尾】小生深蒙長者多憐愛。則你那救困的恩臨我可也常在懷。〔云〕長者。似你這般仁德之心。無人可比也。〔唱〕你勝如那趙盾的心情將我似靈輒待。有一日若用我安邦的手策。但得一箇微名的縣宰。長者也我答報你箇布德施恩大賢客。

〔長者云〕賢士豈不聞聖人云。四海之內。皆兄弟也。賢士在小生寒舍。每日隨茶逐飯。多有管顧不周。萬望寬恕。賢士何出此言也。〔正末云〕長者之心量如江淮。如此深恩。小生豈敢忘也。〔長者云〕賢士。小生有一言。可是敢說麼。〔正末云〕長者但言。有何不可。〔長者云〕想賢士來到此下邳。數年餘矣。我今觀賢士容顏。難同往日。欲待齎發賢士進取功名。未知意下若何。〔正末云〕感蒙長者盛情。何以克當也。〔長者云〕賢士。又有一事。俺這下邳圯橋邊有一先生。他算陰陽禍福無差。斷人生死有准。賢士可求一卦。看賢士命運如何。若當求進。小生多奉鞍馬盤費。與賢士權別。先生疾便問卜。小生專等回音也。〔正末云〕長者。小生謹依尊命。暫此權別。小生上長街問卜走一遭去。〔下〕〔長者云〕若是問卜已成。那其間我自有箇主意也。〔下〕〔正末又上云〕小生與長者相別。直至圯橋問卜。走一遭去也。〔做走科〕〔福星扮貨卜先生上云〕逍遙靜路不難行。動靜從心善可誠。長將一念存忠節。自然神聖保其真。貧道上界福星是也。專管人間善惡不平之事。貧道久成真位。忠孝者降其福祿。罪逆者降其禍災。凡人立身者。以忠孝為本。報應分明。今下方有一人。姓張名良字子房。此人忠孝雙全。感動天地。吾奉玉帝勑令。說此人有忠國之心。今受其困。未知詳細。貧道化一貨卜先生。探此人忠義若何。我指他箇正路。可早來到市廛中也。〔福星做見科云〕兀的不是此人張良。我喚他一聲。〔做喚科云〕張良。〔正末做驚科云〕好是奇怪。是誰人喚我也。我試看咱。〔正末做回身覷科云〕哦。原來是一箇貨卜的先生。我向前問他一箇緣故。怕做甚麼。〔正末做見福星施禮科云〕支揖。先生怎生認的在下。〔福星云〕我如何不識你箇子房。來此有何事故也。〔正末云〕小生是一貧儒。欲問先生仙鄉何處也。〔福星云〕貧道是此處人氏。我聞知你來俺這裏多時。我是箇貨卜的先生。我算的陰陽有准。斷人生死無差也。〔正末云〕先生。小生欲待進取功名。未知命運何如。與在下決疑咱。〔福星云〕你說那生時年月來。〔正末唱〕

【牧羊關】你將那周易從頭論。將我這貴與賤仔細排。〔福星云〕張良。你問貴賤。這貧與富是人之所作。貧者不善之因。富者積善所致也。此乃是貧富之因也。〔正末唱〕我問官祿子息和這家財。你看我命裏有可是我運未通達。蓋因是命裏無這年月上不該。〔福星云〕你如今多大年紀。何年何月何日何時建生。你說將來。〔正末唱〕我拙年恰二十歲。我是那五月午時胎。且將我今歲行年算先生也你將我這貧與貴一一開。

〔福星做算科云〕你如今三十歲。兀那子房。我這陰陽有准。禍福無差。不順人情。你久已後必貴。當來拜相也。〔福星覷正末驚科云〕呀呀呀。張良。你這會兒容顏比頭裏不同。你今日日當卓午。必然遇着賢人。指教你也。〔正末云〕先生此言有准麽。莫不差算了也。〔福星云〕我如何差算了。不是貧道說大言。則我這陰陽亦如天上月。照察人間禍福星。你那拙運衰時今已去。災星變做福星臨。張良。不則我算的着。那裏一箇先生。又算的妙哉。疾。〔下〕〔正末做回身科云〕那裏也。那裏也。支揖先生。〔做驚科云〕可那裏有箇人來。〔做回身驚科云〕怎生連這箇先生也不見了。好是奇怪也。我索還家見長者去。我試看圯橋咱。〔正末做看科〕〔外扮黃石公上云〕貧道黃石公是也。來到這市廛中。今朝日當卓午。必遇此人張良。行動些。〔正末唱〕

【四塊玉】我這裏便緩步行。來到這圯橋側。〔黃石公見科云〕兀的不是孺子張良。我喚他一聲。〔做喚科云〕兀那孺子張良。〔正末唱〕是誰人便道姓呼名自疑猜。我索與你探行藏問端的何妨礙。〔黃石公做笑科〕〔正末云〕我試望咱是誰喚我也呵。〔正末做回身科〕〔黃石公又笑科〕〔正末云〕呀呀呀。一箇鬚髮盡白的老先生。好道貌也。〔唱〕我見他年高大兩鬢蒼。他髭鬚一似銀絲般白。他生來賁手彩。

〔黃石公云〕兀那孺子張良。你在這裏也。〔正末云〕老先生因何認的在下也。〔黃石公云〕我如何不認的你箇孺子張良。〔黃石公做撇履科云〕兀那孺子張良。你與我取上履來。我教你做徒弟。〔正末云〕這箇先生好無禮也。他口口聲聲喚我做孺子孺子。你與我取上履來者。我待取來又不是。不取來又不好。張良要你尋思。你和他素不相識。他怎生知道你的名字。可有甚麼難見處。必是李斯丞相差來擒拏我。似此如之柰何。我待取這履來。橋上往來的人見。豈不汗顏。說道是你看這箇秀才受如此般的恥辱。怎生與他拏這履。〔正末做思科云〕罷罷罷。張良。你便拏上這履來呵。有甚麼恥處。好是奇怪也呵。〔唱〕

【牧羊關】你着我待忍來如何忍。他看承的我如小哉。不由我嗔忿忿氣夯破我這胸懷。我做學那豫讓般忠孝無嗔。我似那廉頗般避車路。我索與你躬身兒下堦。〔正末云〕張良也。你是箇看書的人。豈不聞聖人云。老者安之。少者懷之。朋友信之。此乃為人之所作也。〔唱〕古人言敬老幼恤孤困。〔云〕想小生離了家鄉。逃難到於途中。迷蹤失路。神靈指引。着我往下邳避災。必有教授你之師。今日長街市上算了一卦。說道我今朝日當卓午。必遇名師也。〔唱〕這一箇老先生敢是那教訓我的祖師來。想着我離故邦受辛苦言難盡。張良也你正是成人的可也不自在。

〔黃石公云〕孺子。與我取上履來者。〔正末做取履科〕〔黃石公做伸足穿履科云〕此子可教。則除是恁的。〔黃石公覷正末科云〕兀那孺子張良。你可也有緣。我與你約五日之期。再來此圯橋等候。我要你為徒弟。我傳與你安身之法。休失其信也。我去也。我去也。〔下〕〔正末云〕師父言道。與我約五日之期。再來此圯橋相會。要傳我安身顯耀之術。張良。你信他做甚麼。此言難以憑信。天色晚了也。我索還家去。〔下〕〔黃石公再上云〕貧道黃石公是也。與張良約五日之期。再來圯橋相會。可早五日也。則怕張良等待。貧道行動些。孺子張良〔黃石公做怒科云〕此孺子好無禮也。我要教授他做徒弟。約五日之期。來此圯橋相會。傳與他安身顯耀之法。不想此孺子不會來。好是無緣也。我待回去來。此子則說我失信。嗒。我且等他片時。〔正末上云〕小生張良。自五日之前。見了那箇先生。他口口聲聲喚我做孺子孺子。約我五日之期。要傳與我安身之法。我待去來。着人便道他是箇風魔先生。他有甚麼安身之法。我待不去來。則怕那箇先生等待我。不可失信。我索行動些。說話中間。可早來到圯橋也。〔做見驚科云〕兀的不是那箇風魔先生。果然在此。好是奇怪也。〔黃石公做見正末怒科云〕兀那孺子張良。我約你五日之期。早來這圯橋相會。我要你爲徒弟。不想你這廝無緣。這早晚纔來。好無恭敬之念也。〔正末云〕師父息怒。息怒。〔黃石公云〕兀那孺子。你聽者。我再約你五日之期。逕來此圯橋相會。我傳與你安邦定國之書。久已後可爲萬代之師。我着你聲播千邦。名揚天下。這一遍若是再來的遲。二罪俱罰。我也不饒你。我去也。〔下〕〔正末云〕先生去了也。張良也。要你尋思。你道他是風魔先生來。他說如此般良言。頭一遍偶遇。第二遍來的遲了。師父言稱道。孺子張良。再約五日之期。來圯橋相會。我傳與你安邦定國之書。久已後可爲萬代之師。我着你聲播千邦。名揚天下。這一遍若是再來的遲。二罪俱罰。這言語未知有准麼。我且回家去來。〔下〕〔正末再上云〕小生張良。要你尋思波。待道他是風魔先生來。他說如此般良言。頭一遍偶遇。第二遍見了師父。言稱道孺子張良。第二遍來遲。再恕你之過。第三遍再約五日之期。來圯橋相會。我傳與你安邦定國之書。久已後可爲萬代之師。我着你聲播千邦。名揚天下。師父說這等言語。知他是睡裏也那夢裏。天色晚了也。我索還長者宅中去。來到這長者宅中。我開開這門。入得這房來。〔正末做驚科云〕呀。過日月好疾也。自離了師父。可早五日光景也。今晚三更前後。至圯橋等待師父。若是我無緣。着師父先在圯橋。若是我有福。我先到等待師父。〔正末做縛門科云〕我與你拽上這門。將繩子來拴住。尋師父走一遭去。〔正末做走科云〕師父還不會來哩。我且在此等待師父。這早晚敢待來也。〔黃石公上云〕貧道黃石公是也。與張良相約三遍。圯橋相會。我教訓他爲徒弟。不想此子二次來遲。今番第三遍也。若是再來的遲。我自有箇主意。〔黃石公做喚科云〕孺子張良。還未來哩。此子好無緣也。〔正末云〕師父。您徒弟等待多時也。〔黃石公笑科云〕張良來了也。你有緣也。〔黃石公做撇履科云〕孺子與我將上履來者。〔正末唱〕

【哭皇天】聖人道敏而好學。我心問也倦怠。不恥下問更忒分外。〔黃石公云〕張良我傳與你驅兵遁甲之書。非同小可也。〔黃石公背云〕此子是無瑕美玉。不遇良工雕琢。豈成其器。他是那擎天之柱。可為棟梁之材也。〔正末唱〕他說與我驅兵六甲書。看我做無瑕玉棟梁材。〔黃石公笑科云〕孺子與我將上履來。傳與你安身之法。〔正末唱〕師父你暢好是輕賢。你心懷的意歹。我又索含容折節。屈脊躬身。伏低做小。跪膝在塵埃。我問你箇老先生。你便有何教訓。教訓我的藝才。〔正末做進履科〕〔黃石公做伸足穿履科云〕兀那張良。你聽者。你可也有緣。我與你這三卷天書。此書非同小可。乃六義三才之奇書也。非可亂傳。此書有一千三百三十六餘言。不許傳與不道不賢之人。此書始傳於世。古之聖賢。皆盡心焉。此書奇義深遠。妙術精微。堯舜禹湯文武周公孔子老聃。無以出此。有六義三才。一者原始。二者正道。三者求志。四者道德。五者遵義。六者安理。原始者。道不可以無始。道德仁義一體也。若天下四方。一動一息之處。大而八弦之表。君臣父子之道。微言脩身。深計遠慮。所以不窮。管仲之計可為能。商鞅之計可為威。弘羊之計可為聚。近怨篤行。任才使能。所以濟物。道德者。本宗不可離道之術。賞不以功。罰不以罪。小則結匹夫之怨。大則激天下之怒。聖賢之道。內明外晦。惟不足於明。文王無大聲。四國畏之。故孔子不怒而民威於斧鉞。國將霸者。士皆歸之。國將危者。賢皆避之。昔者微子去商。仲尼去魯。而以成名。後有三數。乃法略也。是天地人三才之法。不可違此數。豪俊之才。發機用智。逆者難從。順者易曉。此法可治其國。可立其家。久後可為萬代之師。將閑中今古。靜裏乾坤。說了一徧。張良你聽者。曉夜孜孜讀此經。揚名顯耀可安身。忠心輔弼為肱股。定作朝中第一臣。〔正末唱〕聽說罷。魂飛天外。好教我心驚失色。

【烏夜啼】又不曾夢非熊。得遇文王側。莫不是鬼使神差。不由我喜笑盈腮。今日箇執鞭龍須得濟時來。謝吾師展腳舒腰拜。〔云〕小生張良。異日發達。此訓授之恩必當重報也。〔唱〕我若是得發達。身安泰。有一日春雷信動。枯木花開。

【鵪鶉兒】又不會做傅說板築在巖牆。偶然遇殷高到來。我若是立國安邦。可用這兵書戰策。我學那周武八元以承八凱。調鼎鼐。明盛衰。有一日胸捲江淮。平步金堦。把日月重揩。肅靖邊界。扶持着治世的明君。保祚的乾坤永泰。

〔云〕師父那裏人氏。姓甚名誰。通名顯姓咱。〔黃石公云〕你問我姓甚名誰。張良。你要知我姓名。你久已後得志時。親至濟北穀城山下。見一黃石。便是我也。妙算張良獨有餘。少年逃難下邳。初逡巡不進泥中履。爭得先生一卷書。〔下〕〔正末云〕師父去了也。師父這言語。便似印板兒記在心上一般。一日為官至穀城山尋訪師父去。師父着我晝夜勤習。可為萬代之師也。〔唱〕

【尾聲】罷罷罷。我則索用工夫看徹了黃公策。我與你無明夜時時的溫故知新不放懷。謝尊師承顧愛。教訓咱意無歹。漫天機我將做謎也似猜。想當初報韓讎命運乖。則我這盡忠心意長在。那時節離家鄉。避災至下邳有誰睬。我今日遇神師得術冊。〔云〕若是我投於任賢之處。若委用我呵。〔唱〕你看我輔皇朝定邊塞。保乾坤整世界。展江山平四海。則我胸中學腹內才。辨風雲知氣色。我若是作臣僚為元帥。掌軍權在閫外。撫黔黎定蠻貊。是英雄顯氣概。播聲名傳萬載。遂了我這平生志。拂滿面塵埃。恁時節纔識這曉經綸安宇宙這一箇困窮儒也一箇年少客。〔下〕

楔子

〔李長者領行錢上云〕安排酒果臨岐路。暫別賢明慷慨人。小生李思中是也。自去歲酒席中論言。齎發賢士問卜。不想果遇仙師授教。得兵書三卷。賢士曉夜溫習。將兵甲之策盡皆看徹。揀取今朝吉日良辰。要投於任賢之處。進取功名。比及賢士先來。小生將着酒食盤費。衣服鞍馬。在於長亭之上。與賢士餞行。小生等待多時。賢士這早晚敢待來也。〔正末上云〕小生張良。自遇黃石公授教之後。曉夜温習。將遁甲之書。盡皆看徹。小生揀取今朝吉日良辰。拜辭長者投於任賢之處。進取功名。長者先在長亭之上。與小生餞行。我索行動些。〔正末做見科云〕兀的不是長者。〔做見施禮科〕〔長者云〕小生等待許久。不見賢士到來。蔬食薄味。與賢士餞行。略表誠敬之心也。〔正末云〕小生張良在於長者宅中。深蒙厚顧。數載有餘。無可報答。今日長者又將着這酒殽盤費衣服鞍馬。齎發小生。長者。小生想昔日靈輒遭餓於桑間。遇趙盾施一飯之恩。小生雖不及靈輒。長者不在趙盾之下也。〔長者云〕賢士。小生豈敢比前代賢人也。行錢。將酒來。〔行錢云〕理會的。〔長者做遞酒科云〕賢士。小生蔬酌。與賢士餞行。賢士滿飲此杯也。〔正末云〕長者。小生有何德能。如此般重禮相待。異日必當重報也。〔長者云〕賢士飲此一杯者。〔正末云〕長者飲。〔長者云〕賢士。恭敬不如從命也。〔正末做飲酒科云〕長者。酒彀了也。便好道行人貪道路。拜辭了長者。便索長行也。〔長者云〕行錢。收了酒果者。〔行錢云〕理會的。〔正末做拜科云〕今日與長者相別。不知何日相會也。〔長者云〕賢士穩登雲路。早望回音也。〔正末云〕長者。小生不敢久停。便索登程也。〔唱〕

【仙呂賞花時】則我這行色匆匆去意緊。飲過這餞祖香醪杯數巡。〔長者云〕賢士這一去必然稱平生之願也。〔正末云〕張良異日崢嶸呵。〔唱〕我若是得志節遂風雲。〔云〕長者之恩。高如華嶽。深如滄海。豈敢忘也。〔長者云〕不必掛念。豈望賢士報乎。〔正末唱〕我說的言詞落可便有准。〔云〕長者言之當也。但念畜犬有展草之恩。良馬有垂韁之報。禽獸尚然如此。何況爲人而不知恩乎。〔長者云〕賢士休說如此言語。不勞掛意。穩登前路也。〔正末唱〕我報答你箇救困苦得這箇大恩人。〔下〕

〔長者云〕賢士去了也。這一去必遂大丈夫之志。豈在他人之下也。若論賢士之才。他將那重磨日月手舒開。這一去管取風雲際會諧。這番果遂心中願。那其間蟄龍春信濟時來。〔下〕

第二折

〔外扮蕭何同淨樊噲領卒子上〕〔蕭何云〕智掃羣雄百萬兵。威敵平定漢初興。志存節義爲肱股。流傳千載顯家聲。小官蕭何是也。少爲沛縣主吏。因沛令欲起兵應陳涉。小官與曹參殺令。立劉亭長爲沛公。俺沛公與項羽遵懷王之命。共滅嬴秦。西取咸陽。先入關者王之。後入者臣之。小官奉命。親爲行軍司馬。俺沛公先到咸陽。封府庫。鎖宮門。分毫不取。項羽後入咸陽。不忿俺沛公。因此上項劉爭利。累累交鋒。互有勝負。今項羽將定天下。豪傑已歸。止有二處未能收取。乃是平陽魏豹西洛申陽。今奉沛公之命。着小官先至西洛。擒拏申陽。小官聞此申陽才智過人。有萬夫之勇。又說此人手下有一大夫。乃是陸賈。有孫吳之謀略。管樂之奇才。小官未可深信。我今請的韓元帥來。共同商議。擒拏二將。未爲晚矣。令人。與我請將韓元帥來者。〔卒子云〕理會的。〔做請科云〕韓元帥安在。〔外扮韓信同灌嬰張耳上云〕〔韓信云〕廣習先賢古聖文。孫吳韜略久知聞。忠心赫赫扶真主。平定干戈保萬民。某乃韓信是也。這二位將軍。乃是灌嬰張耳。小官幼而頗習遁甲之書。善通軍旅之學。有神鬼不測之機。心存忠孝。腹隱機謀。累累成功。先爲治粟都尉。多感蕭相國之恩。三薦登壇。拜爲大將。俺與項羽爭鋒。某立十件大功。四方平定。小官正在帥府閑坐。丞相令人來請。不知有甚事。領着衆將。須索走一遭去。令人報復去。道有韓信同二將在於門首。〔卒子云〕理會的。〔做報科云〕喏。報的丞相得知。有韓元帥同二將在於門首。〔蕭何云〕道有請。〔卒子云〕理會的。有請。〔見科〕〔韓信云〕丞相。今日呼喚韓信來。有何事商議也。〔蕭何云〕今日請的元帥來。別無甚事。小官奉俺沛公之命。欲要擒拏平陽魏豹。西洛申陽。特請元帥來共同商議。未知元帥意下如何。〔韓信云〕丞相。此事非同小可。可請將張子房來。共同商議。有何不可。〔蕭何云〕元帥此言甚當。令人。便請將子房軍師來者。〔卒子云〕理會的。子房安在。〔正末上云〕小官張良是也。我自離了下邳。來到咸陽。投於沛公麾下爲將。俺沛公豁達大度。納諫如流。小官累建大功。官居重職。小官數年之前。不得意時。多蒙下邳李長者之恩。有如山海。未曾答報。前者令人去取李長者去了。不見到來。小官暗想當日隱於下邳。待時度日。今日箇食前方丈。祿享千鍾。真乃是時也運也命也。想着我時運拙命運難通。我則道紅塵內久困英雄。今日箇遂却我平生心願。立劉朝萬載興隆。〔唱〕

【正宮端正好】我今日爲宰職便做都堂。我端的便受極品爲卿相。掃好邪平定邊疆。我本是整乾坤安宇宙忠良將。保祚的這萬里山河壯。

（云）小官想當日西取咸陽驅兵領將投至得今日爲官非同容易也。（唱）

【滾繡毬】想着我當年時離了俺那父母鄉。報韓雠那一場。也是那命運乖禍從天降我今日遂風雲稱平生顯身榮節志昂昂。第一來與韓邦報了恨雠第二來扶炎劉名姓香。你看我整風俗遵禮樂治安乾象。我今日乘肥馬衣輕裘享天恩紫綬金章。本是箇股肱才輔弼平蠻貊掃蕩了八面煙塵可兀的定四方後世名揚。

（云）可早來到也。令人報復去道有小官來了也。（卒子云）理會的。（做報科云）喏。報的丞相得知。有張子房來了也。（蕭何云）道有請。（正末做見科云）呀呀呀丞相與元帥都在此。丞相喚小官張良有何事商議也。（蕭何云）今請軍師來別無甚事。小官奉沛公之命。爲平陽魏豹西洛申陽未能收捕。今日特請軍師共同商議征討二處軍師意下如何。（正末云）丞相。小官張良有一語可是敢說麼。俺衆將自投於沛公。各立功勳多蒙寵賜。想丞相功勳言不能盡。元帥的勳業竭力盡忠。蓋世功勞誰人可比。想張良投於沛公官高祿重並無寸箭之勞。怎生將此二處着小官收捕一遭。以圖補報未知丞相意下如何也。（蕭何云）既然軍師要去收捕西洛小校那裏一壁廂整點軍馬將士糧草戈甲收拾停當與軍師擒拏申陽去。（正末云）丞相。小官不用軍馬憑着小官三寸不爛之舌說此將來降也。（蕭何云）軍師所言不用軍馬將士不知有何妙策擒拏此將。試說一遍咱。（正末云）丞相想古來有幾箇賢臣我試說一遍咱。（蕭何云）軍師古來有那幾箇賢臣良將報國盡忠軍師試說一遍咱。（正末唱）

【倘秀才】我待學那周八士安八表封官也那受賞。（蕭何云）軍師再學那一箇也。（正末唱）我似那舜五人立清政顯聲名播千古着萬人可便論講。（蕭何云）再學那箇也。（正末唱）我勝如紂比干田穰苴報國存忠壯帝鄉。（蕭何云）軍師說此申陽足智多謀。難以擒拏也。（正末唱）俺有道伐無道。（蕭何云）軍師小官須索整點英雄將士裏應外合擒拏他。有何不可也。〔正末唱〕擒逆子。不索動刀槍。〔蕭何云〕軍師言道不用軍將人馬。此人好生英勇。則怕有失。怎了也。〔正末唱〕非是我自誇也那自奬。

〔韓信云〕軍師。丞相奉俺沛公之命。要征伐此二處。軍師言說不用將校。自有妙策。但此申陽好生英勇。且休說申陽高強。他手下有一大夫。乃是陸賈。說此人用兵如神。有伊呂之才。做孫吳之略。智謀過人。有萬夫不當之勇也。〔正末云〕元帥。憑着小官微智。着此將投降也。〔韓信云〕軍師論三略可學誰也。〔正末唱〕

【滾繡毬】論三略呵我可也動干戈起戰場。〔韓信云〕軍師論六韜呵怎生。〔正末唱〕論六韜我學那定山河保乾坤伐無道的姜呂望。〔韓信云〕論機見可學誰也。〔正末唱〕論機見呵我似那齊孫臏報冤讎在馬陵川夜擒了那一員虎將。〔韓信云〕論敢勇可學誰也。〔正末唱〕論敢勇呵我似那楚伍員伏盜跖赴臨潼舉金鼎欺文武保諸侯逞英豪狀貌堂堂。〔韓信云〕軍師論慷慨呵學誰。〔正末唱〕論慷慨做李牧守塞北。攝西戎鎮夜郎。〔韓信云〕論志氣可學誰也。〔正末唱〕論志氣呵我勝如管夷吾霸諸侯那手策威名不讓。〔韓信云〕敢問軍師論節義可學誰也。〔正末唱〕論節義呵我學那存忠孝施正禮行仁道治綱常伊尹扶湯。〔韓信云〕論踴躍學誰也。〔正末唱〕論踴躍我不讓藺相如在澠池會展雄才施威烈可那般軒昂志。〔韓信云〕論戰敵可學誰也。〔正末唱〕論戰敵呵我不讓齊田單火牛陣施遁甲用奇術排軍校驅虎將。他收那即墨城開我着他拱手降。〔韓信云〕此言壯哉也。〔正末唱〕非是我自說高強。

〔韓信云〕軍師所言數事。件件過人。衆將近前。聽軍師支撥。聽令而行也。〔正末云〕灌嬰近前來。〔灌嬰云〕軍師喚小將那廂使用。〔正末做打耳喑科云〕灌嬰。可是這般恁的。〔灌嬰云〕小將理會的。出的這帥府門來。奉軍師將令。擒拏申陽。走一遭去。大小三軍。跟着我直至西洛。接應軍師。走一遭去來。奉軍令差領兵卒。雄赳赳慣戰征夫。施智量遠臨西洛。遵將令暗裏埋伏。〔下〕〔正末云〕樊噲近前來。〔樊噲云〕軍師喚樊噲那廂使用。〔正末做打耳喑科云〕可是這般恁的。〔樊噲云〕得令。出的這轅門來。奉着軍師將令。領着三千軍馬。直至西洛。敵冉申陽。走一遭去。大小三軍。聽吾將令。甲馬不得馳驟。金鼓不得亂鳴。不許交頭接耳。箇箇皆要用心。白日裏都要打盹。到晚間定睛對瞅。若要相持厮殺。撇下馬。丟了槍。一齊便走。今日領兵爲大將。白煠鷄兒好蘸醬。兩瓶好酒喫的醉。帳房裏面高聲唱。〔下〕〔正末云〕丞相。衆將去了也。小官不可遲悞。則今日辭別丞相元帥。親至西洛。用計征伐。走一遭去。〔下〕〔蕭何云〕軍師去了也。所言的事。必成大功。一壁廂差精兵猛將。接應軍師。走一遭去。運謀施智顯忠良。不驅士馬動刀槍。三寸舌劍談天智。親臨西洛騙申陽。〔下〕〔韓信云〕軍師與衆將去了也。張耳近前來。〔張耳云〕元師呼喚小將。那廂使用。〔韓信做打耳喑科云〕張耳。可是這般恁的。小心在意者。〔張耳云〕得令。奉元帥將令。暗調申陽。走一遭去。運機施略調申陽。言談語句話中藏。若見羣雄親用智。十面埋伏那一場。〔下〕〔韓信云〕衆將都去了也。小官調領大兵。隨後接應。走一遭去。號令嚴明領大軍。紛紛殺氣靄征雲。直臨西洛多威猛。奏凱還師拜紫宸。〔下〕〔申陽領卒子上云〕因秦失鹿起刀槍。四海英雄會俊良。天下英豪聞吾怕。某名傳西洛號申陽。某乃申陽是也。幼習儒業。頗看兵書。深通管樂之策。文能伏衆。武能威敵。運籌帷幄之中。決勝千里之外。今日陞帳。帳前排幾隊勇征夫。帳後列數百英雄將。左隊陳劣缺天蓬。右隊擁搊搜甲士。周圍鐵鎧兒郎。護衞兵有七重圍子。三軍誰敢帳前喧。便是那鴉鵲過時不啅噪。某因秦嬴失鹿。陳勝吳廣。關西兵起。各霸其境。陳勝以滅。劉項爭鋒。沛公先至咸陽。項羽倚強爲霸。遷於彭城。封俺六國諸侯。某今在西洛鎮守。虎視天下英雄。俺這裏兵雄將勇。馬壯人強。田多糧廣。帶甲軍校數十餘萬。某手下有一大夫。乃是陸賈。智過伊呂。舌辯蘇張。今沛公用張良爲軍師。韓信爲元帥。蕭何爲丞相。自漢中起兵。所過州縣。望風而降。必來與吾交鋒。量他何足道哉。今請大夫陸賈。與他商議。看此人怎生用計與兵。小校。與我請將陸賈大夫來者。〔卒子云〕理會的。陸大夫安在。〔陸賈上云〕智勝孫吳伊呂文。談天論地志凌雲。不弱張儀說六國。能言舌辯賽蘇秦。某乃陸賈是也。幼而習文。博通經史。頗曉穰苴之法。詧知武子之書。今佐於西洛申陽麾下。爲其大夫之職。小官正在演武場中。操練兵卒。有軍校來請。元帥呼喚。不知有甚事。須索走一遭去。可早來到也。報復去。有陸賈在於門首。

〔卒子云〕理會的。〔做報科云〕喏。報的元帥得知。有陸大夫來了也。〔申陽云〕道有請。〔卒子云〕理會的。有請。〔見科〕〔陸賈云〕元帥喚陸賈有何事商議。〔申陽云〕大夫。請你來別無甚事。今沛公用韓信爲帥。所向無敵。收州城數十餘座。他必來俺洛陽。與某拒敵。大夫你有何機謀。退韓信之兵。若出妙言。某一一從之也。〔陸賈云〕元帥。小官有一計。〔申陽云〕計將安在。〔陸賈云〕元帥。韓信用兵如神。不要與此人交鋒。張良亦爲說客。洛陽者左山右水。四塞險阻。深挑壕塹。高壘城池。積草屯糧。堅守不戰。元帥。此乃爲長久之策也。〔申陽云〕某謹依大夫之言。深溝堅壁。莫與韓信交鋒。張良乃爲說客。若來時。擒拏不饒。我雖與大夫定此一計。不曾與張仝商議。小校。與我喚將張仝來者。〔淨扮張仝上云〕文武雙全爲將相。行兵布陣我取強。早飯一頓喫七椀。生葱蘿蔔好蘸醬。某乃張仝是也。某佐於申陽元帥手下爲將。正在演武場中習士練卒。元帥呼喚。須索走一遭去。小校報復去。道張仝在於門首。〔卒子云〕理會的。〔做報科云〕喏。報的元帥得知。有張仝來了也。〔申陽云〕道有請。〔卒子云〕理會的。有請。〔見科〕〔張仝云〕元帥。喚小將有何事也。〔申陽云〕張仝。喚你來不爲別。今沛公拜韓信爲帥。所向無敵。收了數十餘座城池。誠恐與某交鋒。某與大夫定計。深溝高壘。積草屯糧。堅守不戰。此計如何也。〔張仝做背科云〕正合着我的心。我又不濟。若是與他交鋒。我那裏近的他。將計就計。不好則說是好。元帥。此計大妙大妙。〔申陽云〕張仝說的是。小校門首覷者。若有一軍情事。報復我知道。〔正末上云〕小官張良。自離了丞相元帥。不覺數日。早來到西洛也。我換了這衣服。扮做一箇雲遊先生。我問人來。這裏便是申陽的帥府。門首立着幾箇人。我試問他咱。〔做見卒子科云〕稽首。敢煩通報元帥知道。有一雲遊先生。特來拜訪也。〔卒子云〕理會的。〔做報科云〕喏。報的元帥得知。門首有箇雲遊的先生。要見元帥也。〔申陽云〕有一雲遊先生要見某。大夫。此人必然是張良也。〔陸賈云〕元帥。此人必是張良。舌辯之士。休得素放他也。〔張仝云〕元帥。若是張良。休要饒了他。〔申陽云〕小校。着他過來。〔卒子云〕理會的。過去。〔見科〕〔正末云〕稽首。貧道是一雲遊先生。特來拜訪元帥也。〔申陽云〕兀那先生。你那裏人氏。來俺這裏有何事幹也。〔正末唱〕

【倘秀才】我這裏便人鞠躬躬將謙詞禮講。〔申陽云〕兀那先生。你姓甚名誰也。〔正末唱〕他那裏問姓字先生可便何往。我可也行不更名本姓張。〔申陽云〕你敢是張良麼。〔正末云〕然也然也。〔陸賈云〕此人是說客。元帥休得饒他也。〔申陽云〕兀那張良。你是喉舌之人。你佐於沛公手下爲將。你來俺這裏做甚麼。〔正末云〕貧道非是沛公之將。乃韓國阜城人氏。因打此處經過。聞知元帥才德。特來見訪也。〔申陽云〕小校與我拏住張良。我決無輕恕也。〔正末唱〕他一回兒嗔忿忿沖牛斗。施勇烈逞高強。〔申陽云〕大小衆將。與我圍住張良者。〔正末唱〕他顯八面虎狼般氣象。

〔陸賈云〕張良。俺這裏將你擒拏住。休言語。你言語必無輕恕。疾忙受降也。〔申陽云〕張良。我知道你是沛公之臣。亦爲喉舌之士。你來我根前。如何說的過。你正是飛蛾兒投火。你正是說客。更待干罷也。〔正末云〕將軍曾聞說客麼。古來說客有三等。〔申陽云〕可是那三等。〔正末云〕一圖名。二圖財。三圖國。〔申陽云〕這一圖名者何也。〔正末云〕一圖名者。昔日七國爭雄。魏威公命侯嬴收趙。侯嬴求救於秦。蘇秦曰。告公令箭。某親自入魏。蘇秦至魏。見其威公。但說齊與趙連和。國王攻趙。何當兩國之鋒。魏國聞之。收兵還國。後蘇秦名揚天下。此乃是圖名說客是也。〔申陽云〕這二圖財者何也。〔正末云〕二圖財者。昔日春秋齊威公。令孫子伐魏。龐涓令人將金銀寶物買告鄒文簡。和齊罷兵。不想鄒文簡果受其寶。文簡罷兵。見其齊公。言孫子攻魏。數月不下。倘魏楚相連。却來攻齊。公子若何。齊公令孫子罷兵還國。此乃是圖財說客是也。〔申陽云〕三圖國者是如何。〔正末云〕三圖國者。昔日十八國。爲因吳伍員領兵伐楚。申包胥入秦求救。哀公不發救兵。至於秦亭館驛。七晝夜水米皆不入其口。大痛悲泣。哭倒秦亭館驛。哀公曰。包胥乃忠烈之臣也。疾發兵救楚。子胥領兵回吳。此乃是圖國說客也。說兀的做甚。我一不圖名。豈戀財。當初那包胥爲客痛傷懷。張良怎做遊說客。聞公賢德。故親來。〔唱〕

【呆骨朵】枉了我那區區千里親身降。〔申陽云〕兀那張良。你心懷徼倖。有所害俺之意。如何饒免的你也。〔正末唱〕我又不曾懷奸讒徼倖的心腸。〔申陽云〕想汝實是無禮。我和你素不相識。你既不爲說客。你來俺這裏有何事幹。更待干罷也。〔正末唱〕他一回兒忿怒生嗔。心勞意穰。〔申陽云〕你恰纔所言申包胥哭秦亭一事。侯嬴收趙。文簡受資圖財圖國。言中之計。話內之機。你比這三人更不同也。在某根前如何說的過。〔正末唱〕我又不比申包胥這箇圖國的悲傷士。〔申陽云〕你又比侯嬴鄒文簡若何。〔正末唱〕我又不比那鄒文簡共侯嬴兩箇奸雄將。〔申陽云〕你既不爲說客。你來俺這裏有甚麼勾當也。〔正末唱〕我端的可便爲賢才到於鳥獸邦。〔申陽云〕你何處而來也。〔正末唱〕因此上便訪中忠良離帝鄉。

〔申陽云〕陸賈大夫。今張良已落在俺彀中也。綁縛定了。着誰爲使。送張良與魯公去。〔陸賈云〕元帥。小官陸賈親自爲使。將張良解與魯公去。可不好那。〔申陽云〕大夫。你親自爲使。小心在意者。〔陸賈云〕則今日辭別了元帥。便索長行。出的這轅門來。小校。將張良緊緊的圍定。直至彭城見魯公。走一遭去。〔同張良下〕〔申陽云〕小校。陸賈大夫去了也。緊守轅門。若有軍情事。報復我知道。〔外扮張耳上云〕某乃張耳是也。奉俺元帥將令。暗調申陽。某來到申陽門首也。小校報復去。道有魯公手下差一大將乃是張耳。特來見元帥。〔卒子云〕理會的。〔做報科云〕喏。報的元帥得知。有魯公差張耳。在於門首。〔申陽云〕道有請。〔卒子云〕理會的。有請。〔見科〕〔申陽云〕將軍此一來有何事也。〔張耳云〕報的元帥得知。某乃魯公手下大將張耳是也。奉俺魯公之命。特來報知元帥。今沛公手下有一大將。乃是樊噲。領數千軍馬。在您洛陽境上。虐害人民。折伐桑棗。俺魯公着某統領五千軍馬。與元帥助陣。擒拏樊噲也。〔申陽云〕頗柰韓信胯夫無禮。差樊噲匹夫侵犯吾之境界。破伐桑棗。擄掠人民。更待干罷。某今便點雄兵。擒拏樊噲。走一遭去。大小三軍。聽吾將令。三軍嚴整。約束分明。聞鼓必進。鳴金必止。軍行處征雲冉冉。土雨紛紛。遠聞戰鼓喧天。遙望旌旗映日。旌旗閃閃。劍戟重重。旌旗閃閃遮天映日轉光輝。劍戟重重就地擁出兵世界。鞍上將凜凜如神。坐下馬威風似虎。騰騰殺氣渾如那霧罩崐崙。靄靄征雲不見了青天白日。十萬兵厮殺相持。千員將揚威耀武。得勝旗搖還寨去。鞭敲金鐙凱歌回。今朝發奮統戈矛。侵邊犯境怎干休。拏住樊噲親殺壞。恁時方顯報寃讎。〔領卒子下〕〔陸賈領卒子拏正末上〕〔陸賈云〕某乃洛陽大夫陸賈是也。今拏住張良。解送與魯公去。小校。慢慢的行。兀那塵土起處。一丢人馬。不知是那裏來的也。〔灌嬰打楚字旗號領卒子上云〕某乃灌嬰是也。奉軍師的將令。打着楚字旗號。擒拏申陽兀的不是軍馬至也。大小三軍。擺開陣勢者。〔陸賈云〕來的軍馬。我試問他一聲。來者將軍是何國人也。〔灌嬰云〕某乃魯公手下大將項莊是也。聞知您拏了張良。特來接應也。〔陸賈云〕將軍乃是楚將項莊。俺申陽元帥拏住張良。今解送與魯公去。某乃大將陸賈是也。兀那張良。你見麼。魯公來接應俺哩。〔正末唱〕

【貨郎兒】猛聽的吹畫角悠悠的。便嘹喨。他道俺接應的軍排戰場。〔陸賈云〕項莊將軍俺一同的見魯公去來。〔正末唱〕他那裏探知就裏可便問其詳。大將軍何名姓。〔陸賈云〕項莊將軍俺用千般之計。拏住張良。獻與魯公。請功受賞也。〔正末唱〕他拏住的是張良。

〔灌嬰云〕陸大夫。此人張良。足智多謀。他在那裏。我試看咱。〔陸賈云〕在這檻車中也。〔灌嬰做看科〕〔背云〕軍師休慌。兀那張良。你從頭說你那實情也。〔正末唱〕

【脫布衫】他教我言端的細說行藏。〔陸賈云〕張良勿得多言。見魯公受降去來。〔正末唱〕休言語獻楚投降。〔云〕將軍饒性命咱。〔唱〕我這裏忙哀告饒咱性命。〔陸賈云〕既然拏住你也。怎生饒的過。〔正末唱〕他道既拏住怎生輕放。

〔灌嬰云〕將那張良拏近前來。你直這般大膽。來到我這裏也。〔正末唱〕

【醉太平】他那裏孜孜覷當。〔灌嬰云〕軍師休怕。申陽陸賈二將。如何出得俺手也。〔正末唱〕諕的我戰兢兢手脚慌張。〔灌嬰云〕此將中俺之計也。〔正末唱〕說道是中吾計不索再商量。〔灌嬰云〕俺韓元帥領大勢雄兵來接應也。〔正末唱〕又道是兵多將廣。〔灌嬰云〕此陸賈並無疑慮之心也。〔正末唱〕你道是申陽陸賈別無恙。〔灌嬰云〕若到半途。必然下手也。〔正末唱〕到半途暗暗拏雄將。〔灌嬰云〕想二將不知俺暗定其計也。〔正末唱〕他本待要望福祿不想道這腦背後起災殃。我則待堅心扶立明聖主。我播一箇史記內便書名可着人慢慢的講。

〔灌嬰云〕大小衆將。不與我下手怎的。〔卒子做拏陸賈科〕〔陸賈云〕某中他計也。饒吾有千條之計。怎出他高人之手。〔灌嬰云〕師父略等片時。後頭軍馬來也。〔張耳樊噲領卒子拏申陽上〕〔張耳云〕某乃張耳是也。智擒了申陽。接應軍師去來。兀的不是灌嬰將軍。〔做見正末科云〕軍師。小將張耳。與樊噲智擒了申陽也。〔灌嬰云〕軍師。俺又拏住了陸賈。張耳樊噲智擒了申陽也。〔正末云〕多謝了衆將効力成功。則今日便索收兵獻功去。誰想有今日也呵。〔唱〕

【尾聲】俺今日敲金鐙將得勝歌必索齊聲唱。俺須索踐程途喜孜孜軍兵出戰場。則今番有名望。擒收了三猛將。將功勞上表章。把軍情慢慢的講。功勳籍寫數行。入凌煙金榜上。作臣僚入廟堂。恁時節受爵封官那其間論功賞。

〔衆將領卒子同下〕〔淨鍾離昧領卒子上云〕我做大將是英雄。諸般武藝不甚通。聽的上陣去廝殺。騎着馬兒一陣風。某乃大將鍾離昧是也。我文通四略。武解七韜。四略者。一曰天略。二曰地略。三曰人略。四曰馬料。七韜者。一文韜。二武韜。三龍韜。四虎韜。五豹韜。六犬韜。七核桃。坐籌帷幄之中。決勝千里之外。休言人敢帳前喧嚷。着駱駝高聲叫。某奉俺魯公之命。領大勢雄兵。擒拏張良韓信。某爲大師。兄弟季布做先鋒。我擺的停停當當了。不見季布來。小校覷者。他若來時。報復我知道。〔淨季布上云〕我做大將甚是標。兵書戰策不曾學。聽的廝殺推害病。正是買賣歸來汗未消。某乃魯公手下大將季布是也。某多知兵書。廣覽戰策。十八般武藝。般般不會。件件不曉。我今領大勢雄兵。鍾離昧爲元帥。我爲先鋒。擒拏張良韓信等。可早來到也。小校報復哥哥知道。有我來了也。〔卒子云〕理會的。〔做報科云〕喏。報的元帥得知。有季布來了也。〔鍾離昧云〕兄弟來了。着他過來。〔卒子云〕着過去。〔見科〕〔鍾離昧云〕兄弟你來了也。〔季布云〕哥哥。您兄弟來了。我點的軍馬十分停當。〔鍾離昧云〕兄弟。俺奉魯公之命。着俺二人擒拏張良韓信。哩整點的軍馬停當。我先去。兄弟你隨後便來接應我也。〔季布云〕哥哥去了也。大小三軍。聽吾將令。聽我細說原因。明日與他相持廝殺。箇箇都要獻功。一箇人要三十根好箭。一箇人要五張硬弓。身穿上五領胖襖。一箇人帶着八十箇酒瓶。左肩上挑着五石白米。右肩上擔着五萬箇燒餅。左脚上捓着鑪鍋。頭上頂着五十箇銅盔。左手裏拏件鐵叉。右手裏拏着四十條麻繩。頭到去上陣廝殺壓的他大叫高聲。忽的門旗開處。便與他闘敵相爭。若是他與我交戰。諕的我去了魂靈。若是他衆軍將我來趕。我騎上馬走如飛星。（同下）（張耳上云）某乃張耳是也。今有季布鍾離眛。統領大勢軍馬與俺交鋒。我奉韓元帥將令。領三千人馬。我爲前部先鋒。灌嬰爲合後。樊噲爲元帥。便索與二將交鋒走一遭去。驅兵用智敢當先。奮勇施威立陣前。親爲前部擒賊寇。方顯英雄將相權。（下）（鍾離眛同季布領卒子上）（鍾離眛云）某乃鍾離眛是也。大小三軍。擺開陣勢。來者何人。（張耳同灌嬰淨樊噲領卒子上）（張耳云）大小三軍擺開陣勢者。兀那小校。報與你元帥得知。着名將出馬也。（外卒子做報科云）喏。報的元帥得知。有沛公人馬索戰也。（季布云）他的軍馬至也。我與他答話去。（季布鍾離眛出陣科）（張耳云）來者何人。（季布云）我乃大將季布是也。爾乃何人。（張耳云）某乃大將張耳。這二位是灌嬰樊噲。兀那無名小將。下馬受降也。（季布云）你怎麼說大話。來來來。我和你戰幾合。（張耳云）小校操鼓來。（戰科）（季布云）這廝倒來撒的我近不過他。走走走。（同鍾離眛下）（張耳云）這廝走了也。不問那裏趕將去。（同下）

第四折

（蕭何領卒子上云）扶持真主立劉朝。曉夜孜孜不憚勞。明良際遇風雲會。青史英名萬古標。小官蕭何是也。奉俺沛公之命。今爲軍師張良親至西洛。擒拏申陽陸賈。得勝而還。又因鍾離眛大勢軍馬與俺交戰。被衆將一戰勝了。將鍾離眛大勢軍馬。一鼓而下。得勝還營。沛公之命。就在帥府中安排筵宴慶賞三軍。小官直至帥府。加官賜賞。走一遭去。帥府排筵奪上命。加官賜賞慶功勳。（領卒子下）（韓信領卒子上云）赤心報國立劉邦。定亂除危保四方。嚴明號令驅軍將。保祚皇猷日月長。小官韓信是也。因爲西洛申陽未能收捕。被子房用智施謀。擒拏申陽陸賈。又遇鍾離眛季布與俺交鋒。某命大將灌嬰樊噲張耳擒拏二將。得勝而還。我奉聖人的命。就在帥府慶賞功勞。小校。一壁廂安排筵宴。若衆將來時。報復我知道。（灌嬰張耳樊噲同上）（灌嬰云）旌旗蔽野列槍刀。遠破陰敵殺氣高。軍前一陣成功效。奏凱回京拜聖朝。某乃灌嬰是也。這二位將軍。乃是張耳樊噲。來到帥府也。小校報復去。道有衆將在於門首。〔卒子云〕理會的。〔做報科云〕喏。報的元帥得知。有灌嬰等衆將來了也。〔韓信云〕着他過來。〔見科〕〔韓信云〕您衆將都來了也。小官奉聖人的命。爲您竭力成功。着小官在此帥府排宴。加官賜賞。您衆將則少誰哩。〔張耳云〕俺衆將都來全了。則有軍師未會來也。〔韓信云〕小校門首覷者。若軍師來時。報復我知道。〔正末上云〕小官張良自於西洛收申陽陸賈回程。韓元帥奉聖人的命。在帥府中安排筵宴。須索走一遭去。誰想有今日也呵。〔唱〕

【雙調新水令】則俺這一班兒整乾坤衆英豪。都是那股肱才要保安宗廟。論機術做管樂。論智勇有誰學。千古名標。我則待行仁德順天道。

〔云〕說話中間。可早來到帥府門首也。小校報復去。道有張良在於門首也。〔卒子云〕理會的。〔做報科云〕喏。報的元帥得知。有軍師來了也。〔韓信云〕道有請。〔卒子云〕理會的。有請。〔見科〕〔韓信云〕軍師來了也。軍師路塗辛苦。擒拏二將用心也。〔正末云〕元帥守府不易也。〔韓信云〕軍師請見衆將也。〔正末做見衆將科云〕您衆將都來全了也。近前來。今日元帥奉命宴賞。各論其功也。〔韓信云〕軍師。韓信敢問麼。當日您衆將辭了朝。到的洛陽。怎生用智收捕二將。軍師。你試說一遍咱。〔正末云〕小官當日離了丞相元帥。到的洛陽。見了申陽。將微言所說。未會舉口。申陽將軍可早怒生兩肋。髮乍衝冠。申陽將軍言道。項羽有命。拏住張良者千金加賞。萬戶封侯。就將某獻與項羽。請功受賞。小官略使小計。遣數將定計鋪謀。弔申陽擒了陸賈也。爲賢良千里驅馳。用千般智略心機。申陽你若是秉忠貞堅心輔佐。陸賈我着您承恩祿廕子封妻。

〔韓信云〕軍師。想着你於國盡忠。多有功勞也。〔正末唱〕

【沉醉東風】我若是忠心報君恩重爵。立功勳史記名標。靈禽相良木棲。輔聖主行仁道。俺則願的泰階平風雨時調。見如今四海黎民歌舜堯。俺可便共享昇平到老。

〔韓信云〕小校將酒來。〔卒子云〕理會的。〔韓信做把盞科云〕軍師。不枉了効力成功。壯哉壯哉。滿飲此杯者。〔正末做飲酒科云〕小官飲。〔韓信云〕一壁廂動樂者。〔動細樂了〕〔韓信云〕軍師再飲此杯者。〔正末

唱】

【水仙子】金杯滿注捧香醪。品味珍羞盤內託。則聽的仙音一派多奇妙。
比俺那凱歌聲音韻好。受天恩賜宴難消。君王德過禹舜。正人倫尊禮樂。
恩寬厚勝似湯堯。

〔蕭何上云〕小官蕭何是也。奉聖人的命。至帥府中加官賜賞。走一遭去。可早來到也。小校報復去。道小官
來了也。〔卒子云〕理會的。〔做報科云〕喏。報的元帥得知。有使命來加官賜賞也。〔韓信云〕使命至也。俺接
待去來。〔衆將做接科云〕大人俺衆將接待不着。勿令見罪也。〔蕭何做見科云〕你衆將都望闕跪者。聽聖
人的命。則爲您効力成功。着小官封官賜賞。您聽者。則爲你發憤志掃蕩羣雄。享重爵秩祿重重。施妙策捉
拏猛將。擒草寇風捲殘雲。得勝也鞭敲金鐙。喜孜孜奏凱還城。今日奉勅旨加官賜賞。着你承恩祿萬載崢
嶸。張子房股肱才堪爲輔弼。又賜你千兩黃金。灌嬰爲左司馬行軍之職。張耳爲右司馬敢勇將軍。樊噲爲
輔弼大將。衆將士八位公卿。封三代丹書鐵券。則爲你竭力盡忠。加你爲領軍大將。再有功自有除陞。今日
箇加官賜賞。一齊的望闕謝恩。

題目　黃石公親授兵書

正名　張子房圯橋進履

破苻堅蔣神靈應雜劇

李文蔚撰

第一折

〔沖末扮苻堅領卒子上云〕〔苻堅云〕府庫充實聚寶珍。數年修政以安民。強兵富國興王地。守治長安號大秦。某乃秦公苻堅是也。原祖中蒲人氏。我父乃蒲洪。授都督之職。後改姓苻。永和六年十一月。某將兵入長安。初時民心未定。某遣使赴建康。各舉孝悌廉直。有呂婆樓舉王猛有謀略之才。某招納用之。某拜他為軍師。修政以來。開闢田疇。練習軍士。因此上國富兵強。數載秦國大治。某心中惟有一件大事未曾稱意。某與軍師商議。看此人有何機見。小校與我請軍師王猛來者。〔卒子云〕理會的。王猛安在。〔正末扮王猛上云〕老夫姓王名猛。字景略。北海人也。少時學倜儻而有大志。隱居華陰。後呂婆樓舉薦。得見秦公苻堅。封老夫為軍師之職。商議國之大事。須索走一遭去。乃繼前朝之遺也呵。〔唱〕

【仙呂點絳唇】想起那漢室興邦。立基開創。蕭丞相。韓信張良。他正是傑士從天降。

【混江龍】萬民仰望。中興光武出南陽。衣冠濟楚。人物軒昂。道統相承尊禮義。彝倫正體敍綱常。因此上繁華美麗。盛世風光。卿雲秀氣。瑞靄禎祥。他正是樂雍熙寧宇宙。大朝臣。端的是賀昇平安社稷。邊庭將那其間息平戈戟。不動刀槍。

〔云〕可早來到也。報復去。道有王猛來了也。〔卒子云〕理會的喏。報的大人得知。有王猛來了也。〔苻堅云〕道有請。〔卒子云〕理會的。有請。〔見科〕〔正末云〕大人今請老夫來。有何事商議也。〔苻堅云〕今請軍師來。論古今得失之事。我想漢末晉初。誰能豪傑。某得卿者。勝劉備得諸葛也。〔正末云〕大人不知。聽我說一遍。〔苻堅云〕軍師。你慢慢的說一遍。我試聽咱。〔正末唱〕

【油葫蘆】那其間鼎足三分豪氣強。魏吳劉英俊廣。則不如蜀王三請臥龍岡。（苻堅云）三分之中有甚麼英才也。（正末唱）那先生神機妙策能雄壯。端的是忠心報國多興旺。（苻堅云）據諸葛謀欺魏國。智壓東吳。劍揮星斗。筆掃羣雄。論行兵古今絕矣。（正末唱）他住屯田渭水濱。下城都濯錦江。端的是英才四海高名望。不枉了清史寫賢良。

（苻堅云）想諸葛武侯屯田於渭濱。三分之後。再有誰也。（正末唱）

【天下樂】後來也司馬威權立晉邦。興也波王。據洛陽。因此上羣臣勸移都建康。（苻堅云）晉朝有甚大才之人。（正末唱）有謝安雅量寬。有桓沖志氣剛。都是些盡全忠眞棟梁。

（苻堅云）軍師不知。吾自承業以來十餘載。四方略定。某欲待圖晉。今統兵討之。未知軍師意下如何也。（正末唱）

【金盞兒】我如今滅西梁。定西羌。西蜀遠遠皆歸向。削平隴右立秦邦。見如今民安豐稔歲。王道樂遐昌。則不如寬洪興率土。存正守封疆。

（苻堅云）軍師。想某收蜀破魯。天下十分得其七也。今若雄兵大舉。有先鋒中軍合後。左右接連。旗鼓相望。前後千里。必有萬全之功。先生勿阻是幸也。（正末唱）

【醉中天】仰望着晉室爲尊上。納進可歸降。（苻堅云）率百萬雄兵。將他一鼓而下也。（正末唱）便休題領貔貅遠播揚。大國有馳名將。（苻堅云）某用兵無差。遣將得力也。（正末唱）休誇逞百能百強。莫施逞一衝一撞。我則怕枉徒勞措手難防。

（苻堅云）我觀江東微弱。必有懼怯之心。興兵大進。一鼓而下。有何難哉也。（正末唱）

【尾聲】尊建業望神京。拱上國瞻天象。休小覷東南一方。看了二水中分白鷺洲。插青天山勢軒昂。映暉光水國江鄉。端的是貴府高名王謝堂。（苻堅云）先生。憑着俺本國人馬。務要征戰一遭也。（正末唱）慢矜誇兵多將廣。且休題人強馬

壯。〔帶云〕大人。你休舉兵。〔唱〕則不如存仁布德守秦邦。〔下〕

〔苻堅云〕先生去了也。某欲待圖晉軍師堅意不肯。某手下有中大夫陽平公苻融。此人知天文。曉地理。觀氣色。辨風雲。某喚他來與他商議。看他意下如何。小校與我請陽平公苻融來者。〔卒子云〕理會的。陽平公安在。〔苻融上云〕威鎮羣兇透膽寒。常懷義膽與忠肝。爲臣竭力施公正。赤心輔弼立江山。小官乃陽平公苻融是也。生於漢末之間。學成文武全才。智勇並行。小官正在私宅。令人來報苻公呼喚。須索走一遭去。報復去。道有苻融來了也。〔卒子云〕理會的。喏。報的大人得知。有陽平公來了也。〔苻堅云〕道有請。〔卒子云〕理會的。有請。〔見科〕〔苻融云〕公子呼喚苻融來。有何事商議。〔苻堅云〕苻融。喚你來別無甚事。某聽知的晉國兵微將寡。缺少用武之將。我今要統兵圖晉。未知你意下如何。〔苻融云〕公子。便好道國有事君臣議論。家有事父子商量。今欲要伐晉。必起干戈。孫子曰。兵者國之大事。死生之地。存亡之道。不可不察也。晉室雖然兵微將寡。無有不正之事。有桓沖謝安。乃江表社稷之臣。今福德在晉。恭長江險阻。王景略一時英傑。嘗比之諸葛武侯。言聽計用。後霸西蜀五十四郡。今景略之謀。公皆不信之。昔日春秋吳夫差不聽子胥之諫。越兵侵吳。項籍不聽范增之言。陰陵失路。自刎而亡。今公子不聽景略苻融之語。恐防有失。豈不危哉。若伐晉者有三難。不可伐之。〔苻堅云〕可是那三難。〔苻融云〕天道不順者。一也。晉國無釁者。二也。數戰兵疲民有畏敵者。三也。晉未可滅昭然。即令勞師大舉。恐無萬全之功。晉乃亦不可圖也。枉惹禍殃。悔之晚矣。苻融不敢自專。乞公子尊鑑不錯。〔苻堅云〕噤聲。大事已定。勿得狂言也。如若違令。必無輕恕。爾退。〔苻融云〕公既不聽小官之言。須索迴避。他日若有差遲。莫道苻融不曾勸諫也。收拾獻策呈言意。且做抽頭緘口人。〔下〕〔苻堅云〕苻融去了也。小校與我喚將大將梁成來者。〔卒子云〕理會的。梁成安在。〔淨梁成上云〕人中之靈。卒中之精。西秦名將。大將梁成。某乃大將梁成是也。佐於苻堅手下爲將。正在教場中操兵練士。令人來報苻公呼喚。須索走一遭去。可早來到也。報復去。道有梁成來了也。〔卒子云〕理會的。喏。報的大人得知。有梁成來了也。〔苻堅云〕着他過來。〔卒子云〕理會的。過去。〔見科〕〔梁成云〕公子喚小官那廂使用。〔苻堅云〕且一壁有者。小校與我喚將慕容垂來者。〔卒子云〕理會的。慕容垂安在。〔淨慕容垂上云〕鵲樺雕弓把鐵胎。紘麄面闊用人擡。力打三石腰間掛。臨軍對陣拽不開。某乃慕容垂是也。某生居塞北。長在沙陁。久鎮夾山。今被秦苻堅領兵征伐。俺軍兵盡皆敗散。某有番兵三萬。盡降於秦。此恨何日得報。今有苻公呼喚。須索走一遭去。可早來到也。小校報復去。道有慕容垂來了也。〔卒子云〕理會的。喏。報的大人得知。有慕容垂來了也。〔苻堅云〕着他過來。〔卒子云〕理會的。過去。〔見科〕〔慕容垂云〕元帥呼喚慕容垂那廂使用。〔苻堅云〕你二將都來了也。梁成。吾今待舉兵圖晉。未知您二人意下如何。〔梁成云〕我則道你有甚麼事。原來要圖晉。不打緊。都在我身上。正好領兵相持。廝殺耍子哩。〔慕容垂云〕元帥。正好我也待要去。元帥記的你說的話麼。有雄兵一百萬。馬鞭子塡塞過江南。量他何足道哉。〔苻堅云〕梁成。我撥與你五萬人馬。你爲前部先鋒。先取壽陽。與他交戰。小心在意。疾去早來。〔梁成云〕得令。某則今日統領人馬。與晉相持廝殺。走一遭去。我做先鋒稀奇。准備廝殺相持。擂槌上抹上些稀蒜。就馬上辣作一堆。〔下〕〔苻堅云〕梁成去了也。慕容垂。我撥與你五萬軍馬。同與梁成。你爲合後。先取壽陽。小心在意。疾去早來。〔慕容垂背科云〕正中吾計。若是成得。某便封官受賞。若是輸了呵。某領兵還我那夾山去。我弄他弄。某領兵與他拒敵去。〔苻堅云〕則要你成功而回也。〔慕容垂云〕得令。則今日同梁成領兵五萬。先取壽陽。走一遭去。大小三軍。聽吾將令。忙擂戰鼓。急篩銅鑼。戰鼓響三軍進步。銅鑼鳴准備收兵。大將英雄實是奇。六韜三略盡皆知。軍行禁約須當記。五十四斬盡依隨。敢勇當先能挾將。揚威耀武敢奪旗。古來自有能征將。誰比我將軍快喫食。白米悶飯喫二十椀。硬麵燒餅嚥九十。經帶闊麵輪五椀。捲煎爛蒜夾肉喫。酸酒飲上五十盞。下酒肥羊爛牛蹄。饅頭喫上五六扇。賺鵝喫了一大隻。元帥領兵當先去。我撑的肚脹動不的。〔下〕〔苻堅云〕慕容垂去了也。大小三軍。聽吾將令。到來日將士威風若虎彪。咆哮戰馬統戈矛。征戰滾滾與戈甲。放心不過長江不肯休。〔下〕

第二折

〔外扮桓冲領卒子上云〕晉朝武帝太元年。秦兵入寇犯中原。豈知江表多雄略。交鋒一陣破苻堅。小官大司馬桓冲是也。方今聖人在位。有西秦苻堅下將戰書來。搦俺名將與他交鋒。他倚仗秦國人強馬壯。無故舉兵。俺晉國召求良將。可鎮迤北朔方。小官奉聖人的命。在此帥府聚衆官商議。令人與我請將王坦之來者。〔卒子云〕理會的。王坦之安在。〔外扮王坦之上云〕滾滾長江水向東。龍蟠虎踞地與隆。波濤洶湧千尋浪。勝似關山百二重。小官姓王名坦之。字文度。官拜侍中之職。今有西秦苻堅。入寇為憂。召求文武良將。可以鎮禦朔方。今有桓冲大人。令人來請。不知有甚事。須索走一遭去。可早來到也。報復去。道有王坦之在於門首。〔卒子云〕理會的。喏。報的大人得知。有王坦之來了也。〔桓冲云〕道有請。〔做見科〕〔王坦之云〕大人。喚小官有何事商議。〔桓冲云〕相公。請你來別無甚事。因為西秦苻堅下將戰書來。搦俺與彼交鋒。你可舉名將。破西秦苻堅。〔王坦之云〕大人。小官才疏德薄。不能舉薦。有謝安此人才高德厚。當以舉賢拜將。堪可宅。西秦苻堅也。〔桓冲云〕相公不避驅馳。直至謝安宅上訪問。走一遭去。小官專等回報也。〔王坦之云〕理會的。小官辭了大人。直至謝安宅上商議。走一遭去。詔令官軍以拒秦。誰能敢去立功勳。謝安英勇忠良將。保舉當朝社稷臣。〔下〕〔桓冲云〕王坦之去了也。小官不敢久停久住。回聖人的話。走一遭去。奉勅傳宣離殿庭。秦兵入寇去相征。謝安舉將除賊患。擒捉苻堅定太平。〔下〕〔謝安領卒子上云〕山高萬仞楚天西。金柱曾將御筆題。雲水金陵龍虎旺。月明珠路鳳來儀。氣吞江海三山小。勢壓乾坤五嶽低。試向華夷圖上看。萬年帝業與天齊。老夫姓謝名安。字安石。自幼習堯舜禹湯文武周公之道。方做周公綱常之理。講明經綸濟世之學。頗曉行兵之略。不求榮華。隱於東山。恬然高臥。每對青山。常觀綠水。看白雲來往東西。攜翠袖環圍左右。不期聖人知老夫有經綸濟世之才。累蒙宣詔入朝。謝聖恩可憐。加老夫吏部尚書之職。掌管中書大事。老夫平昔所好者。乃聲律棋砰絲竹之藝。樂其心志。老夫有昆仲三人。兄乃謝奕。弟乃謝萬。吾兄有一子。乃是謝玄。此子頗習韜略遁甲之書。學成管樂之謀。下寨安營。亦有孫吳之智。此子亦有大將之才。每日攻書業儒。老夫今日早間在於朝中。有邊庭上人來報。秦將苻堅親自掛印為帥。領雄兵百萬。戰將千員。前來柰俺晉朝交戰。老夫料苻堅他則知俺晉朝兵微將寡。他豈知有賢臣在此。量他何足道哉。老夫衙門中已回。在於私宅。到來日聖人必然與老夫商議。拜將出師。迎敵秦兵去。老夫已安排定了也。今日無甚事。閑坐一會。令人門首看。但有事報復我知道。〔卒子云〕理會的。〔王坦之上云〕小官王坦之。今來到謝安私宅門首也。報復去。道有王坦之在於門首。〔卒子云〕理會的。喏。報的大人得知。有王坦之大人來了也。〔謝安云〕道有請。〔卒子云〕理會的。有請。〔做見科〕〔謝安云〕相公爲何至此。〔王坦之云〕小官今日來。大人不知。朝中有一事。今有西秦苻堅。領兵入寇。統兵百萬。旌旗蔽日。大人的命。着小官來與老丞相商議。可保舉名將。破西秦苻堅。老丞相意下如何。〔謝安云〕相公請坐。此事易哉。量那強戎小寇。老夫覷他如兒戲而已。不打緊。今要舉將。老夫舉吾姪謝玄掛印爲帥。相公意下如何。〔王坦之云〕老丞相舉姪爲將。必有所見。敢問賢姪會習兵書戰策麼。〔謝安云〕相公。吾姪年幼。老夫難以自獎。若論此子。乃社稷之臣。棟梁之材。堪可掛印爲帥。若論俺晉國。有長江險阻。老夫略施小智。但用機謀。將秦兵一百萬一鼓而下。有何難哉。不打緊。相公請坐。老夫聞知相公善能圍棋。令人將過圍棋來者。我與老相公手談數着咱。〔卒子云〕理會的。〔做擡棋卓上科云〕圍棋在此。〔王坦之云〕可矣可矣。丞相請着棋。〔做下棋科〕〔王坦之云〕老丞相圍棋之間。可請令姪謝玄觀棋。有何不可。〔謝安云〕既然這等。相公請坐。令人與我書房中喚將謝玄來者。〔正末扮謝玄上云〕某謝玄是也。攻看兵書戰策。叔父在前廳上呼喚。不知有甚事。須索走一遭去也呵。〔唱〕

【南呂一枝花】參透這九宮八卦文。一變千籌數。萬敵百戰法。三略六韜書。休道那十面埋伏。怎出這妙策幽微趣。神機決勝術。排玄武接引青龍。我若是按朱雀相連白虎。

【梁州】運動時風雷鼓舞。端的也行持時日月盈虛。陰陽造化分寒暑。霎時間雲遮白晝。霧障昏衢。雨施晦暗。風起吹噓。撥天關動靜全殊。應天心逆順難謨。安營時慮險防患。布陣勢揚威耀武。排兵時運智施謀。隄防着路途間阻。要知進退行軍旅。識天文變躔度。大將同勞與士卒。志在孫吳。

〔云〕左右報復去。有謝玄來見。〔卒子云〕理會的。喏。報的大人得知。有謝玄來了也。〔謝安云〕着他過來。〔卒子云〕理會的。着過去。〔做見科〕〔謝安云〕謝玄。喚你來不爲別。那壁廂有王坦之相公在此。把體面與他相見。〔正末云〕理會的。大人支揖哩。〔王坦之云〕小將軍恕罪。〔正末云〕叔父。喚您姪兒來有何事。〔謝

安云〕謝玄。我喚你來觀棋。〔王坦之云〕小將軍勿罪。小官與老丞相下此一盤棋。請將軍觀棋。〔正末云〕
觀棋之意。如用兵之法。方圓動靜可得聞乎。〔唱〕
【牧羊關】這棋布關天象。似星分運斗樞。〔王坦之云〕這方圓動靜可是如何。〔正末唱〕
有方圓動靜親疏。靜埋伏暗計包藏。動交戰攻城必取。〔王坦之云〕小將軍。你觀
此棋。如排兵布陣相似也。〔正末唱〕圓用兵如棋子。方下寨似棋局。倚親者添雄壯。
接疏情勢似孤。
〔王坦之云〕小將軍觀此棋中造化。無不知備。今有秦兵入寇。令叔舉保將軍掛印為帥。若是近敵得勝。黃
閣標名也。〔正末云〕量小將有何才德。怎消得掛印為帥。〔王坦之云〕西秦兵多將廣。將軍堪可掛印為帥
也。〔正末唱〕
【隔尾】苻堅將廣非吾許。秦國兵多有若無。〔王坦之云〕他則倚仗着兵雄將勇。豈知
俺有才俊英傑也。〔正末唱〕不識江南有人物。出豪傑在帝都。顯英才在將府。〔王坦
之云〕薦舉將軍為帥。必然破了秦寇也。〔正末唱〕敢望高賢將謝玄舉。
〔云〕既然教謝玄掛印為帥。他兵百萬。我兵十萬。少不敵眾。問叔父求一計如何。〔謝安云〕謝玄。今國家用
人之際。我今舉你為帥。去破苻堅。你道是少不敵眾。想漢朝三分之時。吳國周瑜。領水軍三萬。同諸葛亮用
計。與曹操戰於赤壁之間。使曹操一百萬大軍。直殺的片甲不歸。那箇豈不是少不敵眾。你問老夫求計。你
也說的是。令人將紙筆來。〔做寫退字科云〕謝玄。你見麼。〔正末云〕你兒見。〔謝安云〕我說與你。凡治眾
如治少分數是也。三軍之眾。亦可敵也。我與你這箇字。便是破苻堅之計。你自己參詳去。莫要悞了我圍棋。
〔正末做接字科〕〔唱〕
【罵玉郎】親書退字參詳去。待教我自省會莫躊躇。他強我弱休畏懼。我
如今論進攻。要退兵。知天數。
【感皇恩】呀謾矜誇志捲江湖。便如您智在棋局。能通變識行藏。觀勢要

分勝敗。知進退緊追逐。〔王坦之云〕將軍。令叔寫此一字。全在將軍妙算。夫未戰者多算勝。少算不勝。何況於無算。〔正末唱〕這裏面防危慮險。更那堪損益盈虛。能挑戰。善料敵。有神術。

【採茶歌】我這裏用機謀。在須臾。這箇字可正是要分勝敗定贏輸。得意何須多計策。算來不索下功夫。

〔謝安云〕謝玄。你豈不知孫武子兵書曰。兵乃國之大事。死生之地。存亡之道。不可不察也。今聖人選將用兵。以安社稷。撫養軍民。全在於爾。今設此計。何須多言。你自己三思去。莫要悞了我圍棋也。〔正末云〕經有五事較之。一曰道。二曰天。三曰地。四曰將。五曰法。道者令民與上同意。可與之死。可與之生。而不危矣。凡此五者。爲將者莫不聞乎。放心也。〔唱〕

【尾聲】倣學那漢雲長斬將三通鼓。蜀諸葛排兵八陣圖。到來日陳旌旗列士卒。統干戈御戰車。將江山社稷扶。定番邦盡剿除。我務要戰退了秦苻堅百萬的這征夫。託賴着濟世寬仁聖明主。〔下〕

〔謝安云〕謝玄去了也。相公。你纔見麼。這棋中之意。進退之節。老夫雖然不語。謝玄觀棋得計。他已是參透了也。此一去必然成其大功也。〔王坦之云〕老丞相。小官與相公圍此一盤棋。小將軍解此棋意。自然有箇主意也。〔謝安云〕相公不嫌絮煩。聽老夫慢慢的說一遍。〔王坦之云〕老丞相。這棋中幽微之趣。可得聞乎。〔謝安云〕夫圍棋者。乃運天地之機。造化陰陽之像。此棋堯王所製。以爲悅豫之戲。棋盤有四角。按四時春夏秋冬。上有方圓動靜。方者爲盤。圓者爲子。動者爲陽。靜者爲陰。棋有一十九路。〔王坦之云〕老相公。是那一十九路。〔謝安云〕是一天。二地。三才。四時。五行。六律。七星。八方。九州。十干。十一冬。十二支。十三閏。十四相。十五望。十六松。十七生。十八却。十九朔。外有五盤小棋勢。〔王坦之云〕是那五盤小棋勢。〔謝安云〕是小巧勢。小妙勢。小角勢。小機勢。小屯勢。棋盤有三百六十路。按一年三百六十日。又有二十四盤大棋勢。〔王坦之云〕老丞相。是那二十四盤大棋勢。〔謝安云〕是獨飛天鵝勢。大海求魚勢。蛟龍競寶勢。蝴蝶繞園勢。錦鯉化龍勢。雙鶴朝聖勢。黃河九曲勢。華岳三峯勢。寒灰發焰勢。枯木重榮勢。彩鳳翻身勢。遊魚脫網勢。虎護山峪勢。兩狽鬭虎勢。七熊爭霸勢。六出岐山勢。七擒七縱勢。九敗章邯勢。對面千里勢。兔守三穴勢。野馬跳澗勢。批亢擣虛勢。三戰呂布勢。十面埋伏勢。若論下棋者。一安詳。二布置。三用機。四捨棄。五溫習。六究理。七自見。八知彼。九從心。十遠意。遠不可太疏。疏則易斷。近不可太促。促則勢微。欲下一子。先觀滿盤。從初至末。着着當先。追殺兮不可太過。妙算兮恭心。却戰。認真兮棄少就多。初間布置張羅。次後往來規措。攢三聚五死難移。角盤曲四休疑惧。內外相連。周回四顧。士大夫智量相瞞。小兒曹推棋抹路。有眼殺無入。問君知不知。河臨海岸淺。山勢有高低。各尋智中智。鬭搜機內機。只因一着錯。輸了半盤棋。若論下棋者。氣清意美。生智添機。須觀緊慢。要見遲疾。外靜內動。身定心逸。喜中隱怒。安裏藏危。省語者高。強語者低。自強者敗。本分者宜。贏了的似那無聲之樂。無故生歡。謳歌小令。鼓腹忻然。巧言相戲。冷語相攙。精神抖擻。語話謙謙。輸了的似那無喪之痛。嗟嘆哀憐。速速的膽戰。緊緊的眉攢。雙關裏胡撞。死眼裏胡填。打劫處胡紐。虎口裏胡鑽。棋乃堯王製。相傳到至今。手談消鬱悶。遣與度光陰。捨命往前撞。亡生向裏尋。懷恨生嫉妬。低首謾沉吟。常存斟酒意。莫使下棋心。似那遍地野田爭種土。周天躔度旋添星。詩曰。數着殘棋用意深。包藏天地在其中。周智施謀生妙算。局中已有定乾坤。〔王坦之云〕老相公。閑中道德。靜裏乾坤。易曰。危者安其位也。亡者保其存也。亂者有其治也。是故君子安而不忘危。存而不忘亡。治而不亡亂。窮則變。變則通。通則久。老丞相已知其中進退之幽微。識贏輸之奧妙。却正是數着殘棋江月曉。一聲長笑海天秋。國手神機動着高。閑中道理任逍遙。靜觀棋勢除煩惱。久坐忘歸不憚勞。小官亂道。丞相勿哂也。〔謝安云〕相公說的是。安排酒肴。管待相公。〔王坦之云〕棋局已就。不必飲酒。小官告回。〔謝安云〕相公慢去。〔王坦之云〕到來日一同與老丞相復命。出的這門來。小官不敢久停久住。將馬來。見大人走一遭去。狀貌堂堂大丈夫。胸中造化運機謀。棋中決勝通天地。高才傑士出皇都。〔下〕〔謝安云〕王坦之去了也。老夫到來日。一同見聖人復命去。老夫想謝玄必解吾棋中之意。必然破了苻堅也。我雅量寬舒且放懷。神機妙策已安排。謝玄領兵擒秦將。班師得勝赴朝來。〔下〕

楔子

〔蔣神領鬼力上云〕英才壯貌顯威靈。玉帝親差受勑封。鍾山有感爲神後。護祐乾坤萬里清。吾神乃生前蔣子文是也。廣陵人氏。在生爲漢朝秣陵都尉。因盜至鍾山。某盡搏擊之。上帝爲吾神正直無私。以此命我爲本境土神之位。以福爾下民。消災除障。後吳主封吾神爲中都侯。加印綬。立廟在於鍾山。因改爲蔣山。表其靈異。晉時蘇峻作亂。列營於吾神山前。兵勢甚重。祈禱吾神。陰助蘇峻。臨陣之間。將賊子墜馬斬首。今因秦將苻堅領雄兵百萬。入寇爲害。吾神塑意助晉。聞知晉朝舉謝玄爲帥。若到吾神廟中祈禱呵。吾神自有箇主意。謝玄這早晚敢待來也。〔淨扮廟官上云〕官清司吏瘦。神靈廟主肥。有人來燒紙。則搶大公鷄。小官廟官的便是。我這神道千靈萬聖。求風得兩。求兩可刮風。今日掃的廟宇乾淨。看有甚麼人來。〔謝石領卒子上云〕耿耿文官扶宇宙。桓桓武將定乾坤。遠征近治全忠信。盡是安邦社稷臣。某乃謝石是也。今爲征討副帥之職。某深通三略。善曉六韜。奉宣勑領將驅兵。作元戎鋪謀定計。忠肝秉正。義膽除邪。施勇略智勝雄師。建功勞戰敵猛將。知敵數識其勝敗。孫子曰。凡爲將者。將聽吾計。用之必勝。今有秦公苻堅。下將戰書來。柰俺相持。今奉命爲征討副元帥。謝玄爲都統大帥。劉牢之爲前部先鋒。桓伊謝琰爲左右二哨。統領十萬精兵。與秦寇拒敵。今有兵在鍾山安營。小校營門首覷者。若元帥來時。報復我知道。〔劉牢之上云〕逢山開道威風勝。遇水疊橋氣勢雄。英才謀略先鋒將。敢戰苻堅第一名。某乃前部先鋒劉牢之是也。每回臨陣。無不成功。寸鐵在手。萬夫不當之勇。今因秦兵百萬入寇。聖上的命。着謝玄爲破虜大元帥。謝石爲征討副帥。元帥將令。着大兵先至鍾山安營。會合衆將。聽令而行。元帥呼喚。須索走一遭去。可早來到也。報復去。道有先鋒劉牢之來了也。〔卒子云〕理會的。〔報科云〕喏。報的元帥得知。有劉牢之來了也。〔謝石云〕道有請。〔卒子云〕理會的。有請。〔見科〕〔劉牢之云〕元帥。某來了也。〔謝石云〕一壁有者。〔桓伊上云〕威鎮家邦四海清。文韜武略顯英雄。全憑智勇安天下。統領雄師百萬兵。某乃桓伊是也。今有苻堅作亂。元帥呼喚。不知有甚事。須索走一遭去。可早來到也。小校報復去。道有桓伊來了也。〔卒子云〕理會的。〔報科云〕喏。報的元帥得知。有桓伊來了也。〔謝石云〕道有請。〔卒子云〕理會的。有請。〔見科〕〔桓伊云〕元帥。某來了也。〔謝石云〕一壁有者。〔謝琰上云〕威風赳赳志昂昂。身材凜凜貌堂堂。天下豪傑聞吾怕。英雄四海把名揚。吾乃謝琰是也。今有元帥呼喚。不知有甚事。須索走一遭去。可早來到也。小校報復去。道有謝琰在於門首。〔卒子云〕理會的。〔報科云〕喏。報的元帥得知。有謝琰來了也。〔謝石云〕道有請。〔卒子云〕理會的。有請。〔見科〕〔謝琰云〕元帥。某來了也。〔謝石云〕您衆將一壁有者。等元帥來時。有商議的事。小校轅門首覷者。元帥來時。報復我知道。〔正末上云〕某謝玄是也。因秦兵入寇。奉聖人的命。加某為破秦大將軍征西都元帥之職。統領雄兵十萬。征伐賊寇。今大兵出城。見在鍾山安營。則等某的將令。便索起營。可早來到也。小校報復去。有謝玄來了也。〔卒子云〕理會的。喏。報的大人得知。有謝元帥來了也。〔衆將接見科〕〔謝石云〕元帥。今苻堅領兵入寇。有秦將梁成攻壽陽。將欲克之。有尚書朱序。言說秦兵百萬。未會來全。今乘衆軍未集。宜速擊之。合從所言。各聽元帥將令而行。〔正末云〕此處有蔣神之廟。您跟着某行香去來。〔謝石云〕衆將都跟着元帥走一遭去。〔衆做走科〕〔謝石云〕可早來到也。元帥請。〔廟官云〕大人每來了。請請請。小道接遲休怪。〔衆跪科〕〔正末云〕今太元八年。歲次癸未。七月上旬朔。破秦大將軍謝玄等。拈香禱告聖前。因為秦兵百萬入寇為害。有叔父謝安保舉掛印。領兵十萬。前去拒敵。伏望神靈陰助成功。洞鑒是幸。〔正末同衆拜科〕〔謝石云〕今衆將皆全。聽元帥將令行兵。〔正末同衆將出廟科〕〔正末云〕大小三軍。聽吾將令。今因秦兵犯邊。奉聖人的命。加某為帥。領兵十萬。征伐賊寇。您衆將各當奮勇。若破苻堅之後。都着您建節封侯。若悞慢軍情者。依軍令必當斬首。〔衆將云〕得令。〔正末唱〕

【仙呂端正好】我奉朝內帝王宣。持閫外將軍令。統貔貅齊出石城。今日箇破西秦要把中原定。我則待與晉室拒秦兵。望神聖顯威靈。分勝敗見輸贏。則要奏凱歌齊得勝鼓金鐙。〔下〕

〔謝石云〕劉牢之。你為前部先鋒。率精兵五千。先去新安縣白石山洛澗柵拒敵秦兵。桓伊謝琰為左右二哨。則要您得勝回還。看計行兵。然後某與元帥統大勢雄兵。便來接應也。〔桓伊云〕得令。奉元帥的將令。到來日兩陣交鋒用智能。今番大戰定輸贏。狹人捉將千般勇。武藝精熟敢戰爭。忘生捨死行忠孝。赤心報國輔朝廷。爲將行兵周呂望。扶持社稷永興隆。〔下〕〔謝琰云〕得令。奉元帥將令。與苻堅相持厮殺。走一遭去。大小三軍。聽吾將令。到來日雄兵猛將列西東。殺氣騰騰罩碧空。槍刀燦爛如銀練。征塵撩亂馬蹄橫。挾人捉將垓心內。揚威耀武陣雲中。英雄慷慨忠良將。奪取今番第一功。〔下〕〔劉牢之云〕奉元帥將令。領五千人馬。與秦兵交戰。走一遭去。大小三軍。聽吾將令。三通鼓罷。拔寨起營。凜凜威風七尺軀。胸中韜略用機謀。匣藏寶劍龍紋勑。帳前軍將錦模糊。英雄勇將持兵刃。智按當年八陣圖。忠心輔助安天下。殺的那百萬賊兵拱手伏。〔下〕〔謝石云〕衆將去了也。某與元帥統領大軍。剿除秦兵。走一遭去。忠正常懷報國心。英雄慷慨顯威風。全憑智勇安天下。殺退秦兵建大功。〔下〕〔廟官云〕大人去了也。小道無甚事。搗蒜喫羊頭去也。我做道官愛清幽。一生哈答度春秋。搗下青蒜釃下酒。柳蒸狗肉爛羊頭。〔下〕〔蔣神云〕禍福無門。惟人自招。今日苻堅領兵入寇。今拜謝玄爲帥。統兵拒敵。來吾神廟中焚香禱告。吾乃護國之神。理合相助。率領本部神兵。前至壽春八公山中。退賊苻堅。上報聖人享祭之恩。下答蒼生虔誠之意。爲苻堅入寇興師。股肱臣懷忠秉正。能舉薦大將謝玄。運籌策碁中得令。顯威靈神兵扶助。施謀略旗開得勝。滿山川草木爲兵。方顯這破苻堅將神靈應。〔下〕

第二折

〔淨慕容垂梁成躧馬兒領卒子同上〕〔慕容垂云〕俺二將乃慕容垂梁成是也。今奉苻堅元帥將令。統領本部下人馬。與晉兵交鋒。〔梁成云〕大小三軍。擺開陣勢者。遠遠的塵土起處。必然是晉兵來了也。〔劉牢之躧馬兒領卒子上〕〔劉牢之云〕某乃大將劉牢之是也。統領本部下人馬。拒敵秦兵。大小三軍。擺開陣勢。來者何人。〔梁成云〕俺二將乃慕容垂梁成是也。你來者何人。〔劉牢之云〕某乃大將劉牢之是也。兀那賊將。敢相持麼。〔梁成云〕操鼓來。〔做戰科〕〔慕容垂云〕我近不的他。不中。逃性命。走走走。〔二淨下〕〔劉牢之云〕這厮走了也。不問那裏趕將去。〔下〕〔苻堅躧馬兒領卒子上云〕下山猛虎別深澗。出水長蛟離碧潭。百萬雄兵臨晉地。馬鞭塡塞過江南。某乃秦公苻堅是也。領大勢軍馬。前來圖晉。兵至壽陽。先使前部先鋒梁成慕容垂。各率領五萬軍馬。前至洛澗口。被晉兵戰敗。他怎知俺百萬雄兵。量他到的那裏。大小三

軍。擺開陣勢。看晉兵有何名將出馬也。〔正末同謝石劉牢之桓伊謝琰蹕馬兒領卒子上〕〔正末云〕大小
三軍。擺開陣勢。衆將奮勇。則在今朝一陣也。〔唱〕
【越調】【鬭鵪鶉】今日箇將出京師。兵離帝輦。試看那殺氣瀰漫。威風勢遠。
〔劉牢之云〕你看那劍戟如銀練。旗旛彩帶飄。是好氣勢也。〔正末唱〕劍戟縱橫。旌旗晃展。我如
令統禁軍。掌大權。憑着俺武略文韜。播得箇名揚貴顯。
【紫花兒序】我務要剿除了番虜。殺敗了羌戎。掃蕩了狼煙。全憑着刀鎗
鋒利。戈甲齊堅。征駼恰便似飛虎飛熊下九天。今日待與西秦交戰。擺列
的兵勢威嚴。我則索將令親傳。
〔苻堅云〕某乃秦苻堅是也。你敢是謝玄麼。〔正末唱〕
【調笑令】我正是謝玄。特地來破苻堅。我與你答話相持在兩陣前。〔苻堅
云〕量你止有十萬軍馬。急早投降。〔正末唱〕你正是番人性野心不善。倚兵多小覷中
原。你若肯將軍兵退過河那邊。我情願便伏低納進尊賢。
〔云〕苻公。你兵百萬。我兵十萬。少不敵衆。你將兵且退過河那邊。我回去商量。便來投降。你意下若何。〔苻
堅云〕既然這等。他也說的是。大小三軍。聽吾將令。我退過淝水河那邊。擺着陣勢。他若不肯投降。再與他
交戰。未爲晚矣。〔卒子云〕得令。〔做過河科〕〔蔣神冲上云〕吾神乃蔣神是也。奉上帝敕令。陰助西晉。將滿
山草木。皆爲晉兵。助大將謝玄破秦。兀的不苻堅兵亂了也。〔正末云〕衆軍納喊。與我趕將去。〔苻堅云〕可
怎生秦兵大亂。兀的不晉兵趕將來。似此怎了也。〔正末唱〕
【禿廝兒】他退一步非災怎免。退一步橫禍纏綿。仗着他兵雄將多武藝
全。則我這。計通玄。也波難傳。
〔蔣神云〕大小鬼兵圍住。休着走了苻堅。〔苻堅云〕滿山滿峪都是晉兵。吾勢已弱。如之柰何也。〔正末唱〕
【聖藥王】趁着他過水淵。臨岸邊。襲兵逞勢要爭先。我見他陣不圓。旗亂

展。方纔半渡不能前。暫時間則一陣破了苻堅。
〔苻堅云〕吾戰久遠。力盡困乏。虛攛一槍。我撥回馬逃命走走走。〔下〕〔將神云〕苻堅輸了也。鬼兵速退。因晉朝洪福無疆。舉謝玄堪做忠良。見秦兵軍馬勢大。領衆將入廟燃香。為神的威靈顯應。殺西秦將亂兵慌。今日箇謝玄得勝。神軍駕祥雲回奏穹蒼。〔下〕〔劉牢之云〕元帥。今將秦兵一陣殺其大半也。皆是元帥虎威。收軍班師回程也。〔正末云〕今日破了苻堅。衆將得勝成功。小校與我鳴金咱。〔唱〕

【尾聲】循環天理隨人願。西秦國時乖命蹇。今日箇定番虜盡消除。留得芳名播年遠。〔同衆下〕

〔苻堅慌上云〕當年不信賢人語。今日孤身一旦空。某苻堅是也。將兵百萬圖晉。被謝玄一計。着我將兵過河。他來受降。軍至半渡。晉兵大舉。吾兵號令不齊。將我兵殺其大半。水中渰死大半。晉兵追至青岡。滿山都是晉兵。天喪苻堅也。未知梁成慕容垂在於何處也。〔淨梁成慕容垂慌上〕〔慕容垂云〕走走走。一百萬秦兵盡皆折了。俺兩箇剛剛的逃出命來。兀那遠遠的不是苻堅。因為你與晉兵交戰。折了俺許多人馬。更待干罷。險些兒送了俺性命。你及早受死。〔苻堅跪科云〕將軍。可憐孤身無處投奔。望將軍饒其性命。願將西秦與之。〔慕容垂云〕苻堅。你既然赤心受命於我。饒你性命。你則是閑的口大了。你豈不羞麼。收拾方物。准備進貢。你再休題馬鞭填塞過江南。〔苻堅云〕罷罷罷。當此一日不信苻融之言。果然今日將輸兵敗。即便回還。收拾方物。便來進貢也。陣退紛紛看敗兵。朔風凜凜捲殘雲。行程悽慘無頭奔。孤身羞恥向西秦。〔下〕

第四折

〔桓冲領卒子上〕〔桓冲云〕文安四海擎天柱。武定八方架海梁。小官乃大司馬桓冲是也。因秦兵入寇。有謝安舉保他姪謝玄為帥。領兵十萬。過江迎敵。前至壽春八公山。將百萬秦兵。一鼓而下。剿除秦寇。皆賴聖人洪福。今奉上命。在於帥府安排筵席。犒勞衆將。左右人。請將王坦之來者。〔卒子云〕理會的。王坦之安在。〔王坦之上云〕小官王坦之是也。今有謝玄幷衆將。大破苻堅賊衆。班師回程。小官須至帥府。見大人走一遭去。可早來到也。令人報復去。道有王坦之在於轅門首。〔卒子云〕理會的。喏。報的大人得知。有王坦之相公。在於門首。〔桓冲云〕道有請。〔卒子云〕理會的。有請。〔做見科〕〔王坦之云〕大人。賀萬千之喜。今有謝玄建立功勳。當以封官賜賞也。〔桓冲云〕相公請坐。令人與我請將謝安相公來者。〔卒子云〕理會的。謝相公安在。〔謝安上云〕老夫謝安是也。自從謝玄領兵。去敵秦將苻堅。數月光景不見回軍。老夫在於私宅。令人來報。有大司馬桓冲大夫。在於省堂請老夫。不知有甚事。須索走一遭去。說話中間。可早來到也。令人報復去。道有吏部尚書謝安在於門首。〔卒子云〕理會的。喏。報的大人得知。謝安相公來了也。〔桓冲云〕道有請。〔卒子云〕理會的。有請。〔做見科〕〔謝安云〕大人。請老夫有何事商議。〔桓冲云〕請相公來不爲別。飛報前來。有謝玄大破秦兵。皆老宰輔之功也。〔謝安云〕大人。吾姪謝玄。小兒之輩。亦無才智之能。豈有安邦之策。此一場托聖明洪福。大破苻堅。有何罕哉也。〔桓冲云〕令人轅門首覷者。謝玄將軍來時。報復我知道。〔卒子云〕理會的。〔正末同謝石謝琰桓伊劉牢之上〕〔劉牢之云〕元帥。俺得勝回還。皆是元帥與衆將之功也。〔正末云〕俺自領兵十萬。在淝水河則一陣大破苻堅。今已得勝班師。非某與衆將之能。皆賴聖人洪福也呵。〔唱〕

【雙調新水令】則爲我運籌一討建功勞。今日箇滅苻堅杳無消耗。征塵威勢遠。殺氣陣雲高。將勇兵驍。因此上安宇宙。定廊廟。

〔云〕可早來到也。小校報復去。道有謝玄同衆將班師回程也。〔卒子云〕理會的。喏。報的大人得知。有衆將下馬也。〔桓冲云〕道有請。〔卒子云〕理會的。有請。〔正末與衆將見科云〕大人。俺衆將班師回程也。〔桓冲云〕不枉了大國良將之智。平秦定虜。皆將軍之大功也。〔謝安云〕謝玄。你這一場交戰。托聖天子百靈咸助。方顯這大將軍八面威風。真箇是三軍勞神也。〔正末唱〕

【鴈兒落】非是俺三軍費苦勞。謝叔父一討真奇妙。因此上八方定虜番。却原來四海除兇暴。

〔桓冲云〕今日箇邊庭寧靜。掃蕩西秦。八方無事。萬萬載太平之世也。〔正末唱〕

【得勝令】呀。今日箇得勝也。赴皇朝。恰便似平步上青霄。〔謝安云〕謝玄。此是你智勇機變。所以得勝而回也。〔正末唱〕非是我陣面上隨機變。謝叔父棋局中動着高。〔謝安云〕也是你妙算神機。不差平米也。〔正末唱〕心不失分毫。真乃是雅量施三略。保祚着皇朝。播一箇美名兒在青史標。

〔桓冲云〕謝安王坦之謝玄謝石。您衆將望闕跪者。聽聖人的命。爲您胸懷韜略。腹隱神機。少少之兵。今退百萬雄師。累建大功。今日加官賜賞。謝安有雅量之才。舉姪設計。有大功勳。加官太保中書省太宰。王坦之機變之才。舉人得中。加爲尚書兼中書門下之職。謝玄有退秦兵之勇。淝水之勝。有大功勳。加爲定番虜大元帥。謝石有關張之雄。共謀破秦。累建奇功。加爲征討副帥之職。劉牢之桓伊謝琰等衆將。都有加官賜賞。您是那赤心報國忠良將。今日箇殺退苻堅百萬兵。謝了恩者。〔正末唱〕

【折桂令】今日箇拜金鑾遙望天朝。我這裏舞蹈揚塵。展脚舒腰。〔衆做拜科〕〔桓冲云〕方今聖人德過堯舜。今日犒勞衆將。賜賞加官也。〔正末唱〕俺如今感謝洪恩。蒙承大德。慶賀功勞。〔做拜科〕〔桓冲云〕您官高極品。位至三公。祿享千鍾。輩輩榮襲也。〔正末唱〕一箇箇居祿位高官貴爵。一箇箇享榮華列土分茅。〔做拜科〕〔桓冲云〕聖上寬仁厚德。文武公卿內外臣僚。永享快樂也。〔正末唱〕則俺這文武臣僚。氣勢英豪。願吾皇聖壽齊天。明聖似虞舜唐堯。

〔做拜科〕〔桓冲斷出云〕您衆將望闕跪者。聽聖人的命。一百萬入寇秦兵。接千里旌旗相映。雖然他將廣兵多。謝安石寬忠秉政。能舉薦將軍謝玄。寫退計棋中得令。爲帥首掛印興兵。入廟宇拈香禱聖。初一陣壽陽當先。後一陣淝水取勝。滿川野草木爲兵。有鶴唳風聲相趁。今日箇靖邊境破虜除番。八公山蔣神靈應。盡忠心正直爲神。萬萬載中原平定。

題目　淝水河謝玄大功

正名　破苻堅蔣神靈應

崔鶯鶯待月西廂記雜劇

王實甫撰

第一本　張君瑞鬧道場

楔子

〔外扮老夫人上開〕老身姓鄭。夫主姓崔。官拜前朝相國。不幸因病告殂。祇生得箇小姐。小字鶯鶯。年一十九歲。鍼黹女工。詩詞書算。無不能者。老相公在日。曾許下老身之姪。乃鄭尚書之長子鄭恆爲妻。因俺孩兒父喪未滿。未得成合。又有箇小妮子。是自幼伏侍孩兒的。喚做紅娘。一箇小廝兒。喚做歡郎。先夫棄世之後。老身與女孩兒扶柩至博陵安葬。因路途有阻。不能得去。來到河中府。將這靈柩寄在普救寺內。這寺是先夫相國修造的。是則天娘娘香火院。況兼法本長老。又是俺相公剃度的和尚。因此俺就這西廂下一座宅子安下。一壁寫書附京師去喚鄭恆來相扶回博陵去。我想先夫在日。食前方丈。從者數百。今日至親則這三四口兒。好生傷感人也呵。〔唱〕

【仙呂賞花時】夫主京師祿命終。子母孤孀途路窮。因此上旅櫬在梵王宮。盼不到博陵舊塚。血淚灑杜鵑紅。今日暮春天氣。好生困人。不免喚紅娘出來分付他。紅娘何在。〔旦俫扮紅見科〕〔夫人云〕你看佛殿上沒人燒香呵。和小姐閑散心耍一回去來。〔紅云〕謹依嚴命。〔夫人下〕〔紅云〕小姐有請。〔正旦扮鶯鶯上〕〔紅云〕夫人著俺和姐姐佛殿上閑耍一回去來。〔旦唱〕

【幺篇】可正是人值殘春蒲郡東。門掩重關蕭寺中。花落水流紅。閑愁萬種。無語怨東風。〔並下〕

第一折

〔正末扮騎馬引俫人上開〕小生姓張。名珙。字君瑞。本貫西洛人也。先人拜禮部尚書。不幸五旬之上。因病身亡。後一年喪母。小生書劍飄零。功名未遂。遊於四方。即今貞元十七年二月上旬。唐德宗即位。欲往上朝取應。路經河中府。過蒲關上。有一人姓杜名確。字君實。與小生同郡同學。當初爲八拜之交。後棄文就武。遂得武舉狀元。官拜征西大元帥。統領十萬大軍。鎮守著蒲關。小生就望哥哥一遭。卻往京師求進。暗想小生螢窗雪案。刮垢磨光。學成滿腹文章。尚在湖海飄零。何日得遂大志也呵。萬金寶劍藏秋水。滿馬春愁壓繡鞍。

【仙呂點絳脣】遊藝中原。腳根無綫。如蓬轉。望眼連天。日近長安遠。

【混江龍】向詩書經傳。蠹魚似不出費鑽研。將棘圍守暖。把鐵硯磨穿。投至得雲路鵬程九萬里。先受了雪窗螢火二十年。才高難入俗人機。時乖不遂男兒願。空雕蟲篆刻。綴斷簡殘編。行路之間。早到蒲津。這黃河有九曲。此正古河內之地。你看好形勢也呵。

【油葫蘆】九曲風濤何處顯。則除是此地偏。這河帶齊梁。分秦晉。隘幽燕。雪浪拍長空。天際秋雲捲。竹索纜浮橋。水上蒼龍偃。東西潰九州。南北串百川。歸舟緊不緊如何見。卻便似弩箭乍離弦。

【天下樂】只疑是銀河落九天。淵泉。雲外懸。入東洋不離此徑穿。滋洛陽千種花。潤梁園萬頃田。也曾泛浮槎到日月邊。話說間早到城中。這裏一座店兒。琴童接下馬者。店小二哥那裏。〔小二上云〕自家是這狀元店裏小二哥。官人要下呵。俺這裏有乾淨店房。〔末云〕頭房裏下。先撒和那馬者。小二哥你來。我問你這裏有甚麼閑散心處。名山勝境。福地寶坊皆可。〔小二云〕俺這裏有一座寺。名曰普救寺。是則天皇后香火院。蓋造非俗。琉璃殿相近青霄。舍利塔直侵雲漢。南來北往三教九流。過者無不瞻仰。則除那裏可以君子遊玩。〔末云〕琴童料持下晌午飯。那裏走一遭便回來也。〔童〕安排下飯。撒和了馬。等哥哥回家。〔下〕〔法聰上〕小僧法聰。是這普救寺法本長老座下弟子。今日師父赴齋去了。著我在寺中。但有探長老的。便記著。待師父回來報知。山門下立地。看有甚麼人來。〔末上云〕卻早來到也。〔見聰了〕〔聰問云〕客官從何來。〔末云〕小生西洛至此。聞上剎幽雅清爽。一來瞻仰佛像。二來拜謁長老。敢問長老在麼。〔聰云〕俺師父不在寺中。貧僧弟子法聰的便是。請先生方丈拜茶。〔末云〕既然長老不在呵。不必喫茶。敢煩和尚相引瞻仰一遭。幸甚。〔聰云〕小僧取鑰匙。開了佛殿。鐘樓。塔院。羅漢堂。香積廚。盤桓一會。師父敢待回來。〔末云〕是蓋造得好也呵。〔唱〕

【村裏迓鼓】隨喜了上方佛殿。早來到下方僧院。行過廚房近西。法堂北鐘樓前面。遊了洞房。登了寶塔。將迴廊繞遍。數了羅漢。參了菩薩。拜了聖賢。〔鶯鶯引紅娘撚花枝上云〕紅娘。俺去佛殿上耍去來。〔末做見科〕呀。正撞著五百年風流業冤。

【元和令】顛不剌的見了萬千。似這般可喜娘的龐兒罕曾見。則著人眼花撩亂口難言。魂靈兒飛在半天。他那裏儘人調戲嚲著香肩。只將花笑撚。

【上馬嬌】這的是兜率宮。休猜做了離恨天。呀。誰想著寺裏遇神仙。我見他宜嗔宜喜春風面。偏宜貼翠花鈿。

【勝葫蘆】則見他宮樣眉兒新月偃。斜侵入鬢雲邊。〔旦云〕紅娘。你覷。寂寂僧房人不到。滿堦苔襯落花紅。〔末云〕我死也。未語人前先靦腆。櫻桃紅綻。玉粳白露。半晌恰方言。

【幺篇】恰便似嚦嚦鶯聲花外囀。行一步可人憐。解舞腰肢嬌又軟。千般裊娜。萬般旖旎。似垂柳晚風前。〔紅云〕那壁有人。咱家去來。〔旦回顧覷末下〕〔末云〕和尚。恰怎麼觀音現來。〔聰云〕休胡說。這是河中開府崔相國的小姐。〔末云〕世間有這等女子。豈非天姿國色乎。休說那模樣兒。則那一對小脚兒。價值百鎰之金。〔聰云〕偌遠地。他在那壁。你在這壁。繫著長裙兒。你便怎知他脚兒小。〔末云〕法聰來來來。你問我怎便知。你覷。〔唱〕

【後庭花】若不是襯殘紅芳逕軟。怎顯得步香塵底樣兒淺。且休題眼角兒留情處。則這脚蹤兒將心事傳。慢俄延。投至到櫳門兒前面。剛那了一步遠。剛剛的打箇照面。風魔了張解元。似神仙歸洞天。空餘下楊柳煙。只聞得鳥雀喧。

【柳葉兒】呀。門掩著梨花深院。粉牆兒高似青天。恨天天不與人行方便。好著我難消遣。端的是怎留連。小姐呵。則被你兀的不引了人意馬心猿。

（聰云）休惹事。河中開府的小姐去遠了也。（末唱）

【寄生草】蘭麝香仍在。佩環聲漸遠。東風搖曳垂楊綫。遊絲牽惹桃花片。珠簾掩映芙蓉面。你道是河中開府相公家。我道是南海水月觀音現。十年不識君王面。恰信嬋娟解悞人。小生便不往京師去應舉也罷。（覷聰云）敢煩和尚對長老說知。有僧房借半間。早晚溫習經史。勝如旅邸內冗雜。房金依例拜納。小生明日自來也。

【賺煞】餓眼望將穿。饞口涎空嚥。空著我透骨髓相思病染。怎當他臨去秋波那一轉。休道是小生。便是鐵石人也意惹情牽。近庭軒花柳爭妍。日午當庭塔影圓。春光在眼前。爭奈玉人不見。將一座梵王宮疑是武陵源。

（下）

第二折

（夫人上白）前日長老將錢去與老相公做好事。不見來回話。道與紅娘。傳著我的言語。去問長老。幾時好與老相公做好事。就著他辦下東西的當了。來回我話者。（下）（淨扮潔上）老僧法本。在這普救寺內做長老。此寺是則天皇后蓋造的。後來崩損。又是崔相國重修的。見今崔老夫人領著家眷。扶柩回博陵。因路阻暫寓本寺西廂之下。待路通回博陵遷葬。老夫人處事溫儉。治家有方。是是非非人莫敢犯。夜來老僧赴齋。不知曾有人來望老僧否。（喚聰問科）（聰云）夜來有一秀才自西洛而來。特謁我師。不遇而返。（潔云）山門外覷著。若再來時。報我知道。（末上云）昨日見了那小姐。到有顧盼小生之意。今日去問長老。借一間僧房。早晚溫習經史。倘遇那小姐出來。必當飽看一會。（唱）

【中呂粉蝶兒】不做周方。埋怨殺你箇法聽和尚。借與我半間兒客舍僧房。與我那可憎才。居止處門兒相向。雖不能勾竊玉偷香。且將這盼行雲眼睛兒打當。

【醉春風】往常時見傅粉的委實羞。畫眉的敢是謊。今日多情人一見了有情娘。著小生心兒裏早痒。痒。迤逗得腸荒。斷送得眼亂。引惹得心忙。〔末見聽科〕〔聽云〕師父正望先生來哩。只此少待。小僧通報去。〔潔出見末科〕〔末云〕是好一箇和尚呵。〔唱〕

【迎仙客】我則見他頭似雪。鬢如霜。面如童少年得內養。貌堂堂。聲朗朗。頭直上只少箇圓光。卻便似捏塑來的僧伽像。〔潔云〕請先生方丈內相見。夜來老僧不在。有失迎迓。望先生恕罪。〔末云〕小生久聞老和尚清譽。欲來庭下聽講。何期昨日不得相遇。今能一見。是小生三生有幸矣。〔潔云〕先生世家何郡。敢問上姓大名。因甚至此。〔末云〕小生姓張。名珙。字君瑞。

【石榴花】大師一一問行藏。小生仔細訴衷腸。自來西洛是吾鄉。宦遊在四方。寄居咸陽。先人拜禮部尚書多名望。五旬上因病身亡。平生正直無偏向。止留下四海一空囊。

【鬭鵪鶉】俺先人甚的是渾俗和光。衠一味風清月朗。〔潔云〕先生此一行。必上朝取應去。〔末唱〕小生無意求官。有心待聽講。小生特謁長老。奈路途奔馳。無以相饋。量著窮秀才人情則是紙半張。又沒甚七青八黃。儘著你說短論長。一任待掂斤播兩。逕稟有白銀一兩。與常住公用。略表寸心。望笑留是幸。〔潔云〕先生客中何故如此。〔末云〕物鮮不足辭。但充講下一茶耳。〔唱〕

【上小樓】小生特來見訪。大師何須謙讓。〔潔云〕老僧決不敢受。〔末云〕這錢也難買柴薪。不勾齋糧。且備茶湯。〔覷聰云〕這一兩銀。未為厚禮。你若有主張。對豔妝。將言詞說上。我將你衆和尚死生難忘。〔潔云〕先生必有所請。〔末云〕小生不揣有懇。因惡旅

邸冗雜。早晚難以溫習經史。欲假一室。晨昏聽講。房金按月。任意多少。〔潔云〕敝寺頗有數間。任先生揀選。〔末唱〕

【么篇】也不要香積廚。枯木堂。遠著南軒。離著東牆。靠著西廂。近主廊。過耳房。都皆停當。〔潔云〕便不呵。就與老僧同處何如。〔末笑云〕要恁怎麼。你是必休題著長老方丈。〔紅上云〕老夫人著俺問長老幾時好與老相公做好事。看得停當回話。須索走一遭去來。〔見潔科〕長老萬福。夫人使侍妾來問幾時好與老相公做好事。著看的停當了回話。〔末背云〕好箇女子也呵。〔唱〕

【脫布衫】大人家舉止端詳。全沒那半點兒輕狂。大師行深深拜了。啓朱唇語言的當。

【小梁州】可喜娘的龐兒淺淡妝。穿一套縞素衣裳。胡伶淥老不尋常。偷睛望。眼挫裏抹張郎。

【么篇】若共他多情的小姐同鴛帳。怎捨得他疊被鋪牀。我將小姐央。夫人快。他不令許放。我親自寫與從良。〔潔云〕二月十五日可與老相公做好事。〔紅云〕妾與長老同去佛殿看了。卻回夫人話。〔潔云〕先生請少坐。老僧同小娘子看一遭便來。〔末云〕何故卻小生。便同行一遭。又且何如。〔潔云〕便同行。〔末云〕著小娘子先行。俺近後些。〔潔云〕一箇有道理的秀才。〔末云〕小生有一句話說。敢道麼。〔潔云〕便道不妨。〔末唱〕

【快活三】崔家女豔妝。莫不是演撒你箇老潔郎。〔潔云〕俺出家人那有此事。〔末〕既不沙卻怎睃趁著你頭上放毫光。打扮的特來晃。〔潔云〕先生是何言語。早是那小娘子不聽得哩。若知呵。是甚意思。〔紅上佛殿科〕〔末唱〕

【朝天子】過得主廊。引入洞房。好事從天降。我與你看著門兒。你進去。〔潔怒云〕先生。此非先王之法言。豈不得罪於聖人之門乎。老僧偌大年紀。焉肯作此等之態。〔末唱〕好模好樣忒莽撞。沒則羅便罷。煩惱則麼耶唐三藏。怪不得小生疑你。偌大一箇宅堂。可怎生別沒箇兒郎。使得梅香來說勾當。〔潔云〕老夫人治家嚴肅。內外並無一箇男子出入。〔末背云〕這禿廝巧說。你在我行。口強。硬抵著頭皮撞。〔潔對紅云〕這齋供道場都完備了。十五日請夫人小姐拈香。〔末問云〕何故。〔潔云〕這是崔相國小姐至孝。爲報父母之恩。又是老相公禫日。就脫孝服。所以做好事。〔末哭科云〕哀哀父母。生我劬勞。欲報深恩。昊天罔極。小姐是一女子。尚然有報父母之心。小生湖海飄零數年。自父母下世之後。並不曾有一陌紙錢相報。望和尚慈悲爲本。小生亦備錢五千。怎生帶得一分兒齋。追薦俺父母咱。便夫人知也不妨。以盡人子之心。〔潔云〕法聰與這先生帶一分者。〔末背問聰云〕那小姐明日來麼。〔聰云〕他父母的勾當。如何不來。〔末背云〕這五千錢使得有些下落者。〔唱〕

【四邊靜】人間天上。看鶯鶯強如做道場。軟玉溫香。休道是相親傍。若能勾湯他一湯。倒與人消災障。〔潔云〕都到方丈吃茶。〔做到科〕〔末云〕小生更衣咱。〔末出科云〕那小娘子已定出來也。我則在這裏等待問他咱。〔紅辭潔云〕我不吃茶了。恐夫人怪來遲。去回話也。〔紅出科〕〔末迎紅娘祗揖科〕小娘子拜揖。〔紅云〕先生萬福。〔末云〕小娘子莫非鶯鶯小姐的侍妾麼。〔紅云〕我便是。何勞先生動問。〔末云〕小生姓張。名珙。字君瑞。本貫西洛人也。年方二十三歲。正月十七日子時建生。並不曾娶妻。〔紅云〕誰問你來。〔末云〕敢問小姐常出來麼。〔紅怒云〕先生是讀書君子。孟子曰。男女授受不親。禮也。君知瓜田不納履。李下不整冠。道不得箇非禮勿視。非禮勿聽。非禮勿言。非禮勿動。俺夫人治家嚴肅。有冰霜之操。內無應門五尺之童。年至十二三者。非呼召。不敢輒入中堂。向日鶯鶯潛出閨房。夫人窺之。召立鶯鶯於庭下。責之曰。汝爲女子。不告而出閨門。倘遇遊客小僧私視。豈不自恥。鶯立謝而言曰。今當改過從新。毋敢再犯。是他親女。尚然如此。何況以下侍妾乎。先生習先王之道。尊周公之禮。不干己事。何故用心。早是妾身。可以容恕。若夫人知其事呵。決無干休。今後得問的問。不得問的休胡說。〔下〕〔末云〕這相思索是害也。

【哨遍】聽說罷心懷悒怏。把一天愁都撮在眉尖上。說夫人節操凜冰霜。不召呼誰敢輒入中堂。自思想。比及你心兒裏畏懼老母親威嚴。小姐呵。

你不合臨去也回頭兒望。待颺下教人怎颺。赤緊的情沾了肺腑，意惹了肝腸。若今生難得有情人。是前世燒了斷頭香。我得時節手掌兒裏奇擎。心坎兒裏温存。眼皮兒上供養。

【耍孩兒】當初那巫山遠隔如天樣。聽說罷又在巫山那廂。業身軀雖是立在迴廊。魂靈兒已在他行。本待要安排心事傳幽客。我則怕漏洩春光與乃堂。夫人怕女孩兒春心蕩。怪黃鶯兒作對。怨粉蝶兒成雙。

【五煞】小姐年紀小。性氣剛。張郎倘得相親傍。乍相逢厭見何郎粉。看邂逅偷將韓壽香。纔到是未得風流況。成就了會温存的嬌壻。怕甚麼能拘束的親娘。

【四煞】夫人忒慮過。小生空妄想。郎才女貌合相彷。休直待眉兒淺淡思張敞。春色飄零憶阮郎。非是咱自誇獎。他有德言工貌。小生有恭儉温良。

【三煞】想著他眉兒淺淺描。臉兒淡淡妝。粉香膩玉搓咽項。翠裙鴛繡金蓮小。紅袖鸞銷玉筍長。不想呵其實強。你撇下半天風韻。我拾得萬種思量。卻忘了辭長老。〔見潔科〕小生敢問長老房舍何如。〔潔云〕塔院側邊西廂一間房甚是瀟灑。正可先生安下。見收拾下了。隨先生早晚來。〔末云〕小生便回店中搬去。〔潔云〕既然如此。老僧準備下齋。先生是必便來。〔下〕〔末云〕若在店中人鬧。到好消遣。搬在寺中靜處。怎麼捱這淒涼也呵。

【二煞】院宇深。枕簟涼。一燈孤影搖書幌。縱然酬得今生志。著甚支吾此夜長。睡不著如翻掌。少可有一萬聲長吁短歎。五千遍倒枕搥牀。

【尾】嬌羞花解語。温柔玉有香。我和他乍相逢記不真嬌模樣。我則索手抵著牙兒慢慢的想。〔下〕

第三折

〔正旦上云〕老夫人著紅娘問長老去了。這小賤人不來我行回話。〔紅上云〕回夫人話了。去回小姐話去。
〔旦云〕使你問長老幾時做好事。〔紅云〕恰回夫人話也。正待回姐姐話。二月十五日。請夫人姐姐拈香。
〔紅笑云〕姐姐。你不知。我對你說一件好笑的勾當。咱前日寺裏見的那秀才。今日也在方丈裏。他先出門
兒外。等著紅娘。深深唱箇喏。道小生姓張。名珙。字君瑞。本貫西洛人也。年二十三歲。正月十七日子時建生。
並不曾娶妻。姐姐。卻是誰問他來。他又問那壁小娘子。莫非鶯鶯小姐的侍妾乎。小姐常出來麼。被紅娘搶
白了一頓呵。回來了。姐姐。我不知他想甚麼哩。世上有這等傻角。〔旦笑云〕紅娘。休對夫人說。天色晚也。安
排香案。咱花園內燒香去來。〔下〕〔末上云〕搬至寺中。正近西廂居址。我問和尚每來。小姐每夜花園內燒
香。這箇花園和俺寺中合著。比及小姐出來。我先在太湖石畔牆角兒邊等待。飽看一會。兩廊僧衆都睡著
了。夜深人靜。月朗風清。是好天氣也呵。正是閑尋方丈高僧語。悶對西廂皓月吟。
【越調鬬鵪鶉】玉宇無塵。銀河瀉影。月色橫空。花陰滿庭。羅袂生寒。芳心
自警。側著耳朵兒聽。躡著腳步兒行。悄悄冥冥。潛潛等等。
【紫花兒序】等待那齊齊整整。嫋嫋婷婷。姐姐鶯鶯。一更之後。萬籟無聲。
直至鶯庭。若是迴廊下沒揣的見俺可憎。將他來緊緊的摟定。則問你那
會少離多。有影無形。〔旦引紅娘上云〕開了角門兒。將香桌出來者。〔末唱〕
【金蕉葉】猛聽得角門兒呀的一聲。風過處花香細生。踮著腳尖兒仔細
定睛。比我那初見時龐兒越整。〔旦云〕紅娘。移香桌兒近太湖石畔放者。〔末做看科云〕料想
春嬌厭拘束。等閑飛出廣寒宮。看他容分一臉。體露半襟。嚲香袖以無言。垂羅裙而不語。似湘陵妃子。斜倚舜
廟朱扉。如月殿嫦娥。微現蟾宮素影。是好女子也呵。〔唱〕
【調笑令】我這裏甫能見娉婷。比著那月殿嫦娥也不恁般撐。遮遮掩掩
穿芳徑。料應來小腳兒難行。可喜娘的臉兒百媚生。兀的不引了人魂靈。
〔旦云〕取香來。〔末云〕聽小姐祝告甚麼。〔旦云〕此一炷香。願化去先人。早生天界。此一炷香。願堂中老母身

安無事此一炷香。（做不語科）（紅云）姐姐不祝這一炷香。我替姐姐祝告。願俺姐姐早尋一箇姐夫。拖帶紅娘咱。（旦再拜云）心中無限傷心事。盡在深深兩拜中。（長吁科）（末云）小姐倚欄長歎。似有動情之意。（唱）

【小桃紅】夜深香靄散空庭。簾幙東風靜。拜罷也斜將曲欄凭。長吁了兩三聲。剔團圞明月如懸鏡。又不是輕雲薄霧。都則是香煙人氣。兩般兒氤氳得不分明。我雖不及司馬相如。我則看小姐頗有文君之意。我且高吟一絕。看他則甚。月色溶溶夜。花陰寂寂春。如何臨皓魄。不見月中人。（旦云）有人牆角吟詩。（紅云）這聲音便是那二十三歲不曾娶妻的那傻角。（旦云）好清新之詩。我依韻做一首。（紅云）你兩箇是好做一首。（旦念詩云）蘭閨久寂寞。無事度芳春。料得行吟者。應憐長歎人。（末云）好應酬得快也呵。（唱）

【禿廝兒】早是那臉兒上撲堆著可憎。那堪那心兒裏埋沒著聰明。他把那新詩和得忒應聲。一字字訴衷情。堪聽。

【聖藥王】那語句清。音律輕。小名兒不枉了喚做鶯鶯。他若是共小生廝覷定。隔牆兒酬和到天明。方信道惺惺的自古惜惺惺。我撞出去看他說甚麼。

【麻郎兒】我拽起羅衫欲行。（旦做見科）他陪著笑臉兒相迎。不做美的紅娘忒淺情。便做道謹依來命。（紅云）姐姐有人。咱家去來。怕夫人嗔著。（鶯回顧下）（末唱）

【么篇】我忽聽。一聲。猛驚。元來是撲刺刺宿鳥飛騰。顫巍巍花梢弄影。亂紛紛落紅滿徑。小姐你去了呵。那裏發付小生。

【絡絲娘】空撇下碧澄澄蒼苔露冷。明皎皎花篩月影。白日淒涼枉躭病。今夜把相思再整。

【東原樂】簾垂下。戶已扃。卻纔箇悄悄相問。他那裏低低應。月朗風清恰二更。廝傒倖。他無緣。小生薄命。

【綿搭絮】恰尋歸路。佇立空庭。竹梢風擺。斗柄雲橫。呀。今夜淒涼有四星。

他不倈人待怎生。雖然是眼角傳情。咱兩箇口不言心自省。今夜甚睡到得我眼裏呵。

【拙魯速】對著盞碧熒熒短檠燈。倚著扇冷清清舊幃屏。燈兒又不明。夢兒又不成。窗兒外淅零零的風兒透疎櫺。忒楞楞的紙條兒鳴。枕頭兒上孤另。被窩兒裏寂靜。你便是鐵石人。鐵石人也動情。

【幺篇】怨不能。恨不成。坐不安。睡不寧。有一日柳遮花映。霧障雲屏。夜闌人靜。海誓山盟。恁時節風流嘉慶。錦片也似前程。美滿恩情。咱兩箇畫堂春自生。

【尾】一天好事從今定。一首詩分明照證。再不向青瑣闥夢兒中尋。則去那碧桃花樹兒下等。〔下〕

第四折

〔潔引聰上云〕今日二月十五日開啓。衆僧動法器者。請夫人小姐拈香。比及夫人未來。先請張生拈香。怕夫人問呵。則說道貧僧親者。〔末上云〕今日二月十五日和尚請拈香。須索走一遭。〔唱〕

【雙調新水令】梵王宮殿月輪高。碧琉璃瑞煙籠罩。香煙雲蓋結。諷呪海波潮。幡影飄颻。諸檀越盡來到。

【駐馬聽】法鼓金鐸。二月春雷響殿角。鐘聲佛號。半天風雨灑松梢。侯門不許老僧敲。紗窗外定有紅娘報。害相思的饞眼腦。見他時須看箇十分飽。〔末見潔科〕〔潔云〕先生先拈香。恐夫人問呵。則說是老僧的親。〔末拈香科〕〔唱〕

【沈醉東風】惟願存在的人間壽高。亡化的天上逍遙。爲曾祖父先靈。禮佛法僧三寶。焚名香暗中禱告。則願得紅娘休劣。夫人休焦。犬兒休惡。佛囉早成就了幽期密約。〔夫人引旦上云〕長老請拈香。小姐。咱走一遭。〔末做見科〕〔覷聰云〕爲

你志誠呵。神仙下降也。(聽云)這生卻早兩遭兒也。(末唱)
【雁兒落】我則道這玉天仙離了碧霄。元來是可意種來清醮。小子多愁多病身。怎當他傾國傾城貌。
【得勝令】恰便似檀口點櫻桃。粉鼻兒倚瓊瑤。淡白梨花面。輕盈楊柳腰。妖嬈。滿面兒撲堆著俏。苗條。一團兒衠是嬌。(潔云)貧僧一句話。夫人行敢道麼。老僧有箇敝親。是箇飽學的秀才。父母亡後。無可相報。對我說。央及帶一分齋。追薦父母。貧僧一時應允了。恐夫人見責。(夫人云)長老的親。便是我的親。請來廝見咱。(末拜夫人科)(衆僧見旦發科)(唱)
【喬牌兒】大師年紀老。法座上也凝眺。舉名的班首真呆傍。覷著法聰頭做金磬敲。
【甜水令】老的小的。村的俏的。沒顛沒倒。勝似鬧元宵。稔色人兒。可意冤家。怕人知道。看時節淚眼偷瞧。
【折桂令】著小生迷留沒亂。心痒難撓。哭聲兒似鶯囀喬林。淚珠兒似露滴花梢。大師也難學。把一箇發慈悲的臉兒來朦著。擊磬的頭陀懊惱。添香的行者心焦。燭影風搖。香靄雲飄。貪看鶯鶯。燭滅香消。(潔云)風滅燈也。(末云)小生點燈燒香。(旦與紅云)那生忙了一夜。(唱)
【錦上花】外像兒風流。青春年少。內性兒聰明。冠世才學。扭捏著身子兒。百般做作。來往向人前。賣弄俊俏。(紅唱)我猜那生。黃昏這一回。白日那一覺。窗兒外那會鑊鐸。到晚來向書幃裏。比及睡著。千萬聲長吁。捱不到曉。
(末云)那小姐好生顧盼小子。(唱)
【碧玉簫】情引眉梢。心緒你知道。愁種心苗。情思我猜著。暢懊惱。響鐺鐺雲板敲。行者又嚎。沙彌又哨。恁須不奪人之好。(潔與衆僧發科)(動法器了。潔搖鈴

跪宣疏了燒紙科〕〔潔云〕天明了也。請夫人小姐回宅。〔末云〕再做一會也好。那裏發付小生也呵。〔唱〕

【鴛鴦煞】有心爭似無心好。多情却被無情惱。勞攘了一宵。月兒沈。鐘兒響。雞兒叫。唱道是玉人歸去得疾。好事收拾得早。道場畢。諸人散了。酩子裏各歸家。葫蘆提鬧到曉。〔並下〕

【絡絲娘煞尾】則爲你閉月羞花相貌。少不得剪草除根大小。

題目　老夫人閑春院

崔鶯鶯燒夜香

正名　小紅娘傳好事

張君瑞鬧道場

第二本　崔鶯鶯夜聽琴

第一折

〔孫飛虎上開〕自家姓孫。名彪。字飛虎。方今上德宗卽位。天下擾攘。因主將丁文雅失政。俺分統五千人馬。鎭守河橋。近知先相公崔珏之女鶯鶯。眉黛青顰。蓮臉生春。有傾國傾城之容。西子太真之顏。見在河中府普救寺借居。我心中想來。當今用武之際。主將尙然不正。我獨廉何爲。大小三軍。聽吾號令。人盡銜枚。馬皆勒口。連夜進兵河中府。擄鶯鶯爲妻。是我平生願足。〔法本慌上〕誰想孫飛虎將半萬賊兵圍住寺門。鳴鑼擊鼓。吶喊搖旗。欲擄鶯鶯小姐爲妻。我今不敢違悞。卽索報知夫人走一遭。〔下〕〔夫人上慌云〕如此卻怎了。俺同到小姐臥房裏商量去。〔下〕〔旦引紅上云〕自見了張生。神魂蕩漾。情思不快。茶飯少進。早是離人傷感。況値暮春天道。好煩惱人也呵。好句有情聯夜月。落花無語怨東風。

【仙呂八聲甘州】厭厭瘦損。早是傷神。那値殘春。羅衣寬褪。能消幾度黃昏。風裊篆煙不捲簾。雨打梨花深閉門。無語凭闌干。目斷行雲。

【混江龍】落紅成陣。風飄萬點正愁人。池塘夢曉。闌檻辭春。蝶粉輕沾飛

絮雪。燕泥香惹落花塵。繫春心情短柳絲長。隔花陰人遠天涯近。香消了
六朝金粉。清減了三楚精神。〔紅云〕姐姐情思不快。我將被兒薰得香香的睡些兒。〔旦唱〕
【油葫蘆】翠被生寒壓繡裀。休將蘭麝薰。便將蘭麝薰盡。則索自溫存。昨
宵箇錦囊佳製明勾引。今日箇玉堂人物難親近。這些時坐又不安。睡又
不穩。我欲待登臨又不快。閑行又悶。每日價情思睡昏昏。
【天下樂】紅娘呵。我則索搭伏定鮫綃枕頭兒上盹。但出閨門。影兒般不
離身。〔紅云〕不干紅娘事。老夫人著我跟著姐姐來。〔旦云〕俺娘也好沒意思。這些時直恁般隄
防著人。小梅香伏侍的勤。老夫人拘繫的緊。則怕俺女孩兒折了氣分。〔紅
云〕姐姐往常不會如此無情無緒。自會見了那生。便卻心事不寧。卻是如何。〔旦唱〕
【那吒令】往常但見箇外人。氳的早嗔。但見箇客人。厭的倒褪。從見了那
人。兜的便親。想著他昨夜詩。依前韻。酬和得清新。
【鵲踏枝】吟得句兒勻。念得字兒真。詠月新詩。煞强似織錦迴文。誰肯把
鍼兒將線引。向東鄰通箇慇懃。
【寄生草】想著文章士。旖旎人。他臉兒清秀身兒俊。性兒溫克情兒順。不
由人口兒裏作念心兒裏印。學得來一天星斗煥文章。不枉了十年窗下
無人問。〔飛虎領兵上圍寺科〕〔下〕〔卒子內高叫云〕寺裏人聽者。限你們三日內。將鶯鶯獻出來與俺
將軍成親。萬事干休。三日之後不送出。伽藍盡皆焚燒。僧俗寸斬。不留一箇。〔夫人潔同上敲門了〕〔紅看了
云〕姐姐。夫人和長老都在房門前。〔旦見了科〕〔夫人云〕孩兒。你知道麼。如今孫飛虎將半萬賊兵。圍住寺
門。道你眉黛青顰。蓮臉生春。似傾國傾城的太真。要擄你做壓寨夫人。孩兒。怎生是了也。〔旦唱〕
【六幺序】聽說罷魂離了殼。見放著禍滅身。將袖稍兒搵不住啼痕。好教
我去住無因。進退無門。可著俺那堝兒裏人急偎親。孤孀子母無投奔。赤

緊的先亡過了有福之人。耳邊廂金鼓連天振。征雲冉冉。土雨紛紛。
【幺篇】那廝每風聞。胡云道我眉黛青顰。蓮臉生春。恰便似傾國傾城的
太真。兀的不送了他三百僧人。半萬賊軍半霎兒敢剪草除根。這廝每於
家爲國無忠信。恣情的擄掠人民。更將那天宮般蓋造焚燒盡。則沒那諸
葛孔明。便待要博望燒屯。〔夫人云〕老身年六十歲。不爲壽夭。奈孩兒年少。未得從夫。卻如之奈
何。〔旦云〕孩兒有一計。想來則是將我與賊漢爲妻。庶可免一家兒性命。〔夫人哭云〕俺家無犯法之男。再婚
之女。怎捨得你獻與賊漢。卻不辱沒了俺家譜。〔潔云〕俺同到法堂兩廊下。問僧俗有高見者。俺一同商議箇
長便。〔同到法堂科〕〔夫人云〕小姐。卻是怎生。〔旦云〕不如將我與賊人。其便有五。〔唱〕
【後庭花】第一來免摧殘老太君。第二來免堂殿作灰燼。第三來諸僧無
事。得安存。第四來先君靈柩穩。第五來歡郎雖是未成人。〔歡〕俺呵打甚麼不
緊。〔旦〕須是崔家後代孫。鶯鶯爲惜己身。不行從著亂軍。諸僧眾污血痕。將
伽藍火內焚。先靈爲細塵。斷絕了愛弟親。割開了慈母恩。
【柳葉兒】呀將俺一家兒不留一箇齠齔。待從軍。又怕辱沒了家門。我不
如白練套頭兒尋箇自盡。將我屍櫬。獻與賊人。也須得箇遠害全身。
【青歌兒】母親。都做了鶯鶯生忿。對傍人一言難盡。母親。休愛惜鶯鶯這
一身。恁孩兒別有一計。不揀何人。建立功勳。殺退賊軍。掃蕩妖氛。倒陪家門。情
願與英雄結婚姻。成秦晉。〔夫人云〕此計較可。雖然不是門當戶對。也強如陷于賊中。長老在法
堂上高叫。兩廊僧俗。但有退兵之策的。倒陪房奩。斷送鶯鶯與他爲妻。〔潔叫了住〕〔末鼓掌上云〕我有退兵
之策。何不問我。〔見夫人了〕〔潔云〕這秀才。便是前日帶追薦的秀才。〔夫人云〕計將安在。〔末云〕重賞之下。
必有勇夫。賞罰若明。其計必成。〔旦背云〕只願這生退了賊者。〔夫人云〕恰纔與長老說下。但有退得賊兵的。
將小姐與他爲妻。〔末云〕既是恁的。休嚇了我渾家。請入臥房裏去。俺自有退兵之策。〔夫人云〕小姐和紅娘

回去者。(旦對紅云)難得此生。這一片好心。(唱)

【賺煞】諸僧衆各逃生。衆家眷誰偢問。這生不相識橫枝兒著緊。非是書生多議論。也隄防著玉石俱焚。雖然是不關親。可憐見命在逡巡。濟不濟權將秀才來儘。果若有出師表文。嚇蠻書信。張生呵則願將筆尖兒橫掃了五千人。(下)

楔子

(夫人云)此事如何。(末云)小生有一計。先用著長老。(潔云)老僧不會廝殺。請秀才別換一箇。(末云)休慌。不要你廝殺。你出去與賊漢說。夫人本待便將小姐出來。送與將軍。奈有父喪在身。不爭鳴鑼擊鼓。驚死小姐。也可惜了。將軍若要做女婿呵。可按甲束兵。退一射之地。限三日功德圓滿。脫了孝服。換上顏色衣服。倒陪房奩。定將小姐送與將軍。不爭便送來。一來父服在身。二來于軍不利。你去說來。(本云)三日如何。(末云)有計在後。(潔朝鬼門道叫科)請將軍打話。(飛虎卒上云)快送出鶯鶯來。(潔云)將軍息怒。夫人使老僧來與將軍說。(說如前了)(飛虎云)既然如此。限你三日後。若不送來。我著你人人皆死。箇箇不存。你對夫人說去。恁的這般好性兒的女壻。教他招了者。(潔云)賊兵退了也。三日後不送出去。便都是死的。(末云)小子有一故人。姓杜名確。號爲白馬將軍。見統十萬大兵。鎮守著蒲關。一封書去。此人必來救我。此間離蒲關四十五里。寫了書呵。怎得人送去。(潔云)若是白馬將軍肯來。何慮孫飛虎。俺這裏有一箇徒弟。喚作惠明。則是要吃酒廝打。若使央他去。定不肯去。須將言語激著他。他便去。(末喚云)有書寄與杜將軍。誰敢去。誰敢去。(惠明上唱)

【正宮端正好】不念法華經。不禮梁皇懺。颩了僧伽帽。袒下我這偏衫。殺人心逗起英雄膽。兩隻手將烏龍尾鋼椽揝。

【滾繡毬】非是我貪。不是我敢。知他怎生喚做打參。大踏步直殺出虎窟龍潭。非是我攙。不是我攬。那些時吃菜饅頭委實口淡。五千人也不索炙熗煎爐。肐子裏熱血權消渴。肺腑內生心且解饞。有甚醃臢。
【叨叨令】浮沙羹寬片粉添些々雜糝。酸黃虀爛豆腐休調啖。萬餘斤黑麵
從教暗。我將這五千人做一頓饅頭餡。是必休誤了也麼哥。休誤了也麼
哥。包殘餘肉把青鹽蘸。〔潔云〕張秀才著你寄書去蒲關。你敢去麼。〔惠唱〕
【倘秀才】你那裏問小僧敢去也那不敢。我這裏啓大師用咱也不用咱。
你道是飛虎將聲名播斗南。那廝能淫欲。會貪婪。誠何以堪。〔末云〕你是出家
人。卻怎不看經禮懺。則廝打爲何。〔惠唱〕
【滾繡毬】我經文也不會談。逃禪也懶去參。戒刀頭近新來鋼蘸。鐵棒上
無半星兒土漬塵緘。別的都僧不僧。俗不俗。女不女。男不男。則會齋的飽
也。則向那僧房中胡渰。那裏怕焚燒了兜率伽藍。則爲那善文能武人千
里。憑著這濟困扶危書一緘。有勇無慚。〔末云〕他倘不放你過去如何。〔惠云〕他不放我
呵。你放心。
【白鶴子】著幾箇小沙彌把幢旛寶蓋擎。壯行者將捍棒鑊叉擔。你排陣
腳將衆僧安。我撞釘子把賊兵來探。
【二】遠的破開步將鐵棒颩。近的順著手把戒刀釤。有小的提起來將腳
尖踹。有大的扳下來把髑髏勘。
【一】颼一颼古都都翻了海波。滉一滉廝琅琅振動山巖。腳踏得赤力力
地軸搖。手扳得忽剌剌天關撼。
【耍孩兒】我從來駁駁劣劣。世不曾忑忑忐忐。打熬成不厭天生敢。我從
來斬釘截鐵常居一。不似恁惹草粘花沒掂三。劣性子人皆慘。捨著命提
刀仗劍。更怕甚勒馬停驂。

【二】我從來欺硬怕軟。吃苦不甘。你休只因親事胡撲俺。若是杜將軍不把干戈退。張解元干將風月擔。我將不志誠的言詞賺。倘或紕繆。倒大差慚。(惠云)將書來。你等回音者。

【收尾】恁與我助威風擂幾聲鼓。仗佛力吶一聲喊。繡旗下遙見英雄俺。我教那半萬賊兵唬破膽。(下)(末云)老夫人長老都放心。此書到日。必有佳音。咱眼觀旌節旗。耳聽好消息。你看一封書札逡巡至。半萬雄兵咫尺來。(並下)(杜將軍引卒子上開)林下晒衣嫌日淡。池中濯足恨魚腥。花根本豔公卿子。虎體鴛班將相孫。自家姓杜。名確。字君實。本貫西洛人也。自幼與君瑞同學儒業。後棄文就武。當年武舉及第。官拜征西大將軍。正授管軍元帥。統領十萬之衆。鎮守著蒲關。有人自河中來。聽知君瑞兄弟在普救寺中。不來望我。著人去請。亦不肯來。不知主甚意。今聞丁文雅失政。不守國法。剽掠黎民。我為不知虛實。未敢造次興師。孫子曰。凡用兵之法。將受命於君。合軍聚衆。圮地無舍。衢地交合。絕地無留。圍地則謀。死地則戰。途有所不由。軍有所不擊。城有所不攻。地有所不爭。君命有所不受。故將通於九變之利者。知用兵矣。治兵不知九變之術。雖知五利。不能得人用矣。吾之未疾進兵征討者。為不知地利淺深出沒之故也。昨日探聽去。不見回報。今日升帳。看有甚軍情來。報我知道者。(卒子引惠明和尚上開)(惠明云)我離了普救寺。一日至蒲關。見杜將軍走一遭。(卒報科)(將軍云)著他過來。(惠打問訊了云)貧僧是普救寺。今有孫飛虎作亂。將半萬賊兵。圍住寺門。欲劫故臣崔相國女為妻。有遊客張君瑞。奉書令小僧拜投于麾下。欲求將軍以解倒懸之危。(將軍云)將過書來。(惠投書了)(將軍拆書念曰)珙頓首再拜大元帥將軍契兄纛下。伏自洛中。拜違犀表。寒暄屢隔。積有歲月。仰德之私。銘刻如也。憶昔聯牀風雨。嘆今彼各天涯。客況復生于肺腑。離愁無慰于羈懷。念貧處十年藜藿。走困他鄉。羨威統百萬貔貅。坐安邊境。故知虎體食天祿。瞻天表。大德勝常。使賤子慕台顏。仰台翰。寸心為慰。輒稟小弟辭家。欲詣帳下。以敘數載間闊之情。奈至河中府普救寺。忽值採薪之憂。不期有賊將孫飛虎。領兵半萬。欲劫故臣崔相國之女。實為迫切狼狽。小弟之命。亦在逡巡。萬一朝廷知道。其罪何歸。將軍倘不棄舊交之情。與一旅之師。上以報天子之恩。下以救蒼生之急。使故相國雖在九泉。亦不泯將軍之德。願將軍虎視去書。使小弟鵠觀來旌。造次干瀆。不勝慚愧。伏乞台照。不宣。張珙再拜。二月十六日書。〔將軍云〕既然如此。和尚你行。我便來。〔惠明云〕將軍是必疾來者。〔將軍云〕雖無聖旨發兵。將在軍。君命有所不受。大小三軍。聽吾將令。速點五千人馬。人盡銜枚。馬皆勒口。星夜起發。直至河中府普救寺。救張生走一遭。〔引卒子上開〕〔將軍引卒子騎竹馬調陣拿綁下〕〔夫人潔同末上云〕下書已兩日。不見回音。〔末云〕山門外吶喊搖旗。莫不是俺哥哥軍至了。〔末見將軍了〕〔引夫人拜了〕〔將軍云〕杜確有失防禦。至令老夫人受驚。切勿見罪是幸。〔末拜將軍了〕自別兄長台顏。一向有失聽教。今得一見。如撥雲覩日。〔夫人云〕老身子母。如將軍所賜之命。將何補報。〔將軍云〕不敢。此乃職分之所當為。敢問賢弟因甚不至戎帳。〔末云〕小弟欲來。奈小疾偶作。不能動止。所以失敬。今見夫人受困。所言退得賊兵者。以小姐妻之。因此愚弟作書請吾兄。〔將軍云〕既然有此姻緣。可賀可賀。〔夫人云〕安排茶飯者。〔將軍云〕不索。倘有餘黨未盡。小官去捕了。卻來望賢弟。左右那裏。去斬孫飛虎去。〔拿賊了〕本欲斬首示衆。具表奏聞。見丁文雅失守之罪。恐有未叛者。今將為首各杖一百。餘者盡歸舊營去者。〔孫飛虎謝了下〕〔將軍云〕張生建退賊之策。夫人面許結親。若不違前言。淑女可配君子也。〔夫人云〕恐小女有辱君子。〔末云〕請將軍筵席者。〔將軍云〕我不喫筵席了。我回營去。異日卻來慶賀。〔末云〕不敢久留兄長。有勞台候。〔將軍望蒲關起發〕〔衆念云〕馬離普救敲金鐙。人望蒲關唱凱歌。〔下〕〔夫人云〕先生大恩。不敢忘也。自今先生休在寺裏。下則著僕人寺內養馬。足下來家內書院裏安歇。我已收拾了。便搬來者。到明日略備草酌。著紅娘來請你。是必來一會。別有商議。〔末云〕這事都在長老身上。〔問潔云〕小子親事未知何如。〔潔云〕鶯鶯親事擬定妻君。只因兵火至。引起雨雲心。〔下〕〔末云〕小子收拾行李去花園裏去也。〔下〕

第二折

〔夫人上云〕今日安排下小酌。單請張生酬勞。道與紅娘疾忙去書院中請張生。著他是必便來。休推故。〔下〕〔末上云〕夜來老夫人說著紅娘來請我。他怎生不見來。我打扮著等他。皂角也使過兩箇也。水也換了兩桶也。烏紗帽擦得光掙掙的。怎麼不見紅娘來也呵。〔紅娘上云〕老夫人使我請張生。我想若非張生

妙計呵。俺一家兒性命難保也呵。〔唱〕
【中呂粉蝶兒】半萬賊兵。捲浮雲片時掃淨。俺一家兒死裏逃生。舒心的
列山靈。陳水陸。張君端合當欽敬。當日所望無成。誰想一緘書倒為了媒
證。
【醉春風】今日箇東閣玳筵開。煞強如西廂和月等。薄衾單枕有人溫。早
則不冷冷。受用足寶鼎香濃。繡簾風細。綠窗人靜。
【脫布衫】幽僻處可有人行。點蒼苔白露泠泠。隔窗兒咳嗽了一聲。〔紅敲
門科〕〔末云〕是誰來也。〔紅云〕是我。他啓朱唇急來答應。〔末云〕拜揖小娘子。〔紅唱〕
【小梁州】則見他叉手忙將禮數迎。我這裏萬福先生。烏紗小帽耀人明。
白襴淨。角帶傲黃鞓。
【么篇】衣冠濟楚龐兒整。可知道引動俺鶯鶯。據相貌。憑才情。我從來心
硬。一見了也留情。〔末云〕既來之。則安之。請書房內說話。小娘子此行為何。〔紅云〕賤妾奉夫人嚴
命。特請先生小酌數杯。勿卻。〔末云〕便去。便去。敢問席上有鶯鶯姐姐麼。〔紅唱〕
【上小樓】請字兒不曾出聲。去字兒連忙答應。可早鶯鶯根前。姐姐呼之。
喏喏連聲。秀才每聞道請。恰便似聽將軍嚴令。和他那五臟神願隨鞭鐙。
【么篇】第一來為壓驚。第二來因謝承。不請街坊。不會親鄰。不受人情。避
衆僧。請老兄。和鶯鶯匹聘。〔末云〕如此小生歡喜。〔紅〕則見他歡天喜地。謹依來
命。〔末云〕小生客中無鏡。敢煩小娘子看小生一看何如。〔紅唱〕
【滿庭芳】來回顧影。文魔秀士。風欠酸丁。下工夫將額顱十分掙。遲和疾
擦倒蒼蠅。光油油耀花人眼睛。酸溜溜螫得人牙疼。〔末云〕夫人辦甚麼請我。〔紅
茶飯已安排定。淘下陳倉米數升。煠下七八碗軟蔓青。〔末云〕小生想來。自寺中

一見了小姐之後。不想今日得成婚姻。豈不爲前生分定。〔紅云〕姻緣非人力所爲。天意爾。

【快活三】喒人一事精。百事精。一無成。百無成。世間草木本無情、自古云。地生連理木。水出並頭蓮。他猶有相兼併。

【朝天子】休道這生。年紀兒後生。恰學害相思病。天生聰俊。打扮素淨。奈夜夜成孤另。才子多情。佳人薄倖。兀的不擔閣了人性命。〔末云〕你姐姐果有信行。〔紅〕誰無一箇信行。誰無一箇志誠。您兩箇今夜親折證。我囑付你咱、

【四邊靜】今宵歡慶。軟弱鶯鶯可曾慣經。你索款款輕輕。燈下交鴛頸。端詳可憎。好煞人也無乾淨。〔末云〕小娘子先行。小生收拾書房便來。敢問那裏有甚麼景致。〔紅唱〕

【耍孩兒】俺那裏落紅滿地胭脂冷。休孤負了良辰媚景。夫人遣妾莫消停。請先生勿得推稱。俺那裏準備著鴛鴦夜月銷金帳。孔雀春風軟玉屏。樂奏合歡令。有鳳簫象板。錦瑟鸞笙。〔末云〕小生書劍飄零。無以爲財禮。卻是怎生。〔紅唱〕

【四煞】聘財斷不爭。婚姻事有成。新婚燕爾安排慶。你明博得跨鳳乘鸞客。我到晚來臥看牽牛織女星。休傒倖。不要你半絲兒紅線。成就了一世兒前程。

【三煞】憑著你滅寇功。舉將能。兩般兒功效如紅定。爲甚俺鶯娘心下十分順。都則爲君瑞胸中百萬兵。越顯得文風盛。受用足珠圍翠繞。結果了黃卷青燈。

【二煞】夫人只一家。老兄無伴等。爲嫌繁冗尋幽靜。〔末云〕別有甚客人。〔紅〕單請你箇有恩有義閑中客。且迴避了無是無非窗下僧。夫人的命、道足下莫教推托。和賤妾卽便隨行。〔末云〕小娘子先行。小生隨後便來。〔紅唱〕

【收尾】先生休作謙。夫人專意等。常言道恭敬不如從命。休使得梅香再來請。〔下〕〔末云〕紅娘去了小生拽上書房門者。我比及到得夫人那裏。夫人道。張生你來了也。飲幾杯酒。去臥房內和鶯鶯做親去。小生到得臥房內。和姐姐解帶脫衣。顛鸞倒鳳。同諧魚水之歡。共效于飛之願。覷他雲鬟低墜。星眼微朦。被翻翡翠。襪繡鴛鴦。不知性命何如。且看下回分解。〔笑云〕單羨法本好和尚也。只憑說法口。遂卻讀書心。〔下〕

第三折

〔夫人排桌子上云〕紅娘去請張生。如何不見來。〔紅見夫人云〕張生著紅娘先行。隨後便來也。〔末上見夫人施禮科〕〔夫人云〕前日若非先生。焉得見今日。我一家之命。皆先生所活也。聊備小酌。非爲報禮。勿嫌輕意。〔末云〕一人有慶。兆民賴之。此賊之敗。皆夫人之福。萬一杜將軍不至。我輩皆無免死之術。此皆往事。不必掛齒。〔夫人云〕將酒來。先生滿飲此杯。〔末云〕長者賜。少者不敢辭。〔末做飲酒科〕〔末把夫人酒了〕〔夫人云〕先生請坐。〔末云〕小子侍立座下。尚然越禮。焉敢與夫人對坐。〔夫人云〕道不得箇恭敬不如從命。〔末謝了坐〕〔夫人云〕紅娘去喚小姐來。與先生行禮者。〔紅朝鬼門道喚云〕老夫人後堂待客。請小姐出來哩。〔旦應云〕我身子有些不停當。來不得。〔紅云〕你道請誰哩。〔旦云〕請誰。〔紅云〕請張生哩。〔旦云〕若請張生。扶病也索走一遭。〔紅發科了〕〔旦上〕免除崔氏全家禍。盡在張生半紙書。〔旦唱〕

【雙調五供養】若不是張解元識人多。別一箇怎退干戈。排著酒果。列著笙歌。篆煙微。花香細。散滿東風簾幙。救了咱全家禍。殷勤呵正禮。欽敬呵當合。

【新水令】恰纔向碧紗窗下畫了雙蛾。拂拭了羅衣上粉香浮污。則將指尖兒。輕輕的貼了鈿窩。若不是驚覺人呵。猶壓著繡衾臥。〔紅云〕覷俺姐姐這箇臉兒。吹彈得破。張生有福也呵。〔旦唱〕

【幺篇】沒查沒利謊僂科。你道我宜梳妝的臉兒吹彈得破。〔紅云〕俺姐姐天生的一箇夫人的樣兒。〔旦〕你那裏休聒。不當一箇信口開合。知他命福是如何。
我做一箇夫人也做得過。〔紅云〕往常兩箇都害。今日早則喜也〔旦唱〕
【喬木查】我相思爲他。他相思爲我。從今後兩下裏相思都較可。酬賀間
禮當酬賀。俺母親也好心多。〔紅云〕敢着小姐和張生結親呵。怎生不做大筵席會親戚朋友。
安排小酌爲何。〔旦云〕紅娘你不知夫人意。
【攪箏琶】他怕我是陪錢貨兩當一便成合。據着他舉將除賊。也消得家
緣過活。費了甚一股那。便待要結絲羅。休波省人情的奶奶忒慮過。恐怕
張羅。〔末云〕小子更衣咱〔做撞見旦科〕〔旦唱〕
【慶宣和】門兒外簾兒前將小脚兒那。我恰待目轉秋波。誰想那識空便
的靈心兒早瞧破。諕得我倒趓倒趓。〔末見旦科〕〔夫人云〕小姐近前拜了哥哥者〔末背
云〕呀聲息不好了也〔旦云〕呀俺娘變了卦也〔紅云〕這相思又索害也〔旦唱〕
【雁兒落】荆棘剌怎動那。死沒騰無回豁。措支剌不對答。軟兀剌難存坐。
【得勝令】誰承望這即即世世老婆婆。著鶯鶯做妹妹拜哥哥。白茫茫溢
起藍橋水。不鄧鄧點着祆廟火。碧澄澄清波。撲剌剌將比目魚分破。急攘
攘因何。扢搭地把雙眉鎖納合。〔夫人云〕紅娘看熱酒。小姐與哥哥把盞者。〔旦唱〕
【甜水令】我這裏粉頸低垂。蛾眉頻蹙。芳心無那。俺可甚相見話偏多。星
眼朦朧。檀口嗟咨。攧窨不過。這席面兒暢好是烏合。〔旦把酒科〕〔夫人央科〕〔末
云〕小生量窄〔旦云〕紅娘接了臺盞者。〔唱〕
【折桂令】他其實嚥不下玉液金波。誰承望月底西廂。變做了夢裏南柯。
泪眼偷淹。酩子裏搵溼香羅。他那裏眼倦開軟癱做一垜。我這裏手難擡
稱不起肩窩。病染沈疴。斷然難活。則被你送了人呵當甚麼嘍囉。〔夫人云〕

再把一盞者。〔紅遞了盞〕〔紅背與旦云〕姐姐。這煩惱怎生是了。〔旦唱〕
【月上海棠】而今煩惱猶閑可。久後思量怎奈何。有意訴衷腸。爭奈母親
側坐。成拋趓。咫尺間如間闊。
【幺篇】一杯悶酒尊前過。低首無言自摧挫。不甚醉顏酡。卻早嫌玻璃盞
大。從因我。酒上心來覺可。〔夫人云〕紅娘送小姐臥房裏去者。〔旦辭末出科〕〔旦云〕俺娘好口
不應心也呵。
【喬牌兒】老夫人轉關兒沒定奪。啞謎兒怎猜破。黑閣落甜話兒將人和。
請將來著人不快活。
【江兒水】佳人自來多命薄。秀才每從來懦。悶殺沒頭鵝。撇下陪錢貨。下
場頭那答兒發付我。
【殿前歡】恰纔箇笑呵呵。都做了江州司馬淚痕多。若不是一封書將半
萬賊兵破。俺一家兒怎得存活。他不想結姻緣想甚麼。到如今難著莫。老
夫人謊到天來大。當日成也是恁箇母親。今日敗也是恁箇蕭何。
【離亭宴帶歇拍煞】從今後玉容寂寞梨花朵。胭脂淺淡櫻桃顆。這相思
何時是可。昏鄧鄧黑海來深。白茫茫陸地來厚。碧悠悠青天來闊。太行山
般高仰望。東洋海般深思渴。毒害的恁麼。俺娘呵。將顫巍巍雙頭花蕊搓。
香馥馥同心縷帶割。長攙攙連理瓊枝挫。白頭娘不負荷。青春女成擔閣。
將俺那錦片也似前程蹬脫。俺娘把甜句兒落空了他。虛名兒誤賺了我。
〔下〕〔末云〕小生醉也。告退。夫人跟前。欲一言以盡意。未知可否。前者賊寇相迫。夫人所言。能退賊者。以鶯鶯
妻之。小生挺身而出。作書與杜將軍。庶幾得免夫人之禍。今日命小生赴宴。將謂有喜慶之期。不知夫人何見。
以兄妹之禮相待。小生非圖哺啜而來。此事果若不諧。小生即當告退。〔夫人云〕先生縱有活我之恩。奈小姐

先相國在日。曾許下老身姪兒鄭恆。即日有書赴京喚去了。未見來。如若此子至。其事將如之何。莫若多以金帛相酬。先生揀豪門貴宅之女。別爲之求。先生台意若何。〔末云〕既然夫人不與。小生何慕金帛之色。卻不道書中有女顏如玉。則今日便索告辭。〔夫人云〕你且住者。今日有酒也。紅娘。扶將哥哥去書房中歇息。到明日咱別有話說。〔紅扶末科〕〔末念〕有分只熬蕭寺夜。無緣難遇洞房春。〔紅云〕張生。少喫一琖卻不好。〔末云〕我吃甚麼來。〔末跪紅科〕小生爲小姐晝夜忘餐廢寢。魂勞夢斷。常忽忽如有所失。自寺中一見。隔牆酬和。迎風帶月。受無限之苦楚。甫能得成就婚姻。夫人變了卦。使小生智竭思窮。此事幾時是了。小娘子怎生可憐見小生。將此意伸與小姐。知小生之心。就小娘子前。解下腰間之帶。尋箇自盡。〔末念〕可憐刺股懸梁志。險作離鄉背井魂。〔紅云〕街上好賤柴。燒你箇傻角。你休慌。妾當與君謀之。〔末云〕計將安在。小生當築壇拜將。〔紅云〕妾見先生有囊琴一張。必善于此。俺小姐深慕于琴。今夕妾與小姐同至花園內燒夜香。但聽咳嗽爲令。先生動操。看小姐聽得時。說甚麼言語。卻將先生之言達知。若有話說。明日妾來回報。這早晚怕夫人尋我。回去也。〔下〕

第四折

〔末上云〕紅娘之言。深有意趣。天色晚也。月兒。你早些出來麼。〔焚香了〕呀。卻早發擂也。呀。卻早撞鐘也。〔做理琴科〕琴呵。小生與足下湖海相隨數年。今夜這一場大功。都在你這神品金徽玉軫蛇腹斷紋嶧陽焦尾冰絃之上。天那。卻怎生借得一陣順風。將小生這琴聲吹入俺那小姐玉琢成粉捏就知音的耳躲裏去者。〔旦引紅上紅云〕小姐燒香去來。好明月也呵。〔旦云〕事已無成。燒香何濟。月兒。你團圓呵。咱卻怎生。

〔唱〕

【越調鬬鵪鶉】雲斂晴空。冰輪乍湧。風掃殘紅。香堦亂擁。離恨千端。閑愁萬種。夫人那。靡不有初。鮮克有終。他做了箇影兒裏的情郎。我做了箇畫兒裏的愛寵。

【紫花兒序】則落得心兒裏念想。口兒裏閑題。則索向夢兒裏相逢。俺娘昨日箇大開東閣。我則道怎生般炮鳳烹龍。朦朧可教我翠袖殷勤捧玉鍾。卻不道主人情重。則為那兄妹排連。因此上魚水難同。(紅云)姐姐你看月闌。明日敢有風也。(旦云)風月天邊有。人間好事無。(唱)

【小桃紅】人間看波玉容深鎖繡幃中。怕有人搬弄。想嫦娥西沒東生有誰共。怨天宮。裴航不作遊仙夢。這雲似我羅幃數重。只恐怕嫦娥心動。因此上圍住廣寒宮。(紅做咳嗽科)(末云)來了。(做理琴科)(旦云)這甚麼響。(紅發科)(旦唱)

【天淨沙】莫不是步搖得寶髻玲瓏。莫不是裙拖得環珮玎玲。莫不是鐵馬兒簷前驟風。莫不是金鉤雙控。吉丁當敲響簾櫳。

【調笑令】莫不是梵王宮。夜撞鐘。莫不是疎竹瀟瀟曲檻中。莫不是牙尺剪刀聲相送。莫不是漏聲長滴響壺銅。潛身再聽在牆角東。元來是近西廂理結絲桐。

【禿廝兒】其聲壯。似鐵騎刀鎗冗冗。其聲幽。似落花流水溶溶。其聲高。似風清月朗鶴唳空。其聲低。似聽兒女語。小窗中喁喁。

【聖藥王】他那裏思不窮。我這裏意已通。嬌鸞雛鳳失雌雄。他曲未終。我意轉濃。爭奈伯勞飛燕各西東。盡在不言中。我近書窗聽咱。(紅云)姐姐你這裏聽。我瞧夫人一會便來。(末云)窗外是有人。已定是小姐。我將弦改過。彈一曲。就歌一篇。名曰鳳求凰。昔日司馬相如得此曲成事。我雖不及相如。願小姐。如有文君之意。(歌曰)有美人兮。見之不忘。一日不見兮。思之如狂。鳳飛翩翩兮。四海求凰。無奈佳人兮。不在東牆。張絃代語兮。欲訴衷腸。何時見許兮。慰我彷徨。願言配德兮。攜手相將。不得于飛兮。使我淪亡。(旦云)是彈得好也呵。其詞哀。其意切。淒淒然如鶴唳天。故使妾聞之。不覺淚下。(唱)

【麻郎兒】這的是令他人耳聰。訴自己情衷。知音者芳心自懂。感懷者斷腸悲痛。

【幺篇】這一篇與本宮始終不同。又不是清夜聞鐘。又不是黃鶴醉翁。又不是泣麟悲鳳。

【絡絲娘】一字字更長漏永。一聲聲衣寬帶鬆。別恨離愁變做一弄。張生呵越教人知重。〔末云〕夫人且做忘恩。小姐你也說謊也呵。〔旦云〕你差怨了我。〔唱〕

【東原樂】這的是俺娘的機變。非干是妾身脫空。若由得我呵乞求得効鸞鳳。俺娘無夜無明併女工。我若得些兒閑空。張生呵怎教你無人處把妾身作誦。

【綿搭絮】疎簾風細。幽室燈清。都則是一層兒紅紙。幾榥兒疎櫺。兀的不是隔著雲山幾萬重。怎得箇人來信息通。便做道十二巫峯。他也曾賦高唐來夢中。〔紅云〕夫人尋小姐哩。咱家去來。〔旦唱〕

【拙魯速】則見他走將來氣沖沖。怎不教人恨匆匆。嚇得人來怕恐。早是不曾轉動。女孩兒家直恁響喉嚨。緊摩弄。索將他攔縱。則恐怕夫人行。把我來斷葬送。〔紅云〕姐姐則管里聽琴怎麼。張生著我對姐姐說他回去也。〔旦云〕好姐姐呵是必再著住一程兒。〔紅云〕再說甚麼。〔旦云〕你去呵。〔唱〕

【尾】則說道夫人時下有人唧噥。好共歹不著你落空。不問俺口不應的狠毒娘。怎肯著別離了志誠種。〔並下〕

【絡絲娘煞尾】不爭惹恨牽情鬬引。少不得廢寢忘餐病證。

題目　張君瑞破賊計
　　　莽和尚生殺心
正名　小紅娘晝請客

崔鶯鶯夜聽琴

第三本　張君瑞害相思

楔子

〔旦上云〕自那夜聽琴後。聞說張生有病。我如今著紅娘去書院裏看他說甚麽。〔叫紅科〕〔紅上云〕姐姐喚我。不知有甚事。須索走一遭。〔旦云〕這般身子不快呵。你怎麽不來看我。〔紅云〕你想張。〔旦云〕張甚麽〔紅云〕我張著姐姐哩。〔旦云〕我有一件事。央及你咱。〔紅云〕甚麽事。〔旦云〕你與我望張生去走一遭。看他說甚麽。你來回我話者。〔紅云〕我不去。夫人知道不是耍。〔旦云〕好姐姐。我拜你兩拜。你便與我走一遭。〔紅云〕侍長請起。我去則便了。說道張生你好生病重。則俺姐姐也不弱。只因午夜調琴手。引起春閨愛月心。〔唱〕

【仙呂賞花時】俺姐姐鍼綫無心不待拈。脂粉香消懶去添。春恨壓眉尖。若得靈犀一點。敢醫可了病懨懨。〔下〕〔旦云〕紅娘去了。看他回來說甚麽話。我自有主意。〔下〕

第一折

〔末上云〕害殺小生也。自那夜聽琴之後。再不能勾見俺那小姐。我著長老說將去。道張生好生病重。卻怎生不見人來看我。卻思量上來。我睡些兒咱。〔紅上云〕奉小姐言語。著我看張生。須索走一遭。我想咱每一家若非張生。怎存俺一家兒性命也。〔唱〕

【仙呂點絳唇】相國行祠。寄居蕭寺。因喪事。幼女孤兒。將欲從軍死。

【混江龍】謝張生伸志。一封書到便興師。顯得文章有用。足見天地無私。若不是剪草除根半萬賊。險些兒滅門絕戶了俺一家兒。鶯鶯君瑞。許配雄雌。夫人失信。推託別詞。將婚姻打滅。以兄妹爲之。如今都廢卻成親事。一箇價糊突了胸中錦繡。一箇價淚搵溼了臉上胭脂。

【油葫蘆】憔悴潘郎鬢有絲。杜韋娘不似舊時。帶圍寬清減了瘦腰肢。一箇睡昏昏不待觀經史。一箇意懸懸懶去拈鍼指。一箇絲桐上調弄出離恨譜。一箇花牋上刪抹成斷腸詩。一箇筆下寫幽情。一箇絃上傳心事。兩下裏都一樣害相思。

【天下樂】方信道才子佳人信有之。紅娘看時。有些乖性兒。則怕有情人不遂心也似此。他害的有些抹媚。我遭著沒三思。一納頭安排著憔悴死。

卻早來到書院裏。我把唾津兒潤破窗紙。看他在書房裏做甚麼。

【村裏迓鼓】我將這紙窗兒溼破。悄聲兒窺視。多管是和衣兒睡起。羅衫上前襟褶衽。孤眠況味。淒涼情緒。無人伏侍。覷了他澀滯氣色。聽了他微弱聲息。看了他黃瘦臉兒。張生呵你若不悶死多應是害死。

【元和令】金釵敲門扇兒。〔末云〕是誰。〔紅唱〕我是箇散相思的五瘟使。俺小姐想著風清月朗夜深時。使紅娘來探爾。〔末云〕既然小娘子來小姐必有言語。〔紅唱〕俺小姐至今脂粉未曾施。念到有一千番張殿試。〔末云〕小姐既有見憐之心小生有一簡敢煩小娘子達知肺腑咱。〔紅云〕只恐他番了面皮。

【上馬嬌】他若是見了這詩。看了這詞。他敢顛倒費神思。他拽扎起面皮來查得誰的言語你將來這妮子怎敢胡行事。他可敢嗤嗤的扯做了紙條兒。〔末云〕小生久後多以金帛拜酬小娘子。〔紅唱〕

【勝葫蘆】哎你箇饞窮酸倈沒意兒。賣弄你有家私。莫不圖謀你東西來到此。先生的錢物。與紅娘做賞賜。是我愛你的金貲。

【么篇】你看人似桃李春風牆外枝。賣俏倚門兒。我雖是箇婆娘有氣志。則說道可憐見小子。隻身獨自。恁的呵顛倒有箇尋思。〔末云〕依著姐姐可憐見小子隻身獨自。〔紅云〕元的不是也。你寫來。喒與你將去。〔末寫科〕〔紅云〕寫得好呵。讀與我聽咱。〔末讀云〕珙百拜。奉書芳卿可人粧次。自別顏範。鴻稀鱗絕。悲愴不勝。孰料夫人以恩成怨。變易前姻。豈得不爲失信乎。使小生目視東牆。恨不得腋翅於粧臺左右。患成思渴。垂命有日。因紅娘至。聊奉數字。以表寸心。萬一有見憐之意。書以擲下。庶幾尚可保養。造次不謹。伏乞情恕。後成五言詩一首。就書錄呈。相思恨轉添。謾把瑤琴弄。樂事又逢春。芳心爾亦動。此情不可違。芳譽何須奉。莫負月華明。且憐花影重。〔紅唱〕

【後庭花】我則道拂花牋打稿兒。元來他染霜毫不勾思。先寫下幾句寒温序。後題著五言八句詩。不移時。把花牋錦字。疊做箇同心方勝兒。忒聰明。忒煞思。忒風流。忒浪子。雖然是假意兒。小可的難到此。

【青歌兒】顛倒寫鴛鴦兩字。方信道在心爲志。看喜怒其間覷箇意兒。放心波學士。我願爲之。並不推辭。自有言詞。則說道昨夜彈琴的那人兒。教傳示。〔紅云〕這簡帖兒。我與你將去。先生當以功名爲念。休墮了志氣者。〔唱〕

【寄生草】你將那偷香手。準備著折桂枝。休教那淫詞兒汚了龍蛇字。藕絲兒縛定鵾鵬翅。黃鶯兒奪了鴻鵠志。休爲這翠幃錦帳一佳人。誤了你玉堂金馬三學士。〔末云〕姐姐在意者。〔紅云〕放心放心。〔唱〕

【煞尾】沈約病多般。宋玉愁無二。清減了相思樣子。喒眉眼傳情未了時。中心日夜藏之。怎敢因而。有美玉於斯。我須教有發落歸著這張紙。憑著我舌尖兒上說詞。更和這簡帖兒裏心事。管教那人兒來探你一遭兒。〔下〕〔末云〕小娘子將簡帖兒去了。不是小生說口。則是一道會親的符籙。他明日回話。必有箇次第。且放下心。須索好音來也。且將宋玉風流策。寄與蒲東窈窕娘。〔下〕

第二折

〔旦上云〕紅娘伏侍老夫人。不得空。偌早晚敢待來也。困思上來。再睡些兒咱。〔睡科〕〔紅上云〕奉小姐言

語。去看張生。因伏侍老夫人。未曾回小姐話去。不聽得聲音。敢又睡哩。我入去看一遭。〔唱〕

【中呂粉蝶兒】風靜簾閑。透紗窗麝蘭香散。啓朱扉搖響雙環。絳臺高。金荷小。銀釭猶燦。比及將暖帳輕彈。先揭起這梅紅羅軟簾偷看。

【醉春風】則見他釵軃玉橫斜。髻偏雲亂挽。日高猶自不明眸。暢好是懶。懶。〔旦做起身長歎科〕〔紅唱〕半晌擡身。幾回搔耳。一聲長歎。〔紅云〕我待便將這簡帖兒與他。恐俺小姐有許多假處哩。我則將這簡帖兒放在妝盒兒上。看他見了說甚麼。〔旦做照鏡科見帖看科〕〔紅唱〕

【普天樂】曉妝殘。烏雲軃。輕勻了粉臉。亂挽起雲鬟。將簡帖兒拈。把妝盒兒按。開拆封皮孜孜看。顛來倒去不害心煩。〔旦怒叫〕紅娘。〔紅做意云〕呀。決撒了也。厭的早扢皺了黛眉。〔旦云〕小賤人不來怎麼。〔紅唱〕忽的波低垂了粉頸。氳的呵改變了朱顏。〔旦云〕小賤人。這東西那裏將來的。我是相國的小姐。誰敢將這簡帖來戲弄我。我幾曾慣看這等東西。告過夫人。打下你箇小賤人下截來。〔紅云〕小姐使將我去。他著我將來。我不識字。知他寫著甚麼。〔唱〕

【快活三】分明是你過犯。沒來由把我摧殘。使別人顛倒惡心煩。你不慣誰曾慣。姐姐休鬧。比及你對夫人說呵。我將這簡帖兒去夫人行出首去來。〔旦做揪住科〕我逗你耍來。〔紅云〕放手。看打下下截來。〔旦云〕張生兩日如何。〔紅云〕我則不說。〔旦云〕好姐姐。你說與我聽咱。〔紅唱〕

【朝天子】張生近間面顏。瘦得來實難看。不思量茶飯。怕見動憚。曉夜將佳期盼。廢寢忘餐。黃昏清日。望東牆淹淚眼。〔旦云〕請箇好太醫看他證候咱。〔紅云〕他證候吃藥不濟。病患要安。則除是出幾點風流汗。〔旦云〕紅娘。不看你面時。我將與老夫人看。看他有何面目見夫人。雖然我家虧他。只是兄妹之情。焉有外事。紅娘。早是你口穩哩。若別人知呵。甚麼模樣。〔紅云〕你哄着誰哩。你把這箇餓鬼。弄的他七死八活。卻要怎麼。

【四邊靜】怕人家調犯。早共晚夫人見些破綻。他我何安。問甚麼他遭危難。擿斷得上竿。掇了梯兒看。〔旦云〕將描筆兒過來。我寫將去回他。著他下次休是這般。〔旦做寫科〕〔起身科云〕紅娘。你將去說小姐看望先生。相待兄妹之禮如此。非有他意。再一遭兒是這般呵。必告夫人知道。和你箇小賤人都有說話。〔旦擲書下〕〔紅唱〕

【脫布衫】小孩兒家口沒遮攔。一迷的將言語摧殘。把似你使性子休思量秀才。做多少好人家風範。〔紅做拾書科〕

【小梁州】他爲你夢裏成雙覺後單。廢寢忘餐。羅衣不奈五更寒。愁無限。寂寞淚闌干。

【么篇】似這等辰勾空把佳期盼。我將這角門兒世不曾牢拴。則願你做夫妻無危難。我向這筵席頭上整扮。做一箇縫了口的撮合山。〔紅云〕我若不去來。道我違拗他。那生又等我回報。我須索走一遭。〔下〕〔末上云〕那書倩紅娘將去。未見回話。我這封書去。必定成事。這早晚敢待來也。〔紅上〕須索回張生話去。小姐。你性兒忒慣得嬌了。有前日的心。那得今日的心來。〔唱〕

【石榴花】當日箇晚妝樓上杏花殘。猶自怯衣單。那一片聽琴心清露月明間。昨日箇向晚。不怕春寒。幾乎險被先生饌。那其間豈不胡顏。爲一箇不酸不醋風魔漢。隔牆兒險化做了望夫山。

【鬭鵪鶉】你用心兒撥雨撩雲。我好意兒傳書寄簡。不肯搜自己狂爲。則待要覓別人破綻。受艾焙權時忍這番。暢好是奸。張生是兄妹之禮。焉敢如此。對人前巧語花言。沒人處便想張生。背地裏愁眉淚眼。〔紅見末科〕〔末云〕小娘子來了。擎天柱大事如何了也。〔紅云〕不濟事了。先生休傻。〔末云〕小生簡帖兒是一道會親的符籙。則是小娘子不用心。故意如此。〔紅云〕我不用心。有天理。你那簡帖兒好聽。〔唱〕

【上小樓】這的是先生命慳。須不是紅娘違慢。那簡帖兒到做了你的招狀。他的勾頭。我的公案。若不是覷面顏。廝顧盼。擔饒輕慢。先生受罪。禮之當然。賤妾何辜。爭些兒把你娘拖犯。

【幺篇】從今後相會少。見面難。月暗西廂。鳳去秦樓。雲斂巫山。你也赸。我也赸。請先生休訕。早尋箇酒闌人散。〔紅云〕只此再不必申訴足下肺腑。怕夫人尋我回去也。〔末云〕小娘子此一遭去。再著誰與小生分剖。必索做一箇道理。方可救得小生一命。〔末跪下揪住紅科〕〔紅云〕張先生是讀書人。豈不知此意。其事可知矣。〔唱〕

【滿庭芳】你休要呆里撒奸。你待要恩情美滿。卻教我骨肉摧殘。老夫人手執著棍兒摩娑看。麄麻線怎透得鍼關。直待我拄著拐幫閑鑽懶。縫合唇送暖偷寒。待去呵。小姐性兒撮鹽入火。消息兒踏著泛。待不去呵。〔末跪哭云〕小生這一箇性命。都在小娘子身上。〔紅唱〕禁不得你甜話兒熱攢。好著我兩下裏做人難。我沒來由分說。小姐回與你的書。你自看者。〔末接科開讀科〕呀。有這場喜事。撮土焚香。三拜禮畢。早知小姐簡至。理合遠接。接待不及。勿令見罪。小娘子。和你也歡喜。〔紅云〕怎麼。〔末云〕小姐罵我都是假。書中之意。著我今夜花園裏來。和他哩也波哩也囉哩。〔紅云〕你讀書我聽。〔末云〕待月西廂下。迎風戶半開。隔牆花影動。疑是玉人來。〔紅云〕怎見得他著你來。你解與我聽咱。〔末云〕待月西廂下。著我月上來。迎風戶半開。他開門待我。隔牆花影動。疑是玉人來。著我跳過牆來。〔紅笑云〕他著你跳過牆來。你做下來。端的有此說麼。〔末云〕俺是箇猜詩謎的社家。風流隋何。浪子陸賈。我那裏有差的勾當。〔紅云〕你看姐姐。在我行也使這般道兒。〔唱〕

【耍孩兒】幾曾見寄書的顛倒瞞著魚雁。小則小心腸兒轉關。寫著道西廂待月等得更闌。著你跳東牆女字邊干。元來那詩句兒裏包籠著三更棗。簡帖兒裏埋伏著九里山。他著緊處將人慢。恁會雲雨鬧中取靜。我寄音書忙裏偷閑。

【四煞】紙光明玉板。字香噴麝蘭。行兒邊湮透非春汗。一緘滿淚紅猶溼。滿紙春愁墨未乾。從今後休疑難。放心波玉堂學士。穩情取金雀鴉鬟。

【三煞】他人行別樣的親。俺根前取次看。更做道孟光接了梁鴻案。別人行甜言美語三冬暖。我根前惡語傷人六月寒。我爲頭兒看。看你箇離魂倩女。怎發付擲果潘安。〔末云〕小生讀書人。怎跳得那花園過也。〔紅唱〕

【二煞】隔牆花又低。迎風戶半拴。偷香手段今番按。怕牆高怎把龍門跳。嫌花密難將仙桂攀。放心去休辭憚。你若不去呵。望穿他盈盈秋水。蹙損了淡淡春山。〔末云〕小生曾到那花園裏。已經兩遭。不見那好處。這一遭知他又怎麼。〔紅云〕如今不比往常。〔唱〕

【煞尾】你雖是去了兩遭。我敢道不如這番。你那隔牆酬和都胡侃。證果的是今番這一簡。〔紅下〕〔末云〕萬事自有分定。誰想小姐有此一場好處。小生是猜詩謎的社家。風流隋何。浪子陸賈。到那裏扢扎幫便倒地。今日頹天百般的難得晚。天你有萬物於人。何故爭此一日。疾下去波。讀書繼晷怕黃昏。不覺西沈強掩門。欲赴海棠花下約。太陽何苦又生根。〔看天云〕呀。纔晌午也。再等一等。又看咱。今日萬般的難得下去也呵。碧天萬里無雲。空勞倦客身心。恨殺太陽貪戰。不教紅日西沈。呀。卻早倒西也。再等一等咱。無端三足烏。團團光爍爍。安得后羿弓。射此一輪落。謝天地。卻早日下去也。呀。卻早發擂也。呀。卻早撞鐘也。拽上書房門。到得那里。手挽著垂楊。滴流撲跳過牆去。〔下〕

第三折

〔紅上云〕今日小姐著我寄書與張生。當面偌多般意兒。元來詩內暗約著他來。小姐也不對我說。我也不瞧破他。則請他燒香。今夜晚妝處。比每日較別。我看他到其間怎的瞞我。〔紅喚科〕姐姐。咱燒香去來。〔旦上云〕花陰重疊香風細。庭院深沈淡月明。〔紅云〕今夜月明風清。好一派景致也呵。〔唱〕

【雙調新水令】晚風寒峭透窗紗。控金鉤繡簾不挂。門闌凝暮靄。樓角斂殘霞。恰對菱花。樓上晚妝罷。

【駐馬聽】不近喧譁。嫩綠池塘藏睡鴨。自然幽雅。淡黃楊柳帶棲鴉。金蓮蹴損牡丹芽。玉簪抓住荼蘼架。夜涼苔徑滑。露珠兒濕透了淩波襪。我看那生和俺小姐巴不得到晚。（唱）

【喬牌兒】自從那日初時想月華。捱一刻似一夏。見柳梢斜日遲遲下。早道好教賢聖打。

【攪箏琶】打扮的身子兒詐。准備著雲雨會巫峽。只爲這燕侶鶯儔。鎖不住心猿意馬。不則俺那小姐害。那生呵二三日來水米不黏牙。因姐姐閉月羞花。真假。這其間性兒難按納。一地裏胡拏。這湖山下立地。我開了寺裏角門兒。怕有人聽俺說話。我且看一看。（做意了）偌早晚傻角卻不來。赫赫赤赤來。（末云）這其間正好去也。赫赫赤赤。（紅云）那鳥來了。（紅唱）

【沉醉東風】我則道槐影風搖暮鴉。元來是玉人帽側烏紗。一箇潛身在曲檻邊。一箇背立在湖山下。那裏敘寒溫。並不曾打話。（紅云）赫赫赤赤。那鳥來了。（末云）小姐。你來也。（摟住紅科）（紅云）禽獸。是我。你看得好仔細著。若是夫人怎了。（末云）小生害得眼花。摟得慌了些兒。不知是誰。望乞恕罪。（紅唱）便做道摟得慌呵。你也索覷咱。多管是餓得你箇窮神眼花。（末云）小姐在那裏。（紅云）在湖山下。我問你咱。真箇著你來哩。（末云）小生猜詩謎社家。風流隋何。浪子陸賈。准定扢扎幫便倒地。（紅云）你休從門裏去。則道我使你來。你跳過這牆去。今夜這一弄兒。助你兩箇成親。我說與你。依著我者。（唱）

【喬牌兒】你看那淡雲籠月華。似紅紙護銀蠟。柳絲花朵垂簾下。綠莎茵鋪著繡榻。

【甜水令】良夜迢迢。閑庭寂靜。花枝低亞。他是箇女孩兒家。你索將性兒温存。話兒摩弄。意兒謙洽。休猜做敗柳殘花。

【折桂令】他是箇嬌滴滴美玉無瑕。粉臉生春。雲鬢堆鴉。恁的般受怕擔驚。又不圖甚浪酒閑茶。則你那夾被兒時當奮發。指頭兒告了消乏。打疊起嗟呀。畢罷了牽挂。收拾了憂愁。准備著撐達。〔末作跳牆摟旦科〕〔旦云〕是誰。〔末云〕是小生。〔旦怒云〕張生。你是何等之人。我在這裏燒香。你無故至此。若夫人聞知。有何理說。〔末云〕呀。變了卦也。〔紅唱〕

【錦上花】爲甚媒人。心無驚怕。赤緊的夫妻每。意不爭差。我這裏躡足潛蹤。悄地聽咱。一箇羞慚。一箇怒發。張生無一言。呀。鶯鶯變了卦。一箇悄悄冥冥。一箇絮絮答答。卻早禁住隋何。迸住陸賈。叉手躬身。妝聾做啞。張生背地裏嘴那裏去了。向前摟住丟番。告到官司。怕羞了你。〔唱〕

【清江引】沒人處則會閑嗑牙。就里空奸詐。怎想湖山邊。不記西廂下。香美娘處分破花木瓜。〔旦云〕紅娘。有賊。〔紅云〕是誰。〔末云〕是小生。〔紅云〕張生。你來這裏有甚麼勾當。〔旦云〕擡到夫人那裏去。〔紅云〕到夫人那裏。恐壞了他行止。我與姐姐處分他一場。張生。你過來跪著。你既讀孔聖之書。必達周公之禮。夤夜來此何幹。〔唱〕

【雁兒落】不是俺一家兒喬作衙。說幾句衷腸話。我則道你文學海樣深。誰知你色膽有天來大。〔紅云〕你知罪麼。〔末云〕小生不知罪。〔紅唱〕

【得勝令】誰著你夤夜入人家。非姦做賊拏。你本是箇折桂客。做了偷花漢。不想去跳龍門。學騙馬。姐姐且看紅娘面。饒過這生者。〔旦云〕若不看紅娘面。扯你到夫人那裏去。看你有何面目見江東父老。起來。〔紅唱〕謝小姐賢達。看我面遂情罷。若到官司詳察。你既是秀才。只合苦志於寒窗之下。誰教你夤夜輒入人家花園。做得箇非姦卽盜。先生呵。整備著精皮膚吃頓打。〔旦云〕先生雖有活人之恩。恩則當報。既爲兄妹。何生此心。萬一夫人知之。先生何以自安。今後再勿如此。若更爲之。與足下決無干休。〔下〕〔末朝鬼門道云〕你著我來。卻怎麽有偌多說話。〔紅扳過末云〕羞也羞也。卻不風流隋何。浪子陸賈。〔末云〕得罪波社家。今日便早則死心搨地。〔紅唱〕

【離亭宴帶歇拍煞】再休題春宵一刻千金價。准備著寒窗更守十年寡。猜詩謎的社家。拍了迎風戶半開。山障了隔牆花影動。綠慘了待月西廂下。你將何郎粉面搽。他自把張敞眉兒畫。強風情措大。晴乾了尤雲殢雨心。悔過了竊玉偷香膽。刪抹了倚翠偎紅話。〔末云〕小生再寫一簡。煩小娘子將去。以盡衷情如何。〔紅唱〕淫詞兒早則休。簡帖兒從今罷。猶古自參不透風流調法。從今後悔罪也卓文君。你與我學去波漢司馬。〔下〕〔末云〕你這小姐送了人也。此一念小生再不敢舉。奈有病體日篤。將如之奈何。夜來得簡方喜。今日強扶至此。又值這一場怨氣。眼見休也。則索回書房中納悶去。桂子閑中落。槐花病裏看。〔下〕

第四折

〔夫人上云〕早間長老使人來說張生病重。我著長老使人請箇太醫去看了。一壁道與紅娘。看哥哥行問湯藥去者。問太醫下甚麽藥。證候如何。便來回話。〔下〕〔紅上云〕老夫人纔說張生病沈重。昨夜吃我那一場氣。越重了。鶯鶯呵。你送了他人。〔下〕〔旦上云〕我寫一簡。則說道藥方。著紅娘將去與他。證候便可。〔旦喚紅科〕〔紅云〕姐姐喚紅娘怎麽。〔旦云〕張生病重。我有一箇好藥方兒。與我將去咱。〔紅云〕又來也。娘呵。休送了他人。〔旦云〕好姐姐。救人一命。將去咱。〔紅云〕不是你。一世也救他不得。如今老夫人使我去哩。我就與你將去走一遭。〔下〕〔旦云〕紅娘去了。我繡房裏等他回話。〔下〕〔末上云〕自從昨夜花園中吃了這一場氣。投著舊證候。眼見得休了也。老夫人說著長老喚太醫來看我。我這頹證候。非是太醫所治的。則除是那小姐美甘甘。香噴噴。涼滲滲。嬌滴滴。一點唾津兒嚥下去。這屌病便可。〔潔引太醫上。雙鬭醫科範了〕〔下〕〔潔云〕下了藥了。我回夫人話去。少刻再來相望。〔下〕〔紅上云〕俺小姐送得人如此。又著我去動問。送藥方兒去。越著他病沈了也。我索走一遭。

【越調鬭鵪鶉】則爲你彩筆題詩。迴文織綿。送得人臥枕著牀。忘餐廢寢。
折倒得鬢似愁潘腰如病沈。恨已深。病已沈。昨夜箇熱臉兒對面搶白。今
日箇冷句兒將人厮侵。昨夜這般搶白他呵。
【紫花兒序】把似你休倚著櫳門兒待月。依著韻脚兒聯詩。側著耳朵兒
聽琴。見了他撇假偌多話。張生我與你兄妹之禮。甚麼勾當。怒時節把一箇書生來洪歎。歎
時節紅娘好姐姐去望他一遭。將一箇侍妾來逼臨。難禁。好著我似綫脚兒般殷勤
不離了鍼。從今後教他一任。這的是俺老夫人的不是。將人的義海恩山。都做了
遠水遙岑。〔紅見末問云〕哥哥病體若何〔末云〕害殺小生也。我若是死呵。小娘子閻王殿前少不得你
做箇干連人。〔紅歎云〕普天下害相思的。不似你這箇傻角。
【天淨紗】心不存學海文林。夢不離柳影花陰。則去那竊玉偷香上用心。
又不曾得甚。自從海棠開想到如今。〔紅云〕因甚的便病得這般了〔末云〕都因你行怕說
的謊。因小侍長上來當夜書房。一氣一箇死。小生救了人。返被害了。自古人云。癡心女子負心漢。今日返其事
了。〔紅唱〕
【調笑令】我這裏自審。這病爲邪淫。尸骨嵓嵓鬼病侵。更做道秀才每從
來恁。似這般乾相思的好撒唔。功名上早則不遂心。婚姻上更返吟復吟。
〔紅云〕老夫人著我來看哥哥。要甚麼湯藥。小姐再三伸敬。有一藥方送來與先生。〔末做慌科〕在那裏〔紅
云〕用著幾般兒生藥。各有制度。我說與你。
【小桃紅】桂花搖影夜深沈。酸醋當歸浸。〔末云〕桂花性溫。當歸活血。怎生制度。〔紅唱〕
面靠著湖山背陰裏窨。這方兒最難尋。一服兩服令人恁。〔末云〕忌甚麼物。〔紅
唱〕忌的是知母未寢。怕的是紅娘撒沁。吃了呵穩情取使君子一星兒參。
〔紅云〕這藥方兒小姐親筆寫的。〔末看藥方大笑科〕〔末云〕早知姐姐書來。只合遠接。小娘子。〔紅云〕又怎

麼。卻早兩遭兒也。(末云)不知這首詩意。小姐待和小生哩也波哩。(紅云)不少了一些兒。(唱)

【鬼三臺】足下其實啉。休妝唔。笑你箇風魔的翰林。無處問佳音。向簡帖兒上計稟。得了箇紙條兒恁般綿裏鍼。若見玉天仙怎生軟厮禁。俺那小姐忘恩。赤緊的僂人負心。(紅云)書上如何說。你讀與我聽咱。(末念云)休將閑事苦縈懷。取次摧殘天賦才。不意當時完妾命。豈防今日作君災。仰圖厚德難從禮。謹奉新詩可當媒。寄與高唐休詠賦。今宵端的雨雲來。此韻非前日之比。小姐必來。(紅云)他來呵怎生。(唱)

【禿厮兒】身臥著一條布衾。頭枕著三尺瑤琴。他來時怎生和你一處寢。凍得來戰兢兢說甚知音。

【聖藥王】果若你有心。他有心。昨日鞦韆院宇夜深沈。花有陰。月有陰。春宵一刻抵千金。何須詩對會家吟。(末云)小生有花銀十兩。有鋪蓋賃與小生一付。(紅唱)

【東原樂】俺那鴛鴦枕。翡翠衾。便遂殺了人心。如何肯賃。至如你不脫解和衣兒更怕甚。不強如手執定指尖兒恁。倘或成親。倒大來福廕。(末云)小生為小姐如此容色。莫不小姐為小生也減動丰韻麼。(紅唱)

【綿搭絮】他眉彎遠山不翠。眼橫秋水無光。體若凝酥。腰如弱柳。俊的是龐兒。俏的是心。體態溫柔性格兒沈。雖不會法灸神鍼。更勝似救苦難觀世音。(末云)今夜成了事。小生不敢有忘。(紅唱)

【么篇】你口兒裏謾沈吟。夢兒裏苦追尋。往事已沈。只言目今。今夜相逢管教恁。不圖你甚白璧黃金。則要你滿頭花拖地錦。(末云)怕夫人拘繫。不能勾出來。(紅云)則怕小姐不肯。果有意呵。(唱)

【煞尾】雖然是老夫人曉夜將門禁。好共歹須教你稱心。(末云)休是昨夜不肯。(紅云)你掙揣咱。來時節肯不肯盡由他。見時節親不親在於您。(並下)

【絡絲娘煞尾】因今宵傳言送語。看明日攜雲握雨。

題目　老夫人命醫士
　　崔鶯鶯寄情詩

正名　小紅娘問湯藥
　　張君瑞害相思

第四本　草橋店夢鶯鶯

楔子

〔旦上云〕昨夜紅娘傳簡去與張生。約今夕和他相見。等紅娘來做個商量。〔紅上云〕姐姐著我傳簡兒與張生約他今宵赴約。俺那小姐我怕又有說謊。送了他性命不是耍處。我見小姐看他說甚麼。〔旦云〕紅娘。收拾臥房我睡去。〔紅云〕不爭你要睡呵。那裏發付那生。〔旦云〕甚麼那生。〔紅云〕姐姐你又來也。送了人性命不是耍處。你若又番悔。我出首與夫人。你著我將簡帖兒約下他來。〔旦云〕這小賤人到會放刁。羞人答答的怎生去。〔紅云〕有甚的羞。到那裏則合著眼者。〔紅催鶯云〕去來去來。老夫人睡了也。〔旦走科〕〔紅云〕俺姐姐語言雖是強。腳步兒早先行也。〔唱〕

【仙呂端正好】因姐姐玉精神。花模樣。無倒斷曉夜思量。著一片志誠心蓋抹了漫天謊。出畫閣。向書房。離楚岫。赴高唐。學竊玉。試偷香。巫娥女。楚襄王。楚襄王敢先在陽臺上。〔下〕

第一折

〔末上云〕昨夜紅娘所遺之簡。約小生今夜成就。這早晚初更盡也。不見來呵。小姐休說謊。咱人間良夜靜不靜。天上美人來不來。〔唱〕

【仙呂點絳唇】佇立閑階。夜深香靄。橫金界。瀟灑書齋。悶殺讀書客。

【混江龍】彩雲何在。月明如水浸樓臺。僧居禪室。鴉噪庭槐。風弄竹聲則道似金珮響。月移花影疑是玉人來。意懸懸業眼。急穰穰情懷。身心一片。無處安排。則索呆答孩倚定門兒待。越越的青鸞信杳。黃犬音乖。小生一日十二時。無一刻放下小姐。你那裏知道呵。〔唱〕

【油葫蘆】情思昏昏眼倦開。單枕側。夢魂飛入楚陽臺。早知道無明無夜因他害。想當初不如不遇傾城色。人有過。必自責勿憚改。我卻待賢賢易色將心戒。怎禁他兜的上心來。

【天下樂】我則索倚定門兒手托腮。好著我難猜。來也那不來。夫人行料應難離側。望得人眼欲穿。想得人心越窄。多管是寃家不自在。偌早晚不來莫不又是說謊麼。〔唱〕

【那吒令】他若是肯來。早身離貴宅。他若是到來。便春生敝齋。他若是不來。似石沈大海。數著他腳步兒行。倚定窗櫺兒待。寄語多才。

【鵲踏枝】恁的般惡搶白。並不曾記心懷。撥得箇意轉心回。夜去明來。空調眼色經今半載。這其間委實難捱。小姐這一遭若不來呵。

【寄生草】安排著害。准備著擡。想著這異鄉身強把茶湯捱。則為這可憎才熬得心腸耐。辦一片志誠心留得形骸在。試著那司天臺打算半年愁。端的是太平車約有十餘載。〔紅上云〕姐姐。我過去。你在這裏。〔紅敲科〕〔末問云〕是誰。〔紅云〕是你前世的娘。〔末云〕小姐來麼。〔紅云〕你接了衾枕者。小姐入來也。張生。你怎麼謝我。〔末拜云〕小生一言難盡。寸心相報。惟天可表。〔紅云〕你放輕者。休諕了他。〔紅推旦入云〕姐姐你入去。我在門兒外等你。〔末見旦跪云〕張生有何德能。敢勞神仙下降。知他是睡裏夢裏。〔唱〕

【村裏迓鼓】猛見他可憎模樣。小生那裏得病來。早醫可九分不快。先前見責。誰承望今宵歡愛。著小姐這般用心。不才張珙。合當跪拜。小生無宋玉般容。潘安般貌。子建般才。姐姐。你則是可憐見爲人在客。
【元和令】繡鞋兒剛半拆。柳腰兒勾一搦。羞答答不肯把頭擡。只將鴛枕
捱。雲鬟彷彿墜金釵。偏宜鬆髻兒歪。
【上馬嬌】我將這紐扣兒鬆。把摟帶兒解。蘭麝散幽齋。不良會把人禁害。
咍。怎不肯回過臉兒來。
【勝葫蘆】我這裏軟玉溫香抱滿懷。呀。阮肇到天台。春至人間花弄色。將
柳腰款擺。花心輕折。露滴牡丹開。
【幺篇】但蘸著些些兒麻上來。魚水得和諧。嫩蕊嬌香蝶恣採。半推半就。又
驚又愛。檀口搵香腮。〔末跪云〕謝小姐不棄。張珙今夕得就枕席。異日犬馬之報。〔旦云〕妾千金之
軀。一旦棄之。此身皆託於足下。勿以他日見棄。使妾有白頭之歎。〔末云〕小生焉敢如此。〔末看手帕科〕
【後庭花】春羅元瑩白。早見紅香點嫩色。〔旦云〕羞人答答的看甚麼。〔末〕燈下偷
睛覷。胸前著肉揣。暢奇哉。渾身通泰。不知春從何處來。無能的張秀才。孤
身西洛客。自從逢稔色。思量的不下懷。憂愁因間隔。相思無擺劃。謝芳卿
不見責。
【柳葉兒】我將你做心肝兒般看待。點污了小姐清白。忘餐廢寢舒心害。
若不是真心耐。志誠捱。怎能勾這相思苦盡甘來。
【青哥兒】成就了今宵歡愛。魂飛在九霄雲外。投至得見你多情小妳妳。
憔悴形骸。瘦似麻稭。今夜和諧。猶似疑猜。露滴香埃。風靜閑階。月射書齋。
雲鎖陽臺。審問明白。只疑是昨夜夢中來。愁無奈。〔旦云〕我回去也。怕夫人覺來尋
我。〔末云〕我送小姐出來。
【寄生草】多丰韻。忒稔色。乍時相見教人害。霎時不見教人怪。些些兒得見

教人愛。今宵同會碧紗廚。何時重解香羅帶。〔紅云〕來拜你娘。張生你喜也。姐姐。喒家去來。〔末唱〕

【煞尾】春意透酥胸。春色橫眉黛。賤卻人間玉帛。杏臉桃腮。乘著月色。嬌滴滴越顯得紅白。下香階。懶步蒼苔。動人處弓鞋鳳頭窄。歎鯫生不才。謝多嬌錯愛。若小姐不棄小生。此情一心者。你是必破工夫明夜早些來。〔下〕

第二折

〔夫人引俫上云〕這幾日竊見鶯鶯語言恍惚。神思加倍。腰肢體態。比向日不同。莫不做下來了麼。〔俫云〕前日晚夕奶奶睡了。我見姐姐和紅娘燒香。半晌不回來。我家去睡了。〔夫人云〕這樁事都在紅娘身上。喚紅娘來。〔俫喚紅科〕〔紅云〕哥哥喚我怎麼。〔俫云〕奶奶知道你和姐姐去花園裏去。如今要打你哩。〔紅云〕呀。小姐你帶累我也。小哥哥你先去。我便來也。〔紅喚旦科〕〔紅云〕姐姐事發了也。老夫人喚我哩。卻怎了。〔旦云〕好姐姐遮蓋咱。〔紅云〕娘呵。你做的穩秀者。我道你做下來也。〔旦念〕月圓便有陰雲蔽。花發須教急雨催。〔紅唱〕

【越調鬭鵪鶉】則著你夜去明來。到有箇天長地久。不爭你握雨攜雲。常使我提心在口。則合帶月披星。誰著你停眠整宿。老夫人心教多。情性㑇。使不著我巧語花言。將沒做有。

【紫花兒序】老夫人猜那窮酸做了新婿。小姐做了嬌妻。這小賤人做了撵頭。俺小姐這些時春山低翠。秋水凝眸。別樣的都休。試把你裙帶兒拴。紐門兒扣。比著你舊時肥瘦。出落得精神。別樣的風流。〔旦云〕紅娘你到那裏。小心回話者。〔紅云〕我到夫人處。必問這小賤人。

【金蕉葉】我著你但去處行監坐守。誰著你迤逗的胡行亂走。若問著此一節呵如何訴休。你便索與他箇知情的犯由。姐姐你受責理當。我圖甚麼來。

【調笑令】你繡幃裏效綢繆。倒鳳顛鸞百事有。我在窗兒外幾曾輕咳嗽。立蒼苔將繡鞋兒冰透。今日箇嫩皮膚倒將麁棍抽。姐姐呵俺這通殷勤的著甚來由。姐姐在這裏等著。我過去說過。呵休歡喜。說不過。休煩惱。〔紅見夫人科〕〔夫人云〕小賤人爲甚麼不跪下。你知罪麼。〔紅跪云〕紅娘不知罪。〔夫人云〕你故自口強哩。若實說呵。饒你。若不實說呵。我直打死你這箇賤人。誰著你和小姐花園裏去來。〔紅云〕不曾去。誰見來。〔夫人云〕歡郎見你去來。尚故自推哩。〔打科〕〔紅云〕夫人休閃了手。且息怒停嗔。聽紅娘說。〔唱〕

【鬼三台】夜坐時停了鍼繡。共姐姐閑窮究。說張生哥哥病久。喒兩箇背著夫人。向書房問候。〔夫人云〕問候呵他說甚麼。〔紅云〕他說來道老夫人事已休。將恩變爲讎。著小生半途喜變做憂。他道紅娘你且先行。教小姐權時落後。〔夫人云〕他是箇女孩兒家著他落後麼。〔紅唱〕

【禿廝兒】我則道神鍼法灸。誰承望燕侶鶯儔。他兩箇經今月餘則是一處宿。何須你一一問緣由。

【聖藥王】他每不識憂。不識愁。一雙心意兩相投。夫人得好休。便好休。這其間何必苦追求。常言道女大不中留。〔夫人云〕這端事都是你箇賤人。〔紅云〕非是張生小姐紅娘之罪。乃夫人之過也。〔夫人云〕這賤人到指下我來。怎麼是我之過。〔紅云〕信者。人之根本。人而無信。不知其可也。大車無輗。小車無軏。其何以行之哉。當日軍圍普救。夫人所許退軍者以女妻之。張生非慕小姐顏色。豈肯區區建退軍之策。兵退身安。夫人悔卻前言。豈得不爲失信乎。既然不肯成其事。只合酬之以金帛。令張生捨此而去。卻不當留請張生於書院。使怨女曠夫。各相早晚窺視。所以夫人有此一端。目下老夫人若不息其事。一來辱沒相國家譜。二來張生日後名重天下。施恩於人。忍令返受其辱哉。使至官司。夫人亦得治家不嚴之罪。官司若推其詳。亦知老夫人背義而忘恩。豈得爲賢哉。紅娘不敢自專。乞望夫人台鑒。莫若恕其小過。成就大事。撋之以去其汙。豈不爲長便乎。〔唱〕

【麻郎兒】秀才是文章魁首。姐姐是仕女班頭。一箇通徹三教九流。一箇曉盡描鸞刺繡。

【幺篇】世有便休罷手。大恩人怎做敵頭。起白馬將軍故友。斬飛虎叛賊草寇。

【絡絲娘】不爭和張解元參辰卯酉。便是與崔相國出乖弄醜。到底干連者自己骨肉。夫人索窮究。(夫人云)這小賤人也道得是。我不合養了這箇不肖之女。待經官呵。玷辱家門。罷罷。俺家無犯法之男。再婚之女。與了這廝罷。紅娘喚那賤人來。(紅見旦云)且喜姐姐。那棍子則是滴溜溜在我身上。吃我直說過了。我也怕不得許多。夫人如今喚你來。待成合親事。(旦云)羞人答答的。怎麼見夫人。(紅云)娘根前有甚麼羞。

【小桃紅】當日箇月明纔上柳梢頭。卻早人約黃昏後。羞的我腦背後將牙兒襯著衫兒袖。猛凝眸。看時節則見鞋底尖兒瘦。一箇恣情的不休。一箇啞聲兒廝耨。呸。那其間可怎生不害半星兒羞。(旦見夫人科)(夫人云)鶯鶯。我怎生擡舉你來。今日做這等的勾當。則是我的孽障。待怨誰的是。我待經官來。辱沒了你父親。這等事不是俺相國人家的勾當。罷罷罷。誰似俺養女的不長俊。紅娘。書房裏喚將那禽獸來。(紅喚末科)(末云)小娘子喚小生做甚麼。(紅云)你的事發了也。如今夫人喚你來。將小姐配與你哩。小姐先招了也。你過去。(末云)小生惶恐。如何見老夫人。當初誰在老夫人行說來。(紅云)休佯小心。過去便了。

【小桃紅】既然泄漏怎干休。是我相投首。俺家裏陪酒陪茶倒撋就。你休愁。何須約定通媒媾。我棄了部署不收。你元來苗而不秀。呸。你是箇銀樣鑞鎗頭。(末見夫人科)(夫人云)好秀才呵。豈不聞非先王之德行不敢行。我待送你去官司裏去來。恐辱沒了俺家譜。我如今將鶯鶯與你爲妻。則是俺三輩兒不招白衣女壻。你明日便上朝取應去。我與你養着媳婦。得官呵。來見我。駁落呵。休來見我。(紅云)張生早則喜也。

【東原樂】相思事。一筆勾。早則展放從前眉兒皺。美愛幽懽恰動頭。既能勾。張生你覷兀的般可喜娘龐兒也要人消受。〔夫人云〕明日收拾行裝安排果酒請長老一同送張生。到十里長亭去。〔旦念〕寄與西河隄畔柳。安排青眼送行人。〔同夫人下〕〔紅唱〕

【收尾】來時節畫堂簫鼓鳴春晝。列着一對兒鸞交鳳友。那其間纔受你說媒紅。方吃你謝親酒。〔並下〕

第三折

〔夫人長老上云〕今日送張生赴京。十里長亭。安排下筵席。我和長老先行。不見張生小姐來到。〔旦末紅同上〕〔旦云〕今日送張生上朝取應。早是離人傷感。況值那暮秋天氣。好煩惱人也呵。悲歡聚散一杯酒。南北東西萬里程。〔唱〕

【正宮端正好】碧雲天。黃花地。西風緊北鴈南飛。曉來誰染霜林醉。總是離人淚。

【滾繡毬】恨相見得遲。怨歸去得疾。柳絲長玉驄難繫。恨不倩疏林挂住斜暉。馬兒迍迍的行。車兒快快的隨。卻告了相思迴避。破題兒又早別離。聽得一聲去也鬆了金釧。遙望見十里長亭減了玉肌。此恨誰知。〔紅云〕姐姐今日怎麼不打扮。〔旦云〕你那知我的心裏呵。〔唱〕

【叨叨令】見安排着車兒馬兒不由人熬熬煎煎的氣。有甚麼心情花兒靨兒打扮的嬌嬌滴滴的媚。准備着被兒枕兒則索昏昏沈沈的睡。從今後衫兒袖兒都揾做重重疊疊的淚。兀的不悶殺人也麼歌。兀的不悶殺人也麼歌。久已後書兒信兒索與我恓恓惶惶的寄。〔做到〕〔見夫人科〕〔夫人云〕張生和長老坐。小姐這壁坐。紅娘將酒來。張生。你向前來。是自家親眷。不要迴避。俺今日將鶯鶯與你。到京師休辱末了俺孩兒。掙揣一箇狀元回來者。〔末云〕小生託夫人餘蔭。憑著胸中之才。視官如拾芥耳。〔潔云〕夫

人生見不差。張生不是落後的人。〔把酒了坐〕〔旦長吁科〕〔唱〕
【脫布衫】下西風黃葉紛飛。染寒煙衰草萋迷。酒席上斜簽著坐的。蹙愁眉死臨侵地。
【小梁州】我見他閣淚汪汪不敢垂。恐怕人知。猛然見了把頭低。長吁氣。推整素羅衣。
【幺篇】雖然久後成佳配。奈時間怎不悲啼。意似癡。心如醉。昨宵今日。清減了小腰圍。〔夫人云〕小姐把盞者。〔紅遞酒旦把盞長吁科云〕請吃酒。〔唱〕
【上小樓】合歡未已。離愁相繼。想著俺前暮私情。昨夜成親。今日別離。我諗知這幾日相思滋味。卻元來此別離情更增十倍。
【幺篇】年少呵輕遠別。情薄呵易棄擲。全不想腿兒相挨。臉兒相偎。手兒相攜。你與俺崔相國做女婿。妻榮夫貴。但得一箇並頭蓮。煞強如狀元及第。〔紅云〕姐姐不曾吃早飯。飲一口兒湯水。〔旦云〕紅娘。甚麼湯水嚥得下。〔唱〕
【滿庭芳】供食太急。須臾對面。頃刻別離。若不是酒席間子母每當迴避。有心待與他舉案齊眉。雖然是廝守得一時半刻。也合著俺夫妻每共桌而食。眼底空留意。尋思起就裏。險化做望夫石。〔夫人云〕紅娘把盞者。〔紅把酒科〕〔旦唱〕
【快活三】將來的酒共食。嘗著似土和泥。假若便是土和泥。也有些土氣息泥滋味。
【朝天子】煖溶溶玉醅。白冷冷似水。多半是相思淚。眼面前茶飯怕不待要吃。恨塞滿愁腸胃。蝸角虛名。蠅頭微利。拆鴛鴦在兩下裏。一箇這壁。一箇那壁。一遞一聲長吁氣。〔夫人云〕輛起車兒。俺先回去。小姐隨後和紅娘來。〔下〕〔末辭潔科〕

〔潔云〕此一行別無話兒。貧僧准備買登科錄看。做親的茶飯。少不得貧僧的。先生在意。鞍馬上保重者。從今經懺無心禮。專聽春雷第一聲。〔下〕〔旦唱〕

【四邊靜】霎時間杯盤狼籍。車兒投東。馬兒向西。兩意徘徊。落日山橫翠。知他今宵宿在那裏。有夢也難尋覓。〔旦云〕張生。此一行得官不得官。疾便回來。〔末云〕小生這一去。白奪一箇狀元。正是青霄有路終須到。金榜無名誓不歸。〔旦云〕君行別無所贈。口占一絕。爲君送行。棄擲今何在。當時且自親。還將舊來意。憐取眼前人。〔末云〕小姐之意差矣。張珙更敢憐誰。謹賡一絕。以剖寸心。人生長遠別。孰與最關情。不遇知音者。誰憐長歎人。〔旦唱〕

【耍孩兒】淋漓襟袖啼紅淚。比司馬青衫更溼。伯勞東去燕西飛。未登程先問歸期。雖然眼底人千里。且盡生前酒一杯。未飲心先醉。眼中流血。心裏成灰。

【五煞】到京師服水土。趁程途節飲食。順時自保揣身體。荒村雨露宜眠早。野店風霜要起遲。鞍馬秋風裏。最難調護。最要扶持。

【四煞】這憂愁訴與誰。相思只自知。老天不管人憔悴。淚添九曲黃河溢。恨壓三峯華岳低。到晚來悶把西樓倚。見了些夕陽古道。衰柳長隄。

【三煞】笑吟吟一處來。哭啼啼獨自歸。歸家若到羅幃裏。昨宵箇繡衾香暖留春住。今夜箇翠被生寒有夢知。留戀你別無意。見據鞍上馬。閣不住淚眼愁眉。〔末云〕有甚言語囑付小生咱。〔旦唱〕

【二煞】你休憂文齊福不齊。我則怕你停妻再娶妻。休要一春魚雁無消息。我這裏青鸞有信頻須寄。你卻休金榜無名誓不歸。此一節君須記。若見了那異鄉花草。再休似此處棲遲。〔末云〕再誰似小姐。小生又生此念。〔旦唱〕

【一煞】青山隔送行。疏林不做美。淡煙暮靄相遮蔽。夕陽古道無人語。禾

黍秋風聽馬嘶。我爲甚麼懶上車兒內。來時甚急。去後何遲。〔紅云〕夫人去好一會。姐姐咱家去。〔旦唱〕

〔收尾〕四圍山色中。一鞭殘照裏。遍人間煩惱填胸臆。量這些大小車兒如何載得起。〔旦紅下〕〔末云〕僕童趕早行一程兒。早尋箇宿處。泪隨流水急。愁逐野雲飛。〔下〕

第四折

〔末引僕騎馬上開〕離了蒲東早三十里也。兀的前面是草橋。店裏宿一宵。明日趕早行。這馬百般兒不肯走。行色一鞭催去馬。羈愁萬斛引新詩。〔唱〕

〔雙調新水令〕望蒲東蕭寺暮雲遮。慘離情半林黃葉。馬遲人意懶。風急雁行斜。離恨重疊。破題兒第一夜。想著昨日受用。誰知今日淒涼。〔唱〕

〔步步嬌〕昨夜箇翠被香濃薰蘭麝。欹珊枕把身軀兒趄。臉兒廝揾者。仔細端詳。可憎的別。鋪雲鬢玉梳斜。恰便似半吐初生月。早至也。店小二哥那裏。〔小二哥上云〕官人俺這頭房裏下。〔末云〕琴童接了馬者。點上燈。我諸般不要吃。則要睡些兒。〔僕云〕小人也辛苦。待歇息也。〔在牀前打鋪做睡科〕〔末云〕今夜甚睡得到我眼裏來也。〔唱〕

〔落梅花〕旅館欹單枕。秋蛩鳴四野。助人愁的是紙窗兒風裂。乍孤眠被兒薄又怯。冷清清幾時溫熱。〔末睡科〕〔旦上云〕長亭畔別了張生。好生放不下。老夫人和梅香都睡了。我私奔出城。趕上和他同去。〔唱〕

〔喬木查〕走荒郊曠野。把不住心嬌怯。喘吁吁難將兩氣接。疾忙趕上者。打草驚蛇。

〔攪箏琶〕他把我心腸扯。因此不避路途賒。瞞過俺能拘管的夫人。穩住俺廝齊攢的侍妾。想著他臨上馬痛傷嗟。哭得我也似癡呆。不是我心邪。自別離已後。到西日初斜。愁得來陡峻。瘦得來嘽嚦。則離得半箇日頭。却早又寬掩過翠裙三四褶。誰曾經這般磨滅。

【錦上花】有限姻緣。方纔寧貼。無奈功名。使人離缺。害不了的愁懷。卻纔覺些。掉不下的思量。如今又也。清霜淨碧波。白露下黃葉。下下高高。道路凹折。四野風來。左右亂踅。我這裏奔馳。他何處困歇。

【清江引】呆答孩店房兒裏沒話說。悶對如年夜。暮雨催寒蛩。曉風吹殘月。今宵酒醒何處也。〔旦云〕在這箇店兒裏。不免敲門。〔末云〕誰敲門哩。是一箇女人的聲音。我且開門看咱。這早晚是誰。〔唱〕

【慶宣和】是人呵疾忙快分說。是鬼呵合速滅。〔旦云〕是我。老夫人睡了。想你去了呵。幾時再得見。特來和你同去。〔末〕聽說罷將香羅袖兒拽。卻元來是姐姐。姐姐。難得小姐的心勤。〔唱〕

【喬牌兒】你是爲人須爲徹。將衣袂不藉。繡鞋兒被露水泥沾惹。腳心兒管踏破也。〔旦云〕我爲足下呵。顧不得迢遞。〔旦唧唧了〕

【甜水令】想著你廢寢忘餐。香消玉減。花開花謝。猶自覺爭些。便枕冷衾寒。鳳隻鸞孤。月圓雲遮。尋思來有甚傷嗟。

【折桂令】想人生最苦離別。可憐見千里關山。獨自跋涉。似這般割肚牽腸。到不如義斷恩絕。雖然是一時間花殘月缺。休猜做瓶墜簪折。不戀豪傑。不羨驕奢。生則同衾。死則同穴。〔外淨一行扮卒子上叫云〕恰纔見一女子渡河。不知那裏去了。打起火把者。分明見他走在這店中去也。將出來將出來。〔末云〕卻怎了。〔旦云〕你近後。我自開門對他說。〔唱〕

【水仙子】硬圍著普救寺下鍬撅。強當住咽喉仗劍鉞。賊心腸饞眼腦天生得劣。〔卒子云〕你是誰家女子。夤夜渡河。〔旦唱〕休言語。靠後些。杜將軍你知道他是英傑。覷一覷著你為了醯醬。指一指教你化做膋血。騎著匹白馬來也。

〔卒子搶旦下〕〔末驚覺云〕呀。元來卻是夢裏。且將門兒推開看。只見一天露氣。滿地霜華。曉星初上。殘月猶明。無端燕鵲高枝上。一枕鴛鴦夢不成。〔唱〕

【雁兒落】綠依依牆高柳半遮。靜悄悄門掩清秋夜。疏剌剌林梢落葉風。昏慘慘雲際穿窗月。

【得勝令】驚覺我的是顫巍巍竹影走龍蛇。虛飄飄莊周夢蝴蝶。絮叨叨促織兒無休歇。韻悠悠砧聲兒不斷絕。痛煞煞傷別。急煎煎好夢兒應難捨。冷清清的咨嗟。嬌滴滴玉人兒何處也。〔僕云〕天明也。咱早行一程兒。前面打火去。

〔末云〕店小二哥。還你房錢。鞴了馬者。〔唱〕

【鴛鴦煞】柳絲長咫尺情牽惹。水聲幽彷彿人嗚咽。斜月殘燈半明不滅。唱道是舊恨連緜。新愁鬱結。恨塞離愁。滿肺腑難淘瀉。除紙筆代喉舌。千種相思對誰說。〔並下〕

【絡絲娘煞尾】都則為一官半職。阻隔得千山萬水。

題目　小紅娘成好事
　　　老夫人問由情
正名　短長亭斟別酒
　　　草橋店夢鶯鶯

第五本　張君瑞慶團圞

楔子

〔末引僕人上開云〕自暮秋與小姐相別。倏經半載之際。托賴祖宗之廕。一舉及第。得了頭名狀元。如今在客館。聽候聖旨御筆除授。惟恐小姐挂念。且修一封書。令琴童家去。達知夫人。便知小生得中。以安其心。琴童過來。你將文房四寶來。我寫就家書一封。與我星夜到河中府去。見小姐時。說官人怕娘子憂。特地先著小人將書來。即忙接了回書來者。過日月好疾也呵。〔唱〕

【仙呂賞花時】相見時紅雨紛紛點綠苔。別離後黃葉蕭蕭凝暮靄。今日見梅開。別離半載。琴童我囑付你的言語記著。則說道特地寄書來。〔下〕〔僕云〕得了這書。星夜望河中府走一遭。〔下〕

第一折

〔旦引紅娘上開云〕自張生去京師。不覺半年。杳無音信。這些神思不快。妝鏡懶擡。腰肢瘦損。茜裙寬褪。好煩惱人也呵。〔唱〕

【商調集賢賓】雖離了我眼前悶。卻在心上有。不甫能離了心上。又早眉頭。忘了時依然還又。惡思量無了無休。大都來一寸眉峯。怎當他許多顰皺。新愁近來接著舊愁。廝混了難分新舊。舊愁似太行山隱隱。新愁似天塹水悠悠。〔紅云〕姐姐往常鍼尖不倒。其實不曾閑了一箇繡牀。如今百般的悶倦。往常也曾不快。將息便可。不似這一場清減得十分利害。〔旦唱〕

【逍遙樂】曾經消瘦。每遍猶閑。這番最陡。〔紅云〕姐姐心兒悶呵。那裏散心耍咱。〔旦〕何處忘憂。看時節獨上妝樓。手捲珠簾上玉鉤。空目斷山明水秀。見蒼煙迷樹。衰草連天。野渡橫舟。〔旦云〕紅娘我這衣裳這些時都不似我穿的。〔紅云〕姐姐。正是腰細不勝衣。〔旦唱〕

【挂金索】裙染榴花。睡損胭脂皺。紐結丁香。掩過芙蓉扣。綫脫珍珠。泪濕香羅袖。楊柳眉顰。人比黃花瘦。〔僕人上云〕奉相公言語。特將書來與小姐。恰纔前廳上見了夫人。夫人好生歡喜。著入來見小姐。早至後堂。〔咳嗽科〕〔紅問云〕誰在外面。〔見科〕〔紅見僕人紅笑云〕你幾時來。可知道昨夜燈花報。今朝喜鵲噪。姐姐正煩惱哩。你自來。和哥哥來。〔僕云〕哥哥得了官也。著我寄書

來。〔紅云〕你則在這裏等著。我對俺姐姐說了呵。你進來。〔紅見旦笑科〕〔旦云〕這小妮子怎麽。〔紅云〕姐姐
大喜大喜。咱姐夫得了官也。〔旦云〕這妮子見我悶呵。特故哄我。〔紅云〕琴童在門首。見了夫人了。使他進來
見姐姐。姐夫有書。〔旦云〕慚愧。我也有盼著他的日頭。喚他入來。〔僕入見旦科〕〔旦云〕琴童。你幾時離京師。
〔僕云〕離京一月多也。我來時。哥哥去吃遊街棍子去了。〔旦云〕這禽獸不省得。狀元喚做誇官。遊街三日。
〔僕云〕夫人說的便是。有書在此。〔旦做接書科〕〔旦唱〕
【金菊花】早是我只因他去減了風流。不爭你寄得書來又與我添些兒
證候。說來的話兒不應口。無語低頭。書在手淚凝眸。〔旦開書看科〕〔唱〕
【醋葫蘆】我這裏開時和淚開。他那裏修時和淚修。多管閣著筆尖兒未
寫早淚先流。寄來的書淚點兒兀自有。我將這新痕把舊痕湮透。正是一
重愁翻做兩重愁。〔旦念書科〕張珙百拜奉啓芳卿可人妝次。自暮秋拜違。倏爾半載。上賴祖宗之
蔭。下託賢妻之德。舉中甲第。即目於招賢館寄跡。以伺聖旨御筆除授。惟恐夫人與賢妻憂念。特令琴童奉書
馳報。庶幾免慮。小生身雖遙而心常邇矣。恨不得鶼鶼比翼。邛邛並軀。重功名而薄恩愛者。誠有淺見貪饕之
罪。他日面會。自當請謝不備。後成一絕。以奉清照。玉京仙府探花郎。寄語蒲東窈窕娘。指日拜恩衣晝錦。定須
休作倚門妝。〔旦唱〕
【么篇】當日向西廂月底潛。今日向瓊林宴上𢹂。誰承望跳東牆脚步兒
占了鼇頭。怎想道惜花心養成折桂手。脂粉叢裏包藏著錦繡。從今後晚
妝樓改做了至公樓。〔旦云〕你吃飯不曾。〔僕云〕上告夫人知道。早晨至今空立廳前。那有飯吃。
〔旦云〕紅娘。你快取飯與他吃。〔僕云〕感蒙賞賜。我每就此吃飯。夫人寫書。哥哥著小人索了夫人回書。至緊
至緊。〔旦云〕紅娘將筆硯來。〔紅將來科〕〔旦云〕書卻寫了。無可表意。只有汗衫一領。裹肚一條。襪兒一雙。瑤
琴一張。玉簪一枚。斑管一枝。琴童。你收拾得好者。紅娘。取銀十兩來。就與他盤纏。〔紅娘云〕姐夫得了官。豈無
這幾件東西。寄與他有甚緣故。〔旦云〕你不知道。這汗衫兒呵。

【梧葉兒】他若是和衣臥。便是和我一處宿。但黏着他皮肉不信不想我溫柔。〔紅云〕這裏肚要怎麼。〔旦〕常則不要離了前後。守著他左右。緊緊的繫在心頭。〔紅云〕這襪兒如何。〔旦〕拘管他胡行亂走。〔紅云〕這琴他那裏自有。又將去怎麼。〔旦唱〕

【後庭花】當日五言詩緊趁逐。後來因七絃琴成配偶。他怎肯冷落了詩中意。我則怕生疏了絃上手。〔紅云〕玉簪呵。有甚主意。〔旦〕我須有箇緣由。他如今功名成就。則怕他撇人在腦背後。〔紅云〕斑管要怎的。〔旦〕湘江兩岸秋。當日娥皇因虞舜愁。今日鶯鶯為君瑞憂。這九嶷山下竹。共香羅衫袖口。

【青哥兒】都一般啼痕湮透。似這等淚斑宛然依舊。萬古情緣一樣愁。涕淚交流。怨慕難收。對學士叮嚀說緣由。是必休忘舊。〔旦云〕琴童。這東西收拾好者。〔僕云〕理會得。〔旦唱〕

【醋葫蘆】你逐宵野店上宿。休將包袱做枕頭。怕油脂膩展汚了恐難酬。倘或水浸雨溼休便扭。我則怕乾時節熨不開褶皺。一樁樁一件件細收留。

【金菊花】書封雁足此時修。情繫人心早晚休。長安望來天際頭。倚遍西樓。人不見。水空流。〔僕云〕小人拜辭。即便去也。〔旦云〕琴童。你見官人對他說。〔僕云〕說甚麼。〔旦唱〕

【浪裏來煞】他那裏為我愁。我這裏因他瘦。臨行時啜賺人的巧舌頭。指歸期約定九月九。不覺的過了小春時候。到如今悔教夫壻覓封侯。〔僕云〕得了回書。星夜回俺哥哥話去。〔下〕

第二折

〔末上云〕畫虎未成君莫笑。安排牙爪始驚人。本是舉過便除。奉聖旨著翰林院編修國史。他每那知我的心。甚麼文章做得成。使琴童遞佳音。不見回來。這幾日睡臥不寧。飲食少進。給假在驛亭中將息。早間太醫院著人來看視。下藥去了。我這病盧扁也醫不得。自離了小姐。無一日心閑也呵。〔唱〕

【中呂粉蝶兒】從到京師。思量心旦夕如是。向心頭橫倘著俺那鶯兒。請醫師。看診罷。一星星說是本意。待推辭。則被他察虛實不須看視。

【醉春風】他道是醫雜證有方術。治相思無藥餌。鶯鶯你若是知我害相思。我甘心兒死死。四海無家。一身客寄半年將至。〔僕上云〕我則道哥哥除了。元來在驛亭中抱病。須索回書去咱。〔見了科〕〔末云〕你回來了也。

【迎仙客】疑怪這噪花枝靈鵲兒。垂簾幙喜蛛兒。正應著短檠上夜來燈爆時。若不是斷腸詞。決定是斷腸詩。〔僕云〕小夫人有書至此。〔末接科〕寫時管情淚如絲。既不呵怎生淚點兒封皮上漬。〔末讀書科〕薄命妾崔氏拜覆。敬奉才郎君瑞文几。自音容去後。不覺許時。仰敬之心。未嘗少怠。縱云日近長安遠。何故鱗鴻之杳矣。莫因花柳之心。棄妾恩情之意。正念間。琴童至。得見翰墨。始知中科。使妾喜之如狂。郎之才望。亦不辱相國之家譜也。今因琴童回。無以奉貢。聊有瑤琴一張。玉簪一枝。斑管一枝。裹肚一條。汗衫一領。襪兒一雙。權表妾之真誠。匆匆草字欠恭。伏乞情恕不備。謹依來韻。遂繼一絕云。闌干倚遍盼才郎。莫戀宸京黃四娘。病裏得書知中甲。窗前覽鏡試新妝。那風風流流的姐姐。似這等女子張珙死也死得著了。

【上小樓】這的堪為字史。當為款識。有柳骨顏筋。張旭張顛。義之獻之。此一時。彼一時。佳人才思。俺鶯鶯世間無二。

【幺篇】俺做經咒般持。符籙般使。高似金章。重似金帛。貴似金貲。這上面若僉個押字。使個令使。差個勾使。則是一張忙不及印赴期的咨示。〔末拏汗衫兒科〕休說文章。則看他這鍼黹。人間少有。〔唱〕

【滿庭芳】怎不教張生愛爾。堪鍼工出色。女教爲師。幾千般用意針針是。可索尋思。長共短又沒箇樣子。窄和寬想像著腰肢。好共歹無人試。想當初做時用煞那小心兒。小姐寄來這幾件東西都有緣故。一件件我都猜著。

【白鶴子】這琴他教我閉門學禁指。留意譜聲詩。調養聖賢心。洗蕩巢由耳。

【二煞】這玉簪纖長如竹筍。細白似葱枝。溫潤有清香。瑩潔無瑕玼。

【三煞】這斑管霜枝曾棲鳳凰。淚點漬胭脂。當時舜帝慟娥皇。今日淑女思君子。

【四煞】這裹肚手中一葉綿。燈下幾回絲。表出腹中愁。果稱心間事。

【五煞】這鞋襪兒鍼脚兒細似蟣子。絹帛兒膩似鵝脂。既知禮不胡行。願足下當如此。琴童。你臨行。小夫人對你說甚麼。〔僕云〕著哥哥休別繼良姻。〔末云〕小姐。你尚然不知我的心哩。

【快活三】冷清清客店兒。風淅淅雨絲絲。雨兒零風兒細夢迴時。多少傷心事。

【朝天子】四肢。不能動止。急切裏盼不到蒲東寺。小夫人須是你見時。別有甚閑傳示。我是箇浪子官人風流學士。怎肯帶殘花折舊枝。自從。到此。甚的是閑街市。

【賀聖朝】少甚宰相人家。招婿的嬌姿。其間或有箇人兒似爾。那裏取那溫柔。這般才思。想鶯鶯意兒。怎不教人夢想眠思。琴童來。將這衣裳東西收拾好者。

【耍孩兒】則在書房中傾倒箇藤箱子。向箱子裏面鋪幾張紙。放時節用意取包袱。休教藤刺兒抓住綿絲。高擡在衣架上怕吹了顏色。亂穰在包袱中恐剉了褶兒。當如此。切須愛護。勿得因而。

【二煞】恰新婚纔燕爾。爲功名來到此。長安憶念蒲東寺。昨宵愛春風桃李花開夜。今日愁秋雨梧桐葉落時。愁如是。身遙心邇。坐想行思。

【三煞】這天高地厚情。直到海枯石爛時。此時作念何時止。直到燭灰眼下纔無淚。蠶老心中罷卻絲。我不比遊蕩輕薄子。輕夫婦的琴瑟。拆鸞鳳的雄雌。

【四煞】不聞黃犬音。難傳紅葉詩。驛長不遇梅花使。孤身去客三千里。一日歸心十二時。凭欄視聽江聲浩蕩。看山色參差。

【尾】憂則憂我在病中。喜則喜你來到此。投至得引人魂卓氏音書至。險將這害鬼病的相如盼望死。〔下〕

第三折

〔淨扮鄭恆上開云〕自家姓鄭。名恆。字伯常。先人拜禮部尚書。不幸早喪。後數年又喪母。先人在時。曾定下俺姑娘的女孩兒鶯鶯爲妻。不想姑夫亡化。鶯鶯孝服未滿。不曾成親。俺姑娘將著這靈櫬。引著鶯鶯回博陵下葬。爲因路阻。不能得去。數月前寫書來。喚我同扶柩去。因家中無人。來得遲了。我離京師。來到河中府。打聽得孫飛虎欲擄鶯鶯爲妻。得一箇張君瑞退了賊兵。俺姑娘許了他。我如今到這裏。沒這箇消息。便好去見他。既有這箇消息。我便撞將去呵。沒意思。這一件事。都在紅娘身上。我著人去喚他。則說哥哥從京師來。不敢來見姑娘。著紅娘來下處來。有話去對姑娘行說去。去的人好一會了。不見來。見姑娘和他有話說。〔紅上云〕鄭恆哥哥在下處。不來見夫人。卻喚我說話。夫人著我來看他說甚麼。〔見淨科〕哥哥萬福。夫人道。哥哥來到呵。怎麼不來家裏來。〔淨云〕我有甚顏色見姑娘。我喚你來的緣故是怎生。當日姑夫在時。曾許下這門親事。我今番到這裏。姑夫孝已滿了。特地央及你去夫人行說知。揀一箇吉日。了這件事。好和小姐一答裏下葬去。不爭不成合。一答裏路上難厮見。若說得肯呵。我重重的相謝你。〔紅云〕這一節話。再也休題。鶯鶯已與了別人了也。〔淨云〕道不得一馬不跨雙鞍。可怎生父在時曾許了我。父喪之後。母到悔親。這箇道理那裏有。〔紅云〕卽非如此說。當日孫飛虎將半萬賊兵來時。哥哥你在那裏。若不是那生呵。那裏得俺一家兒來。今日太平無事。卻來爭親。倘被賊人擄去呵。哥哥如何去爭。〔淨云〕與了一箇富家。也不枉了。卻與了這箇窮酸餓醋。偏我不如他。我仁者能仁。身裏出身的根脚。又是親上做親。況兼他父命。〔紅云〕他到不如你。噤聲。〔唱〕

【越調鬭鵪鶉】賣弄你仁者能仁。倚仗你身裏出身。至如你官上加官。也不合親上做親。又不曾執羔雁邀媒。獻幣帛問肯。恰洗了塵。便待要過門。枉腌了他金屋銀屏。枉汙了他錦衾繡裀。

【紫花兒序】枉蠢了他梳雲掠月。枉羞了他惜玉憐香。枉村了他殢雨尤雲。當日三才始判。兩儀初分。乾坤清者爲乾。濁者爲坤。人在中間相混。君瑞是君子清賢。鄭恆是小人濁民。〔淨云〕賊來。怎地他一箇人退得。都是胡說。〔紅云〕我對與你說。〔唱〕

【天淨沙】把河橋飛虎將軍。叛蒲東擄掠人民。半萬賊屯合寺門。手橫著霜刃。高叫道要鶯鶯做壓寨夫人。〔淨云〕半萬賊。他一箇人濟甚麼事。〔紅云〕賊圍之甚迫。夫人荒了。和長老商議。拍手高叫。兩廊不問僧俗。如退得賊兵的。便將鶯鶯與他爲妻。忽有遊客張生。應聲而前曰。我有退兵之策。何不問我。夫人大喜。就問其計何在。生云。我有一故人白馬將軍。見統十萬之衆。鎭守蒲關。我修書一封。著人寄去。必來救我。不想書至兵來。其困卽解。〔唱〕

【小桃紅】洛陽才子善屬文。火急修書信。白馬將軍到時分。滅了煙塵。夫人小姐都心順。則爲他威而不猛。言而有信。因此上不敢慢於人。〔淨云〕我自來未嘗聞其名。知他會也不會。你這箇小妮子。賣弄他偌多。〔紅云〕便又罵我。〔唱〕

【金蕉葉】他憑著講性理齊論魯論。作詞賦韓文柳文。他識道理。為人敬
人。俺家裏有信行知恩報恩。
【調笑令】你值一分。他值百十分。螢火焉能比月輪。高低遠近都休論。我
拆白道字辯與你箇清渾。〔淨云〕這小妮子。省得甚麼拆白道字。你拆與我聽。〔紅唱〕君瑞
是箇肖字這壁著箇立人。你是箇木寸馬戶尸巾。〔淨云〕木寸馬戶尸巾。你道我是
箇村驢屌。我祖代是相國之門。到不如你箇白衣餓夫窮士。做官的則是做官。〔紅唱〕
【禿廝兒】他憑師友君子務本。你倚父兄仗勢欺人。虀鹽日月不嫌貧。治
百姓新民。傳聞。
【聖藥王】這廝喬議論。有向順。你道是官人。則合做官人。信口噴。不本分。
你道窮民到老是窮民。卻不道將相出寒門。〔淨云〕這椿事。都是那長老禿驢弟子孩
兒。我明日慢慢的和他說話。〔紅唱〕
【麻郎兒】他出家兒慈悲為本。方便為門。橫死眼不識好人。招禍口不知
分寸。〔淨云〕這是姑夫的遺留。我揀日牽羊擔酒上門。去看姑娘。怎麼發落我。〔紅唱〕
【幺篇】訕勳發村。使狠。甚的是軟款溫存。硬打捱強為眷姻。不覩事強諧
秦晉。〔淨云〕姑娘若不肯。著二三十箇伴當。擡上轎子。到下處脫了衣裳。趕將來還你一箇婆娘。〔紅唱〕
【絡絲娘】你須是鄭相國嫡親的舍人。須不是孫飛虎家生的莽軍。喬嘴
臉。腌軀老死身分。少不得有家難奔。〔淨云〕兀的那小妮子。眼見得受了招安了也。我也不
對你說。明日我要娶。我要娶。〔紅云〕不嫁你。不嫁你。
【收尾】佳人有意郎君俊。我待不喝采其實怎忍。〔淨云〕你喝一聲我聽。〔紅笑云〕
你這般頹嘴臉。則好偷韓壽下風頭香。傳何郎左壁廂粉。〔下〕〔淨脫衣科云〕這妮子擬
定都和那酸丁演撒。我明日自上門去見俺姑娘。則做不知。我則道張生贅在衛尚書家。做了女婿。俺姑娘最

聽是非。他自小又愛我。必有話說。休說別箇。則這一套衣服。也衝動他。自小京師同住。慣會尋章摘句。姑夫許我成親。誰敢將言相拒。我若放起刁來。且看鶯鶯那去。且將壓善欺良意。權作尤雲殢雨心。〔下〕〔夫人上云〕夜來鄭恆至。不來見我。喚紅娘去問親事。據我的心。則是與孩兒是。況兼相國在時已許下了。我便是違了先夫的言語。做我一箇主家的不著。這廝每做下來。擬定則與鄭恆。他有言語。怪他不得也。料持下酒者。今日他敢來見我也。〔淨上云〕來到也。不索報覆。自入去見夫人。〔拜夫人哭科〕〔夫人云〕孩兒既來到這裏。怎麼不來見我。〔淨云〕小孩兒有甚嘴臉。來見姑娘。〔夫人云〕鶯鶯為孫飛虎一節。等你不來。無可解危。許張生也。〔淨云〕那箇張生。敢便是狀元。我在京師看榜來。年紀有二十四五歲。洛陽張珙。誇官遊街三日。第二日頭答正來到衛尚書家門首。尚書的小姐十八歲也。結著綵樓。在那御街上。則一毬正打著他。我也騎著馬看。險些打著我。他家纔使梅香十餘人。把那張生橫拖倒拽入去。他口叫道。我自有妻。我是崔相國家女婿。那尚書有權勢氣象。那裏聽。則管拖將入去了。這箇卻纔便是他本分。出於無奈。尚書說道。我女奉聖旨結綵樓。你著崔小姐做次妻。他是先姦後娶的。不應娶他。鬧動京師。因此認得他。〔夫人怒云〕我道這秀才不中擡舉。今日果然負了俺家。俺相國之家。世無與人做次妻之理。既然張生奉聖旨娶了妻。孩兒你揀箇吉日良辰。依著姑夫的言語。依舊入來做女壻者。〔淨云〕倘或張生有言語怎生。〔夫人云〕放著我哩。明日揀箇吉日良辰。你便過門來。〔淨云〕中了我的計策了。准備筵席茶禮花紅。剋日過門者。〔仝下〕〔潔上云〕老僧昨日買登科記看來。張生頭名狀元。授著河中府尹。誰想夫人沒主張。又許了鄭恆親事。老夫人不肯去接。我將著殽饌。直至十里長亭。接官走一遭。〔下〕〔杜將軍上云〕奉聖旨著小官主兵蒲關。提調河中府事。上馬管軍。下馬管民。誰想君瑞兄弟一舉及第。正授河中府尹。不曾接得。眼見得在老夫人宅裏下。擬定乘此機會成親。小官牽羊擔酒。直至老夫人宅上。一來慶賀狀元。二來做主親。與兄弟成此大事。左右那裏。將馬來。到河中府走一遭。〔下〕

第四折

〔夫人上云〕誰想張生負了俺家。去衛尚書做女壻去。今日不負老相公遺言。還招鄭恆為壻。今日好箇日子。過門者。准備下筵席。鄭恒敢待來也。〔末上云〕小官奉聖旨正授河中府尹。今日衣錦還鄉。小姐的金冠霞帔都將著。若見呵。雙手索送過去。誰想有今日也呵。文章舊冠乾坤內。姓字新聞日月邊。〔唱〕

【雙調新水令】玉鞭驕馬出皇都。暢風流玉堂人物。今朝三品職。昨日一寒儒。御筆親除。將名姓翰林註。

【駐馬聽】張珙如愚。酬志了三尺龍泉萬卷書。鶯鶯有福。穩請了五花官誥七香車。身榮難忘借僧居。愁來猶記題詩處。從應舉。夢魂兒不離了蒲東路。〔末云〕接了馬者。〔見夫人科〕新狀元河中府尹壻張珙參見。〔夫人云〕休拜休拜。你是奉聖旨的女壻。我怎消受得你拜。〔末唱〕

【喬牌兒】我謹躬身問起居。夫人這慈色為誰怒。我則見丫鬟使數都廝覷。莫不我身邊有甚事故。〔末云〕小生去時。夫人親自餞行。喜不自勝。今日中選得官。夫人反行不悅。何也。〔夫人云〕你如今那裏想著俺家。道不得箇靡不有初。鮮克有終。我一箇女孩兒。雖然妝殘貌陋。他父為前朝相國。若非賊來。足下甚氣力到得俺家。今日一旦置之度外。卻於衛尚書家作壻。豈有是理。〔末云〕夫人聽誰說。若有此事。天不蓋。地不載。害老大小疔瘡。〔唱〕

【鴈兒落】若說著絲鞭士女圖。端的是塞滿章臺路。小生呵此間懷舊恩。怎肯別處尋親去。

【得勝令】豈不聞君子斷其初。我怎肯忘得有恩處。那一箇賊畜生行嫉妒。走將來老夫人行廝間阻。不能勾嬌姝。早共晚施心數。說來的無徒。遲和疾上木驢。〔夫人云〕是鄭恒說來。繡毬兒打著馬了。做女壻也。你不信呵。喚紅娘來問。〔紅上云〕我巴不得見他。元來得官回來。慚愧。這是非對著也。〔末背問云〕紅娘。小姐好麼。〔紅云〕為你別做了女壻。俺小姐依舊嫁了鄭恒也。〔末云〕有這般蹊蹺的事。

【慶東原】那裏有糞堆上長出連枝樹。淤泥中生出比目魚。不明白展污了姻緣簿。鶯鶯呵你嫁箇油煠猢猻的丈夫。紅娘呵你伏侍箇煙薰猫兒的姐夫。張生呵你撞著箇水浸老鼠的姨夫。這廝壞了風俗。傷了時務。

〔紅唱〕

【喬木查】妾前來拜覆。省可裏心頭怒。閒別來安樂否。你那新夫人何處居。比俺姐姐是何如。〔末云〕和你也葫蘆題了也。小生爲小姐受過的苦。諸人不知。瞞不得你。不甫能成親。焉有是理。〔唱〕

【攪箏琶】小生若求了媳婦。則目下便身殂。怎肯忘得待月迴廊。難撇下吹簫伴侶。受了此活地獄。下了些死工夫。不甫能得做妻夫。見將著夫人誥勑。縣君名稱。怎生待歡天喜地。兩隻手兒分付與。你剗地到把人贓誣。〔紅對夫人云〕我道張生不是這般人。則喚小姐出來自問他。〔叫旦科〕姐姐快來問張生。我不信他直恁般薄情。叫見他呵。怒氣沖天。實有緣故。〔旦見末科〕〔末云〕小姐閒別無恙。〔旦云〕先生萬福。〔紅云〕姐姐有的言語。和他說破。〔旦長吁云〕待說甚麼的是。〔唱〕

【沈醉東風】不見時準備著千言萬語。得相逢都變做短歎長吁。他急攘攘卻纔來。我羞答答怎生覷。將腹中愁恰待伸訴。及至相逢一句也無。則道箇先生萬福。〔旦云〕張生。俺家何負足下。足下見棄妾身。去衛尚書家爲壻。此理安在。〔末云〕誰說來。〔旦云〕鄭恆在夫人行說來。〔末云〕小姐如何聽這廝。張珙之心。惟天可表。

【落梅花】從離了蒲東路。來到京兆府。見箇佳人世不曾回顧。硬揣箇衛尚書家女孩兒爲了眷屬。曾見他影兒的也教滅門絕戶。〔末云〕這一樁事。都在紅娘身上。我則將言語傍著他。看他說甚麼。紅娘。我問人來。說道你與小姐將簡帖兒去喚鄭恆來。〔紅云〕癡人。我不合與你作成。你便看得我一般了。〔紅唱〕

【甜水令】君瑞先生。不索躊躇。何須憂慮。那廝本意糊突。俺家世清白。祖宗賢良。相國名譽。我怎肯他根前寄箇傳書。

【折桂令】那喫敲才怕不口裏嚼蛆。那廝待數黑論黃。惡紫奪朱。俺姐姐更做道軟弱囊揣。怎嫁那不值錢人樣猳駒。你箇東君索與鶯鶯做主。怎肯將嫩枝柯折與樵夫。那廝本意囂虛。將足下虧圖。有口難言。氣夯破胸脯。〔紅云〕張生。你若端的不曾做女壻呵。我去夫人根前。一力保你。等那廝來。你和他兩箇對證。〔紅見夫人云〕張生並不會人家做女壻。都是鄭恆謊。等他兩箇對證。〔夫人云〕既然他不曾呵。等鄭恆那廝來對證了呵。再做說話。〔潔上云〕誰想張生一舉成名。得了河中府尹。老僧一逕到夫人那裏慶賀。這門親事。幾時成就。當初也有老僧來。老夫人沒主張。便待要與鄭恆。若與了他。今日張生來却怎生。〔潔見末敍寒溫科〕〔對夫人云〕夫人。今日却知老僧的是。張生決不是那一等沒行止的秀才。他如何敢忘了夫人。況兼杜將軍是證見。如何悔得他這親事。〔旦云〕張生此一事。必得杜將軍來方可。〔唱〕

【雁兒落】他曾笑孫龐真下愚。若是論賈馬非英物。正授著征西元帥府。兼領著陝右河中路。

【得勝令】是咱前者護身符。今日有權術。來時節定把先生助。決將賊子誅。他不識親疏。啜賺良人婦。你不辨賢愚。無毒不丈夫。〔夫人云〕著小姐去臥房裏去者。〔旦下〕〔杜將軍上云〕下官離了蒲關。到普救寺。第一來慶賀兄弟咱。第二來就與兄弟成就了這親事。〔末對將軍云〕小弟託兄長虎威。得中一舉。今者回來。本待做親。有夫人的姪兒鄭恆。來夫人行說道。你兄弟在衞尚書家作贅了。夫人怒欲悔親。依舊要將鶯鶯與鄭恆。焉有此理。道不得箇烈女不更二夫。〔將軍云〕此事夫人差矣。君瑞也是禮部尚書之子。況兼又得一舉。夫人一不招白衣秀士。今日反欲罷親。莫非理上不順。〔夫人云〕當初夫主在時。曾許下這廝。不想遇此一難。虧張生請將軍來殺退賊衆。老身不負前言。欲招他為壻。不想鄭恆說道。他在衞尚書家做了女壻也。因此上我怒他。依舊許了鄭恆。〔將軍云〕他是賊心。可知道誹謗他。老夫人如何便信得他。〔淨上云〕打扮得整整齊齊的。則等做女壻。今日好日頭。牽羊擔酒。過門走一遭。(末云)鄭恆你來怎麼。(淨云)苦也聞知狀元回。特來賀喜。(將軍云)你這廝怎麼要誆騙良人的妻子。行不仁之事。我根前有甚麼話說。我聞奏朝廷。誅此賊子(末唱)

【落梅風】你硬撞入桃源路。不言箇誰是主。被東君把你箇蜜蜂兒攔住。不信呵去那綠楊影裏聽杜宇。一聲聲道不如歸去。(將軍云)那廝若不去呵。祗候拏下。(淨云)不必拏小人自退親事與張生罷。(夫人云)相公息怒。趕出去便罷。(淨云)罷罷要這性命怎麼。不如觸樹身死。妻子空爭不到頭。風流自古戀風流。三寸氣在千般用。一日無常萬事休。(淨倒科)(夫人云)俺不曾逼死他。我是他親姑娘。他又無父母。我做主葬了者。著喚鶯鶯出來。今日做箇慶喜的茶飯。著他兩口兒成合者。(旦紅上末旦拜科)(末唱)

【沽美酒】門迎著駟馬車。戶列著八椒圖。四德三從宰相女。平生願足。託賴著眾親故。

【太平令】若不是大恩人拔刀相助。怎能勾好夫妻似水如魚。得意也當時題柱。正酬了今生夫婦。自古相女配夫。新狀元花生滿路。(使臣上科)(末唱)

【錦上花】四海無虞。皆稱臣庶。諸國來朝。萬歲山呼。行邁羲軒。德過舜禹。聖策神機。仁文義武。朝中宰相賢。天下庶民富。萬里河清。五穀成熟。戶戶安居。處處樂土。鳳凰來儀。麒麟屢出。

【清江引】謝當今盛明唐聖主。勅賜爲夫婦。永老無別離。萬古常完聚。願普天下有情的都成了眷屬。

【隨尾】則因月底聯詩句。成就了怨女曠夫。顯得有志的狀元能。無情的鄭恆苦。(下)

題目　小琴童傳捷報

呂蒙正風雪破窰記雜劇

王實甫撰

第一折

〔冲末扮劉員外領家童上云〕僧起早。道起早。禮拜三光天未曉。在城多少富豪家。不識明星直到老。老夫姓劉。雙名仲實。乃洛陽人也。我有萬百貫家緣過活。別無兒郎。止有箇女孩兒。小字月娥。不曾許娉他人。我如今要與女孩兒尋一門親事。恐怕不得全美。想姻緣是天之所定。今日結起綵樓。着梅香領着小姐。到綵樓上。抛繡球兒。憑天匹配。但是繡球兒落在那箇人身上的。不問官員士庶。經商客旅。便招他爲婿。那繡球兒便是三媒六證一般之禮也。家童。你和梅香說。着他同小姐上綵樓。抛了繡球兒。便來回我的話。休要悞了喜事。則等俺女孩兒成就了親事。稱老夫平生之願也。老夫且去後堂中安排下筵席。與孩兒慶賀。你疾去早來着。老夫歡喜咱。〔下〕〔外扮寇準同呂蒙正上〕〔寇準云〕會讀前書笑古今。恥隨流俗共浮沉。終期直道扶元化。敢爲虛名役片心。小生姓寇名準。字平仲。這兄弟姓呂。名蒙正。字聖功。俺二人同堂學業。轉筆抄書。空學成滿腹文章。爭奈一貧如洗。在此洛陽城外破瓦窰中居止。若論俺二人的文章。覷富貴如同翻掌。爭奈文齊福不至。兄弟。我聞知在城劉員外家結起綵樓。要招女婿。咱二人走一遭去來。等他家招了良婿之時。咱二人寫一篇慶賀新婿的詩章。他家必不虛負了咱。但得些小錢鈔。就是咱一二日的盤纏。咱二人同走一遭去。〔呂蒙正云〕哥哥說的有理。不索久停久住。同哥哥走一遭去來。〔寇準云〕俺同去來。〔同下〕〔正旦領梅香上云〕 妾身姓劉。小字月娥。長年一十八歲。爲因高門不答。低門不就。因此上未曾成其配偶。今日父親結起綵樓。教我抛繡球兒。憑天匹配。梅香。咱上的這綵樓。你看那官員士庶。經商客旅。做買做賣的。端的是人稠物穰也。〔梅香云〕姐姐。父親的嚴命。教姐姐抛繡球兒。憑天匹配。你可也休差抛了繡球兒。剩下的與我招一箇。可是攜帶咱。〔正旦云〕我自有箇主意。〔二淨扮左尋右趨上〕〔左尋云〕柴又不貴。米又不貴。兩箇傻廝。恰好一對。俺兩箇一箇是左尋。一箇是右趨。打聽的這劉員外家女孩兒要招女婿。結起綵樓。抛繡球兒。則說那小姐生的好。憑着咱兩箇這般標致。擬定繡球兒是我每。不避驅馳。俺走一遭去來。〔寇準同呂蒙正上〕〔寇準云〕兄弟也。來到這綵樓底下了。喒看那小姐拋繡球兒咱。〔正旦云〕梅香。你將繡球兒來者。〔梅香云〕姐姐。繡球兒在此。〔正旦云〕你看我那父親恐怕差配了姻緣。故結綵樓。教我拋繡球兒。以擇佳婿也呵。〔唱〕

【仙呂點絳唇】則我這好勝爺娘。故意嬌養。如花樣。招配新郎。捲翠簾在粧樓上。

【混江龍】凭闌凝望。猛然間回首問梅香。〔梅香云〕姐姐。你問我些甚麼。〔正旦唱〕見一二人。衣冠齊整。鞍馬非常。能儹箇守藍橋飽醋生。料強如誤桃源聰俊俏劉郎。擠眉弄眼。俐齒伶牙。攀高接貴。順水推船。小則小偏和咱廝強。不墜俗模樣。穿着些打眼目衣裳。

〔淨做走科云〕真箇一箇好小姐。你把那繡球兒拋與我罷。〔梅香云〕姐姐。你看兀那兩箇穿的錦繡衣服。不強如那等窮酸餓醋的人也。〔正旦云〕梅香。你那裏知道也。〔唱〕

【油葫蘆】學劍攻書折桂郎。有一日開選場。半間兒書舍換做都堂。想韓信僱瓜手生扭做了元戎將。傅說那築牆板番做了頭廳相。想當初王鼎臣。姜呂望。那鼎臣將柴擔子橫在肩頭上。太公八十歲遇着文王。

〔梅香云〕姐姐等的到八十歲。可老了也。〔正旦云〕梅香。可不道君子人待時守分也。〔唱〕

【天下樂】豈不聞有福之人不在忙。我這裏參也波詳。心自想平地一聲雷振響。朝為田舍郎。暮登天子堂。可不道寒門生將相。

〔梅香云〕姐姐。好早晚了也呵。兀的不是繡球兒。你有甚麼言語。囑付這繡球兒咱。〔正旦做接繡球在手科〕〔唱〕

【金盞兒】繡球兒你尋一箇心慈善性溫良。有志氣好文章。這一生事都在你這繡球兒上。夫妻相待貧和富有何妨。貧和富是我命福。好共歹在你斟量。休打着那無恩情輕薄子。你尋一箇知敬重畫眉郎。

(正旦做抛繡球科)(呂蒙正云)哥哥你看那小姐。將繡球兒抛在我跟前了。(寇準云)兄弟。敢這繡球兒悞落在你懷中。咱且走在一邊。伺候看員外怎生處斷。(淨云)繡球兒也抛與了別人。我和你等些什麼。咱兩箇一人唱一句。去了罷。(大淨唱)

【金字經】繡球兒今日箇打着一箇窮秀才。(二淨唱)氣的匾匾淚滿腮。淚滿腮。(大淨唱)也是他緣分該。(二淨唱)休相怪。(大淨唱)咱拽着尾巴歸去來。(同下)

(梅香云)姐姐。抛了繡球兒。咱回父親話去來。(同下)(劉員外領雜當上云)靈鵲簷前噪。喜從天上來。這梅香好不會幹事也。領着小姐抛繡球兒去了一日。如何不見來回話。(正旦同梅香上見科)(梅香云)父親。小姐招了女婿也。(劉員外云)在那裏。着過來。(梅香云)得繡球的過來。(寇準同呂蒙正見科)(寇準云)兄弟。咱則在這門首伺候着。兀的不呼喚你哩。(梅香云)兀那秀才。你過去拜丈人去。(呂蒙正見劉員外科)(劉員外云)他是誰。(梅香云)則他是新招的女婿呂蒙正。(劉員外云)孩兒也。放着官員人家財主的兒男不招。這呂蒙正在城南破瓦窰中居止。咱與他些錢鈔。打發回去罷。(正旦云)父親差矣。一向說繡球兒打着的。不管官員士庶貧富之人。與他爲婚。既然抛着他了。父親。您孩兒情願跟將他去。(劉員外云)孩兒。則怕你受不的苦。(正旦云)您孩兒受的苦。好歹我嫁他。(雜當云)員外。小姐既要嫁他。依着他罷。小姐。他那破瓦窰中。你敢住不的麼。(正旦唱)

【醉中天】者莫他燒地權爲炕。鑿壁借偷光。一任教無底砂鍋漏了飯湯。者莫是結就蜘蛛網。土炕蘆蓆草房。那裏有繡幃羅帳。(劉員外云)你再思想咱。(正旦唱)您孩兒心順處便是天堂。

(劉員外怒云)小賤人。我的言語不中聽。你怎生自嫁呂蒙正。梅香。將他的衣服頭面都與我取下來。也無那奩房斷送。他受不過苦呵。他必然來家也。則今日離了我的門者。着他去。(呂蒙正云)咱兩口兒。辭別了父親去來。〔雜當云〕倒好了你也。〔出門見寇準科云〕您兄弟來了也。〔寇準云〕如何。你見員外。說什麼來。〔呂蒙正云〕他嫌小生身貧無倚。又無奩房斷送。將小姐的衣服頭面。盡數留下。趕將俺兩口兒出來了。〔寇準云〕這般呵小姐眼裏有珍珠。你若得官呵。小姐便是夫人縣君。您兩口兒先回去。我便來也。〔呂蒙正云〕小姐則怕你受不的苦楚麼。〔正旦云〕我受的苦。受的苦。〔唱〕

【尾聲】到晚來月射的破窰明。風刮的蒲簾響。便是俺花燭洞房。實不丕家私財物廣。虛飄飄羅錦千箱。守着才郎恭儉溫良。憔悴了菱花鏡裏妝。我也不戀鴛衾象床。繡幃羅帳。則住那破窰風月射漏星堂。〔同下〕

〔寇準云〕這家爲富不仁。薄俗之情。我若不過去。將我似甚麼人看成。〔寇準見劉員外科〕〔劉員外云〕下次孩兒每。這叫化的來俺這裏怎的。〔雜當云〕知他又來怎的。〔寇準云〕誰是叫化的。我是你新招的女婿呂蒙正之兄長寇平仲是也。我是你親家伯伯哩。〔劉員外云〕我有這等親家伯伯。愁什麼過活。〔雜當云〕甚麼親家伯伯。你也則是箇窮秀才。〔寇準云〕今日以得良婿。乃天下之喜事也。何怒之有。〔劉員外云〕你看那窮嘴餓舌頭。一壁去。〔寇準云〕是何言語。硜硜小人哉。爾以貧富而棄骨肉。婚嫁而論財。禮乃夷虜之道也。古者男女之俗。各擇德焉。不以其財爲禮。我輩今日之貧。豈知他日不富。爾等今日之富。安知他日不貧乎。古語有云。見貧休笑富休誇。誰是常貧久富家。秋到自然山有色。春來那箇樹無花。哎。我是你親家伯伯哩。〔做出門科〕〔詩曰〕狀貌堂堂似北辰。面如明鏡色如銀。可憐此等無情物。則識衣衫不識人。自此去後。難可復言。我再過去。〔又見劉員外科云〕哎。我是你親家伯伯哩。〔劉員外云〕這廝又來了。這廝窮酸餓醋。我不聽他。〔寇準云〕我輩乃白衣卿相。時間不遇。俺且樂道甘貧。何言責其貧賤。聖人云。富與貴。是人之所欲也。不以其道得之。不處也。貧與賤。是人之所惡也。不以其道得之。不去也。便似那石中隱玉。蚌含珠。五色光明射太虛。人懷才義終須貴。腹有文章志有餘。君子守貧時未遂。男兒不遇氣長吁。有朝但得風雷迅。方表人間真丈夫。哎。我是你親家伯伯。〔出門科〕〔詩曰〕得受貧時且受貧。休將顏色告他人。梧桐葉落根須在。留着枝梢再等春。我待不過去。氣破我肚皮。我再過去。〔再見科云〕哎。我是你親家伯伯。〔雜當云〕你怎麽又來了。〔劉員外云〕這廝又來了。走將來絮絮聒聒的。我不聽他這窮言餓語的。〔寇準云〕公之富不可盡用。我之貧不可盡欺。非是我用言分劈。藐視俺賢哉婿客。我本是受虀鹽一介寒儒。隱風雪八員宰相。有一日步青霄折桂蟾宮。跨青鸞釣鰲北海。臥重裀天下名知。食列鼎家門盡改。裊吟鞭滿馬春風。橫寶帶衣襟香靄。雲飛般轍蓋高張。鴈翎般公人齊擺。阜閣中功顯十年。青史內名標萬載。那其間富貴榮華。〔雜當云〕敢又是親家伯伯。〔寇準打背推科云〕這廝攙了我的。〔詩曰〕你富俺貧未定。一朝轉過時運。他年金榜標名。我着你認的寇準蒙正。〔下〕〔劉員外云〕那窮廝去了麽。〔雜當云〕去了也。〔劉員外云〕無甚事。後堂中飲酒去來。自恨我胡爲胡做。拋繡球招婿聘婦。可可的打着箇貧子。禁不的他窮酸餓醋。〔下〕

第二折

〔長老引行者上〕〔長老云〕明心不把優花撚。見性何須貝葉傳。日出冰消原是水。回光月落不離天。貧僧是這白馬寺中長老。爲貧僧積功累行。累劫脩來。得悟大乘三昧。住持在此寺。朝參暮禮。今日上堂做罷好事。在此閑坐。行者。山門前覷者。看有甚麽人來。〔行者云〕理會的。〔劉員外上云〕若無閑事惱心頭。便是人間好時節。老夫劉員外是也。自從我那女孩兒嫁了呂蒙正。那廝每日長街市上擲筆爲生。又在白馬寺中。每日趕齋。着老夫心上好生不自在。今日無甚事。去寺中對長老說一聲去。來到方丈也。行者報復去。道有劉員外特來相訪。〔行者云〕理會的。〔報科云〕報的師父得知。有員外來了也。〔長老云〕道有請。〔行者云〕有請。〔做見科〕〔長老云〕員外。此一來有何事。〔劉員外云〕師父。老夫無事也不來。有我的女婿呂蒙正。他每日來你這寺中趕齋。他空有滿腹文章。不肯進取功名。他聽的這鐘聲響便來趕齋。長老。老夫所煩。今後先喫了齋飯。後聲鐘。他趕不上齋呵。他自然發志也。呵他必然去尋他的道路去也。〔長老云〕我知道了也。此事易爲。員外。你自請回去也。〔劉員外云〕師父。恕罪。我回私宅中去也。自今飯後聲鐘響。空到齋堂快快歸。奮志上朝去應舉。恁時方見錦衣回。〔下〕〔長老云〕小和尚。每日都喫了齋時。可與我聲鐘。等那呂蒙正若來時呵。我自有箇主意。〔呂蒙正上云〕小生呂蒙正。每日長街市上。擲筆爲生。時遇冬天。下着如此般大雪。寺裏鐘響也。我去寺中趕齋去。得的一分齋飯。與我渾家食用。來到也。〔見長老科云〕師父。將齋飯來我食用。〔長老云〕無了齋也。呂蒙正。你來。我和你說。俺常住家計較來。滿堂僧不厭。一箇俗人多。你一日喫我一分齋飯。一年喫着多少。往日先撞鐘後喫齋。因爲多了齋糧。先喫了齋後撞鐘。喚做齋後鐘。你爲孔子門徒。你有滿腹文章。你若應過舉呵。得一官半職。不強似在寺中趕齋。既爲男子漢。不識面皮羞。回去。〔呂蒙正云〕我出的這門來。我爲男子大丈夫。受如此羞辱。爲我一箇齋後聲鐘。我怎生回家見我渾家的面。這和尚無禮。我瓦罐中取出這筆來。我在這壁子上寫四句詩。罵這和尚。〔寫詩科云〕男兒未遇氣冲冲。懊惱闍黎齋後鐘。呀。後韵不來。且罷。齋也趕不的。哎。且回我那破窰中去也。〔下〕〔長老云〕呂蒙正去了也。我出的這山門來。是去的遠了也。這廝心裏敢怪貧僧也。〔做看詩科〕呀。他在我三門下寫下兩句詩。男兒未遇氣冲冲。懊惱闍黎齋後鐘。小和尚每休着損壞了他這兩句詩。此人大志不小。異日必有崢嶸之日。無甚事。回方丈中去。兩廊無事僧歸院。再續殘燈念舊經。〔下〕〔正旦上云〕自從嫁的呂蒙正。在這破窰中。他每日在這白馬寺中趕齋。可怎生這早晚不見回來也。〔唱〕

【正宮端正好】夫婦取今生緣分。關前世。窮和富是我裙帶頭衣食。簾兒揭起柴門倚。專等俺投齋婿。

【滾繡球】聽的鐘聲響報信息。這齋食有次第。俺知他的情意。他待俺呵着甚回席。雖然是時下貧。有朝發憤日。那其間報答恩德。這其間不見回歸。做下碗熱羹湯等待賢夫。冷揣着個凍酸餡未填還拙婦的饑。有甚希奇。

〔正旦云〕秀才這早晚敢待來也。〔劉員外同卜兒上云〕老夫劉員外。我的女孩兒嫁了呂蒙正。想我女孩兒富裏生富裏長。他幾曾受這等窮來。婆婆。〔卜兒云〕老的爲甚的。〔劉員外云〕喒兩口兒看孩兒去來。將着一分香美茶飯。將着一套衣服。與孩兒穿來。到也。月娥開門來。〔卜兒叫門科云〕孩兒在家麽。〔正旦云〕是誰喚門哩。我開開這門。〔正旦見卜兒科云〕原來是父親母親。〔唱〕

【倘秀才】今日箇靈鵲兒吖吖的報喜。甚風兒吹來到俺這裏。淡飯黃虀喫甚的。〔劉員外云〕那窮廝那裏去了。〔正旦唱〕旋酒處舀了一碗熱水。抄紙處討了把石灰。教學處尋了管舊筆。

〔劉員外云〕我道是做甚麼買賣。原來是排門兒搠筆爲生。孩兒。你眼裏也識人。嫁了這麼一箇叫化頭。孩兒跟我家去來。兀的你母親將着衣服。你便穿替下舊的與那窮廝穿。我將這茶飯你便先喫了。好的剩下的與那窮廝喫。〔正旦云〕父親。你說的差了也。〔唱〕

【倘秀才】你着我穿新的他穿舊的。我喫好的他喫歹的。常言道夫妻是福齊。俺兩口兒過日月着他獨自落便宜。怎肯教失了俺夫妻情道理。

〔劉員外云〕女孩兒也。你戀着這箇窮秀才有甚麼好處。三千年不能彀發跡。孩兒你家去來。〔旦兒云〕我不問了俺秀才。我不敢去。〔劉員外云〕你真箇不去。父親的言語。倒不中聽。你則向着那窮秀才。我將這破砂鍋打碎了。把這兩箇碗也打了。把這匙筯攧折了。孩兒也。你至死也休上我門來。我也無你這等女孩兒。婆婆將那衣服茶飯。小的每將着。喒家去來。〔下〕〔正旦哭科云〕父親也。你好狠也。〔呂蒙正上云〕小生呂蒙正是也。趕不的齋。天色晚將來也。還我那破瓦窰中去。〔見正旦科〕大嫂。有甚麼人到俺家裏來。我一脚的不在家。把我銅斗兒家緣都破敗了也。〔正旦唱〕

【倘秀才】攧折的匙呵。如呆似癡。摔碎碗長吁嘆息。〔呂蒙正云〕端的是誰打了來。〔正旦唱〕打破砂鍋璺到底。俺娘將着一分充饑飯。俺爺抱着一套禦寒衣。他兩口兒都來到這裏。

〔呂蒙正云〕原來是俺岳父岳母來。他老兩口兒去了。可怎生這早晚不見哥哥來。〔寇準上云〕小生寇平仲是也。這幾日不曾看兄弟去。來到這破瓦窰門首。兄弟在家麽。〔呂蒙正云〕呀。哥哥來了。〔寇準云〕兄弟。你兩口兒敢相爭來。〔呂蒙正云〕俺兩口兒不曾相爭。有我丈人丈母來到這裏。要他女孩兒家去。他不肯去也。將我家活都打碎了。〔寇準云〕原來是這等。老員外無禮也。這家私也有我的一半兒。你怎生打壞了我家活。兄弟。你休煩惱。我恰纔街市上遇着一箇故交的官人。他見我貧窮。齎發與我兩個銀子。教我上朝應舉去。兄弟。趁着這箇機會。喒二人上朝應舉去來。媳婦兒有甚麼囑付的言語。囑付兄弟咱。〔呂蒙正云〕小姐你守志者。我得了官時。便回來也。〔正旦云〕呂蒙正。你去則去。早些兒回來。妾身在家不必你憂心也。

〔唱〕

【尾聲】則這瓦窰中將一應人皆迴避。你金榜無名誓不歸。〔云〕若得官呵。你爲義夫妾身爲節婦。〔唱〕立一通賢達德政碑。扶起攀蟾折桂枝。帶將你那金銀還家來報答你那妻。你若提着一箇瓦罐還家來。我可也怨不的你。〔下〕

〔寇準云〕兄弟。喒收拾了行裝。上朝應舉走一遭去。〔呂蒙正云〕哥哥。則今日收拾紙墨筆硯。俺走一遭去來。倚仗胸中七步才。攀蟾穩步上天堦。布衣走上黃金殿。鳳池奪得狀元來。〔同下〕

第二折

〔呂蒙正引張千上云〕學而第一須當記。養子休教不看書。小官呂蒙正是也。到的帝都闕下。一舉狀元及第。所除本處縣令。來到這城中也。不知我那小姐在那破瓦窰中怎生過活哩。張千。與我喚將官媒人婆來。〔張千云〕理會的。媒人婆開門來。〔淨媒婆上云〕說合先定千條計。花紅謝禮要十倍。打發的媒婆不喜歡。調唆的兩家亂一世。則我是官媒婆。門首是誰喚門。我開開這門。哥哥喚我做甚麼。〔張千云〕過路的一箇客官。喚你說話。〔媒婆云〕喒去來。〔見呂蒙正科云〕官人。你喚我做甚麼。〔呂蒙正云〕媒人婆。你認的箇呂蒙正麼。〔媒婆云〕官人不問。我也不說。我纔忘了。你又題將起來。那廝不逢好死。將他那渾家劉月娥撇在破瓦窰中。去了十年光景。音信皆無。這早晚敢死去了也。〔呂蒙正云〕我不說破。教他罵到我幾時。你認的那呂蒙正麼。〔媒婆云〕我不認的。〔呂蒙正云〕你擡起頭來。睜開眼。則我便是呂蒙正。〔媒婆云〕早則不會說你甚麼。〔呂蒙正云〕你罵的我彀也。媒婆。俺那小娘子。還在這破瓦窰中裏。未知是實是虛。媒婆。你將着一隻金釵。一套衣服。你直到那窰中。見了那小娘子。你說你那呂蒙正死了也。如今有箇過往的客官。教我將着這套衣服金釵與你。教小娘子遞一杯酒。便回來。看他說甚麼。便來回我話。〔媒婆云〕我知道。不敢久停久住。直到破瓦窰中走一遭去。〔下〕〔呂蒙正云〕媒婆去了也。小官更改了衣服。也不在這裏。直至破瓦

窨中走一遭去。(下)(正旦上云)自從呂蒙正上朝應舉去了。音信皆無。好是煩惱人也。(唱)

【中呂粉蝶兒】甕牖桑樞。世間窮盡都在此處。有一千箇不識消疎。范丹也索移。原憲也索趓。便有那顏回也難住。雖然是人不堪居。我覷的勝蘭堂綠窗朱戶。

【醉春風】恨不恨買臣妻。學不學卓氏女。破窨中熬了我數年。多受了些箇苦苦。一飲一啄。事皆前定。也是我一生衣祿。

(云)看有甚麼人來。(媒婆上云)可早來到也。小娘子在家麼。(正旦云)誰喚門哩。我開開這門。(見科云)萬福。婆婆有甚麼事。來到我這裏。(媒婆云)小娘子。你索是煩惱來也。(正旦云)我有甚麼煩惱。(媒婆云)你不知呂蒙正死了也。(正旦云)誰這般道來。(媒婆云)我聽的人說。我一徑的來和你說。(正旦云)你休說謊。兀的不痛殺我也。(媒婆云)小娘子休煩惱。可不道漢子猶如南來雁。去了一千有一萬。你這般年紀小。如今有箇過路的客官。他無人來。着我將着一套衣服。一隻金釵兒。着你到那裏與他遞一杯酒。說一句話。便來。(正旦云)這婆婆是何言語也。(唱)

【上小樓】你如今知咱受苦。將咱小覷。怎肯道是連累街坊。帶累親隣。敗壞風俗。凍殺我。甘心死去。則這箇潑家私覷也那是不覷。

(云)本待要拖你見官。看你老人家。饒了你。出去。(媒婆云)我出的這門來。(呂蒙正冲上見媒婆云)說的如何。(媒婆云)那裏那裏。他也不肯。罵了我一場。又出我門來了。(呂蒙正云)既然這等。與你些銀子。你自回去。(媒婆云)多謝了相公。我回去也。(下)(呂蒙正云)我入的這窨門來。小姐正煩惱哩。我也不言語。我則立在傍邊廂。看他說甚麼。(正旦云)誰家箇男子漢。來我窨中。可不道促風暴雨。不入寡婦之門。我向前摑了這廝臉。(呂蒙正云)我為你千山萬水。來到此處。你這般下的。小姐是我。(正旦唱)

【普天樂】我這裏猛然觀。擡頭覷。我道是誰家箇奸漢。却原來是應舉的兒夫。喒須是舊有姻。關連着親腸肚。(呂蒙正云)小姐。我如今落薄了。不曾得官。(正旦云)

便落薄何如。〔唱〕但得箇身安樂還家重完聚。問甚麼官不官便待怎的。〔云〕遇與不遇有箇比喻。〔唱〕有一箇張良也曾棄了印。有一箇陶潛罷職。有一箇范蠡歸湖。

〔呂蒙正云〕小姐。我也不曾得官家來了也。天色晚了。我歇息到天明我投幾箇相識得些盤纏。我再去應舉去來。〔正旦云〕天色晚了。蒙正。你安寢咱。〔唱〕

【十二月】走將來朝雲暮雨。似水也那如魚。又無那暖烘烘的被臥。都是些薄溼溼的衣服。明晃晃腰間甚物。怎想你那身上埋伏。

【堯民歌】呀兩三層麻布裏裹珍珠。萬萬丈波心裏釣鰲魚。怕你得官酬志漢相如。倒做了好色荒淫魯秋胡。兒也波夫。寃家問一句。說罷也重完聚。

〔呂蒙正云〕小姐。我不瞞你說。我故意的試探你。那媒婆也是我使他來。誰想小姐一片貞節之心。我得了本處縣令。着我衣錦還鄉。我到來日誇官三日。我和你同享富貴。〔正旦云〕兀的不歡喜殺我也。誰想有今日也。〔唱〕

【尾聲】到來日慌張殺那秀院主。沒亂殺俺那一雙老父母。今日箇顯耀你那裏奪來的富。折准我那從前受過的苦。〔同呂蒙正下〕

第四折

〔寇準領張千上云〕龍樓鳳閣九重城。新築沙堤宰相行。我貴我榮君莫羨。十年前是一書生。小官寇準是也。到的帝都闕下。一舉狀元及第。今拜萊國公之職。謝聖恩可憐。着小官隨處降香。一者降香。二者因為採訪賢士。今日是吉日良辰。左右那裏。將馬來。便索降香走一遭去。〔下〕〔長老同行者上云〕斷絕貪嗔癡妄想。堅持戒定慧圓明。自從滅了無明火。煉的身輕似鶴形。貧僧是這白馬寺長老。聽的人說呂蒙正得了本處官也。我打掃的這寺院乾淨。將他這兩句詩着這碧紗籠罩着。必然來這裏燒香也。行者山門首覷者。若來時。報復我知道。〔行者云〕理會的。〔呂蒙正同正旦上住〕〔呂蒙正云〕擺開頭答。燒香去來。〔正旦云〕誰想有今日也呵。〔唱〕

【雙調新水令】破窰中節婦轎兒擡。滿城人大驚小怪。駕車當酒罏。包土築墳臺。俺男兒日轉千堦。我和他粧些模樣做些嬌態。

〔行者云〕師父。相公來了也。〔長老云〕來了也。俺接待去來。〔呂蒙正云〕接了馬者。入的這寺門來。呀。兀的不是我趕齋來吟下兩句詩。可怎生的着這碧紗籠罩着。想這和尚好是世情也呵。〔做見科云〕長老。你必然有個緣故。〔長老跪科云〕相公不知。為相公寫下這兩句詩。有龍蛇之體。金石之句。往來的人看這詩。踏的此地苔蘚不生。因此上着這紗罩着。〔呂蒙正云〕原來是這等。揭了那紗罩者。將筆硯來。〔做念科云〕男兒未遇氣冲冲。懊惱闍黎齋後鐘。我續添兩句。十年前時塵土暗。今朝始得碧紗籠。〔長老云〕請到佛殿拈香。〔呂蒙正云〕左右看有甚麼人來。〔劉員外同卜兒上云〕我的女婿呂蒙正。得了本處縣尹也。說道在這白馬寺中。衆街坊每牽羊擔酒。去慶賀他去了。我去寺裏。認我那女婿。女兒去。咱來到寺門首也。〔正旦云〕甚麼人大呼小叫的。〔長老云〕衆多街坊員外與相公慶官來。〔正旦唱〕

【川撥棹】我嘆這箇老員外。積攢下些不義財。俺男兒的受了宣牌。媳婦兒的有些人才。百姓每恭心管待。那其間誰齎發呂秀才。

【七兄弟】你那時上街。刮劃。送枯柴。嚴寒天雪冷實難捱。貧家米賤凍難捱。則今日趁了方何礙。

【梅花酒】簾兒後猛揭開。見低首顰額。我撚耳揉腮。有口難開。那時節尋不的一升兒米。覓不的半根柴。兀的不悮了齋。麻鞋破脚難擡。布衫破手難揣。牙關挫口難開。面皮冷淚難揩。

【收江南】呀。你記的滿頭風雪却回來。今日箇一天好事奔人來。〔長老云〕行者開佛殿。朝中大人降香來也。〔正旦唱〕聽的道朝中宰相降香來。百姓每等待。却正是月明千里故人來。

〔劉員外云〕女兒。女婿。認了我者。〔呂蒙正云〕想着你那歹處。我不認你。祇候人與我搶出去。〔劉員外云〕天也。怎生得箇證見來好也。〔寇準上云〕鞍韉駿馬三簷繖。正是男兒得志秋。小官寇平仲是也。來到這白馬寺門首也。左右接了我馬者。入的寺門來。〔做見科〕〔劉員外云〕相公。與小人做主咱。我的女婿忘了我的恩。〔寇準云〕呈詞告狀漫張羅。情理難容怎柰何。你告他堦下忘了親岳父。記的你窰中打碎破砂鍋。一壁有者。兄弟也在這裏。兄弟也。寺門首有你丈人。你認了者。〔呂蒙正云〕哥哥。你問弟媳婦去也。〔寇準云〕弟媳婦兒。門外有你父親母親。你認他不認他。〔正旦云〕我無父母。我不認他。〔寇準云〕弟媳婦兒看我的面。認了他也。〔正旦云〕我不認伯伯。你認了他罷。〔寇準云〕好無禮也。有你父母你認了者。你認便認。不認便罷了。你怎麼教我認了去。他是我的爺娘。更待干罷。則今日寫本中朝。不道的饒了你哩也。〔正旦云〕看伯伯的面。認了他便了。〔寇準云〕正是千求不如一嚇。〔呂蒙正云〕我不認他每。搶出去。〔劉員外云〕相公。你不說怎麼。〔寇準云〕兄弟。弟媳婦。你近前來。我今日叮嚀的說破。教你仔細的皆知。當日那富家納婿。不容那有志書生。今日貧庶登科。豈認無情岳父。老員外怕你因貪富貴。不肯進取功名。佯為遣趕破窰中。擲筆巡街。又教蕭寺裏鳴鐘齋後。你挺然發憤。便去求官。棄了那窮滴滴陋巷簞瓢。你今日氣昂昂腰金衣紫。喒那得錢來。可是你丈人兩錠花銀。都做了俺一時路費。你丈人料你必登雲路。預先齊下高堂。若不是貧裏相看。您怎能彀否極生泰。不是這老泰山為人忒歹。親女婿昂然不睬。既今日說破機關。將兩處冤讐盡解。賢夫婦執盞擎壺。自悔罪挽回春色。重教你骨肉團圓。虧殺俺朝中貴客。老員外你認的這處事官僚。我是你親家伯伯。〔呂蒙正云〕則被你瞞殺我也。丈人。〔劉員外云〕則被你傲殺我也。女婿。〔寇準云〕天下喜事。夫婦父子團圓。則今日殺羊造酒。做一箇慶喜的筵席。〔呂蒙正云〕令人擡上果卓來者。〔正旦唱〕

【水仙子】狀元郎雖恨記在心懷。忤逆女將爺娘不認睬。我這裏悔過也展腳舒腰拜。望慈親免罪責。被塵埃險將我沉埋。女受了金花官誥。女婿可便緋袍玉帶。也是我苦盡甘來。

〔寇準云〕住住住。您今日父子完聚。聽我下斷。世間人休把儒相棄。守寒窗終有崢嶸日。不信道到老受貧窮。須有箇龍虎風雲會。齋後鐘設計忿題詩。度發的即赴科場內。黃金殿奪得狀元歸。窮秀才全得文章力。作縣尹夫婦享榮華。糟糠妻守志窮活計。則爲這劉員外雲錦百尺樓。結末了呂蒙正風雪破窰記。

題目　劉員外雲錦百尺樓

正名　呂蒙正風雪破窰記